Jürgen Heinzerling

Karl May und der Wettermacher

Jürgen Heinzerling

Karl May und der Wettermacher

Roman

Herbig

Besuchen Sie uns im Internet unter
http://www.herbig.net

Umschlaggestaltung und -motiv:
LIQUID, Büro für Gestaltung, Augsburg
Satz: ew print & medien service gmbh, Würzburg
Gesetzt aus der Sabon 10 pt
Druck und Binden: Wiener Verlag, Himberg
Printed in Austria
ISBN 3-7766-2252-0

Prolog

Er betrachtete den zerschmetterten Schädel, die von Wein und Blut getränkten Locken, zwischen denen scharfkantige Glassplitter aufblitzten wie festlicher Flitter. Er lauschte, aber es war nichts zu hören als das harte Rauschen des Luftsogs und die beruhigende Monotonie des dumpfen Schlagens der Radsätze.

Es wird wie ein Unfall aussehen. Ein Betrunkener, der zur falschen Zeit am falschen Ende aus dem letzten Waggon des Spätzuges ausgestiegen ist ...

Er wischte mit dem Handrücken den kalten Schweiß von seiner Stirn und holte mehrmals hintereinander tief Luft. *Keine Angst,* ermahnte er sich, *du darfst keine Angst haben!*

Schließlich war es mehr als unwahrscheinlich, dass jemand in den nächsten Minuten hereinkommen würde. Der Kondukteur hatte erst kurz nach dem letzten Halt einen gelangweilten Blick durch die Tür geworfen und direkt kehrtgemacht, weil keine neuen Fahrgäste zugestiegen waren. Im ganzen Waggon saßen nur zwei Herren, weder alt noch ausgesprochen jung, einer im geflickten Anzug, der andere deutlich besser in schwarzem Buckskin und grauem Tuch gekleidet. Der Kondukteur hatte sich nicht einmal die Mühe gemacht, die Fahrkarten zu verlangen, sondern verschwand direkt wieder, um seine Tour durch den Zug in Gegenrichtung fortzusetzen.

Der Mörder beugte sich zu dem Erschlagenen hinunter und packte ihn an der Schulter, um ihn auf den Rücken zu drehen. Er senkte den Kopf, weil er das Gesicht nicht sehen wollte, den starren Blick der toten Augen, den halb aufgerissenen Mund ...

Mit zitternden Händen durchsuchte er die Taschen und nahm alles an sich, was er fand, Schlüssel, resedafarbene Geldbörse, billige, mit krakeliger Handschrift beschriebene Visitenkarten, zwei Briefe von einem Rechtsanwalt aus Bocholt ...

Als er damit fertig war, zog er seine Uhr hervor und ließ den Deckel aufschnappen. Sechs oder bestenfalls sieben Minuten blieben ihm noch, um das zu vollenden, was er vor weniger als einer halben Stunde begonnen hatte.

Den Anstoß dazu hatte eine nebensächliche Bemerkung seines schier endlos plappernden Opfers gegeben. Ein Dutzend Worte, deren Tragweite der Moribunde gewiss nicht erahnt hatte. Doch bei ihm, der soeben zum Mörder geworden war, hatte sich diese Phrase in den Gedanken festgefressen, wurde ständig von einem inneren Dämon wiederholt, bis seine Seele so sehr davon erfüllt war, dass er für einen Augenblick seine Verzweiflung und sein Selbstmitleid vergaß, um darüber nachzudenken, warum diese Bemerkung ihn so gefangen nahm. Als es ihm endlich gelang, die Suggestion des Dämons in all ihren schrecklichen Konsequenzen zu begreifen, entstand in ihm der Keim einer morbiden Idee, der in Kürze zu einem perfekten Plan heranreifte.

Er packte sein Opfer unter den Achseln und richtete sich auf. Der Tote war erstaunlich leicht und es dauerte nicht allzu lange, bis er ihn zum hinteren Ende des Waggons gezerrt hatte. Er streckte seine Hand aus, um die Tür zu öffnen, aber sie gab dem Druck seiner Hand nicht nach. Verwirrt richtete er sich auf und betrachtete das dicke Vorhängeschloss, mit dem der Hinterausgang des Waggons versperrt war.

Seine Gedanken rasten. *Wie viel Zeit noch, zwei Minuten vielleicht ...*

Er sah sich verzweifelt um und unterdrückte den Zwang, einfach Hals über Kopf aus dem Waggon zu stürmen, um sich dem Konflikt zu entziehen. *Wenn ich am nächsten Bahnhof aussteige und zu Fuß weiter fliehe ...*

Aber dann wurde er sich bewusst, dass er damit die Trumpfkarte verlieren würde, die ihm das Schicksal in die Hand gespielt hatte. Auswegslose Misere oder endloser Triumph, alles hing davon ab, dass es ihm gelang, die Leiche vor dem nächsten Halt aus dem Zug zu werfen ...

Es muss eine Lösung geben ...

Sein Blick huschte über die Sitzbänke, die Tür am vorderen Ende des Waggons, den Boden, die Fenster ...

Fenster!

Das war die Lösung! Er sprang auf, rutschte aus und fing sich wieder, wobei er hart mit dem rechten Ellenbogen gegen die Lehne einer Sitzbank krachte. Er biss die Zähne zusammen und richtete sich auf, um das Fenster mit einem gewaltigen Ruck zu öffnen.

Schienenlärm und eiskalter Fahrtwind rauschten machtvoll in den Waggon. Mit zwei Sprüngen war er wieder bei dem Toten, packte ihn und schleifte ihn über den schmierigen Boden in den Raum zwischen den Sitzbänken. Er stellte zunächst den einen Fuß und danach den anderen auf die Bank, ohne die Leiche loszulassen. Dann hievte er sie mit einer gewaltigen Anstrengung hoch, wobei er sich eine Sehne zerrte, ohne es wirklich zu bemerken.

Der Schweiß rann in Sturzbächen von seiner Stirn, als er den Toten endlich so weit angehoben hatte, dass er ihn mit dem Oberkörper auf der Schwelle des Fensters ablegen konnte, um sich Entlastung zu verschaffen. Der Luftstrom riss an den Kleidern der Leiche, blies sie mächtig auf wie die Segel einer Brigg. Der Mörder lachte hysterisch auf, weil es erschien, als ob der Wind selbst bei der Beseitung der Spuren seiner Gräueltat Hand anlegen wollte.

Er lachte und hustete und wimmerte, und dann gab er

dem erschlafften Körper einen letzten Stoß, fast so sanft wie ein freundschaftlicher Knuff in die Rippen, mit dem man einen guten Freund verabschiedet. Der Tote raste in seinen aufgeblähten Kleidern wie ein leckgeschlagener Ballon ins Nachtdunkel los und verschwand Sekundenbruchteile später aus dem Blickfeld des Mörders.

Über Frankreich nach Sachsen

Im Februar 1882 trat ich eine längere Reise an, die mich über Paris zunächst nach Metz führte, wo ich bei einem alten Freund Zwischenstation machte, den ich seit meiner Schulzeit nicht mehr gesehen hatte. Das eigentliche Ziel meiner Reise lag indes viel weiter nördlich, genauer gesagt im dünn besiedelten rheinischen Tiefland, wo sich deutsche und holländische Hasen Gute Nacht sagen. Nach einigen rundweg erfreulichen Tagen, in denen mich mein Kamerad in die gehobenen Zirkel seiner neuen Heimatstadt einführte, musste ich deshalb leider Adieu sagen, da meine kleine Odyssee weniger dem Vergnügen als meinem beruflichen Voranschreiten gewidmet war.

Obwohl sich das Reisen innerhalb Europas im letzten Viertel des 19. Jahrhunderts durch Expresskutschen und Schnellzüge zu einem bequemen und durchaus kostengünstigen Vergnügen entwickelt hatte, musste man beim Zurücklegen größerer Strecken doch gelegentlich mit Problemen rechnen, die sich nicht allein durch einen zielsicheren Blick ins Kursbuch lösen ließen. Um die ohnehin sehr weite Reise voll auszukosten, gedachte ich von Metz aus in nordöstlicher Richtung nach Dresden vorzustoßen und bei der Durchfahrt gen Westen in der aufstrebenden Industriestadt Essen Station einzulegen. Durch geschickte Planung und Vorbereitung war es mir gelungen, die Fahrt nicht nur gleich mehrfach auszunutzen, sondern darüber hinaus auch von jenen, bei denen ich in Deutschland vorsprechen wollte, jeweils die volle Passage einzustreichen. Somit war die Fahrt gleich dreifach bezahlt, was es mir ermöglichte, sie durchweg mindestens zweiter Klasse und mit allem von mir als notwendig empfundenen Komfort zurückzulegen.

Was mir im Kursbuch und auf dem Atlas noch recht einfach und überschaubar erschien, entpuppte sich jedoch im Nachhinein als ziemlich strapaziöse Angelegenheit, da ein großer Teil der von mir gewählten Strecke nur in Nahverkehrszügen überbrückt werden konnte, die praktisch überall halten, wo jemand es für nötig befindet, dem Lokomotivführer ein Handzeichen zu geben. Einerlei, ob die Fahrt durch Städte oder über freies Land ging, ständig wurde der Zug abgebremst, um alte Fahrgäste abzusetzen oder neue aufzunehmen. Zwischen den Unterbrechungen machte die Lokomotive gewöhnlich gerade so viel Fahrt, dass man sich hätte gefahrlos aus dem Fenster des Abteils lehnen können, um Blümchen zu pflücken.

Ich hatte es jedoch nicht allzu eilig und so genoss ich den ständigen Zustrom an neuen Fahrgästen als willkommene Abwechslung. Zwischen Metz und Saarbrücken allein machte ich auf diese Weise Bekanntschaft mit mindestens fünf französischen und vier deutschen Dialekten, die mir allesamt trotz meines angeborenen Talentes für fremde Idiome so unverständlich blieben wie Sanskrit. Manchmal erwiderte ich die Begrüßungen neuer Mitreisender in einer spontan erschaffenen Kunstsprache, die darin bestand, an jedes beliebige Wort ein »sch« dranzuhängen, etwa nach dem Muster: »Gute-sch Morge-sch, setze-sch Sie si-sch ruhi-sch!« Unter fünfzig Reisenden war nicht einer, der mich deshalb zweifelnd angesehen hätte.

Durch dieses unterhaltsame Spiel bewahrte ich mich jedenfalls vor Langeweile. Eine gewisse Abwechslung boten mir auch die Aufenthalte in Bahnhöfen, bei denen es immer wieder Überraschendes zu sehen gab, wenn etwa ein Hühnerkäfig beim Verladen zerbrach und die gesamte Besatzung des Zuges dem Geflügel hinterherjagte, oder sich anderorts auf dem Bahnsteig ein reiselustiger Fleischerhund von seinem Herrn losriss, sodass beide die Abfahrt des Zuges verpassten.

Höchst abwechslungsreich gestaltete sich auch die Durchquerung des Niemandslandes, da die hochgelegte und deshalb ohnehin nur im Schneckentempo befahrbare Fahrtrampe vor Saarbrücken wieder einmal wegen dringender Gleisarbeiten gesperrt war. Zufällig hatte ich am Morgen meiner Abreise aus Paris in einem technischen Almanach eine Abbildung dieser improvisierten Konstruktion entdeckt, deren Anblick mir suggerierte, dass es keineswegs ungefährlich sein konnte, sie in einem unzählige Tonnen schweren Eisenbahnzug zu überqueren. Ihre Entstehung verdankte dieses gewaltige Trajekt einem Zwiespalt zwischen der preußischen und französischen Bauleitung hinsichtlich der Festlegung der Normalnull. Beide Nationen waren sozusagen mit zusammengebissenen Zähnen davon ausgegangen, dass der in den jeweiligen Vorschriften festgeschriebene Wert für die andere verbindlich sei, was zwischen den Gleisanlagen auf beiden Seiten der Grenze einen Höhenunterschied von etlichen Metern zur Folge hatte. Da Züge nun einmal weder springen noch fliegen können, hatte man die Differenz durch Anlegen besagter Rampe ausgeglichen.

Seit die Strecke jedoch im Jahre 1852 eröffnet worden war, wuchsen Gewicht und Geschwindigkeit der sie befahrenden Züge im Laufe des technischen Fortschritts schon bald in einem Ausmaß an, dem die Konstrukteure von damals nicht genug Rechnung getragen hatten. Deshalb waren praktisch rund um die Uhr auf beiden Seiten der Grenze zahllose Trupps von Gleisarbeitern damit beschäftigt, das monströse Mahnmal deutsch-französischer Animosität auszuflicken und abzustützen.

Ein Feigling ist, wen ein solches Abenteuer schreckt, ging es mir durch den Kopf, als ich mich kurz vor der Grenze erhob, um zum Fensterplatz meines Abteils zu wechseln. Erwartungsvoll lehnte ich meinen Kopf aus dem Fenster und versuchte, zwischen den vorbeihuschenden Schwaden aus dem Schlot der Lokomotive auszumachen, auf welchem Streckenabschnitt wir uns gerade befanden. Gerade war ich zu der Überzeugung gelangt, dass uns der Grenzübertritt unmittelbar bevorstehen musste, da ertönte das durchdringende Signal der Dampfpfeife, untermalt vom metallischen Kreischen des bremsenden Radwerks. Während sich die Fahrt allmählich verlangsamte, machte ich mich bereits auf den heftigen Ruck gefasst, mit dem wir dann auch zum Stehen kamen. Dabei rutschte mein schwerer Reisekoffer über den Holzboden des Abteils und kollidierte so vehement mit dem Mittelbein der gegenüberliegenden Sitzbank, dass dieses mit einem trockenen Krachen entzweibrach.

Fassungslos schüttelte ich den Kopf und stand auf, um aus dem Fenster nach einem Zeitungsboten Ausschau zu halten, da ich davon ausging, dass wir vor der Grenzüberschreitung noch an irgendeinem gottverlassenen Provinzbahnhof Station machten. Frische Luft wehte in mein Abteil, so eisig kalt, dass das kümmerliche Petrolöfchen vergeblich dagegen ankämpfte.

Ich steckte den Kopf aus dem Fenster und sah mich um. Zu meiner Verwunderung stellte ich fest, dass wir mitten in der freien Natur zum Stehen gekommen waren. Kein Bahnhofsgebäude, kein Zeitungsbote war zu sehen, nicht einmal der obligate Wurstfritze mit seinem dampfenden Karren.

Zwischen dem Puffen und Stampfen der Ventile konnte ich die Rufe einiger Männer vernehmen, die sich auf Französisch verständigten. Während ich noch mit gespitzten Ohren versuchte, den Sinn des Gebrülls zu erfassen, hörte ich hinter meinem Rücken ein Pochen.

»*Entrez!*«

Als ich mich umdrehte, öffnete sich die Tür und gab den Blick auf das glatt rasierte, puterrote Gesicht eines ältlichen

Kondukteurs frei. Offenbar lebte er in dem Irrglauben, ein Schlachtschiff zu kommandieren, da er die Hand zu einem angedeuteten Salut erhob, bevor er mich ansprach.

»Pardon, Monsieur«, sagte er devot in seiner Muttersprache, »die Fahrt endet hier.«

»Wie bitte?«, entgegnete ich konsterniert.

»Oh!« Er hob die Brauen und rückte sein Revers zurecht. »Vermutlich hat man es versäumt, Monsieur vor der Abfahrt zu unterrichten – die Grenzrampe wurde vom Regen der letzten Wochen unterschwemmt und ist derzeit nicht befahrbar. Hinter der Grenze wartet deshalb bereits ein deutscher Personenzug, der die Fahrgäste übernehmen wird.« Er hob die Brauen und fügte anheischig hinzu: »Ich gehe einmal davon aus, dass Monsieur den Weg zum Folgezug nicht zu Fuß zurückzulegen gedenkt?«

»Ah! Das wäre allerdings fatal.« Ich sah ihn prüfend an. »Sie wollen damit sicher andeuten, dass es eine bequemere Möglichkeit gibt, dorthin zu gelangen?«

Er schnalzte leise und zog eine Grimasse. »Einige Droschken stehen wohl bereit«, gab er mir zu verstehen. »Wenn Monsieur also ... Sie wissen schon.«

»Verstehe. Wie viel?«

Er hob seine Hand und streckte drei Finger hoch.

»Drei? Eine gute Zahl! Einverstanden!«, erklärte ich erfreut.

Diesmal schlug er zu allem Überfluss beim Salutieren die Hacken zusammen. Für einen Augenblick überlegte ich, ihm ein launiges »Rühren!« entgegenzuschleudern. Aber da beugte er sich bereits ohne ergangenen Befehl nach unten, um seine Hand um den Griff meines Reisekoffers zu legen.

»*Mon Dieu!*«, entfuhr es ihm. Er starrte mich erstaunt an. »Der ist aber schwer! Monsieur sind wohl Handlungsreisender in Eisenwaren?«

»Davor bewahre mich das Schicksal«, antwortete ich. »Nein, es handelt sich um eine kleine, aber ziemlich solide konstruierte Maschine. Trotzdem bitte ich darum, sie pfleglich zu behandeln – sie enthält einige filigrane Armaturen, die bei einer heftigen Erschütterung in tausend Teile zerspringen könnten.«

Er riss den Mund auf. »Nicht wahr!« Er warf einen ehrfurchtsvollen Blick auf den Koffer und entschied sich, vorsichtshalber einen Schritt zur Seite zu treten.

»Nur keine Angst!« Ich lächelte ihn freundlich an. »Der Apparat ist prinzipiell schon recht robust, es bedarf also keiner besonderen Vorkehrungen!«

Er starrte mich etwas ungläubig an. »Aber wenn er doch explodiert …«

»Explodiert?« Ich brauchte einen Moment, um zu begreifen, was er damit meinte. »Ach wo – da habe ich mich wohl etwas missverständlich ausgedrückt. Mit *zerspringen* meinte ich, dass besagte Teile zu Bruch gehen könnten – wie ein Weinglas zu Bruch geht, zum Beispiel. Dieser Vergleich ist durchaus adäquat, da nämliche Teile tatsächlich aus Glas bestehen. Seien Sie jedoch beruhigt, eine Explosion ist absolut ausgeschlossen! Als Ingenieur und Erfinder des besagten Apparates kann ich das garantieren!«

Er sah mich weiter zweifelnd an. »Wirklich?«

»Mein Wort darauf! Würde ich denn in der Nähe des Koffers bleiben, wenn auch nur die geringste Gefahr bestünde, dass es zu einer spontanen Detonation kommen kann?«

Er überlegte einen Moment lang und nickte dann erleichtert. »Vermutlich nicht, Monsieur, das sehe ich ein! Es sei denn, Sie wären ein Selbstmörder, der sich gleich doppelt versündigt –«, er bekreuzigte sich hastig, »– indem er andere mit in den Tod zieht! Vielleicht –«

»Vielleicht«, fiel ich ihm ins Wort, »sollten wir die Beurteilung einer Person überlassen, die weniger phantasiebegabt ist!«

Er verzog irritiert den Mund. »Ah! Und an wen dachten Sie da?«

»An den Zugführer«, erklärte ich sehr wohlwollend. »Ich denke doch, dass er ein Interesse daran haben sollte, den Betrieb möglichst reibungslos abzuwickeln. Falls nicht, dann hat seine Hinzuziehung zumindest den Vorteil, dass wir uns zu dritt darüber Gedanken machen können, ob Fahrgäste erster Klasse generell verdächtig sind, gemeingefährliche Selbstmörder zu sein?«

»Monsieur!«, rief er entsetzt. »Nein, ich denke nicht, dass wir so weit gehen müssen – Ihr Wort reicht mir völlig aus, um mich davon zu überzeugen, dass keine Gefahr droht.« Er beugte sich wieder herunter und begann mit vor Anstrengung verzerrtem Gesicht, den Koffer durch die Abteiltür auf den Mittelgang zu schleifen. Dann richtete er sich ächzend auf und blickte in den Gang hinein.

»*'Allo, Marcel!*« Er steckte zwei Finger in den Mund und ließ einen schrillen Pfiff los. Kurz darauf erschien ein jüngerer Kollege von ihm, mit dem zusammen er sich nun daran machte, den Koffer aus dem Zug zu schaffen.

Draußen hatte sich mittlerweile eine Schar von Fahrgästen versammelt, von denen sich einige lautstark auf Französisch oder Deutsch mit dem Zugpersonal zankten, während andere geduldig wie Schafe darauf warteten, von den Zöllnern abgefertigt zu werden. Zu diesem Zweck hatte man eine improvisierte Zollschranke aufgebaut, die jeder passieren musste, bevor er sich in einer der dahinter bereitstehenden Kutschen oder auch zu Fuß auf den Weg machen durfte.

Bald darauf erreichte ich die Schranke, gefolgt von meinen normannischen Sherpas, die ächzend und puffend den Koffer auf dem Boden absetzten. Direkt vor mir stand mitten im Schneematsch ein Stuhl, auf dem sich ein Zöllner im dicken Wintermantel lümmelte. Neben ihm befand sich ein gewaltiger Kanonenofen, der offensichtlich mit feuchtem Holz befeuert wurde und deshalb dichte Schwaden ekelhaft süßlich nach Methylen stinkenden Qualms hervorstieß. Ich hielt die Luft an und zog meinen Pass aus der Tasche.

»Bonjour!«, grüßte ich freundlich.

Statt den Gruß zu erwidern oder auch nur wortlos meinen Pass entgegenzunehmen, begann er mich von Kopf bis Fuß eindringlich zu mustern. Dabei legte er eine Hand an seinen Schnurrbart und begann, diesen kraftvoll zu zwirbeln.

Ich übte mich in Geduld und wartete eine Minute, zwei Minuten, drei Minuten, während er zwirbelte und zwirbelte. Schließlich ließ er jedoch davon ab und streckte seine Hand nach meinem Pass aus. Während er ihn sorgfältig studierte, betrachtete ich nicht minder scharf seinen Schnauzbart, da ich nach allen mir bekannten Naturgesetzen hoffen konnte, dass sich der Haarstrang wie der Gummimotor eines Kinderspielzeugs schnurrend von selbst entzwirbeln würde.

»So so, Monsieur Tesla, so heißen Sie, ja? Aus Kroatien kommt Monsieur, in der Tat?«, murmelte er, ohne aufzublicken. »Und zu verzollen hat er gewiss nichts, der Monsieur Tesla?« Er hob fragend den Kopf: »Tabak, Branntwein, Souvenirs?«

Ich setzte ein einnehmendes Lächeln auf: »Nein, Monsieur. Meine Reise ist rein geschäftlicher Natur, ich kenne in Deutschland niemanden, dem ich durch solche Mitbringsel gefällig sein könnte!«

»Und was ist das hier?«, fuhr er fort, ohne sein Gebaren auch nur im Geringsten zu ändern.

»Was?«, fragte ich ratlos.

»Das dort!« Er richtete seinen Finger auf den Boden.

»Ein Koffer«, erklärte ich.

Er sah mir prüfend in die Augen. »Ja, ein Koffer, das sehe ich wohl, Monsieur. Stellt sich nur die Frage, was in dem Koffer ist, nicht wahr? Ich habe vorhin beobachtet, dass er außergewöhnlich schwer sein muss.«

»Wohl wahr«, erwiderte ich.

»Sind Sie bereit, den Inhalt preiszugeben?«

»Aber gewiss doch!« Ich griff in die Tasche, um die Schlüssel hervorzuholen. Als ich die beiden Vorhängeschlösser des Koffers geöffnet hatte, war seine Neugier so groß geworden, dass er mich zur Seite drängte, um den Deckel selbst zu öffnen. Ich trat einen Schritt zurück und ließ ihn gewähren.

»Unglaublich!«, stieß er nach einer ganzen Weile hervor. Er drehte seinen Kopf zu mir.

»Monsieur, was ist das?«

»Ein überaus delikates wissenschaftliches Instrument«, entgegnete ich. »Stellen Sie sich ein Thermometer vor, nur rund zweitausendmal so empfindlich, dann haben Sie eine ungefähre Vorstellung davon.«

»Oh je, ich hab's befürchtet.« Er zog ein Taschentuch hervor, um seine Nase zu schnäuzen. »Empfindlich, sagten Sie? Heißt das etwa, die Glasröhren dort könnten platzen, wenn ihnen die Temperatur nicht behagt?«

Ich nickte nachdenklich. »Vermutlich besteht eine gewisse Gefahr, dass sie sich derartig detonativ verhalten könnten. Wohl überlegt, eine gewisse Zeit dürften die Vakuumfluidventile dem Frost standhalten, aber wenn wir uns nicht sputen, könnte es durchaus passieren, dass uns der Apparat in der nächsten Minute um die Ohren fliegt! Aber um es mit einiger Gewissheit vorauszusagen, müsste ich eine Reihe von Berechnungen durchführen – es dürfte gewiss nicht mehr als eine Viertelstunde in Anspruch nehmen. *Pardon* ...«

Sofort griff ich in meinen Mantel, um meine Logarithmentabelle hervorzuholen und mit angestrengter Miene darin herumzublättern.

»Monsieur Tesla«, sprach mich der Zöllner nach einer halben Minute höflich an.

»... Wurzel aus Radius zum Quadrat ...«, murmelte ich zerstreut, den Blick weiter in die Tabelle vertieft. »... dividiert durch den Sinus der Erdbeschleunigung, sieben hin, eins im Sinn ...«

»Monsieur!«, rief er laut, aber immer noch höflich.

»... macht drei Stück für achtfuffzig ...«

»Pardon, Monsieur!«, flehte er nun.

Ich hob den Kopf. »Wie bitte?«

Er machte eine hilflose Geste. »Monsieur, nach sorgfältiger Überlegung glaube ich, dass Ihre Auskunft über dieses ... Maschinchen völlig der Wahrheit entspricht. Ziehen Sie in Frieden dahin, guten Tag!«

Also durften meine Träger den Koffer durch den Schlagbaum schleppen und auf eine der bereitstehenden Droschken verladen. Nach angenehm kurzer Kutschfahrt über eine Straße, die diese Bezeichnung kaum verdiente, erreichten wir den deutschen Grenzposten, der mich passieren ließ, ohne sich näher für mein Gepäck zu interessieren.

So stand ich bald auf deutschem Boden, was sich schon dadurch bemerkbar machte, dass auf dieser Seite ausreichend Gepäckträger bereitstanden und ich schon kurz darauf mit Sack und Pack im Abteil Nummer 33 Quartier beziehen konnte. Die dreiachsigen deutschen Waggons waren gegenüber denen der französischen Staatsbahn allerdings reichlich beengt, sodass ich es auf Anhieb für wenig wünschenswert erachtete, das mir zugewiesene Abteil mit anderen Reisenden zu teilen. Deshalb gab ich dem elsässischen Kondukteur unter Herausgabe eines Goldstücks zu verstehen, er möge andere Fahrgäste von dem mir zugewiesenen Abteil um jeden erträglichen Preis fern halten. Das fürstliche Trinkgeld bewirkte, dass er von außen ein Schild mit der Aufschrift »Reserviert« an die Tür meines Abteils hängte, dessen in Fahrtrichtung blickende Sitzbank ich mit meinem Taschentuch abdeckte, bevor ich mich darauf niederließ.

Ähnlich verfuhr ich bei den sich anschließenden, zwecks Zeitersparnis eingelegten Zugwechseln, bis ich am frühen Nachmittag des folgenden Tages endlich Dresden in einem komfortablen Fernwaggon erreichte, der sogar den Luxus eines aus bester süddeutscher Steinware gefertigten stillen Örtchens mit sich führte.

Als der Zug zum Stehen kam, schob ich mein Gepäck in den Gang und baute mich daneben auf, bis ich zwischen den Reisenden einen einigermaßen zuverlässig wirkenden, jungen Gepäckträger ausmachte, der sich auf mein Nicken sofort zu mir begab. Ich wies ihn an, meine Bürde zum mit festgefrorenem Schneematsch bedeckten Bahnhofsvorplatz zu bringen und dort in eine der bereitstehenden Droschken zu verladen.

Als ich ins Freie trat, nahm ich mit Erstaunen zur Kenntnis, dass dem Sachsen offenbar ein ausgeprägtes Talent zum Eislauf angeboren ist, da mein Träger den Weg trotz seiner Last hurtig schlitternd auf zwei Beinen überwand, derweil ich dasselbe nur vermochte, indem ich meine Hände und streckenweise auch weniger edle Teile meines Körpers strapazierte. Das meiste bekam jedoch mein Macintosh ab, den ich in der vermeintlichen Erwartung regennassen Frühjahrswetters dem wollenen Wintermantel vorgezogen hatte, welcher bereits per Fracht zum Endziel meiner Reise versendet worden war.

Da ich direkt mit dem ersten Morgenzug weiterreisen wollte, fragte ich den Kutscher, welches gepflegte und komfortable Haus er mir empfehlen könne.

»Eenuh«, jodelte er mir dampfenden Atems und mit nachdenklich verzogener Stirn entgegen, »ganz soo eenfach is das nich, wenn Se es ooch noch hibsch gomfordabel wollen!«

Schließlich erinnerte er sich, dass das Hotel »Sonnenhof« neben den gewöhnlichen Zimmern auch ein oder zwei »hibsch gomfordable« habe, die um diese Jahreszeit sicher verfügbar wären.

Als ich kurz darauf im Kompartement der Droschke saß und die Pferde anzogen, legte der Kutscher trotz spiegelglatter Straße ein Tempo vor, das ihm auf hoher See ganz ohne jeden Zweifel das Blaue Band eingebracht hätte. Kurven nahm er grundsätzlich auf die schnellstmögliche Weise, indem er die Kutsche mittels der Feststellbremse nach Art eines Lenkschlittens herumschleudern ließ. Statt die Fahrt in entspannter Weise zu genießen, musste ich mich verzweifelt festklammern und meine Beine gegen das Trittbrett stemmen, um nicht wie der Inhalt eines Würfelbechers durch's Innere der Kutsche zu purzeln.

So bekam ich während der Fahrt wenig von Dresden mit, das laut Baedeker eine sehr ansehnliche und gastliche Stadt sein soll. Ersteres wird soweit durch das Vorhandensein des Dresdner Zwingers bestätigt, der von dem bekannten Architekten Gottfried Semper fertig gestellt wurde. Zur angesprochenen Gastlichkeit sollte man besser Johann Friedrich Böttger befragen, den man in besagtes Prunkgebäude einsperrte, bis er aus lauter Verzweiflung das Porzellan erfand.

Apropos Kunst – in den zahlreichen Biergärten Dresdens werden sommers praktisch rund um die Uhr lautstarke Konzerte abgehalten. Denn der Sachse liebt die Musik, und von allen denkbaren Formen dieser geräuschvollen Kunst am heißesten jene Gattung, die man gemeinhin als Blasmusik bezeichnet.

Die Auswahl an derartigen Konzerten wird nur von den bekanntesten Kurorten übertroffen, zu denen Dresden meines Wissens nach nicht zählt. Dabei sind die Tische direkt vor dem Orchester besonders begehrt, vermutlich weil hier die Lautstärke der Instrumente das empfindliche Ohr vor der Sprache eingeborener Konversationspartner schützt.

Da das Jahr noch jung und das Wetter entsprechend klirrend kalt war, waren die Biergärten natürlich geschlossen. Musik gab's also nur in den wenigen Wirtshäusern, die über großzügig angelegte Innenräume verfügten. Wer weder mitklatschen noch Polka tanzen will, sollte diese Gasthäuser unbedingt meiden oder gleich die Semper-Oper besuchen, die kein Bier ausschenkt und deshalb von Einheimischen gemieden wird wie eine Leprakolonie.

Ansonsten verweist der Reiseführer jene Touristen, die Kultur für eine weniger lautstarke Angelegenheit halten, auf die diversen Museen und sonstigen eintrittspflichtigen Kuriositätenkabinette der Stadt, von denen Dresden eine verwirrende Vielfalt bietet. Das eine oder andere hätte sicher mein Interesse gefunden, aber angesichts des stringenten Terminplans meiner Reise musste ich bedauerlicherweise davon Abstand nehmen, diese Attraktionen näher kennen zu lernen.

Ich bezog eine hochtrabend als Hochzeitssuite ausgewiesene Zimmerflucht, die immerhin sauber zurechtgemacht war und direkt *vis-à-vis* des Etagenbades lag. Nachdem ich meine Kleidung gewechselt und ein Bad genommen hatte, kümmerte ich mich zuerst um den eigentlichen, geschäftlichen Zweck meines Aufenthaltes, da ich den frühen Abend zur eigenen Verfügung haben wollte.

Um drei Uhr erledigte ich meine geschäftliche Verabredung, die höchst erfreulich verlief. So traf ich nach wenig mehr als einer Stunde wieder in meinem Hotel ein, wo ich den Empfang anwies, mir ein heißes Bad zu bereiten und darüber hinaus zu eröffnen, wo ich das Gasthaus »Kronenwirt« finden würde, wo ich für den Abend verabredet war.

Der angenehm dialektfrei parlierende Rezeptionist erklärte mir, dass man mit der Droschke in weniger als fünfzehn Minuten bis zum »Kronenwirt« gelangen konnte, erhob jedoch den Einwand, dass es sicher gepflegtere Häuser in größerer Nähe gäbe, die er mir gerne nennen könnte.

Ich winkte ab. »Vielen Dank, das ist gut gemeint, aber ich habe dort eine Verabredung.«

Um fünf vor sechs klopfte ein Kellner an meine Tür, um die Ankunft der bestellten Droschke zu melden. Ich füllte schnell die Taschen meines Macintosh mit einem glatten

Dutzend frischer Taschentücher, bevor ich mich auf den Weg machte.

Das Wirtshaus lag in einem keineswegs luxuriösen, aber durchaus properen Viertel der Stadt. Das Kopfsteinpflaster der Straße war offensichtlich mit einem feinen Besen vom Schnee befreit und mit Asche bestreut worden, sodass ich den Weg von der Kutsche zum Eingang aufrechten Ganges überwinden konnte.

Als ich die Eichentür des Hauses aufdrückte, wehte mir die gesamte Atmosphäre des Etablissements entgegen, sprich: ein gerade noch atembarer, speichelwarmer Gifthauch aus Bierdunst, Tabak und Küchengeruch. Ich trat ein und wartete hinter der Tür, bis sich meine Augen an das gedämpfte Gaslicht gewöhnt hatten.

Weit hinten im Schankraum wurde ich einer kleinen Bühne gewahr, auf der neben einigen Stühlen ein Sammelsurium aus Musikinstrumenten stand, darunter eine Tuba, zwei Trompeten und ein Harmonium. Die Musiker waren offensichtlich noch nicht am Platz und soweit es die Gäste betraf, zählten diese kaum mehr, als sich Tische im Raum befanden. Offenbar spielten etliche den Platzhalter für noch nicht eingetroffene Bekannte und Familienangehörige, da sie einsam und allein einen Tisch vereinnahmten, an dem bequem vier oder mehr Menschen hätten Platz nehmen können.

Ich ging auf den Tresen zu, hinter dem ein mit einem karierten Hemd und einer riesigen Lederschürze bekleideter, fettleibiger Mann lange Reihen von Bierkrügen auffüllte, die von einer rotgesichtigen Frau mittleren Alters zu den Tischen geschafft wurden. Vor der Theke hatten sich rund ein Dutzend Männer versammelt, die der Kleidung nach dem Kutschergewerbe angehörten. Ich reihte mich in eine Lücke zwischen ihnen ein und wartete ab, bis der Blick des Wirtes auf mich fiel.

»Guten Abend«, sagte ich mit gehobener Stimme, um

mich gegen den Chor der Kutscher durchzusetzen. »Nikola Tesla mein Name, ich bin hier verabredet, mit einem ...«

»Doh drieben, der Herr!« Er deutete auf einen Tisch am näher gelegenen Ende des Raumes, an dem ein nicht allzu auffällig wirkender, mittelgroßer Mann mit bürgerlicher Erscheinung saß, der sich in ein vor ihm auf dem Tisch liegendes Buch vertieft hatte.

»Ah! Danke. Könnte ich ein kleines *Staffelsteiner* haben, bitte schön? Und eine Kleinigkeit zu essen, wenn's recht ist!«

»Oof de Greidetoofel!« Er deutete mit dem Kinn auf eine Tafel, die links von der Theke hing.

Das Angebot bestand aus einer nicht näher definierten Fleischsuppe, Würstchen mit Brot, Brathuhn auf Reis und Schweinsbraten mit Knödeln.

»Dann hätte ich gerne einmal Brathuhn mit Reis, bitte sehr«, teilte ich dem Wirt mit, während dieser ein mit Bier gefülltes Glas vor mir auf den Tresen stellte.

»Eeenmool Huuhn für den Herrn!«, rief er der Kellnerin zu.

Ich nahm mein Glas und durchquerte den Schankraum, bis ich den Tisch des Mannes erreichte, mit dem ich verabredet war. Er schien von dem Buch sehr gefangen zu sein, da er sich nicht regte, bis ich direkt neben ihm stand.

»Verzeihung, sind Sie Herr Karl Friedrich May?«

Er hob etwas zerstreut den Kopf und musterte mich über den Rand seiner Brille, die nach Lehrermanier mit einem samtenen Band an seinem Kragen befestigt war. Sein rechter Mundwinkel bewegte sich leicht nach oben, so als ob er sich über etwas amüsieren würde. Sein Blick wirkte zunächst etwas verständnislos, aber dann flackerte etwas in seinen Augen auf und er ruckte von seinem Stuhl hoch, mir die Hand entgegenstreckend.

»Herr Tesla? Verzeihung, ich war für einen Augenblick abgelenkt.« Sein etwas dünn geratener Schnauzbart verbog sich unter einem sanften Lächeln, dessen aufrichtige Herzlichkeit man ihm nach dem ersten, nicht allzu günstigen Eindruck über seine Person gar nicht zugetraut hätte. Er wirkte jetzt kultiviert, ja sogar fast ein wenig weltgewandt. Zudem schien sein kräftiger, melodiöser Bariton ihn als einen Mann auszuweisen, der weiß, was er will, was auch durch die Festigkeit seines Händedrucks untermauert wurde.

»Ich hoffe doch sehr, dass Sie eine angenehme Anreise hatten?«, erkundigte er sich herzlich.

»Danke der Nachfrage, Herr May. Will es mal so formulieren: Unter *angenehm* verstehe ich nun wirklich etwas anderes! Ich bin froh, dass ich es ohne bleibenden körperlichen Schaden überstanden habe! Was die Eisenbahngesellschaften euphemistisch als ›Hauptstrecke‹ bezeichnen, enthüllt sich dem Reisenden als arges Flickwerk aus Bummelstrecken.«

»Ach je!«, rief er bedauernd aus. »Da will ich nur hoffen, dass ich Ihnen keine zusätzlichen Umstände bereitet habe?«

»Iwo! Ich musste ja eh noch in Dresden Halt machen, das hatte ich Ihnen ja bereits geschrieben, Herr May.«

Er kam um den Tisch herum, um mir einen der Stühle zurechtzurücken. Ich entledigte mich meines Mantels und hängte ihn über die Lehne eines der beiden freien Stühle, bevor ich den anderen mit einem Taschentuch auslegte.

Als ich mich gesetzt hatte, musterte May mich freundlich, bevor er weiter Konversation machte. »Wirklich schön, dass Sie gekommen sind, Herr Tesla!«, strahlte er mich an. »Gerne hätte ich mich nach Budapest aufgemacht, aber leider komme ich derzeit hier nicht gut weg, und daran wird sich wohl auch für die folgenden Jahre wenig ändern.«

»Nun, es hat mich ja keinerlei Mühe gekostet, mich hier mit Ihnen zu treffen«, erwiderte ich. »Sagen Sie mal – vielleicht bin ich da ein wenig blauäugig, aber ich habe mir das Leben eines Reiseschriftstellers doch etwas anders vorgestellt? Ich trete Ihnen hoffentlich nicht zu nahe, wenn ich frage, warum Sie diesem Ort so eng verbunden sind?«

»Oh, ja. Das bedarf natürlich einer plausiblen Erklärung.«

Er lehnte sich heftig nickend zurück und griff in die Innentasche seiner Jacke, um ein silbernes Zigarrenetui hervorzuziehen, das er mir aufgeklappt über den Tisch schob.

»Nein, danke.« Ich schüttelte den Kopf, worauf er das Etui wieder zurückholte und mit genießerischem Gesichtsausdruck eine der seltsam rötlichen Zigarren entnahm, um sie umständlich mit dem Taschenmesser anzuschneiden und an der Tischkerze in Brand zu setzen.

»Verzeihung, wo waren wir ... Ach ja, die liebe Reiserei. Nun, ich bin vor nicht allzu langer Zeit in den Stand der Ehe getreten, und meine Frau, die liebe, gute – sie reist nicht gern. Punktum.« Er sah mich seltsam an. »Sie verstehen?«

»Ja, das ist einzusehen«, antwortete ich unverbindlich.

»Also schreibe ich vorwiegend aus der Erinnerung«, fuhr er fort. »Dinge, die viele Jahre zurückliegen, aber mir bis heute noch so gegenwärtig sind, als wären sie erst gestern geschehen, Herr Tesla.«

In seinen grauen Augen blitzte es so lebhaft auf, dass ich mir unsicher war, wie aufrichtig er dies alles meinte.

»Wenn ich Ihnen richtig folge«, mutmaßte ich, »haben Sie Ihre Reisen also bereits hinter sich und schreiben aus der autobiografischen Retrospektive?«

»Richtig! Exakter kann man es nicht umschreiben!«, rief er munter. »Wo andere Romane erfinden, was für sich betrachtet eine nicht zu verachtende Kunst ist, möchte ich meine Geschichten als wahrheitsgetreue Erzählungen betrachtet wissen, die von meinen Reisen berichten!«

Lächelnd hob er sein Glas, um mit mir anzustoßen.

»Beeindruckend.« Ich nickte bedächtig, während wir die Gläser klirren ließen. »Und wohin sind Sie schon gereist, wenn ich fragen darf?«

Er legte den Kopf schief, als müsse er intensiv nachdenken. »Mein Schwerpunkt liegt auf Europa und dem Schwarzen Kontinent, da kenne ich eigentlich jeden wichtigen Ort, auch wenn ich an manchem nur vorbeigereist bin, ohne mich näher mit seiner Erkundung befassen zu können«, sagte er ohne übertriebenen Stolz. »Von den beiden Amerikas habe ich bislang nur das nördliche erkundet, als ich vor langen Jahren eine Stellung in Pittsburgh annahm – für sehr kurze Zeit, wie ich nicht verschweigen möchte.«

Er beugte sich über den Tisch und fuhr in vertraulichem Ton fort: »Damals war ich noch jung und ungebunden – aber was man nicht alles preisgibt, wenn man erst einmal die Richtige für's Leben getroffen hat, jawohl.« Er verzog amüsiert den Mund. »Tja, wenn meine liebe Emma nicht so sehr das Reisen wegen all seiner Unbequemlichkeiten verabscheuen würde! Ich würde jedenfalls eine roh behauene Blockhütte jedem Palast dieser Welt vorziehen! Wo der Wind durch alle Ritzen und Fugen pfeift, scheint wenigstens bisweilen auch die Sonne herein – von festem Stein umgeben bin ich doch spätestens in der eigenen Gruft, also will ich im Leben gerne darauf verzichten!«

Ich fand es doch ein wenig seltsam, dass ein dem Vernehmen nach noch recht junger Mensch sich mit dem Habitus eines in den Ruhestand getretenen Abenteurers umgab und gleichzeitig so morbide Gedanken hegte. Er war vielleicht zehn oder höchstens fünfzehn Jahre älter als ich, aber wo ich mich fühlte, als ob alle wirklichen Abenteuer des Lebens noch weit vor mir lagen, erweckte er auf mich den Eindruck, er betrachte diesen Teil des Lebens als vollständig abgeschlossen.

»Ich kann Ihre Abenteuerlust gut nachvollziehen«, entgegnete ich vorsichtig, »obwohl ich diesbezüglich erst am Anfang einer Entwicklung stehe, die Sie bereits hinter sich gebracht haben. Mich drängt es auch nach Amerika, und ich empfinde grenzenloses Fernweh, wenn ich daran denke, dass der Tag nicht mehr allzu fern ist, an dem ich diesen fernen Kontinent betreten werde! Vorerst werde ich mich eine Weile in Paris aufhalten, aber ich hoffe doch, im Anschluss daran möglichst bald den Atlantik zu überqueren.«

»Äh ... wie schön für Sie«, entgegnete er etwas unsicher.

»Wie dem auch sei«, fuhr ich fort, »ich finde es jedenfalls höchst bemerkenswert, das Sie nach einem so erfüllten Leben an diesen Ort zurückkehren können, um ein Leben zu führen, das doch vergleichsweise arm an Ereignissen ist!«

»Hä!« Seine Miene wirkte nicht so, als ob ihn dies sonderlich bekümmern würde. »Es ist allerdings nicht ganz einfach. Aber lassen Sie uns lieber über die Angelegenheit reden, wegen der ich Sie um diese Begegnung bat! Vielleicht darf ich darum bitten, dass Sie mir ein bisschen von sich erzählen? Bislang weiß ich nur über Sie, was unser gemeinsamer Bekannter mir sagte. Sie stammen aus Serbien und sind Wissenschaftler, nicht wahr?«

Ich zögerte. »Nicht ganz – der Name *Tesla* ist serbischen Ursprungs, aber ich wurde in Kroatien geboren und bin dort auch aufgewachsen. ›Wissenschaftler‹ umschreibt meine Tätigkeit ganz gut, obwohl ich nichts dagegen hätte, wenn Sie mich als Erfinder bezeichnen würden – eher *Robur* als *Arronax,* wenn wir es einmal mit den Figuren von Verne vergleichen. Zwar habe ich in Graz Physik, Mathematik, Chemie und noch einiges andere studiert, sehe mich aber keineswegs als allwissenden Akademiker. Vielmehr glaube ich, dass die Physik das letzte große Abenteuer darstellt, weil sie als einzige Wissenschaft klären kann, wo wir in dieser Welt stehen.«

Er sah mich nachdenklich an und hob sein Glas zum Mund, um es sofort wieder abzustellen, ohne auch nur an seinem Bier genippt zu haben.

»Sie sprachen soeben Verne an, oder besser gesagt seine Figuren, nicht wahr? Ich hatte ihnen ja geschrieben, dass ich ein großer Verehrer seiner Romane bin, die ich als Visionen einer wirklichen Zukunft betrachte. Was mich allerdings stört, ist seine Tendenz zu einem –«, er suchte nach der richtigen Formulierung, »– zu einem *fröhlichen* Atheismus. Nun stelle ich mir die Frage, ob die Entwicklung einer solchen Weltsicht zwangsläufig aus der intensiven Beschäftigung mit der Wissenschaft hervorgeht?«

Ich grinste ihn amüsiert an. »Haben Sie etwa die Befürchtung, dass man seinen Glauben verlieren könnte, wenn man sich zu intensiv mit den Wissenschaften beschäftigt?«

Er lachte trocken. »Nein! Und das ist nicht nur eine Ansicht von mir, sondern eine wirkliche, wahrhaftige Lebenserfahrung! Das Gebiet der Physik, auf dem Sie sich ja kundig umtun, hat mich nie sonderlich interessiert, aber trotzdem kann ich die Kepler'schen Gesetze, Newton und dergleichen durchaus nachvollziehen –«

In diesem Augenblick wurden wir von der Kellnerin unterbrochen, die zwei dampfende Teller auf unserem Tisch abstellte. Ich hob kurz die Hand, um ihr anzuzeigen, dass ich noch eine Bestellung aufzugeben gedachte. »Darf ich Sie zu einem Bier einladen?«, fragte ich May.

»Oh je!« Er fasste sich entsetzt an die Stirn. »Da haben Sie die liebe Güte, mich zu besuchen, und ich Trottel vergesse meine Manieren! Natürlich sind Sie mein Gast, und ich bitte tausende Mal um Verzeihung, dass ich Sie dazu genötigt habe, mich darauf zu stoßen!« – »Sagen's einmal: Woran forschen's denn derzeit?«, fragte er kurze Zeit darauf, während er umständlich mit dem Messer das Brustfleisch zu lösen versuchte.

»An Verschiedenem.« Ich zögerte. »Wissen Sie, Herr May, das mit der Forschung ist ja keine Angelegenheit, die nach irgendeinem festen Plan verläuft. Derzeit habe ich natürlich einige Auftraggeber, die mich drängen, dass ich Ihnen dieses oder jenes erfinde. Diese Aufträge muss ich natürlich in einer gewissen Zeit erfüllen, zumal sie oft im Voraus bezahlt werden. Aber als wirkliche Forschung sehe ich das nicht an – eher als Handwerk oder Dienst!«

»Handwerk?« May kaute einen Bissen durch und

schluckte ihn hinunter, bevor er weitersprach. »Ja, da liegen wir ja gar nicht weit auseinander mit unseren Ansichten! Die Schriftstellerei ist ebenfalls ein Handwerk, das immer zur Zufriedenheit des Kunden ausgeführt werden will. Der Verleger, der bezahlt's, also kann er auch weiß Gott gute Arbeit verlangen. Aber der verkauft es ja nur weiter, an die einfachen Menschen, also sind's wohl letztlich diese, die ich als meine Kundschaft betrachten muss.« Er dachte angestrengt nach, bevor er aus dem Mundwinkel heraus sprach: »Stellt sich die Frage, ob die Leser es begrüßen würden, wenn ich auf Jules Vernes Pfaden wandle …«

»Warum lassen Sie es nicht auf einen Versuch ankommen?«, fragte ich mit betont unbekümmertem Gesicht. »Die Leser werden es Ihnen sicher mitteilen, ob's gefällt. Falls nicht, dann müssen Sie eben mehr oder weniger reuevoll zum alten Trott zurückkehren. Ganz wie bei einem wissenschaftlichen Experiment – mir persönlich geht so einiges schief oder zeitigt nicht den gewünschten Erfolg oder stellt sich als Irrweg heraus!«

»Hm.« Er sah mich zweifelnd an. »Meinen Sie wirklich, dass sich Ihre Arbeit mit der meinen irgendwo vergleichen lässt?«

»Ich meine es nicht, lieber Freund, ich habe vielmehr nicht den Hauch eines Zweifels, dass es sich genau so verhält! Die Wissenschaft ist das kommende, große Abenteuer der Menschheit, dessen Herausforderungen alle Räuberpistolen der vergangenen Geschichte verblassen lässt!«

In diesem Augenblick hatte ich einen Geistesblitz. »Warum machen wir nicht die Probe aufs Exempel, Herr May? Wohnen Sie für eine Weile meinen Experimenten bei, um sich selbst ein Bild davon zu machen, wie spannend es in der neuen Physik zugeht!«

Überrascht hob er den Kopf. Sein Schnurrbart bewegte sich auf und ab, als er seine Lippen mehrfach einzog und wieder entspannte.

»Vielen Dank«, meinte er schließlich, »das ist wirklich sehr freundlich von Ihnen. Aber ich weiß nicht so recht ...«

Mit abwesendem Blick griff er in seinen Rock und holte wieder sein Zigarrenetui hervor, um es mir mit einem einladenden Nicken hinzuhalten. »Es sind hiesige, aber solche der besseren Sorte. Kenne mich recht gut in der Fabrikation von Zigarren aus, was mich wenig geneigt macht, ein Vermögen dafür herzugeben.«

»Danke, nein«, sagte ich freundlich, worauf er sich selbst bediente und wieder die Tischkerze herüberzog, um sich Feuer zu verschaffen.

»Natürlich finde ich es grandios, dass Sie die Großzügigkeit besitzen, mich als Beobachter Ihrer Arbeit zu dulden«, fuhr er schmauchend fort. »Zweifellos eine probate Methode, mich bei der Entscheidungsfindung etwas anzutreiben! Vermutlich haben Sie das mit meiner geliebten Emma abgesprochen, haha!«

»Wo denken Sie hin!«, erwiderte ich in gespielter Entrüstung.

»War auch nicht ernst gemeint.« Er zog eine seltsame Grimasse. »Aber ehrlich gesagt ist Budapest genau wie andere große Städte nicht das richtige Pflaster für einen armen Schreiberling, der heilfroh ist, wenn seine Frau am Sonntag ein Bratenstück in den Ofen schieben kann, ohne dass deshalb der Vermieter peinliche Fragen stellt, wo's Geld vom vorletzten Monat bleibt!«

»Budapest?« Ich schüttelte nachdrücklich den Kopf. »Davon sprach ich gar nicht, Herr May! Nein, ich werde mich auf unbestimmte Zeit in einem kleinen Nest an der deutsch-holländischen Grenze aufhalten, das sich durch eine hervorragende Eisenbahnverbindung auszeichnet. Ein geradezu idealer Ort, man ist in rund einer Stunde mitten im Ruhrgebiet und reist auch blitzgeschwind nach Holland, wo es eine Unmenge fähiger Handwerker gibt, die schwer zu beschaffende Spezialteile fertigen können, falls sich der Bedarf ergibt.«

»Habe ich recht gehört, in Deutschland belieben Sie zu verweilen?«, rief er entzückt. »Und so nah? Wie lange denn?«

»Drei Monate, vielleicht sogar sechs.«

»Phantastisch!« Er schlug begeistert mit der flachen Hand auf den Tisch. Und noch einmal. Doch dann besann er sich und sah mich etwas besorgt an. »Sie müssen über beträchtliche finanzielle Mittel verfügen, ein solcher Exkurs kostet doch gewiss eine ganze Stange Geld!«

»Ganz im Gegenteil, lieber Herr May! Ist ja eine billige Gegend, im Vergleich zu irgendeiner Großstadt. Die geografische Nähe zu zwei Industriezentren reduziert ebenfalls die Kosten, oder vermehrt mein Budget, wenn Sie es andersherum betrachten. Übrigens stehen vor Ort genug Komfort und Platz zur Verfügung, um problemlos einen oder auch zwei Gäste einzuquartieren, auch für mehr als nur einige Tage und Nächte. Wenn Sie und Ihre liebe Gattin also die Neigung verspüren, mich zu besuchen, lade ich Sie herzlich ein, meine Gäste zu sein!«

»Wirklich?« Er sprang auf und streckte mir mit tief gerührtem Blick die Hand entgegen. »Vielen, vielen Dank, Herr Tesla!«, meinte er treuherzig. »Ich weiß gar nicht, was ich dazu sagen soll ... Ihre Großzügigkeit rührt mich zu Tränen – Tränen der Freude natürlich!«

Ich lachte leise. »Ach, Sie übertreiben! Übrigens ergeht meine Einladung nicht ganz uneigennützig – in gewissen Phasen meiner Arbeit habe ich ein verstärktes Bedürfnis nach angenehmer menschlicher Gesellschaft, das Sie gewiss besser zu befriedigen vermögen als die Landpflanzen, die mich an jenem abgeschiedenen Ort erwarten. Also, sagen Sie nur, wann ich Sie nebst Ihrer Ehefrau erwarten darf?«

»Meine Gattin, ja ...«, erwiderte er gedehnt, während er den Stuhl zurechtrückte, um sich wieder darauf niederzulassen. »Meine Gattin, natürlich. Hm, sagte ich nicht bereits, dass sie nicht gerne verreist?«

Ich überlegte, ob es sich um eine rhetorische Frage handelte, aber da er mich weiter fragend ansah, kam ich zu dem Schluss, dass es sich nicht so verhielt.

»Sie beliebten es zu erwähnen, glaube ich.«

»Hm.« Er strich sich über den Bart. »Dann erwähnte ich auch, dass sie dem Reisen insgesamt recht kritisch gegenübersteht?«

Ich trommelte grübelnd mit den Fingern auf dem Tisch herum. »Nein, kann ich mich nicht dran erinnern, ehrlich gesagt.«

»So verhält es sich aber, dummerweise!«

»Ah, das ist allerdings fatal!«

»Wie wahr.«

»Betrifft dies nur abenteuerliche Reisen oder auch solche, die ausschließlich der Entspannung oder kulturellen Bildung dienen, wenn ich fragen darf?«

»Erstere gewiss, Letztere mit Einschränkungen«, brummelte er etwas konsterniert.

»Na, dann sollte es doch kein Problem sein, die Gute davon zu überzeugen, dass Ihre Reise ausschließlich unter diese, weniger unerwünschte Kategorie fällt, nicht wahr? Die größte Gefahr, die uns dort erwartet, ist vermutlich die, dass uns das Wetter davon abhält, die Attraktionen der Umgegend zu erkunden, sofern wir mit solchen überhaupt rechnen dürfen.«

Er nickte. »Vermutlich. Aber verstehen Sie mich bitte, Herr Tesla – ohne die Zustimmung meiner lieben Frau kann ich auf gar keinen Fall zusagen! Ich muss Sie also vertrösten, auch wenn es angesichts der Großzügigkeit Ihres Angebotes geradezu unverschämt ist, so zögerlich zu reagieren.«

»Ach wo! Lassen Sie sich ruhig Zeit. Moment mal, wo habe ich es denn ...« Ich begann, in meinen Taschen zu kramen, bis ich eine meiner Visitenkarten fand, auf der ich das

Gesuchte notiert hatte. »Ach, hier! Wenn Sie meine Adresse dort notieren wollen? Schicken Sie mir nur eine kurze Notiz, wenn Sie sich entschieden haben, ja?«

»Gewiss doch, gerne.« Er zog aus seiner Jacke einen Bleistift hervor und kopierte die Adresse auf den hinteren Innendeckel seines Buches.

Reisen und Speisen

Karl May und ich saßen noch bis in die frühen Morgenstunden beieinander und schwatzten über dies und jenes. So verschieden die von uns angesprochenen Themen auch waren, kamen wir doch immer wieder auf seine Schreiberei zurück, die er mir durchaus glaubhaft als exakt autobiografische Schilderung seiner Wanderjahre erklärte.

Irgendwann setzte die Kapelle lautstark ein und May schlug vor, den Nebenraum der Schänke aufzusuchen, den wir lediglich mit einigen älteren Herren teilten, die zu taub oder zu desinteressiert waren, uns bei unserem Gespräch zu belauschen. In dieser intimen Atmosphäre blühte May in seinen Schilderungen richtig auf. Seine Augen versprühten geistiges Feuer, während seine vielfältige Mimik jede Wendung seiner Erzählungen bildhaft begleitete.

So erweckte er auf mich den Eindruck eines Naturtalentes, eines geborenen Erzählers, der selbst die haarsträubendsten Kapriolen spannend und unterhaltsam weiterzureichen vermochte. Dabei erschienen mir viele der von ihm vorgetragenen Handlungsabläufe im Nachhinein auf eine kindische Weise platt und unecht, was jedoch gerade hervorhebt, wie genial seine Erzählweise diese Unzulänglichkeiten überwand, wenn man erst einmal von seinen Schilderungen gefangen war.

Als der Wirt den Zapfenstreich einläutete, beharrte May entgegen meiner Proteste darauf, auch meine gesamte Rechnung zu übernehmen. Anschließend hielten wir auf der Straße eine Droscke an und ließen uns zu meinem Hotel kutschieren, wo wir uns herzlich voneinander verabschiedeten. Erst als ich allein das Foyer betreten und die Klingel am Empfang betätigt hatte, wurde mir gewahr, dass May die Kutschfahrt allein fortgesetzt hatte und folglich auch diese in ihrer Gesamtheit zu bezahlen hätte.

Nach einigen Minuten erschien ein Hotelpage, den ich um sofortige Ausstellung der Rechnung bat, da ich mich entschieden hatte, Dresden bereits mit dem Fünfuhrzug zu verlassen. Er bestellte mir telefonisch eine Droschke und holte dann mein Gepäck aus dem Zimmer, während ich im Foyer den Kleinanzeigenteil der örtlichen Tageszeitung studierte. Als die Droschke endlich vorfuhr, hätte ich bereits mühelos einen brandaktuellen Preiskatalog über Nippfiguren und Zugehfrauen niederschreiben können. Ich hinterließ noch meine nächste Adresse, um mir die noch nicht von der Reinigung zurückgekommene Wäsche nachsenden zu lassen, bevor ich in die Droschke stieg und dem Kutscher eine Krone bot, wenn er mich möglichst gemächlich und ohne Schlitterei zum Bahnhof bringen würde.

So war es bereits kurz vor vier Uhr, als ich am Bahnhof vorfuhr. Der Zug stand bereits auf dem Gleis und ich winkte einen Kondukteur herbei, der mich für ein angemessenes Trinkgeld zu einem sauberen Abteil führte. Dort zog ich alle vorhandenen Vorhänge vor die Scheiben und bedeckte eine Sitzbank mit Tüchern, um mich darauf zur Ruhe zu betten. Vermutlich dauerte es nur wenige Sekunden, bis ich einschlief, da ich an die Abfahrt des Zuges keine Erinnerung habe.

Ich erwachte erst, als der Schaffner mich kurz hinter Dortmund vorsorglich weckte. Vorsichtig sog ich die Luft ein, die mit einem scharfen Geruch durchsetzt war, nicht unähnlich dem eines Torffeuers, aber versetzt mit etwas, das mich an den Ammoniakgestank erinnerte, mit dem man beim Ausheben einer Kloake konfrontiert wird.

Durch das Fenster beobachtete ich ein Panorama, das die Behauptung meines Reiseführers, der Himmel über dem

Herzen des Ruhrgebietes sei permanent grau, als freche Lüge entlarvte. Das Firmament, vor dem sich bis zum vom Dunst erstickten Horizont ein Diorama aus Fabrikschloten und Fördertürmen entwickelt hatte, erstrahlte vielmehr in jenem gefälligen Farbton, den Mutter Natur eigens für die flüssigen Körperausscheidungen höherer Lebewesen erdacht hat. Damit der Anreisende sich nicht langweilt, wechselte der alles durchziehende Duft alle zwei Meilen seinen Charakter. Mal stank es nach Petrol, dann wieder nach eifaulem Schwefelwasserstoff, hier nach ranzigem Fett und dort nach den nie gewechselten Fußlappen des ehrwürdigen Methusalem.

»Wer hier leben will«, murmelte ich feierlich, »verfügt zweifellos über die olfaktorische Abhärtung eines Abdeckers!«

Kurz bevor wir Essen erreichten, wurde es wieder etwas erträglicher, da diese Stadt dem Stahl gewidmet ist, dessen Produktion und Verarbeitung vergleichsweise geruchsarm zugeht.

Als der Zug den Essener Großbahnhof erreichte, stieg ich in eine Droschke um, deren Betreiber ich auftrug, mich zum besten Hotel am Ort zu bringen. Dort mietete ich ein Zimmer und nahm ein Bad, bevor ich mich in das hoteleigene Restaurant begab und dort einen Tisch verlangte, der direkt an der zur Straße weisenden Fensterfront stand.

Der Kellner rückte mir den Stuhl zurecht und entfernte sich dann unter Trinkgeld heischenden Bücklingen, um drei Minuten später mit einer pompösen Speisekarte wieder aufzutauchen, die ich wegen ihres übertriebenen Formates um ein Haar für einen rekordverdächtig großmaßstäbigen Atlanten gehalten hätte. Anschließend zog er sich rückwärts gehend um exakt drei Meter zurück, um dort mit gekreuzten Händen auf meine Bestellung zu lauern.

Während ich noch die Auswahl der Vorsuppen studierte, schlich er sich wieder devot an. »Außerhalb der Karte gibt es heute auch noch Mockturtle-Soup, wenn der Herr beliebt«, flüsterte er mit verzücktem Blick.

Ich klappte die Karte zu und betrachtetete abwechselnd ihre Vorder- und Rückseiten. »Wo?«, fragte ich mit deutlichem englischen Akzent.

»Wie meinen?«, fragte er irritiert.

»Sie sagten *außerhalb.*« Ich hielt ihm die Karte unter die Nase. »Wo *außerhalb?* Ich sehe nichts. Null. Von Mockturtle keine Spur.«

Er sah mich ungläubig an. »Es ...« Sein Gesicht färbte sich auf ausgesprochen unvorteilhafte Weise. »Es ist nur so eine deutsche Redensart. Ich meinte, wenn dem Herrn danach ist, kann er heute auch Mockturtle serviert haben.«

»Ah.« Ich dachte angestrengt nach. »Nein danke, heute nicht. Ich hasse Mockturtle. Werde aber vielleicht morgen darauf zurückkommen.«

»Wie der Herr will.« Er stutzte. »Morgen? Aber morgen gibt es gar keine Mockturtle-Soup. Nicht, dass ich wüsste, zumindest.«

Ich starrte ihn zweifelnd an. »Wirklich nicht?«

Er zögerte. »Ich müsste den Koch fragen.«

»Ja, das sollten Sie vielleicht tun!«

»Eine Minute nur, wenn der Herr gestatten.«

Er drehte sich tatsächlich um und verließ den Raum, sodass ich die Speisekarte unbeobachtet studieren konnte. Als er knapp fünf Minuten später zurückkehrte, hatte ich die Gerichte bereits in einer mir beliebigen Weise neu arrangiert.

»Morgen muss der Herr wohl mit einer anderen Suppe vorlieb nehmen, so Leid es mir auch tut.«

»Macht nichts«, erwiderte ich, ohne meinen Blick zu heben. »Ist es möglich, die Beilagen nach Belieben zu variieren? Reis statt Kartoffeln, um ein Beispiel zu nennen?«

»Aber gewiss, wenn dem Herrn danach ist, wird der Koch gern entsprechend verfahren.« Er zückte Block und Bleistift.

»Erbsen statt Möhren?«

Diese Frage verunsicherte ihn doch etwas. »Ja, das wird ebenfalls gehen«, antwortete er nach einem Moment.

»Kartoffeln statt Reis, gebraten statt gekocht?«

»Äh ... Da müsste ich erst fragen.«

»Gut«, murmelte ich, »dann bringen Sie mir einstweilen eine Tagessuppe und danach das dreigängige Menü, genau wie es dort geschrieben steht, bitte schön.«

»Wie es da steht, der Herr. Was darf ich Ihnen zu trinken bringen?«, fragte er mühsam beherrscht.

»Burgunder zum Hauptgericht, ansonsten Wasser, Wasser, Wasser.«

Fünf Minuten stellte er mir eine Suppentasse auf den Tisch, deren bräunlich kolorierter, klarsichtiger Inhalt mich augenblicklich an ein stark vernachlässigtes Aquarium denken ließ, nur dass statt einem Goldfisch darin zwei Blumenkohlröschen an der Oberfläche nach Luft schnappten. Der Geschmack bestärkte mich in dieser zunächst völlig abwegig erscheinenden Hypothese und ich nahm erstaunt zur Kenntnis, dass der Schöpfer dieser künstlichen Miniaturwelt umsichtigerweise die Temperatur auf deutlich weniger als achtzehn Grad reduziert hatte. Ich sah dies als Beweis dafür an, dass es sich bei den Bewohnern der Brühe um einheimische Blumenkohle handeln musste, die nicht gut in tropisch warmen Gewässern gedeihen.

Nach diesem gelungenen Einstand war ich äußerst gespannt auf den versprochenen Krebssalat. Serviert wurde eine dicke Unterlage von gummiartig weichen Blättern, waidmannsgrün mit tabakbraunen Sprenkeln, erstickt von einer honigzähen Tunke. Letztere schien der Farbe nach aus verflüssigten Marzipanschweinchen zu bestehen, was durch die Geschmacksprobe weder bestätigt noch vollständig widerlegt wurde.

»Wo sind sie nur, die lieben Krebse«, murmelte ich erschüttert, just bevor mein Instinkt vollbrachte, was selbst den wackersten Lawinenhund hoffnungslos überfordert hätte: In der Mitte des Salatklumpens entdeckte ich einen Gegenstand von der gewaltigen Größe eines jungen Maikäfers.

»Grüß dich!«, jauchzte ich. Dort steckte also *der* Krebs. Singular, wohlgemerkt. Nur den Salat gab's erstaunlicherweise im Plural, obwohl es in der Speisekarte gar nicht so stand. Ich reinigte den kleinen, scherenbewehrten Kerl vom rosa Schleim und griff zum Tafelsilber, um seinen Panzer zu öffnen. Das Besteck kam von den Vereinigten Messerwerken in Solingen, der Panzer des Krebses dagegen offensichtlich von Krupp aus Essen, da er sich jedem Versuch des gewaltsamen Aufbruchs problemlos widersetzte.

Ich geb's auf, sagte ich zu mir, als der sanfte Schwung der Gabel die Kurvenform eines Schwanenhalses angenommen hatte.

Mittlerweile fühlte ich mich etwas leichtköpfig, da ich bislang so gut wie nichts gegessen, dafür aber reichlich von dem roten Burgunder getrunken hatte, der immerhin eine durchschnittliche Qualität aufwies. Zu gern hätte ich noch an der Fensterscheibe ausprobiert, ob mir das Krebslein zumindest als Glasschneider nützlich sein konnte, aber da trug der Kellner bereits den Hauptgang auf.

Boeuf à la Mode hatte die Speisekarte verkündet. Ein schmackhaftes, aber keineswegs kompliziertes Gericht, das jeder Gimpel zubereiten kann, der eine Pfanne, einen Herd, ein ordentliches Stück Rinderlende sowie einige unwesentlichere Zutaten besitzt, die man auch getrost weglassen oder variieren kann. Was jedoch nun vor mir auf dem unschuldig weißen Teller ruhte, war zweifellos keine Rinderlende, sondern ein wesentlich komplexeres Organ, das mit einer solchen Vielzahl von Sehnen, Knorpeln und sonstigen Ungenießbarkeiten durchsetzt war, dass ich seine biologische Funktion nicht auf Anhieb zu ergründen vermochte. Nach eingehender Begutachtung kam ich zu dem Schluss, dass es sich nur um das Rüsselgelenk eines Zwergelefanten handeln konnte, da Mondkälber nun einmal zu selten vorkommen, um einem wildfremden Gast bereitwillig auf den Teller gelegt zu werden.

Fluchtartig verließ ich den Raum und lief direkt durch's Foyer auf die Straße, winkte mit hoch erhobenem Goldstück eine Droschke herbei und rief dem Kutscher laut entgegen: »Bringen Sie mich irgendwohin, wo man für gutes Geld anständig essen kann!«

Er zeigte mir ein zahnloses, mitfühlendes Lächeln. »Sie sint nu' wiaklich nich' dä Ärste, dä aus den feinen Laahden da rausrennen tut wie vonnen dicken Affen gebissen! Wat bevorzugen Se denn, der Härr? Hausmannskost oder ähr wat Öbbakandideltes?«

»Hausmannskost, denke ich!« Von »Öbbakandideltem« hatte ich nun wirklich für's Erste die Nase voll.

Er brachte mich zu einem namenlosen Gasthaus am Rande der Innenstadt, in dem sich vorwiegend besser verdienende Fuhrleute tummelten, also solche, die einen eigenen Fahrbetrieb unterhielten und nicht als Lohnkutscher angestellt waren. Ich fühlte mich anfänglich doch ein wenig deplatziert, da ich weit und breit der einzige war, der statt Schieber- oder Schirmmütze einen Zylinder spazieren trug.

Eine Speisekarte gab es hier nicht, stattdessen eine Kreidetafel, auf der Möhrengemüse, Ochsenbrust und Koteletts zu Preisen angeboten wurden, für die man in feineren Lokalen nicht einmal ein Kräutersüppchen bekommt. Mein Tischnachbar war ein stämmiger Kerl von vielleicht sechzig Jahren, der sich gerade über eine riesige Portion Ochsenbrust hermachte, die von einem gewaltigen Ring aus duftendem Meerrettich und eigelben Kartöffelchen umgeben war. Ich entschied, mich an seinem Vorbild zu orientieren, und so stand schon bald ein völlig überladener Teller vor mir. Das einfache Gericht mundete mir ausgezeichnet, aber trotz meines großen Appetits schaffte ich es nicht, mir mehr als die Hälfte einzuverleiben.

»Wat, ham Se schon genuch?«, fragte mein Tischnachbar, dessen Teller bereits seit einigen Minuten leer war.

Ich nickte. »Es schmeckte köstlich, aber diese Portionen ... einfach unglaublich!«

»Ham Se wat dagegen, wenn ich Sie dabei helfen tu, den Tella lähr zu kriegen?«

»Nein, bedienen Sie sich nur, es wäre zu schade darum!« Ich schob den Teller zu ihm über den Tisch und sah fassungslos dabei zu, wie er ihn innerhalb von fünf Minuten blank putzte. Nur zu gerne hätte ich ihn auf eine weitere Portion eingeladen, um herauszufinden, ob ein Mensch wirklich zerplatzen kann wie ein Ballon, aber dazu fehlte mir die Zeit. Also verließ ich das Gasthaus und ließ mich zum Verwaltungsgebäude der Firma Krupp kutschieren, wo ich um viertel vor drei Uhr eintraf.

Ich lief die breite Steintreppe hinauf, öffnete die schwere eisenbeschlagene Doppeltür und gelangte in die Empfangshalle, die zu beiden Seiten in Treppenhäuser mündete, während am gegenüberliegenden Ende eine Art Schalterhäuschen zu sehen war, in dem ein Knabe in der Uniform eines Leierkastenäffchens hockte. Ich fragte ihn nach dem Weg, worauf er mich ins oberste Geschoss des Gebäudes verwies.

Kurz darauf klopfte ich an der Eichentür des für mein Anliegen zuständigen Sekretariats an. Wenige Sekunden später wurde die Tür von einem ältlichen Sekretär geöffnet, der sich als Eusebius Scholz vorstellte und Brillengläser trug, deren Brechungskraft jedes mir bekannte astronomische Observatorium in den Schatten stellen musste. Er bat mich höflich, einstweilen im Flur auf der Bank Platz zu nehmen; es könne einige Minuten dauern, bis man mich empfangen würde.

Obwohl man mich schriftlich auf halb vier geladen hatte, dauerte es eine geschlagene halbe Stunde, bis Herr Scholz mich endlich durch das Vorzimmer in ein großes Büro führte, das nach neoklassischer Mode eingerichtet war. Direkt vor dem vergitterten Fenster stand ein gigantisches kastenartiges Gebilde, das ich mit großer Freude als den verschollenen Sarkophag Kaiser Karls zu identifizieren glaubte. Doch stellte sich enttäuschenderweise auf den zweiten Blick heraus, dass es sich lediglich um einen hundsordinären Schreibtisch handelte, hinter dem nun wie ein wild gewordener Kasper ein bärtiges Männlein von mindestens siebzig Lenzen hervorschoss, das sich mir auf Hochdeutsch als Oberingenieur Dr. Dr. Michalak vorstellte.

Der gereifte Technikus streckte mir seine Hand so vehement entgegen, als ob er sie mir zum Gastgeschenk überlassen wollte. Schlimmerweise bemerkte ich erst nach dem unangenehm feuchten Händedruck, dass seine sämtlichen Fingernägel von ekligen Trauerrändern geziert waren, deren Anblick mir noch an den beiden folgenden Tagen den Appetit einschnürte. Während er mir den Rücken zukehrte, um sich wieder hinter den monumentalen Schreibtisch zurückzuziehen, bedeckte ich die Sitzfläche des mir angebotenen Stuhls hurtig mit einem blitzsauberen Taschentuch, bevor ich mich darauf niederließ.

Herr Michalak schlug eine vor ihm liegende blaue Aktenmappe auf und starrte über den Rand seiner Brille eine ganze Weile hinein. Schließlich fragte er mich in väterlichem Ton: »Wie ich Ihrem Schreiben entnehme, haben Sie an der Universität Wien promoviert, Doktor Tetzlaff?«

»Verzeihung«, entgegnete ich höflich, »ich heiße nicht Tetzlaff, sondern *Tes-la*. Nikola Tesla.«

Michalak sah mich irritiert an und klappte die Akte zu, um das Etikett auf der Vorderseite zu studieren. »Nicht zu fassen!«, rief er erzürnt und schlug mehrmals mit dem Handballen auf einen Glockenknopf, bis sich hinter meinem Rücken die Tür öffnete.

Ich drehte mich kurz um und sah den Sekretär eintreten, der mich vorhin in Empfang genommen hatte. »Scholz!«, rief Michalak mit überkippender Stimme. Er streckte dem etwas betreten Herankommenden die Akte entgegen. »Wat ham Se sich dabei eigentlich gedacht? Dat hier« – er deutete mit der freien Hand auf mich – »is nich dä wärte Doktor Tetzlaff, sondern dä verährte Doktor Nikolaus Tesla!«

Ich sah davon ab, ihn zu belehren, dass ich weder ein Doktor noch der heilige Nikolaus war.

»Verzeihung«, murmelte der maulwurfblinde Scholz, während er die blaue Akte entgegennahm. »Da ist mir wohl ein Fehler unterlaufen.«

Er wandte sich an mich.

»Doktor Tesla, sagten Sie?« Er schüttelte irritiert den Kopf. »Davon weiß ich ja gar nichts ... oder doch, warten Sie mal. Wie war noch Ihr allerwertester Vorname?«

Ich bemühte mich, Fassung zu bewahren. »Ni-ko-la. Mit K wie Katastrophe.«

»Ach du liebe Güte!« Scholz schlug sich mit dem Handballen auf die Stirn. »Natürlich! Das ist des Rätsels Lösung. Warten Sie, einen Moment nur!« Er huschte aus dem Raum und kehrte weniger als eine Minute später mit einem Ausdruck des Triumphes zurück. Er hielt mir eine rosafarbene Aktenmappe unter die Nase und ich las, was in sauberer Handschrift auf dem Etikett stand:

Frau Nikole Tesla

Scholz zeigte nun auch seinem Herrn und Meister, was auf der Akte geschrieben stand.

Michalak schüttelte den Kopf. »Ja, nun versteh ich gar nix mehr!«

Mit einem Nicken bestätigte ich, dass es mir diesbezüglich nicht anders erging.

»Ein Versehen«, erklärte Scholz pikiert. »Ist mir ein wenig peinlich, ehrlich gesagt – meine Augengläser waren einige Tage zur Reparatur, und da muss ich mich wohl verlesen haben. Aber die Unterlagen sind so weit wohl korrekt – denken Sie sich einfach *Herr* wo *Frau* steht, Herr Oberingenieur Doktor Doktor Michalak.«

Ich sagte nichts. Immerhin hatte er meinen Vornamen mit K geschrieben, wofür ich mich ihm zu innigem Dank verpflichtet fühlte.

Herr Michalak blätterte gewissenhaft in der Akte herum, was seine Nerven offenbar so weit stärkte, dass er einen erneuten Vorstoß ins Hochdeutsche wagte: »Wie ich sehe, haben Sie also am Polytechnikum studiert und so weiter etcetera ...« Er blätterte bis zur letzten Seite der Akte weiter. Er wandte sich an Scholz: »Äh, wo haben Sie denn die *Habittillazion* abgeheftet, Herr Scholz?«

»Habilitation?« Scholz zuckte seine Achseln. »Lag mir nicht vor.«

Nun wurde es mir doch zu bunt. »Verzeihung«, mischte ich mich ein, »ich habe nicht habilitiert.«

»Nicht *habittiliziert!«*, rief Michalak verwirrt. Dann kam ihm ein vermeintlicher Geistesblitz: »Natürlich – ein Ehrendoktor!« Er klatschte erfreut in die Hände. »Und so jung – wer hätte das auch vermuten können!« Und zu Scholz gewandt: »Und dabei erscheint er mir als überaus bescheidener, gottgefälliger Mensch, unser Doktor Tesla!«

»Verzeihung«, sagte ich wieder, »dass Sie mich mit Doktor anreden, ehrt mich über alle Maßen, doch steht mir der Titel nicht zu. Ich glaube, über eine natürliche Befähigung zu verfügen, die unter den Zwängen und Dogmen eines ordentlichen Studiums nur verkümmern würde. Mein wirkliches Talent liegt sozusagen in der Erfinderei von Dingen, die angeblich nicht erfunden werden können.«

Ich legte eine Sprechpause ein, um Michalak die Gelegenheit zu eröffnen, eine Zwischenfrage zu stellen. Doch schien er meiner Erläuterung so weit gut folgen zu können, da er mich mit erwartungsvollem Schweigen ansah.

»Wirklich bedauerlich«, fuhr ich fort, »dass Herr Krupp nicht bei diesem Gespräch anwesend ist – so werden sich unnötige Wiederholungen leider nicht vermeiden lassen. Natürlich lebe ich nicht in dem Irrglauben, dass sich ein viel beschäftigter Mann wie Herr Krupp die Zeit nimmt, sich mit mir zu besprechen, ohne sich vorher hinreichend über meine Qualifikationen in Kenntnis gesetzt zu haben. Deshalb habe ich ja auch ungewöhnlich umfangreiche Unterlagen eingereicht – insgesamt waren es sechs oder sieben Seiten Papier, wenn ich mich recht erinnere.«

Ich legte wieder eine kurze Pause ein, um meine Worte ausreichend wirken zu lassen. Michalak schien sich meiner Argumentation so weit anzuschließen, da er durch höfliches Schweigen zum Ausdruck brachte, dass ich fortfahren sollte. »Ich will doch nicht hoffen, dass der eigentlich vollkommen verständliche und voll und ganz verzeihliche Irrtum des Herrn Scholz zur Folge hatte, dass Herrn Krupp meine Unterlagen noch nicht zur Einsicht vorgelegt wurden?« Ich sah Scholz milde, aber doch insistierend an.

Er hoffte wohl, dass sein Vorgesetzter für ihn die Kartoffeln aus dem Feuer holen würde. Der deutete ihm jedoch mit einem Blick zur Decke an, dass es an Scholz war, mir Rede und Antwort zu stehen.

»Ja«, gab dieser nach einigen Augenblicken zu, »mit dieser Vermutung liegen Sie wohl richtig! Herrn Krupp fehlt nun einmal die Zeit, sich mit allen Personalfragen zu befassen – so gern er es auch vermutlich täte. Als Hersteller von Großfeuerwaffen unterliegt hier vieles der Geheimhaltung, weshalb Herr Direktor Krupp die Mitarbeiter in verantwortlichen Positionen höchstpersönlich prüft. Soweit es aber Arbeiter und kleine Angestellte betrifft, kann er sich nun beim besten Willen nicht mit jedem Einzelfall befassen. Und das gilt natürlich auch für weibliche Mitarbeiter.«

»Pardon, Herr Scholz«, fragte ich überrascht, »das kann doch nicht Ihr Ernst sein?«

»Was meinen Sie, bitte schön?«, fragte er verblüfft.

»Dass Herr Friedrich Krupp als wahrscheinlich erfolgreichster Unternehmer im deutschen Raum Frauen für grundsätzlich unverdächtig erachtet«, antwortete ich ruhig,

»das wäre in der Tat so hochgradig naiv, dass ich unmöglich glauben kann, dass Herr Krupp tatsächlich so verfährt. Wenn eine Frau Briefe in die Hand bekommt, die Geheimnisse enthalten, fällt es ihr sicher nicht schwerer als jedem beliebigen Mann, diese zu verraten – sofern sie daran ein Interesse hat. Was im Übrigen auch gilt, wenn es sich um Geheimnisse höchst technischer Natur handeln würde. Verrat begehen kann jeder Dummkopf, dafür braucht es keinen Doktor. Unbeschadet einmal der Tatsache, dass es sicher Frauen gibt, deren wissenschaftliche Qualifikation nicht weniger hoch einzuschätzen wäre als die eines beliebigen Mannes.«

»Da schau einer her!«, meldete sich Herr Michalak zu Wort. Er starrte mich feindselig an und näselte: »Der *Herr* Tesla scheint ja vor neuartigen Ideen geradezu überzusprudeln. Er ist nicht nur ein Revolutionär der Technik, nein, nein! Er hat auch noch weltverbessernde Ideen parat, die wirklich unerhört sind! Was kann er eigentlich nicht, der *Herr* Tesla, frage ich mich? Ein Allesmacher, der sein Examen verpatzt hat und doch tatsächlich meint, es gehe auch ohne!« Er betonte das Wort »Herr« immer auf eine Weise, die offenbar beleidigend gemeint war.

Einen Moment lang überlegte ich, ob das verwitterte Männchen auf der anderen Seite des Schreibtischs eine ordentliche Backpfeife überleben würde. Ich bin kein gewalttätiger Mensch, aber Gedanken sind bekanntlich zollfrei.

»Ich werde Herrn Krupp über den Verlauf dieses Gesprächs in Kenntnis setzen«, sagte ich im Aufstehen. »Und ich werde ihm auch erklären, dass Ihr freches Verhalten eine Zusammenarbeit zwischen den Firmen Krupp und Tesla bereits im Ansatz undenkbar macht. Guten Tag!«

Ich machte auf dem Absatz kehrt und lief durch die immer noch offen stehende Tür ins Vorzimmer, um meinen Mantel vom Garderobenständer zu nehmen. Während ich ihn zuknöpfte, schloss sich hinter mir die Tür. Ich hörte, wie jemand mit leisen Schritten auf mich zukam.

»Herr Tesla?«, flüsterte Scholz.

Ich sah ihn an.

Scholz bedeutete mir mit einer Geste, ihm durch die Tür in den kahlen, in unappetitlichem Braun getünchten Flur zu folgen. Er machte nicht Halt, sondern lief schnurstracks auf den Ausgang zu. Ich folgte ihm. Für eine Weile war nichts zu hören außer dem Echo unserer Schritte. Erst als wir das Treppenhaus erreichten, blieb Scholz stehen und drehte sich zu mir um.

»Es tut mir Leid«, erklärte er mit einem grundehrlichen Blick, »dass es so unerfreulich für Sie verlief. Und ich möchte mich aufrichtig für das peinliche Malheur entschuldigen, das ich unachtsamerweise mit Ihrer Akte angerichtet habe.« Er nahm die Brille ab und polierte die dicken Gläser mit einem karierten Taschentuch.

»Oh«, entgegnete ich freundlich, »machen Sie sich nichts draus! Es ist keineswegs das erste Mal, dass jemand mit meinem Namen nicht zurechtkommt. Aber – erlauben Sie mir eine Frage?«

»Ja, warum nicht! Fragen Sie nur frei heraus!«

»Leiden Sie des Öfteren unter Kopfschmerzen?«

Scholz riss überrascht seinen Mund auf. »Äh, ja – aber woher können Sie das wissen ...«

Ich deutete auf seine Brille. »Es liegt am Schliff, und wohl auch am Gewicht der Gläser, die darüber hinaus ein stabiles und entsprechend schweres Gestell erforderlich machen. Das Gewicht belastet unbemerkt Ihre Nackenmuskulatur, und so kommt es zu Verspannungen und Verschiebungen der Nackenwirbel, was sich wiederum in Kopfschmerzen niederschlägt. So einfach ist das!«

»Hm.« Er verzog nachdenklich den Mund. »Da könnten Sie in der Tat Recht haben, wenn ich's mir überlege! Wenn ich die Brille absetze, verschwinden die Schmerzen nach einiger Zeit. Ich habe es aber eher auf die ungemein starke Wirkung der Gläser zurückgeführt.«

»Haben Sie schon von der optischen Fabrik Carl Zeiss gehört?«

»Ja, sicherlich – diese Firma gehört doch zu unseren Lieferanten. Wir haben exzellente Kontakte dorthin, genau wie zur Edison-Niederlassung in Paris übrigens, wo Sie diesen Namen doch gerade erwähnten. Warum fragen Sie?«

»Herr Zeiss ist momentan wahrscheinlich der einzige Mensch auf der Welt, der optische Gläser schleifen kann, die bei hoher Wirkung ein minimales Gewicht aufweisen. Schreiben Sie ihm, und verweisen Sie ruhig auf mich – wenn Ihnen jemand helfen kann, ist es Carl Zeiss.«

»Danke.« Er ergriff meine Hand. »Sie sind wirklich ein guter Mensch, Herr Tesla! Ich werde umgehend einen Brief an Ihren Freund Carl Zeiss aufsetzen und ihn schön von Ihnen grüßen! Doch nun muss ich mich leider von Ihnen verabschieden – die Pflicht ruft! Adieu und gute Reise, Herr Tesla – ich werde Ihnen an Ihre Budapester Adresse schreiben!«

Er machte auf dem Absatz kehrt und lief eilig in den Flur zurück, bevor ich auch nur reagieren konnte.

»Adieu auch, Herr Scholz!«, rief ich ihm hinterher. Doch er bemerkte es wohl nicht, da mein Rufen im Getrappel seiner Schritte unterging.

Während ich die Treppe zum Hauptausgang hinunterlief, musste ich mich doch über Scholz amüsieren. Ein durchweg netter, gepflegter Mensch mit ausgezeichneten Manieren.

Ich war mir sicher, dass er sich in seinem Brief an Carl Zeiss sehr vorteilhaft über meine Person äußern würde. Wer weiß, vielleicht würde Herr Zeiss dann sogar Interesse bekunden, mich kennen zu lernen.

Auf der Straße vor dem Werkstor blieb ich stehen, bis sich eine freie Droschke näherte. Ich wies den Kutscher an, mich unverzüglich zu meinem Hotel zu bringen.

Tags darauf saß ich frühmorgens in einem Bummelzug, der mich in etwas mehr als einer Stunde Reisezeit zu dem winzigen, ländlichen Ort schaffen würde, an dem ich nun für einige Zeit zu wohnen gedachte. An der ganzen Strecke Richtung Arnheim kamen eigentlich nur zwei oder drei Dörfchen für mein Vorhaben in Betracht, und ich hatte vor etwa zwei Monaten Anzeigen in den Lokalzeitungen geschaltet, um geeignete Räumlichkeiten zu finden. Neben einigen weniger interessanten Angeboten erhielt ich auch einen ausführlichen Brief von einem Ehepaar Kohler, die mir zu durchaus erfreulichen Konditionen ein Objekt anboten, das der Beschreibung nach für meine Absichten geradezu ideal erschien. Dem Schreiben war sogar ein Grundriss beigelegt, was mir die Entscheidung wesentlich erleichterte. Nachdem ich den Vertrag unterzeichnet und das vereinbarte Geld gekabelt hatte, schickte ich per Spedition die schwere Laborausrüstung vorweg, bevor ich selbst die Reise mit den beschriebenen Umwegen antrat.

Jetzt war ich doch recht gespannt, ob die Wirklichkeit mit den Verheißungen der Kohlers in Einklang stehen würde. Als der Zug mit dem Bahnhof Oberhausen das triste Ruhrgebiet hinter sich gelassen hatte, passierten wir den nordwestlichen Bergwerksgürtel, der ein weitaus weniger abstoßendes Bild bot als sein östliches Pendant, da sich die Industrie hier unter der Erde abspielt, sodass man an ihre Hässlichkeit nur durch die Fördertürme der Schachtanlagen erinnert wird.

Mit der Hansestadt Wesel ließen wir schließlich das eigentliche Deutschland hinter uns und traten in das grüne Niemandsland ein, in dem jeder Deutsche ein halber Holländer ist und umgekehrt. Fast jedes Dorf hier hat seinen eigenen Menschenschlag hervorgebracht, da dieser Teil des Niederrheins vor langer Zeit aus uneinsichtigen Gründen von vielen weit entfernt lebenden Stämmen als ein gelobtes Land betrachtet wurde. Hier muss man sich nicht wundern, wenn der Dialekt eines Dorfes einen deutlichen pfälzerischen Einschlag zu haben scheint, der sich deutlich vom eher ans norddeutsche Platt angelehnten Idiom des Umlandes unterscheidet. Anderorts waren es Hessen oder sonstige Vertreter germanischen oder keltischen Geblüts, die ihr mitgebrachtes Brauchtum mit dem vermischten, was die bereits hier Ansässigen pflegten.

Es war bereits früher Abend, als ich meinen Zielbahnhof erreichte und mein Gepäck mit einiger Mühe selbst auf den Bahnsteig beförderte, da weit und breit kein Kofferträger zu sehen war. Ich begab mich direkt ins Bahnhofsgebäude und bat den Vorsteher, meinen schweren Koffer über Nacht aufzubewahren. Dann ließ ich mir den Weg zum Hof der Kohlers erklären, der weniger als eine halbe Stunde zu Fuß entfernt lag.

Munter pfeifend machte ich mich auf den Weg, vorbei an kleinen Eisenbahnhäuschen, deren Gärten in weite Felder und Horste übergingen, die großflächige Weiden begrenzten, auf denen bereits Kühe und vereinzelte Pferde grasten. Die Sonne hatte sich bereits hinter dem Horizont versteckt, der mächtig im Abendrot erglühte, während ich meine Schritte beschleunigte, um mein Ziel noch vor Anbruch der Dunkelheit zu erreichen.

Am Niederrhein

An jenem Morgen, als Herrn Mays Telegramm bei mir eintraf, tobte über dem Niederrhein einer jener gewaltigen Gewitterstürme, deren Unberechenbarkeit auf dem gesamten europäischen Kontinent ihresgleichen sucht. Tatsächlich war die Unsicherheit des Wetters sogar einer der Hauptgründe, warum ich diesen Ort für meine Experimente ausgewählt hatte. Die außergewöhnliche flache Landschaft dieses Bezirks ist nach allen Himmelsrichtungen den verschiedenen Luftströmungen atlantischer und kontinentaler Natur ausgesetzt, wobei der Wind gelegentlich über erstaunlich große Distanzen Souvenirs mit sich bringt, die er sozusagen als Treibgut hier ablädt. Einige der Einheimischen, mit denen ich in den Gasthäusern oder auf Spaziergängen ins Gespräch gekommen war, hatten mir glaubhaft versichert, dass man fast in jedem Frühsommer damit rechnen musste, dass der Südwind aus unbekannten Breiten feinen Sand mit sich her trug, der sich als reifartiger, rötlicher Schleier über die Landschaft verteilte.

Natürlich war ich mir dessen bewusst, dass neugierige Fremde schnell von ortsansässigen Scherzbolden zum Opfer erklärt werden, dessen bevorzugten Konversationsthemen man bereitwillig mit Behauptungen begegnet, die spektakulär genug sind, um dem wohlhabenden Auswärtigen noch ein weiteres Glas Bier oder noch ein Tässchen Kaffee zu entlocken. Dass ich mich ungemein für's Wetter interessierte, war schnell im ganzen Dorf bekannt, da ich den von der Gemeinschaft entsandten Parlamentären allzu bereitwillig Auskunft von meinen Absichten und Zielen erteilt hatte.

So wurde ich schon wenige Tage nach meiner Ankunft als spinnerter, aber dem Naturell nach harmloser und zudem freundlich gesinnter Besucher eingestuft, der Dingen nachgeht, für die sich kein vernünftiger Mensch interessiert. Enttäuscht zogen sich die Spione zurück, bis auf einen einzigen, dem das Thema meiner Untersuchungen in gewisser Weise vertraut war. Es handelte sich um meinen Vermieter Hinrich Kohler, einen pensionierten Kapitän zur See, der streng genommen nicht zu den Einheimischen gehörte, sondern aus dem östlichen Westfalen zugewandert war. Er wurde als Naturalisierter betrachtet, aus dem einfachen Grund, dass er vor fast dreißig Jahren die Tochter eines ortsansässigen Gutsbesitzers geheiratete hatte. Somit gehörte er eigentlich zur örtlichen Oberschicht, was ihn jedoch nicht davon abhielt, eher mit den niedergelassenen Eisenbahnern, Bauern und sonstigen Normalbürgern zu verkehren als mit anderen Gutsbesitzern, Zöllnern und artverwandten Pfeffersäcken.

Trotz seiner fast siebzig Jahre war Kohler stark wie ein Bär und wirkte in seinem Auftreten enorm jugendlich, obwohl sein unordentlicher Haarschopf und der Backenbart keine Farbe mehr zeigten außer Watteweiß. Nicht nur körperlich, sondern auch geistig jung geblieben, schien er sich tatsächlich für alle möglichen technischen und naturwissenschaftlichen Dinge zu interessieren. Dies überzeugte mich schon bald davon, dass er seine zahlreichen Besuche auf eigene Initiative vornahm und nicht im Auftrag der anderen Dörfler.

Mein Domizil hatte vormals dem wesentlich jüngeren Bruder Frau Kohlers und dessen Ehefrau gehört, die vor knapp drei Jahren während einer Seereise ums Leben gekommen waren. Eigentlich eine Ironie des Schicksals, da der Verstorbene die nautische Inklination seines Schwagers in keiner Weise geteilt hatte und dem völlig landverbundenen

Beruf eines Kunstschreiners nachging. Die gut ausgerüstete Werkstatt im Anbau des Hauses vermittelte mir den Eindruck, dass er zu dieser Tätigkeit eine große Eignung in sich getragen haben musste. Viel wichtiger jedoch war für mich der erst kürzlich eingerichtete Elektrizitätsanschluss, der ebenfalls zu den Segnungen gehörte, die dieses Dorf durch die Nähe zur Eisenbahn erfahren hatte. Die deutschen Eisenbahngesellschaften hatten sich bereits auf eine elektrische Zukunft eingerichtet, wenngleich damals noch keine wirklich nutzbare elektrische Lokomotive in Betrieb war. Doch wurde der Strom zumindest in den Bahnhöfen genutzt, vorwiegend zum Betrieb der Signalanlagen, sodass bereits eine grundsätzliche, obwohl recht spärliche Struktur vorhanden war. Kohler war sozusagen ein Pionier der privaten Elektrifizierung, da er hier als Erster die Möglichkeiten dieser Technik erkannt hatte und unter nicht unbeträchtlichen Kosten einen Anschluss zu seinem Hof hatte legen lassen. Der Grund war in erster Linie ein gesundheitlicher – Frau Kohler litt an einer chronischen Erkrankung der Bronchien, was zur Folge hatte, dass sie bei allen mit offener Flamme brennenden Lichtern unter Atembeschwerden litt. Das elektrische Licht bot einen gesunden Ausweg aus dem Dilemma, der allerdings seinen Preis hatte: achtzig Pfennige pro Kilowattstunde. Trotzdem war Kohler von den Möglichkeiten der neuartigen Energie so begeistert, dass er auch das mehr oder weniger brachliegende Gästehaus von Grund auf elektrifizieren ließ, obwohl hier aus Gründen der Sparsamkeit in den meisten Räumen lediglich Öllampen installiert waren.

In sonstiger Hinsicht waren die Räumlichkeiten vorzüglich ausgestattet. Zwei Schlaf- und zwei weitere Gästezimmer, eine großzügigst eingerichtete Küche mit anliegendem Waschraum, die beide genau wie die Bäder im Obergeschoss den Luxus fließenden Wassers boten, ein Arbeitszimmer sowie ein gemütliches Wohnzimmer mit Kachelofen, an das jener nur in Deutschland bekannte, selten genutzte Raum angrenzte, den man in anderen Gefilden »Gute Stube« nennt, während ihm am Niederrhein nicht unbedingt eine eigene Bezeichnung zugedacht ist.

Wenn ich vorhin vom tragischen Schicksal von Frau Kohlers Bruder sprach, dann sollte man nicht daraus schließen, dass die Ehefrau des Kapitäns vor Wehmut verging, sobald sie dieses Haus betrat. Irgendwie hatte sie sich mit dem Verlust arrangiert, wobei ich nie dahinter kam, ob ihre durchweg optimistische und humorvolle Art in ihrem Naturell lag oder nur einen seelischen Panzer darstellte, hinter dem sie ihre Trauer verbarg. Ich vermutete, dass sie einen großen Teil ihrer Kraft aus jener Ausprägung des nördlichen Protestantismus schöpfte, der sich nach innen kehrt, statt in ein übertriebenes Kirchgängertum umzuschlagen.

Womit ich bei einem anderen Stichwort angelangt wäre, das dazu beiträgt, ein rechtes Licht auf meine neue Umgebung zu werfen. Jedem aufmerksamen Besucher dieser Gegend muss ins Auge fallen, dass die Menschen vom Niederrhein eine ganz besondere Erscheinungsform der Frömmigkeit pflegen. Unter der Woche verhalten sie sich mindestens ebenso sündhaft wie der Rest der Menschheit. Aber an Sonn- und Feiertagen sind sie tausendmal religiöser als jeder andere Menschenschlag auf diesem Erdenrund und katholischer als die Leibgarde des Papstes.

Ich erkläre es am besten an einem Beispiel: Man stelle sich etwa vor, dass sich ein niederrheinischer Schwerverbrecher gerade mit durchgeladenem Revolver an einen wohlhabenden Spaziergänger herangeschlichen hat und »Geld oder Leben« brüllt. Ertönt im selben Augenblick der lockende Klang der Kirchenglocken, dann wird der gemeine Räuber seine Waffe augenblicklich senken und zusammen mit seinem Opfer den Weg zum nächsten Gotteshaus antreten, wobei man vielleicht Billets austauscht, um den verpatzten Überfall gelegentlich nachzuholen. Dann werden vielleicht noch ein paar Worte über das Wetter gewechselt, zu mehr ist kaum Zeit, da die nächste Kirche nie mehr als eine halbe Stunde zu Fuß entfernt liegt.

Hierzu eine Überlegung meinerseits: Neben zweiundfünfzig Sonntagen begehen besonders gläubige Menschen bekanntlich auch eine nahezu unbestimmte Vielzahl von kirchlichen Feiertagen. Insgesamt ergibt dies pro Jahr rund vierhundert fromme Festivitäten, sodass man an ihrer Gesamtheit nicht einmal als Vorschüler oder Pensionär teilzunehmen vermag, zumal das Jahr eben nicht genug Tage hat, um Überschneidungen zu vermeiden. Der von Natur aus pathologisch fromme Italiener muss deshalb mit dem Konflikt leben, dass es einfach unmöglich ist, an ein und demselben Tag die Geburt des heiligen Saltimbocca, die Vertreibung aus dem Paradies und die Einschulung der Mutter Gottes wirklich gebührend zu feiern. Ihm bleibt vor lauter Andacht ja kaum Zeit, um einmal im Leben zum Heiligen Stuhl zu pilgern. Und nicht anders ergeht es bekanntlich dem frommen Muselmann, der heilfroh ist, wenn er ein Mal in seinem Leben nach Mekka gelangt.

Aber der Niederrheiner, insofern katholischen Glaubens, ist diesbezüglich aus einem ganz anderen Holz geschnitzt. Sobald er bemerkt, dass sich mehr als fünf Nachbarn in seiner Nähe niedergelassen haben, bildet er mit diesen eine verschworene Interessengemeinschaft, die alles daransetzt, den Rang einer eigenständigen Gemeinde zu erlangen. Ist dies gelungen, dann werden alle Hebel in Bewegung gesetzt, um zu einem eigenen Gotteshaus zu kommen. Selbst das ist jedoch nicht das eigentliche Ziel der Anstrengung, sondern nur eine Vorstufe auf dem dornigen Weg zur Anerkennung als waschechter Wallfahrtsort!

Überall am Niederrhein finden sich nämlich Örtchen, an denen man bedeutende Reliquien verehren kann und gleichzeitig ehrfürchtig lernt, wie vergänglich des Menschen Werk ist, verwandelt der Zahn der Zeit doch einen Splitter vom Spazierstock eines Apostels in kürzester Zeit in etwas, das ein scharfsinniger Polizeidetektiv auf den ersten Blick für ein heruntergebranntes Streichholz oder einen vielfach benutzten Zahnstocher halten würde. Ich selbst möchte gar nicht wissen, wie oft ich vor einer Budapester Stehbierhalle die Rippe eines Heiligen mit der Stiefelspitze an den Rand des Gehsteigs befördert habe, weil ich sie für einen abgenagten Kotelettknochen hielt. Glücklicherweise bin ich nicht katholisch, sodass mir trotz meiner Ignoranz das Fegefeuer erspart bleiben wird. Ansonsten könnte ich wohl den Rest meines Lebens wallfahren, um mir genügend Ablass zu verschaffen. Und da es doch langweilig wäre, immer denselben Ort anzupilgern, wäre es in diesem hypothetischen Fall höchst sinnvoll, mich am Niederrhein niederzulassen, der großen Auswahl wegen.

Da das Wallfahren letztlich nur eine Sonderform des Tourismus darstellt, kann man einen x-beliebigen Wallfahrtsort nur schwerlich von einem überdrehten Touristenort wie beispielsweise Montreux unterscheiden. Der bedeutendste aller niederrheinischen Wallfahrtsorte ist zweifellos Kevelaer; deutlich kleiner als Rom, aber annähernd so populär. Und weil es für den Niederrheiner in jedem Fall näher liegt als die italienische Stadt, pilgert er alljährlich dorthin, wenn er dort nicht bereits ganzjährig residiert.

»Wozu gibt es nun diese zahllosen Wallfahrtsorte überhaupt?«, fragen sich jene, die anderen oder gar keinen Glaubens sind. Darunter etwa die französischen Besatzer, die gegen das Wallfahren 1794 ein Verbot erließen. Oder die nachfolgende preußische Regierung, protestantisch bis ins Mark, die gleich eine ganze Reihe von behördlichen Anordnungen erließ, um den Pilgern die Sache zu vermiesen.

Schön und gut, sagt der Katholik zähneknirschend, das sind eben unsere ungläubigen Feinde! Doch im Jahr 1826 trieb die ekstatische Wanderei anscheinend solche Blüten, dass sich sogar die Bischöfe von Münster und Köln genötigt sahen, das Wallfahren zu reglementieren, indem sie mehrtägige Anmärsche dieser Art ausdrücklich untersagten.

Wenn man Kapitän Kohler glauben kann, gab den Anlass zu diesem konterdogmatischen Schritt eine von absoluten Extremisten eingeführte Form der Wallfahrt, die zu Fuß von Bocholt aus nach Kevelaer unternommen wurde, wozu selbst scharf gedrillte Infanteristen mehr als einen Tag benötigen. Doch jenen Bocholtern, die übrigens höchstselbst Bewohner eines Wallfahrtsortes der Christusverehrung sind, erschien schon gemütliches Zockeln als ungebührlich schnell, weshalb sie die Strecke nach dem Muster Drei-Schritte-vor-zwei-Schritte-zurück bewältigten!

Kohler berichtete mir auch, dass es in diesem Zusammenhang sogar eine lokale Sage gibt, die möglicherweise den letztlichen Anstoß für den Erlass des gestrengen Verbotes lieferte. Demnach sollen einige Bauernburschen mit begrenzten algebraischen Fähigkeiten, die *anno domini* 1819 auf diese Weise ins südwestlich gelegene Kevelaer losmarschierten, sechs Jahre später in der Ostsee ihren Tod gefunden haben. So haarsträubend diese Schauermär auch anmutet, Kohler war jedenfalls davon überzeugt, dass sie zumindest einen wahren Kern aufweist, was bei ihm allerdings so ziemlich auf jede Geschichte zutraf. Erst einige Jahre zuvor war er unfreiwillig Zeuge dessen geworden, wie eine nach diesem bizarren Muster unternommene Pilgerfahrt in eine handfeste Schlägerei ausartete, weil die Teilnehmer sich nicht zu synchronisieren vermochten. Schuld daran war seiner Ansicht nach jedoch nicht der beschränkte Bildungsstand der Marschierenden, bei denen es sich ausnahmslos um honorige Handwerker handelte, sondern der überreichliche Konsum des stark gehopften obergärigen Bieres, welches sich, in Mengen genossen, ebenso ungut auf das menschliche Gemüt auswirkt wie Hafer auf einen ohnehin zur Tücke neigenden Esel.

Auf diese Weise versorgte mich der wackere Käpt'n bei jeder Gelegenheit mit lokalem Kolorit. Ganz ernst nehmen konnte man seine Geschichten indes nicht, da er als alter Seebär nun einmal nicht zu der Sorte von Zeugen gehörte, die man vor Gericht auf der eigenen Seite zu haben hofft. Außerdem ist es mit deutschen Protestanten ohnehin so eine Sache, da diese ihren Glauben typischerweise so sehr verinnerlicht haben, dass man sie unzweifelhaft für notorische Atheisten halten würde, wäre da nicht ihre verdächtige Neigung zu betont antikatholischen Spitzen.

Mir war seine wirkliche religiöse Ausrichtung jedenfalls einerlei, solange er mir nur durch seine originellen Berichte jene Momente versüßen würde, in denen ich mit meinen Experimenten aus diesem oder jenem Grund nicht so recht weiterkam. Solche Phasen der Untätigkeit sind bei meiner Arbeit eigentlich nichts Ungewöhnliches, da der nächste Schritt eines Experimentes häufig von dem abhängt, was man sich aus dem Vorhergehenden zusammengereimt hat.

Doch war ich nach einigen Wochen des Experimentierens auf eine Seltsamkeit gestoßen, die mir so zu denken gab, dass meine Forschungen seitdem nicht mehr recht vorankamen.

Deshalb saß ich schon seit Tagen vor meiner Apparatur und wiederholte immer denselben Versuch, mit immer demselben Resultat, das mich immer wieder verzweifeln ließ. Zwei Tage zuvor hatte ich meinen Apparat fast komplett zerlegt und neu zusammengesetzt, weil ich dem Glauben verfallen war, dass irgendein Fehler in der Weise vorlag, wie ich die einzelnen Bauelemente miteinander verschaltet hatte. Dabei war das Gerät von seinem Innenleben keineswegs sonderlich kompliziert, bestand es doch zum Hauptteil aus dem schweren Koffer, den ich aus Ungarn mitgebracht hatte. Dieser enthielt neben einer Reihe von empfindlichen Vakuumventilen lediglich eine Reihe von Galvanometern und einen Edison'schen Phonographen, den ich als Aufzeichnungsapparat zweckentfremdet hatte, um meine Arbeit gewissenhaft dokumentieren zu können. Auf der oberen Schaltplatte, die sich direkt unter dem Deckel des Koffers befand, waren dann noch einige Telefonbuchsen angebracht, die den elektrischen Anschluss diverser Zusätze erlaubten, wie etwa induktive Drosseln, Kapazitoren, Primärinduktoren, Erdung und dergleichen mehr. Während die beiden Letztgenannten zur grundsätzlichen Funktion des Gerätes zwingend benötigt wurden, diente das andere nur der Feineinrichtung, bei der es darum ging, unerwünschte Töne auszusieben und erwünschte hervorzuheben.

Am Vortag hatte ich den großen Rahmeninduktor neu ausgerichtet, der bereits einige Tage vor meiner Ankunft per Bahnfracht aus Ungarn angeliefert worden war. Beim Zusammenbau der gewaltigen Konstruktion, die fast den gesamten, brachliegenden Hintergarten des Hauses ausfüllte, hatte Kohler sich als unentbehrlicher Helfer erwiesen. An diesem Induktor lag es jedenfalls nicht, dass meine Experimente in diesem Stadium so ein überaus bemerkenswertes Ergebnis zeitigten.

An jenem Morgen saß ich also vor der Werkbank, auf der das Herzstück meiner Maschine stand, namentlich der Koffer. Gerade hatte ich wieder einen Versuch abgeschlossen, wieder mit dem gleichen Ergebnis.

Draußen peitschte der Regen nahezu waagerecht an den Fenstern vorbei, wie fast immer strikt von West nach Ost. Ich trommelte im Takt der Windböen mit einem großen Schraubendreher auf der Werkbank herum und zerbrach mir den Kopf über das, was meine Apparatur unerwarteterweise tat, als jemand mit der Faust an die Werkstatttür hämmerte.

»Herein!«, rief ich laut, um den Lärm des Sturms zu übertönen. Dabei drehte ich mich zur Tür, um meinen Besucher zu begrüßen.

»Mojn, Herr Tesla!«

Es war Kohler, ganz in schwarzes Ölzeug gekleidet, aus dessen Falten nun Sturzbäche von angesammeltem Regenwasser auf den Dielenboden der Werkstatt klatschten. Irgendwie hatte er es geschafft, seine Pfeife vor den Wassermassen zu schützen, sodass sich der Raum schlagartig mit beißendem Qualm füllte. »Guten Morgen auch, Kapitän!« Ich bemühte mich, mindestens ebenso fröhlich zu klingen wie er, was mir vermutlich nicht allzu gut gelang.

»Was gibt es Neues?«

»Och!«, machte er, während er begann, die Jacke seiner Montur abzustreifen. »Nix Besonderes. Nur ein Telegramm für Sie – habe den alten Herbert am Bahnhof getroffen, als er sich gerade auf den Weg zu Ihnen machen wollte. Jetzt sitzt er warm und trocken in seiner Budike – ›Reicht doch, wenn einer nass wird‹, habe ich zu ihm gesagt!«

Er zog aus seiner Hosentasche einen dünnen Umschlag hervor und legte ihn neben mir auf die Werkbank. Ich öffnete das Kuvert mit dem Schraubendreher und faltete den Bogen auseinander, um seinen Inhalt zu überfliegen.

KOMME MITTWOCH UM ZEHN ERGEBENST IHR MAY

»Sieh an!«, rief ich erfreut. »Ich bekomme lieben Besuch, Kapitän! Gleich morgen!«

»Och!« Er sah mich neugierig an, immer noch halb in der Öljacke steckend. »Wen erwarten Sie denn, Herr Tesla, wenn ich fragen darf?«

»Einen Freund, oder besser gesagt einen guten Bekannten, da ich ihn erst seit kurzer Zeit kenne.«

»Och! Ein Kollege von Ihroselbst, nehme ich an?«

»Falsch geraten, lieber Kapitän! Zwar lebt er ebenfalls von seinem geistigen Kapital, ist aber kein Naturforscher. Aber er interessiert sich durchaus für meine Arbeit und hat wohl auch das geistige Rüstzeug, um sich ein Bild von meinem Vorankommen machen zu können.«

Ich wollte dem Kapitän nicht allzu viel von Herrn May erzählen, da ich immer davon ausgehe, dass man es den Leuten selbst überlässt, wie sie sich präsentieren.

»Och! Er wird hoffentlich über Nacht bleiben, ja?«

Ich nickte. »Wahrscheinlich bleibt er sogar einige Tage da, hoffe ich zumindest.«

»Dann sag ich gleich meiner Lieben Bescheid, dass sie eines der Gästezimmer herrichten soll, ja?«, meinte er eifrig.

»Das wäre sehr nett, ja!«

Mittlerweile hatte er sich vollends von seiner Jacke befreit und hängte sie auf den Trockenhaken neben der Tür. Dann stakste er wieder in Ölhose und blauweiß längs gestreiftem Hemd qualmend wie ein Vergnügungsdampfer auf mich zu, um neugierig zuzuschauen, wie ich den Apparat überprüfte.

»Och!«, meinte er nach einer Weile, »Ihrem Gesicht nach scheinen Sie momentan nicht sehr glücklich mit Ihrer Arbeit zu sein, wenn die Bemerkung erlaubt ist?«

»Nein«, seufzte ich aufrichtig und legte den Schraubendreher zur Seite, »da haben Sie völlig Recht. Ich komme momentan einfach nicht weiter.«

Er nuckelte energisch an seiner Pfeife. »Habe es schon vor einigen Tagen bemerkt, wenn ich ehrlich bin.«

»Tja, das haben Sie wirklich schön beobachtet, Kapitän! In der Tat stecke ich schon seit einiger Zeit in einem bösen Dilemma.«

Er deutete auf den Kasten. »Will er nich' so, wie Sie wollen, dass er soll?«

»Exakt!«, gab ich unumwunden zu.

»Vielleicht wollen Sie es doch mal mit meinem alten Sturmglas probieren, Herr Tesla«, meinte er mit listigem Blick.

»Sturmglas?« Ich sah ihn irritiert an, bis mir einfiel, dass er davon etwas erwähnt hatte. »Ach ja, Sie sagten da so etwas. Ein chemisches Gebräu, mit dem man angeblich das Wetter vorhersagen kann, nicht wahr?«

»Richtig«, erwiderte er. Seine hellgrauen Augen nahmen den Glanz freudiger Erinnerung an, als er fortfuhr: »Ich habe das Ding im Winter '42 gekauft, in einem Trödelladen auf Skye, als ich als Steuermann auf der *Renegate* war. Der Trödler verstand nur ein paar Brocken Deutsch und hat sich aus dem aufgeklebten Zettel keinen Reim machen können. Wie ich's verstanden habe, muss er einen Norweger gefragt haben, der ihm erzählt hat, dass es sich wohl um irgendeinen norddeutschen Schnaps handelt, der mittlerweile völlig verdorben war. Wäre ich nicht am gleichen Abend in den Laden gekommen, hätte er das Ding vermutlich weggeworfen, wer weiß?«

Er hielt inne und ich nickte pflichtschuldig.

»Auf dem Zettel stand nämlich ›Sturmglas‹ und darunter, in kleinerer Schrift ›verfertigt im Mai, 1766‹. Alles schön in schwarzer Tusche handgeschrieben, wie man es macht, wenn man einweckt oder Aufgesetzten macht. Darunter war noch einiges in Latein zu lesen, vermutlich die Zutaten zu dem Gebräu ...«

»Ach ja, Sie hatten es wohl erwähnt. In Latein, ja?«

Er nickte. »Genau. Kampfer war drin, und einige Salze oder so. Leider hat sich der Zettel irgendwann auf einer meiner Fahrten abgelöst und ist seitdem spurlos verschwunden. Schade.«

»Schade, ja ja«, entgegnete ich, während ich an einem der Vakuumventile meines Apparates herumruckelte. *Ob sich ein Kontakt gelöst hat?*, überlegte ich.

»Na, ich weiß bis heute nicht, was in der Flasche drin ist und wer es da hineingekippt hat. Aber fest steht jedenfalls, dass sie mich auf meinen ganzen Reisen nicht ein einziges Mal im Stich gelassen hat.«

»Wie schön«, murmelte ich. *Unsinn, ein wackliger Kontakt erklärt in diesem Zusammenhang absolut nichts ...*

»Ja, ganz schön ulkig, nicht wahr? Als ich noch unter anderem Kommando segelte, hatte ich meine liebe Not, meinem jeweiligen Käpt'n einzubläuen, dass die Flasche jeden Sturm exakt vorhersagt. Schon sechs, sieben Stunden, bevor die ersten Wolken aufziehen, beginnen die Kristalle zu wachsen und sich zu verfärben. Aber dann, etwa auf der Mitte des Sturmes, löst sich das Ganze wieder zu einer trüben Brühe auf, und beim nächsten Unwetter geht es genauso von vorn los. Ulkig, nicht wahr?«

»Ulkig, das möchte ich meinen ...« *Eine Einstreuung aus dem Telefonnetz vielleicht? – Nein, das ist völlig idiotisch! Das hast du ja bereits tausend Mal in Erwägung gezogen, dadurch wird es auch nicht wahrscheinlicher ...*

»... elektrisches Fluidum, Herr Tesla? Die Flasche ist nämlich absolut hermetisch verpfropft, man kann sie problemlos auf den Kopf stellen, ohne dass etwas herausläuft!«

Ich stutzte. »Was sagten Sie soeben, mein werter Kapitän?«

»Dass die Flasche dicht ist«, erklärte er nachsichtig. »Wasserdicht. Luftdicht. Völlig zugeteert. Selbst mit einem guten Messer dürfte es nicht ganz einfach sein, an den Inhalt heranzukommen.«

»Nein, nein – Sie sagten noch etwas, direkt davor!«

»Hm. Davor sagte ich, dass es meiner Meinung nach nur etwas Elektrisches sein kann, was das merkwürdige Verhalten in der Flasche bewirkt. Es kann ja nichts Chemisches sein, weil die Flasche völlig abgedichtet ist.«

»Das war's.« Ich sah ihn scharf an. »Sehr scharfsinnig von Ihnen, Kapitän. Besitzen Sie diese Flasche noch?«

»Ja. Sie steht in meinem Arbeitszimmer. Ist eigentlich ein schönes Stück für meinen *Show Room*, aber meine Gute ekelt sich ein bisschen davor. Sieht ja auch nicht appetitlich aus, der Inhalt.«

»Lieber Kapitän«, meinte ich freundlich, »diese Flasche ist für mich von fulminantem Interesse. Hätten Sie vielleicht die Güte, sie mir für einige Tage zu borgen? Keine Angst, ich will sie nur beobachten, werde sie absolut pfleglich behandeln, mein Wort darauf!«

»Och, das müssen Sie mir aber nicht extra sagen, Herr Tesla! Sie genießen diesbezüglich mein vollstes Vertrauen – ach, was sag ich, Sie genießen es selbstverständlich auch in jeder anderen Hinsicht! Werde Ihnen die Flasche gleich heute noch vorbeibringen.«

»Danke schön, Kapitän!« Ich sog die Luft ein. »Mal etwas anderes. Würden Sie mir für einen kleinen Versuch zur Verfügung stehen? Es ist natürlich völlig ungefährlich!«

»Aber nur zu gerne, Herr Tesla!« Er rieb sich die Hände. »Was soll ich tun?«

»Nur zuhören. Mehr nicht.« Ich deutete auf eine nahe der Wand aufgehängte, sehr dünne Sperrholzplatte, die mit einem modifizierten Telefonhörer mechanisch gekoppelt war, um diesem durch die große Resonanzfläche zu mehr Lautstärke zu verhelfen.

»Was ist denn das?«, fragte er neugierig. »Muss neu sein, vor ein paar Tagen war es noch nicht da.«

»Ganz recht. Es ist eine Art Hebel, der die sehr leisen Töne des Telefonhörers stärker macht, sodass sie nicht nur für das scharfe Ohr eines einzigen Zuhörers ertönen, sondern für alle, die in diesem Raum anwesend sind!«, erklärte ich. »Äh ... habe ich mich deutlich genug ausgedrückt?«

»Deutlich genug, alles verstanden und kapiert«, bemerkte er wie aus der Pistole geschossen. »Genial! Sie haben es sicher zum Patent angemeldet, ja?«

Ich kratzte mich am Kopf. »Nein, die Idee ist mir ehrlich gesagt noch nicht gekommen. Bislang habe ich diese meine Erfindung als so nebensächlich angesehen, dass ich dafür nicht einmal eine Bezeichnung gesucht habe.«

»Klanghebel?« Mein guter Kapitän war jetzt ganz aus dem Häuschen. »Telefonplatte? Lautmacher? Lautersprecher? Halt – das ist es: Lauterreder!«

»Meinetwegen. Also, der ›Lauterreder‹ ist verbunden mit dieser Sprechmuschel hier, die ich in den Trichter dieses Phonographen eingesetzt habe –«

»Welcher Graf?«, fragte er mit ehrfürchtig erhobenem Blick.

»Kein Graf. Jedenfalls kein adliger. Phonograph heißt dieses Gerät hier, eine Erfindung von Herrn Edison.«

»Och! Jetzt fällt's mir wieder ein, habe erst neulich davon gelesen, auf der Wissenschaftsseite vom *Rheinischen Merkur*, wenn ich mich recht erinnere. Warten Sie mal, ich kriege es bestimmt zusammen – dient dieser Phonograph nicht dazu, Stimmen zu konservieren, sodass man sie jederzeit wieder neu anhören kann?«

»Genau! Nun, über diesen Umschalter kann ich die aus meinem Apparat austretenden elektrischen Ströme über die Sprechmuschel in den Trichter ... Sie verstehen? So einleiten, dass man sie auf der Walze konservieren kann.«

Ich sah ihn scharf an, aber er zuckte nur seine Achseln, als ob er es wirklich verstanden hatte. »Soweit dazu«, fuhr ich fort. »Den Zweck meines Apparates hatte ich Ihnen ja schon erläutert: Er soll atmosphärische Ströme in hörbare Töne umwandeln, um daraus Rückschlüsse über aufkommende Wetterlagen zu ziehen. Diese Töne werden dann auf diesem Phonographen in der beschriebenen Weise für die Nachwelt konserviert. Was ich Ihnen jetzt vorspiele, ist das Resultat eines meiner letzten Versuche.«

Ich legte den Schalter um und setzte den Phonographen in Betrieb. »Hören Sie genau zu!«

Er spitzte die Ohren, während der Phonograph zu knistern begann. Dann sah er mich enttäuscht an.

»War's das?«

»Im Wesentlichen, ja. Was haben Sie gehört?«

»Ich weiß nicht, aber es klang recht seltsam. Nicht wie ich es mir vorgestellt habe. Eher wie eine Stimme.«

»Die eines Mannes?«

Er schüttelte den Kopf. »Nein, eine Frau. Ein Kind vielleicht. Ganz wie über's Telefon. Aber verstanden habe ich nix, es ging einfach zu schnell.«

»Kein Problem«, erwiderte ich, während ich mich wieder an dem Phonographen zu schaffen machte, »wir können es jederzeit wiederholen.«

Erneut setzte das Knistern ein.

»Einwandfrei eine Frauenstimme, fast wie über das Telefon, wenn die Leitung sehr schlecht ist. Etwas wie *Tod* meine ich gehört zu haben.«

»Tod?« Ich bereitete den Phonographen erneut vor. »Nochmal!«

Er verharrte sehr konzentriert, bis das Knistern ausklang.

»Ich hab's!«, rief er erfreut. »*Wir sind die Toten*, das war es! Ich habe es einwandfrei gehört!«

»Erstaunlich.«

»Wieso?«

»Weil ich exakt das Gleiche gehört habe. Deshalb.«

»Was hat das zu bedeuten?«

»Ich weiß es nicht.« Ich vergrub mein Gesicht in den Händen. »Es gibt keine plausible Erklärung dafür. Mein Apparat soll elektrische Wetterströme hörbar machen, ein sehr simpler, technisch völlig durchsichtiger Vorgang. Was wir hören sollten, sind Pfeiftöne, Rauschen, Geräusche der Entladung. Aber stattdessen hören wir Stimmen, die dummes Zeug reden.«

»Ist es ... war es nur einmal so, oder passierte mehrfach dasselbe?«

»Mehrfach. Ich habe fast meinen gesamten Vorrat an Walzen bespielt, zwei volle Kisten. Zwei oder drei enthalten nur die erwarteten Geräusche, aber auf dem Rest finden sich diese völlig unbegreiflichen Stimmen. Anfänglich habe ich einen Defekt an meinem Apparat vermutet und ihn deshalb bis auf die letzte Schraube zerlegt. Aber es hilft nichts, die Stimmen sind immer noch da.«

Kohler sah mich mitfühlend an. »Ich würde dem keinesfalls eine zu große Bedeutung beimessen. Gewiss haben Sie nur vagabundierende Ströme von der Telefonleitung aufgefangen oder so etwas!«

»Wenn dem so wäre. Wenn dem so wäre, mein lieber Kapitän. Aber ich habe triftige Anhaltspunkte für die Vermutung, dass dies absolut auszuschließen ist.«

»Och!« Er hob beschwichtigend die Hand. »Nun machen Sie mal kein Fass auf, mein Junge! Wie ich Sie kenne, werden Sie schon bald herausfinden, wo der Fehler herrührt.« Er schielte auf die über der Werkbank angebrachte elektrische Uhr und setzte eine Miene des Bedauerns auf. »Oh je, leider müssen wir das Gespräch ein anderes Mal fortsetzen. Ich muss mich sputen, habe noch eine Seitenscheibe an unserem Haus auszuwechseln, in die bei dem Sturm gestern Nacht ein Ast reingekracht ist.« Er ging zur Tür und zog die schwere Jacke vom Haken, um sie überzustreifen. »Ach so, bringe Ihnen danach selbstredend mein altes Sturmglas vorbei. Adios!«

»Halt!«, rief ich, als er seine Hand schon auf dem Türknauf hatte. »Eine Frage noch!«

Er drehte sich wieder zu mir um. »Ja?«

»Ihr Schwager, Sie hatten mir einiges über ihn erzählt.« Was eine Übertreibung war, da er – vielleicht mit Rücksicht auf seine Frau – das Thema weitgehend mied. »Peter hieß er mit Vornamen, war es nicht so?«

»Korrekt!«

»Sagen Sie mal, Kapitän – er hatte nicht zufällig etwas mit einer Person zu tun, die Hülshoff hieß?«

»Hülshoff?« Er dachte nach. »Nicht eigentlich ... Moment einmal, das erinnert mich an Droste-Hülshoff. Ja, von der war der *Peder* sehr angetan.«

»Wer? Pardon, mir sagt der Name Droste-Hülshoff nichts.«

»Eine Dichterin, ist in den 40er Jahren gestorben, wenn ich mich nicht irre. Zählte wohl zu den Romantikern.«

»Romantiker, so so. Aber das hat ihn vermutlich nur nebensächlich interessiert, nicht wahr?«

»Nicht unbedingt. Peter hing sehr an den Romantikern, und die Gräfin Hülshoff war wohl sein besonderer Liebling. Wieso fragen Sie?«

»Ach, nur so. Ihre Frau hatte es mal erwähnt, und der Name Hülshoff ist wohl hängen geblieben, ohne dass ich damit etwas anfangen konnte. Aber jetzt ist das Mysterium ja geklärt!« Ich zog einen Bleistift aus der Tasche meines Hemdes und kritzelte damit auf einem Notizblatt herum. »Vielen Dank und guten Tag auch, Kapitän!«

»Guten Tag.« Er marschierte in den Regen hinein, während ich die Tür hinter ihm zuzog.

Weniger als dreißig Sekunden nach seinem Abgang hatte ich die Rolle gefunden, die ich suchte. Nachdem ich sie in den Phonographen eingelegt hatte, richtete ich meinen Apparat so ein, dass ich die Stimme möglichst klar und deutlich hören konnte.

»*... Der Peder wo liebt nur Hülshoff.*« Das war der Satz, den ich vernahm. Mir fiel auf, dass man ›liebt‹ auch als ›liest‹ verstehen konnte, während ›Hülshoff‹ auch ›Hülsdorf‹ bedeuten konnte. Der Name der Dichterin war mir nicht geläufig, aber ich hielt es nicht für ausgeschlossen, dass der Kapitän ihn nebenher erwähnt hatte.

Eine durchaus plausible Erklärung. Ich höre das, was mir durch den Kopf geht.

Ich starrte die Walzen an, die ich nebeneinander auf der Werkbank aufgereiht hatte. Fast alle enthielten solche seltsamen Stimmen, etwas mehr als die Hälfte davon waren Frauenstimmen. Einige sagten klar verständliche Sätze, die grammatisch und syntaktisch halbwegs korrekt waren. Auf den meisten fand sich nur unverständliches Gebrabbel, in dem gelegentlich Laute auftauchten, die bestimmten Worten ähnelten, aber im Regelfall mehr als eine Deutung zuließen.

Das Vorhandensein der Stimmen war mir aus technischer Sicht völlig unverständlich, verwirrte mich jedoch letztlich weitaus weniger als die Sinnfälligkeit jener Beispiele, die vollständig strukturierte Sätze enthielten. Ich griff mir eine andere Walze heraus und montierte sie in den Phonographen.

»*Roter Busch Obelisk tot.*« Das Wort »Tod« trat auf vielen Walzen in mannigfaltigen Variationen und beunruhigend häufig auf, auch auf solchen, die keine richtigen Sätze enthielten. Die Frauenstimme, die ich mir jetzt wiederholt anhörte, betrachtete ich als Grenzfall, da es sich um eine Aneinanderreihung einzelner Worte ohne echte syntaktische Struktur handelte. Andererseits war diese Stimme, die irgendwie traurig klang, ausgesprochen deutlich, sodass zumindest bei dem Wort »Obelisk« keine andere Interpretation möglich war.

Je mehr ich darüber nachdachte, desto abwegiger wurden die Bedeutungen, die ich im Kopf durchspielte. Mittlerweile hatte es aufgehört zu regnen und ich sprang kurz entschlossen auf, streifte meinen Arbeitskittel ab und nahm den Macintosh vom Haken.

Ein ausgedehnter Spaziergang würde mir die Mücken aus dem Kopf treiben, davon war ich überzeugt. Außerdem hatte ich noch etwas zu erledigen, und so konnte ich das Angenehme mit dem Nützlichen verbinden.

Als ich ins Freie trat, sah ich im Südwesten drei mächtige Lichtkegel, die den wolkenverhangenen Himmel durchbrachen. Dieses imposante Lichtspiel der Sonnenstrahlen war mir schon kurz nach meiner Ankunft aufgefallen und schien in dieser Gegend häufiger aufzutreten als anderswo. Das Auftreten des Sonnenlichtes in dieser Form war jedoch mehr als trügerisch, sodass ich sicherheitshalber einen gewaltigen Regenschirm mitgenommen hatte, den ich zunächst als Spazierstock benutzte.

Nach einem strammen Fußmarsch von etwas mehr als einer Viertelstunde überquerte ich den Schienenstrang und lenkte meine Schritte auf das schmucklose Bahnhofsgebäude, das weitläufig von den kleinen Anwesen der Eisenbahner gesäumt wurde, die sich hier angesiedelt hatten.

Auf der Bank neben der Tür hatte es sich ein Botenjunge bequem gemacht, der augenscheinlich auf den Zug Richtung Emmerich wartete. Ich betrat den muffigen Wartesaal, dessen Bezeichnung mir reichlich euphemistisch vorkam, da seine Grundfläche deutlich kleiner war als die der von mir angemieteten Werkstatt.

An der einen Seite des Raumes befand sich der Schalter des Bahnhofsvorstehers, von Kohler als »Budike« bezeichnet. Ich lief aber zum Telegrafenbüro und klopfte an die in die Tür eingelassene Glasscheibe. Ein dürrer Mann mittleren Alters stand von seinem Stuhl auf und glättete seine schlichte Eisenbahneruniform, bevor er mir die Tür öffnete.

»Guten Tag. Ich möchte einen Wechsel aufgeben, bitte schön.«

Er nickte und machte eine einladende Geste. »Guten Tag auch, kommen Sie rein.«

Er ging voraus und rückte mir einen Stuhl zurecht, um sich anschließend hinter seinem Schreibtisch niederzulassen und zu einem Formular zu greifen.

»Empfänger?«

»Edison Company, Paris, Rue de la République.«

»Verzeihung, wie schreibt man das?«

»E-D-I-S-O-N- ...«

»Nein«, wehrte er energisch ab. »ich meine das *Reh-püblick*.«

Wie man es spricht, Idiot, lag es mir auf der Zunge. Stattdessen sagte ich brav: »Wie Republik, nur statt des K mit Q-U-E am Ende.« Er schrieb es geduldig nieder.

»Das E natürlich mit Akzent aufwärts.«, forderte ich in harmlosem Tonfall.

Er sah mich an, dann das Formular, dann wieder mich. »Haben wir nicht. Äh ... aus technischen Gründen.«

»Das ist bedauerlich.« Ich schüttelte traurig den Kopf. »Wirklich bedauerlich. Na, dann lassen Sie es einstweilen weg. Ich werde damit leben müssen. Hoffe nur, dass es auch ohne Akzent seine Bestimmung erreicht. Monsieur François-René Pantalonbleu.«

»Wie bitte?«

»Der Empfänger: Monsieur François-René Pantalonbleu. Er soll den Wechsel erhalten. Directeur d'Export d'Applications Électrique ...«

»Buchstabieren, bitte!« Jetzt brach ihm doch der Schweiß aus. Ich kam seinem Verlangen höflich nach und erklärte ihm danach die für den Wechsel bedeutsamen Worte, natürlich in Französisch, um Herrn Pantalonbleu zu schmeicheln, der als waschechter Elsässer die französische Sprache nicht geringer beherrschte als die deutsche.

Schließlich berechnete er den Tarif und nahm mein Geld entgegen, um die Botschaft anschließend per Morsetaste auf den Weg zu schicken. Ich wartete auf meinem Stuhl, bis er fertig war, da mir noch etwas eingefallen war.

»Eine Frage noch: Kann man hier am Bahnhof eine Wanderkarte der Gegend käuflich erwerben?«

»Beim Bahnhofsvorsteher, der hält immer einige parat.«

Ich stand auf und wandte mich zur Tür. »Danke und auf Wiedersehen!«

Ich durchquerte mit wenigen Schritten den Wartesaal und pochte an die Budike. Wie sich herausstellte, offerierte der Bahnhofsvorsteher neben Obst, Keksen, Zigarren und vergilbten Kolportageheften auch ein recht beeindruckendes Sortiment an Landkarten. Ich wählte die mit dem größten Maßstab und erwarb sie zum dreisten Preis von fünf Groschen.

Die Suche

Als ich wieder vor dem Gebäude stand, fuhr gerade der Zug nach Emmerich stampfend und tutend ab. Der Botenjunge war verschwunden, sodass ich die Bank allein für mich in Anspruch nehmen konnte.

Sorgfältig breitete ich die Landkarte aus und holte einen Bleistift hervor, um meinen Standort zu markieren. Nach einer Weile entschied ich, in westlicher Richtung auf den Rhein los zu marschieren, da es auf diesem Weg einige markante Punkte gab, die mir vielleicht die ersehnte Ablenkung verschaffen würden. Das auf der Rückseite der Karte abgedruckte Register war wegen des spärlichen Straßennetzes recht kurz, aber man hatte den verbleibenden Platz erfreulicherweise nicht nur mit Werbeanzeigen für Gasthöfe, Stärkungsmittel und Haushaltsgeräte bedruckt, sondern auch recht eingehende Beschreibungen der Ausflugsziele beigefügt.

Unter anderem gab es auf dem von mir gewählten Weg eine Mühle zu sehen, die bereits Anno Piependeckel erbaut worden war. Beim weiteren Studium der Karte offenbarte sich mir, dass dieses Örtchen tatsächlich einst Schauplatz einer nicht allzu unbedeutenden Schlacht gewesen war, bei der die deutschen Truppen 1758 die Franzosen über den Rhein zurückgedrängt hatten. Etwa hundert Jahre nach diesem Ereignis hatte man sogar ein Mahnmal errichtet, in Form eines schlichten Obelisken aus Beton ...

Ich traute meinen Augen nicht und las es nochmals. Kein Zweifel, dort stand es schwarz auf weiß: *Obelisk*. Mir wurde nun doch etwas unheimlich zumute. Was hatte die Stimme noch gesagt?

»Roter Busch Obelisk tot.«

Nachdenklich suchte ich die Karte nach dem Mahnmal ab. Als ich sah, dass es sich tatsächlich in der Nähe eines Wäldchens oder Horsts befand, wurde mir noch mulmiger zumute. Dass ich, so sehr ich auch darüber nachdachte, keine mir plausibel erscheinende technische Erklärung für das Erscheinen der Stimmen finden konnte, war noch das kleinere Problem. Schließlich bezieht die Wissenschaft ihren Reiz aus der Tatsache, dass es zahllose alltäglich auftretende Ereignisse gibt, die wir uns nicht vollständig erklären können. Viel schlimmer waren für mich jedoch die zutreffenden Aussagen der Stimmen, die mich dahinter das Werk bewusst denkender Seelen vermuten ließen.

Oder beruhte das Ganze auf einer geistigen Störung? Ich hatte in den letzten Jahren häufig rund um die Uhr gearbeitet und mir keinen längeren Urlaub gegönnt. Resultierten die Stimmen vielleicht aus einem Aufschrei meiner eigenen Psyche, die der Überlastung zu entfliehen versuchte, indem sie mir Trugbilder vorgaukelte? Ich konnte diese Möglichkeit keineswegs ausschließen.

Aber falls sie zutraf, was war dann mit Kohler? Er konnte die Stimmen ebenfalls wahrnehmen und mir erschien es als zu weit hergeholt, bei diesem sehr ausgeglichenen Menschen eine gleichartige seelische Störung anzunehmen.

Flugs klappte ich die Karte zusammen, ergriff meinen Schirm und marschierte los, immer auf der Dorfstraße entlang, bis ich die alte Salzstraße erreichte, die südlich nach Wesel und nördlich Richtung Holland führte.

Bald erreichte ich das recht schmucklose Mahnmal, auf dem eine Metalltafel verkündete, dass es peinlich genaue einhundert Jahre nach der bereits erwähnten Schlacht von den »dankbaren Bürgern von Haffen und Mehr« am 5. August 1858 errichtet worden war. Es wollte mir nicht so recht einleuchten, wofür diese Bürger so dankbar gewesen waren, da sie das historische Scharmützel wohl kaum persönlich miterlebt haben konnten. Das Datum fand ich doch recht bedeutsam, weil mein Vetter Jani fern in der Heimat an einem 5. August betrunken von einem Heuwagen gefallen war und sich dabei einen Arm gebrochen hatte. Da dieser Vorfall jedoch nur wenige Jahre zurücklag statt mehr als hundert, hatten wir davon abgesehen, ihm dafür ein Denkmal zu setzen.

Kopfschüttelnd umrundete ich das Mahnmal, als ich auf dem Boden die traurigen Reste eines verwelkten Blumenstraußes entdeckte.

»Sieh an, Rosen«, murmelte ich. Merkwürdigerweise lagen die Blumen hinter dem Mahnmal statt davor. Vermutlich hatten sich ein paar Betrunkene einen Jux daraus gemacht, überlegte ich, während ich auf das Gestrüpp des Horstes zuging, in dessen Mitte sich ein undurchdringlich erscheinendes Dornengewächs mit rötlich gelben Zweigen befand, vor dem der Kies des Vorplatzes mit kleinen, verschrumpelten Holzäpfeln übersät war.

Mit der Spitze des Regenschirms sondierte ich die daneben stehenden, winterfesten Nadelgewächse und die zum Teil bereits austreibenden Büsche. Dann begann ich, nach und nach das dichte Geflecht zu entwirren. Es war wesentlich einfacher, als ich angenommen hatte, und so tauchte ich schon bald mit dem Oberkörper in den schmalen Tunnel ein, den ich mir durch das Dickicht geschaffen hatte.

Als ich sah, dass der Busch eine recht ausgedehnte Lichtung säumte, setzte ich meinen rechten Stiefel fest auf den Boden und zwängte mich durch das Gewirr. Nun stand ich auf der Lichtung, deren Boden mit einem dicken Teppich aus vermodernden Blättern bedeckt war.

Erst nach einigen Sekunden bemerkte ich einen seltsamen, übelkeitserregenden Geruch. Ich konnte ihn zuerst nicht einordnen, aber dann fiel mir schlagartig ein Erlebnis aus meiner Jugend ein, in der es mich nach Karlstadt verschlug, wo ich das Gymnasium besuchte. Ich wohnte bei Verwandten, deren Haus sich am äußersten Stadtrand und in unmittelbarer Nähe des Flusses befand, wobei ich die Verhältnisse durchaus mit jenen vergleichen kann, die Mark Twain so schön in seinem Buch *Tom Sawyer* beschrieben hat.

Nun brachte die Nähe der feuchten Marschen und Wälder in jedem Jahr eine gewaltige Rattenplage mit sich. Da ich wie alle Landkinder ein recht unbekümmertes Verhältnis zu Leben und Tod hatte, sah ich es als willkommenen Zeitvertreib an, den Nagern auf alle nur erdenklichen Weisen den Garaus zu machen, was mir ein schönes Taschengeld einbrachte. Zu meinen regelmäßigen Klienten gehörte ein Holzhändler, dessen Trockenlager ich in jedem Frühwinter mit Rattenködern bestückte, um anschließend mehrere Wochen lang jeden Morgen vor dem Frühstück einige der steif gewordenen Leichname einzusammeln, die ich auf einem Stück Brachland hinter dem Gebäude verscharrte.

Doch in jenem Winter, als ich die letzte Klasse des Gymnasiums besuchte, wurde ich unerwartet von einer Infektion niedergeworfen, von der ich mich erst nach einigen Wochen vollständig erholte.

Es war an einem Sonntagmorgen, direkt vor der Messe, als ich mich so weit erholt hatte, dass ich mein Frühstück wieder gemeinsam mit meinen Verwandten einnehmen konnte. Gerade hatte ich meine Kaffeetasse zum dritten Mal aufgefüllt, als mir siedend heiß einfiel, dass ich den heimtückischen Tod gesät hatte, ohne seine Früchte beizeiten zu ernten.

»Die Ratten!«, schrie ich und schlug mir dabei auf die Stirn. »Ich habe das Lagerhaus ganz vergessen!«

»Komm, Niko«, sagte mein Onkel entschlossen, »wir müssen sofort nachsehen!«

Auf dem Weg zu dem Lagerhaus war ich bis zum Äußersten gespannt auf das, was uns bevorstand. Die sich in mein

Bewusstsein drängende Vision, das Gebäude bis an die Decke mit toten Ratten gefüllt vorzufinden, ängstigte mich nicht. Dementsprechend meinte ich seelisch auf alles gefasst zu sein, als ich mit dem mir anvertrauten Zweitschlüssel das Tor aufsperrte.

Doch der widerliche, süße Gestank, der mir entgegenschlug und mir wie ein lebendiges Wesen in die Atemwege drang, erfüllte mich mit einer würgenden Panik, gegen die ich mich nicht zur Wehr zu setzen vermochte. Das Frühstück aus Milchkaffee, Butterhörnchen und Konfitüre schoss mir den Rachen hoch, drang durch Mund und Nase und nahm mir dabei den Atem, was meine wahnsinnige Angst ins Unermessliche steigerte.

Ich rannte los, stolperte und robbte durch das Erbrochene, hatte nur eines im Sinn, diesem höllischen Ort zu entfliehen. Als ich wieder halbwegs zu Sinnen gekommen war, bemerkte ich das Gesicht meines Onkels über mir, der mich kummervoll anblickte.

»Niko, was hast du? Es ist doch nur der Geruch des Todes!«

Dann machte er sich daran, die kleinen Kadaver zu beseitigen, weit mehr als zweihundert Stück, indem er sie auf dem Brachland weit abseits des Gebäudes auf einen Haufen warf, den er zuletzt mit Lampenöl übergoss und in Brand setzte.

Nur der Geruch des Todes! Ein Pesthauch der Verwesung war es, ein infernalischer Gestank, unerträglich und so penetrant, dass man ihn noch Wochen später in der Nase hat, wenn die Kadaver längst zu Asche verbrannt sind und man sich selbst und seine Kleidung mehr als ein Dutzend Mal gründlich gewaschen hat! Von diesem Zeitpunkt an weigerte ich mich für lange Zeit, fleischliche Nahrung zu mir zu nehmen. Erst während meiner Studienzeit fand ich wieder zunehmenden Gefallen an Fleischgerichten, habe es mir jedoch seitdem zur Gewohnheit gemacht, nach Möglichkeit nur in erstklassigen Restaurants zu speisen, deren hohes hygienisches Niveau mir suggeriert, dass hier wirklich frische Ware auf den Tisch gelangt.

Und jetzt, in diesem Augenblick, wurde die nahezu in Vergessenheit geratene Erinnerung mit einem Schlag wieder erweckt. Waren es die sterblichen Überreste eines Rehs, die ein Wilderer hier verbarg, nachdem er sich die besseren Bratenstücke herausgeschnitten hatte? Oder hatte sich jemand hier eines altersschwachen Hundes entledigt?

Ich suchte nach einem Taschentuch und presste es vor die Nase, während ich mit dem Regenschirm das Dickicht sondierte. Als ich gerade in einem Haselnussstrauch herumstocherte, fiel mir auf dem Boden ein Gegenstand auf, dessen Farbe sich deutlich von der des nassen Laubes abhob.

Es war ein Frauenschuh, oder besser gesagt, ein gerade den Knöchel bedeckendes Stiefelchen, wie es Damen besseren Standes gerne in den warmen Monaten des Jahres beim Spazierengehen durch unwegsames Gelände tragen, wo leichteres Schuhwerk die empfindlichen Fußsohlen über Gebühr strapazieren würde. Zum Knöchel hin öffnete sich das Stiefelchen in sanftem Schwung wie der Blütenkelch einer Lilie. So ein Schuh lässt sich leicht abstreifen, wenn man die vom Wandern ermüdeten Füße in einem Bach kühlen will. Und er löst sich schnell versehentlich vom Fuß, was ich einige Male in den Kaffeehäusern von Budapest erlebt habe, wenn eine Dame von ihrem Platz aufsprang, um ihrem Galan entgegenzueilen.

Mein Blick wanderte in einer Linie von dem verlorenen Schuh bis zum Rande des Dickichts. Ich drängte die Zweige mit dem Schirm zur Seite. Fast auf Anhieb fand ich das, was ich nicht zu finden gehofft hatte: Auf dem nassen, zerfallenen Laub sah ich ein Bein, den Fuß unnatürlich zur Seite gedreht, der völlig verdreckte Seidenstrumpf halb heruntergerutscht.

Ich verspürte absolut keine Ambitionen, die Leiche in ihrer Gesamtheit zu sehen. Stattdessen lief ich auf leisen

Sohlen zurück und lugte vorsichtig durch das Gebüsch, bis ich sicher war, dass niemand in der Nähe des Mahnmals weilte.

Ich schlüpfte durch das Dickicht und trat den Rückweg zum Dorf an, wobei ich mich ständig ermahnen musste, das gemütliche Tempo eines unbekümmerten Spaziergängers einzuhalten.

Kurz nachdem ich auf die Hauptstraße eingebogen war, kam mir eine seltsame Gestalt entgegen, deren Anblick mich ehrlich gesagt etwas aus der Fassung brachte. Zuerst hielt ich diese Person für ein albernes Kind mit blonder Lockenpracht, das sich die Langeweile auf einem Besorgungsgang vertrieb, indem es den Weg seltsam hüpfend zurücklegte. Doch als die Figur näher herankam, bemerkte ich zu meinem Entsetzen, wie sich nun das völlig entstellte Gesicht eines Erwachsenen auf mich richtete, während dieser arme Mensch seine Gangart verlangsamte, um mich verlegen auf der Stelle tretend zu beobachten.

Die Gestalt wies eine groteske Asymmetrie auf, da das rechte Bein genau wie der linke Arm bedeutend kürzer wirkten als ihre Gegenstücke. Das Schrecklichste war jedoch das Gesicht, dessen gegeneinander verschobene Wangenknochen durch eine tiefe Narbe verbunden wurden, die über jene Stelle verlief, an der man eigentlich die Nasenspitze erwartet hätte. Aus dem grinsenden Mund der Kreatur ragte ein fast diagonal herausgewachsener, wachsgelber Schneidezahn.

Und dann, als sich die Mimik des grauenhaften Mauls zu einem Ausdruck verzerrte, den ich mit einiger Mühe als kindliches Erstaunen interpretierte, fiel mir auf, dass die bereits erwähnte, quer über das Gesicht verlaufende Narbe wie ein zweiter, verschlossener Mund wirkte, dessen Ausdruck in seltsamer Opposition zu dem des eigentlichen Mundes stand! Wenn dieses Wesen grinste, schien der zweite »Mund« einen Ausdruck wehklagender Verbitterung anzunehmen.

Doch jetzt, wo er sich offensichtlich über irgendeinen Aspekt meiner äußeren Erscheinung wunderte, verbog sich die janusartige Narbe zu einer schauerlichen Parodie eines süßen Kinderlächelns. Nun, als ich allmählich begriff, dass er wohl keine bösen Absichten hegte, entflammte in mir eine bemerkenswerte Mischung aus Mitleid und Neugier.

»*Fire here! Fire here!*«, krächzte die Gestalt heftig gestikulierend, wobei ich bemerkte, dass der linke Arm nicht nur kürzer war, sondern auch seltsam verkümmert wirkte.

»Feuer?«, fragte ich verwirrt, da das Gestammel eine gewisse Ähnlichkeit mit der englischen Sprache hatte. »Wo?«

»*Nine! Nine!*« Er schüttelte seinen Kopf, dass die Locken nur so hin und her flogen. »*Fi-ner Here! Ansoog! Failed Slinder!*«, wiederholte er langsam und mit deutlicher Betonung.

Da begriff ich, dass das, was ich für englische Brocken gehalten hatte, in Wirklichkeit unverständlich ausgesprochene deutsche Worte waren.

»Feiner Herr, das meintest du, ja?«

Er nickte heftig und lachte meckernd auf. »*Ssöner Ansug! Wo Slinder? Feilt!*« Er strich sich mit der Hand mehrmals über den missgestalteten Kopf.

»Ah, du meinst, dass der Zylinder fehlt, ja? Hm, den habe ich wohl beim Weggehen vergessen.«

»Haha!« Er richtete einen Finger auf mich. »*Feina Heah bei Käpp'n fohnt?*«

»Beim Käpt'n? Ja, ich wohne beim Kapitän.«

»*Ssön!*« Er hob die Hand und winkte mir zu. »*Fiederseh'n!*«

Ich sah fassungslos zu, wie er in seinem seltsamen Gang forthüpfte. Doch nach einigen Metern drehte er sich noch einmal um und rief mir etwas zu.

»*Slinder nie ve'gessen!*«

»Nein«, erwiderte ich halblaut, »ich werde daran denken. Auf Wiedersehen!«

Er nickte zufrieden und machte sich wieder auf den Weg.

Inferno

Kurz vor sechs Uhr saß ich wieder grübelnd vor meinem Apparat. Zu gerne hätte ich noch einmal die Walze abgehört, die mich zu der Toten geführt hatte. Aber ich zwang mich zur Disziplin, da jedes erneute Abspielen prinzipbedingt die Klarheit der Aufnahme vermindern würde. Deshalb hatte ich den Plan gefasst, die Walze zu schonen, bis Herr May eintreffen würde, dem ich sie zur Bestätigung meiner eigenen Wahrnehmung vorzuspielen gedachte. Wobei ich mir nicht unbedingt sicher war, ob es mir gefallen würde, wenn mein sächsischer Freund tatsächlich das Gleiche vernehmen würde wie der alte Kapitän und ich.

Vorwiegend beschäftigten sich meine Gedanken jedoch mit einem anderen Problem. Keine vier Meilen von meinem derzeitigen Aufenthaltsort entfernt lag eine unbekannte Tote, die mit großer Wahrscheinlichkeit das Opfer eines Gewaltverbrechens geworden war. Natürlich zog ich auch die Möglichkeit in Betracht, dass sie ohne fremdes Zutun dahingeschieden war, wogegen jedoch einige gewichtige Argumente sprachen, die ich nun sorgfältig formuliert auf einem Zettel zusammenfasste:

a) Die Tote liegt auf unnatürliche Weise tief im Dickicht. Man kann also nicht davon ausgehen, dass sie rücklings umgefallen ist, weil sie beispielsweise unerwartet vom Schlag ereilt wurde.

Ich las diese Überlegung noch einmal gewissenhaft durch und strich dann mit dem Bleistift das Wort »unerwartet«

durch, weil ich niemals jemandem begegnet bin, der vorher genau wusste, dass er zu diesem oder jenem Zeitpunkt vom Schlag getroffen wird.

b) Der Schuh liegt gut einen Meter von der Leiche entfernt. Zwischen beiden ist eine stark verwischte Schleifspur zu erkennen. Mir ist keine Spielart eines natürlichen Todes bekannt, die dies verursacht haben könnte.

Ich ersetzte das in diesem Zusammenhang doch etwas albern klingende Wort »Spielart« durch das neutralere »Form«, als jemand mit kräftigen Schlägen gegen die Tür Einlass begehrte.

Unverkennbar – das kann nur der Kapitän sein, dachte ich mir.

Geschwind ließ ich den Notizzettel unter einem Stapel unverdächtiger Unterlagen verschwinden.

»Herein!«

Kohler schwang die Tür auf und betrat mit schweren Schritten den Raum. Er trug einen großen Weidenkorb mit sich, den er auf dem Boden abstellte, nachdem er etwas daraus hervorgeholt hatte. Mit einem pikierten Blick betrachtete er meine Stiefel, sah aber davon ab, deshalb einen bissigen Kommentar abzugeben.

»Hier!« Er hob seine Hand, in der er eine schlichte Karaffe von vielleicht einem halben Liter Inhalt hielt, wie man sie in drittklassigen Gasthöfen benutzt, um das Salatöl zu kredenzen. Der verklumpte Inhalt des Gefäßes schillerte in allen möglichen Farben des Spektrums.

»Ah! Das ist also Ihr Sturmglas, Kapitän?«

Er nickte und stellte die Karaffe vorsichtig neben mir auf der Werkbank ab.

»Sehen Sie, es braut sich richtig was zusammen!« Er deutete auf den in der Flüssigkeit schwebenden Klumpen aus Kristallen, aus dem einige bizarre Verästelungen nach oben rankten.

»Bei gutem Wetter ist der Inhalt fast vollständig verflüssigt«, erklärte er weiter, »aber sobald Sturm droht, verdickt er sich zu diesem Klumpen da. Die verdrehten Gewächse hier –«, er deutete auf die Verästelungen, »– treten nur dann auf, wenn man mit einem richtigen Gewitter rechnen muss. So wild hat es lange nicht mehr ausgesehen, verwette meinen Bart, dass es heute nach acht, spätestens um neune ein richtiges Spektakel gibt!«

»Interessant.«

Er nickte bedeutsam und ließ sich auf einem Arbeitsschemel nieder. »Sie haben ja noch kein richtiges Unwetter hier erlebt, Herr Tesla! Vor allem wenn es nicht schüttet, sondern trocken verläuft. Mordsblitze, Wetterleuchten – sowas habe ich sonst nur auf See erlebt.«

»Da bin ich aber gespannt«, gab ich zu. »Wollen mal sehen, was mein Apparat dazu sagt!«

Ich griff zum Hauptschalter, der meinen Apparat mit dem Elektrizitätsanschluss verband. Ein sanftes Brummen ertönte, während die Vakuumventile zunehmend heller wurden, bis sie kaum weniger strahlten als Edison'sche Lampen. Tatsächlich ähnelten sie diesen von ihrer Konstruktion, da sie ebenfalls aus einem evakuierten Glas bestanden, in das Glühfäden eingeschmolzen waren. Zusätzlich hatte ich sie jedoch mit einem dünnen Blechstreifen beklebt, über den die Flussstärke der das Vakuum durchquerenden Ströme gesteuert werden konnte. Diese von mir entdeckte Konstruktion erlaubte es, schwache Ströme in ungleich stärkere umzusetzen. Der im Garten montierte Rahmeninduktor fing nämlich die atmosphärischen Ströme ein, die ihrer Natur nach zu schwach waren, um sie hörbar zu machen. Doch mittels der Vakuumventile konnte ich sie so weit erhöhen, dass es ausreichte, um die Schwingmembran eines Telefonhörers auszulenken und auf diese Weise hörbar zu machen.

Bei meinen Experimenten hatte ich herausgefunden, dass sich die Gewitterströme als Töne bemerkbar machten, die vorwiegend im Bereich nicht allzu hoher Schwingungszahlen auftraten. Welchen Wetterlagen ich diese Melodien zuordnen sollte, hatte ich jedoch noch nicht zu ergründen vermocht, da ich durch die Konfrontation mit den seltsamen Stimmen vom eigentlichen Ziel meiner Arbeit abgelenkt worden war.

Aus dem Mechanismus, den Kohler als »Lauterreder« bezeichnete, ertönte bald ein leiser Brauseton, der sich zunehmend mit einzelnen Pfeiftönen vermischte, während der Apparat warmlief. Zwischendurch war ab und zu ein Knistern zu hören, das vermutlich erste elektrische Entladungen repräsentierte, die Vorläufer eines richtigen Gewitters.

Kohler stand auf und holte den Korb herbei, der belegte Brote und zwei Dreiliterflaschen Rotwein enthielt, von denen er nun eine mit seinem Taschenmesser entkorkte. Er schnüffelte vorsichtig an der geöffneten Flasche und füllte dann mit zufriedenem Gesicht zwei Gläser auf, von denen er mir eines zuschob.

»Och!«, machte er, als es aus meinem Apparat gefährlich knisterte. »Da scheint sich ja wirklich ganz schön was anzubahnen!«

»Allerdings!«, erwiderte ich nachdenklich. »Ihr altes Sturmglas da und meine Apparatur sind sich diesbezüglich jedenfalls einig! Ich denke, dass einiges dafür spricht, dass die Kristallbildung ebenfalls von atmosphärischen Strömen beeinflusst werden könnte! Wirklich zu schade, dass Sie mit dem Etikett sozusagen auch das Kochrezept für die darin enthaltene Mixtur verloren haben!«

»Bedauerlich, ja!«, gab er zu. »Aber es waren ja höchstens ein Dutzend Bestandteile, ein geschickter Chemikus sollte doch in der Lage sein, die Zusammensetzung zu enträtseln! Wenn er mir dann nur einige Stoffe nennen würde, die seiner Vermutung nach in Frage kämen, könnte das meinem alten Gedächtnis vielleicht auf die Sprünge helfen, denke ich mir!«

»Das sollte man wirklich in Erwägung ziehen«, stimmte ich mit ihm überein. »Vielleicht kann mein Freund May uns sogar helfen, er versteht sich wohl ein wenig auf die Chemie, wenn ich mich recht erinnere.«

»Phantastisch!«, meinte Kohler begeistert. »Da bin ich ja richtig gespannt auf diesen lieben Menschen. Schlage vor, dass wir ihn mit meinem Landauer vom Bahnhof abholen, dann müssen Sie beide sich nicht mit seinem Gepäck abmühen!«

»Danke schön! Das ist sehr zuvorkommend von Ihnen, Kapitän.«

Er griff wieder in den Korb und holte ein in Butterbrotpapier eingewickeltes kleines Paket hervor, um es mir anzubieten.

»Bratenaufschnitt vom Schwein!«, erklärte er verheißungsvoll.

»Nein danke«, erwiderte ich höflich, »vielleicht später, im Moment mangelt es mir am rechten Appetit.«

Er zuckte unbekümmert seine Achseln und kramte ein anderes Paket hervor. »Leg's für Sie beiseite. Mir ist heute sowieso mehr nach fetter Wurst!« Er deutete auf den Hals einer unter den Paketen steckenden Schnapsflasche. »Will meinem alten Magen eine feine Unterlage dafür verschaffen.«

»Na, dann wünsche ich guten Appetit!«

»Danke schön, ist schon vorhanden!«

Ich stand auf und stakste unbeholfen zu einem Regal, um den Karton mit den unbespielten Walzen hervorzuholen. »Nur noch acht Stück, ärgerlich«, murmelte ich.

»Wasch schagen Schie?«, fragte der Kapitän mit vollem Mund.

»Die Walzen!« Ich schleppte den Karton zur Werkbank. »Mein Vorrat geht zur Neige. Habe heute telegrafisch Nachschub bestellt, aber vor Samstag ist wohl nicht mit dem Eintreffen der Lieferung zu rechnen.«

Kohler schluckte einen Bissen herunter. »Sagen Sie nur hübsch Bescheid, wenn's eintrifft. Der Landauer steht für Ihre Zwecke allzeit bereit.«

»Danke, das ist sehr nett. Aber ich habe bereits die Zustellgebühr bezahlt, sodass ich Ihre Hilfe nicht bemühen muss.« Ich nahm einen Lappen zur Hand, um den Staub vom Regal zu wischen, als mir einfiel, dass ich den Kapitän ja noch etwas fragen wollte. »Ach, Kapitän: Ich hatte heute im Dorf eine ziemlich seltsame Begegnung ...«

»Begegnung?«

»Nun ja – ein missgestalteter, aber mir ansonsten harmlos erscheinender Mensch sprach mich an.«

»Och! Sie meinen sicher den Marius?«

Ich sah ihn fragend an.

Er zog eine Schulter hoch und hob ein Bein an, um die verkrüppelte Gestalt zu imitieren.

»Ja, genau den meine ich wohl.«

»Tja.« Kohler legte sein Butterbrot zur Seite und kramte seinen Tabaksbeutel hervor. »Armer Kerl. Einige von unseren Bahnemännern haben ihn vor fünf Jahren beim Streckengang neben den Gleisen gefunden, Richtung Feldmark raus. War nicht mehr viel Leben in ihm, aber sie haben ihn ins Dorf geschafft und ihr Knochenflicker, der olle Klose, hat ihn irgendwie über den Berg gebracht. Danach hat ihn für eine Weile der Pastor Riswick aus Marienthal aufgenommen, dem sie '75 wegen der Maigesetze die Pfarre abgeknöpft haben.«

»Maigesetze?«

»Kirchenkrams!« Er machte eine verächtliche Geste. »Verstehe selbst nur die Hälfte davon, aber der Antonius Riswick hat sich eigentlich nix zu Schulden kommen lassen, wollte sich nur nich' von der Regierung in seine Gemeinde reinreden lassen. Hat sich jedenfalls wirklich Mühe mit dem Marius gegeben, und sogar einen Brief an die Regierung geschickt, ob er ihn im alten Augustinerkloster unterbringen darf. Aber die haben das abgelehnt, weil das Ding eine Ruine ist, was aber so nicht stimmt, weil man einige von den Eremitenzellen noch ganz hübsch herrichten könnte, um arme Leute da unterzubringen. Aber die Regierung hat's abgelehnt, und seitdem lebt der dulle Marius wieder bei uns.«

»Wirklich tragisch. Hat er denn niemanden, der sich um ihn kümmert?«

Kohler schüttelte schmatzend den Kopf. »Ach, dem geht es so schlecht nicht. Die Bahnemänner haben ihm ein altes Häuschen hergerichtet. Zu essen hat er mehr als genug, da bekanntlich in jedem Suppentopf ein Rest bleibt. Und dafür macht er sich nützlich, als Bote im Dorf ist er gut zu brauchen, aber ansonsten ... Na ja, in seinem Oberstübchen herrscht wohl ein ziemliches Rummtata! Ansonsten ist er harmlos, auch wenn er die verrückte Angewohnheit hat, bisweilen des Nachts durch die Gegend zu streifen und bei den Leuten ins Fenster zu gucken! Selbst Schuld, wer die Läden nicht –«

Kohler zuckte zusammen, als es unvermittelt vor den Fenstern gewaltig aufflackerte. »Och! Das wird aber ein ganz Hefticher, Junge, Junge!«

Ich warf einen Blick auf die Karaffe, deren gesamter Inhalt sich mittlerweile zu bizarren Kristallgewächsen verfestigt hatte. Gerade hob ich die Hand, um Kohler darauf aufmerksam zu machen, als ein ziemlich gefährlich klingender Donnerschlag ertönte. Diesmal war es an mir, zusammenzufahren, während sich Kohler nicht einmal rührte und über mein Erschrecken grinste.

»Muss schon sagen, ich bin von Ihrem Sturmglas wirklich beeindruckt, lieber Kapitän!«

»Warten Sie erst mal ab, bis die ganze Tunke da drin wieder flüssig wird! Passiert immer auf der Mitte des Sturmes, man kann fast die Uhr danach stellen!«

Das Panorama vor dem Fenster verdunkelte sich, worauf

alle Farben draußen im Garten eine seltsame körperhafte Wirkung annahmen. Wieder und wieder flackerte es auf, gefolgt von leisen und lauteren Donnerschlägen, ohne dass eines mit dem anderen zusammenhing. In meiner Heimat hatte ich als Kind nach jedem Blitz die Sekunden bis zum Donnerschlag gezählt und anschließend mit tausend multipliziert, um zu bestimmen, wie viel Fuß das Gewitter noch von unserem Hof entfernt war. Mit der Einführung des metrischen Systems wurde die Rechnung etwas umständlicher, war aber immer noch spielend im Kopf zu bewältigen. Also sah ich überhaupt kein Problem darin, mir durch einfaches Abzählen Klarheit über die Entfernung des Unwetters zu verschaffen.

Doch weit gefehlt! Bereits nach einigen Minuten stellte ich fest, dass die addierten Sekunden selbst dann keinen nachvollziehbaren Sinnzusammenhang ergaben, wenn man sie in ein beliebiges algebraisches Verhältnis zur Kubikwurzel der gestrigen Kartoffelpreise setzte. Das Unwetter bestand aus wahllos erscheinenden optischen und akustischen Entladungen, die sich vollkommen losgelöst voneinander manifestierten – nach ungeheuren Blitzen wartete man fünfzehn, zwanzig Sekunden lang vergeblich auf ein angemessenes Rumpeln, während dem mächtigsten Poltern zumeist nur ein kaum wahrnehmbares Flackern vorausging.

Ich stand auf und legte eine Hand auf den verstellbaren Kondensator meines Apparates. Mit einem Knistern sprang der Strom auf meinen Körper über und ich spürte, wie sich meine sämtlichen Haare voneinander zu lösen begannen. Aus dem Lauterreder prasselte und fiepte es immer infernalischer.

Der Kapitän sprang auf. »Verdammich!«, rief er mit erbleichtem Gesicht. »Um Himmels willen, Sie haben sich ja in ein lebendes Elmsfeuer verwandelt! Schnell, wie kann ich Sie nur retten?«

Ich lachte laut und deutete auf meine Stiefel, deren Sohlen

ich mit mehreren dicken Schichten Kork beklebt hatte. »Es besteht für mich keine Gefahr, mein Kapitän! Was meinen Sie wohl, warum ich hier herumhopse wie eine japanische Geisha? Diese hübsche Fußbekleidung schützt mich selbst vor dem mächtigsten Blitz, insofern er mir nicht direkt ins frisch pomadisierte Haupt einschlägt!«

»Donnerwetter!«, staunte der Kapitän. »Und ich dachte schon, dass Sie der Torheit verfallen seien, sich größer machen zu wollen, als die Natur es Ihnen ohnehin mitgegeben hat!«

Wobei ich besser erwähnen sollte, dass ich keinesfalls zu klein geraten bin, der Kapitän mich jedoch noch um ein kurzes Stück überragte, wenn ich nicht gerade meine Isolationsschuhe trug.

»Ich werde jetzt den Phonographen bereit machen«, erklärte ich. »Vielleicht behalten Sie solange Ihr Sturmglas genauestens im Auge, Kapitän. Ich möchte eine Tonschrift in dem Moment anfertigen, wenn sich die Substanz wieder verflüssigt. Möglicherweise stoße ich dabei auf etwas, das uns neue Schlüsse über die Funktionsweise Ihrer geheimnisvollen Wetterflasche erlaubt!«

Er griff nach der Karaffe und stürzte sich mit vollem Eifer auf seine Aufgabe, während ich eine neue Walze in den Phonographen einlegte und alle notwendigen Einstellungen vornahm.

Dann machte ich mich über die belegten Brote her, wobei Kohler mich mit einem Vortrag über die Unwetter unterhielt, die er auf See erlebt hatte. Der Himmel selbst lieferte dazu eine angemessene Untermalung und ich bemerkte, dass der Kapitän im Gegensatz zu den meisten anderen Menschen absolut keine Angst verspürte, wenn es um ihn herum richtig krachte. Das erste Zusammenzucken vorhin war wohl nur ein Reflex gewesen, eine motorische Reaktion aus dem ursprünglichsten Bestandteil seines Nervensystems, das jetzt jedoch vollständig seinem Verstand untergeordnet war

– selbst bei den schlimmsten Schlägen saß er gelassen da, als ob das Inferno dort draußen nur ein milder Sommerschauer sei.

Seine aktive Zeit im Dienst der Handelsflotte lag nun schon eine ganze Weile zurück, aber wenn er mit glänzenden Augen und wirrem Haar von dem berichtete, was damals geschehen war, brachte er seine Gefühle so mitreißend zum Ausdruck, dass seine Berichte wie Zeugnisse von Ereignissen wirkten, die erst vor wenigen Stunden stattgefunden hatten. Mit verstellter Stimme übernahm er die Gesamtheit der Rollen vergangener Dramen, die der Lauf der Zeit längst in humorige Märchen verwandelt hatte. Zwischendurch schenkte er uns immer wieder nach und warf prüfende Blicke auf das Sturmglas, was ich erfreut als Beweis dafür hinnahm, dass sich sein scharfer Geist nicht nur hinsichtlich der Erinnerung mit dem eines jungen Mannes messen konnte. Alles um sich herum nahm er mit einer Detailfreude in sich auf, als ob er es darauf anlegte, eines Tages vor dem höchsten Richter selbst den kleinsten Ausschnitt seines Lebens in allen Feinheiten auf die Waagschale zu legen.

Während er mir gerade eine Geschichte aus seinen Tagen als unfreiwilliger Kaperfahrer im Dienst des berüchtigten Mandarins Fu Manchu im Chinesischen Meer erzählte, brach er mitten im Satz ab und deutete auf die Karaffe.

»Jetzt ist es so weit, Herr Tesla! Aktivieren Sie Ihren Apparat, schnell!«

Ich sprang auf und streckte die Hand aus, um den Phonographen zum Anlaufen zu bringen. Der kleine Motor, mit dem ich das unzuverlässige Federwerk ersetzt hatte, schnurrte leise vor sich hin. Herr Edison wäre gewiss erfreut gewesen, wenn er die Verbesserungen gesehen hätte, die ich an seiner Erfindung durchgeführt hatte. Jetzt wurde die Schneidnadel nicht mehr direkt vom Luftschall zum Schwingen angeregt, sondern über ein hoch empfindliches elektromechanisches System aus Sprechkapsel und Hörer, das selbst feinste Geräusche mit höchster Schwingzahl aufnehmen konnte. Die Walze drehte sich doppelt so schnell, was zwar die Aufzeichnungszeit halbierte, dafür aber die Tongüte verdoppelte. Zur Schonung der Walzen vor der zerstörerischen Gewalt der harten Nadel wurde die Spur beim Abspielen mit Salatöl geschmiert, das ich mir von Frau Kohler ausgebeten hatte.

Nach kurzer Zeit musste ich eine neue Walze einlegen, um die Aufzeichnung fortsetzen zu können. Gerade als diese sich munter zu drehen begann, wurde es mit einem Schlag dunkel.

»Was ist das, zum Teufel?«, fragte ich erzürnt, während das Motorengeräusch erstarb. Ich starrte die Vakuumventile an, deren Glühfäden dunkelrot wurden und nun langsam verglimmten.

»Och!«, rief Kohler in die Dunkelheit hinein. »Vermute, dass die Elektrizität ausgefallen ist!«

»Wer hätte es gedacht, lieber Kapitän!«, erwiderte ich sarkastisch. »Ich fragte jedoch eher nach der Ursache dieses Malheurs als nach seiner Auswirkung, die ja offenkundig ist!«

»Das passiert schon mal, wenn's so heftig trümmert!«, erklärte er. »Wer weiß, vielleicht schalten sie den Strom auch absichtlich ab, weil sie Angst um ihre Maschinen haben?«

»Wie dem auch sei, wir können wohl nichts daran ändern.« Ich seufzte. »Greifen Sie doch mal in die Schublade vor Ihnen, da müssten eigentlich Kerzen und Zündhölzer liegen.«

Kohler fummelte geräuschvoll herum. »Ja, da habe ich's.« Er riss ein Zündholz an und entzündete damit eine Kerze. »Tja, dann ist's wohl für heute vorbei mit Ihrer elektrischen Zauberei, was?« Er klang ziemlich enttäuscht.

»So leicht gebe ich nicht auf!« Ich bückte mich, um unter der Werkbank eine schwere Batterie hervorzuziehen. »Den gesamten Apparat können wir nicht mehr benutzen, weil er auf die hohe Leistung aus dem Netz angewiesen ist«, erklärte ich. »Aber für den Phonographen reicht diese Batterie gut aus, also können wir wenigstens unsere Aufzeichnung abhören.«

Ich nahm die notwendigen Verschaltungen vor und tauschte die durch den Stromausfall ruinierte Walze gegen ihre Vorgängerin aus.

Bald darauf ertönte aus dem Lauterreder ein auf und ab schwellender Brauseton, der von Pfeiftönen durchbrochen wurde, die oft erstaunlich musikalisch wirkende Tonfolgen dudelten.

»Da!«, rief Kohler plötzlich. »Haben Sie es gehört? Eine Männerstimme, da bin ich ganz sicher. Direkt nach diesem seltsamen Du-di-du-di-dö-dö!«

»Warten Sie!« Ich betätigte einen Steller, um den Motor in die entgegengesetzte Richtung laufen zu lassen. »Hier?«

»Ja, sogleich!« Er hob die Hand, um mich zum Schweigen zu bringen.

Diesmal hörte ich es auch. Nicht nur die Stimme, nein, ich verstand jedes einzelne Wort, unzweifelhaft und kristallklar. Kohler sah mich erwartungsvoll an. »Na, Sie haben es diesmal auch gehört, das sieht man Ihnen sofort an!«

»Richtig«, gab ich zu. »Und was haben Sie verstanden, wenn ich fragen darf?«

»Mai ist Karl und Fritz.«

»Exakt meine Deutung. Exakt.«

»Och! Was hat das nun wieder zu bedeuten?«

Ich zuckte meine Achseln. »Habe nicht einmal den nebulösesten Hauch einer Vermutung, wenn ich ehrlich bin.«

»Sagten Sie nicht, dass Ihr Freund Mai heißt?«

»Ja. Mit Ypsilon.«

»Och! Aber sein werter Vorname ist nicht zufällig Karl, ja?«, fragte er vorsichtig.

»Doch!«

Kohler sah aus wie vom Schlag getroffen. *»Karl May?«*, fragte er zweifelnd.

»Karl *Friedrich* May«, gab ich zurück.

»Friedrich?« Er sprang auf. »Nicht zu fassen! Der Karl *und* der Fritze *und* der May! Alles aus Ihrem werten Apparillo da! Woher? Wieso?«

»Wenn ich's wüsste!«

»Mensch, jetzt brauch ich erst mal ein Schnäppsken!« Kohler ließ sich auf seinen Stuhl plumpsen und kramte aus dem Korb die Schnapsflasche und ein Bündel aus Taschentüchern hervor, das zwei sorgfältig eingewickelte Stamperl enthielt. »Unheimlich ist das! Sie auch, nehme ich an?« Er schwenkte die Flasche.

»Ja, bitte sehr.«

»Was das wohl für Stimmen sind?«, fragte er nach einer Weile.

Ich kippte den scharfen Korn hinunter. »Gegenfrage: Glauben Sie an Geister? Hypothetisch gemeint, damit wir uns recht verstehen.«

Er überlegte. »Och! Weiß nicht. Vielleicht ein wenig. Glauben Sie dran?«

»Nicht unbedingt. Eher glaube ich an Marsmenschen, wenn ich ehrlich bin.«

»Die Stimmen kommen mir aber nicht so vor, als ob es Marsmenschen sind!«

»Das habe ich ja auch nicht gesagt.« Ich stellte das leere Stamperl vor ihm auf die Werkbank, während er nachdenklich die Flasche entkorkte. »Ich meinte lediglich, dass ich die Existenz von Marsmenschen für wahrscheinlicher halte als die von Geistern. Was allerdings, wie ich unumwunden zugebe, nichts zur Lösung der Frage beiträgt, wo die Stimmen herrühren. Nehmen wir ruhig einmal an, es würde sich wirklich um Marsmenschen handeln, meinetwegen auch Venusmenschen oder weiß der Kuckuck von welchem Planeten –«

»Och! Muss ja nicht mal einer sein, den wir kennen!«

»Richtig. Ist eigentlich unwesentlich, von welchem Planeten sie stammen. Stammen *würden*. Ich frage mich nur, wie sie Dinge über uns wissen können.«

»Na, vielleicht belauschen sie uns, wie wir sie ja auch belauschen, mit Ihrem phantastischen Apparillo da?«

»Das mag ja sein, aber es erklärt nicht, wie sie Dinge in Erfahrung bringen, über die wir selbst nicht reden, weil wir sie nicht wissen.«

»Och! Soweit es Ihren Freund betrifft, ist ja mit Sicherheit einigen Leuten bekannt, wie er genau heißt. Wenn Ihre Marsmenschen uns wirklich belauschen, halte ich es nicht für ausgeschlossen, dass sie es irgendwann einfach aufgeschnappt haben.«

»Da haben Sie natürlich Recht.« Ich beschloss, dass es klüger war, das Thema nicht weiter zu vertiefen. »Da fällt mir ein, dass wir vorhin unsere Unterhaltung über diesen Marius gar nicht zu Ende geführt haben. – Ich wollte fragen, ob es nicht gefährlich ist, ihn unbeaufsichtigt in der Gegend herumstreifen zu lassen.«

»Ach nein! Der stellt sich gar nicht so dumm an, wie man meinen sollte! Manchmal muss man sich ein bisschen wundern, wie geschickt er sich trotz seiner Idiotie anstellt. Schwimmt wie ein Hecht, passt schön auf, bevor er die Straße kreuzt – dem passiert schon nix!«

»Danke, da bin ich ja beruhigt.« Ich räusperte mich. »Andersherum gefragt, sind Sie sicher, dass keine Gefahr von ihm ausgeht?«

»Och! Vom Marius?« Er sah mich ungläubig an. »Der ist doch völlig harmlos, unschuldig wie ein Kind. Ein bisschen aufdringlich vielleicht, aber wenn man ihn einmal richtig scharf anguckt, hüpft er sofort wieder seines Weges.«

»Sie halten ihn also für harmlos?«

»Unbedingt!«

»Hm. Auch im Hinblick darauf, dass das, was ihn zu einem Krüppel gemacht hat, möglicherweise zu seelischen Veränderungen führte, die unvorhersehbar sind?«

»Nun machen Sie uns aber den armen Marius nicht madig, Herr Tesla«, meinte er entrüstet. »Vor dem braucht nun wirklich keiner Angst zu haben! Lammfromm ist der, der wurde noch nie renitent!«

»Sehen Sie!« Ich nickte bedächtig. »Darauf wollte ich hinaus: Das ist doch nicht normal! Jeder geistig gesunde Mensch setzt sich zur Wehr, spätestens dann, wenn's ihm an den Kragen geht! Dass er so übertrieben brav tut, zeigt deutlich auf, dass man ihn nicht mit normalen Maßstäben messen kann. In einer extrem ungünstigen Situation ist sein Verhalten völlig unberechenbar, behaupte ich!«

Dass ich diese Meinung jetzt gegenüber dem alten Kapitän so vehement vertrat, war natürlich nur eine Finte, mit der ich ihm eine Antwort auf eine Frage entlocken wollte, die ich aus bekannten Gründen nicht stellen konnte: War der zurückgebliebene Marius wirklich eines Mordes fähig? Oh, hätte ich damals nur geahnt, wie begründet dieser Verdacht war!

Der Kapitän füllte noch einmal die Stamperl auf, während er freundlich erklärte: »Sie irren sich bestimmt, lieber Herr Tesla! Selbst wenn er vor seinem Unglück ein wüster Straßenräuber gewesen sein sollte, was letztendlich nicht unmöglich ist, so hat ihn der schreckliche Unfall in einen wahrhaftigen Engel verwandelt!«

»Mag sein.« Ich leerte mein Stamperl. »Wo Sie es gerade erwähnen, was ist eigentlich über die Vergangenheit dieses Marius bekannt?«

»Nicht viel.« Er fuhr sich nachdenklich über den Bart. »Besser gesagt nix. Er hatte nichts dabei außer den Sachen, die er auf dem Leib trug. Und demnach war er nicht gerade der Dauphin, haha!« Sein Lachen war nicht humorvoll, nur verlegen. »Billiger Anzug, abgewetzte Schuhe – wie ein Landstreicher. Aber ob er einer war, das kann man nicht mit Bestimmtheit sagen. Wir wissen ja nicht mal seinen Namen.«

»Pardon, ich denke, er nennt sich Marius?«

»Ach nee! Das ist doch nur der Name, den ihm der Pastor Riswick damals gegeben hat! Der selber weiß nich', wie er wirklich heißt, und wir wissen's auch nich'! Die Polizei hat damals gemeint, er sei wohl irgendein junger Taugenichts, der ohne Billet in den Zug gestiegen ist, und dann nix wie raus, bevor der Kondukteur das Abteil prüft! Hat sich wohl beim Abspringen verschätzt und ist voll in ein Streckensignal reingekracht! Hab's selber gesehen, der Mast hatte einen Mordsknacks weg. Ein Wunder, dass der arme Junge das überlebt hat.«

»Ein Wunder, ja.« Ich gähnte dezent, um Kohler darauf aufmerksam zu machen, dass ich zu Bett zu gehen gedachte.

Prompt begann er, das Butterbrotpapier zusammenzuknüllen und in den Korb zu werfen.

»Flaschen und Gläser hole ich morgen früh ab, sonst gibt das nur Bruch«, erklärte er weise, während er zur Tür ging, um seinen Rock vom Haken zu nehmen.

»Guten Schlaf dann, Herr Tesla.«

»Gute Nacht, Kapitän.«

Als die Tür hinter ihm zuschlug, stand ich auf und zündete eine zweite Kerze an, um anschließend meine frühabendlichen Überlegungen wieder aufzunehmen. Bald hatte ich einen Plan geschmiedet, wie ich die Sache angehen würde, ohne mich selber in Dinge zu verstricken, die man als Ausländer in Deutschland besser unterlassen sollte.

Nicht, dass ich die Deutschen für xenophober halte als Franzosen, Engländer oder sonstige Vertreter der Großmächte der alten Welt. Schon in meiner Studienzeit hatte ich jedoch die Erfahrung gemacht, dass man mit den Einheimischen am problemlosesten zurechtkommt, wenn man für einen der ihren durchgeht, der leider nur das große Pech hat, Ausländer zu sein.

Damals stellte ich vier goldene Grundregeln auf, mit denen ich so gut durch's Leben in der Fremde gekommen bin, dass ich für ihren Erfolg Garantie übernehme:

Erstens, bevor du dich im Ausland in die Öffentlichkeit wagst, solltest du die Sprache absolut beherrschen. Zur Perfektionierung des Vokabulars empfehle ich, vorübergehend eine schlecht bezahlte Nebentätigkeit aufzunehmen, die dich mit der Unterschicht in Berührung bringt, etwa als Kegeljunge oder Aushilfskellner bei einem Volksfest. Merke dir alle Redewendungen, mit denen du dort konfrontiert wirst, wie etwa »Verrecke, Saukerl, elender!«, um ein vergleichsweise harmloses Beispiel zu nennen. Vermeide es allerdings um jeden Preis, dass Derartiges jemals über deine Lippen dringt. »Was für ein feiner Mensch«, wird man über dich sagen – und: »Schade, dass er nicht von hier ist!«

Zweitens, lege stets übertrieben gute Manieren an den Tag und dulde keinen Fleck und auch kein Stäubchen auf deiner Kleidung. Falls man dich darauf anspricht, dann erkläre, dass ein derartiges Verhalten für deine Landsleute völlig normal sei. Statt dich für deine hirnrissige Pedanterie in die Nervenheilanstalt zu stecken, wird man deine feinen Umgangsformen in höchsten Tönen loben: »Erstaunlich, wenn man überlegt, wo er herkommt!«

Drittens, äußere bisweilen mit bekümmertem Gesicht, wie gerne du wieder in deiner Heimat wärest, auch wenn das eine glatte Lüge ist. Die Einheimischen werden dich als politischen Flüchtling ansehen, der im Gegensatz zum gemeinen Ausländer andauerndes Gastrecht genießt: »Der arme Mensch ist heimatlos, lasst ihn uns mit offenen Armen aufnehmen!«

Mit diesen drei Regeln kann man sich recht gut durchschlagen. Die vierte ist sozusagen eine Sonderregelung, da sie nicht nur im Ausland gilt, sondern weltweit und in jeder Situation beherzigt werden sollte: Mische dich niemals in die örtliche Politik ein und sieh verdammt noch mal zu, dass du es nie, nie, nie mit der Polizei zu tun bekommst.

Der Besucher

Um halb acht wurde ich vom Weckschlag meiner Taschenuhr aus tiefem, traumlosen Schlaf gerissen. Es dauerte eine ganze Weile, bis ich mir selbst die Dornröschenfrage beantworten konnte, da ich nach viel zu kurzer Nacht immer noch von einem Rausch geplagt wurde, der meiner Einschätzung nach wohl erst gegen Mittag einem handfesten Kater weichen würde. Obwohl ich kein Gewohnheitstrinker bin, falle ich auch nach überreichlichem Alkoholgenuss nicht aus der Rolle, leide allerdings mangels entsprechender Abhärtung doch sehr unter den unvermeidlichen Folgeerscheinungen der Maßlosigkeit.

An diesem Morgen verging nach dem Wecken eine geschlagene Viertelstunde, bis ich der Tatsache gewahr wurde, dass ich mich nicht einfach mit Hemd, Hose, Weste und Jacke bekleidet ins Bett gelegt, sondern vorher auch noch die Umsicht aufgebracht hatte, dies alles unter meinem Überzieher zu verbergen.

Vorsichtig richtete ich mich aus dem Doppelbett auf und wagte einen vorsichtigen Blick in den Kristallspiegel des Toilettenschranks, der wie der Rest des Zimmers liebevoll im japanischen Stil lackiert war.

Wie soll ich's sagen – es war ein Bildnis des Schreckens! Hätte man auf der nächstgelegenen Dorfbühne Poes »Ein Fass Amontillado« gegeben, so hätte man mich unzweifelhaft angefleht, die Rolle des unglückseligen Fortunato zu übernehmen.

Vorsichtig schwang ich die Beine aus dem Bett und

schlich zur Tür, deren sanftes Quietschen mir durch Mark und Bein ging. Ich schwankte an den schönen Eichentüren vorbei bis zur Treppe, die ich todesmutig hinabklomm, obwohl sie mir heute weitaus steiler erschien als gestern.

Als ich endlich die Küche erreichte, stolperte ich sofort zur Anrichte, wo die Dienstmagd der Kohlers wie üblich frühmorgens einen Krug mit frischer Milch und die Morgenzeitung hinterlassen hatte. Ich suchte aus dem Unterschrank eine große Schüssel hervor, die ich an der über dem Spülbecken angebrachten Pumpe mit frischem, nachtkaltem Brunnenwasser füllte, in das ich dann mit gewaltiger Selbstüberwindung meinen Kopf steckte.

Nachdem ich langsam bis dreißig gezählt hatte, tauchte ich wieder auf und schöpfte tief Luft. Erst als ich diese Prozedur zum dritten Mal wiederholt hatte, erwachte tief in mir ein Funke der Hoffnung, dass ich trotz meiner gestrigen Sünden den heutigen Tag vielleicht überleben könnte. Wie an jedem Morgen hatte das Mädchen auch bereits den Kohleofen in Gang gesetzt, sodass es trotz der frühen Stunde schon mollig warm war.

Ein Blick aus dem kleinen, nach Westen gerichteten Fenster zeigte mir, dass Herr May sich für seine Anreise einen wirklich schönen Tag ausgesucht hatte. Ich öffnete einen Flügel, um ein wenig frische Luft hereinzulassen, und schob danach den halb vollen Wasserkessel auf den heißen Herd.

Fünf Minuten später wurde das grelle Zwitschern der Vöglein vom schrillen Pfeifen des Wasserkessels übertönt, worauf mein armer Schädel beinahe zersprang. Ich richtete mich auf und erreichte mit letzter Kraft den randalierenden Kessel, um ihn von der Herdplatte zu reißen. Seinen Inhalt verschütte ich größtenteils im näheren Umkreis der Teekanne, die ich zum Durchziehen zuklappte und auf die Herdplatte stellte.

Um kurz nach neun hatte ich es vollbracht, eine homöopathische Dosis Tee zu mir zu nehmen, und rang mich nun zu dem schweren Entschluss durch, meine äußere Erscheinung so weit in Ordnung zu bringen, dass ich hoffen konnte, von den entsetzten Dörflern nicht mit einem der Apokalyptischen Reiter verwechselt zu werden. Ich verließ das Haus und schlug den Weg zum Althof ein, der rund hundert Meter entfernt lag.

Kurz darauf lief ich durch den Küchengarten auf die Hintertür des Altbaus zu und bemerkte Frau Kohler, die mit optimistischem Blick die Spargelbeete kontrollierte. Sie war deutlich jünger als ihr Mann und gehörte sozusagen zum alten Adel des Dorfes. Darunter muss man sich aber nicht eine Bauerndynastie vorstellen, sondern wohlhabende Bürger in mindestens dritter Generation, deren Vorfahren es teils bereits vor der französischen Besatzungszeit zu Vermögen gebracht hatten: Zöllner, am Erlös beteiligte Gutsverweser, Handwerker und Händler, rundum von Bildung und Bedürfnis ein ganz anderer Menschenschlag als die »Bahnemänner«, die erst seit einigen Jahrzehnten begonnen hatten, das Dorf zu bevölkern.

Frau Kohler hatte es gewiss in ihrem ganzen Leben nicht nötig gehabt, körperlich zu arbeiten. Dass sie es trotzdem als ihre Pflicht betrachtete, den nicht gerade kleinen Garten mit unermüdlichem persönlichen Einsatz in Schuss zu halten, trug mit Sicherheit dazu bei, dass sie trotz ihrer rund sechzig Jahre weder matronenhaft noch klapperdürr, sondern durchweg fraulich und proper wirkte. Ihr blitzsauberes blaues Kattunkleid und das mit Trockenblumen besteckte Bonnet wirkten zwar bei dieser anstrengenden und schmutzigen Arbeit etwas deplatziert, doch verrichtete sie ihr Werk mit der kraftvollen Effizienz eines chinesischen Reisbauern, stets das Ziel ihrer Bemühungen im Auge und nie die Ziemlichkeit ihrer Bewegungen im Sinn.

»Mojn, Herr Tesla!«, rief sie mir den Gruß der Landfrauen mit einer Frische zu, die es einem unmöglich machte, ihn förmlich und reserviert zu erwidern.

»Mojn auch, Frau Kohler!«

Ich blieb stehen und musterte das Beet. »Na, wird's schon was mit dem Spargel?«

»Abwarten!«, erwiderte sie. »Wenn sich die Sonne nicht allzu sehr verkriecht, gibt's Sonntag Mischgemüse. Ob's hauptsächlich Spargel ist oder Erbsen aus dem Treibhaus, wird man sehen müssen.«

»Frische Erbsen sind auch nicht zu verachten, Frau Kohler«, entgegnete ich freundlich. »Ist der werte Gatte schon auf den Beinen?«

Ihre Mundwinkel verzogen sich in gutmütigem Spott. »Viel wert ist der Gatte heute Morgen wirklich nicht. Gehen Sie ruhig in die Küche, Sie wissen ja, wo er hockt!«

Ich lupfte meinen Zylinder und lief auf die Hintertür zu, die direkt in die Küche führte.

Kohler saß an der kurzen Seite des Küchentischs. Er hatte sich im Stuhl weit zurückgelehnt und ließ den Kopf nach hinten hängen, damit der nasse Lappen auf seiner Stirn liegen blieb.

»Sei so gut, mein Röschen«, stöhnte er bei meinem Eintreten, »bring mir bitte ein Glas Wasser!«

»Gerne doch, aber wo finde ich die Gläser?«

Er richtete sich mit einem Ruck auf, wobei der Lappen auf den Boden platschte. »Och! Sie sind's, Herr Tesla«, meinte er mit jammervoll verzerrtem Gesicht. »Wie spät isses denn?« Er schielte auf die Wanduhr. »Hm. Sollten uns besser sputen, wir müssen ja noch einspannen.«

Er erhob sich ächzend und nahm die Schirmmütze vom Tisch. Ich folgte ihm durch die an die Küche angrenzende Stube, die mit Rattanmöbeln im Kolonialstil eingerichtet war. Er nannte dieses Zimmer den *Show Room*, während ihn Frau Kohler sarkastisch als »Trophäenzimmer« bezeichnete, da ihr Mann die Wände bis auf den letzten Fleck mit Souvenirs behängt hatte, die seine Fahrten bezeugen sollten. Unter einem tibetanischen Kopfschmuck hing eine Ukulele, daneben ein indisch anmutender Krummdolch, darunter eine ausgestopfte Klapperschlange, rechts davon ein bunt bemalter Teller vermutlich südamerikanischen Ursprungs, über dem eine Daguerotypie hing, die das Haupt eines Negerhäuptlings zeigte.

Das auffälligste und größte Prunkstück war ein ausgewachsener, bunt bemalter Tabakindianer aus Holz, der dem Besucher freundlich grinsend eine Faust entgegenstreckte, der ganz offensichtlich das Werbeschild verlustig gegangen war, das der geschnitzte Recke einst getragen hatte. Insgesamt waren es mit Sicherheit mehr als zehn Dutzend Gegenstände, die dem Zimmer das gemütliche Ambiente eines Kirchenbasars verliehen. Kaum eines der Souvenirs ließ sich eindeutig diesem oder jenem fernen Land zuordnen.

Kohler selbst hatte natürlich zu jedem der Schaustücke mindestens eine wahrhaft ungeheuerliche Geschichte parat. Ein schmuckloser Holzbecher, Schätzwert drei Groschen, entpuppte sich als hinduistische Variante des Heiligen Grals, ein Obstmesser mit Hirschhorngriff im bayrischen Stil als Dolch eines blutrünstigen islamischen Assassinen, und ein chinesisch beschriftetes Fläschchen enthielt ein hauptsächlich nach Pfefferminz duftendes *Elixier Vitae*, das leider seine lebensverlängernde Wirkung beim Überqueren des Äquators verloren hatte, aber immerhin noch geeignet war, um die mit einer Erkältung eingehenden Schluckbeschwerden zu lindern.

Heute war der Kapitän jedoch nicht in der richtigen Stimmung, sodass wir den Raum im Eiltempo durchkreuzten, um die im Kajütenstil mit Mahagoni und Messing dekorierte Eingangsdiele zu betreten. Er durchwühlte die Garderobe, bis er einen marineblauen Rock fand.

Wir liefen über den Hof zum größten Gebäude des Anwesens, das ursprünglich wohl als Scheune gedient hatte, nun aber als Pferdestall und Lager für sperrige Dinge diente, die Kohler und seine Frau aus irgendeinem Grund nicht mehr im

Haus haben wollten. Kohler schob den Sperrriegel des Tores zur Seite und arretierte beide Torflügel an der Mauer, während ich bereits ins Halbdunkel hineinspazierte.

Wiehernd begrüßte mich der einzige Bewohner des Gebäudes, ein waschechter brauner Westfale.

»Ho, Willy, ho!«, rief Kohler hinter mir.

Zwischen einem alten Stehklavier und einer Anrichte im Queen-Anne-Stil stand der flache, weinrot lackierte Landauer, auf dessen linke Zarge jemand in schön geschwungenen Lettern den Namen ALBATROS gemalt hatte.

Während Kohler sich ächzend und fluchend daranmachte, Willy und Albatros zusammenzubringen, sah ich mich neugierig um. Hinter einem mottenzerfressenen, grünen Ohrensessel entdeckte ich eine Kommode, auf der ein Schiffskompass stand, dessen polierte Nadel steif und fest behauptete, dass die Sonne im Südwesten aufgeht. Ich versuchte, dem Gerät mit dem Knöchel ein wenig Vernunft einzuklopfen, worauf die Nadel sich eineinhalbmal um ihre Achse drehte, um sich anschließend so einzupendeln, dass sie genau dorthin deutete, wo auf dem Gehäuse in ganz kleinen, geraden Lettern »Abenteuer« eingraviert war, offenbar der Name des Schiffes, von dem der Kompass stammte.

»Herr Tesla?«

»Ja?«

»Wir sind dann so weit! Bitte aufzusitzen!«

Ich kam seiner Aufforderung nach und nahm neben ihm auf dem Kutschbock Platz. Er ließ einen leisen Pfiff erschallen, worauf Willy loszockelte. Als wir die Straße erreichten, lenkte Kohler die Kutsche nach Westen.

Zu Fuß brauchte man ungefähr zwanzig Minuten, um den Bahnhof zu erreichen, was jedoch nicht hieß, dass es mit der Kutsche wesentlich schneller ging. Das feuchte Wetter der letzten Wochen hatte etliche neue Schlaglöcher geschaffen und bereits vorhandene vertieft, sodass Kohler das Pferd zurückhalten musste, um nicht Rad- und Halsbruch zu riskieren.

»Es ist ein Skandal!«, knurrte Kohler erzürnt. »Richtung Mehr raus wird jedes Frühjahr wie verrückt geschottert, bis die Straße schön eben ist, damit die feinen Herrschaften da unzerrüttelt zum Bahnhof kommen. Aber hier tut sich gar nichts! Herr May wird wohl einige Minuten auf uns warten müssen, tut mir Leid!«

Aber wir hatten Glück, da der Zug vom Ruhrgebiet mit gut zehn Minuten Verspätung eintraf.

Um diese späte Uhrzeit trafen nur wenige Menschen in diesem Dorf ein, hauptsächlich Vertreter, die in ihren Musterkoffern Patenthosenträger, Kolportagehefte oder Sammelfigurinen in die niederrheinische Provinz einschleppten. Schließlich entdeckte ich Herrn May, der zwei Waggons von unserem Standort entfernt einen großen Pappkoffer durch die Tür bugsierte. Als er auf dem Bahnsteig stand, sah er sich etwas irritiert um, worauf ich die Hand hob, um ihm unser Vorhandensein zu signalisieren.

»Ah!«, rief er erfreut, während er eilig auf uns zulief. »Herr Tesla! Schön, dass Sie mich abholen!«

»Herr May!« Ich nahm seine Hand entgegen. »Hoffe, dass Sie eine angenehme Reise hatten?«

»Kann nicht klagen!« Er stellte den Koffer auf dem Boden ab und glättete seinen altmodisch lang geschnittenen Rock.

»Darf ich bekannt machen: Karl May, Kapitän Kohler, unser Gastgeber.«

Mays Augen blitzten seltsam auf, als er die Hand des Kapitäns ergriff. »Herr Kapitän, habe die Ehre!«, schnarrte er im freundlichsten Ton eines preußischen Kavallerieoffiziers. »Wie ist das werte Befinden?«

Der Kapitän war so baff, dass er Haltung annahm und nur kurz nickte, statt den Gruß zu erwidern. Er überlegte wohl, ob er May den Koffer abnehmen sollte, aber da hatte dieser ihn schon ergriffen.

»Schönes Dorf, schönes Dorf!«, meinte May, während er mit weit ausgreifenden Schritten losmarschierte, wobei er das Kreuz unnatürlich steif durchdrückte. »Ausgesprochen nett!«

»In der Tat.« Ich unterließ es, ihn darauf aufmerksam zu machen, dass er ja noch so gut wie gar nichts von dem schönen Dorf erblickt hatte.

»Und wie läuft es so bei Ihnen, wenn die Frage erlaubt ist?«

»Ist erlaubt«, erwiderte ich leichthin. »Es läuft. Nicht besonders gut, aber auch nicht abgrundtief deprimierend schlecht, sozusagen.«

Sein Kopf ruckte zu mir hin. »Irgendwo dazwischen, meinen Sie das?«

»Sie bringen es auf den Punkt.«

»Hä! Wo genau dazwischen?«

»Hm.« Ich überlegte. »Eher in der Richtung von weniger gut, fürchte ich.«

»Schlecht!«, rief er bedauernd. »Funktioniert Ihr Apparat nicht?«

»Äh, doch.«

Wir hatten gerade die Kutsche erreicht und ich half ihm, den Koffer aufzuladen, der nicht unbedingt schwer, aber recht sperrig war.

»Dann verstehe ich aber nicht, wo das Problem liegt.«

Jetzt mischte sich der Kapitän ein, der mittlerweile kapiert hatte, dass May ihn mit seinem Offiziersgebaren nur veralbern wollte. »Herrn Teslas Apparillo funktioniert sogar besser als erwartet«, erklärte er, während er den Kutschbock erklomm. »Er zeigt nicht nur ausgezeichnet das Wetter an, nein, er holt uns sogar die schönsten Geisterstimmen in die Stube, Herr May!«

»Wie bitte?«, fragte May verblüfft.

Ich zuckte etwas gequält die Achseln. »Für alle praktischen Belange sieht es so aus, ja!«

»Nicht wahr!« Er hatte sein Rollenspiel völlig vergessen und benahm sich beinahe wieder so, wie ich ihn eigentlich in Erinnerung hatte. »Unglaublich! Aber ... ich verstehe nicht, wie das gehen soll? Etwa wie bei einer spiritistischen Seance? Ich meine, wie manifestieren sich die Stimmen?«

»Auf dem Phonographen«, belehrte der Kapitän von vorne, bevor er das Pferd mit einem Pfiff antrieb. »Sie können die Geister jederzeit wieder erleben, konserviert für die Ewigkeit, sozusagen!«

»Das meinte ich nicht, Herr Kapitän«, erwiderte May mit erhobener Stimme, um das Knirschen des Schotters zu übertönen. »Wer fungiert dabei als Medium?«

Der Kapitän drehte sich zu ihm um. »Der Apparillo höchstselbst«, sagte er weise.

»Wahnsinn!« Mehr brachte May nicht heraus. Er sah mich zweifelnd an.

»Das stimmt, im Großen und Ganzen jedenfalls«, bestätigte ich. »Sie erinnern sich, Herr May? Mein Apparat war ja dazu gedacht, das Wetter in hörbare Töne umzusetzen. Das tut er auch, aber ganz nebenbei empfangen wir diese Stimmen, die selbst vorgeben, von den Toten zu stammen.«

Er schüttelte verstört den Kopf. »Sie wollen doch nicht allen Ernstes ...?«

»Nein – ich behaupte ja nicht, dass es wirklich Geister sind ... Ich meine das, was man im Allgemeinen darunter versteht.«

»Moment mal, Herr Tesla: Wenn die Stimmen doch selbst bestätigen, dass sie Geister sind, muss sich jede andere wissenschaftliche Überlegung daran messen, richtig?«, bemerkte er scharfsinnig.

»Wohl wahr!«

»Also«, meinte er nachdenklich, »dann wüsste ich gerne, welcher Überlegung Sie den Vorzug geben und warum?«

»Keiner«, erklärte ich. »Ich gebe keiner Erklärung den Vorzug.«

»Warten Sie, heißt das, dass Sie die Geister als Verursacher ablehnen, andererseits aber keine Erklärung haben, was sonst in Frage käme?«

»So ähnlich. Geister kommen meiner Ansicht nach weniger in Frage als etwas anderes. Wobei ich ›Geister‹ recht weit fasse, das heißt, ich habe auch dieselbe Meinung, soweit es Engel, Feen oder Wichtelmännchen betrifft.«

»Wissen Sie, Herr May – der Herr Tesla neigt insgeheim wohl eher zu der Überzeugung, dass es Marsmänner sind, mit denen wir zu tun haben!«, erläuterte der Kapitän vorlaut.

»Marsmänner?« May starrte mich an, als ob ich genau einer von jenen wäre.

»Mars hin, Mars her«, erwiderte ich etwas ungehalten, »es könnten auch Venusianer sein, was ich aufgrund bestimmter astronomischer Gegebenheiten sogar für etwas wahrscheinlicher halte. Merkurianer nicht, dieser Planet liegt sicher zu nahe an der Sonne. Neptunianer, das ist ebenfalls unwahrscheinlich. Darüber hinaus zu spekulieren, bin ich nicht bereit. Obwohl vieles dafür spricht, dass wir uns darauf gefasst machen sollten, dass auch um andere Sonnen Planeten kreisen könnten, die geeignet sind, Lebewesen hervorzubringen, die Menschen gleichzusetzen sind, soweit es zumindest unsere herausragendste Fähigkeit betrifft ... namentlich die Denkfähigkeit ...« Ich überlegte. »Wo war ich?«

»Weit außerhalb unseres Planetensystems, wenn ich Sie richtig verstanden habe«, erwiderte May spöttisch. »In den nächsten Minuten hätten Sie gewiss den äußersten Rand des Firmaments erreicht und Gottvater persönlich die Hand geschüttelt!«

»Hihihihi!«, machte der Kapitän. »Jetzt kriegt der Herr Tesla aber sein Fett weg!«

»Ich habe ja nicht behauptet, dass es sich wirklich so verhält, wie ich es beschrieben habe«, sagte ich zu meiner Verteidigung.

»Mal ehrlich, was spricht eigentlich gegen Geister?«, fragte May etwas ernsthafter. »Ich habe schon an einigen spiritistischen Sitzungen teilgenommen, aus rein privatem Interesse, gebe ich zu. Vieles empfand ich dabei als albernen Mumpitz, manches sogar als reinen Betrug. Aber ...«

Er legte sich wohl eine Bemerkung zurecht, was ich ausnutzte, um blitzartig das Thema zu wechseln. »Ach, Herr May – ich hatte ganz vergessen, nach dem Befinden Ihrer werten Gattin zu fragen?«

»Ausgezeichnet«, erwiderte er unbeeindruckt im sanguinischen Plauderton eines Dresdner Salonlöwen. »Ihr geht es ganz ausgezeichnet. Soll Sie recht herzlich von ihr grüßen, unbekannterweise. Sie hat darauf gebrannt, Sie kennen zu lernen, aber leider war sie wegen einer dringenden Familienangelegenheit unabkömmlich.«

»Wie schade!«, rief ich bekümmert. »Eigentlich bin ich ein bisschen davon ausgegangen, dass Sie mich zu zweit besuchen. Ausgesprochen schade, wirklich!«

»Ja.«

Ich fand es höchst bemerkenswert, dass er es strengstens zu vermeiden schien, auch nur den Namen seiner Frau in den Mund zu nehmen.

Rendezvous mit einer Leiche

Frau Kohler hatte für Karl May das verbleibende der beiden Schlafzimmer hergerichtet, das sich von seiner Größe mit einer ausgewachsenen Hotelsuite messen konnte und neoklassisch möbliert war. Ich bat meinen Gast, sich später mit mir in der Werkstatt zu treffen, nachdem er sich häuslich eingerichtet und frisch gemacht hatte.

Etwa eine Stunde brachte ich damit zu, meinen Apparat in all seinen Funktionen zu überprüfen, als May nach gebührlichem Anklopfen an die Verbindungstür zwischen Küche und Werkstatt eintrat.

Offenbar hatte er sich eine Rasur gegönnt, da der Bartschatten der nächtlichen Reise verschwunden war. Zum gleichen, altmodisch langen Rock trug er über dem altväterlichen Hemd eine helle Buckskinweste mit Zelluloidknöpfen und eine dunkle Hose mit Beinstreifen. Obwohl die Kleidung hier und dort ausgebessert war, erweckte er einen recht properen Eindruck, der allerdings eher zu einem dörflichen Honoratioren gepasst hätte als zu einem Künstler. Einzig das kecke, schwarz und rot gemusterte Tüchlein, das er nach Manier eines Strauchdiebs um den Hals geschlungen hatte, schmälerte den kleinbürgerlichen Eindruck. Es ersetzte nicht nur die Fliege oder Krawatte, sondern diente gleichzeitig als Verankerung für das schwarze Band aus Cordsamt, mit dem der in Neusilber gefasste Klemmer gesichert war. Die meiste Arbeit schien er sich mit seinem Haar gemacht zu haben, das mit einer genau ausgewogenen Dosis Pomade nach hinten gekämmt war, um die hohe Stirn vollständig freizugeben. Unter vorzeitiger Kahlheit litt er jedenfalls nicht und hätte jünger gewirkt, als er es in Wirklichkeit war, wenn nicht die ersten verräterisch grauen Strähnen oberhalb der Stellen zu sehen gewesen wären, an der er seine Koteletten ausrasiert hatte.

»Also das ist Ihr seltsamer Apparat, nicht wahr, Herr Tesla?«, fragte er sofort nach dem Eintreten.

»In der Tat. Werde Ihnen gleich einiges dazu erklären. Sind Sie mit Ihrer Unterbringung zufrieden?«

»Oh, auf jeden Fall! Ehrlich gesagt hatte ich in meinem bisherigen Leben noch nicht das Vergnügen, in einem so schönen und komfortablen Domizil zu wohnen«, antwortete er mit treuherzigem Blick. »Wenn ich wieder in meiner kleinen, dunklen Wohnung bin, werde ich mich sicher freudig daran zurückerinnern.«

»Ja, es ist wirklich insgesamt eine sehr angenehme Unterkunft«, pflichtete ich ihm bei. »Aber lassen Sie uns jetzt erst einmal die Dinge betrachten, die Sie notwendigerweise kennen sollten, bevor Sie sich ein Urteil über meine Arbeit machen können.«

Ich begann, ihm die Funktion und die einzelnen Bestandteile des Apparates zu erklären, was er wissbegierig und mit großem Verständnis aufnahm. Zweifellos war er ein sehr gebildeter Mann, der sich in den grundsätzlichen Naturwissenschaften weit mehr auskannte als die Mehrheit seines Standes. Zwischendurch erzählte er mir, dass er aus einer bettelarmen Familie stammte, aber dank der Aufopferung vor allem seitens des Vaters die Gelegenheit gehabt hatte, sich zum Lehrer ausbilden zu lassen, was das solide Fundament seines Wissens hinreichend erklärte. Doch darüber hinaus verfügte er über eine recht profunde Weiterbildung auf dem Gebiet der Botanik und mehr als rudimentäre medizinische Kenntnisse, was ihn vor allem auf dem Gebiet der Homöopathie und Kräuterheilkunde zumindest in meinen Augen in den Stand eines Fachmannes erhob. Zwar habe ich mich zeit meines Lebens auch für die verschiedensten Aspekte der Biologie und Medizin interessiert, jedoch nur insoweit diese Disziplinen mein eigentliches Wissensgebiet berührten. Gerade die im krassen Widerspruch zur herkömmlichen Lehre stehenden Entdeckungen der Homöopathie musste ich bei meinen Studien leider vernachlässigen, da eine Klärung ihrer Wirkungsweise wohl voraussetzt, dass man sich völlig in die zugrunde liegenden Zusammenhänge vertieft. Da ich mich jedoch schon in meiner Kindheit mehr für solche Maschinen erwärmte, die man aus Metall und anderen unbelebten Stoffen erschafft, statt sie auf dem Baum oder im Mutterleib heranreifen zu lassen, entschied ich mich für einen Lebensweg, der mich zu einem Idioten auf Gebieten machte, in denen May beinahe schon ein Wissenschaftler war.

Als ich ihm den Apparat vollständig erklärt hatte, sah er ihn noch eine Weile genauer an und fragte nach diesem oder jenem Detail, über das ich ihm bereitwillig Auskunft erteilte. Dabei qualmte er unentwegt seine »hiesigen« Zigarren, von denen er immer große Vorräte bei sich zu führen schien. Ich schilderte ihm gerade die Funktionsweise der Vakuumventile, als es an der Werkstatttüre klopfte.

»Herein!«

Es war Frau Kohler, die nun mit einem Weidenkorb hereinkam, um uns mit einem Imbiss zu versorgen. Ich machte sie mit Herrn May bekannt, der ehrerbietig ihre Hand an seine Lippen führte und überschwänglich die Qualität seiner Unterbringung lobte.

Nachdem unsere Gastgeberin wieder gegangen war, machten wir uns über die mit Wurst, Käse und Rindsbraten belegten Brote her, die nicht nur einfach gebuttert, sondern nach englischer Art zusätzlich mit Gurke, eingelegten Tomaten und Salatblättern verfeinert waren, was sie ungemein saftig machte. Der Kapitän hatte mir bei einer Gelegenheit erzählt, dass sich seine Frau diese erfreuliche Eigenheit angewöhnt hatte, als sie in ihrer Jugend einige Jahre lang eine

Schule für höhere Töchter in Südengland besuchte. Statt der drögen urdeutschen »Stulle«, die sozusagen den vertrockneten Urgroßvater des von Lord Sandwich kultivierten belegten Edelbrötchens darstellt, bevorzugte sie seitdem diesen aufwändigeren, aber auch ungemein schmackhafteren Nachfahren.

Wir futterten und tranken brunnenkalte Zitronenlimonade dazu, bis wir tief im Korb die Käsebrote erreichten, die mit uraltem Gouda belegt waren, der bei allem Wohlgeschmack einen ziemlich strengen Duft verbreitete. Ich wickelte das erste Päckchen halb aus und hielt es May hin, der jedoch plötzlich keinen rechten Appetit mehr zu haben schien, obwohl ihm sein letztes Wurstbrot richtig gut geschmeckt hatte.

Als ich kurz darauf auch noch sämtliche Käsebrote verdrückt hatte, schlug ich ihm vor, eine kurze Demonstration der konservierten »Geisterstimmen« zu veranstalten, um uns danach auf einen ausgiebigen Verdauungsspaziergang zu begeben. Er willigte ein und griff wieder zum Zigarrenetui, während ich den Apparat warmlaufen ließ und eine Walze in den Phonographen einlegte.

»*Wir sind die Toten*«, das war die erste Aufzeichnung, mit der ich May konfrontieren wollte. Also schaltete ich den Phonographen ein, wobei May mit erkalteter Zigarre dasaß und gebannt lauschte.

»Nun?«

Er beugte sich nachdenklich nach vorn, um den Zigarrenstummel auf dem Rand der Werkbank abzulegen.

»Menschliche Stimmen, einwandfrei. Eine sagt etwas, das wie *Wir sind Idioten* klingt.«

»Idioten?« Ich sah ihn scharf an, aber er schien es wirklich ernst zu meinen. »Na, ich verrate Ihnen nicht zu viel, wenn ich sage, dass es durchaus dem ähnelt, was der Kapitän und ich gehört haben. Vielleicht sollten wir es noch einmal versuchen …«

Ich ließ die Walze zurücklaufen und spielte sie noch einmal ab.

»Nun?«

»*Wir sind Idioten*, zweifellos. Aber ...« Er machte ein äußerst nachdenkliches Gesicht.

»Aber was?«

»Da ist noch eine Stimme. Aber keine Frau ... eher so, wie vielleicht ein Maschinenmensch sprechen würde, abgehackt, hart, brummend. Kann ich es nochmal hören?«

»Gerne.«

Er beugte sich nach vorn und verzog angestrengt das Gesicht. »Ganz kurz und schnell, es erinnert mich ans Silben ausklatschen. Nochmal bitte!«

»Silben ausklatschen?«, fragte ich, während ich den Motor zurücklaufen ließ.

»Ja, wie in der Schule, wissen Sie?« Er versorgte sich mit einer neuen Zigarre. »Was-ser-rat-ten-oh-ren-spit-zen.«

»Ach, das meinen Sie.« Ich betätigte den Steller. »So, nochmal.«

Er lauschte wieder angestrengt. »Ich hab's!« Sein Gesicht erhellte sich. »*Schuh oh-ne Fuß*, einwandfrei und zweifellos!«

Ich schluckte. Diesmal hatte ich den Maschinenmenschen ebenfalls gehört, konnte seinen Äußerungen jedoch keinen Sinn abringen. Mir war rätselhaft, wieso May einerseits etwas völlig anderes hörte als der Kapitän und ich, andererseits dabei jedoch Dinge erfuhr, die nachweislich in Verbindung mit dem standen, was wir wahrgenommen hatten.

»*Schuh oh-ne Fuß*, sagten Sie, nicht wahr?« Ich griff nach einem Notizblatt. »Wir sollten es notieren, damit wir nachher nicht darüber in Streit geraten, was gehört wurde.«

Als ich den kurzen Satz zu Papier gebracht hatte, wechselte ich die Walze gegen jene aus, die die Wortfolge *Roter Busch Obelisk tot* enthielt.

Ich will es an diesem Punkt meines Berichtes nicht zu lang

werden lassen und präsentiere deshalb direkt das Resultat: Nach nicht weniger als fünf Versuchen war May überzeugt, dass die Stimme nichts anderes sagte als ›*Mutter Busch holt das Brot*‹.

Ich musste mich in jenem Augenblick sehr zusammennehmen, da ich den Zwang verspürte, wie ein einsamer Kojote laut aufzuheulen.

Was war das nur? Liebend gerne hätte ich jetzt jede greifbare Überlegung zur Herkunft der Stimmen akzeptiert, selbst Tote, Klabautermänner oder sonstige Hoppeditze. So viel aber auch für die eine oder andere dieser Erklärungen sprechen mochte, sie boten jedenfalls keine denkbare Lösung für die Frage, warum May aus den unheimlichen Stimmen etwas anderes heraushörte als Kohler und ich.

May wirkte sehr nachdenklich, nachdem ich ihm erklärt hatte, welche Botschaften der Kapitän und ich den Stimmen entnommen hatten. Dabei verschwieg ich ihm natürlich, dass es deutliche Verbindung zwischen beiden Versionen gab.

»Das ist wirklich unbegreiflich«, kommentierte er. »Nach Ihrer eingehenden Erklärung des Apparates will mir nicht einleuchten, wie die Stimmen zustande kommen – es sei denn, wir schreiben sie wirklich höheren Wesen zu. Aber dafür erscheinen mir diese Äußerungen doch zu gewöhnlich und ... na ja, albern! Soweit es aber die Frage betrifft, wieso Sie und der Kapitän etwas anderes hören als meine Wenigkeit, denke ich schon, dass ich Ihnen eine plausible Lösung bieten kann. Sie müssen nämlich wissen, dass ich als Kind nach dem ersten Lebensjahr vollständig erblindete und erst kurz vor dem Schulalter davon geheilt wurde. Sie können sich gut vorstellen, was es bedeutet, erst in dieser Phase des Heranwachsens damit vertraut zu werden, dass um einen herum eine sichtbare Welt existiert, von der man sich vorher nur durch Ertasten und anhand von Geräuschen und Gerüchen eine Vorstellung machen konnte.«

Ich massierte mein Gesicht, da mir von seinen Zigarren etwas schummrig geworden war. »Das könnte tatsächlich eine Erklärung sein. Man sagt doch, dass sich bei Blinden die verbleibenden Sinne in einem Maße schärfen, das ein sehender Mensch nie erreichen kann? Ist das bei Ihnen auch der Fall, Herr May?«

Er zögerte. »Nun, ich habe mich schon viele Male dabei ertappt, dass ich den anderen, mir länger vertrauten Sinnen in gewissen Situationen den Vorzug gebe. Sagen wir es so –«, er zog einen Mundwinkel hoch, »– ich bin bei uns zu Hause nicht derjenige, der frühmorgens mit dem Drang nach Erleichterung vorzeitig aufwacht und schlaftrunken den Nachtstuhl umrennt! Und mein Gehör ist erstaunlich entwickelt – leider, muss ich sagen, da ich oft Dinge mit anhören muss, die eigentlich nicht für meine Ohren bestimmt sind. Sie können sich nicht vorstellen, was manche sittsam wirkende Menschen sich heimlich erzählen, wenn sie sich im vermeintlichen Schutz des Lärms im Biergarten miteinander unterhalten. Die alte Weisheit, dass die Wände Ohren haben, kenne ich nur zu gut – es sind nämlich meine Ohren! Und –«

»Erstaunlich!«, fiel ich ihm ins Wort. »In der Tat leide ich nämlich von Kindheit an zeitweilig unter einem ganz ähnlichen Syndrom. Aber verzeihen Sie, wenn ich Ihre interessante Darstellung so unziemlich unterbreche. Mir wurde nämlich gerade bewusst, dass wir darüber unseren Verdauungsspaziergang völlig vergessen haben! Ich meine, verdaut haben wir schon, aber da das Wetter mich lockt, möchte ich den Vorschlag machen, dass wir uns ein wenig die Beine vertreten, wenn Sie damit einverstanden sind?«

»Natürlich! Ein wenig Bewegung kann uns nicht schaden!«

»Genau! Ich werde mir kurz etwas anderes anziehen. Vielleicht planen Sie schon mal eine Route durch die Gegend, ich habe hier irgendwo eine Wanderkarte ... Moment mal –«, ich durchwühlte einen Papierstapel, »– hier ist sie. Hatte bereits einige Stellen von Interesse angekreuzt, kam aber noch nicht dazu, sie anzulaufen. Ziemlich geschichtsträchtig, dieses Örtchen hier – historisches Schlachtfeld, es gibt sogar ein Mahnmal anlässlich dessen. Ich habe eine Schwäche für Mahnmäler, so viele Menschenschicksale auf einen Blick, das hat man selten! Vielleicht schauen Sie mal nach, ob es nicht zu weit entfernt liegt und ob es sich lohnt. Ich beeile mich, Ciao!«

Ich drückte ihm die Karte in die Hand und verließ die Werkstatt, um durch die Küche ins Obergeschoss zu laufen. In meinem Zimmer suchte ich mir eine passende Gewandung heraus, größtenteils bestehend aus Kleidungsstücken, die ich nicht mehr allzu lange Zeit zu tragen gedachte.

Fünfzehn Minuten später kam ich in die Werkstatt zurück. May saß weit zurückgelehnt auf seinem Stuhl und machte ein recht ernstes Gesicht. Neben sich lag sorgfältig ausgebreitet die Karte, darauf der Zettel, auf dem ich vorhin in sauberer Handschrift notiert hatte, was er, Kohler und ich jeweils auf den Walzen gehört hatten.

»Wohlan!«, rief ich munter. »Dann wollen wir mal los, was?«

»Ja!« Er erhob sich langsam. »Ach so, mein Hut«, meinte er etwas zerstreut, »einen Moment bitte.«

Er lief wieder ins Haus hinein und kehrte wenig später mit einem Klappzylinder und einem kurzen Patentschirm unter dem Arm zurück.

»So, jetzt bin ich bereit!«

Zehn Minuten später spazierten wir in westlicher Richtung über die Hauptstraße auf den Ortskern zu. Er hatte seinen Vortrag über die blindheitsbedingte Überentwicklung seiner verbleibenden Sinne fortgesetzt und war mittlerweile bei seinem Geruchs- und Geschmackssinn angelangt, dessen Überlegenheit er mit zahlreichen Beispielen untermauerte.

Was ist das nur für ein seltsamer Mensch, fragte ich mich, während ich still neben ihm herlief. Seine maßlosen Übertreibungen empfand ich nicht unbedingt als Angeberei, da er keineswegs dazu neigte, sich selbst als Verursacher dieser unglaublichen Leistungen hervorzutun. Riechen, Schmekken, Fühlen, Sehen – all dies erachtete er nicht als Bestandteil seiner Persönlichkeit, sondern als von ihm losgelöstes Geschehen, dessen Aufgabe es war, seiner Seele die wirkliche Natur der Welt nahe zu bringen.

Wie jeder Mensch hatte auch er gewisse Vorlieben hinsichtlich der kultivierten Erfüllung der menschlichen Grundbedürfnisse. Schon hieran ließ sich erahnen, dass dieser Mensch keineswegs einfach gestrickt war. Fangen wir beim Trinken an: May bevorzugte Wein, lieber schwer und rot als weiß und leicht, bisweilen aber auch Bier, vor allem im Sommer. Von Schnaps hielt er sich fern, besaß jedoch eine ausgesprochene Schwäche für einige likörartige Getränke, die eigentlich wohl eher für die Snobs von der Pferderennbahn oder ältliche Tanten erfunden wurden, wie etwa Basilikjulep und Eierlikör. Bester Cognac reichte ihm als Digestif aus, aber niemals schnöder Whisky oder gar Weinbrand. Kaffee war ihm sein Lebenselixier, Tee lehnte er nicht unbedingt ab, doch als besten Morgentrunk erachtete er heiße Milch.

Beim Essen favorisierte er vor allen sonstigen Vögeln das Huhn in gebratener Form vor dem Frikassee und der Suppe, wobei Letztere eher hinter als vor der Leibesfrucht dieses Tieres rangierte, die er vor allem in der Zubereitungsweise des Schaumomeletts schätzte. Vom Schwein aß er dagegen alles, was nicht zum inneren Mechanismus dieses Lebewesens gezählt wird: Filet, Schnitzel, Kotelett, Eisbein in absteigender Reihenfolge. Vom Rind kam für ihn dagegen ausschließlich die Lende in Frage, sorgfältig durchgebraten statt *à la Vampire*. Lamm, Ziege, notfalls auch Kaninchen, aber nur wenn nichts anderes greifbar war. Auf keinen Fall Froschschenkel und dergleichen. Gemüse ja, wenn es sich denn um einheimisches handelte. Frischkäse schon, aber gereifter – ungenießbar!

Hätte die Natur die Kartoffel eigens für ihn erschaffen, so würde sie schon wild als Kräuterknödel vorkommen, da nun einmal nichts direkt am Strauch als Püree gedeihen kann, welches er noch mehr bevorzugte. Dagegen verursachte schon der Anblick von Knoblauch, Zwiebeln und Pfeffer bei ihm heftigste Verstimmungen des Verdauungsapparates. Ähnlich erging es ihm mit Hirse und Buchweizen, weshalb er sein liebstes Getreide freimütig mit Millionen Chinesen teilte. Obst liebte er überaus, und er schwärmte von exotischen Kreationen, von denen ich noch nie gehört und er vermutlich niemals gekostet hatte.

Bis dahin fand ich an seinen epikuräischen Selbstbetrachtungen noch nichts Absonderliches, sondern nahm sie amüsiert als Marotten hin, wie sie von leicht verkopften Herren gerne gepflegt werden. Als er jedoch nach diesem weitschweifigen Intermezzo zum Anfang seines Berichtes zurückkehrte, wurden seine Schilderungen zunehmend abstruser. Es begann damit, dass er seine Vorlieben zur natürlichen Konsequenz seines hoch entwickelten Geschmacksinns erklärte, der ihm schonungslos enthüllte, was andere Menschen wegen ihrer schwachen Sinne gar nicht bemerken. Explizit: Was Herrn May nicht mundete, erklärte er für die menschliche Ernährung als erwiesenermaßen ungeeignet. Jemandem ein Ragout aus Paprika, Zwiebeln, Innereien und ganzen Knoblauchzehen vorzusetzen, erfüllte seiner Ansicht nach nicht nur den Tatbestand der vollendeten Körperverletzung, sondern auch den des Hochverrats an der Volksgesundheit. So sei es keinesfalls verwunderlich, dass der Mallorquiner, der Derartiges als Nationalgericht herunterschlingt, seine kleinwüchsige Erblinie nicht über die Küste seiner Heimatinsel hinaus zu verbreiten vermochte. Er verstieg sich sogar zu der Prophezeiung, dass die erwähnten Insulaner spätestens in zwei- bis dreihundert Jahren wie der

Neandertaler vom Antlitz dieser Erde verschwunden sein würden – nur weil sie sich nicht so grundgesund ernährten wie Karl May!

Mir brannte die Frage auf der Zunge, ob er als Experte den Mallorquinern bessere Chancen einräumen würde, wenn sie wie die Neandertaler den Paprika weglassen würden. Da wir just in diesem Augenblick jedoch das Mahnmal erreichten, lenkte ich das Thema unserer Unterhaltung in eine andere Richtung.

»Ah«, rief ich erfreut, »wir haben es gefunden! Aber statt einem prunkvollen Heldenstandbild erwartet uns nur ein schlichter *Obelisk*.«

»Tja, aber was soll man in einem solchen Dorf auch erwarten?«

»Na, jetzt sind Sie aber doch ein bisschen geschmäcklerisch, mein Lieber! Nüchterne Form, geometrischer Schnitt – was verlangt man mehr? Ein *Obelisk* ist nun mal der Klassiker unter den Mahnmalen. Außerdem: So viele *Obelisken* dürfte es in diesen Breiten wohl nicht geben. Also können wir uns glücklich schätzen, einen in erreichbarer Nähe zu haben.«

Er machte »Hä!« und ging auf den Obelisken zu, um die Inschriften zu lesen.

»Warum sie nur volle hundert Jahre gebraucht haben, um ihn zu errichten? Ich hoffe doch nicht, dass damit die Bauzeit gemeint ist, das hätte ja gewiss für eine mittelprächtige Pyramide gereicht!«

»Keine Ahnung. Vielleicht haben sie erst Geld sammeln müssen.«

»Sammeln? Lieber Tesla, wenn sie wirklich so lange gesammelt hätten, stände hier doch wohl ein bisschen mehr als dieser rohe Klotz aus drei Eimern Zement.« Er klopfte mit dem Knöchel auf den nackten Beton, als wollte er überprüfen, ob das bescheidene Monument innen hohl war.

»Fällt Ihnen etwas auf?«, fragte ich einige Sekunden später.

»Nein. Was denn?«

»Es handelt sich um einen *Obelisken.*« Ich sah ihn triumphierend an. »Wie in der Aufzeichnung meines Apparates, Sie erinnern sich?«

Er sah mich ruhig an. »Ja. Es ist mir schon vorhin aufgefallen, als ich Ihre Wanderkarte studiert habe.«

»Ein seltsamer Zufall, nicht wahr?«

»Ich glaube nicht an Zufälle.« Er zuckte seine Achseln und trat mit der Spitze seines Stiefels gegen einen der völlig dehydrierten Holzäpfel, die hier überall lagen. Der Apfel rollte ein kurzes Stück und blieb liegen, worauf May nachsetzte, bis er ihn an den Rand des kleinen Vorplatzes befördert hatte. »War auf der Walze nicht auch von einem Busch die Rede?«

»Einem *roten* Busch.«

»Ah!« Er sah auf den Boden, bückte sich und hob mit spitzen Fingern einen der Holzäpfel auf. »*Crataegus.*«

»Wie meinen?«

»Rotdorn. Ein Busch.« Er erstarrte und sah sich um, bis er den gewaltigen Dornenbusch entdeckte, der den Horst säumte. »Verdammt! Ein Obelisk, ein roter Busch!« Er setzte sich in Bewegung.

Und eine Tote, nicht zu vergessen.

»Das ist aber wirklich ein seltsamer Zufall!«, meinte ich in überraschtem Tonfall, während ich ihm folgte.

»Wie gesagt, an Zufälle glaube ich nicht.« Er deutete auf den Busch. »Da stammen die kleinen Schrumpelköpfe hier her, die wie Holzäpfel aussehen. Dabei handelt es sich aber um ein Rosengewächs.«

»Sehr interessant.«

»Mhm.« Er begann, mit seinem Patentschirm das Gestrüpp zu sondieren, wie ich es bereits am Vortag getan hatte. »Da kommt man leicht durch«, brummte er optimistisch. Dann war er auch schon halb im Dickicht verschwunden.

»Um Himmels willen, was haben Sie vor?«, rief ich besorgt. »Sie werden sich Ihren Rock ruinieren!«

»Ach wo!«, rief er von der Lichtung her. »Kommen Sie nach, es ist richtig geräumig hier.«

»Ich weiß nicht! S'ist mein bester Rock!«

»Seien Sie kein Hasenfuß ... Ach, was soll's!«

Für eine Weile sagte er nichts und ich vernahm nur sein Stapfen und das Rascheln des Buschwerks.

»Moment mal, was ist das ... *Agh*!«

»May?«

Es vergingen einige Sekunden, und ich wollte mich schon in Bewegung setzen, als er mit dem Tempo eines außer Kontrolle geratenen Schnellzuges durch das Gebüsch brach.

»Eine – eine Leiche! Da liegt eine Leiche! Eine tote Frau!«

Sein Gesicht war kreidebleich und seine Augen, die sonst immer einen Anflug von Wehmut oder ironischer Belustigung enthielten, brachten nur noch nacktes Entsetzen zum Ausdruck.

»Mein Gott!«, sagte ich, weil mir einfach nichts Angemesseneres einfallen wollte. Aus meinem Rock zog ich einen mit gutem schottischen Whisky gefüllten Silberflakon hervor. Ich drehte den Patentverschluss ab, der gleichzeitig als Stamperl diente, das ich nun bis zum Rand auffüllte.

»Hier, für Ihre Nerven!«

Er nickte mir mit vor Schreck immer noch halb geöffnetem Mund dankbar zu und kippte den Schnaps in einem Zug hinunter.

»Noch einer?«

»Ja, bitte! Doppelschnaps hilft besser!«, krächzte er.

Eigentlich war es eine Schande, den guten Single Malt des Kapitäns, den er mir als Willkommensgeschenk und Betthupferl auf den Toilettentisch gestellt hatte, so in sich hinein zu stürzen. Auf der anderen Seite hatte ich natürlich ein schlechtes Gewissen, ihn derart boshaft in diese Angelegenheit hineingezogen zu haben, zumal er mit dem Anblick einer Leiche offenbar nicht so gut zurechtkam wie ich selbst. Das dritte Stamperl trank er zunächst nur zur Hälfte aus und ließ sich dabei auch einigermaßen Zeit.

»Alles in Ordnung?«, fragte ich beunruhigt.

»Ja …« Er stockte. »Denke ich. Dank Ihres ausgezeichneten Schnapses dort. Was ist das? Kein Whisky oder Branntwein, hoffe ich, davon bekomme ich es immer mit dem Magen, wissen Sie?«

»Äh … ein Spezialität aus meiner Heimat, eine Art Likör namens –«, ich dachte fieberhaft nach, »– *Sljivovica.*«

Er äugte mich mit verzogener Braue an. »Ich meine davon gehört zu haben, wird das Zeug nicht aus Pflaumen hergestellt?«

»Äh, ja. Hätte nicht gedacht, dass Sie's wüssten.«

»Man schmeckt's jedenfalls nicht raus.« Er leerte sein Stamperl und hielt es mir wieder hin.

Ich schenkte brav nach und fragte: »Sollten wir nicht – ich meine, was machen wir mit der Leiche? Ist sie wirklich tot?«

»Natürlich ist sie tot. Sonst hätte ich nicht *Leiche* gesagt, wissen Sie?« Er nippte an seinem »Sljivovica«.

»Haben Sie … ich meine, der Puls und so …?«

»Danke der Nachfrage.« Er schüttelte sich. »Werde mich hüten. Sie stinkt schon wie ein sechs Wochen alter Pferdekadaver. Sie wird bereits schön weich sein wie eine eingelegte Quitte. Eklig.«

»Schauderlich. Was unternehmen wir jetzt?«, fragte ich mitfühlend.

»Wird uns nichts übrig bleiben, als den Vorfall anzuzeigen«, murmelte er nach einer Weile.

»Ja, das sehe ich auch so.«

»Unangenehm.«

»Wieso?«

»Weil …« Er hob seinen Kopf und sah mich offen an. »Ich habe in meiner Sturm- und Drangzeit einiges ausgefressen. Diebstähle, Betrügereien nur, nichts wirklich Böses. Dummejungenstreiche, wenn man so will.«

»Oh«, erwiderte ich etwas überrascht. »Wer hat das nicht? Ich war selbst kein Kind von Traurigkeit, wenn ich mir diese Bemerkung erlauben darf. Habe meinen Lebensunterhalt zeitweilig mit Queue und Kreide bestritten, um nur ein Beispiel zu nennen.«

»Hm.« Er griff in seinen Rock und zog eine Zigarre heraus. »Aber ich denke, dass Sie dafür nicht ins Zuchthaus gegangen sind, oder?«

»Nein, so schlimm war es nun wirklich nicht. Allerdings hat man mich einmal der Stadt verwiesen, so viel sei bemerkt.«

»Sehen Sie.« Er kramte ein Päckchen Streichhölzer hervor und riss eines davon an dem Obelisken an.

»Wollen Sie damit andeuten ...«

»Oh ja.«

Der Qualm seiner Zigarre wehte herüber und ich bemerkte, dass es eine andere Sorte war als jene, die er üblicherweise rauchte. Der Geruch war weniger tabakartig, erinnerte mehr an Kräuter oder schweren, süßen Weihrauch, wie er in meiner Heimat bei der Messe verwendet wird.

»Habe einige Jahre dort verbringen müssen«, fuhr er fort. »Hä! Hat mir nicht geschadet, wenn ich's recht überlege. Einige Leute dort waren sehr freundlich zu mir und haben mir den wirren Kopf zurechtgerückt.«

»Ja, da kann man es wieder sehen: Alles hat seine schlechten, aber auch seine guten Seiten«, entgegnete ich etwas hilflos. »Selbst der moderne Strafvollzug.«

»So ist es wohl.« Er sah mir direkt in die Augen. »Herr Tesla, Sie ahnen ja gar nicht, wie schlimm es dort ist! Dabei rede ich nicht von der Zwangsarbeit, das ist halb so schlimm, zumal ich als Zigarrendreher eingeteilt war, wobci man sich nun wirklich nicht überanstrengen kann. Aber abends, wenn die Tür hinter einem zuschlägt ...« Er seufzte.

»Das ist jedoch bei weitem nicht das Schlimmste. Schlimmer ist die Erniedrigung.«

»Erniedrigung?«

Er nickte. »Man wird behandelt wie ein dummes, böses Kind, das noch nicht den Verstand entwickelt hat, um sich in der menschlichen Gesellschaft vernünftig zu verhalten. Man hat die Wärter mit ›Sie‹ anzureden, während sie einen frech duzen. Das ist keine Gewohnheit, wohlgemerkt – es steht so in den Gefängnisvorschriften! Jeder Befehl muss sofort befolgt werden, andernfalls wird einem das warme Essen zusammengestrichen.«

»Schlimm«, murmelte ich betroffen.

»Wenn man es ein paar Jahre mitgemacht hat«, fuhr er leise fort, »ist man vollkommen umgedreht. Was sie einem dort antun, schleppt man sein Leben lang mit sich herum, verstehen Sie? Und deshalb erfasst mich jetzt eine abgrundtiefe, unheilige Furcht, wenn ich auch nur daran denke, mich angesichts dieses grausigen Fundes mit der Gendarmerie konfrontieren zu müssen.«

»Äh, wieso? Sie haben sich doch nichts zuschulden kommen lassen?«

»Das nicht, aber ...«

»Aber?«

»Sehen Sie, man wird mich natürlich verdächtigen, auch wenn ich meine Strafe längst abgesessen habe und seitdem ein braver, gesetzestreuer Bürger gewesen bin. Der Verdacht klebt sozusagen an mir!«

»Ach, nun hören Sie aber auf!«, widersprach ich laut. »Sie sind doch wirklich vollkommen unverdächtig, zumal Sie erst heute Morgen hier eintrafen. Die Person dort ist seit Wochen, wenn nicht sogar Monaten tot. Es wäre absolut lächerlich, wenn die Polizei den Verdacht auf Sie lenken würde!« Er paffte mächtig und kippte den Rest seines »Sljivovica« herunter. »Sicherlich. Aber was wäre, wenn ein Geständnis meinerseits vorläge?«

Ich riss die Augen auf. »Geständnis?«

»Ja! Zweifellos würde man mich wegen meiner Vergangenheit augenblicklich inkarzerieren. Die Folgen für meine geistige Konstitution wären katastrophal. Mein Leben, mein berufliches Voranschreiten ruiniert –«

»Moment!«, rief ich. »Sie haben doch gar nichts mit dem Tod dieser Frau zu tun! Wobei mir einfällt, dass ja nicht einmal klar ist, ob sie überhaupt eines gewaltsamen Todes gestorben ist –«

»Sehen Sie!«, rief er und vergrub sein Gesicht für einen Augenblick in den Händen. »Sehen Sie! Schon bei dem Gedanken an eine polizeiliche Vernehmung verstricke ich mich in Widersprüche, die mich Kopf und Kragen kosten können!«

»Halt, Halt!« Ich dachte angestrengt nach. »Vielleicht hat die Tote dort nur ... nun, ein sehr persönliches Geschäft zu erledigen gehabt, bei dem sie bedauerlicherweise vom Schlag ereilt wurde?«

»Pah!«, wehrte er ab. »Sieht absolut nicht so aus. Die hat jemand um die Ecke gebracht, daran besteht kein Zweifel. Und man wird mich verdächtigen, möglicherweise verurteilen –«

»Jetzt machen Sie aber Halt! Ich bin ja auch noch da! Kann einwandfrei bezeugen, dass Sie nichts damit zu tun hatten.«

»Das wird nicht ausreichen!«, sagte er im Brustton der Überzeugung. »Sie sind Ausländer! Man wird Ihnen kein Wort glauben!«

»Ausländer, holla!« Mir riss jetzt doch allmählich der Geduldsfaden. »Ja, um Himmels willen, was soll ich noch tun, um Sie davon zu überzeugen, dass Ihnen keine Gefahr droht?«

»Nun, Sie könnten beispielsweise erklären, dass Sie es waren, der die Leiche entdeckt hat!« Er sah mich listig an. »In gewisser Weise stimmt das ja auch – Sie haben das mit dem Obelisken und dem Busch gehört, ansonsten hätten wir diesen Ort ja niemals aufgesucht!«

»Wie bitte?«, rief ich erzürnt. »Das mit dem Busch haben Sie genauso gehört wie ich – und übrigens auch der Kapitän!«

Was zugegebenermaßen nicht der Wahrheit entsprach, da ich Kohler die Tonschrift aus verständlichen Gründen vorenthalten hatte. Aber ich war davon überzeugt, dass er meine Version oder zumindest die von May bestätigt hätte, und da der Busch nun mal in beiden vorkam, machte ich das theoretisch Schlüssige zum praktisch Erwiesenen, um nicht hinter May mit meinen Argumenten zurückzufallen.

»Sollen wir deshalb alle drei zusammen den Mord zugeben, frage ich Sie?«, rief ich etwas erbost. »Wenn Ihnen unbedingt daran liegt, im Knast eine Skatmannschaft zu begründen, dann werden Sie auf meine Mitwirkung leider verzichten müssen!«

»Auf so einen Kümmelblättler kann ich dabei auch gut verzichten!«, fauchte er zurück. »Skat ist ein Spiel für ehrliche Leute! Meinen Sie etwa, ich hätte Ihren miesen Trick nicht durchschaut? Das mit dem Zettel, der Karte, ganz zu schweigen von den angeblichen Geisterstimmen?«

»Angeblich? Angeblich? Wollen Sie mich beleidigen? Die Stimmen sind echt, fragen Sie doch den Kapitän –«

Ich konnte gerade noch den Arm über den Kopf heben, um meinen Zylinder vor dem Patentschirm zu schützen, mit dem er jetzt auf mich einschlug. Ich riss meinen eigenen Schirm hoch und stach ihm mit der Spitze in den Bauch, was ihn jedoch nur noch wütender machte. Für einen Mann seiner Größe legte er sich ziemlich ins Zeug und schaffte es tatsächlich, mir eine schallende Ohrfeige mit der linken und zwei Schirmhiebe auf die Schulter zu verpassen, bevor ich etwas Distanz gewinnen konnte, sodass wir uns nun in einem Abstand von sechs Fuß mit gezückten Regenschirmen gegenüberstanden.

Gerade wollte ich zu einem Ausfall nach links ansetzen, wobei ich ihm den Schirm aus der Hand zu schlagen gedachte, als hinter meinem Rücken eine nuschelnde Stimme ertönte.

»Feschte dropp, feina Heah!«

May starrte mit weit aufgerissenen Augen an mir vorbei. Ich hob eine Hand, um ihn für einen Moment zu beschwichtigen, und drehte mich langsam um.

Mitten auf dem Kiesweg kauerte Marius, der mir freundlich seinen Zahn zeigte, während seine grausige Narbe die Form eines Lippenpaares angenommen hatte, das erstaunt »Oh!« macht.

»Wasch isch?«, fragte er etwas enttäuscht.

»Marius?«, sagte ich leise und freundlich. »Was machst du denn hier?«

»Slinder putt!« Er hob den Finger und sah mich bedeutungsvoll an. Dann hüpfte er über den Kiesweg davon.

Ich drehte mich wieder zu May um und betrachtete die Stelle des Bodens, die Marius gemeint hatte. Dort lag mein schöner Zylinder, der allerdings aus ästhetischer Sicht nicht mehr schön und geometrisch betrachtet auch kein Zylinder mehr war. Einer von uns beiden hatte ihn offenbar im Eifer des Gefechtes zu etwas zerstampft, dessen Form man nur noch mit einer höchst komplexen Differenzialgleichung beschreiben konnte.

Ich sah May an, der mit gleichmütigem Gesicht und gesenktem Schirm dort stand. Er zuckte mit den Achseln.

Ich las meine zertretene Kopfbedeckung vom Boden auf und inspizierte sie betrübt.

»Den kann ich wohl wegwerfen«, murmelte ich betrübt.

»Was war das für ein grausiger Kauz?«, fragte May versöhnlich.

»Er heißt Marius. Harmloser Kerl. Nachdem, was der Kapitän erzählt, ist er möglicherweise selbst das Opfer eines grausigen Verbrechens.«

»Ah!« Sein rechter Mundwinkel wanderte nach oben. »Man merkt allmählich, dass Sie schon einige Tage am Ort sind, ja?«

»Mann Gottes!«, erwiderte ich entnervt. »Ich habe damit genauso wenig zu tun wie Sie, mein Ehrenwort! Erkläre es Ihnen später in Ruhe, während wir uns überlegen, wie wir aus dem Schlamassel wieder herauskommen.«

Wir legten den Rückweg ausgesprochen zügig zurück und wechselten unterwegs nur wenige Sätze miteinander, wobei wir das wohl uns beiden am meisten auf dem Herzen liegende Thema verständlicherweise mieden. Als wir wieder in der Werkstatt saßen, erzählte ich May von Marius und schilderte ihm anschließend ausführlich, wieso ich versucht hatte, ihm die Leiche unterzuschieben. Dieses offene Geständnis fiel mir wirklich nicht leicht, wurde von ihm aber mit erstaunlicher Großzügigkeit zur Kenntnis genommen. Er erklärte feierlich, dass er meine Beweggründe durchaus verstehen könne, und hob danach zu einem längeren Monolog über die Frage an, ob und unter welchen Voraussetzungen man andere zu Unrecht kompromittieren darf. Im Zuge dieser Ausführungen kam er mächtig vom Thema ab, sodass wir bei Sonnenuntergang bei seinen Romanen angelangt waren, deren Inhalte er mir in leuchtendsten Farben schilderte, indem er mehrseitige Dialoge Wort für Wort zitierte und dabei die verschiedensten Rollen nicht nur in ihrer Sprache, sondern auch im Gebaren verkörperte.

Dabei verqualmte er gut ein Dutzend seiner süßlich duftenden Zigarren, was mich keineswegs störte, da ich diesen Rauch im Vergleich zum üblichen Tabak als durchaus angenehm empfand. Deshalb nahm ich einige Male sein Angebot an und steckte mir selbst eine seiner Zigarren an, obwohl ich ansonsten ein strikter Nichtraucher bin und seine besondere Sorte mir direkt zu Kopf stieg, allerdings auf eine sehr subtile Weise.

Kurz nach dem Abendbrot, das wieder aus Frau Kohlers

schmackhaften Schnittchen bestand, hatte May mir ganz spontan das Du angeboten, mit dem Argument, das Schicksal habe uns ja zu Verschwörern gemacht, unter denen die förmliche Anrede vollkommen unüblich sei. Statt Karl ließe er sich von Freunden »Charly« rufen, verkündete er verheißungsvoll, und welche Kurzform ich denn für »Nikola« bevorzugen würde?

Gar keine, meinte ich achselzuckend. Das gehe aber nicht, widersprach er, weil man in Amerika, wo ich ja bald hinzukommen trachtete, nicht einmal den Präsidenten mit seinem vollen Namen anredet. Stattdessen gäbe es schmissige Kurzformen oder umgangsprachliche Ehrennamen, die sich auf besondere Eigenschaften des Geehrten bezögen und oft ein »Old« davorgesetzt bekämen, um das Ehrwürdige hervorzuheben.

»Interessant«, entgegnete ich leicht beduselt vom Zigarrenqualm. »Habe noch nie davon gehört, wirklich nicht. Charly, meinst du wirklich, dass sie den alten Präsidenten Washington dort *Old Washy* genannt haben, oder so?«

»Albern! Nein, zu seiner Zeit war man noch viel zu sehr von der feinen englischen Art geprägt. Washington ließ sich wohl nur mit *Sir President* anreden oder gar *Your Presidential Lordship*, mindestens! Was ich meine, das kam erst richtig auf, als das Volk den republikanischen Gedanken so weit verinnerlicht hatte. Seitdem wird eben mancher bedeutende Mensch, der kaum das zwanzigste Lebensjahr überschritten hat, dort drüben mit *Old Irgendwas* angesprochen, wobei sich *Irgendwas* eben auf etwas in seinem Leben bezieht, eine persönliche Eigenschaft beispielsweise oder auch eine Sache, durch die er sich besonders hervorgetan hat!« Er kniff seine Augen zusammen. »Ich könnte mir leicht vorstellen, dass man dich eines Tages *Old Ghostcatcher* ruft, wegen deiner Maschine da.«

»Und wenn's nach dem Kapitän ginge, dann würde ich sicher *Old Apparillo* heißen, ja?« Ich seufzte. »Bewahre, das ist wohl nichts für mich, ich bleibe lieber *Young* Nikola Tesla!«

»Pah! Lass mich nur machen, mir fällt schon was ein, das auch dir zusagen wird, *Nik*!«

Ich schüttelte den Kopf und entschied, dass es an der Zeit war, zu einem anderen Thema überzugehen. Aber irgendwie schienen meine Gedanken heute weniger klar zu fließen, als ich es gewohnt war, sodass ich eine Weile brauchte, bis ich den Faden wiederfand, den wir bereits einige Stunden zuvor gänzlich verloren hatten.

»Sag mal, Charly – ist dir schon eingefallen, wie wir das kreuzverdammte Problem mit der gottverfluchten Leiche lösen können?«

Er paffte und kratzte sich dabei nachdenklich am Kopf. »Nicht direkt«, meinte er nach einiger Zeit. »Grüble noch daran. Soeben kam mir die Idee, den Kapitän in unser Vertrauen zu ziehen. Er ist doch ein Ehrenmann, glaube ich.«

»Das sehe ich nicht anders. Aber würde uns das wirklich weiterhelfen? Er neigt meiner Erfahrung nach eher dazu, alles zu verkomplizieren. Andererseits spräche gewiss nichts dagegen, ihn ins Vertrauen zu ziehen, wenn wir erst mal einen gangbaren Plan erdacht haben.«

»Wohl wahr«, gab er zu, »aber wie sollte der aussehen?«

»So, dass wir beide exakt gleich dumm dastehen«, frotzelte ich. »Die Frage ist, inwiefern wir in unsere Fiktion Wahrheit einfließen lassen sollen – *eine gute Lüge beginnt mit der Wahrheit*, sagt man in meiner Heimat.«

»Mit der Wahrheit habe ich dabei auch kein Problem. Es ist der Lügenanteil, der mir Sorge bereitet!« Er trommelte nervös mit den Fingern auf der Werkbank herum.

Ich überlegte, ob ich nicht wegen des Qualms ein Fenster öffnen sollte, konnte mich jedoch nicht dazu durchringen, weil ich es so amüsant fand, wie mein Freund Qualmwolke um Qualmwolke hervorstieß, als würde er nun eine Lokomotive spielen, die in irgendeiner seiner Geschichten vorkam.

»Charly«, fragte ich schließlich, »fällt dir als Schriftsteller denn wirklich nichts ein, was wir denen über die Tote erzählen könnten?«

Er lachte albern in sich hinein. »Du weißt doch, ich schreibe nichts als die Wahrheit – bin eben ein völlig phantasieloser Mensch, verdammt!«

»Ich will ja keine offenen Wunden aufreißen, aber das passt absolut nicht zu dem, was ich so von dir über deine so genannte Sturm- und Drangzeit gehört habe!«

»Hä! Ich gebe zu, dass ich es in derartigen Dingen zu einer gewissen Meisterschaft gebracht habe. Einmal spielte ich der Polizei wochenlang vor, ich sei der Sohn eines Pflanzers aus einer französischen Kolonie, weißt du? Aber das war eine andere Zeit, heute bin ich ausgesprochen kleinbürgerlich geworden. Und wahrheitsliebend, jawohl! »

»Von mir aus! Aber wir können nun mal nicht hingehen und der Gendarmerie erzählen, dass wir durch höhere Mächte auf die Spur dieser Leiche geführt –«

Jemand pochte an die Tür zum Hof. Ich sah Charly an und raunte: »Wer kann das sein?«

»Keine Ahnung.« Er zuckte die Achseln. »Der Kapitän vielleicht?«, flüsterte er.

»Der klopft anders. Und seine Frau auch. Außerdem ist heute Mittwoch, da sitzt er an der Theke und unterhält das halbe Dorf. Vor halb zwei Uhr kommt er nie zurück, und wir haben noch nicht mal Mitternacht.«

Es pochte noch einmal, etwas beharrlicher als vorher.

»Herein!«, rief ich laut.

Die Tür ging quietschend auf und wir sahen eine Gestalt von vielleicht 150 Zentimetern Länge, die vollständig in schreiendem grünroten Glencheck gewandet war, einschließlich der breiten Fliege und der kalottenförmigen Schirmkappe. Alles an ihr war deutlich zu rund geraten, Rumpf, Arme, Beine und Kopf, sodass er insgesamt an ein von einem Kind zusammengebasteltes Kartoffelmännchen erinnerte, dem die

Mutter aus einem fröhlich bunten Spüllappen ein Kleidchen spendiert hat.

»Tagchen!«, krähte das Individuum und winkte uns dabei geziert zu. »Teophil Daedalus Sirpinski mein Name. Ja, wer von Ihnen beiden ist denn nun der begnadete Professor, der diese Geistermaschine erfunden hat?«

Für einen Augenblick war ich davon überzeugt, durch eine unbekannte Macht in das Wunderland der kleinen Alice versetzt worden zu sein. Erst als ich bemerkte, dass May ihn ebenfalls sprachlos anglotzte, dämmerte mir, dass es sich eher umgekehrt verhielt: Nicht ich, sondern das farbenfrohe Männchen dort war der Fremdkörper in einer ansonsten durchweg nachvollziehbaren Welt, die – Geistermaschine hin oder her – nach wie vor nach ihren halbwegs berechenbaren Gesetzen funktionierte.

Vermutlich gibt es für sein Erscheinen eine ganz natürliche Erklärung, überlegte ich mir. Vielleicht hatte das nächstgelegene Irrenhaus heute Freigang, oder handelte es sich um den eher harmlosen Teilnehmer eines fröhlichen Maskenballs?

»Pardon«, meinte ich höflich, »ich habe wohl nicht richtig zugehört.«

»Macht nichts!«, rief er und knallte die Tür hinter sich ins Schloss. »Kann's jederzeit wiederholen: Teophil Daedalus Sirpinski, Verleger, Redakteur und Herausgeber der christlichen Bildungsschrift *Erbauliches zwischen Rhein und Issel.*«

Er zog aus einer Außentasche seines Rocks einen ungeheuren Stapel Visitenkarten hervor, um May und mir jeweils eine in die Hand zu drücken. Dann lächelte er uns verklärt an.

»Danke sehr, Herr Sirpinski«, meinte Charly. »Sie erwähnten soeben etwas davon, der verehrte Herr Professor habe eine *Geistermaschine* erfunden?«

»Jawohl!«, bellte das Männchen enthusiastisch.

»Darf ich erfahren, worauf sich diese unwahrscheinliche Vermutung begründet?«

»Vermutung?« Sirpinskis wasserblaue Augen wechselten enttäuscht zwischen May und mir. »Wollen Sie damit sagen, dass an dieser Nachricht absolut nichts dran ist? Ist es denn nur ein Gerücht, was der liebe Kapitän mir anvertraut hat?«

Charly und ich sahen uns an. Das war also des Rätsels Lösung – der Kapitän hatte ausgeplappert, was er bei mir erlebt hatte. Und im Gegensatz zu allen anderen Menschen, die ihn kannten, war Sirpinski aus offenkundigen Beweggründen bereit, dies für bare Münze zu nehmen.

In Charlys Augen blitzte es seltsam auf, bevor er sich an Sirpinski wandte. »Ah! Sie sind ein lieber Bekannter des Kapitäns, ja?«, fragte er lauernd. »Das ändert natürlich einiges. Ich darf vorstellen, Professor Nikoladäus Täschle von der Académie Française, seines Zeichens Erfinder des Spiritualtelefonators.«

Sirpinski schüttelte ergriffen meine Hand.

»Und Sie, werter Herr?«

»Das ist mein Assistent und Schützling«, antwortete ich schnell, »Doktor Carloff Fjodor Aprilliewitsch, den ich erst kürzlich bei einer Durchquerung des saxonischen Balkans aufgelesen habe.«

»Ein Professor! Ein Doktor! Hier am Niederrhein!«, trillerte Sirpinski.

»Soll ich die Namen vorsichtshalber buchstabieren?«, fragte May diensteifrig.

»Das wird nicht nötig sein!«, erwiderte Sirpinski etwas beleidigt. »Als Reporter verfüge ich nämlich über ein ausgezeichnetes Gedächtnis, wissen Sie!«

»Nichts für ungut«, murmelte Charly.

»Herr Professor«, sagte Sirpinski an mich gewandt, »ich würde meinen Lesern gerne von Ihrer geschätzten Arbeit berichten!«

»Das ist sehr nett von Ihnen«, entgegnete ich geschmeichelt. »Ich bin natürlich bereit, Ihnen Rede und Antwort zu stehen, wenn Sie Fragen haben! Fragen Sie nur, ich habe keine Geheimnisse vor Ihnen und Ihren Lesern!«

Sirpinski sah mich gerührt an.

»Eine Sache noch«, mischte sich Charly wieder ein. »Mich täte interessieren, Herr Sirpinski, welche Verbreitung Ihr geschätztes Blatt hat?«

»Wie meinen?«, fragte der Angesprochene entgeistert.

»Ich meine, wie viele Exemplare Sie in den Druck geben?«

»Möglichst viele«, erwiderte der kleine Mann, »wieso ist das wichtig?«

»Nun«, führte Charly aus, »es täte mich schon interessieren, ob der Bericht über die Arbeit des Professors ein großes Publikum erreicht. Es kostet ihn ja wertvolle Zeit, Ihre Fragen zu beantworten. Also sollte es schon lohnend sein. Deshalb meine Frage: wie hoch ist die Auflage?«

»Das ...« Sirpinski zögerte. »Das lässt sich nicht so einfach beziffern.«

»Mehr als zehntausend?«, insistierte May.

»Nein –«

»Hä! Weniger also. Tausend?«

»Nein –«

»Hundert?«

»Herr Professor!«, wandte sich Sirpinksi händeringend an mich, »Ihr geschätzter Kollege und Assistent lässt mich nicht zu Wort kommen!«

»Nun denn, Herr Kollege«, sagte ich mit drohend erhobenem Finger zu May, »lassen Sie ihn einstweilen sagen, was er zu sagen hat!«

»Gut! Soll er reden, ich kann das Verhör ja auch später fortsetzen!« Charly nahm auf einem Stuhl Platz und lehnte sich mit gekreuzten Armen erwartungsvoll zurück.

»Also, wie viel insgesamt?«, fragte ich freundlich.

»Insgesamt?«

»Ja.«

Er zögerte. »Warten Sie, ich müsste es anhand der Papierbestellung errechnen ...« Er senkte den Kopf und zählte leise an den Fingern ab. »An die fünfzig werden es wohl gewesen sein, denke ich«, meinte er schließlich.

»Fünfzig *was*?«, fragte Charly bissig. »Fünfzig Dutzend?«

»Stück!«

»Fulminant!« Charly sprang erfreut auf. »Sehr beachtlich, nicht wahr, Herr Professor? Das übertrifft ja sogar bei weitem die Auflage meiner eigenen Dissertation! Zu einem solchen Erfolg kann man Sie nur beglückwünschen, Herr Sirpinski! Möchte wetten, Sie haben jedes einzelne Exemplar sogar mit Ihren eigenen Händen gedruckt, ja?«

Sirpinski zuckte die Achseln. »Äh ... ja! Woher wissen –«

»Ihre Finger«, erklärte Charly triumphierend. »Schwarze Flecken! Wenn's nicht gerade die Pest ist, was der Herrgott verhüten soll, kann's nur Druckfarbe sein. Tinte ist es jedenfalls nicht, da die wenigsten Menschen sich beim Schreiben auch die Innenseiten der Hände damit besudeln. Also ist's wohl Druckerschwärze, zweifellos!«

Sirpinski klatschte entzückt in die Hände. »Genial!«

»Jawohl!«, entgegnete Charly bescheiden. »Herr Sirpinski, der Herr Professor hat mir soeben durch ein geheimes Zeichen kundgetan, dass er Sie zu seinem exklusiven Berichterstatter ernennen will! Niemand außer Ihnen soll über den Spiritualtelefonator berichten dürfen!«

»Welche Ehre!« Sirpinski war fast zu Tränen gerührt. »Ich werde sogleich in meine Redaktion eilen, um meine Kamera zu holen und so weiter. Wenn –«

»Keine Fotografien!« Charly hob beschwörend seine Hände. »Nur keine Fotografien, um Himmels willen! Geister sind bekanntlich lichtscheu, das Magnesiumfeuer würde sich katastrophal auf unsere Experimente auswirken!«

»Würde es das?«, wandte sich Sirpinski mit weit aufgerissenen Augen an mich.

»Unbedingt!«, bestätigte ich. »Der Einwand meines geschätzten Kollegen ist voll und ganz berechtigt!«

»Schade! Dann kann ich wohl leider kein Konterfei von Ihnen ablichten!«

»Unmöglich, bedauerlicherweise!«

»Na, da muss man wohl mit leben.«

Er griff in seinen Rock, um ein Notizbuch und einen Bleistift zum Vorschein zu bringen, bevor er sich auf einem der freien Stühle niederließ.

»Also«, rief er erwartungsvoll, »wenn die gelehrten Herren nun die Geister rufen würden, bitt' recht schön! Ich bin bereit!«

May sah mich heimlich mit verdrehten Augen an.

»Wir aber nicht!«, erklärte ich entschieden. »Genauer gesagt, die Geister sind es nicht!«

»Aber es geht doch auf Mitternacht zu, auf die Geisterstunde!«, rief Sirpinski unverständig.

»Was der Herr Professor eigentlich meint, ist, dass der Apparat nicht bereit ist«, meinte Charly sehr bestimmt. »Er wurde in den letzten Tagen so intensiv von uns genutzt, dass er erst abgeschmiert und eingefettet werden muss, bevor wir es wagen können, ihn wieder zu verwenden. Ansonsten droht ... äh –«

»Was? Nun sagen Sie es schon!«

»Eine Kesselexplosion«, erläuterte ich mit ernster Miene, »nicht mehr und nicht weniger!«

»Danke recht schön, lieber Kollege«, versetzte Charly, »mir fiel das rechte Wort nicht ein.«

»Ja ja«, bemerkte ich zu Sirpinski, »mein lieber Kollege findet sich in der deutschen Sprache noch nicht allzu gut zurecht – aber er macht gewaltige Fortschritte, eines Tages wird sich auch der gutturale Akzent seiner urtümlichen Heimat weitgehend verlieren, davon bin ich überzeugt!«

»Jetzt wo Sie's ansprechen, den Akzent hatte ich auch bemerkt, wollte dem Herrn Doktor aber nicht zu nahe treten«, plapperte Sirpinski. »Aber keine Angst, in der Grammatik finden Sie sich ja bereits recht gut zurecht, verehrter Herr Doktor. Und das mit der Aussprache schleift sich gewiss bald ab!«

»Danke«, entgegnete Charly steif. »Vielen, vielen Dank! Ich werde mich bemühen.«

»Wie dem auch sei, Herr Sirpinski«, wandte ich ein, »ich würde vorschlagen, dass wir das Gespräch zu einem anderen Zeitpunkt fortführen! Herr Doktor, geleiten Sie unseren Gast einstweilen zur Tür, während ich mich sofort an meinem Apparat zu schaffen mache, bevor es zu einer weltweiten Katastrophe kommt!«

»Sehr wohl«, meinte Charly devot und komplimentierte den Gast mit deutlichen Gesten hinaus. »Wir haben zu tun, Herr Sirpinski, leider – der Professor würde Ihnen zu gern die ganze Nacht Rede und Antwort stehen, aber leider ... Sie haben Telefon? Gut, wir werden uns melden!«

»Einverstanden! Aber – kann ich Ihnen nicht helfen, das Unglück zu vermeiden!«

»Jawohl!«, rief Charly tief bewegt. »Jawohl! Beten Sie für uns! Au revoir und Lebewohl!«

Sirpinski nickte uns beiden eifrig zu und marschierte an Charly vorbei durch die von diesem weit aufgehaltene Tür. Als er auf der Schwelle stand, drehte er sich noch einmal um.

»Au revoir und gute Nacht!«, rief er fröhlich zum Abschied, bevor er in der Dunkelheit verschwand.

Nachtstimmen

Seit meiner Kindheit spielt der Moment des Einschlafens in meinem Leben eine besondere Rolle, da ich schon von jeher an einer seltsamen Störung des Sehapparates leide, für die es in den medizinischen Wissenschaften keine Bezeichnung gibt.

Als ich meiner Mutter im Alter von vier oder fünf Jahren zum ersten Mal von den grünen, manchmal auch gelben oder goldenen Blitzen berichtete, die ich sah, wenn ich im Dunkeln meine Augen schloss, hielt sie es zunächst für eine der üblichen harmlosen Entwicklungsstörungen, die sich mit dem Heranwachsen von selbst erledigen werden. Bei mir war dies jedoch nicht der Fall, und die Blitze haben mich durch mein gesamtes bisheriges Leben begleitet. In manchen Abschnitten nahmen diese Phantome keinen großen Raum in meiner Wirklichkeit ein, weil ich mich geneigt fühlte, sie als einfache physiologische Reaktion zu betrachten, die vielleicht in einer leichten Überbeanspruchung der Sinne ihren Ursprung haben mochte. Aber später, als ich mich vom Kind zum großen Knaben entwickelte, drängten sich die Blitze mit solcher Macht in meine Wahrnehmung, dass mein Onkel mich zu einem in Karlstadt ansässigen Augenarzt schleppte, der bis an die Grenzen meines Heimatlandes bekannt war. Nach eingehender Untersuchung nahm der Doktor meinen Onkel zur Seite und erklärte ihm, ich sei kerngesund und er hielte die Symptome für das Resultat einer allgemeinen nervlichen Unausgeglichenheit, die für ein Kind meines Alters weder ungewöhnlich noch gefährlich war.

Vielleicht hätte er seine Diagnose revidiert, wenn ich ihm nur erklärt hätte, dass ich jedes einzelne seiner Worte deutlich vernahm, obwohl er dabei mit meinem Onkel hinter verschlossenen Türen in einem anderen Raum weilte. Diese erstaunliche Übersensibilisierung des Gehörs tritt bei mir weitaus weniger häufig auf als die Lichtblitze, scheint aber durch dieselbe nervliche Anspannung bedingt zu sein. Als Erwachsener hätte ich damals den Doktor über diesen Umstand nicht uninformiert gelassen, aber ich war eben noch ein Knabe, der davon ausging, dass ein Augenarzt sich letztlich nicht für die Launen meines Gehörs zu interessieren habe. Meine Verwandten waren mit der sehr einfachen Erklärung des Arztes zufrieden und bemühten sich in den kommenden Wochen und Monaten sichtlich darum, mich von lästigen Pflichten und Situationen zu entlasten, die meine nervliche Konstitution weiter geschwächt hätten.

Zu den Blitzen, die ich bald auch mit weit offenen Augen und am helllichten Tag bemerkte, gesellten sich in den folgenden Jahren zunehmend Bilder von Menschen und fernen Orten, aber vor allem komplizierten Maschinen, deren Funktion mir lange Zeit rätselhaft blieb. Erst als ich bereits ein junger Mann war, lernte ich sie zu beherrschen und zu formen, sodass ich bald selbst schöpferisch in die Trugbilder einzugreifen vermochte. Anfänglich empfand ich diesen gestalterischen Akt nur als ein Spiel, einen Tagtraum. Aber mit zunehmendem Alter wurde mir bewusst, dass die Natur mich auf diese Weise mit einem mächtigen Werkzeug des Verstandes ausgestattet hatte, das es mir erlaubt, selbst die kompliziertesten Apparate in meinem Kopf entstehen zu lassen, um ihre Funktionsweise zu prüfen und zu verbessern.

Nicht immer wurden diese physikalischen Phantome jedoch von mir auf so bewusste Weise erschaffen. Manchmal tauchte vor meinem inneren Auge auch unvermittelt ein Apparat auf, dessen Zweck ich erst mühselig ergründen musste. Ähnliches gilt für die bereits erwähnten Visionen von Menschen und Orten, die sich ebenfalls mit meinem Heranwachsen in ihrer Klarheit und Lebendigkeit verstärkten, ohne dass ich jemals zu ergründen vermochte, wo sie nun wirklich herrührten. Manches davon schien auf vergessenen Erinnerungen aus der Frühkindheit zu beruhen, anderes stellte mich jedoch vor ein völlig unergründliches Rätsel, da es in meinem gesamten Leben kein Erlebnis gegeben haben konnte, welches sich mit ihnen in irgendeiner begreifbaren und nachvollziehbaren Weise verknüpfen ließ. Was dadurch noch rätselhafter wurde, dass es sich keineswegs um verwischte Traumbilder handelte, an die man sich nach dem Aufwachen bestenfalls zur Hälfte erinnert, sondern in einem Stadium höchster gedanklicher Klarheit erlebte Szenen, an denen ich selbst völlig unbeteiligt war.

Es erinnert mich noch heute an jene kinematografischen Guckkästen, von denen mir May bei unserem ersten Treffen in Dresden begeistert erzählt hatte. In jenen Tagen hatte fast jedes Kuriositätenkabinett mindestens ein oder zwei Apparate dieses Typs aufgestellt, in denen auf einer Trommel eine Bildfolge vor den Augen des Betrachters vorbeihuschte, sodass sich diesem eine bewegte Szene offenbarte, beispielsweise die Verrenkungen einer Balletttänzerin oder ein anfahrender Eisenbahnzug.

Im Laufe der Jahre hatte ich gelernt, diese unerwünschten Visionen aus meinem Bewusstsein zu verdrängen. Aber im Moment des Einschlafens nahm ich sie manches Mal als willkommene Ablenkung hin, um mich von der geistigen Anspannung des Arbeitstages zu befreien.

So verhielt es sich auch in der Nacht jenes höchst bemerkenswerten Tages, an dem Karl May und ich durch Umstände, auf die wir keinen Einfluss hatten, zu eingeschworenen Verbündeten wurden. Eigentlich war ich durch die seltsamen Stimmen und besonders den grausigen Fund viel zu aufgewühlt, um mich durch die spontanen Gesichte einlullen zu lassen. Doch fühlte ich mich an jenem Abend aus irgendeinem mir unbekannten Grund höchst entspannt und meinte zudem ein gewisses Ausmaß an Unwirklichkeit zu verspüren, einem Rausch nicht unähnlich. Da ich außer einigen Tassen Kaffee nichts zu mir genommen hatte, was einen solchen Zustand hätte begünstigen können, führte ich ihn auf eine Euphorie zurück, die möglicherweise auf Überanstrengung beruhte. Ich nahm mir fest vor, in den nächsten Tagen etwas kürzer zu treten, und bat meinen Gast kurz nach Mitternacht, mich bis zum nächsten Morgen zu entschuldigen.

Als ich in meinem Zimmer angekommen war, entledigte ich mich meiner Kleidung und reinigte Hände und Gesicht mit eiskaltem Wasser aus der dicken, mit schwarzen chinesischen Schriftzeichen bemalten Waschschüssel, um direkt danach unter die Bettdecke zu schlüpfen. Ich löschte das elektrische Licht und schloss die Augen, um auf den Schlaf zu warten.

Wie in jeder Nacht sah ich zunächst tiefes Blau, wie die Samtfarbe eines sternlosen Firmaments, das zunehmend von feinen, zackigen gelben und grünen Haarlinien durchbrochen wurde, deren Helligkeit und Dicke schnell zunahmen. Die Blitze rasten in Schichten auf mich zu und damit wurde ich von der Gewissheit überwältigt, dass diese Nacht mich mit unverständlichen Bildern konfrontieren würde, vor denen ich mich nicht verschließen konnte. Gut, ich war darauf gefasst und verspürte keine Angst, da mich die Erfahrung gelehrt hatte, dass mir in diesem Stadium ja ausschließlich Dinge begegnen würden, die anders als die meisten Träume keinen Bezug zu meinem wirklichen Leben hatten.

Bald löste sich ein Schatten aus dem nachtblauen Hintergrund, um merkwürdig ruckartig auf mich zuzufliegen. Es dauerte einen Moment, bis ich erkannt hatte, dass es die Silhouette eines Pferdes war, die kurz darauf gestalthaft wurde und sich als rassiger Schimmel mit schönem, hochgeworfenem Haupt entpuppte. Das Tier blieb stehen und stieg hoch, bevor es mit geblähten Nüstern wieder angaloppierte. Erst jetzt bemerkte ich eine Gestalt auf dem Rücken des Pferdes, ein begeisternd lachender Reiter im Knabenalter. Das Pferd griff weit aus und wollte rechts an mir vorbeiziehen, auf einem steinigen Pfad, der von einem Weidezaun gesäumt wurde. Und dann schien ich mich selbst in Bewegung zu setzen, bis ich seinen Weg kreuzte. Das Pferd scheute vor mir, stieg hoch und warf den Reiter ab, der zur Seite herunterfiel und dabei mit dem Hinterkopf gegen einen der Zaunpfosten prallte.

Im nächsten Moment muss mich wohl der Schlaf übermannt haben, denn an mehr kann ich mich nicht erinnern, weder Visionen noch Träume. In den folgenden Stunden war es, als ob weder ich noch das Universum selbst existierten. Aber dann erwachte ich mit einem Ruck, belebt von einer Wahrnehmung meines Gehörs, das sich wieder einmal in das bereits erwähnte hypersensible Stadium versetzt hatte.

Ich hörte in überdeutlicher Klarheit das Knarren der Nachtfeuchtigkeit aufnehmenden Dielenböden, das Rauschen der kalten und warmen Luftströmungen, die das Haus durchzogen, das Trappeln und Rascheln der Mäuse in den Wandfüllungen, die reibenden Geräusche der Käfer, die sich vom Holz des Dachstuhls ernährten, und dergleichen mehr. Doch all dies bildete nur die akustische Kulisse zu den Stimmen, in denen die eigentliche Ursache dafür lag, dass ich zu dieser frühen Stunde aus dem Schlaf hochgeschreckt war.

»Uff, mein weißer Bruder hat wirklich eine Squaw in sein Zelt aufgenommen?«, rief eine melodische, aber seltsam geschlechtslose Stimme.

»Ja, und es geschah schon vor zwei Sommern«, antwortete eine gewaltige Bassstimme.

»Uff! Uff! Und liebt mein Bruder Scharlih diese Squaw?«

»Ja, denn sonst hätte er sie nie in sein Zelt aufgenommen.«

»Uff! Aber wie kann mein Bruder dann noch sagen, dass er seinen roten Bruder liebt?«

»Dein Bruder liebt Winnetou genauso wie er seine Squaw liebt!«

Etwa in diesem hanebüchenen Stil ging es mehr als zehn Minuten weiter, in denen dieser »Winnetou« seinen bassbrummelnden weißen Bruder zunehmend bedrängte, sich von seiner Squaw zu trennen. Zunächst war Scharlih damit gar nicht einverstanden und machte sich sogar über Winnetou lustig, geriet aber im weiteren Verlauf der Diskussion zunehmend in die Defensive, sodass wohl abzusehen war, dass er dem Wunsch der misogynen Rothaut wohl letztlich nachkommen würde. Ich wartete gespannt ab, wie die beiden sich der Squaw entledigen würden, wobei ich ehrlich gesagt mit dem Schlimmsten rechnete. Doch dann nahm der Dialog eine völlig unerwartete Wendung, als eine äußerst gemein klingende Fistelstimme verkündete:

»Stirb, verdammter Pimo! Ich bin es, jawohl – Tim Finnetey, den sie auch *Old Infinity* nennen, der ewig wütende Geist! Denn auf ewig hasse ich dich, verdammte Rothaut, und auf ewig habe ich dich gejagt, und du bist mir entkommen! Doch diesmal nicht! Stirb!«

Ein Poltern, als wenn ein menschlicher Körper kraftlos zu Boden geht.

»Winnetou – du bist getroffen!«

»Scharlih, mein geliebter Scharlih – mein Leben fließt mit dem Blute aus mir! Doch wisse – ich sterbe nicht als Heide, ich sterbe als Christ!«

»Die Rache ist mein!«, johlte der Brummelbass.

»Old Shatterhand!«, kreischte die Fistelstimme entsetzt.

Überrascht nahm ich zur Kenntnis, dass die allem vernünftigen Ermessen nach moribunde Squaw gerettet war, da statt ihrer der renitente rote Bruder in die Ewigen Jagdgründe geschickt wurde. Kurz darauf brachte Rächer Scharlih Zug um Zug den Meuchelmörder Finnetey zur Strecke, was offenbar den Schlussakt der Moritat darstellte, zumal die Anzahl der Akteure sich nun ja auf eine Zahl dezimiert hatte, die es der Sache nach unmöglich macht, Dialoge zu pflegen.

Ich lauschte noch eine Weile, aber außer den gewohnten Nachtgeräuschen war tatsächlich nichts mehr zu vernehmen. Also drehte ich mich auf die Seite und bedeckte mein Haupt mit dem kleineren meiner beiden Kopfkissen, um weitere Unterbrechungen der Nachtruhe von mir fern zu halten.

Wochenend und Sonnenschein

Über den Rest der Woche diskutierten May und ich ständig den spontan erdachten Plan, ohne uns wirklich dazu durchringen zu können, ihn in die Tat umzusetzen. Das Hauptproblem lag darin, dass er auf unnötig komplizierte Weise das bewirken musste, was er eigentlich vermeiden sollte: einen von uns oder sogar beide durch den Leichenfund in eine polizeiliche Untersuchung hineinzuziehen.

Zwischendurch saßen wir immer wieder in meiner Werkstatt, wo ich ihm lange Vorträge über meine Erfindungen hielt. Neben dem Wetterapparat interessierte ihn vor allem mein Plan, ein Stromnetz zu verwirklichen, das eine zentrale Versorgung ganzer Länder und Nationen ermöglichen sollte, indem es statt des Edison'schen Gleichstromes eine der vielen Formen des Wechselstroms benutzte, der sich verlustfrei über große Distanzen verschicken lässt. Ich ahnte damals noch nicht, wie nahe ich vor der Lösung des zentralen Problems dieser Art der Stromversorgung stand, aber soweit es Charly betraf, schien er diesbezüglich voll auf meine Fähigkeiten zu vertrauen.

Ansonsten erwies er sich als sehr angenehmer Gast, der sich nützlich machte, wo er nur konnte. Besonders Frau Kohler profitierte von seiner Anwesenheit, da er sich ganz ausgezeichnet auf die Gärtnerei verstand und ständig Ratschläge parat hatte, wie man diesem Kraut oder jenem Gemüse zu besserem Wachstum verhilft.

Was mir noch an ihm auffiel, war seine Fähigkeit, mit unglaublich wenig Schlaf auszukommen. Wobei ich erwähnen sollte, dass ich selbst durchaus achtundvierzig Stunden mit ununterbrochener, konzentrierter Arbeit verbringen kann, wonach ich allerdings eine gewisse Erholungspause benötige, bevor ich es erneut wagen darf, Körper und Geist einem derartigen Raubbau auszusetzen. Bei Charly verhielt es sich deutlich anders, schien er doch über die Fähigkeit zu verfügen, das Schlafbedürfnis einer ganzen Woche auf den Sonntagvormittag zu verlegen!

Tagsüber lauschte er hellwach meinen Erläuterungen, was er jedoch für eine Art Freizeitbeschäftigung anzusehen schien, die ihm Erholung von seiner nächtlichen Tätigkeit verschaffte. Seine Arbeitszeit begann, wenn wir uns weit nach Mitternacht auf unsere respektiven Zimmer zurückgezogen hatten. Statt sich ins Bett zu legen, wie ich es zumeist tat, bekritzelte er stapelweise Papier in deutscher Schrift mit Dialogen und Beschreibungen fremder Länder. Er hatte einige Reiseführer mit sich gebracht und dankend das Angebot des Kapitäns angenommen, sich frei aus der umfangreichen Bibliothek der Kohlers zu bedienen, die eine gut sortierte Sammlung von Standardwerken auf diesem Gebiet enthielt.

So schrieb und kopierte er jede Nacht mit ungeheurem Arbeitseifer, immer in verblüffend zielstrebiger Reinschrift, um sich anschließend für kurze Zeit ins Bett zu legen. Manchmal kündigte sich dieser Zeitpunkt dadurch an, dass er einen jener von mir vorhin beispielhaft skizzierten, unheimlichen Dialoge führte. Wohlgemerkt geschah dies erst am Ende seines nächtlichen Treibens, was mich vermuten ließ, dass er die Szenen dabei vom soeben beschriebenen Blatt ablas.

Vieles davon wirkte auf mich im Nachhinein recht sentimental, obwohl es während des Vortrages durchaus überzeugend klang, was nicht zuletzt an seinem bemerkenswerten Talent gelegen haben mag, seine Stimme so zu verändern, dass er den Figuren Bedeutung und Leben verlieh.

Selbst Frauenstimmen, die in den Vorträgen ausgesprochen selten vorkamen, vermochte er recht überzeugend zu imitieren, sodass ich mich manches Mal sogar dabei ertappte, wie ich eine Vorstellung vom Aussehen dieser Personen entwickelte.

Von den nächtlichen Szenen einmal abgesehen verlief die Woche recht ereignislos, obwohl sich unsere Anspannung deutlich steigerte, da uns unser düsteres Geheimnis weiter belastete, ohne dass eine wirklich zufrieden stellende Lösung in Sicht war. In der Nacht von Freitag auf Samstag holte ich den in der Woche entstandenen Schlafmangel vollständig nach, sodass ich recht ausgeruht und voller Tatendrang war, als ich kurz vor acht Uhr von munterem Vogelgezwitscher geweckt wurde.

Sofort begab ich mich an meine Morgentoilette, um anschließend ein einfaches Baumwollhemd und eine strapazierfähige Buckskinhose aus meinem Kleidervorrat zu wählen. Als ich kurz darauf die Küche betrat, saß Charly bereits am Tisch über einer Tasse heißer Milch und blätterte in der Morgenzeitung.

»Guten Morgen!«, rief ich, während ich direkt zum Herd lief und den Wasserkessel anhob, um zu überprüfen, wie es um seinen Inhalt stand.

»Morgen auch, Nik!«, erwiderte Charly, während er seine Lektüre beendete und die Zeitung sorgfältig zusammenlegte. »Ein herrlicher Tag, nicht wahr?«

»Ja, das ist allerdings wahr.« Ich schob den Kessel auf die Feuerstelle und holte die Kaffeemühle aus der Anrichte. »Was hältst du davon, wenn wir heute Vormittag einen kleinen Ausflug unternehmen?«

»Warum nicht!«

»Gut. Ach, übrigens: Wir sollten vergessen, dass es die Leiche überhaupt gibt. Punkt. Schluss. Aus.«, sagte ich, während ich Kaffeebohnen in die Lade der Mühle füllte. »Vermutlich war es doch nur eine Landstreicherin, die von ihren Kumpanen versteckt wurde, weil die aus verständlichen Gründen nicht mit der Polizei in Berührung kommen wollten.«

»Ich bitte dich – seit wann gehen Landstreicherinnen in Samt und Seide?«

»Vielleicht hat sie sich von jemandes Wäscheleine bedient?«

»Ah! Das könnte sehr gut sein! Ausgezeichnete Idee. Ach, bevor ich's vergesse: Sonnabends müssen wir uns selbst versorgen, weil die Kohlers da immer zum Markt fahren«, erklärte ich, während ich den Kaffee zu mahlen begann. »Schlage vor, dass wir mittags auswärts essen und uns abends selbst bekochen.«

»Warum nicht. Wir könnten ja was von unserem Ausflug mitbringen. Irgendwo muss es hier ja einen Markt geben, oder?«

»Gibt's auch, aber das ist gar nicht notwendig. Frau Kohler hat mich bereits mit allem versorgt, was notwendig ist!«

Ich deutete auf eine abgedeckte Delfter Schüssel, die auf der Anrichte stand.

»Ah! Und was ist da drin?«

»Raznjici.«

»Razzen was?«

»Gegrilltes Schwein und Kalb, ein Gericht aus meiner Heimat.«

»Ach so. Und ... ist es schmackhaft?«

»Natürlich, sonst würde ich es ja nicht zubereiten. Ursprünglich stammt es aus wohl aus dem tiefsten Balkan, aber dort wird es schärfer gewürzt und mit Joghurt gegessen. Bei uns bereitet man es auch zum Teil mit Hammel oder Innereien; jedes Dorf hat ein anderes Rezept. Meine Mutter hat es immer nur mit Schweinefleisch gemacht und mit Lorbeer gewürzt, während ich noch Kalb dazu nehme und Salbei.«

»Das klingt wirklich nicht übel!«, meinte er interessiert, während er sich an den Ofen begab, um den Kaffee aufzusetzen.

»Das hoffe ich doch! Werde gleich die Marinade vorbereiten, bevor wir uns auf den Weg machen. Dann kann des Fleisch den ganzen Tag darin ziehen – du wirst sehen, es wird butterzart!«

Ich stand auf und holte die Schüssel mit dem Fleisch, anschließend die Zwiebeln und alles, was sonst noch nötig war.

Ich grinste ihn an. »Erst der unangenehme Teil, das Zwiebelschälen.«

Charly verzog das Gesicht.

»Keine Angst, du wirst sie nicht essen müssen! Wir brauchen nur ihren Saft für die Marinade!«

Er nickte und begann, mit geübten Bewegungen die Morgenzeitung auseinander zu nehmen und die eine Hälfte des Tisches damit auszulegen. Dann pellte er die Zwiebeln sauber ab, während ich sie in dünne Scheiben schnitt und mit Salz bestreute, um die Flüssigkeit herauszuziehen.

»So, das genügt«, meinte ich schließlich. »Es dürften jetzt ungefähr so viele Zwiebeln sein, wie wir Fleisch haben. Das Fleisch wird zu flachen Würfeln geschnitten – ja nicht zu dick, das dauert beim Grillen zu lang und vertrocknet.«

Schließlich schichtete ich Fleischwürfel, Kräuter und Zwiebeln in die Schüssel, bevor ich diese abdeckte.

»Das ist die gesamte Beize?«, staunte Charly. »Kommt kein Öl dran oder sonstwas?«

»Wenn ich jetzt das Öl drangebe, bildet es einen Film, sodass der Zwiebelsaft und das Salbeiaroma nicht richtig ins Fleisch einziehen. Da es mageres Fleisch ist, müssen wir es allerdings beim Grillen mit Öl bepinseln. Du wirst aber sehen, der Zwiebelsaft macht es viel zarter als eine andere Marinade!«

»Du scheinst wirklich eine Menge vom Kochen zu verstehen, Nik!«, sagte er mit hochgezogener Braue.

»Oh, es reicht, um zurechtzukommen. Als Student wäre ich sonst verhungert, du kannst dir wirklich nicht vorstellen, wie teuer das Leben in Graz ist.«

»Hast du dir was dazuverdient?«

»Natürlich, das bisschen Geld von meinen Eltern hat vorne und hinten nicht gereicht. Deshalb habe ich Billard gespielt, ich erwähnte es ja bereits.«

»Hä! Bei uns im Lehrerseminar hätten sie dich dafür sofort rausgeworfen! Für weniger als das, offen gesagt!«

»Na, ich habe es auch nicht unbedingt dort getan, wo meine Professoren verkehrten.«

»Nik, solche Etablissements durften wir gar nicht erst betreten! Bei uns gab es eine Liste von Gasthöfen, in denen wir verkehren durften, basta. Hat man dich woanders erwischt, gab es einen Verweis, rumms! Und bei zwei Verweisen – *pfiuuuuuuuh!*« Er deutete mit der flachen Hand eine ballistische Kurve an.

»Schrecklich«, sagte ich mitfühlend. »Nein, solche Vorschriften gab es in Graz nicht. Aber vielleicht lag es daran, dass die Stadtbüttel unsere Professoren genauso wenig leiden mochten wie uns Studenten. Die haben alles darangesetzt, uns den Spaß zu verderben.«

Ich leerte meine Kaffeetasse und stand auf. »So, werde mir jetzt die Hände waschen und dann können wir los, wenn's nach mir geht!«

»Sag mal, hast du schon ein bestimmtes Ziel für unseren Ausflug im Auge?«, fragte er, während wir uns säuberten.

»Nein, eigentlich nicht. Aber vielleicht sollten wir es so einrichten, dass wir zunächst die Richtung zum nächsten Dorf einschlagen – das sind nur rund sieben Kilometer. Falls das Wetter umschlägt, womit man hier in jedem Augenblick rechnen muss, gibt es dort jedenfalls ein vernünftiges Gasthaus mit einem guten Billardtisch, sodass uns die Zeit sicher nicht zu lang werden wird.«

Er grinste. »Aber nicht um Geld, *meen Guhtschter*, das kann ich mir bei dir nicht leisten!«

»Ach, wo denkst du hin!«

Als wir kurz darauf losliefen, zeigte sich das Wetter nach wie vor von seiner gutmütigeren Seite, auch wenn zwischenzeitlich einige Wolken aufgezogen waren, wegen derer wir vorsichtshalber unsere Schirme parat hielten.

Auf der Straße nach Osten begegneten wir neben den obligaten Bauern und Dienstboten auch dem gehobenen Bürgertum, das hier allein, mit dem Ehegespons, Nachbarn oder sonstigen Bekannten ein bisschen Frühlingsluft schnuppern wollte. Viele grüßten artig mit gelupftem Hut und »Guten Morgen!«, manche auch weniger reserviert mit »Mojn!«, andere überhaupt nicht oder mit verbissenem Gebrabbel, was aber nur ausnahmsweise vorkam und ausschließlich bei Typen, die offenkundig auf dem Weg zum Stammtisch waren, um die Wut ihres Ehealltages zu ertränken.

Einige Male wurden wir auch freundlich in ein Gespräch verwickelt, meist von älteren Herren, die das Wetter priesen und uns mit ökonomischen Betrachtungen über den Verfall der Schweinepreise erheiterten. May witzelte, dass sie wohl alle einem Geheimbund der Pensionäre angehörten, dessen erklärtes Ziel es sein musste, den Lauf der Welt ihrem eigenen Tempo anzugleichen.

Das von uns anvisierte Dorf war bereits in Sicht, als sich die Wolken in erstaunlich kurzer Zeit verdichteten. Und dann öffnete sich der Himmel mit einem Mal und bombardierte uns mit gewaltigen Wassermengen. Dabei lachte uns die Sonne nach wie vor durch diese oder jene Wolkenlücke an oder vielleicht auch aus, während May und ich eiligst mit geöffneten Schirmen und klatschnassen Hosenaufschlägen Schutz unter dem frühlingshaft dünnen Blätterdach einer am Rande der Straße sich ausbreitenden Baumgruppe suchten. Dort wurden wir von einem Herrn in hell gestreiften Hosen empfangen, der höflich abrückte, um uns Platz zu verschaffen.

»Guten Tag!«, riefen May und ich fast unisono.

»Guten Tag!«, erwiderte er und sah uns freundlich aus seinem vollbärtigen Gesicht an. Ich schätzte ihn auf weniger als dreißig Jahre, wobei er trotz seiner Jugend ein gemachter Mann zu sein schien, wenn man es an der Kleidung beurteilen konnte. Der Stoff seines Rocks war dem Muster und der Struktur nach feinstes schottisches Kammgarn, für das man östlich der Hebriden bekanntlich Wucherpreise bezahlt, und die Knöpfe und Spangen bestanden aus Reinsilber, passend zum Klemmer und der Kette der Taschenuhr, die in der linken Außentasche seiner lichten Buckskinweste steckte. Dabei wirkte seine Kleidung keineswegs stutzerhaft, sondern vielmehr dezent, was ich auf die Beratung eines guten Schneiders zurückführte, da der tadellose Sitz und Pass nahe legte, dass er sich vermutlich nicht gerade im nächsten Kaufhaus ausstaffiert hatte.

Als sehr störend empfand ich jedoch die Wolke von Kölnisch Wasser, die uns entgegenschlug, als wir ihm näher kamen. Es mag ein Vorurteil sein, aber ich meine immer, dass übertrieben parfümierte Menschen nur irgendeinen Geruch verbergen wollen, der ihnen selbst peinlich ist. Wer sich stark parfümiert, kann sich selbst nicht riechen, sagte meine Mutter immer.

»Da haben Sie aber Glück gehabt«, begrüßte der Fremde uns mit einem Blick auf unsere ruinierten Hosenaufschläge. »Ja, das Wetter hier ist wirklich tückisch!«

»In der Tat«, bemerkte ich. »Aber wir haben vorsichtshalber nicht die besten Sachen angezogen – einen so schönen Anzug wie den Ihren würde ich hier wohl nur aus dem Schrank holen, wenn weit und breit kein Wölkchen zu sehen ist!«

Er lachte. »Ach, der hat schon schlimmere Unwetter überlebt!« Nach einer Höflichkeitspause fügte er hinzu: »Verzeihen Sie meine Neugier, aber habe ich Sie beide nicht schon mal am Bahnhof –«, er deutete mit dem Kinn in die

Richtung, aus der wir gekommen waren, »– gesehen, zusammen mit dem Kapitän Kohler?«

»Das ist gut möglich«, bestätigte ich.

»Ach, dann ist einer von Ihnen wohl der Physiker aus Budapest, der eine Maschine gebaut hat, die es erlaubt, mit dem Jenseits zu telefonieren?«

Ich sagte nichts, aber May hob lächelnd die Hand, um anzudeuten, wer von uns beiden der Gesuchte war.

»Freut mich!«, rief unser neuer Bekannter mit einem gewinnenden Lächeln, welches so ebenmäßige Zähne enthüllte, dass mir arge Zweifel an ihrer Echtheit aufkamen. »Sebastian Niggemeyer mein Name, und ich habe die Ehre mit ...?«

»Professor Tesla, Nikola Tesla«, sprang Charly für mich ein und deutete danach eine Verbeugung an. »Doktor Karl May, Bildungskolumnist aus Dresden, Herr Niggemeyer. Habe die Ehre.«

»Ja, das freut mich aber, das zwei so hoch dotierte Herren unser kleines Dorf besuchen! Habe mich übrigens selbst an der *Alma Mater* mit Bildung genährt, wenn diese Bemerkung erlaubt ist. Leider musste ich jedoch scheiden, bevor ich einen Abschluss anzustreben vermochte, leider – habe lieber Mensuren geschlagen und so, haha. Umso mehr freut es mich jedoch, wieder einmal ein geistig fortgeschrittenes Gespräch führen zu können.«

»Wo haben's denn studiert und was?«, wollte Charly sofort wissen.

»In Regensburg«, prahlte Niggemeyer. »Jura natürlich.«

»Hä! Natürlich«, erwiderte Charly, als habe er es die ganze Zeit schon gewusst.

»Sagen Sie mal, Herr Professor«, meinte Niggemeyer an mich gewandt. »Ist das wirklich wahr, was der Kapitän über Ihre Maschine erzählt?«

»Tja, das kann ich sehr schlecht beurteilen, solange ich nicht weiß, was der gute Kapitän Ihnen denn so berichtet hat?«, erwiderte ich vorsichtig.

»Nun ... dass Ihre Maschine es erlaubt, mit Toten –«, er überlegte kurz und verbesserte sich, »– mit den Geistern Verstorbener zu reden?«

Ich seufzte. »Nein.«

Er zögerte. »Nein?«

»So sagte ich es.«

»Könnten Sie das etwas ... ausführen?«

»Pardon, aber ich wüsste nicht, was es daran auszuführen gäbe. Meine Maschine, wie Sie es nennen, erlaubt es keineswegs, mit Geistern zu reden. Punkt, aus, basta.«

»Ach! Dann ist es noch nicht so weit? Aber wann können wir damit rechnen, wenn ich fragen darf?«

»Vorerst nicht. Erstens bezweifle ich, dass so etwas möglich ist, zweitens habe ich ehrlich gesagt kein gesteigertes Interesse daran. Es gibt wichtigere Dinge, mit denen ich mich befassen muss«, erklärte ich geduldig. »Eine Maschine, wie Sie sie beschreiben, steht absolut nicht zur Diskussion. Bewahre!«

Er sah mich zweifelnd an, merkte dann jedoch, dass ich es durchaus ernst meinte.

»Ich verstehe nicht, wieso der Kapitän ...« Er ließ den Rest der Frage unausgesprochen.

»Da habe ich so meine Vermutungen«, meinte Charly. »Vielleicht hat er einfach etwas in den falschen Hals gekriegt, als ihm der Professor seine derzeitigen Arbeiten schilderte. Der Professor arbeitet nämlich an einer Maschine, mit der man das Wetter vorhersagen kann. Ich könnte mir gut vorstellen, dass er dabei so etwas erwähnt hat wie: *Man kann mit den Geistern des Wetters reden,* etwa in dieser Richtung. Vermutlich hat der Kapitän es falsch verstanden, und Sie wissen's ja, er übertreibt halte gerne, der alte Kohler!«

»Ausgezeichnet!«, entgegnete unser neuer Bekannter unpassenderweise. »Das ist wirklich eine hübsche Erklärung.« Dann lüftete er seinen breitkrempigen Lederhut und spannte kurz entschlossen seinen Regenschirm auf. »Schönen Tag dann noch, hat mich sehr gefreut, mit Ihnen zu reden!«

Wir sahen ihm etwas verdutzt nach, wie er in den dichten Regen hineinlief und auf der Straße Richtung Westen abbog.

»Das ist aber seltsam«, meinte Charly nachdenklich. »Wo er sich so sehr gefreut hat, zwei gebildete Menschen wie uns zu treffen!«

»Wir waren ihm anscheinend so wenig sympathisch, dass er sich lieber die Wäsche ruiniert, als hier noch eine weitere Zehntelsekunde zu verweilen.«

»Hä! Vermutlich wirft er den Anzug zum Kehricht, wenn er zu Hause ist?«

»Vielleicht sollten wir ihm nachlaufen, billiger kommt man an so einen Zwirn gewiss nicht ran, haha!«

Charly lachte ebenfalls. »Dir wird er zu kurz sein und mir zu schmal, da hilft es auch nichts, wenn er durch den Regen einläuft, im Gegenteil. Höchstens könnten wir die Knöpfe beim nächsten Goldschmied zu Geld machen!«

Es war ihm nicht anzusehen, ob er das ernst meinte. Meinem Freund schien es doch ein wenig nahe zu gehen, wie dieser unmögliche Mensch mit einem Anzug umging, den er die ganze Zeit neidvoll bestaunt hatte.

»Sieht aus, als ob wir bald wieder losmarschieren können, Charly«, sagte ich nach einem Blick zum Himmel.

»Sieht so aus, ja«, erwiderte er nachdenklich. »Wir sollten mal ein ernsthaftes Wort mit dem Kapitän reden, Nik!«

»Eine sehr gute Idee. Vergiss bitte nicht, mich gelegentlich daran zu erinnern.«

Wir machten uns wieder auf den Weg. Da wir beide noch keinen großen Hunger verspürten und es andererseits nicht so aussah, als ob sich das Wetter wieder dauerhaft zum Freundlichen hin verändern würde, entschieden wir, das Mittagessen ausfallen zu lassen und stattdessen den Rest des hellen Tages damit zu verbringen, meine technischen

Ideen im Hinblick auf eine mögliche Verwertung in Mays Romanen zu diskutieren.

Die Spaziergänger saßen wohl schon am Mittagstisch, sodass wir kaum jemandem begegneten. Da uns somit niemand ansprechen konnte, bewältigten wir den Rückweg so zügig, dass wir schon um kurz nach zwei das Haus betraten. Charly lief sofort ins Obergeschoss, um sich äußerlich wieder in Ordnung zu bringen, während ich noch kurz in der Küche den Wasserkessel befüllte, um die frühnachmittägliche Versorgung mit Kaffee sicherzustellen.

Bevor ich Charly nach oben folgte, warf ich noch einen prüfenden Blick in die Schüssel mit dem marinierten Fleisch, das sich so weit jedoch nicht anders verhielt, als ich es im besten Fall erwartet hatte. Zufrieden folgte ich Charly ins Obergeschoss und begab mich auf mein Zimmer, um meine Kleider zu wechseln.

Als ich die Küche wieder betrat, hatte er es sich bereits am Tisch bequem gemacht und las wieder in der Zeitung.

»Ist schon seltsam«, bemerkte er, ohne den Kopf zu heben. »Eine halbe Seite wird hier *Aus Dörfern und Umland* berichtet, aber dieses Dorf findet nicht mal Erwähnung ... Halt, hier ist eine Meldung: Sieben Hühner gestohlen. Sieben! Das muss den örtlichen Bestand völlig dezimiert haben.«

»Und der Hauptverdächtige sitzt in meiner Küche, haha. Aber was hast du erwartet?«, fragte ich. »Hier passiert ja nichts, und wenn was passiert, rechnet niemand damit, sodass auch kein Reporter parat steht.«

Charly sah mich über den Rand seiner Brille an. »Was sich natürlich schlagartig ändern dürfte, wenn jemand hier eine Leiche finden würde, um nur ein Beispiel zu nennen.«

»Wahrlich! In der Stadt gibt es eben kaum Büsche, höchstens in einem Park. Und selbst da kannst du dir sicher sein, dass eine Leiche nicht lange unentdeckt bleibt.«

»Aber hier ...« Charly nickte bedächtig. »Nik, eine Frage

lässt mir keine Ruhe! Wer ist ... ich meine, was war das für eine Person? Ich meine die Leiche, als sie noch lebte.«

»Ist das wirklich wichtig? Momentan haben wir vordringlichere Probleme –«

»Warte! Du hast nicht richtig über meine Frage nachgedacht, sonst wäre dir das gleich aufgefallen wie mir. Also?« Er sah mich sehr eindringlich an.

»Hm. Ich verstehe nicht ganz, was du meinst?«

Er seufzte. »Ziehen wir die Sache einmal andersherum auf: Wie lange ist diese Frau tot?«

»Einige Wochen sicherlich. Vielleicht länger – könnte sein, dass sie den ganzen Winter schon dort liegt.«

»Genau. Aber jetzt frage ich dich, wieso sie nicht vermisst wird?«

»Woher weißt du, dass sie nicht vermisst wird?«

Er drehte die Zeitung herum und zeigte auf eine klein gedruckte Kolumne. »Das hier sind die Gendarmerienachrichten, natürlich nur ein Auszug für diese Gegend. Steckbriefe und Warnungen vor Viehdieben etcetera, darunter eben auch Vermisstenanzeigen. Bei Letzteren gibt es nur sehr wenige Meldungen, kaum eine Hand voll. Aber eine Frau ist nicht darunter.«

»Wenn auch«, erwiderte ich nachdenklich. »Hat das was zu sagen? Das stützt ja nur meine Überlegung, dass es eine Landstreicherin war, die von außerhalb kam und sich irgendwo von der Wäscheleine mit feiner Garderobe versorgt hat –«

»Nik! Erinnerst du dich an die Schuhe? Eine Landstreicherin würde so etwas nicht einmal ergaunern oder erbetteln, das sind Stiefeletten, wie sie eine feine Dame aus der Stadt trägt, die eine Droschke ruft, wenn ihr die Füßchen vom Flanieren wehtun! Hier auf dem Dorf stellt man seine Schuhe ja nicht des Nachts vor die Tür wie in einem guten Hotel!«

»Akzeptiert –«

»Zweitens«, fiel er mir erneut ins Wort, »was sollte eine Landstreicherin dazu bewegen, dieses Kaff hier aufzusuchen? Jede Kleinstadt mit einem gut besuchten Wochenmarkt und ein paar Lädchen ist geeigneter, weil es da eine Suppenküche geben wird und vielleicht auch einige einsame, geistig minderbemittelte Witwer, denen man Geld abluchsen kann, du verstehst schon. Das spricht ebenfalls dagegen, dass es eine Landstreicherin war.«

»Von mir aus. Also –«

»Also war es entweder eine Einheimische oder eine Touristin, jawohl. Wobei Ersteres aber ausscheidet, da es ansonsten wohl eine Vermisstenanzeige geben würde. Also ist klar, dass unsere Leiche gar nicht hierher gehört. Ich würde einiges darauf verwetten, dass es bereits eine Vermisstenanzeige gibt – aber an einem Ort, der weit entfernt liegt, vielleicht viele hundert Meilen entfernt.«

Ich wollte etwas erwidern, aber da ertönten drei mächtige Faustschläge an der Tür, das Erkennungszeichen des Kapitäns.

»Kommen Sie herein, Kapitän!«

Die Tür öffnete sich und Kohler steckte seine Nase in den Raum. »Mojn, Herr Tesla, Mojn auch, Herr May! Wollte nur nachfragen, ob alles beim Rechten ist?«

»Mojn, Kapitän!« Ich bemerkte zu spät, dass ich mich allmählich an die lokalen Sitten und Gebräuche zu gewöhnen begann. »Danke der Nachfrage, wir kommen gut zurecht.«

»Gut! Schönen Tag dann noch, ich muss –«

»Moment noch, bitte!«

Er drehte sich wieder herum. »Ja?«

»Sagen Sie mal, Kapitän – Sie haben nicht zufällig jemandem von meinem Apparat erzählt? Ich meine, jemandem aus dem Dorf?«

Er verzog das Gesicht. »Na ja, hab's wohl beiläufig erwähnt, in der Kneipe. War das falsch?«

»Wie man's nimmt – einige Leute scheinen sich seitdem sehr für mich zu interessieren.«

»Das kommt aber bestimmt nicht davon, dass ich was über Ihren Apparat erzählt habe«, meinte er listig. »Die haben Ihnen schon vorher genau auf's Butterbrot geschaut, davon können Sie mal getrost ausgehen!«

Das konnte ich ihm natürlich schwerlich widerlegen.

»Überlegen Sie mal, was das für die Leute hier heißt«, fuhr er fort, während er die Tür hinter sich ins Schloss warf und seinen Tabaksbeutel hervorkramte. »Ein echter Professor von weither, das ist ja was ganz anderes als die paar Sommerfrischler, die sich jedes Jahr hierhin verirren.«

»Kaffee?«, fragte Charly höflich. Der Kapitän nickte gnädig.

»Sommerfrischler, sagten Sie?«, fragte May weiter, während ich eine Tasse für den Kapitän aus der Anrichte holte. »Wie dieser Herr ... wie heißt er noch – Niggermann? – den wir soeben kennen gelernt haben?«

»Niggemeyer«, verbesserte Kohler. »Nee, der ist doch kein Sommerfrischler. Allerdings auch kein richtiger Einheimischer, wenn man es so betrachtet.«

»Wieso?«, fragte ich.

»Nicht lange genug hier«, erklärte der Kapitän. »Außerdem hält er sich von uns fern, zumindest habe ich den Eindruck. Tut zwar freundlich und quatscht mit jedem, aber ich meine immer, dass er in Wirklichkeit nix mit uns zu tun haben will. Und er riecht wie ein ... Na, Sie wissen schon. Ein *Etablissement.*« Er zwinkerte uns zu, um zu unterstreichen, was er damit meinte.

»Ja«, erwiderte Charly heftig nickend, »wir hatten ebenfalls keinen allzu positiven Eindruck von ihm. Gerade eben sprachen wir noch darüber, als Sie an die Tür klopften, lieber Kapitän. Herr Tesla meinte, dass dieser Niggemeyer ein rechter Snob zu sein scheint, während ich es etwas entspannter sehe – kenne den Menschen schließlich nicht, also werde ich den Teufel tun und ein endgültiges Urteil über ihn fällen.«

Der Kapitän kaute nachdenklich auf dem Stiel seiner Pfeife herum. »Na«, sagte er schließlich, »da hat der Herr Tesla schon einige Menschenkenntnis bewiesen! Snob ist eine ziemlich treffende Beschreibung, der Kerl ist nur zum Geldausgeben gut. Taugt nichts, meiner Meinung nach!«

»Na, wenn er sich's Geldausgeben leisten kann, dann soll er doch!«

»Och! Leisten kann er es sich allerdings, ist ja der Alleinerbe von dem, was sein Onkel zu Lebzeiten zusammengerafft hat, und das war kein Pappenstiel! Der olle Erbsenzähler hat sein Geld schon vor zwanzig Jahren in Aktien und ausländischen Kriegsanleihen deponiert. Nach dem, was er mir erzählt hat, muss das Ganze im Jahr mindestens zehntausend Taler abgeworfen haben. Aber statt sich einen vernünftigen Hof zu kaufen, ist er lieber in seinem alten Häuschen wohnen geblieben – war halt eingefleischter Junggeselle, und die werden im Alter bekanntlich manchmal etwas seltsam. Und vor rund fünf Jahren, da ist er trotz des ganzen Geldes gestorben, und dabei nicht mal sonderlich alt geworden. Worauf alles seinem einzigen überlebenden Verwandten zufiel, eben unserem Snob da. Wenn er sich nicht dämlich anstellt und hebt nur die Zinsen ab, ohne ans Eingemachte zu gehen, hat der bis ans Lebensende ausgesorgt.«

»Wie angenehm für ihn«, meinte Charly sarkastisch. »Aber irgendwo kann man ihn gewiss als Tourist ansehen, wenn er nicht mit den Einheimischen fraternisiert!«

»Ja und nein«, brummte der Kapitän. »Wir haben hier in jedem Jahr Leute aus dem Ruhrgebiet zu Gast, die nicht weit verreisen wollen oder es sich nicht leisten können. Unten am Rhein schlagen die Studenten ihre Zelte auf und hier im Dorf kann man im Sommer jede freie Kammer vermieten. Es gibt sogar einige, die sich fest eingekauft haben, wie die Rosmanns.«

»Rosmanns?«

»Ein junges Ehepaar, haben sich erst im letzten Frühjahr ein Häuschen hier gekauft. Er hat wohl vorwiegend in Bocholt zu tun, aber seine Frau kommt beruflich weiter herum als er – tatsächlich scheint sie auch das meiste Geld nach Hause zu bringen, wenn man's ihrer Garderobe ansieht.«

»So was gibt's«, warf Charly gelangweilt ein.

»Ja, man kann nur staunen, wie sich die Zeiten ändern!« Der Kapitän nickte bedächtig. »Nette Leute übrigens, die Rosmanns. Waren erst im Januar hier, trotz des schlechten Wetters. Das heißt –«, er überlegte, »– er war einige Tage da, sie war wohl verhindert, von Berufs wegen.«

»Nicht wahr!« Charly warf mir heimlich einen Blick zu.

»Doch, so war's wohl! Wirklich schade für die beiden, dass sie sich so wenig sehen.« Er senkte seine Stimme. »Deshalb habe ich mich zum Beispiel erst vermählt, als meine Pension schon sozusagen wie ein strahlender Leuchtturm vor dem Küstennebel lag, um es bildlich auszudrücken!«

»Da haben Sie es aber wirklich glücklich erwischt, Kapitän«, bemerkte ich.

»Ja, habe ich«, erwiderte er sehr überzeugt und schob mir den Kaffeebecher zu, um ihn wieder auffüllen zu lassen.

»Nun malen Sie mal nicht den Teufel an die Wand«, lenkte Charly ein. »Nur weil diese Rosmanns sich einmal nicht sehen, heißt das ja noch lange nix.«

»Och! Nee, Herr May – so einfach ist das nicht!«, widersprach der Kapitän kopfschüttelnd.

»Wieso?«

»Weil der Haussegen bei den beiden ziemlich schief hängt!«, erklärte der Kapitän sehr überzeugt.

»Wie wollen Sie das beurteilen?«, fragte Charly leise.

»Och! Er selbst hat's gesagt, nicht direkt natürlich, aber so, dass man sich schon seinen Reim darauf machen kann.«

»Sie sprechen in Rätseln!«, rief Charly.

»Meine Frau hat es von deren Zugehfrau, der Wilhelmine

Stich, deren Mann fünfundsiebzig beim Streckengang unter die Räder kam ...« Er merkte rechtzeitig, dass er vom Thema abkam, und gab sich einen Ruck. »Egal! Jedenfalls hat die Stich ihr erzählt, der Rosmann habe ihr eine Krone gegeben und gesagt, sie soll ihm dafür sofort telegrafieren, wenn seine Frau hier auftaucht. Die Stich kann's natürlich kaum erwarten, da er gesagt hat, dass sie den Rest für sich als Trinkgeld einstreichen darf – schönes Geld für eine Eisenbahnerwitwe.«

»Ah! Das impliziert natürlich, dass er selbst nicht weiß, wo seine Frau steckt!«

»Da sagen Sie's, Herr May, genau wie ich mir meinen Reim darauf gemacht habe! Meine Frau hat natürlich behauptet, ich würde mir den Kopf über Dinge zerbrechen, die mich nichts angehen, und dass ich schließlich nicht wissen kann, was zwischen den beiden ist. Aber ich meine, dass ein jeder, der zwei und zwei so zusammenzählen kann, dass dabei auf- und abgerundet vier herauskommt, zu demselben Schluss gelangen muss!«

An diesem Punkt wechselte Charly schnell das Thema, wohl mit der Absicht, die soeben in unsere Kenntnis gelangten Tatsachen nicht mit den üblichen Spekulationen und Elaboraten des Kapitäns zu verwässern. Womit mir klar war, was ich auch seinen bisherigen Gesten entnommen hatte: May war genau wie ich davon überzeugt, dass das Rätsel um die Identität der Leiche damit gelöst war.

Nachdem Kohler noch einige weniger bemerkenswerte Anekdoten über weniger wichtige Einwohner des Dorfes zum Besten gegeben hatte, verabschiedete er sich, weil er seiner Frau versprochen hatte, ihr in der Küche beim Aspikmachen zur Hand zu gehen.

Als ich ihn hinausgeleitete, nahm ich zur Kenntnis, dass sich das Wetter innerhalb der letzten Stunde dramatisch verändert hatte. Wo es vormittags noch Bindfäden geregnet hatte, war der Himmel nun recht klar und blau, und die

Sonne sog sämtliche Feuchtigkeit wie ein Schwamm allmählich wieder in den Himmel hinein. Die Steinplatten des Weges, der ums Haus führte, waren bereits bis auf einen schmalen, vielleicht handbreiten Rand abgetrocknet, und selbst das vor wenigen Stunden noch klatschnasse Gras hatte den größten Teil des Wassers wieder abgegeben.

Am Himmel bemerkte ich in mehr als zehn Kilometern Entfernung eine flache Wolkenfront, die sich nicht bewegte, obwohl am Boden ein durchaus spürbarer Südwestwind wehte. Eine ziemlich tückische Kombination harmlos erscheinender Einzelvorgänge, da der relativ warme Wind und die mit erstaunlicher Intensität herunterbrennende Sonne das zwischen den Wolken und der Erde liegende Luftpolster schnell austrocknen würden, wodurch sich das elektrische Potenzial rapide erhöhte. Sobald die Wolkenfront dann ein Gebiet mit relativ hoher Bodenfeuchtigkeit erreichte, war mit monströsen Entladungen zu rechnen, im besten Fall sogar in Form eines Trockengewitters, das bekanntlich von allen Formen des Unwetters das gefährlichste darstellt. Dabei sucht der Blitz jeden feuchten oder metallischen Ort mit unbegreiflicher Macht heim und zudem ist mit sekundären Entladungen zu rechnen, welche Kugelblitze, Horizontalschläge und andere Erscheinungen begünstigen, die so selten auftreten, dass mancher erfahrene Wetterkundler ihre Existenz lauthals verlacht.

Als Jugendlicher hatte ich auf den Weiden meiner Heimat oft erlebt, welche unfassbaren elektrischen Gewalten ein solches Trockengewitter zu entfesseln vermag. Ich erinnere mich noch an eine Begebenheit, die sich zutrug, als ich gerade die erste Klasse des Gymnasiums in Karlstadt vollendet hatte und die Sommerferien bei meiner Familie verbrachte. An einem harmlosen, sonnigen Tag hatte ich mich mit einigen meiner Kameraden auf den Hügeln der Umgegend getroffen, um jenes zeitlose Knabenspiel zu veranstalten, das unter Namen wie *Räuber und Gendarm* oder *Trapper und*

Indianer bekannt ist und dessen Regeln wohl jeder richtige Junge auf der weiten Welt kennt. Ich selbst war dazu auserkoren, den hundsgemeinen Räuberhauptmann Sallo Sallini zu verkörpern, der sich in der Wildnis verstecken durfte, während meine Kameraden sich abwandten und halbwegs ehrlich bis zweihundert zählten, um mir einen gebührenden Vorsprung zu lassen.

Da ich schlauerweise davon ausging, dass meine erbitterten Verfolger spätestens bei Erreichen der Zahl neunzig in Zehnerabständen weiterzählen würden, kam ich gar nicht erst auf die Idee, weit in die Hügel hinein zu laufen. Schließlich wusste jeder meiner Spielkameraden, dass ich lange Beine hatte und dadurch bei einer längeren Jagd über freies Gelände im Vorteil war. Diese Taktik hatte ich bereits unzählige Mal erfolgreich bevorzugt, aber diesmal beschloss ich, meine Spielgefährten mit einer Volte zu foppen. Also lief ich direkt auf die Spitze eines Hügels zu, der von einer winzigen Kapelle geschmückt wurde, die am Rande eines mit dichten Büschen bewachsenen Steilhanges stand. Dort wollte ich mir ein gemütliches Plätzchen suchen, während meine Freunde über Berg und Tal der Sonne entgegenliefen, um mich aufzuspüren.

Bald genug entdeckte ich einen solchen Ort zwischen zwei Büschen, die so dicht mit Blättern behangen waren, dass sie mich vollständig vor den Augen der anderen verbargen, es mir jedoch andererseits gestatteten, sie vorsichtig zu beobachten. So lag ich dort im Gebüsch und sah zu, wie sie bereits bei einhundertzehn das Zählen abbrachen, um weit auszuschwärmen. Bald wurde deutlich, dass sie auf meine Finte tatsächlich hereinfielen, und ich schüttelte mich vor Lachen, als ich den letzten von ihnen hinter dem nächsten Hügel verschwinden sah. Danach geschah lange Zeit nichts mehr und darüber muss ich wohl irgendwann eingenickt sein.

Doch wurde ich mit einem Schlag hellwach, als etwas Nasses in mein Gesicht klatschte. Wer auf dem Land wohnt, kennt dieses Gefühl genau – es ist ein bisschen, als ob einem ein großes Insekt ins Gesicht fliegt. Doch als Landkind weiß man sofort, dass es sich um einen Gewittertropfen handelt, den Vorboten des Infernos.

Diese Tropfen treten besonders im Vorfeld von ansonsten völlig trocken verlaufenden Gewittern auf. Sie bestehen aus vielleicht einem Fingerhut voll Wasser, weder warm noch kalt, das einen mit sehr hoher Geschwindigkeit im flachen Winkel trifft.

Genau ein solcher Tropfen hatte mich also soeben geweckt und mir sofort die zeitlosen Ratschläge und Ermahnungen der Erwachsenen ins Gedächtnis gerufen, wie man ein solches Unwetter unbeschadet übersteht. Dass ich die üblichen Bauernregeln für einen puren Blödsinn erachtete, lag zum Teil an meiner schon in diesem frühen Alter sehr ausgeprägten Begabung für Sprachen: dass Deutsche unter Buchen reimtechnisch gut aufgehoben sind, während sie für den serbokroatischen Bauern in seinem eigenen Idiom eine Todesfalle darstellen, erschien mir als vollkommen blödsinnig. Denn merke, die Natur ist nun mal nicht nationalistisch veranlagt! Sie erschlägt dich vielleicht grausam mit dem Blitz, aber sie schert sich dabei einen Kehricht darum, unter welcher Fahne du dein Lied singst.

Viel einleuchtender fand ich die von alten, schlauen Bauern immer wieder hervorgehobene Regel, dass der Blitz am höchsten Punkt des Umlandes einzuschlagen pflegt. Auf diese Weise schützte uns ja auch der Blitzableiter an der Spitze unseres Kirchturms, der den tödlichen Feuerschlag am höchsten Punkt der Stadt empfing und über einen mehr als fingerdicken, in soliden Krampen parallel zur Mauer befestigten Eisendraht in den Boden ablenkte, damit er nicht in das Gemäuer einfuhr.

Meine kindlichen Gedanken zur Natur des Blitzes wurden jäh durch eine erste Entladung unterbrochen, die wie ein Korallengeäst über den zementgrauen Himmel zuckte, im

Zentrum der Strahlen grellweiß und am dünnen Rand der Ausläufer azurblau schillernd. Zehn oder vielleicht auch zwölf Sekunden später folgte ein scharfer Knall, der in ein düsteres Grollen überging, um sich dann wieder hochzuschaukeln und in einem lang anhaltenden Knistern zu verebben.

Ein banger Blick in den Himmel zeigte mir, dass ich mich nicht verrechnet hatte. Die Wolken rasten auf mich zu und brachten das Gewitter mit, dessen Entladungen von einem unregelmäßigen Flackern begleitet wurden, einem grellen Wetterleuchten, wie ich es noch nie erlebt hatte. In kürzester Zeit würde mich das Zentrum des Unwetters erreicht haben, so viel war mir klar. Und wenn ein solches Gewitter von Trockenheit statt Regen begleitet wurde, war mit dem Schlimmsten zu rechnen.

Ich überlegte, ob ich in die Stadt zurücklaufen sollte. Aber das hätte fast eine Stunde gedauert und da der Weg zumeist über freies Feld führte, lief ich Gefahr, genau von dem Tod ereilt zu werden, dem ich dadurch zu entfliehen trachtete.

Da fiel mir der kleine Kapellturm ins Auge, von dem mein Versteck weniger als vierzig Fuß entfernt lag. Sofort erkannte ich, dass der Turm höher war als ich, selbst wenn ich aufstehen und meine Arme hoch ausstrecken würde. Meine Augen suchten die Gegend ab, bis ich einen fast ebenso nahe gelegenen Punkt fand, der noch höher war. Es handelte sich um eine Weide, die am Rand eines kleinen Weihers stand, in dem ich und meine Spielgefährten oft nach Kaulquappen und Molchen gefischt hatten. Die Weide war höher als der Turm und viel, viel höher als ich ...

Diese Erkenntnis beruhigte mich und ich fasste Hoffnung, das Unwetter zu überleben. Als ich abwechselnd Turm und Weide betrachtete, fiel mir nicht zum ersten Mal der zwischen beiden verlaufende Bruch auf, dessen deutlich dunkleres Gras anzudeuten schien, dass die beiden markantesten Punkte dieses Ortes durch eine Wasserader verbunden waren.

Mittlerweile entluden sich die Wolken von überall, als die mächtigsten Blitze Unterstützung von zahllosen kleineren bekamen, die oft nur den Bruchteil einer Sekunde lang über den Himmel zuckten. Während ich atemlos zuschaute, verlor das Spektakel viel von seiner Bedrohlichkeit. Ich begann gerade zu überlegen, wieso die Blitze überhaupt einschlugen und welche Bedingungen idealerweise dazu führten, dass sie es an diesem oder jenem Orte taten, als ich über der Spitze des kleinen Turmes eine seltsam wabernde Luftsäule bemerkte, die von einem Moment auf den nächsten senkrecht in den Himmel ragte.

Und dann, wenige Sekundenbruchteile später, fuhr der gewaltigste Blitz aus dem Himmel, den ich je gesehen habe. Dick wie das Bein eines Elefanten, gleißend wie die hoch am Firmament stehende Sonne, knisternd, fauchend, prasselnd und brüllend wie eine Horde Furien schlug er in das Türmchen ein, verschlang es mit seiner glutheißen Gestalt, zermalmte es und spie seine Trümmer aus, die wie tödliche Projektile durch die Gegend rasten, wobei ich von Glück sagen konnte, dass ich nicht getroffen wurde.

Ich war so geblendet, dass es eine Weile dauerte, bis ich überprüfen konnte, welchen Schaden der Blitz angerichtet hatte. Von dem Kapellentürmchen war nur noch der kollabierte Sockel zu sehen, zwischen dessen schwarz verbrannten Steinen geisterhaft dünne Qualmbänder aufstiegen, die schon in einer Höhe von einem Meter von den aufkommenden Luftturbulenzen verweht wurden.

Ich wollte meinen Blick schon abwenden, als ich zwischen den verkohlten Trümmern ein blaues Funkeln und Blitzen bemerkte. Als ich angestrengt lauschte, meinte ich dazu ein leises Zischen und Prasseln zu hören, das jedoch weitgehend in den lauteren Geräuschen des Unwetters unterging.

Ich zuckte zusammen, weil hinter mir ein Licht aufflackte, dessen Grellheit mir fast körperliche Schmerzen bereitete. Dann ertönte ein gedämpftes Prasseln und ich drehte vorsichtig den Kopf herum.

Die Weide stand lichterloh in Flammen, ein imposantes Mahnmal der Naturgewalt, das sich nun für immer in das Gedächtnis des einzigen menschlichen Zeugen einbrannte, dem die Gnade zuteil wurde, diesem Schauspiel beiwohnen zu dürfen.

Ich starrte die Flammenzungen an, die sich den immer noch Blitze ausstoßenden Wolken anklagend entgegenreckten, als ich ein seltsames Nachspiel des elektrischen Todesschlages bemerkte. Auf dem feuchten Gras des Bodens breitete sich direkt über dem bereits erwähnten Bruch mit schlangenartiger Gewandtheit ein zuckendes Netz aus relativ schwachen, blauen Entladungen aus, die mit einer Geschwindigkeit von vielleicht einem Fuß pro Sekunde vorwärts krochen. Gebannt beobachtete ich, wie sich die kleinen Blitze schimmernd entlang des Bruches ausbreiteten, und drehte langsam meinen Kopf, als sie an meinem Versteck vorbeikamen und sich auf die Ruine des Kapellturms zu bewegten. Und dann wiederholte sich jener seltsame Vorgang, den ich beim ersten Mal für ein Trugbild gehalten und unter dem Eindruck der darauf folgenden Katastrophe beinahe vergessen hatte: Über der schwelenden Ruine des Kapellturms bildete sich eine wabernde Luftsäule aus, bei weitem nicht so mächtig wie diejenige, die ich vor der Zerstörung des Turms bemerkt hatte, aber stark genug, um keinen Zweifel an ihrem Vorhandensein aufkommen zu lassen.

Einen Lidschlag später wurde die Luftsäule von einem Blitz durchfahren, der sich krachend ins Erdreich bohrte und das auf die Ruine zukriechende Netz aus Entladungen zurückfegte, sodass es über eine weite Fläche zerstäubt wurde und sanft zitternd erstarb.

Schon bald nach diesem beeindruckenden Akt entfernte

sich das Gewitter und ich konnte es wagen, aus meinem Versteck hervorzukriechen und nach Hause zu laufen. Meine Gedanken wirbelten durcheinander wie Treibgut in einem Mahlstrom, denn ich war sicher, dass mir die Natur soeben eines ihrer größten Geheimnisse offenbart hatte: Es waren nicht die Wolken, die unsere Erde mit Blitzen bombardierten – das Umgekehrte war vielmehr der Fall, indem die Blitze aus dem Leib der Erde den Wolken entgegen strebten!

Diese Entdeckung, von der Natur allein für mich durch eine ungeheuerliche Demonstration offenbart, nahm mein ganzes Denken gefangen, während ich in die Stadt zurückrannte und das Haus atemlos durch die Hintertür betrat, um direkt durch den kurzen Flur in die Küche zu stolpern.

»Mutter!«, rief ich, »stell dir vor –«

Ich bemerkte erst jetzt, wie entsetzt sie mich anstarrte. Und dann sprang mein Vater vom Tisch auf, wobei er die langstielige Dshesva mit seinem Nachmittagskaffee vom Tisch herunterriss.

»Niko! Was ist mit dir passiert?«, rief er besorgt.

»Nichts, Vater!«, antwortete ich verwundert. »Wieso?«

Vater sah die Mutter an, ließ sich auf den Stuhl plumpsen und begann schallend zu lachen.

Mutter setzte nur ein stilles, mitfühlendes Lächeln auf und blickte dann suchend in das über dem Herd angebrachte Küchenregal, bis sie das kleine, spiegelblank polierte Silbertablett entdeckte, das sonst nur verwendet wurde, wenn Vater besondere Gäste hatte. Sie nahm es aus dem Regal und hielt es mir mit der glatten Fläche vor mein Gesicht.

Auf dem leicht angelaufenen Silbergrund starrte mich ein Monstrum an, dessen Haare nach allen Seiten abstanden. Ich hob die Hände, um die wild gewordene Lockenpracht platt zu drücken, aber was ich auch anstellte, mein Kopfbewuchs richtete sich sofort wieder mit der Elastizität einer metallenen Feder auf! Ich versuchte es mit Spucke, heißem, warmem und kaltem Wasser, Franzbranntwein und Rapsöl, aber nichts davon vermochte das explodierende Gewächs für mehr als ein paar Minuten zu bezwingen.

Die Familie stand mir voller Mitgefühl zur Seite und probierte es mit Vaters Rasierschaum, Dr. Jonovics Haartonikum für Ehefrauen und Mütter, Melkfett und Wäschestärke, was ebenso fruchtlos blieb.

Der noch am gleichen Tage zu einer Krisensitzung einberufene Gemeinderat fuhr direkt schwerste internationale Geschütze auf, darunter deutsches Deichselfett und norditalienischen Nektarinennektar, britische Bartwichse und zuletzt sogar polnischen Patentleim, was ich mir trotz meiner Verzweiflung vehement verbat, obwohl es aus technischer Sicht vielleicht die aussichtsreichste der empfohlenen Substanzen war. Der örtliche Hauptmann der Gendarmerie schlug vor, die Haarpracht stoppelkurz zu schneiden, worauf meine gute Mutter den Polizeimann jedoch glücklicherweise mit einer scharfen Bemerkung über seine Kahlköpfigkeit in die Schranken wies.

Als ich am Ende der Ferien wieder in Karlstadt eintraf, führte mein mitfühlender Onkel ein intimes Gespräch mit unserem Schuldirektor, worauf mir gestattet wurde, für's erste während des Unterrichts meine Mütze auf dem Kopf zu behalten. Nach einigen Wochen traf per Eilpost ein Päckchen von einem Drogisten aus Prag ein, das eine viel gerühmte Spezialpomade enthielt, die im Gegensatz zu allem vorher Probierten tatsächlich Wunder wirkte. Mit der Zeit bildete sich das seltsame elektrische Symptom deutlich zurück, sodass ich die Pomade seit meiner Studienzeit nur noch einmal täglich auftrage, und vielleicht ein zweites Mal am Abend, wenn ich mich in gute Gesellschaft begeben will.

Was mir ebenfalls von meinem kleinen Abenteuer verblieb, ist eine gewisse Sensibilität gegenüber hohen atmosphärischen Ladungen, die bei mir ein eigenartiges, nicht einmal unangenehmes Kribbeln in der Kopfhaut verursachen. Genau diese Empfindung machte sich bemerkbar, als ich an diesem Tag vor der Tür stand und den Himmel über dem Niederrhein beobachtete. Kein Zweifel, wir würden in wenigen Stunden ein Unwetter erleben, wie es in dieser Intensität nur an wenigen Orten der Welt und kaum öfter als einmal in jedem Jahrzehnt vorkommt.

Zufrieden betrat ich wieder das Haus und lief in die Küche, wo Charly mich mit einem erwartungsvollen Blick empfing.

»Nik, immerhin wissen wir jetzt, wer die Tote ist.«

»Meinst du wirklich?«, entgegnete ich zögernd. »Vielleicht gibt es ja eine ganz einfache Erklärung –«

»Wofür? Dafür etwa, dass diese Frau Rosmann in allen wichtigen Punkten mit dem übereinstimmt, was wir über die Tote wissen?«

»So viel wissen wir ja gar nicht!«, protestierte ich. »Ist es nicht ein bisschen übereilt, die erste beste –«

»Nik, wenn du möchtest, können wir die Gegend gerne durchstreifen, bis wir eine besser auf Frau Rosmanns Beschreibung passende Leiche finden!«, schlug er grinsend vor.

»Wobei niemand, aber auch absolut niemand je behauptet hat, dass diese Rosmann tot ist, wohlgemerkt!«, erwiderte ich nicht weniger pointiert. »Überdies ist es ja nicht so, dass uns zur Lösung des Rätsels eine Leiche fehlt – im Gegenteil, wir haben schon eine zu viel, zumindest für meinen Geschmack!«

»Dem stimme ich voll und ganz zu. Aber was ist mit Rosmanns Verhalten, ich meine natürlich *Herrn* Rosmann? Es ist doch im höchsten Maße bezeichnend, dass er nicht gemeldet hat, dass sie verlustig gegangen ist. Verdächtig, sage ich!«

Ich hob ratlos meine Schultern. »Einerlei! Ich weiß nicht, wie es dir ergeht, aber ich bekomme allmählich Hunger ...«

Ihm ging es keineswegs anders, sodass wir übereinkamen, die morgens eingelegten Fleischstücke auf schnellstem Wege in einen genießbaren Zustand zu befördern. Da die Wetterlage es als wenig aussichtsreich erscheinen ließ, im Garten ein offenes Feuer zu entfachen, holte ich aus der Werkstatt zwei Holzspanner und einen Wickel mit Widerstandsdraht. Die Spanner verschraubte ich so miteinander, dass ein rechteckiger Rahmen entstand, den ich mit einigen Metern des Widerstandsdrahtes bewickelte. Dann befestigte ich den Rahmen mit einigen kleineren Spannern so auf zwei umgedrehten Eimern und positionierte ihn gut einen Fuß über dem Boden. Darunter wurde auf zwei Ziegelsteinen ein Backblech gestellt.

Während ich mit der Konstruktion dieses improvisierten Küchengerätes beschäftigt war, fügte Charly die Fleischstückchen und sauber abgepflückte Salbeiblätter zu Spießen zusammen, wobei wir der Einfachheit halber keine geschnitzten Holzspieße benutzten, sondern achtzöllige Abschnitte von Weidedraht. Anschließend rieb er die Schale von vier Apfelsinen mit Zucker ab, bevor er diesen mit dem Saft der Früchte vermischte und den von zwei Zitronen und zwei Pomeranzen hinzufügte. Danach vergiftete er die gesunde Mixtur mit einer ganzen Bouteille Arrak und würzte sie mit Vanillemark, Zucker und einer dezenten Prise Anis ab, bevor er das Gebräu in die kellerkühle Diele trug, wo auch in einer mit Brucheis gefüllten Kiste die vier Literflaschen deutscher Champagner lagerten, mit dem wir den Sommerpunsch später zu veredeln gedachten.

Das Rezept stammte von Charly oder vielmehr einem Wirt aus seiner Geburtsstadt, aber er erklärte mir, dass er es kultiviert habe, indem er ganz elegant eine im Original vorkommende Zutat wegfallen ließ. Nach eingehender Prüfung habe er erkannt, dass sich der Geschmack weitaus intensiver entwickelte, wenn man auf Beigabe des klaren Brunnenwassers verzichtete, mit dem geizige Menschen den Sommerpunsch unverständlicherweise zu strecken pflegen.

Bald danach brutzelten bereits die ersten Spieße unter dem elektrischen Heizelement und die Küche wurde von einem angenehmen Duft durchzogen. Charly hob erwartungsvoll die Brauen und konnte es nunmehr kaum erwarten, von dem ihm unbekannten Gericht zu kosten.

»Ausgezeichnet!«, rief er nach dem ersten Bissen. »Zart und schmackhaft, Nik, wie du es versprochen hast!«

Ich nickte bescheiden und platzierte eine neue Lage Spießchen auf meiner Feuerstelle, während er von den Delikatessen berichtete, die er bei seinen Reisen durch fremde Länder kennen gelernt hatte.

»... Bärentatzen, gegrillt, selbstverständlich! Der Geschmack ist deinem Raznjici hier gar nicht unähnlich, obwohl sich eine vergleichbare Zartheit nur einstellt, wenn man sie vorher einige Wochen lang in der Erde vergräbt!«

»Interessant.« Ich bepinselte die Spießchen mit Öl.

»Ja! Richtig zart sind sie, wenn sie bereits wurmstichig sind, weißt du? Den Indsmen macht das nichts, man kann die Maden ja herauspulen.«

»Selbstverständlich.« Ich stand auf, um das Küchenfenster zu öffnen, damit der Kochdunst abziehen konnte.

Er nickte zustimmend. »Diese natürlichen Methoden der Geschmacksverbesserung sind uns schivlisch ... Entschuldigung –«, er schluckte einen Bissen herunter, »– zivilisierten Menschen ja leider abhanden gekommen. Aber die naturverbundeneren Völker kennen eine Reihe von Möglichkeiten, den Fäulnisprozess vorteilhaft anzuwenden. Nimm einmal die Chinesen, die ja bekanntlich angebrütete Eier zu wahren Delikatessen umfunktionieren, indem sie sie oft monatelang unter der Erde aufbewahren.«

»Kaum zu glauben.« Ich wendete die Spießchen, um sie von der anderen Seite zu garen.

»Nicht wahr? Aber man muss ja gar nicht so weit reisen, Nik – der *Graved Lachs* der Skandinavier bietet uns ein schönes Beispiel dafür, dass diese Weise der Veredlung auch den heute lebenden europäischen Menschen noch geläufig sein kann.«

»Wie schön.« Ich bepinselte die Spießchen nun auch von der anderen Seite mit Öl.

In dieser Art ging es noch fast eine Dreiviertelstunde weiter, bis von den Spießen nichts mehr übrig war als fetter Bratensaft und Weidedraht. Man glaubt es kaum, Karl May hatte das Kunststück vollbracht, sich rund fünf Pfund gemischtes Filetfleisch und einen prächtigen Strauß Salbei einzuverleiben. Ich selbst hatte mich ausschließlich vom Bratenduft genährt, und selbst das nur bis zu jenem Zeitpunkt, an dem er seine Bärentatzengeschichte ausbreitete.

Das durch das geöffnete Fenster hereinwehende fröhliche Schnattern und Piepsen der verschiedensten Vögel versiegte zunehmend und machte einer unwirklichen Stille Platz, während sich dunkle, tief hängende Wolken majestätisch nebeneinander am Himmel aufreihten. Es wurde Zeit, im Labor die entscheidenden Vorbereitungen zu treffen, wenn ich dieses einmalige Unwetter für meine Forschungen ausnutzen wollte.

»Könntest du mir helfen, Charly? Ich möchte noch einiges aufbauen, bevor es richtig losgeht.«

Er nickte und wir begaben uns in die Werkstatt, wo er mir zunächst half, eine große, quadratische Platte aus glatt gehobelten und auf Stoß verleimten Brettern auf dem Fußboden auszurichten. Auf dieser Platte waren entlang einer Spirale Doppelreihen von Holzdübeln eingesetzt, zwischen denen wir nun einen langen Blechstreifen befestigten.

»Wozu soll das dienen?«

»Es ist eine neue Art des spiraligen Induktors oder Eingangsteils für meinen Apparat. Es soll den Rahmeninduktor im Garten ersetzen, bei dem immer die Gefahr besteht, dass er einen Blitz einfängt und die gesamte Apparatur vernichtet!«

»Ah ja! Verstehe«, behauptete Charly.

Wir wollten uns gerade aufrichten, als jemand an die Tür klopfte.

»Schon wieder!«, bemerkte ich erzürnt. »Hier geht es zu wie im Taubenschlag. Charly, erinnere mich bitte daran, ein Warnschild anzubringen, um wenigstens einen Teil der Eindringlinge abzuschrecken.«

Es war aber nur ein uniformierter Expressbote vom Bahnhof, der mit einem großen Karren vor der Tür stand. Er hob eine Hand, um seine Dienstmütze nach hinten zu rücken, und sah mich dann aus wasserblauen Augen an.

»Mojn«, grüßte er knapp. »Sie sind Herr Tesla, ja?«

»Mojn auch. Ja, der bin ich.«

Er deutete auf eine hölzerne Frachtkiste, die auf dem Karren stand. »Eilsendung aus Paris!« Er kramte aus seiner Umhängetasche einen Frachtbrief hervor.

Ich überflog die Eintragungen. »Hm. Das sind meine Walzen. Teillieferung ... na, besser zwei Dutzend als gar nichts, sage ich mir.« Ich kramte in der Hosentasche und drückte ihm schließlich drei Markstücke in die Hand. Als er die Kiste hereingewuchtet und sich höflich verabschiedet hatte, schloss ich die Tür und ging zu meinem Apparat, um den Sitz der Verbindungen zu überprüfen.

»Kannst du bitte die Kiste auspacken, Charly«, bat ich. »Es sind die phonographischen Walzen. Zwar nur eine Teillieferung, aber immerhin rechtzeitig.«

»Wird sofort gemacht.« Er nahm eine kleine Kneifzange von der Werkzeugleiste und machte sich nicht ohne Geschick daran, die Nägel und Spanneisen zu lösen, mit denen die Kiste verschlossen war. Zwischendurch unterbrach er seine Arbeit und begab sich ins Haus zurück, um den Punsch durchzuseihen und zusammen mit einer der Champagnerflaschen in die Werkstatt zu schaffen.

Gerade als er den ersten Schwung Walzen zum Regal getragen hatte, klopfte wieder jemand an der Tür.

»Oh vermaledeit!«, flüsterte er wütend. »Was machen wir jetzt?«

»Schau doch bitte mal, wer es ist«, schlug ich vor.

Er lief zu dem winzigen Fenster links neben der Tür. Draußen blitzte es mächtig, als er den Vorhang ein Stück zur Seite schob, um den Besuch zu observieren.

»Oh weh! Das wandelnde, weibische Schachbrett!«, brummte er sarkastisch. »In Begleitung einer jungen Dame, man soll's nicht glauben.«

»Sirpinski? Und was für eine Dame?«

»Proper«, erklärte er mit der Stimme des Kenners der holden Weiblichkeit. »Schwarze Tressen, lila Kleid, Strohhütchen mit Blumengesteck. Vielleicht siebenundzwanzig Jahre alt. Antlitz vielleicht eine Spur zu dreieckig für meinen Geschmack, aber die Lippen und das Näschen ... Mannomann! Auch ansonsten ist alles dran, an den richtigen Stellen und in der richtigen Menge. Womit mein unerfreulicher Verdacht schwindet, dass es sich nur um einen verkleideten Lustknaben handelt.«

»Bewahre! Siebenundzwanzig, *drei*eckiges Gesicht, sagtest du?«

»So beschrieb ich sie«, entgegnete er in das Rumpeln des ersten Donnerschlags hinein.

Ich überlegte. »Siehst du eine Möglichkeit, das Dämchen hereinzulassen, aber nicht unbedingt *Old Checkerboard*?«

»Hm.« Er dachte einen Moment lang nach. »Vielleicht.«

»Gut. Dann versuche es bitte!«

Charly öffnete die Tür einen Spalt breit und arretierte sie sicherheitshalber mit seinem Fuß.

»Ja bitte?«, meinte er kühl.

»Tagchen, Herr Doktor!«, klang es von draußen herein.

»Guten Tag, Herr Sirpinski!«

Ich hörte auch eine sehr leise, warme Altstimme, konnte aber nicht verstehen, was sie sagte.

»Angenehm, Fräulein Fondeaux – darf ich Sie höflichst herein bitten? *Halt!* –«, Charly hob abwehrend eine Hand, »– so gerne ich Herrn Sirpinski empfangen würde, möchte ich ihn doch bitten, einstweilen draußen zu bleiben! Der

Herr Professor führt gerade einen äußerst sensiblen Versuch durch – es geht um das menschliche Fluidum, das durch die Anwesenheit von mehr als zwei männlichen Seelen bekanntlich aus dem Gleichgewicht kippt! Die Folgen wären unabsehbar, um nicht zu sagen katastrophal!«

»Katastrophal? Aber ... was könnte passieren?«, nölte Sirpinski entsetzt.

»Das weiß nur der Herr Professor. Wenn überhaupt«, antwortete Charly bestimmt. »Nehmen Sie doch bitte dort auf der Bank Platz – ich rufe Sie herein, wenn's wieder verhältnismäßig ungefährlich ist. Haben wir uns verstanden?«

»Äh, ja. Wenn's denn sein muss ...«

Charly nickte und machte dann eine einladende Geste, bevor er zur Seite trat und gleichzeitig die Tür weit öffnete.

Im Flackerlicht eines Blitzes sah ich Sirpinskis rundliche Gestalt und daneben die Umrisse einer Frau, die ihn um fast einen Fuß überragte. Ihr Gesicht konnte ich zunächst nicht erkennen, da es draußen bereits recht dunkel geworden war und es zudem von einem recht kecken Strohhut halb abgeschirmt wurde.

Als sie dann in den Raum trat und vom elektrischen Licht erfasst wurde, stockte mir der Atem.

Bei oberflächlicher Betrachtung hätte man sie für eine außergewöhnlich schöne Europäerin halten können, da ihre kleine, aber schön geformte Nase und die gerade Stellung ihrer Augen auf eine kaukasische Abstammung deuteten. Doch stimmte dieser Eindruck nicht mit den leicht hervorstehenden Wangenknochen überein, die ihrem Antlitz eine dreieckige Form gaben, wie Charly scharfsichtig bemerkt hatte. Das wirklich Faszinierende an ihr waren jedoch die fast schwarzen Augen, die sich trotz ihrer Mandelform nicht zur Nase hin neigten, wie man es von einer Asiatin kennt.

Kurzum, ein Anthropologe wäre gewiss nicht so leicht darauf gekommen, dass ihr Vater ein Berber war und ihre Mutter eine französische Schauspielerin. Genau dies hatte sie zumindest behauptet, als wir uns vor etwas mehr als einem Jahr in Budapest kennen gelernt hatten.

Sie sah sich neugierig in der Werkstatt um, nahm alle Einzelheiten in ihre schwarzen Augen auf und verarbeitete sie gedanklich, um sich für alle Eventualitäten zu wappnen, die ihr in dieser Umgebung potenziell widerfahren könnten. Als sich unsere Augen trafen, hob sie verwundert die Lider und lächelte mich seltsam an, ohne so überrascht zu wirken, wie man es hätte erwarten sollen.

»*Oui, mon cher Nikola*«, sagte sie spöttisch auf Französisch, während Charly hinter ihr die Tür schloss, »egal wo du bist, es sieht immer sofort nach dir aus! Wie sagt man noch – wo Rauch ist, da ist auch Feuer, ja?«

Charly ruckte herum und gaffte abwechselnd sie und mich mit halb geöffnetem Mund an.

»*Bonjour,* Elaine«, entgegnete ich gleichmütig, »oder Mademoiselle Fondeaux, oder wie auch immer. Was führt dich her?«

Sie lachte. »*Nikola*, du scheinst so überrascht über mein Eintreffen zu sein, dass du deine Manieren vergisst! Willst du mir keinen Platz anbieten, mich nicht mit deinem höflichen Freund – oder sollte ich besser Kollaborateur sagen? – bekannt machen? Schließlich kenne ich bislang nur sein Inkognito.«

»*Pardon, Mademoiselle!*«

Charly trat vor sie hin und ergriff recht routiniert ihre Hand zum formellen Kuss, bevor er in recht ordentlichem Französisch erklärte: »Mademoiselle, mein richtiger Name ist Karl Friedrich May, und ich möchte mich aufrichtig für die Posse entschuldigen, die mein Freund und meine Wenigkeit hier aufführen mussten, um uns vor diesem karierten Individuum dort draußen zu bewahren.« Er verbeugte sich knapp und hob einladend die Hand. »Ich bitte Sie, dort Platz zu nehmen, werde Ihnen sofort einen Stuhl zurechtmachen.«

Er lief voraus und zog ein Taschentuch aus seiner Rocktasche, um die Sitzfläche eines lehnenlosen Stuhls sauber zu wischen.

»Dankeh seherr«, sagte Elaine warmherzig auf deutsch, während sie ihre Röcke ein Stück raffte, um sich niederzulassen. »Isch ssehe, lieber Err Maih, dasch Sie vieel, vieel bessehre – wie ssagt man? – Manieren haben als *mon pauvre Nikola*!«

»Bitte, Elaine!« Ich kreuzte meine Arme vor der Brust. »Tu mir die Liebe und unterlass dieses Theater! Erzähle mir lieber, wieso du hier bist.«

»Wieso? Nun, weil ich vermutlich geahnt habe, dass du wieder einmal in Schwierigkeiten steckst«, erwiderte sie in beinahe akzentfreiem Deutsch. »Das Leben ist viel zu kurz, um sich für Leute zu interessieren, die langweilige Probleme haben. Aber bei dir kann ich davon ausgehen, dass mehr dahinter steckt!«

»Danke schön für das Vertrauen«, murmelte ich. »Und was hast du mit dem gescheckten Männerfreund da draußen zu schaffen, wenn ich fragen darf?«

»Sirpinski? Ach, den kenne ich aus Köln, wo ich seit dem letzten Sommer wohne. Er gehört zu den Hofschranzen, die man einfach braucht, um an die *richtigen* Leute heranzukommen, weißt du?«

»Köln? Mir kam zu Ohren, du wärest nach Berlin gegangen?«

»Das wollte ich auch, ursprünglich jedenfalls. Aber ich bin wohl irgendwo in den falschen Zug eingestiegen, und ehe ich mich's versah, stand ich einsam und verlassen auf dem Kölner Bahnhof.« Sie hob ihren Blick, um anzudeuten, wie zuwider ihr diese Situation gewesen sein musste.

»Also bin ich erst mal ins nächste Hotel eingezogen und habe mir ein Zimmer genommen«, fuhr sie fort, »und begonnen, das Adressbuch und die örtlichen Zeitungen zu studieren, um herauszufinden, wo ich eigentlich gelandet bin. Und stell dir vor – bald wurde mir klar, dass ich irrtümlich in eine Stadt gelangt war, die für meine persönlichen Belange weitaus idealer ist als Berlin. Keine ernst zu nehmende Konkurrenz weit und breit –«

»Du musst wissen, Fräulein Elaine macht in Spökenkiekerei und Magnetismus«, erklärte ich Charly. »Glaube mir, Charly, sie ist eine begnadete Veranstalterin von spiritistischen Sitzungen für die besser situierte Schicht, Eintritt fünf Kronen pro Kopflosigkeit, hahaha!«

Meine Worte wurden von einem mächtigen Donnerschlag bestätigt.

»Ach Nikola, jetzt lügst du aber«, entgegnete sie ohne wirkliche Bekümmerung. »Ich verlange gar keinen Eintritt, weil ich ja aus philosophischen Motiven strikt dagegen bin, meine Gabe zur Bewirkung eines geldwerten Vorteils zu missbrauchen! Natürlich kann ich niemandem verbieten, mich mit wohlgemeinten Geschenken zu überhäufen. Aber nie, nie, nie habe ich jemandem eine Rechnung ausgestellt –«

»Oh bewahre!«, rief ich höhnisch. »Nein, einen solchen Fehler würdest du niemals begehen! Man könnte ja auf diese Weise feststellen, dass du neben deinem falschen Namen auch eine falsche Adresse angegeben hast!«

»Falscher Name?«, fragte sie mit einem an Charly gerichteten Augenaufschlag. »Glauben Sie Ihrem Freund kein Wort, lieber Herr May! Ich heiße wirklich Felicitas oder Elaine, das klingt doch zum Verwechseln ähnlich, nicht wahr? Und mein Nachname – nun, in der Sprache meines Vaters bedeutet er etwa das, was man sich unter Fondeaux oder Engelmann vorzustellen hat.«

»Vermutlich«, entgegnete Charly etwas hilflos.

»Felicitas Fondeaux, pah!«, rief ich. »Das spricht wirklich Bände, wahrscheinlich legt sie es darauf an, das ganze Alphabet durchzubekommen, von Antonia Astloch bis Zelda Zylinderhut! Aber mit mir nicht, meine Liebe! Ich kenne nämlich deinen wirklichen Namen, jawohl!«

Sie sah mich erschrocken an. »Kennst du nicht!«

»Oh doch! Oh doch! Stell dir vor, Charly, sie heißt –«

Jemand klopfte vehement an die Tür.

»Oh verdammt!«, murmelte Charly. »Das ist Sirpinski. Ziemlich hartnäckig, dieses Bürschchen. Mal sehen, wie wir ihn loswerden ...«

Er sprang auf und sah sich kurz um, lief dann zum Kamin und nahm den Schürhaken von der Wand, bevor er zur Tür ging und diese weit öffnete, sodass der warme Gewitterwind in den Raum fegte und den Qualm seiner Zigarre mit sich trug.

»Hallooochen.« Sirpinski sah dankbar zu ihm hoch. »Ich wollte nur höflichst fragen, ob ich jetzt eintreten darf?«

»Auf keinen Fall!«, rief Charly. »Das Experiment ist soeben in ein kritisches Stadium eingetreten! Die kleinste spirituelle Unausgewogenheit und – *rumms*!« Das letzte Wort schleuderte er dem kleinen Mann so laut entgegen, dass dieser gehörig zusammenzuckte.

»Aber gut, das Sie zur Stelle sind, Sirpinski! Retten Sie die Welt, mein Guhtschter!«, deklamierte Charly mit weit von sich gestrecktem Schürhaken, dramatisch beleuchtet von einem spektakulären Doppelblitz. »Guter Mann, nehmen Sie diesen Blitzableiter hier und beziehen Sie augenblicklich Position dort mitten auf der Wiese – genau dort!«

Er deutete mit der Hand auf eine Stelle weit vor dem Haus. Dann drückte er dem verdutzten Reporter den Schürhaken in die Hand.

»Los, worauf warten Sie, Mann! Laufen Sie dorthin und recken Sie diesen patentierten Schür ... den dreimal vermaledeiten Blitzableiter dem Himmel entgegen! Und lassen sie um Himmels willen nicht davon ab, egal was passiert!«

Charly blieb eine Weile auf der Türschwelle stehen, um Sirpinski zu dirigieren.

»Ja, immer weiter, bis ich's anders sage – Weiter! – Ups, das war der Grenzstein, ja, man sieht ihn verdammt schlecht, tückisch ist das! – Haben Sie sich wehgetan? – Egal, Zähne zusammen und weiter, Mann! – Gut, das reicht! Höher den Arm, ja, so dürfte es gut sein!«

Charly knallte hinter sich die Tür zu und begann, schallend zu lachen. Elaine fand die kleine Episode nicht weniger amüsant.

»Ich möchte ja nicht den Sauertopf spielen«, bemerkte ich, als sie sich nach einer Weile immer noch nicht beruhigt hatten. »Nur frage ich mich, ob einer von euch bedacht hat, dass der Mann mit dem Schürhaken durchaus Gefahr läuft, den Blitz anzuziehen?«

»Hä!« Charly sah mich nachdenklich an. »Vielleicht solltest du ihn warnen, Nik!«

»Wieso ich? Ich war es schließlich nicht, der diesen Gimpel mit einem Selbstmordwerkzeug in die gottlose Wüste dort draußen entsendet hat!«

»Ich glaube nicht, dass er vom Blitz getroffen wird«, behauptete Elaine. »Außerdem kann es keineswegs so gefährlich sein, wie immer erzählt wird, sonst hätte es Nikola schon längst erwischt. Der legt es ja drauf an.« Sie prustete los. »Ich stellte mir gerade vor, wie Sirpinski in Nikolas Korkschuhen aussehen würde!«

»Hihihihi«, machte Charly. »Dann würde er ihm doch glatt bis zum Knie reichen!«

»Allerdings!« Sie lachte laut und glockenhell, wobei Ihr Gesicht im Blitzlicht ausgesprochen koboldhaft wirkte.

Ich verschränkte meine Finger und knackte laut mit den Gelenken. »Von mir aus könnt ihr so weiter machen. Ich für meinen Teil werde arbeiten müssen!«

»Nikola!«, rief sie mit einem Schmollmund. »Jetzt sei nicht gleich eingeschnappt, nur weil ich in eure Junggesellenidylle eingebrochen bin! Ich kann nämlich gar nichts dafür, ich handle nur im Auftrag!«

»Wie das?«, fragte Charly wissbegierig.

»Ein reicher Klient ist an mich herangetreten, nachdem

Sirpinski in den einschlägigen Zirkeln von dem Geistertelefon des geheimnisvollen Professor Täschle erzählte. Er wollte sofort wissen, was an der Sache dran ist. Also hat er mich beauftragt, mit dem Professor Kontakt aufzunehmen, um ihm – wie sagt man noch – auf den Zahn zu fühlen.« Sie zuckte ihre Achseln. »Ich hatte ja keine Ahnung, dass du dahinter steckst, Nikola! Ich meine, bei dem lustigen Namen ›Täschle‹ musste ich natürlich eine *winzige* Sekunde lang an dich denken, in aller Unschuld, versteht sich!«

Ich verkniff es mir, dazu eine passende Bemerkung zu machen. »Wieso interessiert sich dieser Mensch dafür? Und wer ist er?«, fragte Charly.

Sie schüttelte den Kopf. »Ich weiß es nicht. Er hat mich in meiner Suite aufgesucht. Mitte fünfzig, teurer Anzug aus englischem Garn. Ein gut situierter Kaufmann, wenn ich meiner Menschenkenntnis trauen darf. Er hat jedenfalls keine langen Reden gemacht, sondern übergab mir direkt einen großen Briefumschlag und bedeutete mir wortlos, ihn zu öffnen.«

»Ah! Das ist spannend!«

»Ja, ich fand es auch ziemlich aufregend«, erwiderte sie ernst. »Nun, in dem Briefumschlag war Papiergeld, ein ganzer Haufen davon. Zweitausendfünfhundert Mark insgesamt. Außerdem ein Blankobillet mit einem handschriftlichen Vermerk: Mr. G. Dragon, poste restante. Und dann erzählte er mir, was Sirpinski ihm erzählt hatte, und ob ich in Erfahrung bringen könnte, ob diese Maschine wirklich existiert und das tut, was Sirpinski davon erzählt hat. Und ob es möglich sei, sie zu kaufen oder ihre Dienste zu mieten.«

»Hm. Und wie wollte er wieder mit dir Kontakt aufnehmen?«

Sie hob ihre Brauen. »Er sagte, falls ich eine Nachricht für ihn hätte, sollte ich sie auf dem Hauptpostamt postlagernd abgeben, wie es auf der Karte stand. Bei Erfolg würde ich dann eine Prämie erhalten. Das ist alles.« Sie verschränkte ihre Hände und sah mich an.

Ich musterte sie intensiv. »Weißt du was, Elaine«, sagte ich langsam, »ausnahmsweise glaube ich dir. Ich sollte es wirklich besser wissen, vermutlich bin ich völlig verrückt, aber ich nehme dir diese Geschichte ab!«

»Das ist schön!«, sagte sie lieb.

»Hä! Ich hätte da noch eine Frage, Fräulein –«, er klatschte in die Hände, »– ja, wie soll ich Sie nun nennen?«

»Elaine, Herr May – das ist ja mein richtiger Name, nicht wahr?« Sie sah mich an.

»Ja, es stimmt. Sie heißt tatsächlich Elaine«, bestätigte ich etwas dröge.

Charly zog eine Braue hoch. »Also Fräulein Elaine, ja? Gut. Darf ich Ihnen ein Glas Punsch anbieten, ja? Beschaffe Ihnen sofort ein Glas, einen Moment nur!«

Er riss die Verbindungstür auf und stürmte los, um nach einer halben Minute mit den restlichen Champagnerflaschen und einem Glas zurückzukehren, das er im Laufen mit einem Geschirrtuch polierte.

»So, zunächst der Punsch – so viel, das ist nicht zuviel, oder? So, und jetzt der Schampus, ahoi!«

Er reichte ihr das Glas geziert am Stiel herüber.

»Danke, Herr May, das ist sehr lieb von Ihnen«, sagte Elaine mit einem Augenaufschlag. »Nik sollte sich wirklich ein Beispiel an Ihnen nehmen, er selbst neigt ja immer dazu, die menschlichen Bedürfnisse völlig zu ignorieren! Tagelang kann er wie ein Eremit leben, kein Essen, nichts zu trinken, gar nichts! Einerlei, Sie hatten mich doch vorhin etwas gefragt, Herr May, war es nicht so?«

»Äh, ja.« Charly überlegte. »Was war es nur?«

»Du wolltest wahrscheinlich fragen, ob Sirpinski bereits etwas über unseren *Spiritualtelefonator* hier veröffentlicht hat«, erklärte ich hilfreich.

Charly fasste sich an den Kopf. »Ach ja, das war's!« Er

wandte sich an Elaine. »Hat er etwas darüber veröffentlicht?«

»Veröffentlicht?« Elaine lachte laut auf. »Sie meinen so, dass es gedruckt wurde? Nein. Wissen Sie, das ist lediglich so eine fixe Idee von ihm. Er war früher einmal bei einem rheinländischen Kolportageverleger angestellt, nichts Großes, nur als kleiner Klinkenputzer, glaube ich. Man munkelt, dass seine Mutter ihn da reingekauft hat, und ich kann es mir auch nicht anders vorstellen. Jedenfalls hat man ihn wegen seiner ... wegen seiner Neigungen herausgeworfen, oder vielleicht auch wegen absoluter und genereller Unfähigkeit, wer weiß!« Sie räusperte sich und fragte: »Nikola, gibt es einen Spiegel in diesem Haus? Der Wind hat mein Haar entsetzlich zugerichtet!« Sie schob mit zwei Fingern eine Haarsträhne zur Seite, wobei ich bemerkte, dass sie immer noch die mit kleinen Perlen besetzten Ohrstecker besaß, die sie an dem Tag getragen hatte, an dem wir uns kennen lernten.

Ich erhob mich, um die Verbindungstür zum Haus zu öffnen. »Durch die Küche und rechts in die Diele. Dort gibt es eine Garderobe. Fühl dich ganz wie zu Hause, Elaine!«

Sie verzog keine Miene und rauschte ab.

»Eine ungewöhnliche Frau«, bemerkte Charly leise, als ich die Tür hinter ihr geschlossen hatte.

»Allerdings«, seufzte ich. »Es passt mir gar nicht in den Kram, dass sie jetzt hier auftaucht.«

»Das ist deinem Verhalten aber nicht unbedingt zu entnehmen«, meinte er mit hochgezogenem Mundwinkel.

»Wieso?«

»Weil du ihr soeben eine Szene gemacht hast«, erklärte er.

»Ich? Nein. Ja. Vielleicht.«

»Kannst du dich heute noch zwischen diesen drei Möglichkeiten entscheiden?«

»Nein!« Ich ließ mich auf meinem Stuhl nieder. »Wir haben fast drei Monate miteinander ... nun, verbracht. Charly, ich schwöre dir, ich habe in dieser Zeit mindestens fünf verschiedene Versionen ihres Lebenslaufes gehört, aus ihrem eigenen Mund, wohlgemerkt!«

»Hm. Das ist allerdings merkwürdig, vor allem bei einer so jungen und attraktiven –«, er zuckte zusammen, als ein Blitz prasselnd in nächster Nähe einschlug, »– Person.«

»Das möchte ich meinen! Schon in Budapest kam mir der Verdacht, ihr seltsames Verhalten begründe sich möglicherweise auf den Widersprüchen ihres bisherigen Lebens. Da passt nämlich eines nicht zum anderen, mein Lieber, also macht sie es passend, indem sie für jedes komplizierte Ereignis in ihrem Leben eine neue Variante ihrer Biografie erdichtet. Im Nachhinein erhält alles, was sie erlebt hat, dadurch einen tiefen Sinn, verstehst du?«

»Hm«, machte er erstaunt. »Sehr ungewöhnlich, aber irgendwie ist es psychologisch durchaus folgerichtig. Eine subtile Form der Notlüge, wenn man so will.«

»Ja, man muss es wohl als eine Art Notlüge ansehen, da gebe ich dir Recht, Charly. Aber lassen wir diese Betrachtungen für eine Weile ruhen, denn ich möchte gleich mit den Aufzeichnungen beginnen, bevor das Gewitter seinen Höhepunkt erreicht!«

»Apropos –«, er hob seine Hand und deutet auf eine Stelle neben meinem Kopf, »– sieh dir mal das alte Sturmglas an!«

Ich hob meinen Kopf und betrachtete die Flasche, die über der Werkbank auf einem Regalbrett stand. Der Inhalt hatte sich völlig zu einem Klumpen verfestigt, der ein bläuliches oszillierendes Schillern verbreitete.

Ich nahm das Sturmglas aus dem Regal, um es genauer betrachten zu können. Als ich es auf den Kopf stellte, blieb der aus unzähligen Kristallen gebildete Klumpen am Boden kleben. Nicht das geringste Flüssigkeitsrinnsal sammelte sich im Flaschenhals, der Inhalt war völlig in einen feststofflichen Zustand übergegangen.

»Faszinierend!«, rief ich überrascht, während ich Charly die Flasche gab. »Sieh dir mal diesen blauen Schimmer an, es handelt sich ganz offensichtlich um ein elektrisches Fluidum. Man sollte es nicht für möglich halten, aber dieses Sturmglas bietet wohl den Beweis dafür, dass die Rezeption und Akkumulation elektrischer Ströme eng mit der kristallinen Struktur einer Substanz zusammenhängt. Das bedeutet, es ist weniger die chemische Komposition als die genaue Anordnung der Atome eines Stoffes, die seine elektrische Eignung bedingt.«

Charly drehte die Flasche einige Male in der Hand herum und zuckte dann seine Achseln. »Bin evangelisch und verstehe somit kein Wort, Nik!«

»Ich spreche von dem Unterschied zwischen elektrisch leitenden und nicht leitenden Stoffen«, erklärte ich. »Insbesondere von solchen Materialien, die aus Kohlenstoff bestehen – wie eben diese Kristalle hier! Mit einem stark gespannten Strom lassen sich Kristalle völlig vernichten, sogar Diamanten, wenn man es darauf anlegt!«

»Donnerwetter! Du hast Diamanten zersplittert? Damit wüsste ich Besseres zu tun, ha!«

»Was denn? Sie ans Ohrläppchen einer alten Schachtel zu hängen, die dadurch auch nicht schöner wird? Charly, dafür sind Diamanten nun wirklich zu wertvoll –«

Leise öffnete sich die Verbindungstür und Elaine trat herein. Sie nahm artig Platz und sah Charly dankbar an, als er ihr Punschglas nachfüllte. Dann lauschte sie eine Weile unserem Gespräch, bevor sie mich bat, ihr die Funktionsweise des Apparates zu erläutern. Ich kam ihrer Bitte nach, obwohl ich davon ausging, dass sie damit in erster Linie Eindruck bei Charly schinden wollte, dem sie sich ganz als gebildetes Weibchen präsentierte, um ihn auf ihre Seite zu ziehen.

In Budapest hatte sie dasselbe Spiel mit mir getrieben, indem sie Interesse an den Versuchen des Signor Galvani bekundete. Bekanntlich machte Galvani seine bahnbrechenden Entdeckungen durch einen Zufall, als er während eines Gewitters einige Froschschenkel für sein Mittagsmahl vorbereitete. Mitten in meinem Vortrag hatte Elaine mich doch tatsächlich gefragt, was passiert wäre, wenn Galvani an jenem historischen Tag eher Appetit auf Kalbsschnitzel verspürt hätte.

Diesmal blieben mir solche Einwendungen jedoch erspart und Elaine saß aufmerksam da, bis ich meinen Vortrag beendet hatte. Und wie groß war meine Überraschung, als sie direkt im Anschluss eine Frage stellte, die mir zeigte, wie aufmerksam sie zugehört hatte.

»Nikola, habt ihr den Stimmen schon einmal gezielte Fragen gestellt?«

»Fragen?«

»Ja, wie bei einer spiritistischen Sitzung.« Sie schien diesen Vorschlag durchaus ernst zu meinen.

»Ach, solche Fragen meinst du. Hm. Nein, wir haben keine Fragen gestellt. Warum auch? Ich meine, du weißt ja gut genug, was ich von diesem spiritistischen Unsinn halte ...«

»Oh ja!« Sie lächelte spöttisch. »Du hast dich durch nichts überzeugen lassen. Auch nicht durch die Sache mit Dane –«

»Elaine, bitte!«

»Wer ist Dane?«, fragte Charly in einen Donnerschlag hinein.

»Sag es ihm selbst, Nik!«, meinte Elaine. »Ich möchte nicht, dass du mich als Klatschbase beschimpfst.«

»Dane war mein älterer Bruder«, erklärte ich Charly. »Er starb, als ich noch ein Kind war.«

»Oh, das tut mir wirklich Leid«, entgegnete Charly etwas bestürzt. »Ich ... äh. Tja, was soll man dazu sagen ...«

»Charly, die ganze Sache liegt so lange zurück, dass sie mich wirklich nicht mehr belastet –«

»*Wirklich?*«, meinte Elaine mit einem bittersüßen

Lächeln. »Ich denke, dass wir das Thema besser beenden sollten. Sonst wird heute nichts mehr aus deinem Experiment, Nikola!«

»Äh ... ja.« Ich beugte mich nach vorn und betätigte den Schalter für den Phonographen. »Ruhe bitte, die Tonschrift beginnt.«

Eine Minute lang herrschte Schweigen, was jedoch nicht heißt, dass wir in vollendeter Stille saßen – im Gegenteil! Das leise Surren des Phonographen wurde ständig von Windböen übertönt, diese wiederum von verschieden lauten Donnerschlägen, die nunmehr in Abständen von durchschnittlich vielleicht zwei Sekunden aufeinander folgten. Die Blitze reihten sich mittlerweile jedoch so schnell aneinander, dass man das Licht im Raum hätte löschen können, ohne für mehr als eine halbe Sekunde seine Orientierung zu verlieren.

Als die Nadel des Phonographen am linken Ende der Walze angelangt war, schaltete ich den Motor wieder ab, um die Walze gegen eine neue austauschen zu können.

»So – ihr dürft wieder reden!«, meinte ich.

»Danke, Nikola«, bemerkte Elaine. »Aber wieso hören wir diese Walze nicht erst ab, bevor wir die nächste aufnehmen? Huch –«, sie sah May mit gespieltem Entsetzen an, »– jetzt guckt er aber indigniert, was? Aber wenn wir die Geister nicht fragen, dann muss man sich nicht wundern, wenn man dumme Antworten bekommt oder auch gar keine, nicht wahr, lieber Herr May?«

Ich setzte mein geleertes Punschglas vehement auf der Werkbank ab. »Bitte! Bitte! Von mir aus stell jetzt gleich deine kreuzverdammte Frage!«

»Fein!«, triumphierte sie.

»Welche Frage wollen Sie denn stellen?«, fragte Charly.

»Ach ... vielleicht frage ich erstmal, welcher Geist bereit ist, mit uns zu sprechen, genau wie man es bei einer richtigen Séance ja tut«, antwortete sie unbestimmt.

»Still jetzt«, befahl ich, während ich mit einem Ruck erneut den Schalter betätigte. Der Phonograph lief an und ich gab Elaine nach einigen Sekunden ein Zeichen.

Sie hob ihr Kinn und sagte freundlich: »Ich grüße euch, Ihr Jenseitigen – hier spricht das Menschenkind Elaine. Wer immer dort ist, er melde sich doch bitte mit seinem Namen.«

Sie beanspruchte wertvolle neun Sekunden der Sprechzeit, um diese völlig verrückte Frage zu stellen. Danach schwiegen wir uns wieder an, bis das Ende der Walze erreicht war. Anschließend legte ich eine jungfräuliche Walze ein und beschriftete den Papieraufkleber der soeben beschriebenen, während die nächste Tonschrift bereits lief.

Diesmal wartete Elaine nicht auf mein Kommando, sondern fragte direkt: »Ist hier jemand, zu dem ihr sprechen wollt?«

So etwa ging es fast eine halbe Stunde weiter, wobei die beiden erwähnten Fragen recht gute Stellvertreter für das sind, was Elaine bei den anderen Walzen wissen wollte.

»Es wird allmählich etwas gefährlich, weiter den Rahmeninduktor im Garten zu benutzen!«, erklärte ich nach der vierzehnten Walze. »Ich werde deshalb jetzt die Spiralspule anschließen!«

Mit einer Hand griff ich nach dem Doppelstecker, der über ein daumendickes Kabel mit der Außenanlage verbunden war. Er war recht schwergängig und so ruckte ich eine ganze Weile daran herum, bis er sich endlich ein kleines Stück herausziehen ließ. Ich hatte ihn bereits halb aus der Buchse gelöst, als ein von einem brachialen Knirschen begleiteter, gleißender Blitzschlag verkündete, dass der Himmel sich in unmittelbarer Nähe des Hauses entladen hatte.

»Nikola!«, schrie Elaine auf.

Ich sah sie an und dann Charly. Beide starrten mit weit aufgerissenen Augen auf etwas, das sich über meinem Kopf befinden musste. Ihre Gesichter waren seltsam blau verfärbt und dann bemerkte ich, dass meine Hände dieselbe ungesund wirkende Farbe aufwiesen.

Vorsichtig blickte ich nach oben. Dort, vielleicht einen halben Meter über mir, schwebte eine gleißend blau leuchtende Kugel, die leise und doch gefährlich vor sich hin prasselte.

»Ein Kugelblitz!«, flüsterte Charly ergriffen. »Nik, so unglaublich es klingen mag, er ist irgendwie in deinem Kopf entstanden –«

»Ja«, bestätigte Elaine ebenso leise, während sich auf ihren Wangenknochen kleine Schweißperlen bildeten, »es schoss wirklich aus deinem Kopf heraus, ich habe es ebenfalls gesehen!«

Vorsichtig erhob ich mich und trat zur Seite weg, bis ich etwa einen Meter von dem über uns schwebenden Naturwunder Position bezogen hatte. Dann streckte ich langsam den Arm aus ...

»Niki!«, keuchte Elaine. »Bist du wahnsinnig ...«

Meine Hand verharrte zwei oder drei Zoll vor dem Kugelblitz, als dieser sich fast unmerklich in Bewegung zu setzen begann. Ich spürte, wie das unglaublich hohe Ladungspotenzial über die Luft auf mich überging, zuerst nur als sanft kribbelnder Strom, der jedoch rasch stärker wurde und schließlich meine Nervenbahnen so stark beeinflusste, dass ein geradezu rheumatischer Schmerz in meine Glieder fuhr. Doch klang dieser Schmerz rasch wieder ab, sodass ich es wagte, meine Hand dem Kugelblitz weiter zu nähern, bis ich ihn mit der Fingerspitze berührte. Nur ein leichtes Prickeln und eine taktile Wahrnehmung, die mir Kälte vermitteln wollte, kündeten davon, dass ich mich soeben auf ein Potenzial von vielen Millionen Volt aufgeladen hatte, indem ich dem Kugelblitz einen Teil der in ihm wohnenden, gewaltigen Energiemengen geraubt hatte.

»Nein!«, rief ich, als Elaine in einem Reflex nach meiner Hand greifen wollte. Sie zuckte zusammen. »Für mich besteht keine Gefahr, aber wenn du mich berührst, könntest du einen tödlichen Schlag abbekommen! Sieh hier –«, ich deutete auf meine Korksohlen, »– ich bin vom Boden isoliert, weshalb mir nichts geschehen kann. Habt ihr bemerkt, dass der Kugelblitz kleiner geworden ist, als ich meine Hand auf ihn zu bewegte?«

»Hä! Das ist, weil ein Teil seines Fluidums auf dich übergegangen ist, ja?«

»Richtig, Charly!« Ich hob meine flache Hand und klopfte damit ganz sanft gegen die gleißende Energiekugel, die sich daraufhin wie eine Seifenblase fortbewegte und majestätisch auf die am weitesten von uns entfernte Wand zu schwebte.

»Habt Acht! Gleich wird es einen gewaltigen Krach geben, wenn die Kugel sich an der Wand entlädt!«

Elaine zog ihren Kopf ein, während Charly sich mutig mit zusammengebissenen Zähnen herumdrehte, um den Vorgang genau verfolgen zu können.

Der Knall war doch etwas lauter und schärfer, als ich es vorhergesehen hatte. Charly und Elaine wirkten beide recht käsig, als sie aus der Ferne die weiß gekälkte Wand beäugten, auf deren Mitte sich nun ein großer schwarzer Fleck befand, der in der Mitte in allen möglichen Farben schillerte.

»Sieh her!«, bemerkte ich, nachdem ich auf meinen Korksohlen zu der beschädigten Wand stolziert war, um mir den Fleck genauer anzusehen. »Hier in der Mitte ist der Putz völlig verglast, und die in ihm enthaltenen Metalle wurden zum Teil gewiss transmutiert! Faszinierend, nicht wahr? Ihr seht, man muss keine Angst vor dem Blitz haben, wenn man versteht, wie er sich verhält! Der große Benjamin Franklin hat mit seinem Blitzableiter –«

»Großer Gott!« Charly schlug sich die Hand auf den Mund. »Wir haben Sirpinski ganz vergessen! Nicht, dass er bereits vom Blitz erschlagen worden ist!« Er sprang auf und lief zur Tür, um sie aufzureißen und hinauszustarren, bis sich seine Augen an den Wechsel von absoluter Dunkelheit und grellem Aufblitzen gewöhnt hatten.

»Grundgütiger«, murmelte er nach einer Weile. »Ich sehe ihn nicht mehr. Er wird doch nicht restlos verschmort sein?«

»Ach wo! Man hätt's hören müssen, wenn das Fett prasselt!«, widersprach Elaine.

»Eure Sorge ist wirklich rührend«, stellte ich nüchtern fest. »Aber bevor ihr hinauslauft, um euch von euren Vermutungen zu überzeugen, solltet ihr bedenken, dass das Wetter auch euch immer noch gefährlich werden kann!«

»Vielleicht.« Charly deutete auf das Sturmglas. »Aber wenn das Ding dort wirklich funktioniert, haben wir das Schlimmste bereits hinter uns!«

»Tatsächlich!« Erstaunt sah ich die Flasche an, die nun statt eines festen Klumpens wieder eine unergründliche Flüssigkeit enthielt, in der nur noch vereinzelte Kristalle wuchsen.

»Nun, dann werde ich mich so schnell wie möglich entladen, damit wir noch einige Aufzeichnungen mit der Spiralspule hier vornehmen können.«

Behutsam näherte ich meine Hand dem Erdungsanschluss, um die Elektrizität allmählich und möglichst gleichmäßig abzuleiten. Hätte ich den Anschluss direkt berührt, wäre der resultierende Stromstoß mit Sicherheit tödlich gewesen. Deshalb kam es nun darauf an, den Ausgleich der Potenziale langsam vorzunehmen – so wie ich kurz zuvor dem Kugelblitz seine Energie genommen hatte, um seine explosive Kraft auf ein ungefährliches Maß zu mindern, gab ich jetzt meine vernichtende Energie an die Erde weiter, die selbst die Ströme von vielen Milliarden Kugelblitzen aufnehmen kann, ohne zu detonieren.

Natürlich hat auch hier die Natur eine Grenze gesetzt, sodass es durchaus vorstellbar ist, die Erde mit ungeheuer großen Energiemengen wie einen Apfel zu spalten. Das mag unglaublich klingen, aber viele Jahre nach den Vorfällen, die dieser Bericht beschreibt, gelang es mir tatsächlich, den praktischen Beweis für diese ungeheuerliche Theorie zu erbringen. Dies sei nur am Rande berichtet, um einmal klarzulegen, welche Zerstörungskraft sich in der Elektrizität verbirgt.

Nachdem ich meinen Körper entladen hatte, verband ich die Spiralantenne mit meinem Apparat und fertigte noch ein halbes Dutzend weiterer Tonschriften an, bevor das Gewitter so weit abgeklungen war, dass ich darin keinen Sinn mehr sah.

»Nik, können wir uns jetzt anhören, was auf den Walzen ist?«, fragte Charly etwas ungeduldig, als er sah, dass ich die Versuchsreihe als beendet betrachtete.

»Oh ja!«, flüsterte Elaine gebannt.

Ich gab mich geschlagen. »Von mir aus. Fangen wir vorne an, bei der ersten, ja?«

Beide nickten und ich machte mich daran, die erste Walze für das Abspielen vorzubereiten, während Charly sich einen Bogen Papier zurechtlegte und einen Bleistift aus seinem Rock hervorzog.

Zunächst war nach dem einleitenden Knistern über dem Hintergund der Wettergeräusche Elaines Begrüßung an die Geister zu vernehmen, ein wenig kratzig und blechern vielleicht, aber doch in einer so lebensechten Qualität, dass sie ein wenig rot wurde.

»Da!«, rief Charly plötzlich. »Genau nach dem seltsamen *Tirilili!*«

Ich stellte die Tonschrift zurück. »Etwa hier?«

Charly hob den Kopf, lauschte und nickte. »Gleich kommt das Tirlilili«, flüsterte er rasch. »Und direkt danach –«

Er hob seine Hand und deutete bei einem anhaltenden Triller mit dem Zeigefinger an, was er meinte.

»Habt ihr das gehört?«, fragte er angespannt, während er auf dem Blatt herumkritzelte.

»Ja, glaube ich«, antwortete Elaine. »Es war eine Knabenstimme, ziemlich deutlich sogar.« Sie zog ihre Unterlippe ein. »Deutlich, ja.«

»Was haben's denn genau gehört, Fräulein Elaine?«

»Weiß nicht.« Ihr Blick flackerte zwischen mir und Charly hin und her, bevor sie mich etwas gequält ansah. »Nikola, ich weiß wirklich nicht –« sie räusperte sich, »– glaube mir bitte, das ist kein blöder Witz!«

»Was, verdammt?«

»*Dani der Kroate.* Das habe ich gehört.« Sie sah mich etwas hilflos an. »Ehrenwort.«

Ich starrte sie entsetzt an.

»Erstaunlich!«, murmelte Charly, bevor ich etwas erwidern konnte. Er hielt ihr den Zettel hin, den er vorhin beschrieben hatte.

»*Daniel Reiter*«, las sie mit heiserer Stimme vor.

»Hattet ihr vorhin nicht was über einen Daniel oder Dani erzählt?«, erinnerte sich Charly.

»*Dane*«, korrigierte ich fassungslos. »Aber das ...« Es verschlug mir die Stimme.

Elaine besaß ausnahmsweise den Anstand, die Klappe zu halten. Charly sah uns beide an und meinte: »Schon seltsam, dass dieser Name jetzt hier aus dem Nichts auftaucht. *Dane der Kroate*, da läuft es mir doch eiskalt den Rücken herunter, muss schon sagen. Kann ich es nochmal hören, Nik?«

Ich kam seinem Wunsch nach.

»Verrückt!« Er schüttelte den Kopf. »Ich kann es beim besten Willen nicht für das halten, was Fräulein Elaine gehört hat – *Daniel Reiter*, so hört es sich eher für mich an.«

»Mach' dir nichts draus, Charly«, meinte ich. »Deine Lösung ist in gewisser Weise noch verblüffender als die von Elaine!«

»Was?« Charly starrte mich verwundert an. »Ich verstehe nicht –«

»Dann erkläre ich es dir. Tatsächlich kann ich das, was

du hörst, nicht wirklich nachvollziehen – meine Interpretation stimmt völlig mit der von Elaine überein. Aber –«

»Aber?«

»Aber deine Variante enthält eine Information, die mich vor ein vollendetes Rätsel stellt! Erst seit kurzer Zeit weiß ich, dass mein Bruder durch einen Reitunfall zu Tode kam.«

»Reitunfall? Aber wieso weißt du es erst ...« Seine Stimme erstarb.

»Meine Eltern und Geschwister wollten es mir nie erzählen, selbst als ich erwachsen wurde. Dane war in gewisser Weise mein Vorbild, bereits im Knabenalter ein wirkliches, wahrhaftiges Genie, von dem die Zeitungen im ganzen Land berichteten. Mit neun Jahren übersprang er direkt zwei Schulklassen, mit zehn erhielt er ein Stipendium für das beste Gymnasium des Landes, mit elf wurde er Provinzmeister im Schach und noch einiges andere. Ein reicher Gönner aus militärischen Kreisen hatte ihm eine wertvolle Araberstute zum Geschenk gemacht, wohl mit dem Hintergedanken, den Jungen auf diese Weise für die Kavallerie zu begeistern.«

»Eine Araberstute?«, meinte Charly mit hochgezogenen Brauen. »Wahrhaftig ein fürstliches Geschenk!«

»Oh ja. Wir haben das Tier geliebt, hoch intelligent und einfühlsam wie ein guter Mensch. Natürlich konnte er Barda – das war ihr Name – nicht in die Stadt mitnehmen, aber bei uns hatte sie es ja gut. Wir hatten sie auf einer Pachtweide untergestellt, die etwa eindreiviertel Stunde Fußweg von unserem Haus entfernt lag. Es war an dem Tag, als wir Dane für die Ferienzeit erwarteten, als ich zur Weide lief, um nach Barda zu sehen. Etwa auf der Hälfte der Strecke bemerkte ich, dass sie mir überraschend entgegengaloppiert kam! Ich sah es aus der Ferne, als ich gerade durch ein Stück hochbewachsenes Brachland lief, um den Weg abzukürzen. Sofort stürzte ich los, um sie aufzuhalten. Ich erreichte auch den Weg, als sie nur noch wenige Dutzend

Schritte entfernt war, eine gewaltige Staubwolke mit sich reißend. Völlig außer Atem betrat ich den Weg und riss den riesigen Wanderstab hoch, den unser Vater mir mitgegeben hatte. Das Pferd scheute vor meiner Erscheinung und stieg hoch, womit das kluge Tier mir bewies, dass es mich erkannte und um keinen Preis verletzen wollte! Erst in diesem Moment erkannte ich, dass jemand auf dem Rücken des Pferdes saß, ohne Sattel, ganz nach Art eines Indianers –«

»Gott bewahre«, hauchte Charly.

Ich nickte müde. »Es war Dane, der die erste Postkutsche morgens früh genommen hatte, um uns zu überraschen. Als das Pferd stieg, verlor er den Halt und stürzte – eigentlich halb so schlimm, da es nicht im vollen Galopp geschah, sondern als das Pferd bereits vor mir auf den Hinterhufen stand. Aber beim Fall schlug er mit dem Kopf gegen einen Zaunpfosten ...«

»Nikola!«, sagte Elaine mitfühlend.

Ich füllte mein Glas wieder auf, bevor ich meinen Bericht beendete.

»Er lebte noch einige Tage, kam aber nicht wieder richtig zu Bewusstsein und redete zweifellos irre – unter anderem beschuldigte er mich, ihn getötet zu haben, indem ich ihn eine Kellertreppe hinunterstieß – ich kann mir beim besten Willen nicht vorstellen, wie er zu dieser deliriösen Annahme kam! Meine Eltern, obwohl sie doch so schwer vom Schicksal getroffen waren, brachten ihren letzten Rest an Liebe auf, um mich zu trösten und mir einzubläuen, dass es nicht wahr sei, was mein Bruder da redete. Das Pferd habe ich nie mehr gesehen – ich kann nur hoffen, dass man es nicht zur Rechenschaft gezogen hat, denn es konnte ja am wenigsten dafür!«

»Fürwahr! Nik, das war sicherlich ein ganz schreckliches Unglück, für das man aber letztendlich niemanden verantwortlich machen kann!«

»Es gab bei uns auch niemanden, der das anders gesehen

hätte, Charly! Aber meine Eltern achteten peinlich darauf, alles aus dem Haus zu entfernen, das in irgendeiner Beziehung zu Dane stand. Weniger als ein Jahr nachdem wir Dane zu Grabe getragen hatten, zogen wir aus dem Dorf weg in eine Kleinstadt – ich weiß bis heute nicht, ob es deswegen war oder nur die Auswirkung eines Planes, den meine Eltern bereits in Bewegung gesetzt hatten, als noch niemand davon ahnte, welcher Schrecken uns bevorstand. Zwei Jahre später hatte ich, so erstaunlich es klingen mag, völlig vergessen, dass es Dane jemals gegeben hatte! Während meiner Gymnasialzeit und später beim Studium bestanden meine Kindheitserlebnisse aus Erinnerungen an die Eltern, die drei Schwestern, ja sogar Barda ... aber Dane war wie mit einer feinen Schere aus meinem Gedächtnis herausgeschnitten. Bis vor ... bis mir vor kurzem einfiel, was damals vorgefallen ist!«

»Erstaunlich! Die Erinnerung kehrte auf einen Schlag zurück, so mir nichts, dir nichts?«

»Mhm.«

»Ach du lieber Gott!«, rief Elaine.

Charly und ich sahen uns an. *Was ist jetzt schon wieder?*

»Ich habe ganz vergessen, dass mein Gepäck noch am Bahnhof steht! Oh!« Sie machte eine Faust. »Ich und meine verflixte Vergesslichkeit!«

Gepäck, so so, dachte ich. *Offensichtlich beabsichtigt sie, noch länger hier zu verweilen.* Ich fragte mich wirklich, womit ich das verdient hatte.

»Es wird wohl zu spät sein, die haben längst Feierabend«, sagte Charly mit einem Seitenblick auf die Uhr.

»Wo hast du dich denn eingemietet?«, fragte ich vorsichtig.

»Eingemietet? Noch gar nicht. Wusste ja gar nicht, ob ich über Nacht bleiben würde.«

»Vielleicht geht ja noch ein Zug zurück?«

»Nik, doch nicht um diese Uhrzeit!«

»Hätte ja sein können. Kenne das Kursbuch nicht auswendig.« Ich seufzte. »Nun denn, da oben sind noch zwei freie Gästezimmer, du hast also freie Wahl.«

»Danke, das ist sehr liebenswürdig von dir, Niki!«, sagte sie sehr schlicht und ohne dabei sonderlich kokett zu sein.

Ich räusperte mich. »Sagt mal, ihr hättet nicht zufälligt Lust auf einen Spaziergang? Ich finde die Atmosphäre nach einem Gewitter immer ungemein anregend. Möchte es nicht versäumen, also, was ist?«

»Weiß nicht«, antwortete Charly unentschlossen.

»Ehrlich gesagt, ich brenne darauf zu erfahren, was auf den anderen Walzen zu hören ist!«, gab Elaine zu.

»Ja«, stimmte Charly zu, »eigentlich bin ich auch recht gespannt, was wir darauf noch alles finden werden.«

»Oh weh – danach ist mir momentan wirklich nicht. Aber wisst ihr was? Ich zeige euch, wie ihr mit den Walzen umzugehen habt! Einverstanden?«

Die beiden willigten ein und ich machte mich daran, sie in die Bedienung des Phonographen einzuweisen. Als ich zu der Überzeugung gelangt war, dass sie damit zurechtkommen würden, holte ich mir aus der Diele ein für's Spazierengehen geeigneteres Paar Stiefel und sagte zu den beiden cheerio, um ohne Schirm und Überzieher in die Nacht hinauszulaufen.

Die Luft roch immer noch elektrisch, und außer mir selbst nahmen diesen feinen Duft der Gefahr wohl auch die Nachtkreaturen wahr, die durch ihr Schweigen verkündeten, dass sie der Ruhe nach dem Sturm nicht völlig vertrauten. Womit sie sich zweifellos klüger verhielten als mein alter Kapitän, der mit einer Spiegellaterne bewaffnet auf dem regennassen Dach seines Hauses herumkletterte, um zu kontrollieren, ob der Blitz etwas im unmittelbaren Umfeld beschädigt hatte.

Als er mich bemerkte, gebot er mir mit einer Geste stehen

zu bleiben, während er zu der langen Holzleiter kroch, über die er auf das Dach gestiegen war.

»Ho, das war vielleicht ein Feger!«, rief er mir in einer Stimme entgegen, die für diese späte Stunde nun wirklich ungebührlich laut war.

»Allerdings, Kapitän!«, erwiderte ich leise, während ich auf ihn zuging, bis wir uns auf Höhe der Spargelbeete trafen. »Aber macht es Ihrer guten Frau eigentlich nichts aus, wenn Sie nachts über ihrem Kopf herumtrampeln?«

»Ach wo! Die schläft seit halber zehne wie ein Stein! Ich hätte meine liebe Not gehabt, sie aus dem Haus zu schaffen, wenn der Blitz eingeschlagen wäre, hihihihi! Sie müssen Ihre Stimme also gar nicht senken, Herr Tesla! Aber was treibt Sie denn zu so später Stunde auf die Straße?«

»Flanierlust, Kapitän! Nach so einem Unwetter ist die Luft besonders belebend, das will ich leidlich ausnutzen!«

»Och! Den Herrn May scheint es aber nicht so zu jucken, was?«

»Äh, wie meinen?«, fragte ich vorsichtig. Manchmal waren mir die idiomatischen Wendungen des wackeren Seebären doch etwas zu rätselhaft.

»Ob der Herr May keine Lust auf's Flanieren verspürt, meinte ich?«

»Nein, ihm ist wohl nicht danach. Außerdem ...« Ich überlegte, wie ich das Problem formulieren konnte, um das Ausmaß des Skandals in erträglichen Grenzen zu halten.

»Ja?«

»Außerdem ist noch ein Gast eingetroffen, ganz überraschend!«

»Och! Dann haben mich meine Augen vorhin doch nicht getäuscht! Ich meinte nämlich weniger einen Gast als sogar eine Gästin zu bemerken, als ich zufällig mit meinem Fernrohr ... äh, als ich damit die Spargelbeete inspizierte.«

Jetzt hatte ich ihn, dessen war ich gewiss. »Spargelbeet? Mit dem Fernrohr?«, bohrte ich.

»Ja – heuer ist der Spargel doch so klein, dass man ihn nur begutachten kann, wenn man ein verdammich ... äh ... starkes Leseglas hat. Also, äh, drehe ich immer das Fernrohr herum, das ergibt ja eine Art ... äh ... Mikroskop, das sich ganz wunderbar zu diesem Zweck eignet«, erwiderte er gelehrt. »Darf ich fragen, wer die junge Dame ist – eine Cousine oder gar eine Schwester von Ihnen?«

Ich musste seine freche Schlagfertigkeit wirklich bewundern und beschloss, mich dafür prompt zu revanchieren.

»Weit gefehlt, lieber Kapitän! Eine Ehefrau ist's!«

»Och! Ehefrau? Jetzt bin ich aber überrascht – wusste gar nicht, dass Sie heimlich vermählt sind?«

»Bin ich auch nicht!«

»Verdammich! Wessen Ehefrau dann? Doch nicht etwa –«

»Genau, mein lieber Kapitän! Es handelt sich um die liebe Frau May, die uns mit ihrem Besuch überraschte! Die Familienangelegenheit, wegen der sie aufgehalten wurde, hat sich erfreulicherweise zügig erledigt, und da ist sie ihrem geliebten Gemahl direkt hinterhergeeilt! Schön, nicht wahr?«

»Äh ... ja.« Er kramte nach Pfeife und Tabak. »Etwas überraschend allerdings. Was ist denn mit ihrem Gepäck?«

»Ist noch am Bahnhof.«

Er nickte. »Sollten wir morgen früh abholen.«

»Insofern sie länger bleibt, ja.«

»Och! Sie wird doch nicht sofort wieder abreisen?«

»Weiß man das, *mon cher Capitaine?* Die Frau und ihr ewiglich flatterhaftes Wesen, Sie wissen doch!«, erklärte ich betont ominös. »Egal, ich werde jetzt meine Runde machen, wenn Sie nichts dagegen haben!«

»Und ich komme ein paar Meter mit, wenn *Sie* nichts dagegen haben, Herr Tesla. Habe nämlich soeben was vom Dach aus entdeckt, direkt bevor Sie aufzutauchen beliebten. Muss da vorne liegen, wollte es mir mal näher ansehen!« Er hob die Hand und deutete auf eine Stelle, die irgendwo zwischen seinem Haus und dem lag, das ich gemietet hatte.

»Verstehe nicht – was haben Sie da entdeckt?«, fragte ich, während wir losgingen.

»Keine Ahnung – im Schein meiner alten Spiegellaterne sah es ein bisschen aus wie die Plane eines Jahrmarktstandes. Kariert! Manchmal schleppt der Wind hier die merkwürdigsten Dinge an. Bin gespannt, was er uns diesmal mitgebracht hat.«

Ich sagte nichts, da ich bereits eine dumpfe Ahnung hatte.

»Verdammich!«, rief der Kapitän doch etwas entsetzt, als wir einige Minuten später direkt vor dem vermeintlichen Treibgut des Sturmes standen. »Das ist ja der ungefähren Form nach ein Mensch!«

»Der Form nach, ja!«, murmelte ich.

Es war natürlich Sirpinski, der rücklings ausgestreckt auf dem Boden lag. Sein Leib hob und senkte sich alle Weile, sodass ich keinen Anlass sah, übertriebene Besorgnis an den Tag zu legen. Direkt neben ihm bemerkte ich Karl Mays phantastischen Blitzableiter.

»Ziemlich dicker Kerl, kaum zu glauben, dass der Wind ihn mitgeschleppt hat!«

»Hat er nicht! Der ist sozusagen auf seinem eigenen warmen Lüftchen hergereist«, murmelte ich. »Sie kennen ihn doch – das ist der komische Sirpinski!«

Ihm fiel vor Aufregung beinahe die Pfeife aus dem Mund. »Na klar, jetzt wo Sie es sagen! Ich war so verblüfft, dass ich es erst gar nicht bemerkt habe!«

»Ein ziemliches Kunststück, bei seiner unverkennbaren Gewandung!«, bemerkte ich trocken.

»Läuft der etwa immer so rum? Hatte damals wohl einiges intus, deshalb ist meine Erinnerung an unsere Begegnung nicht die beste!«

»Habe ihn selbst nur zweimal gesehen, aber da war er genau so gewandet, also wird es vermutlich chronisch sein.«

»Hähä!«, machte er ohne echten Humor. »Was ist denn mit ihm? Sieht nicht allzu tot aus! Ob ihn der Blitz erwischt hat?«

»Das möchte ich bezweifeln. Der ist einfach vor Schreck in Ohnmacht gefallen. Sonst wären irgendwo Brandspuren vom Wiederaustritt des Stromes zu sehen, mit größter Wahrscheinlichkeit an den Stiefeln. Die Schuhe wären nicht mehr an seinen Füßen, möglicherweise auch die Füße verschmort oder sogar die Beine verkohlt –«

»Nun hören Sie aber auf mit dem grausigen Zeugs! Der gescheckte Kerl hier lebt noch, das haben Sie ja selbst gesagt. Und nach dem ersten Augenschein sind wohl noch alle Extremitäten vorhanden, mit denen man so als durchschnittlicher Mensch auf die Welt kommt!«

In diesem Moment regte sich das Subjekt seiner Besorgnis und schlug nach einigem »Oh!« und »Au weh!« die Augen auf.

»Herr Professor!«, stöhnte er, als er mich erkannte. »Was ist ... geschehen?«

»Keine Ahnung«, entgegnete ich wahrheitsgemäß. »Können Sie aufstehen?«

Er richtete sich vorsichtig auf und schaffte es mit Unterstützung des Kapitäns, auf die Beine zu kommen.

»Wo geht es denn zum Bahnhof? Ich will auf mein Zimmer!«, quengelte er.

»Immer die Straße dort entlang, in jene Richtung«, bedeutete ihm der Kapitän. »Schaffen Sie's denn?«

Sirpinski nickte dankbar. »Vielen Dank und gute Nacht dann«, murmelte er, bevor er sich auf den Weg machte.

Der Kapitän hob seine Spiegellaterne hoch, um ihm den Weg bis zur Straße zu beleuchten.

»Welch eine Nacht!«, sagte ich leise, als Sirpinski am Ende des Lichtkegels in der Dunkelheit verschwand. »Kapitän, ich werde mich jetzt zur Ruhe begeben – die Lust auf einen Spaziergang ist mir irgendwie vergangen. Gute Nacht dann!«

»Gute Nacht!«

Während er kehrtmachte und zum Haus zurücklief, setzte auch ich mich in Bewegung. Der Nachthimmel war zugezogen, sodass völlige Finsternis herrschte. Etwa nach der Hälfte des Weges konnte ich mich jedoch an dem Lichtschein orientieren, der an der Schmalseite der Werkstatt durch den Fensterladen fiel.

Als ich die Tür öffnete, fand ich Charly allein vor.

»Hallo Nik!«, begrüßte er mich. »Habe gerade frischen Kaffee aufgebrüht. Elaine ist schon zu Bett.«

Nicht Fräulein Elaine, sondern schlicht Elaine, wohlgemerkt. Gut, dachte ich mir, dann brauche ich mir ja vor dem Kapitän keine abenteuerliche Begründung einfallen lassen, warum das Ehepaar May per Sie ist!

»Danke, einen Kaffee könnte ich jetzt gut vertragen, Charly.«

Er stand auf und lief in die Küche, während ich zu meinem Apparat ging und nachdenklich die Walzen betrachtete. Als Charly aus der Küche zurückkehrte, hatte ich bereits eine der vorhin bespielten Walzen in den Apparat eingelegt.

»Danke«, sagte ich und nahm einen Schluck Kaffee, »ich wollte noch mal kurz in die Walzen reinhören, zumindest in diese oder jene.«

»Warum nicht! Mir ist heute eh' nicht nach Arbeit zumute.«

»Gut, dann wollen wir mal. Das hier ist die zweite Walze, die erste kennen wir ja schon.«

Ich betätigte den Schalter.

»Da! Ein kurzes Stück nach dem lauten Knacksen!«, sagte Charly nach einer Weile.

»Was?«

»Konnte es nicht raushören, aber ich meine, dass es eine Männerstimme war!«

»Dann werden wir es nochmal abspielen ... ab hier?«

Er lauschte kurz und nickte dann. »Das war's – etwas wie *Laffels Sanscheräng* oder so. Klingt fast wie Französisch, meine ich. Spielst du es noch mal?«

Ich tat ihm den Gefallen.

»*La fille Saintgermain*, das ist es, glaube ich! Noch mal, bitte!«

Ich stellte die Nadel noch einmal zurück.

»*La fille Saintgermain*«, sagte Charly auch diesmal, »daran besteht kein Zweifel. *Die Tochter des Saint Germain*, wenn man es nicht allzu genau nimmt, da die Präposition fehlt. Ist ja lustig, ich habe vor ein paar Jahren eine Geschichte über den Grafen von Saint Germain geschrieben, ein Alchimist und Scharlatan aus dem letzten Jahrhundert. Seltsam.«

»Ausnahmsweise höre ich das Gleiche wie du«, bemerkte ich. »Aber was du vielleicht nicht weißt – nun, wir zwei beide kennen nämlich eine Person, die tatsächlich *Saint Germain* heißt!«

»Wirklich? Ich meine, nicht, dass ich wüsste – oder meinst du ...« Er riss die Brauen hoch. »*Sie* – heißt – wirklich – Saint Germain?«

»Eleonore de Saint Germain, ja.«

»Nicht wahr! Äh, irgendwelche Verwandtschaftsbeziehungen zu besagtem Grafen?«

»Wüsst ich's! Wenn man ihre Neigungen zum Spiritismus zugrunde legt, könnte man zumindest eine geistige Verwandtschaft annehmen!«

»Ich brauche mehr Kaffee!«, krächzte Charly und wankte in die Küche.

Als er mit der Kanne zurückkehrte, hatte ich bereits die nächste Walze eingelegt, auf der wir ebenfalls eine der mysteriösen Stimmen fanden. Eineinhalb Stunden später waren sämtliche Walzen durchgehört, mit dem Ergebnis, dass sich unsere Experimente als gigantischer Erfolg erwiesen, soweit es jedenfalls die Vielzahl und Verständlichkeit der Stimmen betraf. Ganz anders verhielt es sich mit den Aussagen der

»Geister«, die durchweg albern und bezuglos auf uns wirkten oder andererseits so profan, dass sich die Mitteilungen einer Zugehfrau dagegen ausnehmen wie die Weissagungen des Orakels von Delphi.

Seltsam war auch, dass Charly und ich immer mehr bei der Deutung der Stimmen zum selben Resultat gelangten, selbst wenn wir sie strengstens schriftlich festhielten, um unbedachte Beeinflussungen des anderen auszuschließen.

Der Zenit der Albernheit war erreicht, als wir beide unabhängig voneinander den schönen Satz *Bei Tönnes gibt es Montag Wurstsalat* vernahmen.

»Das ist wirklich der Gipfel!«, rief ich. »Je länger wir uns damit befassen, desto sinnloser werden die Inhalte!«

»Da streikt die wissenschaftliche Methodik«, entgegnete Charly weise. »Ich nehme einmal an, dass du genau wie ich keinen Pfifferling mehr auf die Geistertheorie setzen würdest?«

»Wie meinst du das?«

»Diese Stimmen können doch unmöglich von ... äh, aus dem Jenseits kommen, aus dem Paradies, der Hölle – wie auch immer?«

»Hä! Mein Reden. Wenn du meine ehrliche Meinung hören willst, ich halte das Ganze mittlerweile für eine Art Verstandestrübung – könnte es einfach daran liegen, dass wir beide ein wenig überarbeitet sind?«

»Nicht auszuschließen. Aber was ist mit Elaine, sie hört die Stimmen ja auch? Und der Kapitän, nicht zu vergessen – der neigt von seinem Naturell nun doch wirklich nicht zum Spintisieren.«

»Das ist allerdings wahr.«

Wir sprachen noch eine Weile darüber, ohne dass wir dem Rätsel wirklich näher kamen. »Gnade!« rief ich schließlich. »Charly, ich habe davon erst mal die Nase voll! Wir sollten am Montag nach Köln fahren.«

»Warum nicht! Die Sache mit der Familie Tönnes lässt dir wohl keine Ruhe, was?«

»Quark! Ich möchte nur herausfinden, wer Elaines geheimnisvoller Auftraggeber ist.«

»Was soll uns das einbringen? Es wird sich um einen Spinner handeln, der mit seinem toten Erbonkel ins Gespräch zu kommen hofft. Dadurch wird die Sache mit den Stimmen um keinen Deut weniger nebulös.«

»Mag sein. Aber vielleicht tut uns ein wenig Abwechslung gut, und davon abgesehen soll der Dom absolut sehenswert sein.«

»Das sagt man, ja«, meinte er nachdenklich. »Wäre natürlich jammerschade, wenn ich ihn verpasse, wo er doch so nah liegt und die Grundsteinlegung exakt mit dem Jahr meiner Geburt übereinkommt.«

»Für knapp 600 Jährchen siehst du aber noch taufrisch aus, mein Alterchen –«

»Haha, sehr lustig, wirklich! Ich meine natürlich die zweite Grundsteinlegung, die für die Fertigstellung. Einerlei, es kostet sicher eine Stange Geld – die Fahrt bringe ich noch auf, aber eine Übernachtung steht außerhalb meiner Mittel –«

»Kein Problem – ich bin überzeugt, dass wir die Spesen auf Heller und Pfennig zurückbekommen, mehr als das, verlass dich drauf.«

»Wie?«

»Er wird ihr doch nicht so viel Geld gegeben haben, nur um zu erfahren, ob an den angeblichen Fähigkeiten meines Apparates etwas dran ist! Vielmehr verfolgt er eine versteckte Absicht – ich denke, dass er darauf brennt, sich meinen Apparat zunutze zu machen.«

»Davon ist auszugehen.«

»Siehst du, und wenn er schon bereit ist, Elaine im Vorfeld soviel Geld zu geben, na?« Er sah mich amüsiert an. »Ich finde es schon etwas seltsam, dass du jetzt auf diese Weise geldwerten Vorteil aus deiner Arbeit schlagen willst.«

»Mhm. Habe beträchtliches Geld und Zeit investiert, also ist es nur natürlich, dass ich diese Option in Betracht ziehe.«

Klare Verhältnisse

Am Sonntagmorgen betrat ich um kurz nach zehn die Küche, wo Elaine bereits mit Wasserkessel und Kaffeekanne herumhantierte. Trotz ihrer in anderen Dingen höchst suspekten Lebensordnung konnte sie sich für vorübergehende Zeitabschnitte recht häuslich geben, wenn ihr gerade danach war. So hatte sie den Küchentisch bereits ordentlich mit dem guten Delfter Porzellan gedeckt und das frische Brot angeschnitten und genau wie den Aufschnitt dekorativ und appetitlich auf großen Tellern ausgelegt. Ich bemerkte, dass auf der Anrichte im Eierkörbchen sechs statt vier bunt gesprenkelte Eier lagen, was wohl bedeutete, dass der Kapitän den gastlichen Betrieb schon komplett auf die durch das Eintreffen von »Frau May« veränderten Verhältnisse umgestellt hatte.

Kurz darauf betrat Charly fröhlich grüßend die Küche und begab sich direkt an den Herd, um zu fragen, in welchem Zustand wir unsere Eier zu konsumieren gedachten. Elaine verlangte natürlich Ei im Glas, was Charlys Kochkünste überforderte, sodass er das Feld räumte und ihr die Zubereitung überließ.

»Ach so«, meinte ich in beiläufigem Tonfall, bevor ich mein hart gekochtes Ei köpfte, um das Eigelb mit Anchovispaste und roter Pfeffersauce zu würzen, »bei meinem nächtlichen Spaziergang traf ich noch den Kapitän.«

»Ach ja«, entgegnete Charly, der gerade sein weich gekochtes Ei mit Salz bestreute, »was sagt er denn so?«

»Er fragte mich, wer denn die junge Dame sei, mit der wir unser Domizil teilen!«

»Oh je!«, machte Elaine, während sie die in ihrem Eierglas befindliche Komposition aus Mangochutney, Tamarindenextrakt, Magerquark und Ketchup von grünen Tomaten mit roter Würzsauce krönte. »Und was hast du ihm darauf erzählt?«

»Zum Glück fiel mir spontan eine wirklich plausible Geschichte ein, die er nicht so leicht durchschauen wird.«

»Mach's nicht so spannend, Niki!«

»Ich habe ihm einfach erzählt, dass du die allseits erwartete Frau May bist und –«

»Was?«, japste Charly, wobei er einen Bissen in die falsche Röhre bekam und einen so schlimmen Hustenanfall erlitt, dass er erst nach einer halben Minute freundschaftlichen Rückenklopfens meinerseits wieder in der Lage war, Konversation zu machen.

»Du – du hast ihm wirklich erzählt, Elaine sei *meine* Frau?«

»Mir ist auf die Schnelle nichts anderes eingefallen«, sagte ich zu meiner Verteidigung.

»Wieso hast du nicht einfach gesagt, sie sei *deine* Frau?«

»Weil ich ihm bereits erzählt hatte, dass ich ein eingefleischter Junggeselle bin.«

»Warum nicht eine Schwester oder Cousine?«, rief er.

»Damit kommst du bei einem im Fremdenverkehr erfahrenen Gastgeber wohl kaum durch, Charly – für den Kapitän sind diese an sich harmlosen Verwandtschaftsbezeichnungen lediglich Euphemismen für das, was man gemeinhin so als Mätresse bezeichnet«, erklärte ich weltmännisch.

»Aber hättest du sie nicht irgendwie anders ...«

»Als was denn? Für meine Mutter geht sie garantiert nicht durch, dazu ist der Altersunterschied doch zu gering!«

Elaine bedachte mich mit einem ziemlich giftigen Blick.

»Ihr seht, mir blieb gar nichts anderes übrig«, behauptete

ich achselzuckend. »Wenn euch eine bessere Lösung einfällt, dann würde ich sie gerne hören, da man niemals weiß, ob man nicht noch einmal im Leben vor einer derartigen Situation steht.«

»Das sehe ich ja ein«, erwiderte Charly. »Aber stell' dir mal vor, meine Frau – ich meine natürlich meine *Emma* und nicht Elaine – überlegt es sich anders und kommt doch noch nach, dann haben wir den Salat!«

»Wir könnten dich ja als Mormonen deklarieren, Charly«, schlug Elaine vor, bevor sie völlig ungeniert ihren Eierlöffel ableckte. »Überhaupt bin ich der Meinung –«

Der Rest ihrer Antwort ging im Klingeln der elektrischen Türglocke unter.

»Wer kann das sein?«, fragte Charly mürrisch.

»Garantiert Frau May *Numero uno*«, erwiderte Elaine mit gespielter Düsternis. »Wir werden uns duellieren, ein fürchterliches Blutbad steht an.«

»Hoffentlich nicht!« Charly vergrub sein Antlitz in den Händen.

Ich verkniff mir mein Lachen und ging zur Tür. Als ich die Haustür öffnete, stand dort der Kapitän im besten Sonntagsrock, im Mund seine teure Bruyèrepfeife, die, wie er mir erst neulich anvertraut hatte, leider nicht richtig zog.

»Mojn, Herr Tesla! Wünsche wohl geruht zu haben!«, sagte er ungewohnt leise. »Hoffentlich habe ich Sie nicht geweckt?«

»Mojn, Kapitän. Zu ihrer Frage: Nein, ich bin schon eine Weile auf den Beinen. Hoffe, dass Sie ebenfalls eine erholsame Nacht hinter sich haben?«

»Danke, kann nicht klagen!« Er druckste herum, bis er die richtigen Worte fand. »Im Dorf ist die Hölle los!«, sagte er schließlich.

»Das Gewitter?«

»Unter anderem – die Feuerwehr war die ganze Nacht unterwegs, zwei Scheunen sind restlos abgebrannt, und eins von den Bahnhäuschen hat feste was abbekommen, da muss wohl ein neuer Dachstuhl drauf, wie's aussieht.«

»Menschenleben sind aber hoffentlich nicht zu beklagen?«, fragte ich wirklich besorgt.

»Och! Je nachdem, wie man's dreht.« Er zog mit aller Kraft an seiner Piepe, die aber nichts mehr hergab.

»Pardon?«

»Beim Brand ist Gott sei's gedankt nur Material zu Schaden gekommen«, erläuterte er, »aber nach Mehr raus wurde jemand vom Blitz erschlagen!«

»Liebe Güte!«, sagte ich mitfühlend.

»Ja – nach dem, was ich so gehört habe, war es wohl eine Landstreicherin –«

»Wie tragisch!«

»Da sagen Sie was. Hat sich wohl hinter dem ollen Denkmal im Gebüsch vor dem Unwetter verkrochen. Man sollte kaum glauben, dass der Blitz ausgerechnet da reinhämmert, nich'?«

Ich wollte meinen Ohren nicht trauen. »Verzeihung, was sagten Sie – ich war für einen Moment woanders?«

»Dass der Blitz ausgerechnet da einschlägt, sagte ich!«, wiederholte er geduldig. »Mittlerweile dürfte die Gendarmerie eingetroffen sein, werde mal ins Dorf marschieren, vielleicht gibt's was Neues.«

»Ja«, murmelte ich, »und halten Sie mich ruhig auf dem Laufenden!«

»Mach ich.« Er klopfte vehement die Pfeife am Türpfosten aus. »Sie kommen ja dann um halb eins zum Essen rüber?«

»Ja, wie verabredet.«

»Natürlich inklusive Frau May, ja?«

»Gewiss doch!«

Als ich wieder in die Küche zurückkehrte, pulte Charly gerade an seinem zweiten Ei herum, während Elaine mir erwartungsvoll entgegensah.

»Es war nur der Kapitän«, erklärte ich und rückte meinen Stuhl zurecht, um mich darauf niederzulassen. »Hat mir unbedingt erzählen wollen, welchen Schaden das gestrige Unwetter angerichtet hat!«

»Hä! Und?«

»Die Feuerwehr hatte alle Hände voll zu tun. Sachschäden nur, glücklicherweise. Bis auf ...« Ich klopfte mit dem Nagel meines Zeigefingers auf den Tisch, um Charlys Aufmerksamkeit zu erhöhen.

»Was denn?« Er hob den Kopf.

»Bis auf eine Frau, die draußen beim *Obelisken* vom Blitz erschlagen wurde. Vermutlich eine Landstreicherin, die in den Büschen hinter dem Obelisken Schutz vor dem Unwetter gesucht hat.«

»Wirklich interessant, was du da sagst«, erwiderte Charly gedehnt. »Hinter dem *Obelisken,* ja? Im Gebüsch, sagtest du, habe ich das richtig gehört?«

»Ja, genau dort!«

»Wirklich hochinteressant!«

»Ich weiß nicht, was daran so interessant sein soll«, maulte Elaine. »Eine tote Landstreicherin, na und? Das passiert doch alle Tage.«

»Vermutlich«, kommentierte Charly lahm. »Im Winter sterben sie wie die Ratten. Aber zur schönen Jahreszeit kommt's doch nicht so häufig vor ...«

»Der Kapitän ist schon wieder losgedampft, um das Neueste über den tragischen Vorfall in Erfahrung zu bringen«, fuhr ich fort. »Er wird uns nach dem Mittagstisch bestimmt Bericht erstatten, wir müssen also nicht ins Dorf, um uns bei den Gaffern anzustellen!«

»Das wäre wirklich das Allerletzte, wonach mir der Sinn steht!«, murmelte Elaine, während sie Kaffee- und Untertasse auf ihren Teller stapelte.

Offenbar handelte es sich bei ihrem Anfall von Häuslichkeit um eine langwierigere Erkrankung, da sie nun aufstand, um den Tisch abzuräumen.

»Überlass das ruhig dem Mädchen«, meinte ich zu ihr. »Die kommt immer am Sonntag kurz nach Mittag vorbei, wenn sie bei den Kohlers alles in Ordnung gebracht hat!«

»Es stört mich aber!«, behauptete sie patzig, während sie Charly den Teller unter der Nase wegnahm und umständlich ihr Geschirr darauf stapelte.

Charly wischte sich die Konfitüre aus dem Schnauzbart. »Spaziergang?«

»Warum nicht«, erwiderte ich. »Strahlend blauer Himmel, das sollte man nicht versäumen.«

»Geht ihr nur«, meinte Elaine, während sie den ersten Stapel Geschirr zum Spülbecken trug. »Mir ist nicht danach. Viel Spaß und bis nachher.«

Charly und ich machten uns auf den Weg. Nachdem wir gut zehn Minuten lang über die Dorfstraße gelaufen waren, begegneten wir Sebastian Niggemeyer.

Charly und ich riefen ihm »Guten Morgen!« entgegen und blieben in Erwartung des üblichen Höflichkeitsgespräches stehen.

Doch Niggemeyer erwiderte den Gruß nur knapp und eilte weiter, ohne seinen Schritt wesentlich zu verlangsamen. Nur die Duftfahne aus Kölnisch Wasser besaß die Höflichkeit, ein wenig länger bei uns zu verweilen.

»Hä! Der hat es aber verdammt eilig«, meinte Charly, während wir dem Davoneilenden hinterhersahen.

Wir spazierten am Bahnhof vorbei und wunderten uns noch darüber, wieso Niggemeyer so kurz angebunden war, als im Westen eine flache Kutsche auftauchte.

»Sieh an, der Kapitän!«, rief ich. »Dann können wir uns den Rest des Weges wohl sparen, da er sicher bereits mehr wissen wird, als wir je in Erfahrung bringen werden ...«

»Ganz deiner Ansicht, Nik. Bin schon ziemlich gespannt, was er zu berichten hat!«

Der Kapitän hatte uns mittlerweile auch bemerkt und

steuerte sein Vehikel an den linken Straßenrand, um auf uns zu warten.

»Mojn, Herr May, hallo noch mal, Herr Tesla!«, rief er laut. »Sie können sich wirklich nicht vorstellen, was da hinten los ist!«

»Was denn?«, fragte Charly unschuldig.

»Der dulle Marius, der hat eine Leiche gefunden!«, antwortete Kohler aufgeregt. Er erklärte, dass der Krüppel morgens beim Bahnhofsvorsteher aufgetaucht war und ein Heidenspektakel veranstaltet hatte. Als man den Armen einigermaßen beruhigt hatte, berichtete er, dass er auf den Weg zur Messe am Mahnmal durch das Gebüsch abkürzen wollte ...

Den Rest konnten wir uns eigentlich genauso gut denken, hörten aber geduldig zu, bis der Kapitän berichtete, was er »unter dem Siegel der Verschwiegenheit« von dem Obergendarmen erfahren hatte, der die Untersuchung kommissarisch leitete.

»Ein Mord, einwandfrei!«, flüsterte er kopfschüttelnd. »Stranguliert mit einem Halstuch, stellen Sie sich das mal vor! Man hat schon einen Kriminalrat aus der Stadt herbeizitiert, ist das nicht schlimm?«

»Da sagen Sie was«, meinte Charly mit einem Sarkasmus, den der Kapitän wohl nicht so richtig zu würdigen wusste. »Hat man denn schon einen Verdacht?«

»Och! Wo denken Sie hin – die Leiche liegt ja schon eine ganze Weile dort, sagte der Gendarm. Vermutlich ist der Mörder bereits über alle Berge!«

»Übel, wirklich übel«, kommentierte Charly mitfühlend.

»Ja.« Der Kapitän zog seine Uhr hervor. »Ich sehe gerade, wir haben es schon fast halb zwölf. Da bleibt Ihnen leider nicht viel Zeit, sich selbst ein Bild von der Sache zu machen, wenn Sie noch pünktlich am Mittagstisch sitzen wollen. Aber ich kann Sie gerne hinkutschieren, falls –«

»Nein danke, Kapitän«, unterbrach ich seinen Redefluss,

»wir werden's uns lieber schön sortiert in der Zeitung zu Gemüte führen!«

»Wie Sie wollen. Aber warten Sie, da fällt mir noch etwas ein – da ich gleich doch unvermeidlicherweise am Bahnhof vorbeikomme, könnte ich ja Frau Mays Gepäck spedieren. Wie wäre das?«

»Warum nicht«, entgegnete ich, bevor ich Mays warnenden Seitenblick bemerkte.

»Danke für das Angebot, nur gibt es da ein kleines Problem«, rief er schnell dem Kapitän zu. »Ich weiß nämlich nicht, unter welchem Namen meine liebe Frau ihr Gepäck eingeliefert hat –«

»Wie? Was?« Der Kapitän war völlig baff. »Reist sie etwa unerkannt?«

»Gelegentlich.«

»Ja, wieso denn das?«

»Sie ist, äh ...«

»Opernsängerin«, verriet ich geheimnistuerisch. »Herrn Mays Frau wird deshalb ständig von Menschen umlagert, die sie um Autogramme und andere Erinnerungen bitten.«

»Ja«, fuhr Charly wieder gefasst fort, »stellen Sie sich vor, Kapitän, wenn sie jedem ihrer Verehrer, der eine Locke von ihr will, nachgeben würde, wäre die Arme vermutlich bereits ganz kahl!«

»Da sagst du was!«, entfuhr es mir. »Äh, ich meine, es geht ja nicht an, dass sie kein ruhiges Leben mehr hat, auch wenn die Verehrungen sicherlich im Wesentlichen gutmeinend sind, die man ihr entgegenbringt.«

»Und genau deshalb«, ergänzte Charly eilig, »reist sie gelegentlich inkognito, haha.«

»Richtig!«, bestätigte ich. »Und genau deshalb weiß man nie, unter welchem Namen sie das Gepäck aufgibt. Selbst die Monogramme auf ihrer Wäsche – ach, was rede ich Dummkopf, auf ihren Koffern, meine ich natürlich! – sind trügerisch!«

»Opernsängerin!« Der Kapitän war sichtlich beeindruckt. »Das wird meine Frau förmlich zu Boden hauen! Ich mache mir ja nicht viel daraus, aber sie hat diese hohe Kunst sozusagen mit der Muttermilch aufgesogen, von wegen höhere Töchterschule, Sie wissen ja. Vielleicht hat sie ja sogar die Güte, uns was zu singen, die Frau May?«

»Leider ergibt sich das Problem, dass sie derzeit etwas heiser ist«, erklärte Charly schlau. »Was auch seine guten Seiten hat, da sie ansonsten wohl dauernd auftreten müsste und gar nicht die Zeit hätte, uns zu besuchen.«

»Wie schade! Aber wissen Sie was, ich denke, ich komme doch an das Gepäck Ihrer Frau heran! So viel Umstände muss man sich da gar nicht machen, an eine solche prächtige Erscheinung wie die der Ihren wird sich der olle Herbert bestimmt erinnern, auch wenn sonst in seinem Kopp nicht mehr allzu viel los ist! Ich sage ihm einfach, er soll alles herausgeben, was von einer bildhübschen jungen Dame hinterlegt wurde, hihihihi! So häufig kommen die in diesen Breiten ja nicht vor!«

»Na, wenn Sie wollen! Vielen Dank, auch im Namen meiner lieben Frau!«

»Keine Ursache.« Er löste die Feststellbremse der Kutsche. »So, jetzt muss ich aber los! Bis nachher!«

Als die Kutsche des Kapitäns sich so weit entfernt hatte, dass er uns mit Sicherheit nicht mehr hören konnte, schlug ich May vor, den nächsten nordöstlich abzweigenden Feldweg einzuschlagen, um im Bogen zum Gehöft der Kohlers zurückzukehren. Dieser Weg führte durch die alte Heide, die der Gegend ihren Namen gegeben hatte, und Charly nutzte diese Gelegenheit, um mir einen gelehrten Vortrag über die Entstehung dieser Landschaftsart zu halten. Zwischendurch besprachen wir die Details unserer Exkursion nach Köln, die wir ja nicht nur aus Neugier über die Identität von Elaines Auftraggeber unternehmen wollten, sondern auch aus Gründen der touristischen Unterhaltung.

Wie berechnet trafen wir um kurz vor halb eins am Haus der Kohlers ein und saßen bald schon am großen Tisch im Esszimmer, das nach Art eines *Dressing Room* eingerichtet war, was sich vor allem durch eine mächtige Anrichte aus poliertem Mahagoni repräsentierte, deren Vorderfronten von flachen Schubladen für Besteck und andere Accessoires der gepflegten Tafel eingenommen wurden. Tisch und Stühle waren im entrümpelten Stil Königin Annes gehalten, wussten also eher durch die Qualität des geradlinig verarbeiteten Teakholzes zu überzeugen als durch üppige Drechseleien. Die schlichte Eleganz der Möbel setzte sich beim Wandschmuck fort, da die lindockerfarbene Tapete statt vulgärer Jagdtrophäen nur eine fröhliche, vorwiegend aus Strohblumen gestaltete Dekoration trug.

Die eigentliche Attraktion des Raumes bestand aber in einem parallel zum Tisch aufgestellten, voll verglasten Schaukasten aus poliertem Messing, in dem ein sehr gelungenes Diorama von einer Seeschlacht untergebracht war. Dabei wurde der Vordergrund von dem versinkenden Wrack eines Schoners eingenommen, dessen Bug an mancher Stelle rußgeschwärzt und täuschend echt so gestaltet war, als sei dort eine Kanonenkugel durch die Planken geschlagen. Am hinteren Ende des fast mannshohen Kastens war in maßstäblicher Verkleinerung der siegreiche Gegner platziert, ein Kriegsschiff mit französischer Beflaggung, das mit offenen Geschützklappen hart vor dem Wind segelte.

»Phantastisch!«, lobte Charly das Paradestück. »Wirklich ungemein lebensecht, vor allem in Bezug auf die Meereswogen!«

»Ja, es war aber auch ein schönes Stück Arbeit«, erklärte der Kapitän stolz, »hat fast zwei Jahre gedauert, und ohne das Geschick meines Leichtmatrosen Nolte wäre es heute noch nicht fertig gestellt.« Kohler wollte vermutlich zu einer umschweifenden Erläuterung ansetzen, als sich sein Blick plötzlich auf die Tür richtete. »Ach, sieh' an!«

Ich drehte mich herum und sah Frau Kohler und Elaine hereintreten, Erstere in blauweißem Kattun mit karierter Küchenschürze, Zweitere in blassblauer Seide mit rotem Schleifenwerk.

»Meine Emma!« Charly stürmte an mir vorbei auf Elaine zu und ergriff ihre Hände. »Mit Frau Kohler hast du ja bereits Bekanntschaft geschlossen, wie ich sehe! Nun –«, er löste seine rechte Hand und schwang sie mit opulenter Gestik herum, »– das ist ihr werter Gatte, der Kapitän Kohler, von dem Nikola und ich dir ja bereits so viel erzählt haben!«

Halb führte er sie zum Kapitän hin, halb kam dieser auf die beiden zu, die Arme gerade an den Seiten herabbaumelnd. Erst als er direkt an sie herantrat, glitt seine rechte Hand elegant nach oben, um die von Elaine zum Handkuss in die Nähe seiner Lippen zu bringen.

Vom Seebär zum Salonlöwen, dachte ich belustigt, als der Kapitän Elaine zu einem Platz führte und sich direkt über Eck niederließ. May ging ganz in der Rolle des eheerfahrenen Mannes auf, der es völlig selbstverständlich hinnimmt, wenn seine Gattin vom Gastgeber mit Beschlag belegt wird.

Kurz nachdem wir uns alle niedergelassen hatten, gesellte sich auch Frau Kohler zu uns, immer noch im gleichen schlichten Gewand, aber natürlich ohne die wenig kleidsame Schürze. Sie erklärte uns, dass sie sich beim Kochen von dem Dienstmädchen zur Hand gehen ließ, diesem aber nicht die alleinige Verantwortung überlassen wollte, sodass sie sich auch während des Mahles ab und zu für eine kurze Weile entschuldigen müsse, um in der Küche nach dem Rechten zu sehen.

Als das Mädchen die Suppe auftrug, machten die Anwesenden bereits mächtig Konversation. Da sich offenbar niemand den Appetit durch Mordgeschichten zu verderben gedachte, wurde dieses Gesprächsthema zunächst vollkommen ignoriert. Stattdessen ging es vorwiegend um die Freuden und Leiden der Vielschreiberei, die Charly mit etlichen mehr oder weniger lustigen Gleichnissen aus seinem Arbeitsalltag ausschmückte. Einiges davon hatte er mir erzählt, sodass sich meine Gedanken vorwiegend um die Suppe bewegten, eine klare Oxtail mit winzigen Markklößchen, deren hervorragender Geschmack mich dazu veranlasste, Frau Kohler ohne große Umschweife das Rezept abzuluchsen. Sie freute sich entsetzlich und wurde rot wie ein Mädchen. Genau wie ich verfügte sie über ein ausgezeichnetes Kochgedächtnis, sodass sie mir mündlich Auskunft erteilte und ich mir die Zutaten und Hinweise einfach merkte, ohne dass wir Papier und Bleistift bemühen mussten.

Die zweite Vorspeise bestand aus einem Monolog über Karl Mays Dialoge, begleitet von einer luftigen Terrine aus Morcheln und feiner Brust vom Junghuhn, die mit einer ganz vorzüglichen Remoulade von Gürkchen und Wasserkresse angerichtet war und sich mit dem vom Kapitän kredenzten kühlen Riesling aus dem Elsass zu perfekter Harmonie ergänzte.

Danach servierte Charly eine unterhaltsame Humoreske aus den Redaktionsräumen eines Kolportageverlages »Mümmelmann«, die sich beim Auftragen des Hauptganges unerwartet zum tragikomischen Zweiakter erweiterte, dessen Kulissen von butterzartem Rahmbraten, zuckersüßem Mischgemüse und köstlich eiergelben Schwenkkartoffeln gebildet wurden. Als ich die dritte Scheibe Braten mit meinem zweiten Glas Rotburgunder hinunterschwemmte, sprach die Quasselstrippe bereits stellenweise in improvisierten Blankversen.

Wäre seine Frau wirklich Opernsängerin gewesen, dann hätte er mit ihr allein aus dem Stegreif einen musikalisch-deklamatorischen Abend bestreiten können. Und genau darin lag auch des Pudels Kern: Er redete und redete, um dem Gastgeberehepaar jede Gelegenheit zu nehmen, den Fixpunkt ihres Interesses auf die so genannte Frau E. May zu verschieben. So weit war ihm das auch gelungen, nur begab es sich, dass er irgendwann zwischen zwei Bissen der zum Nachtisch servierten Bayrischen Creme tief Luft holen musste, was Frau Kohler die Gelegenheit gab, sich mit einer absolut lebensgefährlichen Frage an »Frau May« zu wenden.

»Frau May«, sagte sie lächelnd mit zum Anstoß erhobenem Glas, »jetzt wissen wir ja so viel über die großartige Kunst Ihres so erfindungsreichen und humorvollen Gatten, aber mich persönlich fasziniert, wenn ich meine ehrliche Meinung sagen darf, die Ihre sogar noch ein bisschen mehr!«

Verdammt! Wir hatten es doch tatsächlich versäumt, Elaine rechtzeitig von ihrem Aufstieg zur Primadonna in Kenntnis zu setzen!

»Kunst?«

Oh Schöpfer, hoffentlich holt sie jetzt nicht ihre Tarotkarten aus der Tasche ...

»Die Oper, Liebes!«, rief Charly rasch über den Tisch. »*Die Oper*! Händel, Mozart, Wagner, *Sing-sang, tra-la-la!* Ach, sie ist ja so bescheiden, meine Emma, sie will gar nichts davon hören!« Er verdrehte gerührt die Augen.

»Die Oper, aha!« Elaine sah zuerst Charly und dann mich scharf an.

»Ich erwähnte es zufällig, als Charly und ich dem Kapitän am Bahnhof begegneten. Wegen der Monogramme auf deinem Gepäck, weißt du? Ich verriet ihm, dass du inkognito reist, weil du deine Ruhe vor dem allzu begeisterten Publikum haben willst.«

»Ach so, ja. Monogramme.« Sie räusperte sich, um Charly und mir zu verstehen zu geben, dass sie die Situation einigermaßen im Griff hatte.

»Hätte mich ja auch über die Monogramme gewundert, wenn die beiden Herren mich nicht über diesen Umstand aufgeklärt hätten«, brummte der Kapitän freundlich. »*FF*, wo jeder felsenfest mit einem *EM* gerechnet hätte! Na, den ollen Herbert hat es eh nicht gestört, der hatte ihr Gepäck schön in eine abgelegene Ecke geräumt, weil es den Hutschachteln feiner Damen nicht gut bekommt, wenn einer von seinen ahnungslosen Wichseputzen da einen schweren Koffer draufstellt. Hat mir alles rausgegeben, auch ohne Gepäckschein, und ich habe es Ihnen in der Diele abgestellt.«

»Das ... habe ich schon bemerkt«, erwiderte Elaine. »Ich habe mich schon gefragt, wie es da hinkam. Danke schön, Herr Kapitän.«

»Och! Da gibt es nix zu bedanken. Konnte es Ihnen ja nicht mal ins Zimmer rauftragen. Habe ein paar Mal geklingelt und gerufen, aber da sich niemand meldete, habe ich es halt erst mal in der Diele gelassen.«

»Ach, jetzt verstehe ich – ich war wohl gerade auf meinem Zimmer, da muss ich Sie wohl überhört haben, denke ich! Aber vielen, vielen Dank noch mal, dass Sie mir die Sachen gebracht haben – ich hatte ja nur mein Reisekostüm und sonst nichts und wusste gar nicht, was ich machen sollte.«

Als wir drei uns von den Kohlers verabschiedeten, war es bereits kurz vor zwei. Charly und ich beförderten zunächst Elaines Gepäck in ihr Zimmer, bevor wir uns auf den Liegestühlen im Hintergarten niederließen, um ein wenig auszuspannen, während Elaine ihre Siebensachen sortierte.

Es verging vielleicht eine halbe Stunde, bevor Elaine sich zu uns gesellte.

»Da ist wohl was durcheinander gekommen«, bemerkte sie, während sie sich auf dem Rand eines Liegestuhls niederließ.

»Durcheinander? Was?«, fragte Charly.

»Am Bahnhof, bei der Gepäckverwahrung.« Sie grinste. »Der Kapitän war wohl etwas übereifrig und hat einige Dinge mitgenommen, die jemand anders gehören.«

»Oh!«, machte May ohne besonderes Interesse.

»Ja, eine große Handtasche, eine Hutschachtel und ein

kleiner Handkoffer. Nicht so richtig mein Geschmack, sonst würde ich es vielleicht gar nicht erwähnen.«

»Vielleicht solltest du mal hineinsehen, könnte ja doch was Brauchbares drin sein?«, versetzte ich.

»Haha, wirklich sehr witzig, Niki! Danke für deinen Rat, aber ich habe schon hineingesehen, in den Koffer zumindest. Versehentlich natürlich.«

»Zweifellos. War es nicht deine Konfektionsgröße, oder warum bist du so missgestimmt?«

Sie seufzte und sah Charly an. »Hat der wieder eine Laune! Nein, es würde mir wahrscheinlich passen, alles feinste Pariser Spitze. Wenn ich wüßte, dass die Person, der es gehört, kein Schmutzfink ist, würde ich es vielleicht sogar einmal anprobieren. Aber so ...« Sie zog eine Schnute.

»Nichts liebe ich mehr, als an einem sonnigen Sonntagnachmittag die Unaussprechlichen wildfremder Menschen zu diskutieren!«, grinste ich.

»Was war den Lustiges in der Hutschachtel?«, wollte Charly wissen.

»Ach, nur ein ziemliches wildes Ding, groß wie ein Kürbis und platt wie ein Pfannkuchen, *absolument* nicht mein Stil.«

»Ach so, die Hutschachtel hast du auch *versehentlich* geöffnet, ja?«

»Das habe ich gar nicht behauptet, lieber Niki. Ich habe mit voller Absicht reingesehen, aber erst nachdem ich ganz versehentlich den Koffer geöffnet hatte, wenn du's genau wissen willst!«

»Mit zunehmendem Alter werden deine Ausreden immer komplexer!«

»Blah!« Sie streckte mir die Zunge heraus.

»Ihr benehmt euch wirklich wie Katz' und Maus«, kommentierte Charly. »Die Handtasche, was war denn darin?«

»Was eine Frau so mit sich herumträgt, ein breiter Kamm, eine Schere, ein doppelläufiges Pistol, etcetera etcetera. Ach ja, und eine mit Perlen besetzte Geldbörse, rund elf Mark in Hartgeld.«

»Dass noch dreihundert Taler in Scheinen drin waren, verschweigt sie uns dezent, Charly.«

Er ignorierte meinen Einwand. »Hä! Ein Pistol? Seit wann ist üblich, dass Damen so etwas mit sich herumtragen?«

»Ach Charly, du bist manchmal wirklich ganz naiv! Eine Dame besseren Standes sollte es sich gut überlegen, ob sie nicht gelegentlich in eine Situation geraten könnte, wo es sehr nützlich sein könnte, derart gerüstet zu sein!«

»Elaine schleppt beispielsweise immer eine Harpune mit sich herum, weil sich damit so einiges an Land ziehen lässt«, vertraute ich May an, der gerade mit dem Taschenmesser eine Zigarre kappte.

»Das ist natürlich dummes Zeugs, was Niki da erzählt, Charly. Jedenfalls ist es nicht so außergewöhnlich, dass man in der Handtasche einer Dame so etwas findet.«

»Wir sollten die Sachen heute noch zurückbringen«, erklärte Charly. »Muss ja nicht sein, dass der Bahnhofsvorsteher deswegen Ärger bekommt, abgesehen einmal von den potenziellen Unannehmlichkeiten, die wir der Besitzerin zumuten würden.« Er sah mich fragend an, als ihm etwas einfiel. »Obwohl –«

»Obwohl was?«

»Eine Sache kommt mir dabei ein bisschen merkwürdig vor. Ein kleines Köfferchen, eine Handtasche – zumindest das nimmt man doch direkt mit, auch wenn man zu Fuß unterwegs ist und auch wenn man eine Dame ist?«

»Es gibt eben solche und solche –«

»Ich hätte es vielleicht auch dagelassen«, fiel Elaine mir ins Wort. »Sie scheint ohnehin gut drauf verzichten zu können, da das Zeug garantiert nicht erst seit gestern dort herumstand! Wahrscheinlich hat sie zu Hause einen ganzen Schrank voll davon. Traumhaft!«

»Warte mal«, fragte May mit zusammengekniffenen Augen, »wie kommst du denn darauf, dass die Sachen schon vor längerer Zeit zur Verwahrung gegeben wurden?«

»Es war alles ein bisschen eingestaubt, also muss es schon monatelang dort gestanden haben, denke ich mir.«

Charly und ich sprangen gleichzeitig auf.

»Wo sind die Sachen?«, rief er. »Wo?«

»Vorn' in der Diele, wieso –«

Den Rest des Satzes hörte ich nicht mehr, da ich bereits hinter Charly ins Haus lief.

Die drei ominösen Artikel standen vor der Garderobe auf dem Boden. Eine weißlederne, perlenbesetzte Handtasche mit englischen Patentverschlüssen, eine himmelblau und weiß gestreifte Hutschachtel von mindestens achtzehn Zoll Durchmesser, ein kleines Köfferchen aus Rehleder, dessen Form entfernt an jene Handkoffer erinnerte, wie sie von Landärzten bevorzugt werden. Keines der Gepäckstücke trug ein Monogramm, sodass Elaines Behauptung, sie habe es versehentlich für ihr Gepäck gehalten, zumindest stichhaltig erschien.

Während ich die Handtasche öffnete und auf den Fußboden entleerte, machte May sich an der Hutschachtel zu schaffen.

Vor mir auf den Dielen lag ein Sammelsurium von typisch weiblichen Accessoires, darunter auch jene Gegenstände, die Elaine uns bereits beschrieben hatte. Ich nahm mir zunächst die Geldbörse vor. In einem der für Geldscheine vorgesehenen Fächer fand ich einen kleinen, zusammengefalteten Fetzen Papier.

»Immanuel Scheel«, las ich murmelnd ab, *»Stickerei- und Stoffhandlung, Budengasse 4, Köln –«*

»Was sagst du da, Köln?«

Charly hielt mir den gewaltigen Damenhut so hin, dass ich das Schweißband sehen konnte. Dort stand: *Liselotte Staub, Putzmacherin, Köln am Rhein.*

»Was steht auf der Rechnung drauf?« Charly reckte den Kopf.

»Ziemlich unleserlich, verfluchte deutsche Schrift!«

»Gib her!«

Er nahm mir den Zettel ab.

»Mensch, welch ein Gekrakel ... Stickarbeiten, Monogramme steht hier. Dreizehn Stück à sechs Groschen ...«

»Warte mal!«

Ich öffnete den Koffer, dessen Inhalt mir sofort entgegenquoll. Es waren Unterröcke und höchst filigrane Korsettagen, alles aus feinster, schwarzer Spitze. Keines der Teile wog mehr als wenige hundert Gramm, und obwohl ich kein wirklicher Experte in solchen Dingen bin, war mir sofort bewusst, dass die Besitzerin für dieses bisschen Stoff ein kleines Vermögen hergegeben haben musste.

»Sehr aufschlussreich, das Ganze. Aber leider sehe ich keine Monogramme«, sagte ich etwas enttäuscht.

»Du musst genauer hinsehen, hier steht ›schwarzes Seidengarn‹!«

Ich nahm mir ein duftzartes Unterkleid vor und inspizierte den unteren Saum. »Ich hab's! Hier ... ein *C* und ein *L*.«

»Verdammt! Da sind wir wohl einer falschen Fährte aufgesessen.« May ließ sich aus der Hocke mit dem Allerwertesten auf den Boden plumpsen.

»Warte erst mal ab – vielleicht ist's ja ihr Mädchenname? Wie hieß die Rosmann denn mit Vornamen?«

Charly überlegte. »Weiß ich nicht. Hab's vergessen, oder der Kapitän hat es nicht erwähnt, wahrscheinlich Letzteres.«

»Vielleicht sollten wir uns mal diese Zugehfrau vornehmen, wie hieß sie noch?«

»Die, der Rosmann Geld gegeben hat?«

»Genau die.«

»Weiß nicht, warte mal ... Stich, Wilhelmine Stich?«

»Ja, so hieß sie wohl.«

»Darf man fragen, was ihr beiden da eigentlich treibt?«

Wir drehten uns um. Elaine stand im Türrahmen und machte ein belustigtes Gesicht. »Manche Männer finden anscheinend, dass es ungefährlicher ist, sich mit weiblicher Unterwäsche zu befassen, wenn das Weib nicht drinsteckt«, prustete sie los.

»Womöglich«, entgegnete Charly etwas steif.

»Ich dachte nur, dass ihr die Sachen möglichst *presto* zum Bahnhof zurückschaffen wolltet, damit das arme Dämchen die Wäsche wechseln kann?«

Charly sah mich ratlos an.

Ich zwang mich zu einer Entscheidung, die mir wirklich nicht leicht fiel, aber in dieser Situation höchst ratsam erschien. »Erzähl' es ihr, Charly.«

»Was?«

Natürlich wusste er genau, was ich meinte, stellte sich aber dumm.

»Alles!«

»Hä! Meinst du wirklich?«

»Ja. Früher oder später kommt sie sowieso dahinter, das lässt sich nicht vermeiden. Und bevor sie einen völlig falschen Verdacht gegen uns hegt; du weißt schon!«

»Gut.« Er stand ächzend auf. »Lasst uns in die Küche gehen, das Herumhocken hier geht mir allmählich auf's Kreuz.«

Während er ihr das ganze Malheur in allen Details schilderte, machte ich mich daran, den Nachmittagskaffee zu bereiten. Frau Kohler hatte uns einen kleinen Quarkkuchen mitgegeben, den ich nun mit einem scharfen Messer in sehr gleichmäßige Stücke zerteilte.

Als ich Charly und Elaine damit versorgen wollte, winkten die beiden jedoch ab. Pech für sie, muss ich sagen, da der Kuchen ganz ausgezeichnet mundete. Als der Kaffee fertig war, hatte ich mir bereits die Hälfte einverleibt und elaborierte an der Frage herum, ob ich gesundheitlichen Schaden davontragen könnte, wenn ich auch den Rest aufessen würde.

»Das ist alles ganz schön aufregend!«, gab Elaine zu, als sie die Geschichte erst mal verdaut hatte. »Und ihr seid wirklich davon überzeugt, dass die Tote diese Frau Rosmann ist?«

»Ziemlich«, erwiderte Charly. »Es spricht bislang vieles dafür und sehr wenig dagegen. Fragt sich nur, ob die Polizei zu demselben Schluss gelangt. Ich meine, ich wäre der Letzte, der großes Vertrauen in diesen Verein setzt, aber eins und eins zusammenzählen können die schon, das weiß ich aus leidiger Erfahrung! Sag mal, Nik –«

»Mhmpf.«

»Störe ihn nicht, er ist mit einem wichtigen Experiment befasst«, bemerkte Elaine mit einem Seitenblick auf mich. »Er versucht herauszufinden, ob man sich mit Quarkkuchen zum Platzen bringen kann!«

»Hihi! Äh, Nik – was meinst du, wer könnte die Besitzerin des Gepäcks dort sonst sein, außer Frau Rosmann?«

Ich schluckte hinunter. »Eigentlich niemand, denke ich. Der Kapitän hat mir so ziemlich alles erzählt, was in den letzten cirka einhundertfünfzig Jahren an diesem Ort vorgefallen ist. Die Ankunft einer solchen Dame wäre ihm gewiss nicht entfallen! Abgesehen davon dürften Damen, die eine solche Konfektion bevorzugen, nicht ausgerechnet an Altersvergesslichkeit leiden, sodass sie ihr Gepäck monatelang irgendwo stehen lassen. Dass der Kram etwa genau so lange am Bahnhof herumstand, wie Frau Rosmann vermisst wird, spricht ganze –«

»Ich hab's!«, rief Charly mit einem Mal. »Manchmal liegt die Lösung wirklich auf der Hand. Wir fahren doch morgen früh nach Köln! Da können wir ja die Gendarmerieblätter konsultieren, ob eine passende Weibsperson mit den Initialen *CL* vermisst gemeldet ist!«

»Aber natürlich!« Ich fragte mich ernsthaft, warum ich nicht selbst darauf gekommen war. »Damit dürften wir der Lösung dieses Mysteriums deutlich näher kommen. Was meinst du, wie viel Zeit wirst du benötigen, um das Archiv zu durchsuchen?«

»Nach *CL*, meinst du? Schwer einzuschätzen, es hängt ja nicht nur vom Zeitpunkt ihres Verschwindens ab, sondern auch davon, wann es gemeldet wurde. Falls überhaupt. Kann sein, dass ich in ein bis zwei Stunden durch bin, kann aber auch zwei Tage in Anspruch nehmen.«

»Also gut, rechnen wir mal einen Tag«, überlegte ich laut. »Passt auf, ich schlage vor, dass wir uns aus Gründen der Ökonomie wie folgt aufteilen: Elaine und ich werden direkt morgen versuchen, mehr über ihren unbekannten Auftraggeber herauszubekommen, während du, Charly, dich mit *CL* befasst. Einverstanden?«

Die beiden nickten.

Drama in der Domstadt

Man mag über deutsche Metropolen im Allgemeinen denken, wie man will, eines steht jedenfalls fest: Sie sind verhältnismäßig *unschmutzig*. Dieses ungewöhnliche Wort wählte ich mit voller Absicht, weil die Großstädte der Alten Welt schon aus baulichen Gründen niemals wirklich blitzsauber sein können. Schließlich sind sie fast ausnahmslos Hunderte oder gar Tausende von Jahren gewachsen, wobei sich zwangsläufig gewisse Kompromisse ergeben, soweit es vor allem den Ausbau der Kanalisation betrifft. Ganz im Gegensatz natürlich zu den amerikanischen Städten, deren Gebäude quasi direkt den Sprung vom Pfahlbau zum mehrstöckigen Bürohaus durchgemacht haben, indem Erstere vollständig abgerissen und Zweitere in Rekordzeit hochgezogen wurden. Über New York, um nur ein Beispiel zu nennen, kann man geteilter Meinung sein, aber die Kanalisation ist geradezu vorbildlich und so riesengroß, dass man problemlos alle Bürger der Stadt in ihren Gewölben unterbringen könnte.

Bei manchen europäischen Städten wäre dies möglicherweise die einzig gangbare Lösung zur Reinhaltung der Straßen, nur mangelt es leider zumeist an der notwendigen unterirdischen Struktur. Die schlimmste aller kontinentalen Städte ist für mich Paris, wo man beim Flanieren schon die Bewegungsabläufe eines Balletttänzers imitieren muss, um sich die Stiefel nicht mit Hundedreck zu verderben. Auf jeden Einwohner kommen hier nämlich Minimum zwanzig Köter der verschiedensten Gattungen, deren Umtrieb zu kontrollieren sich niemand berufen fühlt. Dass die Säume Pariser Damenkleider deutlich höher zu sitzen pflegen als im sonstigen Europa, ist keineswegs Ausdruck fränkischer Frivolität, sondern zweckmäßig und überaus notwendig.

In anderen Städten wie beispielsweise Prag hat man dieses besondere Problem dank des organisierten Hundefängerwesens etwas besser im Griff, allerdings nur theoretisch, da ihre Beute Zuwanderungsraten an den Tag legt, gegen die selbst die Armee Alexanders machtlos gewesen wäre. Ursache sind – so bizarr es klingt! – die herumliegenden Wurstzipfel, pro Quadratmeter Kopfsteinpflaster mindestens zwölf Dutzend Stück, den Straßenkötern hinterlassen von den Polbürgern der »Goldenen Stadt«, die pro Kopf und pro Tag im Durchschnitt zwei Dutzend Würstchen verzehren und folgerichtig vierundvierzig Zipfel zu Boden gehen lassen.

Manche Weltbürger ziehen Prag Paris vor; nicht weil man hier die Auswahl hat, ob man lieber auf einem Haufen Hundedreck oder auf einem Wurstzipfel ausrutschen will, sondern weil die Zipfel doch mächtig in der Überzahl sind. Wie gesagt, deutsche Großstädte sind diesbezüglich eine erfreuliche Ausnahme. Auf dem gesamten Bahnhofsvorplatz oder Domplatz, was in Köln nüchtern betrachtet einerlei ist, bot sich lediglich ein einziger Haufen Hundedreck zum Hineintreten und drin Ausrutschen an.

Und so begab es sich, dass Karl May, der sich nach dem Verlassen des Bahnhofs als Hans-guck-in-die-Luft betätigt hatte, um den gewaltigen Dom ehrfürchtig zu bestaunen, plötzlich mitten auf dem Platz auf seinem Podex hockte und lautstark Köln, dessen Hunde sowie eine Bande von herumlungernden Straßenjungen verfluchte, die sich ungemein über sein Missgeschick belustigten.

»Dä Döhn dah hät sisch off de Fräss jeläht«, johlte einer von ihnen, der sich durch seine besondere Aufmüpfigkeit als Rädelsführer kundtat, »un' nuh lieścht äh off sinne Ahsch, mitten in dä Äxkrämente!«

»Vohrfluhchte Saubonde! Dreggsgehrle! Ich werd' oich eens –«

»Charly!« Elaine tippte seinen Arm mit der Spitze ihres zusammengeklappten Sonnenschirms an.

Er wandte ihr sein verzerrtes Gesicht zu. »Ja, schon gut.« Er ließ sich von mir aufhelfen.

»Es ist weißer Hundedreck!«, stellte ich fest.

»Hä! Und was ist damit Besonderes los?« Er glotzte mich misstrauisch an. »Bringt das Glück, oder was?«

»In gewisser Weise schon. Es ... äh, klebt vermutlich nicht so sehr am Stiefel.«

»Welche Gnade wurde mir zuteil!« Er las sein Köfferchen vom Boden auf und sah sich um. »Wo wollen wir denn überhaupt hin?«

»Zu meinem Hotel«, erklärte Elaine. »Es liegt unten am Rheinknie, wo es etwas ruhiger zugeht als hier. Wenn einer der Herren vielleicht eine Droschke herbeiwinken will?«

Bald saßen wir in der flachen, unverdeckten Kutsche, die in gemütlichem Tempo einige schmale Seitenstraßen durchzockelte, um uns schließlich direkt am Schleppweg des Rheinufers entlang von der nördlichen Altstadt wegzubringen. Während Charly sich ausschließlich für die Frachtschiffe und Vergnügungsdampfer zu interessieren schien, die mit hektischem Tuten rheinauf oder rheinab kreuzten, betrachtete ich die Häuserreihen zu unserer rechten Seite und verschaffte mir im Vorbeifahren Einblicke in das Geschehen in den Seitenstraßen, deren Namen wie »Buttermarkt« und »Heumarkt« auf eine bis ins Mittelalter zurückreichende Historie wiesen.

Je weiter südlich wir gelangten, desto dünner wurde der Straßenverkehr. Nach gut zwei Kilometern bogen wir in westlicher Richtung ab, um einige hundert Meter weiter vor einem im neogotischen Stil gehaltenen Gebäude anzuhalten, über dessen Eingangstreppe in goldenen, modernen Lettern der Schriftzug »Hotel Cremer« angebracht war.

Ein ältlicher Portier in schlichter Kellneruniform flitzte die Treppe hinunter und baute sich diensteifrig neben der Kutsche auf, um Elaine aus der Kutsche zu helfen.

Das Hotel war vom Foyer bis zu den Räumen nicht unbedingt als prunkvoll zu bezeichnen, sondern bot eher den gehobenen Standard, der die wohlhabende Bürgerschaft anzieht. Als Nachbar am Frühstückstisch durfte man also weder Otto von Bismarck noch Sarah Bernhard erwarten und das Gästebuch wies dementsprechend vorwiegend Kaufleute und Menschen unbekannter Profession aus, von denen dieser oder jener immerhin einen militärischen oder adligen Titel zweiten Ranges führte.

Das Foyer schien erst vor kurzer Zeit renoviert worden zu sein, da die der Eingangspforte gegenüberliegende Wand mit nagelneuen Fotografien geschmückt war, die verschiedene mehr oder weniger idyllische Szenen der Loreley und anderer Ausflugsziele am Rheinverlauf zeigten. Eine kleine Schiebetür in der Holzvertäfelung trug ein dem Vernehmen nach permanentes Schild mit der Aufschrift »Außer Betrieb«, was mich neugierig machte, sodass ich meine Schritte darauf lenkte. Aber da rauschte Elaine bereits an mir vorbei auf die Treppe zu und es blieb mir nichts übrig, außer ihr zu folgen, statt dem Defekt des Fahrstuhls auf den Grund zu gehen.

Der von »Mademoiselle Fondeaux« mit Beschlag belegte Bereich lag am westlichen Ende der ersten Etage und war mit zwei Messingaufstellern gekennzeichnet, zwischen denen ein dickes, rotes Tau hing. An dem Tau pendelte ein Pappschild, auf dem in sauberer Schrift »RESERVIERT – Mme. Fondeaux« stand. Dahinter befanden sich insgesamt sechs Türen, und da Elaine geschickterweise auch die Etagenbäder für sich beansprucht hatte, mussten sich die anderen auf dieser Etage wohnenden Gäste ins Parterre oder ein Stockwerk nach oben bewegen, wenn sie der Wunsch nach Reinlichkeit überkam.

Elaines sehr geräumige Suite war im damals gerade aufkommenden üppigen bürgerlichen Gründerstil eingerichtet, wobei sich der Eingangsbereich als Kombination aus Empfang und Büro repräsentierte, die mit einer Dreiergruppe aus Polsterstühlen und Chaiselongue ausgestattet war. Dazwischen hatte man einen großen, kurzbeinigen Couchtisch aufgestellt, auf dem ein Ouija-Brett und diverse andere Accessoires ihres Berufszweiges lagen. Die Wand dahinter war mit weinrotem Chintz bespannt, der den Hintergrund für die üblichen Wandgehänge bildete, darunter Hirschgeweihe, Pfauenfedern, Repliken der verschiedensten Hand- und sonstigen Waffen, ausgestopfte Köpfe von Wildtieren und andere Exotica; rundum also die typisch ungeordnete Menagerie aus geschmacklosen Krassheiten, die man damals als Krönung des bürgerlichen Geschmacks ansah.

Die obligate Wasserpfeife, die in diesen Augenflimmern verursachenden Kabinetten des Talmi niemals fehlen durfte, war auf dem Schreibtisch aufgebaut, sodass sich ihre acht Gummischläuche wie die Arme eines Kraken über die Tischplatte schlängelten.

»Phantastisch«, bemerkte ich eher zu mir selbst, »was hier wirklich zur Perfektion noch fehlt, sind eine Schwarzwälder Kuckucksuhr oder vielleicht einer dieser schmucken französischen Kaminrepetitoren, bei denen zur vollen Stunde Figürchen von Englein, Teufelchen und Sensenmännern nach Art einer Schießbude am Betrachter vorbeiziehen –«

»Du kannst dir die spitzen Bemerkungen sparen, Nikola!«, zischte Elaine erbost. »Ich habe mit der Einrichtung hier absolut nichts zu tun, weißt du? Sie war im Preis enthalten, sozusagen!«

»Ja, er soll sich nicht so anstellen!«, kommentierte Charly. »Ich finde es nicht so übel, wenn nur die Gewehre echt wären –«

»Damit man die Hoteldiener zur Entrümplung antreiben kann, nicht wahr?«, erwiderte ich bissig. »Einerlei, wir haben viel zu tun! Elaine, du weißt, wo das Postamt ist? Gut, dann müssen wir nur eine Bibliothek finden, die die Gendarmerieblätter führt –«

»Hier gibt es eine juristische Fakultät, glaube ich«, gab Charly zur Kenntnis. »Ansonsten kommt auch jede gute Stadtbibliothek in Frage. Ich werde beim Hinausgehen den Direktor fragen.«

Gut zweieinhalb Stunden später saß ich mit Elaine in einem Kaffeehaus, das schräg gegenüber des Hauptpostamtes lag. Wir hatten uns einen Fensterplatz ausgesucht, von dem aus wir den Eingang gerade noch einsehen konnten. Was aber nicht hieß, dass wir perfekt erkennen konnten, wer gerade das Gebäude betrat oder herauskam. Zu dicht war der Verkehr auf der Straße, die uns von dem Postamt trennte, und wäre nicht der Umstand gewesen, dass es den Kutschen strikt untersagt war, direkt vor dem Eingang der Post anzuhalten, hätten wir unseren Plan direkt aufgeben können.

So blieb zumindest die einigermaßen berechtigte Hoffnung, dass Elaines Klient statt des Pferdeomnibusses eine Droschke benutzen und deren Fahrer anweisen würde, auf ihn zu warten. Genau deshalb hatten wir dieses Kaffeehaus ausgewählt, da es gegenüber der Haltestelle für Droschken lag, die rund zwanzig Meter vom Postamt entfernt war. Wenn der Unbekannte sich einigermaßen erwartungsgemäß verhalten würde, musste er diese zwanzig Meter zu Fuß zurücklegen, was uns eine recht gute Gelegenheit eröffnete, ihn trotz des Gewimmels auf der Straße auszumachen.

Vorsichtshalber hatte Elaine einen Sommerhut mit rundum laufendem Schleier aufgesetzt, dessen unterer Saum vollständig in den Kragen ihrer Bluse gesteckt war – sie hätte problemlos einen Bienenstock leeren können, ohne auch nur einen einzigen Stich abzubekommen. Eigentlich waren solche Hüte eher für Waldspaziergänge gedacht, wo sie die Trägerin vor Pferdebremsen schützen sollten, aber Elaine hatte mir erklärt, dass es in Köln durchaus als schicklich und üblich galt, sich auf diese Weise unkenntlich zu machen. Tatsächlich saßen in dem Kaffeehaus noch zwei oder drei andere junge Damen, die sich auf diese Weise schmückten – oder vor unliebsamen Wiederbegegnungen bewahrten, denn wer kann das schon beurteilen?

Allen diesen Damen gemeinsam war jedenfalls, dass sie unter einer erschwerten Nahrungsaufnahme zu leiden hatten, da sie jedes Mal den Schleier öffnen mussten, um etwas zu sich zu nehmen. Elaine sah deshalb ganz davon ab, sich etwas zu bestellen, schielte aber ab und zu neidisch auf meine Trinkschokolade.

Vor rund einer Stunde hatte Elaine auf dem Postamt ein Billet an den ominösen Mr. Dragon hinterlegt. Jetzt hieß es Geduld zu bewahren, ob unsere Falle in der erhofften Weise zuschnappen würde. Möglicherweise würden wir in den frühen Abendstunden noch hier sitzen, ohne den Unbekannten gesichtet zu haben. Sicherheitshalber hatten wir im Hotel unsere Rückkehr für sechs Uhr angemeldet, um Mr. Dragon jede Möglichkeit einzuräumen, noch am selben Tag Kontakt zu Elaine aufzunehmen. Der hauptsächliche Schwachpunkt unseres Planes lag aber darin, dass wir ja nicht wussten, wie oft er im Postamt nachfragen würde, ob eine Mitteilung für ihn angekommen sei. Seinem Stand nach war es nicht einmal unwahrscheinlich, dass er seinen ersten Vorstoß telefonisch unternehmen würde. Schlimmstenfalls hatte er sogar mit einem großzügigen Trinkgeld einen Beamten dazu gebracht, gegen die Postgesetze zu verstoßen und ihm den Inhalt der Mitteilung fernmündlich zu übermitteln. Für diesen Fall war es natürlich allein Mr. Dragon überlassen, zu entscheiden, wann er sich dazu bequemen würde, Elaine zu konsultieren.

Weitaus lieber war es uns natürlich, wenn Mr. Dragon persönlich nach dem Rechten sehen würde, was letztlich genauso gut möglich war. Da die meisten Menschen erfahrungsgemäß für derartige Gänge die Mittagszeit ausnutzen, hatten wir uns beeilt, die Mitteilung noch vor zwölf Uhr aufzugeben, und zwar in einem übergroßen, scheußlich orangefarbenen Umschlag. Jetzt war es jedoch schon viertel vor eins, und während der Verkehr dort draußen immer dichter wurde, sah ich allmählich unsere Chancen schwinden, dass der Plan aufgehen würde. Bald bewegten sich die Kutschen nur noch im Schneckentempo voran, und jetzt mussten wir unsere gesamte Aufmerksamkeit den zahllosen Fußgängern widmen, die zwischen ihnen und neben ihnen her huschten. Zusätzlich erschwert wurde unsere Überwachung dadurch, dass ich Mr. Dragon ja niemals gesehen hatte, sodass ich Elaine keine große Hilfe bieten konnte. Fünf oder sechs Mal hatte ich bereits falschen Alarm gegeben, wodurch zu befürchten war, dass ich sie möglicherweise sogar vom Erscheinen des echten Dragon ungewollt abgelenkt hatte.

Zwischendurch versorgte der Kellner mich mit heißer Schokolade und ich Elaine mit Berichten über den Stand der Dinge in Budapest, soweit ich noch auf dem Laufenden war. Eigentlich liegt mir das Tratschen nicht, aber in dieser Situation begrüßte ich es als willkommene Abwechslung, die der Situation einiges von ihrer Anspannung nahm.

Ich war gerade dabei, ihr zu erzählen, wie ich einem Lanzer aus New Orleans ein keinesfalls unbedeutendes Preisgeld beim Billard abgenommen hatte, als sie mir so plötzlich ins Wort fiel, dass ich vor Schreck meine Kakaotasse umwarf.

»Nikola! Das ist er, der im hellgrauen Anzug!« Sie zeigte auf einen Mann mit schütterem Haar, der gerade von unserer Seite aus die Straße überquerte und im nächsten Augenblick zwischen zwei Kutschen verschwand.

»Du wartest hier auf mich! Adieu!«

Ich sprang auf und klemmte meinen Stock unter den Arm, um in höchster Eile das Kaffeehaus zu verlassen. Da der Verkehr nun fast zum Erliegen gekommen war, konnte ich die Straße sofort überqueren, ohne lange nach rechts und links Ausschau nach potenziellen Gefahrenquellen zu halten. So erreichte ich den weit aufgesperrten Eingang des Postamtes, als sich der helle Fleck seines grauen Rockes gerade in der Dunkelheit der Halle vor meinen Augen verlor. Ich zog den grau karierten Deerstalker, der mir den zerstampften Zylinder ersetzte, tief in die Stirn und erklomm die Stufen, um mich in das kühle Innere des Gebäudes zu begeben.

»Mr. Dragon« reihte sich vor einem Schalter in eine Schlange von vielleicht acht Menschen ein, während ich zu dem gänzlich freien Verkaufsschalter für Ansichtskarten lief und mir zehn farbig bedruckte Karten mit verschiedenen Motiven auswählte, für die ich inklusive Freistempel etwas weniger als zwei Mark in Kleingeld bezahlte. Damit ging ich zu einem der Schreibpulte, die im Mittelgang des großen Raumes aufgestellt waren.

Als Mr. Dragon endlich direkt vor dem Schalter stand, hatte ich bereits fünf Karten mit extra kleiner Schrift ausgefüllt und, soweit möglich, adressiert. Eine war an die Kohlers gerichtet, die anderen an mich selbst, Marius, Karl May unter seiner Dresdner Adresse und an die falsche Frau May unter ihrem falschen Namen.

Ich hielt kurz mit dem Schreiben inne und beobachtete, wie Dragon etwas zu dem Schalterbeamten sagte, worauf dieser nickte und sich zurückzog, um kurz darauf mit einem Stapel kleinformatiger Briefe zurückzukehren. Entäuscht nahm ich zur Kenntnis, dass unser auffälliger Umschlag nicht darunter auszumachen war. Hatte Elaine sich geirrt? Oder hatte ich das ungewöhnliche Pech gehabt, mich an die Fersen des falschen Mannes zu heften?

Doch da sagte Dragon wieder etwas zu dem Schalterbeamten, worauf dieser noch einmal verschwand. Gespannt wartete ich ab, bis er wieder zurückkehrte, und diesmal überreichte er Dragon nur ein einziges Schreiben – in einem leuchtend orangen Umschlag!

Dragon nickte dem Schalterbeamten dankend zu und machte dem nächsten Kunden Platz, indem er zu einem der freien Schreibpulte lief. Mit dem an einer Kette vor frechen Dieben gesicherten Brieföffner schlitzte er den Umschlag auf und zog Elaines Billet heraus, um dessen Inhalt zu überfliegen. Ich versuchte, irgendeine Gefühlsregung in seinem Gesicht auszumachen, aber er wirkte auf mich weder sonderlich aufgeregt noch übertrieben gleichmütig. Doch bevor er das Billet wieder in den Umschlag steckte, meinte ich wahrzunehmen, wie sein Mundwinkel sich zu einem grimmigen Lächeln verzerrte, so als ob er in einer an sich trostlosen Situation mit einem kleinen Lichtblick konfrontiert worden wäre.

Ich steckte meinen Patentfüllhalter ein und warf die beschriebenen Postkarten auf dem Weg zum Ausgang in den Postkasten. Draußen auf dem Gehsteig hielt ich an und zog eine einzelne Zigarre Marke »Karl Friedrich May« aus der Außentasche meines Rocks hervor, die ich mir nun auf möglichst umständliche und zeitraubende Weise ansteckte, um auf Dragon zu warten. Als er ins Freie trat, lief er direkt an mir vorbei, statt den Weg zum Droschkenstand einzuschlagen. Da der Verkehr mittlerweile völlig zum Erliegen gekommen war, sah ich dies als Anzeichen dafür an, dass er vernünftigerweise ein Stück zu laufen beabsichtigte, um erst auf halbem Weg eine Droschke anzuhalten – oder vielleicht auch die ganze Strecke zu Fuß zurücklegen wollte, falls sein Ziel nicht allzu weit entfernt lag.

Ich sah hinter ihm her, wie er sich von mir entfernte, in der einen Hand die Briefe, in der anderen einen silberbeschlagenen Spazierstock. Sein heller Zylinder war zwischen den Kopfbedeckungen der anderen Menschen gut auszumachen, sodass ich mich entschied, ihm gut fünf Ruten Vorsprung zu geben, bevor ich ihm folgte. Da ich nicht gerade ein kleiner Mensch bin, konnte ich ihn problemlos über die Häupter der anderen Passanten hinweg im Auge behalten.

Sein Zylinder hüpfte auf und ab, während ich mein Gehtempo dem seinen anglich, soweit dies möglich war, ohne andere über den Haufen zu rennen.

Fünf Minuten später war ich schon recht stolz auf mich, da ich ihn immer noch nicht aus den Augen verloren hatte und doch so weit hinter ihm herlief, dass ich mich nicht der Gefahr der Entdeckung ausgesetzt fühlte. An einer Stelle, wo der Straßenverkehr wieder etwas ins Fließen geriet, wurde es doch problematisch, da er ganz unvermittelt die Straße überquerte und ich ihn fast verlor. Als ich ihn schließlich wieder auf dem anderen Gehsteig entdeckte, atmete ich beruhigt auf und beschleunigte meinen Schritt, um etwas näher an ihn heranzukommen.

Gut fünfzig Meter weiter befand ich mich so nahe hinter ihm, dass ich mit der Spitze des ausgestreckten Spazierstocks seine Schulter hätte erreichen können, wenn mir danach der Sinn gestanden hätte. Kritisch wurde es wieder, als er sich wider Erwarten schnurstracks zwischen den Stühlen und Tischen eines Straßencafés durchzwängte, statt diesen Hindernisparcour zu umgehen, wie es die meisten Menschen getan hätten. Da der Verkehr an dieser Stelle wieder recht flott ins Rollen gekommen war, konnte ich nicht auf die Straße ausweichen, ohne mich in leibliche Gefahr zu begeben. Also blieb mir nichts anderes übrig, als seinem Beispiel zu folgen, wobei es sich leider nicht vermeiden ließ, dass ich einige Kaffee schlürfende Herren und Kuchen pickende Damen anrempelte, was mir einige derbe mundartliche Beschimpfungen eintrug.

Plötzlich verbaute mir ein breitschultriger, kahlköpfiger Kellner den Weg. Sein schnauzbärtiges Gesicht verzerrte sich zu einem gemeinen Grinsen, als er die Beine und Arme nach Ringermanier abspreizte, um mich in Empfang zu nehmen.

»Komm her, Flaveskopp!«, hörte ich ihn zischen. »Kriss wat opp där Fräss'!«

Ich packte den Spazierstock mit beiden Händen, rechts

hinter dem dicken Knauf mit dem Handteller, links zwischen Zeige- und Mittelfinger, so als wollte ich mich damit vor ihm schützen. Tatsächlich versuchte er mich doch mit einem gewaltigen Boxhieb zu erwischen, dem ich aber blitzschnell zur Seite auswich, bevor ich den Stock herumriss und zu einem kräftigen, aber keineswegs übertriebenen Billardstoß ansetzte. Ziel der Attacke war der Solarplexus meines Gegners, da ich seinen Widerstand zu brechen gedachte, ohne ihm dauernden Schaden zuzufügen. Da die Spitze meines Stocks mit einer Gummitülle bedeckt war, bestand eigentlich keine allzu große Gefahr für ihn, aber trotzdem musste ich als trainierter Spieler meine Kräfte enorm mäßigen, da es zweifellos um ihn geschehen gewesen wäre, wenn ich die volle Vehemenz meiner in ganz Budapest gefürchteten Kopfstöße hineingelegt hätte.

Für großartige Berechnungen blieb mir natürlich keine Zeit, aber das war auch nicht notwendig, da dies beileibe nicht das erste Mal in meinem Leben war, dass ich mich auf diese Weise gegen einen an roher Kraft überlegenen Gegner zur Wehr setzen musste. Manche Billardspieler legen ganz erstaunliche Verhaltensweisen an den Tag, wenn man ihnen erst einmal auf fairem Weg ein paar hundert Dollar abgeknöpft hat. Vom Schlagring bis zum Trommelrevolver wurde schon so ziemlich alles gegen mich gerichtet, was man als Waffe bequemerweise im Rock verstecken kann. Dass ich Billard gegenüber dem Kartenspiel bevorzuge, hat schlicht und ergreifend den Grund, dass schlechte Verlierer sich kaum stoppen lassen, indem man ihnen aus dem Handgelenk eine Pikneun gegen die Stirn feuert. Bei einer Billardkugel sieht dies schon ganz anders aus, und die zusätzliche Verwendung des Queues eröffnet ein ganzes Spektrum an kreativen Verteidigungsmöglichkeiten.

Geschätzt acht Zehntelsekunden nach seinem fehlgeschlagenen Boxhieb ging mein Gegnger deshalb mit verdrehten Augen zu Boden, worauf einige der Gäste sogar Beifall klatschten. Ich sah mich genötigt, mich höflich zu verbeugen, bevor ich über den gefällten Leib meines Angreifers hinwegstieg.

Als der Gehsteig vor mir wieder frei von jeglicher Bestuhlung war, befanden sich vor mir zahllose Kopfbedeckungen, vom grünen Jägerhut mit Dachsbart und Edelweiß bis zum schneeweißen Leinenhäubchen mit Spitzenbesatz. So groß war die Vielfalt der Moden und Stile, dass ich mich keineswegs gewundert hätte, den gelben Turban eines Schlangenbeschwörers oder die Adlerfedern eines Komantschenhäuptlings zu entdecken. Nur eines vermochte mir diese Wanderausstellung der Putzmacherei leider nicht zu bieten – einen hohen, grauen Zylinderhut!

Kurz entschlossen lenkte ich meinen Schritt zum Rand des Gehsteigs und erhöhte mein Tempo, als ich bemerkte, dass ein zweispänniger Omnibus hinter mir aufschloss. Mit zwei gewaltigen Sätzen war ich heran und packte den Handlauf des Einstiegs, während ich gleichzeitig meinen rechten Fuß auf das Trittbrett setzte. Da das Tempo des Busses doch erheblich größer war als mein eigenes, wurde ich herumgerissen, fing mich aber gerade noch ab.

Ich presste meine Lippen zusammen und sah mich um, konnte aber in dem Durcheinander aus Menschen, Pferden und Fahrzeugen den Verfolgten unmöglich ausmachen. Doch dann entdeckte ich zwei an der Zarge des Busses befestigte Eisenbeschläge, die offenbar als Trittstiegen dienen sollten, wenn jemand sein Gepäck auf's Dach des Busses bringen wollte. Ich klemmte meinen Stock unter den linken Arm und ergriff mit beiden Händen den Umlauf des Daches, bevor ich meinen Fuß auf die Stiegen setzte, um nach oben zu steigen.

Zwei Atemzüge später hockte ich dort oben und achtete darauf, dass meine Stiefel das Dach nur am äußersten Rand berührten, wo es vom Gesichtspunkt der Statik her am stabilsten sein musste. Zwar war es vermutlich so konstruiert, dass es bedeutend mehr als meine knapp 69 Kilogramm Körpergewicht tragen konnte, aber ich wollte auf keinen Fall das Risiko eingehen, wegen der ungünstigen Verteilung der Kräfte durchzubrechen.

Ich beobachtete die Gehsteige, die Straße, die Fahrzeuge – aber es war so gut wie aussichtslos, zumal ja die Möglichkeit bestand, dass er auf einen in meine Gegenrichtung fahrenden Omnibus aufgesprungen war. Hatte er mich bemerkt? Diese Möglichkeit konnte ich keineswegs ausschließen, sie erschien mir im Gegenteil eher die zutreffendste aller angenommenen Ursachen für sein Verschwinden zu sein.

»Ja, wat machen Sie denn da, wenn die Fraje erlaubt ist?«

Ich blickte hoch und sah in das glatt rasierte Gesicht des erstaunten Kutschers, der sich kurz zu mir umgedreht hatte, sich aber augenblicklich wieder dem Verkehr zuwandte.

Da er nicht unbedingt unfreundlich gefragt hatte, rief ich ihm zu: »Ich habe nach einem Bekannten Ausschau gehalten, den ich auf der anderen Straßenseite entdeckt zu haben glaubte. Tut mir Leid, ich glaube, dass es nicht erlaubt ist, auf's Dach zu steigen. Aber er schuldet mir einiges an Geld, wissen Sie?«

»Wenn dat so is«, rief er mir gleichmütig über die Schulter zu. »Nu machen Sie mal schön, dat Sie da wieder runterjeklettert kommen, ohne sisch där Hals zu breschen, wenn isch bitten dahf!«

»Danke schön und Verzeihung nochmals!«, rief ich, bevor ich wieder mit dem Abstieg begann. Da der Verkehr wieder zugenommen hatte, konnte ich es wagen, während der Fahrt von der kleinen Eingangsplattform abzuspringen, statt darauf zu warten, bis wir den nächsten Halt erreichten. Eiligen Schrittes machte ich mich auf den Rückweg zu dem Kaffeehaus, in dem ich Elaine zurückgelassen hatte.

Als ich des Straßencafés gewahr wurde, wollte ich eigentlich den Gehsteig wechseln, um einer etwaigen Konfrontation mit dem von mir so sportlich erlegten Kellner aus dem Weg zu gehen. Doch als ich noch nach einer Lücke im Verkehr spähte, sprach mich jemand von der Seite an.

»Hallo, mein Herr«, sagte er in sehr freundlichem Ton.

Ich drehte mich um und sah einen Korpsstudenten im vollen Wichs. Ich erinnerte mich daran, dass sich unter den Gästen des Cafés, die mir so begeistert applaudiert hatten, wohl auch eine Gruppe farbenfroher Studenten befunden hatte.

»Ja?« Ich musterte sein Gesicht, das bis auf zwei Mensuren noch recht knabenhaft aussah. Seine Augen wirkten aufrichtig und humorvoll, weshalb ich doch gespannt abwartete, was er zu sagen hatte.

»Darf ich Ihnen, auch im Namen meiner Kameraden, zu ihrem phantastischen Sieg über den *Unbezwingbaren Theophil* meine Glückwünsche aussprechen?«

Es dauerte eine Sekunde, bis ich begriff, dass er über meinen Kampf mit dem rustikalen Kellner sprach. »Danke der Höflichkeit halber, obwohl es da eigentlich nichts zu gratulieren gibt!«, erwiderte ich freundlich.

»Wage zu widersprechen, mein Herr! Der Theophil hat schon so manches bemooste Haupt bezwungen, aber jetzt liegt er nur noch stöhnend im Leseraum des *Halven Potts.*« Er deutete auf das Café und grinste mich breit an. »Wir würden Sie gerne auf einen Stiefel einladen, wenn's Ihnen beliebt?«

»Das ist sehr nett von Ihnen«, entgegnete ich nun ebenfalls amüsiert, »aber bedauerlicherweise werde ich in einer anderen Lokalität dringend erwartet, von einer Dame dazu noch, was leider keine weitere Verzögerung gestattet, so gern ich's täte!«

»Schade, mein Herr, wirklich schade! Aber warten Sie –«, er griff in seinen Rock und zog einen Umschlag hervor, »– Sie haben im Eifer des Gefechts wohl eben etwas verloren.«

Er hielt mir einen einfachen, gelben Briefumschlag hin, der noch versiegelt war.

»Oh!«, rief ich freudig überrascht, während ich den Brief entgegennahm. »Das ist sehr lieb von Ihnen, Sie haben mir viel Mühe erspart! Erlauben Sie –« Ich griff in die Tasche meine Geldkatze und zog eine Münze hervor.

»Eine Krone! Das kann ich aber nicht annehmen, mein Herr!«

»Nehmen Sie's nur, guter Freund, Sie haben mir eine große Mühe erspart, ohne es zu ahnen! Auf Wiedersehen!«

Ich ließ ihn einfach stehen und beeilte mich, zwischen den Menschen zu verschwinden.

Als ich das Kaffeehaus in der Nähe des Postamtes wieder betrat, saß Elaine immer noch da. Das Lokal war deutlich leerer als zuvor, da die Mittagszeit bereits vergangen war.

»Und?«, fragte sie ungeduldig, während ich neben ihr Platz nahm und den Kellner herbeiwinkte.

»Um es kurz zu machen«, erwiderte ich, »er ist mir sozusagen entfleucht! Außerdem musste ich mich prügeln, aber davon später mehr.«

»Verdammt!«, sagte sie leise. »Mit ... äh, *mit ihm?*«

»Nein, so nahe kam ich gar nicht erst an ihn ran. Dafür wurde ich von jemandem angepöbelt, den man hier laut Baedeker wohl einen *Köbes* nennt!«

»Das ist dumm!« Sie wirkte nicht unbedingt besorgt.

Ich winkte den Kellner herbei, um etwas zu bestellen. Als er wieder abgezogen war, griff ich in meinen Rock und zog den Brief hervor.

»Das hier hat er verloren«, erklärte ich seelenruhig.

»Fein! Lass sehen.«

Sie grabschte nach dem Brief, aber ich zog ihn wieder weg.

»Firma Otto H. Leitner, Groß- und Einzelhandel für Stoffe«, las ich vor.

»Moment, ist er jetzt der Absender oder der Adressat?«, fragte sie etwas verwirrt.

»Der Adressat natürlich. Er holt die Nachmittagspost selbst ab, scheint auf dem Amt gut bekannt zu sein, da man sie ihm herausgerückt hat, ohne dass er sich legitimieren musste.«

»Scheint eine größere Firma zu sein«, überlegte sie. »Fragt sich nur, wie wir an ihn herankommen. Wir können doch nicht den ganzen Betrieb durchsuchen, bis wir ihn finden!«

»Denk' mal ernsthaft nach, Elaine«, sagte ich in belehrendem Ton. »Was meinst du, wie viele Menschen in einer solchen Firma in der Lage wären, dir so viel Geld in die Hand zu drücken?«

»Nun, zunächst mal der Eigentümer der Firma natürlich, so viel ist mir auch klar! Aber vergiss bitte nicht, dass es einen Prokuristen geben könnte, einen Buchhalter, einen Juniorchef –«

»Dafür ist er wohl doch ein paar Jährchen zu alt! Nein, ich denke, dass es sich mit größter Wahrscheinlichkeit um Herrn Leitner selbst handeln dürfte, oder?«

»Mag sein.« Sie verzog ihr Gesicht. »Puh! Hast du was dagegen, wenn ich mich von diesem Schleier befreie? Sonst werde ich gleich vor Wärme ohnmächtig! Außerdem kann ich den Tee so nicht trinken. Oder muss ich weiter inkognito bleiben?«

»Nein, ich denke, dass es nicht länger erforderlich sein wird.«

Sie griff nach ihrem Hut und löste die Nadeln, mit denen der Schleier festgesteckt war. Sie waren lang genug, um jemanden zu erstechen oder auch um sie für Raznjici zu verwenden.

»Hm«, machte sie nach dem ersten Schluck Tee. »Was steht denn in dem Brief drin?«

»Habe ihn nicht geöffnet. Ist ja auch unwesentlich, er kommt scheint's von einem Zulieferer.«

»Sieh mal!«, rief Elaine leise. Ihre schwarzen Augen blitzten auf. »Da kommt Charly!«

Mit fliegendem Rock kam er über den Gehsteig auf das Kaffeehaus zu, der Gang gebeugt, der Blick durch den Klemmer energisch und wild, das Haar ein ungebändigter Schopf.

Als er durch die Tür trat, wirkte er gut eine Spanne größer, als er in Wirklichkeit war. Seine Augen schienen den ganzen Raum spöttisch einzunehmen, während sie zunächst nach links und dann nach rechts die Anwesenden taxierten.

»Holla!«, rief er, als er uns erblickte. Mit drei langen Schritten trat er an unseren Tisch heran. »Es ist vollbracht«, nuschelte er leise. »Ich habe gefunden, was wir gesucht haben!«

»*Parbleu!«,* rief ich ihm leise entgegen. »Berichte!«

Er legte zunächst seine Ellenbogen auf den Tisch und schmatzte seltsam, bevor er fast geräuschlos in die Hände klatschte und uns triumphierend ansah. »Es war ziemlich mühselig, aber ich denke, dass ich ihren Namen herausgefunden habe! Also –«, er kratzte sich zerstreut an der Stirn und kramte dann einen Notizzettel hervor, »– es könnte sich rein theoretisch um eine von zwei Personen handeln, eine Maniküre namens Clodwig Lobmann, die aber des Standes wegen nicht in Frage kommt, sowie eine Frau aus dem gehobenen Stand namens *Leitner*, die sozusagen meinen Favoriten in diesem Rennen –«

»Sagtest du Leitner?«, fiel ich ihm ins Wort.

Elaine hob eine Hand an den Mund und sah ihn nur entsetzt an.

Charly, der gar nicht verstehen konnte, was uns beide so sehr bewegt, nickte amüsiert und ließ sich auf dem verbleibenden Stuhl nieder. »Christine Leitner, buchstabiert sich genau, wie man's spricht! Sechsundzwanzig Jahre alt, oder sollte man nicht besser ›jung‹ sagen? Schlanke Gestalt, einhundertsechzig Zentimeter hoch, schmales Gesicht, brünette Locken – aber das sind Details, die uns nicht zu kümmern brauchen ...« Er verzog den Mund. »Wird jedenfalls seit Anfang Dezember einundachtzig vermisst, aber jetzt hört mal genau zu, denn sie war weiß Gott keine Angehörige des unteren Standes.« Er kramte aus seinem Rock einen Notizzettel hervor. »Blaues Seidenkleid, weiße Seidenstrümpfe, schwarze, leichte Reisestiefel –«

»Charly«, sagte ich eindringlich.

»Ja, was ist?« Er sah mich fragend an.

»Charly, diese Christine Leitner und Frau Rosmann sind ein und dieselbe Person.«

»Na klar, aber das ist doch der Schnee von gestern, nicht wahr?«

»Schon. Nur ergibt sich das Problem, dass wir jetzt einen Ehemann zu viel haben!«

Er zuckte so sehr zusammen, dass ihm der Klemmer von der Nase fiel. »Wie? Was? Verstehe nicht!«

Ich zog den Brief aus der Tasche und erklärte es ihm.

»Hui!«, machte er mit nachdenklichem Gesicht. »Wo bleibt der Kellner, verdammt! Ich wollte eigentlich einen Kaffee bestellen, aber jetzt brauche ich etwas Stärkeres.« Er sah sich um und schnippte wie ein Schuljunge mit den Fingern, als er den Kellner entdeckt hatte.

»Das ist wirklich stark!«, brummte Charly, nachdem wir unsere Bestellung aufgegeben hatten. »Eigentlich lässt diese seltsame Konstellation von Personen nur einen Schluss zu – die Tote war eine dreiste, ja, möchte sogar sagen, wüste Bigamistin!«

»Vermutlich«, meinte Elaine sehr nüchtern. »Fragt sich nur, wer ihr den Hals umgedreht hat? Ehemann Nummer eins oder Ehemann Nummer zwei?«

»Vielleicht solltest du es mit Münzenwerfen versuchen, meine Liebe!«, sagte ich. »Ich meine, wir wissen ja so gut wie gar nichts über die beiden. Gefährten und Kameraden, wir sollten das Problem ruhen lassen, bis Leitner sich bei uns meldet!«

»Und wenn er es nicht tut?«, gab Charly zu bedenken.

»Dann werden wir ihn aufsuchen. Ich schlage vor, dass wir ihm bis morgen Abend Zeit lassen. Wenn er nicht kommt, sind wir am Mittwoch in der Früh bei ihm. Einverstanden?«

Charly nickte und Elaine zuckte einverständig mit den Achseln.

Wir verließen das Kaffeehaus um kurz nach vier, da wir vor dem Abendessen noch einen Bummel durch die Altstadt machen wollten. Zwar hatte mir Elaine versichert, dass das Restaurant unseres Hotels eine große Palette an ausgezeichneten internationalen Gerichten anbot, schlug aber vor, heute einmal die Traditionsküche der Stadt auszuprobieren.

Den größten Teil des Abends verbrachten wir deshalb in einem bürgerlichen Gasthaus, das den vielsagenden Namen »Zur fröhlichen Rollschuhbahn« trug. Neben besagter Rollschuhbahn gab es auch eine zum Kegeln sowie einen Tanzboden, an dem man zwingend vorbeimusste, um in die eigentliche Restauration zu gelangen. Auf dem Parkett drehten drei idiotisch grinsende Zwockeln ihre Damen herum, wobei sie gelegentlich »Hurra!« und andere militärische Interjektionen von sich gaben, als sei's der Offiziersball anlässlich des Geburtstages Seiner Majestät. Die blank polierten Metallknöpfe der Uniformen produzierten bei jeder Drehung hektische Lichtblitze, was den lächerlich steifen Bewegungen der Tänzer etwas bizarr Automatenhaftes verlieh.

In der Gaststube belegten wir einen der etwas abseits vom Tresen gelegenen Tische und ließen uns die Speisekarte bringen, die uns schon beim ersten Durchlesen mit aller Macht verdeutlichte, dass wir im gelobten Land der haltlosen Narretei angelangt waren. Der Kölner leidet nämlich unter der Zwangsvorstellung, dass ihm ständig der Schalk im Nacken sitzen muss. Die ungeheure Witzigkeit dieses Menschenschlages manifestiert sich hauptsächlich in der Schöpfung von möglichst unpassenden Bezeichnungen für umwerfend alltägliche Dinge. Gewiss fände es niemand witzig, wenn beispielsweise ein Kroate sein Raznjici als *Karlstädter Kaviar* deklarieren würde, oder? Bezeichnet dagegen ein Kölner ein ordinäres Roggenbrötchen mit Käse als *Kölsch Kaviar*, dann macht er das nur, damit andere es zum Schießen finden!

Falls ihm jedoch bei Verwirklichung dieser Posse nur gleichgültige Gesichter entgegenblicken, dann tauft er denselben Imbiss flugs in *Halven Hahn* um. Und wer darüber nicht kichernd vom Stuhl fällt, wird kurzerhand erschossen und zu *Flöns* verarbeitet. So nennt man hier die gemeine Blutwurst, die übrigens ganz genau so schmeckt, wie sie heißt.

Gegen elf Uhr deutete Elaine mit einem versteckten Gähnen an, dass es an der Zeit sei, den Abend zu beenden. Auf dem Weg nach draußen kamen wir wieder am Tanzboden vorbei, der mittlerweile frei von Militärs war, da diese bekanntlich unter der Woche sehr zeitig in die Federn müssen.

Die achtköpfige Kapelle spielte ein Lied, dessen Refrain maßgeblich aus der Zeile »Kölle am Rhing« bestand, während ich eiligen Schrittes den Gang durchmaß, um möglichst schnell ins Freie zu kommen. Doch als ich Elaine die Tür aufhalten wollte, bemerkte ich zu meinem Entsetzen, dass sie und Charly irgendwie vom Weg abgekommen waren. Es dauerte eine Weile, bis ich die beiden Verirrten entdeckte, wie sie sich über's Parkett bewegten und dabei aneinander klammerten, allerdings keineswegs angstvoll wie Hänsel und Gretel, sondern ungemein ausgelassen.

Ich schüttelte den Kopf und ließ mich auf einem der am Rande des Durchgangs platzierten Stühle nieder, um Mauerblümchen zu spielen. Bald klangen die letzten Polkatakte aus und die Kapelle stimmte einen Walzer an, dessen Refrain seltsamerweise wieder die Phrase »Kölle am Rhing« enthielt, genau wie der sich anschließende Tango, bei dessen Eingangstakten der Kapellmeister zu meinem völligen Entsetzen »Damenwahl!« in den Saal hinein tutete.

Sofort machte ich ein Gesicht, vor dem selbst ein mädchenraubender Südseepirat in Ohnmacht gefallen wäre. Am Nebentisch hatten sich nämlich kurz zuvor zwei Damen niedergelassen, die sich im finstersten bergischen Dialekt miteinander verständigten. Die eine befand sich im fortgeschrittenen Tantenalter, während die zweite nicht mehr als neunzehn Jahre zählte. Ihre Konversation wurde in einer Form betrieben, die man am besten als albernes Tuscheln umschreiben konnte, dessen Inhalte eigentlich nicht für meine Ohren bestimmt sein sollten, mir jedoch dank meiner geschärften Sinne weitgehend zuteil wurden.

Gerade eben noch hatte Tantchen bemerkt, dass der Herr am Nebentisch ein »schnieke Keal« sei, grob übersetzt also eine Mannsperson von gepflegtem Äußeren. Und ehe ich's mich versah, sprang das Nichtchen wie ein Springteufel hoch und trat an meinen Tisch, um mit übertriebenem Knicks »Jestatten, der Här!« zu sagen, ohne Fragezeichen, wohlgemerkt!

So kam es, dass ich kurz darauf mit ihr den Tanzboden betrat und zum Zweivierteltakt dafür sorgte, dass ihre rotblonden Löckchen ins Fliegen gerieten. Sie war keine üble Person, nur leider ein wenig klein geraten, so dass ich meinen Ellenbogen stark anwinkeln musste, um ihr am Ende des weit ausgestreckten Armes befindliches Händchen zu erreichen, während sich die äußerste Spitze des Blumengestecks auf ihrem Hütchen mit viel Anstrengung bis in die Höhe meiner Krawattennadel emporreckte.

Zu allem Unbill redete die Kleine pausenlos auf mich ein, da sie sich wie alle waschechten Kölner vor lauter Ausgelassenheit außerstande sah, für mehr als den Bruchteil einer Zehntelsekunde die Klappe zu halten. Ähnlich ging es dem Kapellmeister, der sich frech über die Tatsache hinwegsetzte, dass der argentinische Erfinder des Tangos diesen eigentlich als gesanglose Musikgattung erschaffen hatte:

»Und kommt ahl' Lütt,
nach Kölle am Rhing,
wo'mer alle Zig so fröhlisch sing,
häß einmaah opp där Domplatz jedanz',
dann bliev' ding Häaz in Köl-le janz!«

Davor bewahre mich der Schöpfer, dachte ich. Im nächsten Moment segelten Charly und Elaine seitlich an uns vorbei, und ich vermeinte deutlich, seinen tiefen Bariton zu vernehmen, der eine bizarr sächselnde Variante des Verses zum Besten gab.

Damit schwand sämtliche Hoffnung in mir, dass Elaine und Charly bereits genug hatten und mir somit eine Ausrede liefern würden, die Kleine wieder in die Obhut des Tantchens zu übergeben. Erst nach zwei Polkas und einem Walzer wurde ich sie los, indem ich mich mit einem menschlichen Bedürfnis entschuldigte und sie einfach stehen ließ, um den Tanzboden über eine Tür zu verlassen, die in den Hof und zu den Aborten führte. Mit einem Klimmzug überwand ich das Mäuerchen, das den Innenhof und Biergarten von einem Gässchen trennte, über das ich bald wieder in jene Straße gelangte, in der der Eingang des Gasthauses lag. Ich baute mich in sicherer Entfernung von der Eingangstür und ein gutes Stück abseits der nächsten Straßenlaterne auf, um den Schutz der Nachtdunkelheit zu genießen, falls Tantchen oder Nichte auf die Idee kämen, die Verfolgung des potenziellen Heiratskandidaten aufzunehmen.

Um mir die Zeit nicht lang werden zu lassen, kramte ich aus meinem Rock eine von Charlys Zigarren hervor. Es vergingen vielleicht fünfzehn Minuten, in denen sich die Tür des Gasthauses etliche Male öffnete, um eine oder mehrere Personen hinein oder herauszulassen. Und dann, als ich gerade überlegte, ob ich diesen Ort verlassen wollte, trat Elaine aus der Tür, gefolgt von Tantchen und Nichte, die sich offenbar von Charly die Tür aufhalten ließen und anschließend schwatzend in meine Richtung abzogen, während Elaine einen kurzen Moment neben der Tür auf ihren Begleiter wartete.

Schließlich kam auch Charly mit leicht gebeugtem Kreuz aus der Tür und sah sich nach links und rechts um, bis er Elaine entdeckte und leise etwas sagte, das ich aufgrund der Entfernung nicht richtig verstehen konnte, zumal er mir den Rücken zukehrte. Sie ging einen Schritt auf ihn zu und er beugte seine Elle, um ihr den Arm anzubieten. Gerade wollte ich mich aus den Schatten lösen, als ich bemerkte, wie er ebenfalls auf sie zuging, statt abzuwarten, bis sie sich an seine Seite gesellte.

Sie küssten sich lange und intensiv.

Ich drückte meine Zigarre, die ich wegen der verräterischen Glut hinter meinem Rücken verborgen hatte, an der nächstgelegenen Hauswand aus. Dabei fiel mir ein Plakat einer Weinhandlung ins Auge, auf dem eine reich geschmückte Karte des Rheinverlaufs gezeigt wurde. Nebenbei diente das Plakat auch als Anzeigebrett, da es mit allen möglichen Angeboten voll gekritzelt war, von »Wohnung an Herrn zu vermieten – keine Studenten und Säufer!« bis »Turnstunden, Einzelunterricht, Glockengasse 33, nach Fräulein Annette fragen«.

Neben die etwas üppig geratene, auf das Plakat gedruckte Loreley hatte ein Witzbold einen immerhin recht passablen Limerick gekrakelt:

Einst lebte am Rhein eine Nixe,
die war vom Verstand nicht sehr fixe.
Statt die Schiffer zu bannen
glotzte sie in die Tannen
Mit höchst betörende Blickse.

Ich schüttelte amüsiert den Kopf und machte mich im Dunkel der Nacht davon.

Der gehörnte Ehemann

Während ich meine zweite Semmel mit Butter bestrich, betrat Charly den Frühstücksraum des Hotels und orientierte sich kurz, bis er mich erblickte und herübergelaufen kam.

»Guten Morgen, Nik! Hast du gut geschlafen?«

»Morgen. Nicht schlecht. Und selbst?«

»Danke der Nachfrage.« Er nickte und nahm mir direkt gegenüber Platz.

»Wo warst du denn plötzlich? Wir haben eine ganze Weile nach dir gesucht!«

»Oh, ich fühlte mich plötzlich ungemein abgeschlagen und bin kurz vor die Tür. Und dann ... ja, dann kam wohl zufällig eine Droschke vorbei und mich überfiel schlagartig ein ungeheures Verlangen nach Schlaf!«

Ich löffelte Konfitüre auf meine Semmel. »Eigentlich macht es mir ja nichts aus, tagelang an einem Stück wach zu bleiben. Aber wenn ich einmal so weit bin, dann geht nichts mehr, die Anstrengung fordert eben ihren Tribut! Ja, und da blieb mir wohl nichts anderes übrig, als die Droschke herbeizuwinken. Stell dir vor, vor dem Hotel angekommen, da hatte der Fahrer seine liebe Not, mich wachzukriegen. Bin irgendwie im Halbschlaf auf's Zimmer und habe es wohl gerade noch auf's Bett geschafft, an den Rest erinnere ich mich nicht mehr!«

»Erstaunlich!« Er ließ sich von der Kellnerin Kaffee einschenken und griff dann nach einer Semmel. »Na, wir waren schon ein wenig aus dem Häuschen, haben erst das Gasthaus und anschließend die halbe Straße nach dir abgesucht!«, erklärte er mit unbewegtem Antlitz.

»Ah!«, rief ich entzückt. »Da kommt auch Elaine!« Er drehte sich herum und winkte ihr tatsächlich aus dem Handgelenk entgegen.

»Hallo und guten Morgen, ihr zwei«, grüßte sie fröhlich, während sie sich auf dem von Charly zurechtgerückten Stuhl niederließ. »Hattet ihr eine angenehme Nachtruhe?«

»Ganz ausgezeichnet!«, entgegnete Charly schnell. »Man schläft ungemein ruhig hier, für Großstadtverhältnisse, meine ich natürlich!«

Ich knurrte etwas unverfänglich Klingendes in den Bart.

»Oh lala!«, bemerkte Elaine. »Nikola hat wieder seine brummelige Laune. Verschwindet nächtens mitten in einer fremden Stadt spurlos, sodass sich jeder Mensch, der ihn nicht näher kennt, wirkliche Sorgen macht. Aber damit schockiert er mich nicht, da ich solches gewohnt bin. Erinnerst du dich, Charly? Ich war keine Sekunde beunruhigt! Mit der Zeit härtet man sich wirklich gegen die erstaunlichsten Verhaltensweisen ab.«

»Nik war wohl nicht gut zurecht«, erklärte Charly zu meiner Verteidigung. »Deshalb ist er schnell ins Hotel zurück.«

»Um Himmels willen! Und ich dachte schon, dass er sich wieder einmal der Misanthropie hingibt! Obwohl, ich meinte zu sehen, dass er mit einer Frauenperson einige Zeit auf dem Tanzboden zubrachte, ein wirklich entzückendes Wesen mit roten Locken, oder war es nur eine von meinen Visionen?«

»Keineswegs!«, widersprach ich in möglichst blasiertem Tonfall. »Sie war völlig existent, die kleine Sophie. Erstaunlich reif für eine so junge Person, und ungemein gebildet. Sie beabsichtigt nach Amerika auszuwandern, weil es dort einige Privatuniversitäten gibt, die Frauen zum Studium zulassen. Vermutlich wird aus ihr eines Tages ein tüchtiger Ingenieur, oder sagt man dazu Ingeniöse?«

»Ich kann nur hoffen, dass sie dort zurechtkommt, vor allem wegen der sprachlichen Hindernisse«, erwiderte Elaine spitzfindig. »Als wir beim Tanzen in eurer Nähe vorbeikamen, meinte ich einen Satz aus ihrem Mund zu hören, der mir doch sehr mundartlich klang.«

Ich stellte meine leere Kaffeetasse ab und sah sie ruhig an. »Du musst dich verhört haben, meine Liebe. Wir sprachen nämlich vorwiegend Englisch, das dir ja nicht so geläufig ist wie die romanischen Sprachen. Vermutlich hast du also ihre englische Inflexion mit der hiesigen verwechselt, anders kann ich es mir wirklich nicht vorstellen.«

In diesem Moment beschloss Charly wohl, dass es an der Zeit sei, das Gespräch in andere Bahnen zu lenken.

»Sagt mal, wie sehen unsere Pläne für heute aus?«, fragte er.

»Ach«, machte Elaine, »da fällt mir etwas ein, was ich wegen des ganzen Trubels um Nikola glatt vergessen habe! Denkt euch, am Empfang lag eine Notiz für mich, dass gestern am frühen Abend jemand angerufen habe – ein Mann offenbar, der seinen Namen aber nicht genannt hat. Da ich nicht im Haus war, sagte man ihm, dass er mich heute früh bis elf Uhr erreichen könne!«

»Hä! Die Falle schnappt zu!«, rief Charly heiser.

Wir entschieden, auf Elaines Zimmer abzuwarten, ob der Fremde wieder vorsprechen würde. Um uns die Zeit zu vertreiben, spielten wir einige Runden Schafkopf aus, bis Charly und Elaine alle verfügbaren Zündhölzer an mich verloren hatten. Gerade wollte ich den Vorschlag machen, den beiden zu freundschaftlichen Konditionen auszuhelfen, als es sacht an der Tür klopfte.

Es war einer der Hoteldiener.

»Ein Herr wünscht Maddmäusell zu spreschen.« Er kam an den Kartentisch, um ein Tablett mit einer Visitenkarte vor ihr abzustellen.

»Danke, Paul«, sagte Elaine nach einem flüchtigen Blick auf die Karte. »Bitten Sie ihn herauf.«

Als der Diener die Tür hinter sich geschlossen hatte, stand ich auf, um mich wie verabredet im anliegenden Boudoir zu verstecken, das sich hinter einer nur oberflächlich kaschierten Tapetentür befand.

In dem kleinen Raum war es recht düster, da das einzige vorhandene Fenster in den Zwischengang mündete, der die Suite mit dem anliegenden Zimmer verband. Zwangsläufig bekam der Durchgang mehr Tageslicht ab als das Boudoir, dessen halbhoher Toilettenspiegel wohl aus diesem Grund rechts und links von Gaslampen gesäumt wurde. Ich fragte mich, welchen Zweck es wohl haben sollte, dass der höchst selten benutzte Gang in den Vorzug der besseren Ausleuchtung gelangte. Nach einigem Nachdenken fiel mir ein, dass am Ende des Ganges ja das Zimmer lag, das Elaine Charly zugewiesen hatte. Damit wurde mir alles klar: Der geniale Architekt des Hotels war davon ausgegangen, dass liebestolle Menschen nur selten eine Laterne bei sich tragen! In rührender Fürsorge hatte er deshalb dafür gesorgt, dass der nächtliche Verkehr über den Gang von der Straßenbeleuchtung profitierte, die ja durch das Fenster in den Gang fiel.

Seufzend nahm ich den Stuhl vor dem Toilettentisch und rückte ihn so an die Tür, dass ich ohne große Anstrengung durch das Schlüsselloch zu spähen vermochte. Bedauerlicherweise war mein Blickfeld jedoch auf den Eingangsbereich der Suite beschränkt, in dem sich der interessantere Teil des erwarteten Geschehens ja mit größter Wahrscheinlichkeit nicht abspielen würde. Als es kurze Zeit darauf wieder klopfte und Elaine den Besucher einließ, huschte er nur kurz als grauer Schemen vorbei, womit der sichtbare Teil der Vorstellung für mich dann auch beendet war.

»Darf ich die Herren miteinander bekannt machen? Herr Dragon, Herr Doktor Charles May, seines Zeichens engster Mitarbeiter und Vertrauter des Professors!«, sprach Elaine.

Eine kurze Pause entstand, während sich die Herren die Hände reichten.

»Doktor *May?*«, sagte eine kultivierte, etwas heisere Stimme. »Verzeihung, aber man hatte mir einen ganz anderen Namen genannt?«

O verflucht! Wir hatten beschlossen, unsere richtigen Nachnamen zu wählen, um die ganze Angelegenheit allmählich in vernünftige Bahnen zu lenken. Schließlich war es nicht ganz unwahrscheinlich, dass wir die Polizei hinzuziehen mussten, die wenig Verständnis für Ausländer und ehemalige Sträflinge hat, die unter falschem Namen reisen. Nur hatten wir nicht damit gerechnet, dass Sirpinski sich die fingierten Namen merken würde, die wir ihm albernerweise genannt hatten.

»Hä! Ja, welchen Namen hat man Ihnen denn genannt, Herr Dragon?« Ah, der gute Charly bewies in diesem Moment, dass er sich nicht so leicht aus dem Ruder werfen ließ.

»Man sprach nur von einem Doktor Aprillowitsch, obwohl dessen Beschreibung genauso gut auf Sie zutreffen könnte, Herr Doktor!«

»Hahaha!«, lachte Charly meckernd. »Das ist aber reichlich konfus! Sehen Sie, mein Name ist tatsächlich May – das steht zumindest in meinem Ausweis, hahaha! Aber wissen Sie, was das Tollste daran ist? Ich habe tatsächlich in Prag bei dem berühmten Professor Aprilliewitsch promoviert, mit *IE*, wohlgemerkt. Irgendjemand hat da wohl den *Iewitsch* mit einem *Owitsch* durcheinander gewürfelt und diesen zu allem Überfluss gegen mich eingetauscht!«

Eines musste man Charly wirklich lassen, er ließ sich nicht so leicht aus dem Takt bringen! Nach den üblichen Floskeln lenkte er ohne Umschweife auf das Thema.

»Herr Dragon, Fräulein Fondeaux hat mir erzählt, dass Sie sich für den von Professor Tesla erfundenen Spiritualtelefonator interessieren. Darf ich fragen, welcher Natur dieses Interesse ist?«

»Da Sie mich so direkt fragen, nun ... ich würde diese Maschine gerne für einige Zeit mieten.«

»Mieten, hm. Für wie lange?«

»Einige Tage. Sagen wir drei. Ich bin natürlich bereit, eine angemessene Summe dafür zu bezahlen. Nennen Sie mir Ihren Preis, ich denke, dass wir uns dann schnell einig werden.«

»Tausend Mark pro Tag«, erwiderte Charly ohne langes Nachdenken. »Macht also dreitausend. Zahlbar zur Hälfte im Voraus, versteht sich.«

»Dreitausend Mark?« Dragon stieß die Luft aus. »Das ist wesentlich teurer, als ich ... Ich gebe Ihnen fünfzehnhundert und keinen Pfennig mehr! Ich will's ja nur ausleihen, Sie erhalten es unbeschadet zurück!«

»Herr Dragon, besagte Apparatur ist nicht nur einzigartig, sie ist auch tonnenschwer und zudem höchst empfindlich, und deshalb nicht spedierbar.«

»Oh!«, machte Dragon etwas enttäuscht. »Das wusste ich nicht. Ich ging davon aus, dass ich ihn mir einfach entleihen könnte, um ihn selbst zu bedienen, nach entsprechender Einweisung, versteht sich. Gut, ich sehe es ein. Trotzdem ist Ihr Preis ... er erscheint mir doch etwas überzogen!«

»Das müssen Sie selbst entscheiden. Ich habe Ihnen lediglich gesagt, was wir billigerweise für den Aufwand verlangen müssen. Dreitausend also, und ich bin nicht autorisiert, davon abzugehen!«

»Das werde ich wohl akzeptieren müssen. Na gut. Aber dann geben Sie mir eine Garantie, dass der Apparat das vermag, was ich von ihm erwarte?«

»Dazu müsste ich explizit wissen, *was* Sie sich vom Gebrauch des Apparates versprechen, Herr Dragon?«

»Nun ... äh, ich möchte mit einer bestimmten Person ... Nein! Das ist nicht ganz richtig. Ich möchte wissen, ob eine bestimmte, verschollene Person noch unter den Lebenden weilt. Es handelt sich um eine komplizierte Erbschaftsangelegenheit, Sie haben ja bestimmt schon einmal davon gehört, dass es dabei sehr wichtig ist, wer zu welchem Zeitpunkt das Zeitliche gesegnet hat.«

»Mhm.« Charly machte eine Pause. »Dann verstehe ich nicht ganz, was ich Ihnen garantieren soll? Wenn Sie einen Apparat benötigen, der garantiert keine Verbindung zu der gesuchten Person schafft, sei sie nun lebendig oder tot, das vermag auch eine Kaffeemaschine, die Sie für fünf Mark beim nächsten Trödler erhalten –«

»Herr –«, wollte der Besucher aufbrausen.

»Entschuldigen Sie bitte, das war nicht angebracht! Ich will es einmal so sagen: Zwar eröffnet der Apparat des Professors den Zugang zu ... nun, nennen wir es einmal eine höhere Ebene. So viel ist gewiss! Aber die direkte, gezielte Kontaktaufnahme zu einem ... einem Geist kann ich nicht garantieren.«

»Ach!«, rief Dragon enttäuscht. »Da war ich wohl nicht richtig informiert. Wenn es so ist, dann verschwende ich hier nur meine Zeit.« Das Knarren der Bodendielen deutete an, dass Dragon sich von seinem Platz erhob. »Guten Tag noch, Herr Doktor, guten Tag, Mademoiselle!«

»Auf Wiedersehen, Herr *Leitner*!«

Stille.

»Was ... Wie?«

»Nehmen Sie doch bitte wieder Platz, Herr Leitner! Ja, es war nicht schwierig –«

Zwei, drei rumpelnde Schritte waren zu hören, gefolgt von dem Geräusch splitternden Holzes. Ich war sofort auf den Beinen und riss die Tapetentür auf, um in den Raum zu stürmen.

Wie die Geräuschkulisse mich hatte vermuten lassen, war Leitner Charly an die Gurgel gegangen, und zwar in einem Stadium derartiger Erregung, dass er sich nicht hatte von dem Kartentisch aufhalten lassen, in dessen Trümmern er jetzt lag. Zwar war es ihm gelungen, seine Hände um Charlys Hals zu schließen, das unerwartete Nachgeben des Tisches hatte ihn jedoch in eine recht unvorteilhafte Lage verbracht, sodass er einen Großteil seiner Kraft dazu aufbringen musste, sich an Charlys Hals festzuhalten, statt diesem mit aller Macht die Luft abzudrücken.

Das Ganze war extrem schnell vonstatten gegangen, da Charly nicht einmal die Zeit geblieben war, sich von der Chaiselongue zu erheben. Während Leitner ihn würgte und sich in den Trümmern des Tisches herumwälzte, hämmerte Charly abwechselnd mit beiden Fäusten auf dessen Kopf ein, was aufgrund seiner unnatürlich gebeugten Haltung jedoch nicht gerade der effektivste Weg war, um sich gegen seinen Angreifer zur Wehr zu setzen. Irgendwo daneben stand Elaine, die entsetzt ihren Mund mit der Hand bedeckte.

Ich sprang auf die beiden Streithähne zu, gerade als Charly es doch irgendwie geschafft hatte, Leitners Würgegriff abzuschütteln, sodass dieser seinen Halt verlor und nun auch mit dem Oberkörper am Boden war. Charly richtete sich auf und schöpfte japsend Luft, bevor er dem am Boden liegenden Gegner einen saftigen Tritt in die Seite verpasste.

»Schweenepriester, verdammter! Willtscht noch eens? Da und da und da! Keene Angscht, mein Guhtschter, die andere Seite wird ooch noch gebläut –«

»Charly! Lass es, der hat erst mal genug!«

Er sah mich irgendwie zweifelnd an. »Meenste wirklisch?« Zack, noch ein Tritt! »So, das wird dich Mores lehren!«

Beruhigt nahm ich zur Kenntnis, dass der letzte Satz wieder auf Hochdeutsch erklungen war, was bedeuten musste, dass Charly sich halbwegs abreagiert hatte.

Leitner stöhnte gequält und wälzte sich auf die Seite.

»Herr Leitner?« Ich beugte mich vorsichtig über ihn. »Das war, wenn Sie meine ehrliche Meinung wissen wollen, ausgesprochen überflüssig! Wenn Sie damit einverstanden sind, werden wir uns jetzt wie erwachsene Menschen weiter unterhalten, ja?« Ich streckte ihm die Hand hin.

Er überlegte eine Sekunde lang und ließ sich dann von mir auf die Beine helfen.

»Sie sind …«

»Tesla, Nikola Tesla.«

»Ah ... Sie waren es doch, der mich auf dem Rückweg vom Postamt verfolgt hat?«

»Richtig. Was Sie mir übrigens nicht verübeln können, da ich mir gerne vorab ein Bild von den Menschen mache, mit denen ich geschäftlich verkehren soll, vor allem wenn diese unbedingt ihr Inkognito wahren wollen!«

»Ich hatte ... meine Gründe«, erklärte er, während er sich kraftlos auf einem der Stühle niederließ.

»Ich weiß.« Ich sah ihn mit einer Miene gelassener Überlegenheit an. »Ich sage nur einen Satz, um Ihnen anzudeuten, wie tiefgehend wir über Sie informiert sind: Christine Leitner ist unwiderruflich tot.«

Er wirkte nicht unbedingt überrascht. »Woher ... –«, er räusperte sich, »– woher wollen Sie das wissen?«

»Tun Sie bitte nicht so, als ob wir Ihnen etwas Neues erzählt hätten!«, brummte Charly. »Sie müssen doch davon ausgegangen sein, dass Ihre Frau tot ist, sonst wären Sie ja niemals auf die spinnerte Idee gekommen, sie im Jenseits zu suchen.«

Leitner richtete sich ein wenig auf. »Natürlich habe ich diese Möglichkeit in Erwägung gezogen, nachdem sie schon so lange verschwunden war. Aber ... woher wissen sie so genau, dass Christine –«

»Ihre Leiche wurde gefunden.«

»Aha. Ja.«

Diese gleichmütige Reaktion fand ich doch ziemlich bemerkenswert.

»Die Polizei weiß es noch nicht, aber das kann sich jeden Moment ändern. Es ist nur eine Frage der Zeit, bis die Beamten auf die Vermisstenanzeige stoßen. Sie täten gut daran, sich auf eine eingehende Befragung gefasst zu machen, denn bevor die Woche vorbei ist, könnten Sie schon unter Mordverdacht stehen. Vielleicht morgen schon, das hängt nur davon ab, wie gut die Polizei arbeitet.«

»Mord? Ich ... aber das ist ja lächerlich!« Er zog ein Taschentuch aus dem Rock, um sich den Schweiß vom Gesicht zu wischen.

»Ich habe meine Frau nicht ermordet! Natürlich habe ich geahnt, dass sie tot ist, aber damit habe ich nichts zu tun! Es war lange vor Weihnachten, dass ich sie zuletzt sah, das kann ich beeiden!«

»Was Ihnen im Zweifelsfall nichts nutzen wird«, bemerkte ich nüchtern.

»Aber ich habe alles darangesetzt, ihr Verschwinden aufzuklären! Aber was erzähle ich Ihnen das überhaupt, es geht Sie ja nichts an!«

»Darüber kann man geteilter Meinung sein«, widersprach Charly mit hartem Gesichtsausdruck. »Sie wollten eine Information von uns, wir haben prompt geliefert. Sie stehen also in unserer Schuld, daran ist nichts zu rütteln!«

»In Ihrer Schuld?«, brauste Leitner auf. »Sie haben ihren verdammten Apparat ja gar nicht bemüht!«

»Hä! Auf welche Weise sollen wir diese Informationen denn bitte schön sonst erhalten haben? Bevor Sie von der Polizei informiert wurden, wohlgemerkt! Sie wollten eine Garantie für unsere Methoden? Bitte schön, ist bereits geliefert! Die erwünschte Information auch, natürlich nicht in ganzem Umfange, da wir bislang ja von Ihrer Seite noch kein Entgegenkommen gesehen haben.« Charly hob zwei Finger und rieb sie aneinander.

Leitner sah ihn scharf an. »Sie ... Sie wissen also noch mehr?«

»Ja. Wir kennen die genauen Todesumstände, wenn man so will.«

Er sah Elaine an, bis diese ihm zunickte. »Gut, ich sehe es ein, dass Sie Ihre Seite schon erfüllt haben. Zum Teil zumindest. Warten Sie.« Er griff in seinen Rock und zog eine dicke Brieftasche hervor. »Zehn, elf ... vierzehn, fünfzehn. Mehr kann ich Ihnen im Moment nicht geben, mir bleibt dann gerade genug, um die Droschke zu bezahlen. Die restlichen fünfzehnhundert erhalten Sie, wenn die Polizei mir das bestätigt hat, was Sie mir erzählt haben. Geht das so in Ordnung?«

Charly ergriff die Scheine und zählte sie sorgfältig, bevor er sie mir mit zufriedenem Gesicht überreichte. Dann erklärte er Leitner, dass er noch einige Dinge in Erfahrung zu bringen wünschte, worauf dieser einwilligte, seine Fragen wahrheitsgemäß zu beantworten. Das Resultat war teilweise bekannt, denn offenbar hatte Frau Leitner ihr eigenes Leben geführt, und dies in einer Weise, dass selbst ein grundanständiger Mensch den Verdacht bekam, sie habe ihrem Gatten auf höchst freche Weise Hörner aufgesetzt. So pflegte sie häufig tagelang außer Haus zu sein, ohne dass er auch nur den Hauch einer Ahnung hatte, wo sie gerade verweilte.

An diesem Punkt räusperte sich Charly vernehmlich und fragte: »Pardon, aber haben Sie wirklich nie die Zeit gefunden, Ihre Gattin zu begleiten?«

Leitner schüttelte den Kopf. »Nein, daran war einfach nicht zu denken. Vor einigen Jahren stand meine Firma am Rande des Ruins, unser Prokurist hatte größere Summen veruntreut und die Bücher so geschickt gefälscht, dass ich von der Polizei verdächtigt wurde, Schmuggelware und sogar Diebesgut in meinem Bestand zu führen. Aus Schaden wird man bekanntlich klug und Sie werden verstehen, dass ich keinen Prokuristen mehr einsetzen werde. Dementsprechend hoch ist meine Arbeitsbelastung, und ich bin in den letzten drei Jahren zusammen nicht mehr als fünf Tage dem Betrieb fern geblieben.«

»Ja, das sehe ich ein«, entgegnete Charly mitfühlend. »Hat man diesen Schurken wenigstens gefasst?«

»Leider nein«, antwortet Leitner bedauernd. »Er ist über alle Berge, mit dem ganzen schönen Geld. Fast fünfzigtausend Mark waren es, ein schwerer Schlag für meine Firma.

Wenn meine Frau nicht so eine Vorahnung gehabt hätte, dass der Kerl ein Gauner ist, hätte es mich noch viel schlimmer treffen können –«

»Hä! Eine Vorahnung. Ja, sowas gibt's.« Charly lehnte sich nachdenklich zurück.

»Ich hatte sogar einen Privatdetektiv mit der Sache betraut, aber dabei wohl eine schlechte Wahl getroffen, da er auch nichts herausfand. Ein Idiot, wenn Sie mich fragen – ich habe ihn auch nach meiner Frau forschen lassen, wobei er sich als genauso unfähig erwies –«

»Aber Sie haben den Fall doch bei der Polizei angezeigt, ja?«, fiel ihm Charly recht unhöflich ins Wort. »Ich meine diesen – wie sagten Sie noch, wie er hieß?«

»Der Prokurist? Ich hatte es nicht gesagt, glaube ich.« Leitner dachte kurz nach. »Aber es ist ja kein Geheimnis, da er sogar steckbrieflich gesucht wird – Schaumburg, Walther Schaumburg, so hieß er. Ich hatte ihn bei einem Konkurrenten abgeworben, er war gerade einmal dreiundzwanzig Jahre alt, aber trotz seiner Jugend ein erstaunlich reifer und intelligenter Kopf.« Er starrte Charly hart an. »Ich denke, dass ich von Ihren Fragen für's Erste genug habe.«

Charly nickte. »Wie Sie meinen! Ich weiß ohnehin genug. Aber um Ihnen gegenüber fair zu sein, werde ich Ihnen jetzt mitteilen, was wir über den Tod Ihrer Gattin noch in Erfahrung gebracht haben.« Er griff zu seiner Teetasse, bevor er weitersprach.

»Die Leiche Ihrer Frau wurde vor wenigen Tagen an einem Ort gefunden, der etwa 120 Bahnkilometer von hier entfernt liegt«, enthüllte er ohne Umschweife. »Mit größter Wahrscheinlichkeit wurde sie das Opfer eines Mordes.«

»Ermordet?«, hauchte Leitner betonungslos. »Was ... von wem?«

»Das kann ich Ihnen nicht sagen. Noch nicht. Aber der weitaus wichtigste Umstand, den ich Ihnen mitzuteilen habe, ist der, dass Ihre Frau diesen Ort unter einem angenommenen Namen aufsuchte, um sich dort mit einem Mann zu treffen.«

Leitner sprang auf. »Was wollen Sie damit unterstellen, verdammt –«

»Setzen Sie sich!«, schnauzte Charly. Leitner sah ihn benommen an, leistete der Anordnung aber schließlich Folge. Charly klärte ihn noch über einige unbedeutende Einzelheiten auf, ging aber auf die meisten Fragen Leitners nicht weiter ein.

Nach vielleicht zehn Minuten sah Leitner dann wohl ein, dass er nicht mehr aus uns herausbekommen würde.

»Ich sollte mich wohl bei Ihnen bedanken«, meinte er mit undurchschaubarer Miene, »denn Sie haben mir die Augen geöffnet. Jetzt werde ich jedoch gehen, denn ich habe schon mehr von Ihnen gehört, als ich an einem Tag verkraften kann.« Er seufzte. »Ich werde wieder Kontakt mit Ihnen aufnehmen, wenn die Polizei bei mir war, was Ihrer Aussage nach ja unvermeidlicherweise geschehen wird. Falls nicht, werde ich mir vorbehalten, Sie wegen Betrugs anzuzeigen! Auf Wiedersehen, Mademoiselle Fondeaux, auf Wiedersehen, die Herren!«

Er holte seinen Hut von der Garderobe und verließ den Raum.

Charly grinste uns schief an und zog seine Uhr aus der Tasche. »Hm. Ich muss mich frisch machen. Habe noch einen Termin.« Er sprang auf. »Es wird eine Weile dauern, bis ich zurück bin. Rechnet nicht vor sechs Uhr mit mir.«

»Äh, wollten wir uns nicht den Dom ansehen?«, fragte ich, während er seinen Hut aufsetzte.

»Keine Zeit. Vielleicht morgen früh. Au revoir und amüsiert euch schön!«

»Was war denn das?«, fragte Elaine verdutzt, als die Tür hinter ihm ins Schloss gefallen war.

»Weiß man's? Dann sehen wir uns den Dom eben ohne ihn an! Was meinst du?«

»Nicht heute. Ich habe Kopfschmerzen, glaube ich.«

Man wird mir nicht verübeln, dass ich diese Äußerung keineswegs sonderlich ernst nahm. Wenn ich Kopfschmerzen habe, dann hege ich über diesen Umstand nicht den Hauch eines Zweifels. Menschen, die sich diesbezüglich nicht entscheiden können, sind mir suspekt.

Während ich die Treppe zum Foyer hinunterlief, ging mein Interesse an einem Dombesuch aus irgendeinem Grund verlustig. Statt mich rheinaufwärts kutschieren zu lassen, spazierte ich in Richtung der Altstadt am Flussufer entlang und vertrieb mir die Zeit, indem ich die Tonnage der vorbeifahrenden Schiffe anhand ihrer Wasserverdrängung und Geschwindigkeit abschätzte.

Das sonnige Wetter sorgte dafür, dass die Betreiber der Vergnügungsdampfer sich wirklich nicht über einen Mangel an Passagieren beklagen konnten. Als ich nach einer ganzen Weile an einer Anlegestelle vorbeikam, wartete dort eine Schlange von mehr als fünfzig Menschen auf das von rheinaufwärts heranstampfende Dampfboot. Größtenteils handelte es sich um Kinder und die dazugehörigen Gouvernanten sowie Pensionäre, von denen einige Erstere mit verdrießlicher Miene beäugten, da ihnen das Temperament dieser Mitpassagiere offenbar misslag. Ich blieb in einigem Abstand vom Ende der Schlange stehen und überlegte, ob ich mich ebenfalls anstellen sollte.

»Guten Tag!«, sagte plötzlich jemand in einer solchen Weise, dass ich mich angesprochen fühlen musste. Ich drehte mich herum und entdeckte einen jungen Mann mit deutlich zu langem Haar, der mich nun fröhlich angrinste. Ich brauchte einen Moment, bevor ich erkannte, dass es der Korpsstudent war, der mich nach dem Zwischenfall in dem Straßencafé angesprochen hatte. Jetzt trug er einen normalen, hellen Straßenanzug und gab seine Zugehörigkeit lediglich durch sein dreifarbig koloriertes Halstuch kund.

»Ach, Sie sind's! Guten Tag, ja. Wie ist Ihr wertes Befinden?«

Seine graublauen Augen musterten mich interessiert. »Genau wie das Wetter, also ausgezeichnet! Danke der Nachfrage. Aber Sie sehen gar nicht glücklich aus, wenn mir die Bemerkung erlaubt ist, mein werter Herr!«

»Tja, leider koinzidiert das Wetter nicht mit meinen Launen«, gab ich lächelnd zu. »Aber ich sehe, dass Sie ebenfalls die Absicht haben, dieses Boot zu besteigen. Können Sie mir sagen, wo es das nächste Mal Halt macht? Ich bin nämlich noch völlig unentschlossen, ob ich Lust auf eine Vergnügungsfahrt habe!«

»Zwei Meilen flussabwärts geht's, da liegt ein sehr angenehmes Gasthaus mit zivilen Preisen und Biergarten, der sozusagen mein erklärtes Ziel ist«, erläuterte er. »Wissen Sie was? Ich schulde Ihnen ja noch einen Stiefel Bier, was halten Sie also davon, wenn wir die Fahrt zusammen antreten? Vielleicht vertreibt das Ihre üblen Motten!«

»Warum nicht. Ich könnte etwas Ablenkung gut vertragen.«

Er bot mir seine Hand an. »Hans Krautscheid mein Name.«

»Nikola Tesla, angenehm.«

»Tesla? Hm.« Er sah mich prüfend an. »Verzeihen Sie meine Neugierde, Herr Tesla, aber stand auf dem Brief nicht ein anderer Name?«

»Gewiss. In der Tat. Ich äh ... ich war wohl etwas zerstreut und habe es erst gar nicht bemerkt, als Sie mir den Brief gaben. Habe ihn bereits auf dem nächsten Postamt zur Weiterleitung abgegeben.«

»Ach! Das ist mir aber peinlich! Dann haben Sie mir die Krone ja ohne jeden Grund geschenkt! Warten Sie –«

Ich winkte ab. »Nein, lassen Sie nur! Sehen Sie es einfach als Belohnung für Ihren guten Willen und Ihre Ehrlichkeit an!«

Er grinste mich fröhlich an. »Danke schön, Sie sind wirklich großzügig! Aber dann gestatten Sie mir, Sie für heute als meinen Gast zu betrachten! Ich bestehe darauf!«

»Gerne und vielen Dank. Aber die Fahrtkosten für uns beide werde ich übernehmen, da ich sonst ein schlechtes Gewissen hätte! Einverstanden?«

»Einverstanden!«

Das Dampfboot hatte bereits angelegt und ein gutes Dutzend Passagiere mitgebracht, die jetzt ausstiegen, während das Gejohle und Lachen der Kinder in einem Ausmaß anstieg, dass sich einer der wartenden Pensionäre kopfschüttelnd aus der Schlange löste und völlig empört das Weite suchte.

Bald stand ich mit Krautscheid weit vorn am Bug des Schiffes, wo das Gedränge weniger dicht war, da die Kinder zum Heck strebten, wo man das Kielwasser sehen und auch mal hineinspucken kann, wenn die strenge Gouvernante gerade nicht hinsieht.

»Was studieren Sie eigentlich?«, fragte ich recht laut, um die Dampftute zu übertönen, mit der der Kapitän den anderen Schiffen und Booten das Wendemanöver ankündigte.

»Deutsche und englischsprachige Literatur«, antwortete Krautscheid.

»Oh, dann teilen wir ja eine Leidenschaft. Ich habe bereits als Halbwüchsiger ein großes Interesse an beidem entwickelt, sehr zum Verdruss meiner Lehrer, da ich sehr bald schon in beiden Sprachen gewandter war als sie.«

»Dann stammen Sie also nicht aus Deutschland, ja? Ich hatte es mir schon wegen Ihres Namens gedacht, fand es aber unhöflich zu fragen.«

»Warum sollte es unhöflich sein, jemandem anzumerken, dass er aus der Ferne kommt?«, fragte ich lächelnd. »Um Ihre Frage zu beantworten: Ich komme aus Kroatien, bin allerdings serbischer Abstammung. Da man mit unserer Sprache in der Welt nicht weit kommt, habe ich mir eben frühzeitig die Weltidiome angelernt. Im Englischen bin ich allerdings noch nicht so sattelfest, wie ich es gerne wäre – da fehlt mir vor allem die praktische Übung, die ich mir im Deutschen durch meine Studienzeit verschaffte.«

»Ach, dann können Sie meine Probleme ja gut nachvollziehen. Zur Perfektionierung meiner Aussprache würde ich gerne einige Semester in England einlegen, aber dazu fehlt mir das Geld.«

»Vielleicht sollten Sie es besser in Amerika versuchen«, schlug ich vor. »Dort gibt es viele deutsche Familien, bei denen Sie als Privatlehrer unterkommen könnten.«

Er lachte, worauf ich ihn etwas irritiert ansah.

»Verzeihen Sie, Herr Tesla – Sie können es ja nicht wissen, aber genau diesen Rat hat mir mein amerikanischer Brieffreund Sam Clemens gegeben, als ich ihm deswegen vor einiger Zeit geschrieben habe. Sam ist ohnehin der Ansicht, das ich bei einem Aufenthalt in Amerika mehr lernen würde, da ihm die englischen Universitäten wohl zu verknöchert sind. Er schrieb mir, in Amerika bräuchte ich nicht einmal zu studieren, da mich das Leben dort genug lehren würde.«

»Eine weise Ansicht«, kommentierte ich schmunzelnd. »Ihr Freund scheint mir ein Mann nach meinem Geschmack zu sein! Allerdings hängt es auch davon ab, welchen Berufsweg Sie anstreben. In meinem Tätigkeitsumfeld kann es nicht unbedingt schaden, wenn man einige Semester am Polytechnikum verbracht hat.«

»Welchen Beruf haben Sie denn, wenn ich fragen darf?«

»Ich bin Erfinder, Ingenieur, wenn man so will. Spezialisiert auf das wohl zukunftsträchtigste Gebiet, namentlich die Elektrizität!«, erklärte ich.

»Das ist ja hochinteressant!«, rief er. »Gerade in der letzten Woche hat mir Sam einen Brief geschickt, in dem er einige Fragen zum Stand der elektrischen Versorgung in der Alten Welt stellte. Er bereitet gerade einen Zeitschriftenartikel zum Thema des Fortschritts auf beiden Seiten des Atlantiks vor.«

»Dann ist er also Journalist?«

»Ursprünglich und immer noch, aber er betätigt sich mittlerweile recht erfolgreich als Schriftsteller. Vielleicht haben Sie selbst sogar das eine oder andere von ihm gelesen.«

»Sam Clemens? Der Name ist mir ehrlich gesagt nicht geläufig«, gab ich unumwunden zu. »Was aber daran liegen mag, dass ich eher zu den Klassikern tendiere.«

Krautscheid grinste. »Dass Sie den nicht kennen, wundert mich nicht, weil er das meiste unter dem Pseudonym *Mark Twain* veröffentlicht.«

»Ach, das kommt mir doch bekannt vor! Kann sein, dass ich schon mal ein Buch von ihm in der Hand hatte. Ein Jugendroman, kann das sein?«

»Ah! Sie meinen bestimmt *Tom Sawyer*.« Er senkte seine Stimme. »Eine Frage mal, lieber Herr Tesla – zufälligerweise habe ich Sams letzten Brief dabei, da ich hoffte, dass mir an der Universität jemand über den Weg läuft, der seine Fragen beantworten kann. Sie sind ja wohl sowas wie ein Experte auf diesem Gebiet, nicht wahr? Verzeihung, dass ich so direkt bin, aber würden Sie mir bitte die Güte erweisen, mir später dazu Rede und Antwort zu stehen? Es dürfte Sie nur wenige Minuten kosten, ich bitt' recht schön darum.«

Natürlich willigte ich ein und Krautscheid revanchierte sich, indem er mir noch einiges von seinen Plänen und auch denen des amerikanischen Autors Clemens erzählte, der mir damals nicht unbedingt geläufig war. Doch heute stimmt mich schon etwas seltsam, dass ich dreimal in meinem Leben mit diesem Menschen in Berührung kam – einmal über sein Buch *Tom Sawyer*, einmal über seinen und meinen Zufallsbekannten Hans Krautscheid und – viele Jahre danach – zum dritten Mal eben *in persona*, woraus eine innige Freundschaft entstand, der man durchaus, wie ich heute weiß, das romantische Attribut *lebenslang* voranstellen darf.

Schlag auf Schlag

Am Morgen unseres Abfahrtstages vollbrachten wir drei es doch noch, gemeinsam den Dom zu besuchen. Das Gebäude hatte bei mir schon einen gewaltigen Eindruck hinterlassen, auch wenn dieser eher den Erbauern als dem galt, wofür dieser Tempel errichtet worden war. Man muss sich nur einmal vorstellen, dass diese Kathedrale wohl das einzige große Bauwerk der Moderne darstellt, das nach Plänen erstellt wurde, die im geistigen Umfeld des Mittelalters beim Schein rußender Tranfunzeln in unendlicher Akribie niedergeschrieben worden waren.

Wir hatten unser Gepäck am Bahnhof deponiert, um uns unbeschwert unter den Strom der Menschen mischen zu können, die auf das gewaltige Hauptportal zustrebten. Jedoch will ich an dieser Stelle nicht lange von Details berichten, die man jedem Reiseführer entnehmen kann.

Während der Besichtigung fiel mir auf, dass Charly bestens gelaunt schien, ganz im Gegensatz zu Elaine, die offenkundig immer noch fest glaubte, Kopfschmerzen zu haben. Ab und zu verzog sie zwar amüsiert den Mund, wenn Charly gerade mit sprühendem Erzähltemperament einige dörfliche Episoden aus dem Dresdner Umland zum Besten gab, aber irgendetwas schien ihr wirklich die Laune verdorben zu haben.

Nach knapp zwei Stunden wurde es mir zu viel und ich machte den Vorschlag, noch einmal ausgiebig die Stadt zu besichtigen, da der von uns gewählte Zug erst am späten Mittag abfahren würde. Die beiden willigten ein und wir verließen den Dom, um die westlich davon liegenden Geschäftsstraßen zu frequentieren.

An irgendeiner Ecke bemerkte ich einen ansprechend dekorierten Herrenausstatter. Spontan kam mir eine Idee und ich lenkte meine Schritte zur Eingangstür des Ladens, wobei mir Charly und Elaine widerspruchslos folgten. Direkt nach unserem Eintreten bedeutete ich dem anheischig herbeieilenden Angestellten, sich nicht um mich, sondern um Charly zu kümmern. Mein Freund starrte mich zunächst fassungslos an, bis er begriff, dass ich ihm auf diese Weise den ihm zustehenden Anteil an Leitners Geld zukommen lassen wollte, gegen dessen bargeldliche Entgegennahme er sich morgens beim Frühstück lautstark zur Wehr gesetzt hatte.

Zwei komplette Anzüge einschließlich Weste, Hemd und Krawatte aus gutem sächsischen Tuch drängte ich ihm direkt auf, während beim dritten noch eine Kürzung der Beine vorzunehmen war, sodass der Eigentümer des Ladens mir quittierte, dass er uns die Ware noch in dieser Woche nachsenden würde. Charly sah mich während dieser Verhandlung mit einer Mischung aus Empörung und Dankbarkeit an, protestierte jedoch nicht, da ich mir alle Mühe gab, durch Miene und Habitus zum Ausdruck zu bringen, dass ich keinen Widerspruch zu dulden bereit war.

Elaine vergaß über diese rührende Szene offenbar ganz ihre Kopfschmerzen, da sich die wehleidig verhärmte Doppellinie ihres Mundes nach und nach zu einem Ausdruck milden Spotts verformte. Während der Bahnfahrt ließ sie sich sogar dazu hinreißen, mir mit versteckten Andeutungen über die Budapester Zeit auf die Nerven zu gehen, was ich als Zeichen der Besserung hinnahm. Ansonsten verlief die Fahrt so gut wie ereignislos, wenn man einmal von dem Augenblick kurz nach der Abfahrt vom Bahnhof Duisburg absieht, in dem Charly beinahe seinen Kopf an einen Signalmast verloren hätte, weil er sich beim Ausblick übertrieben weit aus dem Fenster lehnte. So sah es jedenfalls Elaine, während Charly und ich unter anderem damit argumentierten, deutsche Bahninspektoren seien viel zu pingelig, um einen Mast derartig gefährlich nahe an den Schienenstrang zu pflanzen.

Am Bahnhof des Dorfes wurden wir bereits vom Kapitän erwartet, der wie ein munterer Springbrunnen hervorsprudelte, was sich während unserer Abwesenheit im Dorf zugetragen hatte. Dies konnte man ihm allerdings keineswegs verübeln, da der vorauszusehende Skandal unerwartet früh seinen Höhepunkt erreicht hatte!

Dabei war im Großen und Ganzen nichts passiert, was wir drei nicht bereits vorausgesehen hatten. Schnell waren die Gendarmen dahinter gekommen, dass Frau Rosmann zeitlebens identisch mit Frau Leitner gewesen war. Natürlich hatten sie diese etwas verknotete Geschichte nicht in ihrer ganzen Tragweite bekannt gegeben, da schon genug erwachsene Frauenzimmer des Ortes in völlige Hysterie über den umgehenden Mörder geraten waren. Das einfache Volk wusste also nur, dass Herr Rosmann, vormals achtenswerter Ehemann und Sommerfrischler, den man wegen seines Grundbesitzes im Dorf bereits als halb naturalisiert angesehen hatte, wegen Mordes an einer völlig unbekannten Frau Leitner gesucht wurde. Ein entsprechender Steckbrief war gestern mittag am Bahnhof ausgehängt worden. Die Polizei hatte geradezu besorgniserregend schnell gearbeitet – schneller noch, als Charly es vermutet hatte.

Das einfache Volk ging aber klugerweise davon aus, dass die Polizei nicht mit allen Details herausgerückt war, wodurch man sich veranlasst sah, auf's Wüsteste über die wirklichen Hintergründe der Gräueltat zu spekulieren. Der Kapitän schwor uns noch während der Begrüßung einen heiligen Eid, an dieser Mythenschöpfung nicht partizipiert zu haben. Worauf mich gute Lust überkam, mich ihm als der Kaiser von China bekannt zu machen.

Das Ausmaß des Geschwätzes lässt sich bereits erahnen,

wenn man nur weiß, dass sich das Dorf nebst angrenzender Liegenschaften in zwei Parteien aufgespaltet hatte. Die erste versuchte Rosmann anzuhängen, dass der Mord an der mysteriösen Frau Leitner bei weitem nicht seine schlimmste Tat war, sondern nur ein notwendiges Durchgangsstadium. Anders gesagt, nämlich in den geflüsterten Worten des guten Kapitäns: »Ein Schicksal *schlimmer* als der Tod, Sie verstehen schon, meine Herren!«, wobei er einen solchen Seitenblick auf Elaine warf, als könne Ihre feminine Heiligkeit weder hören noch verstehen, was er damit zum Ausdruck bringen wollte.

»Entsetzlich!«, wisperte sie unschuldig. »Ich verstehe natürlich absolut nicht, worum es geht, aber es muss schon *sehr*, sehr schlimm sein, lieber Kapitän!«

Der Kapitän wurde puterrot, weil sie doch vernommen hatte, was eigentlich nicht für ihre Ohren bestimmt gewesen war.

»Och! Aber es kommt *noch* schlimmer!«, prophezeite der Seebär eifrig. »Die Leiche trug nämlich die Kleider von *Frau Rosmann*, das müssen Sie sich einmal vorstellen! Das Minchen hat's zufällig bemerkt, die Wilhelmine Stich, die den Rosmanns zugegangen ist, Sie wissen schon?«

Er sah mich wichtigtuerisch an und ich nickte, um ihm zu bedeuten, dass ich wusste, von wem er sprach.

»Da war ein Polizist, so einer, der keine Uniform trägt, Kriminalrat oder etwas in der Richtung. Und der hat zuerst die Nachbarn der Rosmanns befragt und dann auch sie. Und der Kriminaler hat ihr dann eine Fotografie von einem Kleid gezeigt, was bestimmt das von der Leiche war, da es so kaputt und zusammengeknüllt war. Und das Minchen hat es sofort erkannt, weil sie das Kleid schon mal aufgebügelt hat. Stellen Sie sich vor, es war von der Frau Rosmann! Muss es wohl gemopst haben, diese Herumtreiberin, bevor sie ermordet wurde, nachdem man sie ... äh ...«

»Man ihr das *Unvorstellbare* angetan hat, meinen Sie das?«, half Charly ihm aus.

»Genau, Herr May! Das *Unvorstellbare*!« Der Kapitän legte die Hand an die Mütze, um einen der Bahnangestellten zu grüßen, der gerade aus dem Wartesaal heraustrat. »So schön kann sowas Schlimmes wohl nur ein Dichter sagen, denke ich«, fuhr er danach fort. »Aber der sind Sie ja auch, wenn ich das einmal feststellen darf! Habe mir nämlich das eine oder andere von Ihnen besorgt, nebenbei bemerkt. Der olle Herbert hat ja eine recht propere Auswahl an ordentlicher Literatur in seiner Budike. Durch Ihre erste Geschichte bin ich schon durch, fast jedenfalls. Schon der Titel haut einen um, das muss ich sagen. Und dann erst die Geschichte, das ist ja wirklich fast, als ob ich es selbst erlebt hätte. Meisterleistung, wirklich und aufrichtig, Herr May!«

»Danke sehr«, entgegnete Charly nicht ohne Stolz. »Ich habe mich immer bemüht, es so wiederzugeben, wie es mir wirklich wiederfahren ist.«

»Och! Das merkt man aber sofort!«, rief der Kapitän nach Tobak und Piepe kramend.

»Welche Geschichte war es denn, die Sie gelesen haben?«, fragte Charly wissbegierig.

Der Kapitän kratzte sich zerstreut am Kopf. »Äh ... irgendwas mit'm Wilden Westen, glaube ich. Ehrlich zugegeben ist es mir wegen des ganzen Rummels hier nicht mehr so richtig präsent. Wissen Sie, wir müssen ja wachsam bleiben, dass das Ganze nicht noch einer anderen Frau widerfährt!«

»Zweifellos!«, murmelte Charly etwas frustriert. »Feuerwehr und Gendarmerie kennen keine Ruhe, sagt man doch so schön.«

»Genau. Und unsere Schützen auch nicht!«

»Schützen?«, fragte ich zweifelnd, da ich meinte, mich verhört zu haben.

»Genau. Ich selbst habe meine alte Flinte jederzeit griffbereit, in der Scheune natürlich, weil meine Liebe sowas nicht im Haus duldet. Aber wenn dieser Halunke, der elende Schweinehund, hier auftauchen sollte, dann werde ich ihm eines auf den Pelz brennen!«, erklärte er blutrünstig. »Habe vorne ein Kreuz in die Kugel geschnitzt, das wird große Löcher reißen, wenn ich ihn damit erwische! Der kann von Glück reden, wenn er dem Herbert vor den Lauf kommt, weil der nur eine Luftbüchse hat, hihihihi! Vor einem richtigen Menschentöter hat der einen richtigen Bammel, seit er sich einmal mit meinem Karabiner vom Rückschlag eine blutige Nase geholt hat, als ich ihm zeigen wollte, wie das abgeht!«

»Da sollten Sie aber nicht vergessen, das Bajonett aufzupflanzen«, erwiderte Charly mit ruhigem Gesicht, »falls der Schuss nämlich fehlgeht!«

»Och! Haben ein Gewehr!«, rief Kohler missmutig. »Das Ding ist mir abhanden gekommen, muss wohl nach dem Abheuern bei einem Zug durch die Gemeinde aus meiner Seekiste gepurzelt sein.«

»Schmettern Sie ihn doch mit dem Kolben nieder!«, schlug Charly hilfreich vor. »Zack, da bettelt er gewiss nicht um eine zweite Portion, haha!«

Ich beschloss, dem kriegerischen Geschwätz ein Ende zu bereiten.

»Wie schön von euch, dass ihr dem Henker die Arbeit ersparen wollt. Aber gibt es denn im ganzen Dorf niemanden, der für Rosmann einsteht?«, fragte ich nicht ohne Schärfe. »Ich finde es immer etwas seltsam, wenn das Volk Justiz abhält, bevor ein Mord restlos aufgeklärt ist. Soweit ich es ja von Ihnen selbst gehört habe, Kapitän, war Rosmann hier nicht gerade unbeliebt, bevor diese Sache hochgekocht ist. Gibt es wirklich niemanden mehr, der zu ihm hält?«

Charly funkelte mich seltsam an, während der Kapitän eher peinlich berührt dreinschaute.

»Äh, doch!«, gab Kohler schließlich sehr leise zu. »Das Minchen, die behauptet steif und fest, dass der Rosmann ein guter Kerl ist, der sich sowas niemals zu Schulden kommen lassen würde. Kann man ja verstehen, da er ihr den größeren Teil einer Krone geschenkt hat für einen kleinen Dienst.« Er zuckte seine Achseln. »Aber ganz ordentlich im Kopp ist das Minchen auch nicht mehr, das sei doppelt unterstrichen, Herrschaften! Behauptet doch steif und fest, dass die Tote die Rosmann sei, obwohl die Polizei ja zu ganz anderen Schlüssen gekommen ist!«

»Die Polizei weiß auch nicht alles«, erklärte Charly leichthin. »Wäre immerhin denkbar, dass das Minchen noch rechter hat als die Gendarmerie, also gibt's keinen Grund, schlecht über diese Frau zu reden.«

»Schon!«, murmelte der Kapitän doch etwas peinlich berührt.

Nur Minuten später wurden wir von Willy durch die frühsommerliche Landschaft gezogen, und zwar in einem für die Wegverhältnisse geradezu halsbrecherischen Tempo, da der Kapitän seiner Frau versprochen hatte, uns, um's in seinen eigenen Worten zu sagen, mittenmang an den häuslichen Kaffeetisch zu verbringen.

Sein Landauer war schon ein gutes Stück Handwerk, der die Schläge der Straße recht gut verkraftete, obwohl sie den Passagieren des sportlichen Gefährts bisweilen den Atem zu rauben drohten. Speichen knarzten bedenklich und Radbeschläge schlugen vehement Funken, als er auf der geraden Strecke das Pferd zu einem Tempo antrieb, das nicht nur diesem zum Verhängnis zu werden drohte. Die Einfahrt zum Hof nahm er mit seitlich über den Schotter scheuernden Rädern, und als wir vor dem Haupthaus eintrafen, bremste er mit aller Macht ab und kletterte eilig vom Kutschbock.

»Ich geh' schon mal rein, um meiner Frau Bescheid zu sagen, dass wir da sind!«, rief er, bevor er sich umdrehte und auf das Haus zulief.

Während Charly Elaine aus der Kutsche half, kümmerte ich mich ums Gepäck. Gerade stellte ich Charlys Handkoffer auf dem Boden ab, da bemerkte ich auf der Straße zwei

Figuren. Es handelte sich um einen hochgewachsenen, breitschultrigen Mann mit Mongolenbart und dunklem, klotzigen Gesicht, der sein glatt herabhängendes schwarzes Haar deutlich zu lang trug und hinter einem kleineren Individuum im mittelbraunen, nach süddeutscher Manier geschnittenen Anzug hertrottete.

Der Kleinere hatte etwas umgehängt, das ich zunächst für einen Pfeilköcher hielt, was sich jedoch schnell als fehlgeleitete Verstandesleistung entpuppte, die sich darin begründete, dass sein Begleiter so ungemein indianisch wirkte. In Wirklichkeit handelte es sich ganz erkennbar um eine Botanisiertrommel, die schräg an der Seite des kleineren Mannes pendelte. Auf dem Haupt trug er einen jener eingeschnürten Zylinderhüte, wie sie wohl von englischen Droschkenkutschern bevorzugt wurden, wenn ich den Abbildungen diverser Reiseführer trauen durfte.

Die beiden streunten auf seltsame Weise am Wegesrand entlang, obwohl die Straße hier so breit war, dass sie beide problemlos nebeneinander Platz gehabt hätten. Trotz seines breiten Körperbaus bewegte sich der Größere federnd und leichtfüßig, was mir zu heißen schien, dass seine gewaltige Gestalt eher durch Muskeln als Fett zustande kam.

Ich schüttelte ob des seltsamen Anblicks den Kopf und nahm die beiden Pakete von der Kutsche, die Charlys neue Anzüge enthielten. Doch während ich Charly die Pakete reichte, bemerkte ich, dass die Spaziergänger den Weg zum Hof einschlugen.

»Holla!«, rief der Kleinere mir laut entgegen. Ich ermunterte Charly und Elaine mit einem Nicken, schon mal ins Haus zu gehen, während ich mich um die Fremden kümmern würde.

Geduldig wartete ich die beiden Ankömmlinge ab. Der Vordere näherte sich mit fast militärischem Schritt, während sein riesenhafter Begleiter eine weitaus entspanntere Gangart an den Tag legte, die fast phlegmatisch wirkte.

»Guten Tag!«, sagte der voran Gehende im unverkennbar englischen Akzent. »Mein Herr, ich bin ausgesprochen peinlich berührt, Sie von Ihren Wegen abzuhalten, zumal ich ja *the extraordinary pleasure, well* ... das wirklich ausgezeichnete Vergnügen hatte zu observieren, dass Sie ja mit Ihrem ... wie sagt man, *luggage, Gebäck,* nicht wahr? – beschäftigt schienen!«

Er war nur um weniges größer als Charly, wirkte aber weitaus massiger und von seinen Proportionen weniger harmonisch, obwohl er keineswegs fettleibig war. Ich grüßte zurück und fragte, wie ich ihm helfen könnte.

»Well«, entgegnete er stirnrunzelnd, »mein *Butler* und ich sind auf dem Weg nach Hamminkeln, wo es ein überaus respektables Gasthaus geben soll. Wir wollten uns noch einmal wegen des Weges versichern, aber wie ich anhand Ihres Koffers vermuten darf, sind Sie ja selbst nicht, äh ... kein *Local*?«

»Nicht unbedingt«, antwortete ich, »aber ich kenne mich ganz gut aus. Wenn das Gasthaus, was Sie suchen, *Zur Poststation* heißt, dann müssen Sie von hier aus immer geradeaus in jene Richtung, bis Sie rechts einen Weidenbaum sehen. Biegen Sie dort ein und Sie können's gar nicht verfehlen!«

Der Fremde bedankte sich überschwänglich und marschierte dann wieder los, wobei sein Begleiter wie ein Hund hinter ihm herlief. Ich blieb noch einen Augenblick stehen, um das seltsame Paar zu betrachten. Dann stellte ich das Gepäck vor der Gartentür des Hauses ab und lief dann zur Scheune, um dem Kapitän beim Abzäumen zur Hand zu gehen.

»Haben Sie die beiden komischen Vögel gesehen?«, fragte ich, als wir das Doppeltor der Scheune hinter uns verriegelten.

»Vögel?«

Ich beschrieb ihm die beiden Gestalten.

»Och! Der englische *Söhr* und seinen Diener, die meinen Sie bestimmt!«

»Vermutlich.«

Er erklärte mir, dass die beiden am Montag mit dem Mittagszug eingetroffen seien. Der Kleinere war tatsächlich ein Adliger, den Kohler als »Sir Rupert« bezeichnete. »Ist übrigens auch so eine Art Wissenschaftler, der Söhr Rupert, stöbert im Gebüsch nach Hünengräbern herum.«

»Wie bitte?«

Er grinste schief. »Sie haben's schon richtig gehört! Letztens hat er mir einen abgenagten Knochen gezeigt, den er hier in der Heide gefunden hat, nach Wittenhorst raus. Soll angeblich der Unterkiefer von einem Urmenschen sein, er war darüber ganz aus dem Häuschen.«

»Ein Urmensch?« Langsam wurde es mir doch etwas verrückt.

»Na, nicht ganz«, gab er zu. »Eher aus dem Mittelalter, sagte er.« Er grinste wieder, um zu unterstreichen, was er von derartigen Aktivitäten hielt.

»Ob die wohl länger hier bleiben?«

»Das nehme ich einmal an. Sind in Mehr untergekrochen, weil sie im Dorf nichts fanden, was ihren Wünschen entsprach. Na, wir sind ja eigentlich auf so einen groß angelegten Tourismus nicht eingerichtet«, sagte er mit einem gewissen Bedauern.

Zum Kaffee gab es Erdbeerkuchen, aus dem ich mir wenig mache, da ich diese Früchte wie auch die meisten anderen am liebsten direkt vom Strauch esse. Charly verdrückte dagegen mindestens vier Stücke, die er mit reichlich Kaffee herunterspülte. Die Kohlers waren zuletzt vor fünf Jahren in Köln gewesen, was ihm die Gelegenheit eröffnete, in einem ellenlangen Monolog den endgültig fertig gestellten Dom zu beschreiben, wobei er auch mit bissiger kulturhistorischer Kritik nicht sparte. Als er endlich fertig war, kannten sich unsere Gastgeber mit dem gotischen Gebäude vermutlich besser aus als jeder Domspatz.

Frau Kohler entschuldigte sich kurz darauf, weil sie noch

einiges im Haus zu erledigen hatte, was mir den Anlass gab, unseren Aufbruch zu verkünden.

Elaine entschuldigte sich mit fortgesetzter Unpässlichkeit, als Charly vor der Tür der Kohlers den Drang nach einem Verdauungsspaziergang kundtat. Zu verdauen hatte ich zwar nichts, oder zumindest weit weniger als er, aber ich schloss mich ihm jedenfalls an, weil ich immer noch zu erfahren hoffte, was er bei seinem mysteriösen Nachmittagsausflug in Köln unternommen hatte.

Da uns die Straße nach Osten allmählich doch etwas zum Halse heraushing, schlugen wir nach wenigen hundert Metern einen in südwestlicher Richtung verlaufenden Weg ein, der vier oder fünf Kilometer südlich des Dorfes auf die alte Hansestraße traf. Die wenigen Gehöfte und Häuser hier hatten ursprünglich mehr oder weniger zum Kern des Dorfes gezählt, bevor der Ausbau der Bahnstrecke und die daraus hervorgehende Ansiedlung der »Bahnemänner« diesen Ortsteil zu so etwas wie einer dörflichen Provinz hatten werden lassen. Fast alle Bauten waren deshalb älter als ein halbes Jahrhundert, nur das schmucke Häuschen des Bahnaufsehers, der den etwa auf halber Strecke zur Hansestraße liegenden Übergang kontrollierte, stammte klar erkennbar aus neueren Tagen.

Charly und ich plauderten über dies und das, bis ich ihn sehr direkt fragte, wie er den gestrigen Nachmittag verbracht hatte.

»In der Universitätsbibliothek«, verriet er ohne große Umschweife. »Ich hatte noch einige Nachforschungen für diese Geschichte zu machen, an der ich gerade schreibe. Die Bibliothek des Kapitäns ist ja recht gut bestückt, aber alles gibt sie auch nicht her.«

»Aha«, machte ich. »Und ich hatte schon geglaubt, du hättest etwas Neues herausbekommen, ich meine ... du weißt schon!«

»Möglicherweise ist das sogar der Fall«, gab er geheimnistuerisch zu. »Aber ich will keine haltlosen Spekulationen in die Welt setzen, also erzähl' ich dir's erst, wenn die Sache wasserdicht ist. Apropos wasserdicht, ist dir eben am Bahnhof etwas aufgefallen, betreffs Steckbrief und so?«

»Nicht direkt, wieso? Hätte mir etwas auffallen müssen?«

»Na gut, dann erkläre ich es dir«, brummte er etwas ungeduldig. »Angeblich wusste Leitner ja vor unserem gestrigen Gespräch nicht, dass seine geliebte Christine nicht mehr unter den Lebenden weilt, nicht wahr?«

»So benahm er sich, ja.«

»Akzeptiert. Dann frage ich mich nur, wieso die Polizei schon am heutigen Morgen einen Steckbrief aushängt. Es wäre doch normal, dass sie erst einmal den Ehemann der Toten befragen, um ihr Bild zu vervollständigen, bevor sie den Druck in Auftrag geben.«

Ich sah ihn verblüfft an. »Moment, willst du damit implizieren, dass die Polizei bereits bei ihm gewesen war, bevor –«

»Bevor er sich mit uns traf, jawohl!«, triumphierte Charly.

»Hm. Das würde zumindest erklären warum er so gleichmütig reagierte, als wir ihm sagten, dass seine Frau tot ist. Also hat er uns etwas vorgespielt, ja?«

»Davon gehe ich aus. Etwas anderes – hast du bemerkt, wie er dabei Elaine angesehen hat und wie sie ihm zunickte?«, fragte er nachdenklich.

»Hab's bemerkt, jawohl. Er scheint große Stücke auf sie zu halten, nicht wahr?«

»Hä! Jedenfalls mehr als auf seinen Prokuristen, diesen Walther Schaumburg!« Er verzog das Gesicht.

»Na, das ist ja nichts Ungewöhnliches, denke ich?«, gab ich zu bedenken. »Er war schließlich mit ihr verheiratet!«

»Das schon«, antwortete er zögernd. »Du, ich habe mir seinen Steckbrief herausgesucht. Mein Notizzettel ist noch in meinem Koffer, aber das Wichtigste habe ich im Kopf! Es wurde eine Belohnung ausgesetzt, von privat natürlich – sage und schreibe fünftausend Mark!«

Ich ließ einen leisen Pfiff los. »Da bin ich aber baff. Das ist ja ein ganz properes Sümmchen!«

»Das ist aber nicht alles! Als ich daraufhin das Tageszeitungsarchiv durchstöbert habe, da finde ich doch tatsächlich eine halbseitige Suchanzeige, und die hat er nicht nur ein einziges Mal geschaltet, sondern vier Wochen lang in jeder Samstagsausgabe von mindestens drei Zeitungen. Muss ihn ein Vermögen gekostet haben!«

In diesem Augenblick kamen wir an einem reichlich verwahrlosten, geduckten Häuschen vorbei, das einige hundert Meter vor dem Bahnübergang lag. Das rissige Mauerwerk war zum Teil mit kränkelndem Efeu zugewachsen und die Fenster erweckten durch die bis auf's blanke Holz von der Farbe entblätterten, windschiefen Läden einen Eindruck von bedrückender Trostlosigkeit. Einige Meter vor dem Haus stand eine Bank aus wettergebleichtem Teakholz, umgeben von einer ungepflegten Wiese, die seit mindestens fünf Sommern keine Sense gesehen hatte. Zu den Seiten hin war das Grundstück mit einem Wildwuchs von Beerensträuchern umgeben, deren wucherndes Dornengestrüpp einen ehrwürdigen Schubkarren halb verschlungen hatte.

Charly und ich blieben vor dem niedrigen, einstmals grün getünchten Jägerzaun stehen, von dem jede zweite oder dritte Latte zerborsten war oder gänzlich fehlte. Das Eingangstörchen war ebenfalls abhanden gekommen und die an dem Pfeiler angebrachte Laterne innen völlig mit Spinnweben durchsetzt. Auf dem darunter hängenden hölzernen Briefkasten klebte statt eines Namensschildes ein verblichener Zettel, auf den jemand in deutschen Lettern »Alle Zustellungen bitte hier einwerfen und bitte nichts vor die Türe legen« gekritzelt hatte. Man hätte das Häuschen für verlassen halten können, wäre da nicht das neue blaue Polsterkissen gewesen, das auf den Planken der Sitzbank lag.

»Vermutlich gehört es dem Gärtner, der sich ja offenbar lieber ausruht als zu schuften«, mutmaßte ich boshaft.

In diesem Augenblick kam ein Mann ums Haus herum, der mit einem hellbeigen Sommeranzug und einem Panamahut ausstaffiert war. Ich blinzelte, weil die Sonne in seinem Rücken stand, und erkannte, dass es Niggemeyer war. Er begrüßte uns erfreut, wobei mir auffiel, dass er diesmal weniger stark parfümiert war. Dafür meinte ich an ihm einen ganz seltsamen, stechenden Geruch wahrzunehmen. Mich überkam ein gewisses Mitleid, da ich irgendwo einmal gelesen hatte, dass bestimmte innere Krankheiten sehr unangenehme Körperdüfte hervorrufen können. War dies der Grund für seinen übertriebenen Gebrauch von Kölnisch Wasser?

»Hä! Sie haben aber feines Tuch an bei der Gartenarbeit, wenn ich das anmerken darf«, versetzte Charly.

»Gartenarbeit?«, lachte er. »Würde mir nicht im Traum einfallen. Hab's nämlich im Rücken, wissen Sie?«

Charly sagte ihm halb im Ernst, dass er einem solchen Gärtner Beine machen würde. Anschließend warnte er Niggemeyer davor, den Spargel vollends verkommen zu lassen, da er sonst nur noch für den Kompost zu gebrauchen sei.

»Mein Freund gärtnert gerne«, behauptete ich in entschuldigendem Tonfall. »Kann's einfach nicht mit ansehen, wenn etwas nicht exakt nach seinem Plan gedeiht. Ein Wort genügt, und er kommt mit der Heckenschere vorbei –«

»Kommt nicht in Frage!«, rief Niggemeyer grinsend, »ich habe mich daran gewöhnt, finde es gemütlich so. Und den Spargel esse ich lieber im Gasthaus, da gerät er besser, als wenn ich ihn selbst kochen würde!«

»Ach! Da ist doch wirklich nichts bei, das Zeugs in einen Topf zu werfen und einen Stich Butter dran zu tun«, entgegnete Charly leicht entrüstet. »Das braucht wirklich keine Köchin, das erledigt auch Ihre Zugehfrau beim Abstauben!«

»Schön und gut, aber da ich keine Zugehfrau habe, muss

ich eben alle Tage ins Gasthaus gehen«, erwiderte Niggemeyer, so als ob dies ein Notstand sei.

Kurz darauf verabschiedeten wir uns von ihm und liefen plaudernd die Straße entlang, wobei wir keiner Menschenseele begegneten, bis uns in Höhe des Bahnübergangs ein korpulenter Mann mit weit ausgreifenden Schritten entgegenkam. Der Dicke war barhäuptig und trug einen hellgrauen Rock, den er wegen der Hitze geöffnet hatte. Sein Bauch wölbte sich so weit nach vorn, dass er die beigefarben abgesetzte Weste zu sprengen drohte.

Knapp zwanzig Meter vor uns blieb er ruckartig stehen und zog ein Taschentuch hervor, um sich den Schweiß von der geröteten Glatze abzutupfen.

»Guten Tag, die Herren!«, rief er uns zu. »Verzeihen Sie, wenn ich eine Frage an Sie habe? Ich suche nämlich den Bewohner des nächstgelegenen Hauses –«, er deutete in die Richtung, aus der wir gekommen waren, »– Herr Niggemeyer, er wohnt doch dort, nicht wahr?«

»Niggemann?«, entgegnete Charly mit angestrengtem Gesichtsausdruck. »Ja, vielleicht heißt er so. Wir sind ja nur Sommerfrischler, deshalb kennen wir die Leute nicht alle beim Namen, wissen Sie?« Er machte einen Schritt nach vorn und streckte seine Hand aus. »Darf ich vorstellen, dies ist Herr Tesla aus Budapest – May aus dem Dresdner Raum, angenehm.«

Der Dicke nickte und nahm zunächst Charlys und dann meine Hand entgegen. »Senftleben, angenehm.«

Wir wechselten noch ein paar belanglose Worte, bevor wir uns einen guten Tag wünschten.

»Komischer Knabe«, kommentierte ich, als wir Senftleben weit genug hinter uns gelassen hatten. »Jedenfalls nicht weniger komisch als dieser Niggemeyer. Na, wahrscheinlich liegt's am Wetter, dass sie sich heut' so seltsam benehmen.«

»Bei Niggemeyer vielleicht, aber soweit es diesen Herrn

Senftleben betrifft, ist der Hintergrund wohl ein anderer«, erwiderte Charly ominös.

»Wie meinst du das?«

Er sah mich wissend an. »Ich meine die Art, wie er Fragen stellt, zum Beispiel. So, als ob er es gewohnt wäre, dass er eine Antwort erhält statt der Backpfeife, die er für seine freche Art eigentlich verdient. Also muss er entweder einer von Leitners Detektiven sein oder ein Kriminaler, wobei ich auf Letzteres tippe.«

»Hm. Muss mich so weit auf deine Expertenmeinung verlassen. Aber der Detektiv kann's ja nicht sein, weil Leitner doch andeutete, dass er ihn entließ?«

»*Deutete an*, wohlgemerkt! Dass er's wirklich getan hat, hat er aber nicht ausdrücklich gesagt! Außerdem kann man bei rachsüchtigen Leuten nie wissen, wie weit sie gehen.« Er seufzte. »Nein, es spricht eigentlich alles dafür, dass Senftleben der Kriminaler ist, von dem Kohler uns erzählt hat. Wir sollten ihn einfach fragen, dann klärt sich die Sache vermutlich schnell auf.«

Hinter dem Bahnübergang wurde die Straße noch für eine Weile von den Ausläufern eines Waldsaums überschattet, sodass wir vor der Sonne gut behütet waren. Bald darauf liefen wir jedoch unter strahlend blauem Himmel durch's freie Feld, was sich als reichlich schweißtreibend und vor allem durstfördernd erwies.

Glücklicherweise erblickten wir kurz darauf eine Oase in Form einer kleinen Schänke, vor deren Eingang drei große Linden den Wanderer mit ihrem Schatten anlockten, sich an den dort platzierten Tischen niederzulassen. Ich selbst war einige Wochen zuvor schon einmal dort eingekehrt, als mich während eines ausgedehnten Spaziergangs ein Hungergefühl überkam. Deshalb wusste ich bereits, dass der Betrieb überaus gepflegt war, auch wenn die Gaststube auf mich ein wenig düster gewirkt hatte. Aber die musste man bei diesem Wetter ja nicht unbedingt betreten, und ich schlug Charly vor, den improvisierten Biergarten aufzusuchen, um uns vor der gänzlichen Austrocknung zu bewahren.

Da es noch früh am Tag war, hatten wir unter dem halben Dutzend Tische freie Auswahl und nahmen den in Anspruch, der direkt am Eingang zur Gaststube stand. Neben der Tür war eine Tafel angebracht, auf der für moderates Geld »Frische Maibowle« angepriesen wurde.

Ich befreite die blank gehobelten Sitzbänke vom Straßenstaub, während Charly die Gaststube betrat, um uns dem Wirt anzukündigen.

Kurze Zeit später kehrte er zurück und nahm gegenüber von mir Platz.

»Macht einen recht ordentlichen Eindruck«, kommentierte er. »Frage mich nur, von welchen Gästen die hier leben wollen, hier kommt doch so gut wie niemand vorbei.«

»Das sag' mal nicht«, widersprach ich. »Kohler sagte mir, dass hier ab Anfang Juli selbst das kleinste Kämmerlein an Sommerfrischler aus dem Ruhrgebiet vermietet ist. Es liegt wohl hauptsächlich an der guten Verkehrsanbindung, selbst mit einem Bummelzug ist man ja schnell genug hier. Außerdem ist Holland nah, was für viele einen zusätzlichen Anreiz darstellt.«

»Holland, ach ja. Habe gar nicht daran gedacht, es liegt ja wirklich vor der Haustür. Hör' mal, was hältst du davon, wenn wir uns das mal ansehen? Falls du die Zeit erübrigen kannst, natürlich.«

Er holte sein Zigarrenetui hervor und bot es mir an.

»Danke. Du, das mit der Arbeit sollte nicht das Problem sein, tagsüber ist es derzeit ohnehin zu warm, um gut voranzukommen.«

»Gut. Dann schlage ich doch vor, dass wir direkt morgen früh dorthin aufbrechen?«

»Von mir aus, gerne.«

Das Klirren von Gläsern ertönte aus dem Haus. Kurz darauf tauchte der Wirt auf, der mit beiden Händen ein Tablett vor sich hertrug, auf dem eine irdene Bowleschüssel und zwei Gläser standen. Als wir wieder allein waren, führten wir unser Gespräch fort, bis Charly die Augen zusammenkniff und über meine Schulter hinwegstarrte.

»Sieh mal, sind das nicht die beiden Käuze von vorhin?«

Ich drehte mich um und sah in einiger Entfernung am Rande des Waldes zwei Figuren, die in unsere Richtung liefen.

»Wahrlich – der englische Sir und sein indianisches Faktotum.«

»Indianisch?«, fragte er nachdenklich. »Stimmt, er hat was davon. Leider mangelt es ihm nur an der typisch klassischen, wohlproportionierten Gestalt.«

»Klassisch?« Ich sah ihn zweifelnd an. »Also, was ich bislang an Indianern gesehen habe, wirkte auf mich eher wie ein Volk langmähniger Hutzelmännchen.«

»Indianer gesehen? Du?«

»Auf Fotografien natürlich«, erläuterte ich. »Und sonstigen Illustrationen. Und darauf sahen sie ganz genauso aus wie Kohlers Tabakindianer.«

»Hä, Tabakindianer! Das ist doch nur eine bösartige Karikatur!«, belehrte er mich reichlich echauffiert. »Wirkliche Indsmen sehen ganz anders aus, verlass dich drauf! Völlige Edelmenschen sind das, jawohl! Im Übrigen besitzen sie ja im Gegensatz zu diesem Kerl dort keinen Bartwuchs.«

»Unsinn, haarsträubender!«, widersprach ich. »Jeder Mann auf diesem Erdenrund hat einen Bartwuchs, und bei manchem Weibsbild kommt er auch vor!«

»Auf den Zähnen, gewiss«, murmelte Charly bissig.

Keine halbe Minute später ließ sich der seltsame »Söhr« an einem der anderen Tische nieder, während sein Diener ins Gasthaus ging, wohl um die Bestellung aufzugeben. Gerade als der Indsman wieder aus dem Schankraum zurückkehrte, sah sein Herr zufällig in meine Richtung. Er stutzte und stand auf.

»*Hello!*«, rief er, und kam mit einem fröhlichen Grinsen an unseren Tisch. »Danke noch einmal für die Beschreibung vom Weg, mein Herr«, meinte er mit üppiger Gestik. »Ich darf mir die Erlaubnis nehmen, Sie und auch Ihren Freund hier zu einem Getränk einzuladen?«

»Das ist sehr großzügig von Ihnen, aber wir sind noch gut versorgt! Aber warum nehmen Sie beide nicht an unserem Tisch Platz?«

»Jawohl«, rief Charly gut gelaunt. »Je mehr zusammenkommen, desto lustiger wird's bekanntlich!«

»Sehr gerne«, erwiderte der andere, »ich darf mich zunächst machen formell bekannt, ist es nicht? Rupert Ridgeway, *Baronet of Killwhyde*. Der da –« Er drehte sich halb herum, um auf den Indianer zu zeigen, der immer noch an dem anderen Tisch saß, »– ist mein Diener John White Buffalo.«

Wir erhoben uns. »Professor Nikola Tesla, Esquire, Physiker«, erklärte Charly mit unbewegtem Gesicht. »Und Doktor Karl Friedrich May, Esquire, Botaniker, Romancier und etliches mehr.«

Nachdem wir wieder Platz genommen hatten, wandte sich Sir Rupert direkt an Charly. »*Roman-Seer*, darunter habe ich zu verstehen einen Dichter, ist das richtig?«

»*A writer, per definitionem.*« Die letzten beiden Worte sprach Charly mit der im Deutschen üblichen Betonung des Lateinischen aus. Er schien gar nicht zu bemerken, dass Sir Rupert die Formulierung deshalb nicht verstehen konnte. »Ich schreibe Reiseerzählungen, Zeitungsartikel, auch gelegentlich Romane ...«

Für die nächsten siebenundzwanzig Minuten unterhielt Charly Sir Rupert und vor allem sich selbst, aber keineswegs mich, sodass mich eine gewisse Schläfrigkeit überkam. Dadurch wäre mir um ein Haar entgangen, dass sich das Gespräch plötzlich auf einem Terrain bewegte, welches nun doch mein Interesse erweckte. Offenbar hatte Sir Rupert kurz zuvor erzählt, er sei von der Idee beseelt, dass zwischen dem europäischen Kontinent und seiner britischen Heimat seit uralten Zeiten ein unterirdisches Tunnelsystem bestehen würde. Auf diesem Weg sei es bereits vor der Sintflut zu einem regen Kulturaustausch der vorzeitlichen Zivilisationen gekommen. Derartige konfuse Ideen gibt es ja bekanntlich um einen Groschen das Dutzend, und ich hatte in den Billardräumen Budapests genug Varianten davon unfreiwillig kennen gelernt, um von dem Thema ein für alle Mal die Nase voll zu haben.

Aber Sir Ruperts Variante erweckte doch meine Neugier, da er der im Zuge der Sintflut verlustig gegangenen Zivilisation einen wissenschaftlichen Stand beimaß, der seiner Ansicht nach weit über dem lag, was unsere gegenwärtige Menschheit für sich in Anspruch nehmen konnte. Darüber hinaus verstieg er sich zu der tollkühnen Behauptung, die Vorsintflutlichen hätten statt der Kraft des Dampfes eine geheimnisvolle Form der Energie genutzt, die ihnen jederzeit und an jedem Ort der Welt in praktisch unbegrenzter Menge zur Verfügung stand, ohne dass sie dafür auch nur ein einziges Stückchen Kohle oder Holz benötigten.

Zwischendurch kam der Wirt heraus, um Sir Rupert eine Flasche Rotwein und ein Glas zu bringen, das er nach dem Ziehen des Korkens zur Hälfte füllte.

»Einen Augenblick, bitte«, bat Sir Rupert den Wirt. Er nahm einen kleinen Schluck und schloss kurz die Augen. »Sehr zufrieden stellend«, bemerkte er dann. »Ausgezeichnet sogar! Bringen Sie mir gleich noch zwei Flaschen davon, bitte!«

Der Wirt kratzte sich nachdenklich am Kopf. »Ich muss erst nachsehen, ob noch so viele da sind. Rotwein geht bei uns nicht so gut, wissen Sie, mein Herr?«

»Dann sehen Sie geschwind nach, mein guter Mann! Dieser Tropfen ist gut, ich bezahle Ihnen das Doppelte, egal, was er kostet!«

»Verzeihung, Sir Rupert«, begann ich vorsichtig, als der Wirt abgetreten war. »Sie erwähnten soeben eine Kraft, die man nutzen kann, ohne Brennstoff zu vergeuden. Zufälligerweise kenne ich mich auf dem Gebiet der technischen Kraftschöpfung recht gut aus und habe mich deshalb natürlich mit Möglichkeit befasst, Energie sozusagen aus sich selbst zu beziehen, ohne Brennstoff oder Ähnliches zu verschwenden. Doch habe ich diese Idee schon vor einiger Zeit aufgegeben, weil sich sämtliche Versuche in dieser Richtung als vollständige Fehlschläge erwiesen!«

»Vielleicht hast du einfach nicht das Richtige versucht?«, meinte Charly naseweis. »Oder nicht genug Geduld gehabt – ein bisschen mehr Ehrgeiz, und schon hätten sich die Rädchen gedreht! Den Geduldigen belohnt die Zeit, weißt du!«

»Ach was!«, widersprach ich lebhaft. »Einmal war ich sogar davon überzeugt, dass ich es geschafft hatte, einen Motor zu konstruieren, der seine Kraft allein aus dem Vakuum bezieht. Und tatsächlich gelang es mir, mit primitiven Mitteln einen Prototypen zu bauen, der sich wie von mir geplant drehte –«

»How amazing, Professor!«, rief Sir Rupert begeistert. »Aber ich sehe, Ihr Gesicht scheint mir nicht zu sein so glücklich, wie ich würde annehmen, dass es sein sollte?«

»Wen wundert's, sage ich! Die Maschine lief nämlich nur, weil sie ein Loch hatte, durch das das Vakuum Luft ansaugte.« Ich spitzte meine Lippen. »*Pfffffffft!* Und sobald dann der Druckausgleich erfolgt war, stellte sie ihren Betrieb natürlich ein.«

»*Great Gosh!* Und was, wenn ... ähr – wenn Sie hätten das störende Loch geflickt?«, wollte er wissen.

»Das habe ich. Aber dann drehte sich gar nichts mehr«, erwiderte ich wahrheitsgemäß. »Was ja wohl kaum der Sinn einer solchen Maschine sein kann!«

Bald entwickelte sich ein enthusiastischer Streit über die Frage, ob es in der Vorzeit Völker gegeben haben könnte, gegen deren technische Leistungen diejenigen unserer modernen Welt geradezu lachhaft erscheinen. Ich führte Argumente ins Feld, Sir Rupert Aberglauben, Charly Spitzfindigkeiten.

Und dann sagte Sir Rupert plötzlich ein Wort, das Charly zunächst verstummen und anschließend seinen Standpunkt ins Gegenteil kehren ließ.

Vril Power.

»Einen Moment bitte, Sir Rupert.« Ich beugte mich über den Tisch. »Sie sagen allen Ernstes, dass dieses – wie nannten Sie es noch –?«

»Vril«, sprang Charly für den Baronet ein. »Vril-Kraft – ich hatte schon so eine dumpfe Vermutung, dass Sir Rupert darauf hinaus will, als er uns eingangs so schön von diesen unterirdischen Tunneln berichtete. Bulwer-Lytton, nicht wahr?«

»*Exactly*«, sagte der Engländer freudig grinsend. »Edward George, Baronet Lytton of Knebworth, ganz entfernt mit mir verwandt, übrigens – ein, wie sagt man ... Vetter? Schon erstaunlich, dass Sie kennen seinen Namen, Doktor May – woher, wenn ich fragen darf?«

»Ich habe besagtes Buch gelesen, *The Future Race* hieß es, glaube ich?«

»*Coming Race*«, verbesserte ihn Sir Rupert. »Darf ich erfragen, was Ihre geschätzte Meinung ist von dem Buch meines Vetters?«, fügte er neugierig an.

»Oh!«, machte May und scharrte grübelnd mit dem Fuß über den Kies. »Es hat wohl keinen schlechten Eindruck bei mir hinterlassen. Recht spannend, irgendwie. Ein guter Roman, irgendwo. Nicht so gut wie sein *Die letzten Tage von Pompeji*, aber recht ordentlich, denke ich.«

»Roman?« Sir Rupert lachte kurz auf. »Ein Roman, sagen Sie. Ja, das war wohl seine Absicht, dass man denken soll, es sei *Fiction*.«

»Ja, ist es das denn nicht?«, fragte May ein wenig verstört, nachdem er mir einen bezeichnenden Seitenblick zugeworfen hatte, ohne dass der Engländer etwas davon bemerkte. Offensichtlich gab mein Freund nicht allzu viel auf das Buch, wollte den Baronet aber nicht beleidigen.

»Definitely not!«, erwiderte Sir Rupert im Brustton der Überzeugung. »Edward war ein – wie sagt man, *bird of a kind?*«

»Seltsamer Vogel?«, vermutete ich.

»Genau – er war Okkultist, verbrachte seinen Lebensabend in Einsamkeit, nur mit einigen, wenigen Dienern – wie John White Buffalo dort.« Er deutete auf seinen indianischen Begleiter.

»Moment mal«, fragte Charly mit nachdenklich zusammengezogenen Brauen, »meinten Sie damit, er war früher Bulwer-Lyttons Diener?«

Sir Rupert nickte und erzählte mit rücksichtsvoll gesenkter Stimme, sein Diener und Berater sei ein waschechter Navajo-Indian, der sich trotz seiner herausragenden Bedeutung als Schamane sehr bescheiden gab.

»Bin extra auf seine Eingebung hin mit ihm nach hier gereist, nachdem er sagt mir, dass große Dinge könnten hier erwartet werden.«

»Hä! Große Dinge? Welcher Natur denn, wenn ich fragen darf?«

»Das sagte er nicht«, antwortete Sir Rupert bedauernd. Doch äußerte er die Hoffnung, dass es etwas mit den unterirdischen Tunnels zu tun haben könnte. In dieses Thema hatte er schon ein Vermögen an Reisegeld investiert. Dabei war er weniger an den subterranen Anlagen interessiert als an dem, was er letztendlich dort zu finden hoffte: das Geheimnis des Ewigen Lebens.

Potzblitz!, dachte ich mir. Nicht mehr und nicht weniger!

Je mehr Sir Rupert über die seltsame Vril-Kraft sprach, desto mehr fiel mir auf, dass sie eine nicht zu leugnende Ähnlichkeit mit der Elektrizität zu haben schien.

»*Certainly*«, erwiderte der Baronet eifrig nickend, als ich ihn darauf aufmerksam machte. »Er schrieb, dass es sich um *athmospheric magnetism* handelt!«

Mir entfuhr ein leiser Pfiff. »Atmosphärischer Magnetismus! Donnerwetter!«

Charly strahlte erst mich und dann Sir Rupert an. »Sehen Sie, jetzt wird mein Freund erst richtig wach!«, verkündete er. »Sie müssen wissen, er hat sich auf das, was Ihr Vetter als *athmospheric magnetism* bezeichnete, spezialisiert und sogar eine Maschine erfunden, mit der man diese Effekte genauestens untersuchen kann!«

»By Jove!« Sir Rupert riss es förmlich aus dem Stuhl. »*A Vril machine, I must be dreaming! Please* – Verzeihung, ich bin ganz außerhalb von mir geraten, weil ich plötzlich rede in meiner Muttersprache, Verzeihung, Verzeihung –«, er sah mich treuherzig an, »– bitte, mein lieber Herr Professor, erzählen Sie mir mehr von Ihrer Vril-Maschine! Was zögern Sie noch –«

Er stutzte einen Moment und dann hellte sich sein Gesicht auf. »Ah! Es ist noch *secret*, ja? Ein Geheimnis von Ihrer Firma, nicht wahr? Well, kein Problem –«, er winkte seinen Diener herbei, der sich sofort erhob und an unseren Tisch kam. Er tuschelte mit ihm auf Englisch, bis der Indsman ihm eine prall gefüllte Geldbörse reichte, die, wie ich dem leisen Gespräch entnehmen konnte, runde 1200 Mark deutscher Währung und 22 Guineen in Gold enthielt. Dann erklärte der Baronet mir, dass ich dieses Geld als Vorschuss auf den Erwerb meiner *Vril machine* betrachten könne.

»Sir Rupert, das kann ich auf keinen Fall akzeptieren«, entgegnete ich kopfschüttelnd. »Ich schlage vor, dass Sie Ihr Geld für's Erste behalten und zunächst einer Demonstration meines Apparates beiwohnen – kostenlos natürlich!«

Er wog den Kopf hin und her. »Warum kann ich nicht Ihren Apparat an Ort und Stelle kaufen – nennen Sie von der

Konkurrenz das beste Angebot, und ich werde doppelt so viel bezahlen!«, rief er trotzig wie ein Kind.

»Das lassen Sie mal nicht das Problem sein«, beruhigte ihn Charly. »Für einen bescheidenen Vorschuss wäre der Professor vermutlich bereit, Ihnen ein unbeschränktes Vorkaufsrecht einzuräumen, denke ich!« Er sah mich schräg an.

Ich konnte mich nur wundern, welch' ungeheures Geschick er darin besaß, anderen das Geld aus der Tasche zu ziehen. Leider stand diese bemerkenswerte Eigenschaft im völligen Widerspruch zu seinem bescheidenen Lebenswandel, da er dieses Talent aus einem unerfindlichen Grund nicht zu seinem eigenen Nutzen einsetzen wollte. Schnell wurde er mit Sir Rupert handelseinig, worauf zwanzig Guineen den Besitzer wechselten.

»Sir Rupert, ich würde gerne noch einiges über diese Vril-Kraft erfahren, wenn's Ihnen beliebt«, bat ich, nachdem das Geschäft mit hell klingenden Gläsern besiegelt worden war.

»Diese Mühe kann ich Sir Rupert abnehmen«, rief Charly rasch und begann *ad hoc* mit einem eingehenden Vortrag, der sich mit überraschendem Tempo von seinem eigentlichen Thema wegbewegte und sich stattdessen mit der Frage beschäftigte, warum ein Autor – heiße er nun Lytton oder May – ein Werk in der Ichform verfasst, selbst wenn der fälschliche Eindruck beim Leser entsteht, dass es sich nicht um eine Fiktion, sondern um wirklich Erlebtes handelte.

Irgendwann kam er dann doch auf das Vril zurück, das er dem biologischen Fluidum gleichsetzte, wie es in seiner profansten Form durch Galvanis Experimente erwiesen wurde. Nach Lytton sei Vril auch die primäre Universalkraft, die von der Gedankenübertragung bis zur Geistererscheinung alle außergewöhnlichen Wahrnehmungen der Seele bedingt. Andererseits könne sie genauso als weniger subtil wirkende technische Kraft auftreten, die eine zerstörerische Wirkung entfaltet.

Ehrlich gesagt war mir das Ganze etwas zu verstiegen, obwohl es eine mögliche Erklärung für das technische Problem der seltsamen Stimmen bot.

»Also, Bulwer-Lytton beschreibt einen sogenannten Vril-Stab, der in der Lage ist, die Wirkung ungemein zu verstärken«, deklamierte Charly. »Von der Beschreibung her erinnert das Gerät ein wenig an ein Blasinstrument, eine Klarinette, da es mit verschiedentlichen Klappen oder jedenfalls ähnlichen Mechanismen ausgestattet ist, die eine genaue Kontrolle der Wirkung erlauben. Die Wirkung der Klappen scheint aber, soweit ich mich erinnere, keinesfalls eine pneumatische zu sein, ist das richtig, Sir Rupert?«

»*Well*, man muss schon denken an ein Horninstrument beim Lesen, wie sie es gesagt haben«, bekräftigte der Baronet mit nachdenklich gerunzelter Stirn. »Aber es steht nicht geschrieben, wie die Wirkung entsteht. Nicht genau, jedenfalls. Vergessen Sie nicht bitte, den teleskopischen Mechanismus zu erklären, Doktor May!«

»Ah, das hatte ich ganz –«

»Das heißt, der Apparat setzt gleichzeitig pneumatische, elektrische und optische Effekte ein?«, fragte ich, da mir das Ganze nicht einleuchten wollte.

Die Antwort darauf sind die beiden mir bis heute schuldig geblieben. Stattdessen zitierten sie die Schriften einer gewissen Madame Blavatsky, vormals Kunstreiterin, nun Betreiberin einer spiritistischen Wanderbühne von internationalem Rang. Zufällig hatte ich einige Monate zuvor in einer Herrenzeitschrift einen Artikel über diese Dame gelesen, dem auch ein fotografisches Bildnis von ihr beigefügt war. Sie war so fett, dass ich ohne Reue fünf Taler hätte springen lassen, um sie auf dem Rücken eines Pferdes bewundern zu dürfen.

Irgendwann im Verlauf dieser höchst philosophischen Betrachtungen brachte Charly natürlich die durch meinen Apparat produzierten Stimmen ins Spiel, worauf Sir Rupert seinen Mund aufriss und für eine geschlagene Minute kein Wort mehr herausbekam.

»Great Gosh!«, krächzte er schließlich. »Stimmen, sagen Sie? Was für Stimmen denn, falls ich fragen darf?«

»Sie dürfen! Aber erhoffen Sie sich bitte keine endgültige Antwort. Die Meinungen über die Ursache der Stimmen divergiert. Der eine zieht Geister zur Verantwortung, der andere Dämonen. Marsmenschen. Die himmlischen Heerscharen. Was auch immer.«

»*Amazing!* Sagen Sie, könnten es sein Stimmen auch von, hm ... subterranen Menschen?«, fragte er mit vor Erregung glühendem Gesicht.

»Sie meinen Ihre Tunnelmenschen? Ja, von mir aus auch das«, bestätigte ich. »Sie müssen wissen, als Wissenschaftler habe ich dazu keinen festen Standpunkt, solange nicht triftige Beweise auftreten, die in diese oder jene Richtung deuten.«

Sir Rupert schüttelte den Kopf und griff zu seinem halb vollen Weinglas, um es mit einem Zug zu leeren. »Ich möchte nicht erscheinen aufdringlich, aber mir wäre gelegen daran, möglichst bald die Demonstration Ihres Apparates zu erleben, Herr Professor! Heute schon, wenn es geht noch, bitte schön?«

Wir verabredeten uns auf den Abend des morgigen Tages. Bald darauf mussten wir uns auch schon von Sir Rupert verabschieden, da wir pünktlich zum Abendessen bei den Kohlers eintreffen wollten.

Mittlerweile war ein leichter Wind aufgekommen, wodurch sich der Rückweg weitaus erträglicher gestaltete als der Marsch durch die brütende Nachmittagshitze.

Ansonsten unterhielten wir beide uns über die abstrusen Ideen von Lord Lytton und seinem so von dessen Ideen beseelten Vetter. Charly hielt das Konzept des Vril für etwas zu allgemein gehalten, obwohl es seiner Ansicht nach durchaus sinnvoll war, seelische und technische Vorgänge auf einen gemeinsamen Ursprung zurückzuführen. Weitaus faszinierter war er jedoch von dem Gedanken eines weltumspannenden Tunnelsystems, das eine den Menschen ähnliche, aber weitaus überlegene Rasse geschaffen hatte.

»Edle Menschen, vorbildlich gebaut und sittlich hoch stehend«, fabulierte er, »mit mächtigen Geistesgaben ausgestattet und durch ihre große Willenskraft wie auch ihre exquisiten körperlichen Vorzüge dem Menschen in jedem Belang haushoch überlegen!«

»So eine Art Grotten-Komantschen, ja?«, rief ich erzürnt. »Ich bitte dich, Charly – die gesamte Handlung des Romans ist doch erstunken und erlogen, einschließlich dessen, was der Ich-Erzähler über sich selbst behauptet! Nur ein Beispiel: Lytton tut, als sei er Amerikaner – was aber eine glatte Lüge ist! Schon daran kannst du sehen, als wie wahrhaftig wir seinen Bericht ansehen müssen, verdammt!«

So zankten wir uns weiter, bis kurz vor der Abzweigung zum Anwesen der Kohlers eine wohl bekannte Gestalt unseren Weg kreuzte, die uns freudig zuwinkte.

Trotz seines völlig unkontrolliert wirkenden Humpelns legte Marius eine geradezu erstaunliche Geschwindigkeit an den Tag, sodass er die rund dreihundert Meter Entfernung in wenig mehr als einer halben Minute überwand, obwohl er ein recht großes, in Packpapier eingeschlagenes Paket mit sich trug.

»*Slinder!*«, keuchte er uns auf den letzten Metern entgegen. »*Foh Slinder?*« Er deutete auf meinen Kopf und grinste. Sein grausiger Janusmund schien einen Ausdruck der Verbitterung anzunehmen.

»Oh, der ist wohl kaputt«, antwortete ich. »Nicht mehr zu gebrauchen, du hast es doch selbst gesehen, weißt du noch?«

»Chahdeeeh«, erwiderte er bedauernd. »Wechesmissen?«

»Ob ich ihn weggeworfen habe? Nein. Noch nicht.«

»Niss gutenuch fü' feina Heah?«, fragte er lauernd.

Ich lächelte, weil mir dämmerte, worauf er hinaus wollte. »Nein, für mich ist er sicher nicht mehr gut genug. Aber vielleicht für jemand anders, deshalb habe ich ihn noch nicht weggeworfen. Willst du ihn denn haben, Marius?«

Er starrte mich mit einer Mischung aus Dankbarkeit und Misstrauen an. »Slinder füh mich, a's G'schenk?«

»Ja, natürlich. Du kannst ihn geschenkt haben. Ich bewahre ihn für dich auf, ja? Musst ihn nur irgendwann abholen.«

»Jetz' gleich?«, fragte er inbrünstig hoffend.

»Warum nicht. Komm' einfach mit, dann kannst du ihn sofort haben.«

Charly und ich liefen wieder los, während uns Marius in gebührendem Abstand folgte. Als wir das Nebenhaus erreicht hatten, wartete er mit Charly vor der Tür, während ich rasch ins Obergeschoss hochlief, um den ramponierten Zylinder zu holen.

»Da hast du ihn«, sagte ich einfach, als ich dem armen Kerl die Kopfbedeckung überreichte.

»Dank'ssöhn.« Er starrte das so lange begehrte Geschenk einige Sekunden lang gerührt an, bevor er es dann kurz entschlossen auf seinen Kopf setzte.

»Sspieg'l?«

»Ja, hier an der Garderobe ist ein Spiegel.« Ich bedeutete ihm mit einer Geste, ins Haus zu gehen.

Vorsichtig und mit zahlreichen Seitenblicken auf mich und Charly trat er über die Schwelle und lief in die Diele hinein, bis er vor der Garderobe stand. Für eine Viertelminute blieb er dort nahezu reglos stehen und betrachtete mit feierlicher Miene sein Spiegelbild. Dann wandte er sich rasch ab.

»Ihs jetz' selbß feina Heah!«, rief er mit stolzem Grinsen und grämlich dreinschauendem Janusmaul. »Dank'ssöhn. Fiederseh'n!«

Er winkte mir und dann Charly zu, um sich anschließend eilig mit seinem Paket auf den Weg zu machen.

Charly seufzte. »Es ist wirklich eine Ironie, aber dein Zylinder steht ihm ausgezeichnet, da er nun einmal genauso ramponiert ist wie sein neuer Besitzer.«

Trotz des Intermezzos mit Marius saßen wir gut zehn Minuten vor der Zeit bereits am Esstisch. Kurz darauf trat auch Elaine ein, die erst einmal mit Frau Kohler in der Küche verschwand, um der Köchin auf die Finger zu gucken. Nachdem das im Speisezimmer verbleibende Herrentrio die üblichen Floskeln über das Wetter und den sonstigen Stand weltwichtiger Angelegenheiten zu diskutieren begonnen hatte, fiel mir bald auf, dass der Kapitän heute ungewöhnlich schweigsam wirkte. Keine hanebüchenen Übertreibungen, keine unhaltbaren Spekulationen, keine neuen Geschichten vom ollen Herbert – zweifellos musste ihm etwas gewaltig über die Leber gelaufen sein, denn so hatte ich ihn noch nicht erlebt.

Ansonsten fiel seine irritierende Schweigsamkeit nicht sonderlich ins Gewicht, da Charly während der Spargelsuppe über unseren Spaziergang zu berichten begann. Die Reaktionen der Zuschauer gingen allerdings reichlich auseinander, da nur Elaine einigermaßen aufmerksam seine Schilderungen zur Kenntnis nahm, während Frau Kohler heute ausgesprochen geistesabwesend wirkte. Ihr Mann ließ wenigstens ab und zu einen Kommentar oder eine Frage hören, aber insgesamt schien auf unseren Gastgebern ein geheimer Druck zu lasten, den nicht einmal Charlys geistreiche Parodie des Sir Rupert zu beseitigen vermochte, mit der er die Kau- und Schluckpausen beim Hauptgang ausfüllte. Der bestand übrigens aus Rindfleischsalat norddeutscher Art, der trotz seiner eigentlich recht suspekt anmutenden Zusammensetzung erstaunlich schmackhaft ist und wegen seiner Säure und Leichtigkeit ein wirklich höchst empfehlenswertes Abendmahl für einen knirschend heißen Sonnentag darstellt. Aber als ich Frau Kohler um das Rezept bat und sie nur mit einem matten Lächeln reagierte, kam mir endgültig der Verdacht, dass dieses ungewöhnliche Verhalten ein Signal setzen sollte.

Offenbar wollten die beiden uns etwas mitteilen, das ihnen reichlich unangenehm war, konnten sich jedoch nicht dazu durchringen. Natürlich war mir sonnenklar, dass die Bedenken eher von ihrer als von seiner Seite kommen mussten, da er weitaus unkompliziertere Ansichten über das menschliche Miteinander pflegte, was mir frei heraus gesagt besser gefällt. Ich beschloss deshalb, nicht lange um den heißen Brei herumzustreichen.

»Verzeihung«, bemerkte ich und sah dabei zunächst sie und dann wieder ihn an, »ich kann mich des Eindrucks nicht erwehren, dass heute eine recht bedrückte Stimmung herrscht. Ist etwas vorgefallen?«

Klirr, klingeling!

Frau Kohler hatte ihr Messer auf den Teller fallen lassen. »Also gut«, murmelte sie kraftlos. »Erzähl's ihnen schon!«

Der Kapitän schielte sie noch einmal vorsichtig an, bevor er sich an mich wandte.

»Tja«, meinte er gedehnt, »wir haben uns wohl ein größeres Problem eingehandelt, wie es ausschaut. Ein richtiger Bockmist ist das, aber da kann keiner was für, wenn man's richtig betrachtet.« Er schob seinen Teller zur Seite und nahm den Tabaksbeutel zur Hand, um seine Pfeife zu befüllen.

»Kapitän, Sie sprechen in Rätseln«, meinte ich sehr höflich.

»Hm«, brummte er. »Werd's Ihnen am besten so erzählen, wie's passiert ist. So um kurz nach fünfe, da bin ich zum Stall rüber, weil meine Frau gemeint hat, ich soll noch mal eben den Teppich aus dem Empfang durchklopfen, weil der im Winter richtig Staub eingefangen hat. Habe also den Teppich zusammengerollt und rübergeschleppt, links am Stall vorbei, vor dem ganzen Gestrüpp, wo die Teppichstange ist. Ich wuchte also den Teppich über die Stange und will ihm gerade so richtig eins wimmsen, da sehe ich zufällig auf das kleine Seitenfenster, wie sich einer von hinten an mich ranschleicht! ›Halunke‹, habe ich mir gedacht, da hast du dir aber den Falschen ausgesucht! Bin also herumgefahren wie der Blitz und habe ihm den Belegnagel ans Käppchen geworfen!«

»Belegnagel?«, fragte Charly, der über das unerwartete Auftreten dieses nautischen Accessoires nicht weniger verblüfft war als ich.

»Ja, den nehme ich immer für's Teppichklopfen, weil mir die normalen Klopfer so schnell zu Bruch gehen, wissen Sie?«

»Ah so!«, machte Charly nur. »Jedenfalls haben Sie dem Kerl also den Belegnagel an den Kopf geworfen, ja? Mit ... ähem, mit welchem Resultat, wenn ich fragen darf?«

»Mit dem zu erwartenden«, erklärte Frau Kohler etwas müde. Sie erklärte, dass Kohlers Opfer nun mit einer dicken Beule am Kopf im Gästezimmer des Hauses lag. Dabei kam heraus, dass es sich vermutlich um ein Mitglied des Zirkusvolkes handelte, das beim Dorf Haldern im Winterquartier lag.

»Herumtreiber sind das, allesamt!«, knurrte ihr Gespons. »Klauen wie die Raben, das schierche Saupack! Guck dir den Hallodri doch mal an – keine dreißig Jahre alt, und genauso lange nicht gewaschen! Schmierlappen sind das, da wäre mir der Mast zu schade, um sie dran aufzuknüpfen!«

»Sagen Sie mal«, meinte ich neugierig, »hatte er denn bereits etwas an sich genommen?«

»Nö«, erwiderte der Kapitän achselzuckend, »hat er nicht. Fersengeld geben wollte er, deshalb habe ich ihn auch voll auf den Hinterkopf erwischt! Wäre er stehen geblieben wie ein Mann, dann hätte ich ihn von vorne erwischt, denke ich. Mehr als eine ordentliche Beule wäre nich' dabei herumgekommen, in diesem Fall.«

»Die Polizei wird dir eine saftige Strafe dafür aufbrummen!«, prophezeite sein Weib düster. »Man kann doch nicht einfach Leute erschlagen, wir sind doch nicht im Wilden Westen!«

»Och! Jetzt übertreibst du aber maßlos! Erschlagen habe ich ihn nicht, nur ... kampfunfähig gemacht, sozusagen! Und jetzt liegt der faul da und versudelt unser schönes Gästebett, da kann er mir eigentlich dankbar sein!«

»Also, ich glaube nicht, dass er Ihrem Mann viel Ärger machen wird«, beruhigte Charly Frau Kohler. »Nik, sehen wir uns diesen Halunken mal an, vielleicht können wir ihm ja gut zureden?« Er rieb sich die Hände, um dem Kapitän zu bedeuten, dass er neben drohenden Worten auch diese einsetzen würde, falls es sich als unumgänglich erweisen sollte.

»Ja«, erwiderte ich, »das sollten wir auf jeden Fall versuchen.«

Während die Damen im Wohnzimmer verblieben, ließen wir uns vom Kapitän ins Gästezimmer führen, das am Ende eines von der hinteren Diele abzweigenden Nebenflures lag.

Auf blütenweißen Laken lag die reglose, auf die Seite gedrehte Gestalt eines Mannes, der bei weitem nicht so heruntergekommen war, wie es der Kapitän behauptet hatte. Man konnte ihm allerdings ansehen, dass er bereits eine oder vielleicht auch zwei Nächte im Freien verbracht hatte, da seine Kleidung ziemlich zerknittert und schmutzig war. Auch hatte sein Kinn seit einiger Zeit kein Messer mehr gesehen, sein dichter, blonder Schnurrbart wurde durch einen Dreitagesbewuchs ergänzt, was ihm in der Tat ein desolates Erscheinungsbild verlieh. Als Charly an das Bett herantrat, flackerten die Lider des Mannes einige Male, bevor er die Augen gänzlich aufriss und uns entsetzt anstarrte.

»Bewahren Sie Ruhe, Mann!«, sagte Charly drohend. »Dann geschieht Ihnen auch nichts.«

Der Fremde hatte sich bereits halb aufgerichtet, sackte nun aber wieder zusammen und verzog schmerzvoll das Gesicht.

»Lassen Sie mich mal sehen«, meinte Charly etwas milder. »Aber keine Fisimatenten, sonst setzt es was!«

Wieder richtete sich der Fremde auf, was ihn große Anstrengung kostete. Charly betrachtete und betastete die mächtige Beule an seinem Hinterkopf, wobei sein Patient gelegentlich schmerzvoll aufstöhnte.

»Das wird schon wieder«, brummte Charly schließlich. »Kapitän, könnten Sie dem Manne einen Eisbeutel beschaffen? Es geht ja nicht an, dass er sinnlos leiden muss.«

Der Kapitän verzog demonstrativ den Mund, bevor er sich umdrehte und das Zimmer verließ, um der Bitte nachzukommen.

»Was haben Sie da hinten am Stall zu schaffen gehabt?«, fragte Charly streng.

»Nichts ... ich – ich wollte mir nur ein Quartier für die Nacht verschaffen, mein Ehrenwort darauf«, stöhnte der Fremde.

»Hm. Wenn's nur das war, dann ist Ihre Strafe wohl ein wenig hart ausgefallen, Herr Rosmann!«

»Ja –« Er fuhr entsetzt hoch und wollte wohl die Flucht ergreifen, aber Charly hielt ihm eine geballte Faust entgegen, worauf er einsah, dass er in seinem gegenwärtigen Zustand nicht den Hauch einer Chance hatte. »Woher wissen Sie –«, krächzte er kraftlos.

Natürlich! Die Hose, die Weste, der Rock, das rote Halstuch – genau wie auf dem Steckbrief! Ich ärgerte mich ein wenig darüber, dass mir dies in meiner Sensationslust völlig entgangen war.

Rosmann sah zunächst Charly und dann mich gehetzt an. »Was ... wer sind Sie?«

»Das geht Sie einen feuchten Kehricht an! Als Mordbube sind nicht Sie es, der Fragen zu stellen hat!«

»Mord?« Er richtete sich wieder vorsichtig auf, wobei er mit der Hand andeutete, dass er nicht vorhatte, einen Fluchtversuch zu unternehmen. »Bitte – ich möchte mich nur kurz herumdrehen, mir wird sonst schlecht!«, stöhnte er.

Charly nickte und ließ ihn gewähren. Rosmann drehte sich auf die andere Seite und stöhnte noch einmal so schmerzvoll auf, dass ich wirklich Angst um ihn bekam. Doch nur einen Sekundenbruchteil später verebbte dieses Mitgefühl schlagartig, da ich mich unerwartet am ungünstigen Ende einer Taschenpistole wiederfand.

»Keine Bewegung!«, fauchte Rosmann, der – oh Wunder! – keinen Schmerz mehr zu empfinden schien und zudem statt halb betäubter Bewegungen sehr flinke ausführte, die keinen Zweifel daran ließen, dass er uns an der Nase herumgeführt hatte und nun zu allem bereit war.

»Machen Sie sich nicht unglücklich, Rosmann«, versuchte es Charly ohne große Überzeugungskraft.

»Schnauze halten und runter vom Bett! Los, sonst drücke ich ab!«

Es war wirklich eine vertrackte Situation, da Rosmann klug genug war, die Pistole weiter auf mich zu richten, während er Charly herumkommandierte. Dadurch befand sich die Waffe außer Charlys Reichweite, was es unmöglich machte, Rosmann mit einem schnellen Schlag oder Tritt zu entwaffnen. Natürlich wäre es ein ziemlich gefährliches Manöver gewesen, dies zu versuchen. Aber Charly war in diesem Augenblick so außer sich, dass ich es ihm durchaus zugetraut hätte, wäre die Situation nur ein wenig günstiger gewesen.

»Fenster aufmachen!«, befahl Rosmann schnarrend, während er mich weiter in Schach hielt.

Charly blieb nichts übrig, als dem Befehl zu entsprechen. Als die Flügel des Fensters weit aufgesperrt waren, richtete Rosmann die Waffe zur Abwechslung auf Charly, um ihn in den Teil des Raumes zurückzudrängen, in dem auch ich mich aufhielt. Als Charly schließlich neben mir stand, trat Rosmann im Krebsgang den Rückzug durch's Fenster an.

Wir standen machtlos da und sahen zu, wie er ein gutes Stück rückwärts über den Hof lief, die Pistole mit beiden Händen auf das Fenster gerichtet. Das kleine Ding wies auf eine Distanz von fünfzehn Metern gewiss einen halben Fuß Streuung auf, aber das war Charly und mir nicht breit genug, um ernsthaft daran zu denken, dem Flüchtenden nachzusetzen.

»So«, rief der Kapitän, während er hinter uns in den Raum polterte. »Hier ist der Eisbeutel –«

Ich drehte mich langsam zu ihm herum.

»Verdammich! Wieso – wo ist der Kerl?«

»Auf und davon!«, antwortete Charly trocken. »Unerwarteterweise zog er ein Pistol, worauf wir uns gezwungen sahen, ihn gehen zu lassen!«

Wir erklärten dem verblüfften Seemann, was vorgefallen war. Als er begriffen hatte, dass der angebliche Zirkusmensch in Wirklichkeit Rosmann gewesen war, erwachte in ihm schlagartig der Vigilant.

»Och! Da müssen wir sofort die Polizei anrufen!«, rief er. »Wozu habe ich denn ein Telefon?«

»Ja, da haben Sie wohl völlig Recht«, entgegnete Charly unsicher.

Ich machte mir indes keine großen Sorgen, da wir ja lediglich Zeugen einer gescheiterten Zivilarretierung waren. Man würde uns wohl kaum wegen einer Aussage vor Gericht zitieren, also war nicht mit größeren Unannehmlichkeiten zu rechnen. Andererseits hatte ich ein gewisses Verständnis dafür, dass Charly am liebsten gar nichts damit zu tun haben wollte.

Während sich der Kapitän ans Telefon begab, kehrten Charly und ich in das Speisezimmer zurück, um die Damen in Kenntnis zu setzen, die erwartungsgemäß recht perplex waren, als sie erfuhren, was sich nur wenige Meter von ihnen entfernt abgespielt hatte.

Nach einer guten Stunde erschien ein Ortspolizist, der

den Vorfall schriftlich aufnahm und unsere Personalien notierte. Als Elaine an der Reihe war, hielt Charly den Kohlers einen ungebührlich lauten Vortrag über die Vorzüge arabischer Vollblutpferde, um zu verhindern, dass die beiden den wirklichen Namen der angeblichen Frau May aufschnappen würden. Dabei redete er sich wieder einmal so sehr in Rage, dass er den eigentlichen Zweck seiner Rede vergaß und fleißig weiter deklamierte, nachdem der Gendarm längst das Haus verlassen hatte.

Die Fälschung

Auszug aus dem Gendarmerieblatt für den westlichen Niederrhein, im Mai 1882, zweite Monatsausgabe:

... Mehr und benachbarte Dörfer. Der Flüchtige ist ein Albert Rosmann, 29, aus Bocholt, vormals Leutnant der Armee S. Hl. Majestät, danach Tucheinkäufer. Erscheinung schlank, Höhe 173 Zentimeter, dunkelblonder Schnurrbart, spricht Deutsch ohne besonderen Dialekt. Zuletzt gesehen im Raum zwischen Hamminkeln und Mehr, wo er sich der Zivilarretierung seitens mehrerer Zeugen durch Losreißen zu entziehen vermochte. Kleidung bestehend aus lichter Stoffweste und Hose, lichtem kurzem Rock mit Hornknöpfen und kurzen Schößen, rot gemustertem Halstuch. Der Flüchtige ist verdächtig der Ermordung der Kaufmannsfrau Christine Leitner aus Köln, siehe ergänzte Anlage dazu vom vorjährigen Dezember. Es wird vermutet, dass er die Flucht über die Grenze nach Holland oder zum südlichen Niederrhein versuchen wird ...

Am nächsten Morgen stiegen Charly, Elaine und ich ohne Gepäck in den Eisenbahnzug nach Arnheim, wo wir einen recht interessanten Vormittag in der Innenstadt verbrachten und mittags das Wagnis eingingen, uns in ein indonesisches Restaurant zu begeben. Die Speisekarte war in Holländisch beschriftet, das Charly mit einiger Mühe zu lesen verstand, sodass wir hoffen konnten, nur solche Dinge vorgesetzt zu bekommen, die nach westlicher Ansicht aus halbwegs konsumierbaren Bestandteilen der Tier- und Pflanzenwelt hergestellt waren.

Charly erzählte uns, dass es in Dresden schon seit einiger Zeit ein chinesisches Restaurant gab, über dessen Qualitäten er jedoch nichts weiter zu berichten wusste. Er hob jedoch hervor, dass die sinoiden Asiaten nach seinem besten Wissen keine Innereien auf den Tisch brächten, was ihn ungemein zu beruhigen schien.

Als gebildeter Mensch musste ich ihm jedoch mit dem Argument widersprechen, dass in einigen Landstrichen Chinas knusprig gebratene Hundedärme als große Delikatesse gelten. Darauf wusste er nichts zu erwidern, während Elaine ausgesprochen entsetzt reagierte, als ich weiter ausführte, dass der Chinese den Hund insgesamt als Krone der essbaren Tierwelt betrachtet. Speziell die Nachfrage auf Hundedärme sei so groß, dass arme Leute aus stundenlang weich gekochter Schweinehaut eine Art Hundedarmersatz herzustellen wüssten, ganz wie man es in unseren Breiten ja auch versteht, aus Möhren, Bohnen und anderen unedlen Gewächsen nicht weniger unedlen Kaffee zu brauen.

Von allen Betreibern fernöstlicher Restaurants gehören die Indonesier zu den barmherzigeren, da sie dem hungrigen Abendländer von vorneherein Löffel und Gabel reichen, statt ihm in hinterlistiger Absicht Essstäbchen anzudrehen. Dabei wird der verzweifelte Gast eigentlich nur zum Opfer seiner falschen Vorstellung, dass es einer besonderen Kunstfertigkeit bedarf, mit diesem fernöstlichen Besteck umzugehen. In Wirklichkeit ist es dem durchschnittlichen Asiaten aber völlig schnurz, was man ihm beim Essen in die Hände gibt – er verwendet es immer wie eine Schaufel, mit der er die Speisen vom Teller in seinen Rachen befördert. Dass sich Italiener und Chinesen neben der Nudel auch die Tischmanieren teilen, ist ein hartnäckiges Gerücht, das ich Jahre später in New York bestätigt fand. Vermutlich ist Marco Polo daran schuld, wer weiß das schon?

Nach dem Essen machten wir einen ausgiebigen Spaziergang durch die Randviertel der Stadt, wobei wir unter anderem auf einige Trödelläden stießen, die eine große Auswahl an exotischen Accessoires feilboten, die direkt aus dem »Trophäenraum« Kapitän Kohlers hätten stammen können. Nach und nach entdeckten wir Zwillings- und Drillingsgeschwister des Tabakindianers und einiger anderer augenfälliger Prunkstücke aus der Sammlung unseres Gastgebers, sodass Charly schon sehr bald den Verdacht äußerte, der Kapitän habe sich die angeblichen Erinnerungsstücke an zurückliegende nautische Großtaten in diesem holländischen Städtchen beschafft, anstatt sie wie von ihm behauptet unter Lebensgefahr unter dem Kreuz des Südens zu gewinnen.

Iwo, widersprach ich, es ist genau umgekehrt – in seiner Bescheidenheit stelle der Kapitän nur einen winzigen Teil der errungenen Trophäen in seinem Haus aus, während er die überwiegende Menge über die Grenze veräußert habe.

In einem der Läden entdeckte ich eine aus sehr weichem Leder gefertigte Geldkatze, die mein Interesse erweckte, weil ich mir schon den Kopf darüber zerbrochen hatte, wie ich die Guinees mit mir herumtragen sollte, ohne mir die Hosen zu zerbeulen. Ich erstand sie für weniger als drei Mark, was sich als geradezu lächerlicher Preis erwies, da sie mir bis zum heutigen Tage gute Dienste geleistet hat, besonders in meinen ersten Jahren in Amerika, wo ich mich mangels vernünftiger Arbeitsangebote im Straßenbau betätigen musste. Obwohl ich sie seit Jahren nicht mehr getragen habe, besitze ich sie immer noch, und bei ihrem Anblick werden Gefühle an diese schönen und aufregenden Tage wach.

Wie sein deutscher Vetter legt auch der Holländer Wert auf saubere Straßen, schmucke Häuschen, rundliche Frauen und kühles Bier. Des Holländers Schwäche für guten, starken Kaffee ist indes so ausgeprägt, dass man hier beinahe eine enge Verwandtschaft zum Kroaten vermuten könnte. In der Tat erweckte das edle Getränk, das man uns in einem kleinen Kaffeehaus kredenzte, in mir geradezu heimatliche Gefühle.

So saß ich mit den beiden am Tisch und sah zu, wie Charly Faxen machte und Elaine sich darüber köstlich unterhalten fühlte. Wenn man die beiden eine Weile beobachtete, merkte man ihnen nicht unbedingt an, was zwischen ihnen war. *Falls es da überhaupt etwas gibt,* ging es mir durch den Kopf. Schließlich war der Kuss vor dem Tanzlokal eigentlich das einzige Indiz einer solchen Beziehung, das ich persönlich wahrgenommen hatte. Kein Händchenhalten, keine heimlichen nächtlichen Zimmerbesuche, nichts dergleichen.

Oder war mir dies nur entgangen? Natürlich hatte ich die beiden nicht ständig belauert, da ich ein solches Interesse an den privaten Geheimnissen anderer grundweg abscheulich finde. War dieser Kuss vielleicht nur eine überschwängliche Reaktion auf Charlys Galanterie gewesen? Schließlich hatte er sie den ganzen Abend sehr aufmerksam behandelt und zudem mit ihr ausgiebig das Tanzbein geschwungen, was im weiblichen Körper gewisse Energien freisetzt, die meiner Erfahrung nach zum überwiegenden Teil nicht der Steuerung seitens des Verstandes unterliegen.

Eigentlich fand ich unseren Ausflug so interessant, dass ich es bevorzugt hätte, Holland erst in den Abendstunden adieu zu sagen. Da wir uns aber nun einmal mit Sir Rupert verabredet hatten, mussten wir den letzten Nachmittagszug nehmen, um frühzeitig genug wieder einzutreffen. Leider rollte der Zug mit beinahe zwanzig Minuten Verspätung in den Bahnhof ein, und da wir den Weg bis zum Hof der Kohlers zu Fuß zurücklegen mussten, blieb uns gerade noch genug Zeit, um uns ein wenig frisch zu machen und im Salon Platz zu nehmen, als sich der Engländer bereits an der Vordertür meldete.

Statt Breeches oder anderer skurriler Kleidungsstücke, wie sie damals in der englischen Oberschicht besonders beliebt waren, trug er einen gut geschnittenen dunkelblauen Dinneranzug mit dazu passendem Hut.

Nachdem ich ihn hereingelassen hatte, machte ich ihn zunächst mit Elaine bekannt, die ich ihm natürlich als Frau May vorstellte. Mir fiel auf, dass sie seltsamerweise etwas bleich um die Nasenspitze herum wurde, als er sich ihr näherte.

»Ganz entzückt«, murmelte er mit errötetem Gesicht, als er mit galanter Eleganz ihre Hand geküsst hatte. »Wirklich ganz entzückt, *Madam*!«

»Wo haben Sie denn Ihren Schatten gelassen?«, fragte Charly etwas unhöflich, während ich mich daranmachte, den Begrüßungsschluck zu servieren.

»Schatten? Ich verstehe nicht –«, entgegnete Sir Rupert verwirrt, bevor es ihm dämmerte. »Ach so, Sie meinen *White Buffalo*, ja?« Er erklärte, dass der Indianer sich einen freien Tag genommen hatte. »Heute Morgen bekam er ein Telegramm; einer seiner Stammesangehörigen ist schwer erkrankt. Er möchte Zauber machen für ihn, Sie verstehen?«

Dies gab Charly die Gelegenheit, den Baronet ein wenig über den Indianer auszufragen. Nach zehn Minuten musste ich das Gespräch jedoch unterbrechen, da ich Sir Rupert die grundsätzliche Funktionsweise meines Apparates erläutern wollte. Mit technischen Details tat er sich ziemlich schwer, aber da er ansonsten ein recht aufgeweckter Geist war, vermochte er es doch, meinen Ausführungen hinreichend zu folgen. Noch vor Anbruch der Dunkelheit führte ich ihm eine der Walzen vor, und wie erwartet nahm auch er die Stimmen fast auf Anhieb wahr. Dazu hatte ich das unverfängliche Beispiel *Der Peder wo liebt nur Hülshoff* gewählt, dessen geisterhafte Aussage neben mir auch Charly und Elaine zweifelsfrei nachvollziehen konnten.

»Warten Sie – das war zu schnell. Kann ich das noch einmal hören?«, bat Sir Rupert nach dem ersten Anhören.

Ich nickte und ließ den Motor zurücklaufen.

»*Depeche von* ... das ist klar und deutlich zu hören!«, rief er höchst erregt. »Und danach kommt ein Name, das mir ein wenig wie deutsch klingt, *Liedner* ... gibt es das?«

»Möglicherweise«, sagte Charly vage. »Könnten Sie es aufschreiben, so wie Sie es hören?«

»Ja, natürlich!« Er zog ein dickes Notizbuch aus der Tasche, dem er einen Füllhalter entnahm. Als er es aufgeschrieben hatte, riss er die Seite aus dem Notizbuch und gab sie mir.

Es stand dort nur ein einziges Wort, geschrieben in klaren Lettern: LEITNER.

Für einen kurzen Augenblick beherrschte mich das Gefühl, Teilnehmer eines Schauspiels zu sein, bei dem alles von vorneherein feststeht und deshalb wunderbar logisch miteinander verknüpft erscheint.

Wortlos reichte ich Charly den Zettel. Er senkte seinen Blick und saß für einen Augenblick völlig bewegungslos da. »Leitner, aha«, bemerkte er schließlich und sah mich mit brennenden Augen an.

Weitere Versuche mit einigen der anderen Rollen ergaben, dass Sir Rupert manchmal mit uns anderen in der Interpretation der Stimmen übereinstimmte, während er in einigen Fällen etwas vollständig anderes vernahm. Offensichtlich erging es jedem Menschen so, und das mochte an der unterschiedlichen Weise liegen, wie wir die Sprache mit dem Verstand aufzunehmen pflegten. Von allen, die ich bislang mit den geheimnisvollen Stimmen konfrontiert hatte, waren ja nur der Kapitän und Charly mit der deutschen Sprache aufgewachsen, auch wenn sie doch wahrnehmbar unterschiedliche Spielarten dieses Idioms verinnerlicht hatten.

Als ich mir dies alles durch den Kopf gehen ließ, wurde mir bewusst, worin das eigentliche Problem dieser Experimente lag. Was würde beispielsweise ein Arbeiter aus dem Ruhrgebiet hören, ein Weinpflücker aus dem Burgund, ein Schuhmacher aus Liverpool – Menschen, die allesamt nur die Sprache kannten, die ihnen ihre Mutter in die Wiege gelegt hatte? Ich war überzeugt davon, dass sie alle etwas Grundverschiedenes wahrnehmen würden, da das, was die Stimmen einem Menschen zu sagen schienen, auf ureigenste Weise mit dem verwoben war, was die Gedanken dieses Menschen beschäftigte. Man konnte es mit dem alten Kinderspiel vergleichen, wobei ein Kind dem nächsten etwas ins Ohr flüstert, was dieses auf gleiche Weise ans nächste Kind weitergibt und so fort. Selbst wenn kein Kind mogelt, indem es seinem Nachbarn etwas völlig neu Erdachtes kundgibt, treten dabei schnell Ergebnisse zutage, die mit der ursprünglichen Botschaft nichts mehr zu tun haben.

Dass wir derartige Missverständnisse nicht nur als Kinder ungeheuer amüsant finden, liegt hauptsächlich an den immer wieder auftretenden Bezügen zu den geheimsten Gedanken der Mitspieler. Sie treten nicht immer auf, aber wenn sie es tun, sind die Resultate häufig auf eine belustigende Weise irritierend. Es handelt sich also um eine vollständige Sinnestäuschung, die allerdings weitaus perfider wirkt als ein Vexierbild, da sie uns Dinge kundzutun scheint, die auf Gedanken beruhen, die sich noch nicht in unserem Bewusstsein manifestiert haben. Erkenntnisse, die eigentlich noch vor uns liegen, wenn man so will. Oder solche Dinge, die wir eigentlich mit normalen Verstandesmitteln überhaupt nicht wahrnehmen dürften.

Man nehme etwa die ominöse Chiffre *Roter Busch Obelisk tot*. Ich erinnerte mich, wie beunruhigt ich war, als ich diese Stimme zum ersten Mal hörte. Dabei war der Satz für sich betrachtet eigentlich völliger *Nonsens* – er wirkte eigentlich nur dann geheimnisvoll, wenn man bereits wusste, was er letztlich ausgelöst hatte. *Wir sind die Toten*, eine solche syntaktisch wie semantisch vollständige Sequenz sollte einem doch viel mehr zu denken geben als eine derart unordentliche, dem Vernehmen nach zusammenhanglose Aneinanderreihung von Worten. Und doch war ich von diesem vollständigen Satz weniger fasziniert als von der verstümmelten Wortfolge – so, als ob ich bereits im ersten Augenblick gewusst hätte, welche wirkliche Bedeutung sich dahinter verbarg. Es war, als hätte mich die Stimme wirklich darum gebeten, nach einem Obelisken und einem roten Busch zu suchen, hinter dem sich eine Leiche verbarg ...

Im weiteren Verlauf des restlichen Tages bespielten wir fast ein Dutzend Tonwalzen, wobei mir auffiel, dass die Stimmen weniger zahlreich und ausgeprägt waren als an den gewittrigen Abenden. Trotzdem schälte sich aus dem ebenfalls stark in seiner Lautheit zurückgegangenen Hintergrund aus Pfeifgeräuschen und Brausetönen eigentlich auf jeder Walze die eine oder andere Stimme heraus, wobei wir in der Mehrzahl auch halbwegs verständliche Botschaften wahrzunehmen meinten, während nur eine kleine Menge ein unverständliches oder jedenfalls äußerst vieldeutiges Kauderwelsch enthielt, welches entweder einem keinem von uns geläufigen Idiom entstammte oder nur ein stimmähnliches Gebrabbel ohne verständlichen Sinnbezug war.

Schließlich erklärte ich, dass der nächste Versuch auch der letzte des heutigen Tages sein würde. Im Raum herrschte atemlose Stille, während ich die Aufzeichnung vornahm. Als die Nadel am Endanschlag angekommen war, fuhr ich den Motor zurück und spielte sie anschließend ab.

»Da, an dieser Stelle!«, rief Sir Rupert in die Stille hinein.

»Ja, genau!«, bemerkte auch Elaine. »Es ist etwas schwierig zu sagen, weil es viel lauter kracht und prasselt als vorhin!«

»Tut es das, ja?« Ich ließ die Nadel zurückfahren. »Hier?«

»Ja, ein kleines Stückchen noch!« Sir Rupert machte eine entsprechende Geste mit Daumen und Zeigefinger. »Eine Männerstimme! Jetzt muss es kommen!«

Wir lauschten gebannt.

»Klingt ein wenig wie Englisch«, murmelte Charly, als die

sehr schnell sprechende Stimme verklungen war. »Aber vielleicht höre ich schon Gespenster ...«

»Nein, ich habe es auch so gehört«, gab Elaine zu. »Eine Wiederholung, etwas wie *murder* oder *murders.*« Sie schüttelte sich ein wenig. »Ziemlich grausig, uha!«

»Ja«, bestätigte Sir Rupert, »ich habe *murders murderer* gehört, was allein keinen Sinn hat, natürlich. Aber davor ist noch was, es klingt wie *Marias* – Bitte, Professor, Sie stellen noch einmal den Apparat zurück, ja?«

»Aber gerne.« Ich drückte den Schalter zur Seite. »So, etwa hier müsste es sein.«

»Da war es!«, rief Sir Rupert keine vier Sekunden später. »Ganz deutlich: *Marias murders murderer.*«

Ich sah in die Runde. Elaine saß mit gerunzelter Stirn und verzogenem Mund auf ihrem Stuhl, was insgesamt nicht gerade einen vorteilhaften Eindruck vermittelte. Sir Ruperts Gesicht war hochrot und völlig verschwitzt, wobei in seinen Augen eine Mischung aus Verwirrung und Begeisterung lag.

Charly hockte mit aufgerichtetem Körper auf der Kante seines Stuhles und polierte sorgfältig seine Brille. »Also, ich habe etwas Ähnliches gehört«, sagte er quälend langsam, ohne aufzublicken. »Nicht *Marias.* Sondern Marius.« Er hüstelte. »*Marius murders murderer.* Marius ermördert ... Verzeihung, ich meinte natürlich: Marius *ermordet* den Mörder. Zweifelsfrei!«

»Marius ist doch ein deutscher Name, nicht wahr?«, fragte Sir Rupert.

»Ja und nein«, antwortete Charly als einziger im Raum vorhandener Stellvertreter aller Deutschen, »es ist wohl römisch, aber in Deutschland als Vorname sehr beliebt.«

»Ja, aber der Name ist natürlich keineswegs so häufig wie ... äh, Karl«, wandte ich ein. »Oder Friedrich, um ein anderes Beispiel zu nennen.«

»Georg kommt hierzulande auch häufig vor«, bemerkte Elaine. »Und Franz, wenn ich mich recht entsinne.«

»Ja, wenn du es sagst«, bemerkte Charly freundlich. »Auf jeden Fall war es doch ein schönes, aufschlussreiches Experiment, nicht wahr, Sir Rupert?«

»Wie meinen?«, entgegnete der Adlige etwas überfordert.

»Ich bemerkte nur, dass es ein recht gelungenes Experiment war«, wiederholte Charly.

»Oh, das meinen Sie! Ja, unbedingt war es das. Äußerst faszinierend, und überzeugend dazu!«, entgegnete er eifrig. »Herr Professor, ich muss Ihnen gratulierem zu Ihrem Apparat! Eine wahrhaft epochale Erfindung, wirklich und wahrhaftig! Wir sollten ohne Verzögerung einen – wie sagt man zu *contract*?«

»Vertrag!«, rief Charly sofort.

»Genau! Wir sollten sofort einen Vertrag machen – ich möchte kaufen die Nutzung von Ihrem Apparat, exklusiv, versteht sich. Ich hoffe doch sehr, dass Sie nicht anderweitig gebunden sind?«

»Nein«, antwortete Charly an meiner Statt. »Jedenfalls nichts Konkretes, obwohl schon einige Anfragen existieren –«

»Das stört mich nicht«, rief Sir Rupert trotzig, »was immer die anderen bezahlen wollen, ich bezahle das Doppelte! Nehmen Sie dort ein Papier, und wir können sofort unterschreiben den Vertrag!«

»Sir Rupert«, sagte ich mit beschwörend erhobenen Händen, »dazu ist es nun wirklich etwas zu spät! Kommen Sie morgen um zehn zum zweiten Frühstück, dann reden wir in Ruhe darüber! Und haben Sie bitte keine Angst, das Geschäft wird Ihnen gewiss nicht entgehen, denn die Konkurrenz bleibt außen vor – mein Ehrenwort darauf!« Ich streckte ihm meine Hand hin, die er ohne Zögern annahm.

»Also gut, wir sehen uns dann morgen früh um zehn«, meinte er enthusiastisch, während er sich erhob. Wir begleiteten ihn zurück ins Haus, da man einen waschechten englischen Baronet nun einmal nicht zur Werkstatttür hinauskomplimentiert.

»Puh!«, machte ich, als ich die Tür hinter ihm ins Schloss drückte. »Er ist ja wirklich ein angenehmer Mensch, der Sir Rupert, aber der Abend war reichlich anstrengend!«

»Da sagst du was!«, meinte Charly heftig nickend. »Vor allem erschienen mir die Stimmen heute leiser als die von neulich, sodass man sich deutlich mehr anspannen muss, um sie zu hören.«

»Das ist richtig«, bestätigte ich, »bei Gewitter ist zwar der Geräuschhintergrund lauter, aber auch die Stimmen. Aber sag' mal, ist dir bei der letzten Walze etwas aufgefallen?«

»Hm.« Er dachte kurz nach. »Sie hat sich ein wenig anders angehört als die anderen, wenn du das meinst? Irgendwie kratziger. Aber die Stimme war nicht schlechter als sonst auch.«

»Hm. Und was meinst du, Elaine?«

»Charly hat Recht, glaube ich.« Sie zögerte. »Es hörte sich etwas ungewöhnlich an.«

»Gut beobachtet!«, lobte ich. »Ganz ausgezeichnet. Sie hörte sich in der Tat anders an!«

»Unerklärlich!«, rief Charly.

»Im Gegenteil!«, erklärte ich mit amüsiertem Gesicht.

Die beiden sahen mich überrascht an.

»Niki, was willst du damit sagen?«, fragte Elaine verblüfft.

»Dass es sich um eine plumpe Fälschung handelte!«, antwortete ich grinsend.

»Fälschung – wie – was?« Charly verschlug es die Stimme. »Ich verstehe nicht, wie man so etwas fälschen kann –«

»Oh, es ist nicht allzu schwer. Ich zeige es euch, wenn ihr mir noch einmal kurz in die Werkstatt folgt.«

»Eigentlich wollte ich zu Bett gehen«, murmelte Elaine. »Aber das möchte ich noch gesehen haben! Verzeihung, ich nehme an, dass die Herren nichts dagegen einzuwenden haben, wenn ich mich etwas bequemer herrichte.« Sie befreite mit flinken Bewegungen ihr Haar von diversen Nadeln und sonstigen Beschlägen, bis es lang auf die Schultern herabfiel. »Möchte noch jemand außer mir einen Kaffee?«

Wir nahmen das Angebot an und begaben uns in die Werkstatt, während sich Elaine in der Küche zu schaffen machte.

»Vorhin das mit dem Namen Leitner hat mich wirklich erschüttert«, gab Charly zu, während wir auf Elaine warteten. »Ich überlege die ganze Zeit, ob Sir Rupert da einen Schabernack mit uns getrieben hat, aber das will vorne und hinten nicht zu ihm passen, wenn ich's mir recht überlege. Womit haben wir es hier zu tun, Nik – sind es wirklich Geister?«

»Das glaube ich nicht. Ich bin allmählich davon überzeugt, dass sich diese Stimmen nur in unseren Köpfen abspielen.«

»Aber wieso hören wir dann alle dasselbe?«

»Das stimmt ja nicht unbedingt!«, widersprach ich. »Mir ist aufgefallen, dass es immer damit beginnt, dass einer etwas zu verstehen meint, worauf die anderen versuchen, es nachzuempfinden. Was dann passiert, hängt davon ab, wie groß die Ähnlichkeit mit dem empfunden wird, was der eine gehört hat. Das ist so, als ob man zu mehreren Wolken beobachtet, um solche zu finden, die eine frappante Ähnlichkeit mit irgendetwas aufweisen – ein Tier, Goethes Schattenriss, ein Drache, was auch immer. In meiner Kindheit haben wir das oft gespielt, und es kommt in erster Linie darauf an, sich einen möglichst treffenden Gegenstand einfallen zu lassen – das empfinden dann alle als lustig oder zumindest interessant. Und wenn erst mal einer aus der Gruppe einen so treffenden Vergleich gefunden hat, ist es nicht so einfach, sich etwas gänzlich anderes unter derselben Wolke vorzustellen!«

»Hä! Du meinst, dass wir es mit hörbaren Wolken zu tun haben?«, fragte er etwas belustigt.

»Du, das meine ich ernst! Überlege mal, bei den Wolken

wissen wir ja, dass es sich nicht wirklich um die Gegenstände handelt, die wir in ihnen sehen. Aber bei den Stimmen ... nun, unser Gehör lässt sich diesbezüglich wohl leichter täuschen!«

Charly zog nachdenklich die Luft ein. »So weit kann ich dir folgen. Aber das erklärt nicht, wieso Sir Rupert den Namen Leitner hört, der ihm doch offensichtlich gar nichts gesagt hat?«

»Weißt du das? Vielleicht hat er den Steckbrief gelesen oder auch ein Kneipengespräch aufgeschnappt und es nachher vergessen. Erst durch das Hören eines Geräusches, das dem Namen ähnelt, wird es wieder aus dem Gedächtnis hervorgeholt. Man sagt ja auch, dass ein geschickter Magnetiseur so manche versteckte Erinnerung hervorzubringen weiß!«

»Hör' mir bloß auf mit Magnetiseuren«, brummte Charly, »die meisten davon sind Scharlatane, unter zehn ist höchstens einer, der etwas von der Sache versteht!«

»Na gut, aber darum geht es letztendlich ja gar nicht. Ich stehe jedenfalls auf dem Standpunkt, dass die angeblichen Stimmen nur einen Prozess der gedanklichen Verknüpfung in Gang setzen, in dem wir ohne bewusstes Nachdenken eine passende Lösung des Stimmenrätsels suchen. Es geschieht vielleicht aus einem inneren Zwang heraus, den wir gar nicht bezähmen können. Oder es handelt sich um ein Relikt aus der Urzeit, das möglicherweise sogar mitverantwortlich dafür ist, dass wir überhaupt eine Sprache entwickelten.«

»Nicht dumm! Was meinst du, vielleicht erklärt das auch, warum manche Menschen behaupten, sie würden die Stimmen von Göttern und Geistern hören – ganz ohne einen solchen Apparat, meine ich!«

»Ehrlich gesagt, glaube ich, dass der Apparat damit wenig zu tun hat. Du wirst gleich sehen, was ich meine!«, sagte ich.

»Hä!« Er grinste erwartungsvoll. »Du tust ja ganz schön geheimnisvoll, mein Lieber! Bin richtig gespannt, was du uns gleich zeigen wirst!«

Kurz darauf kam Elaine mit einem beladenen Tablett herein. Als unsere Tassen fröhlich vor sich hin dampften, nahm ich eine der noch nicht bespielten Walzen in die Hand und begann, den Hergang meiner Fälschung zu erläutern.

»Das hier ist, wie euch ja mittlerweile bekannt sein dürfte, der zentrale Bestandteil des Edinson'schen Phonographen. Diese Walze ist noch nicht bespielt, und wie ihr sehen könnt, besteht ihre Oberfläche aus einer Metallfolie.«

Ich stellte die Walze auf die Werkbank und nahm eine zweite zur Hand. »Und dies ist eine bespielte Walze. Was fällt euch auf?«

»Sie ist völlig verkratzt!«, sagte Elaine naserümpfend. »Und mit Öl beschmiert.«

»Gut beobachtet – Letzteres tut aber nichts zur Sache, also solltet ihr es einstweilen ignorieren, ja?«, erwiderte ich nachdrücklich. »Wichtig sind nur diese ... hm, Kratzer. Es handelt sich, wenn man so will, um eine Gravur. Die Walze wird dabei in Rotation versetzt, sodass dieser Stichel hier automatisch um die Walze herum geführt wird, und zwar einmal durch die Drehbewegung um den Mantel des Zylinders und zum anderen durch diesen Mechanismus, der den Stichel nach und nach auf der Längsachse der Walze weiterführt. War das verständlich?«

»Nicht so ganz«, antwortete Charly. »Sollte die Gravur dort auf der Walze nicht die Form einer ... einer Schnecke annehmen? So wie ein Schmuckband, das man um einen Maibaum wickelt? Sie ist aber viel ... nun ja, unordentlicher?« Er deutete auf die bespielte Walze.

»Ah!« Ich lachte. »Der Herr hat gut aufgepasst! Und du hast sogar Recht mit deiner Vermutung – solange nämlich kein Ton in diese Schneidedose hier dringt, würde der Schnitt in der Tat so gleichmäßig verlaufen, wie du es angenommen hast. Doch sobald ein Ton auf die hier enthaltene Membran auftrifft, wird sie in eine Zitterbewegung versetzt, die sich auf den Stichel überträgt. Bei einem lauten Ton lenkt die Membran und folglich auch der Stichel weiter aus –«, ich deutete auf eine entsprechende Stelle des bespielten Zylinders, »– bei einem leisen weniger. Verstanden?«

»Ja«, antwortete Elaine, »das habe sogar ich verstanden. Je lauter, desto kratz, so war es doch, nicht wahr?«

»Haha!«, machte ich. »Aber im Prinzip ist es schon richtig, was du sagst. So –«, ich rieb mir die Hände, »– da ihr die grundsätzliche Wirkungsweise des Edinson'schen Apparates so weit verstanden habt, kann ich euch jetzt zeigen, wie man eine solche Tonwalze fälscht.«

Ich klemmte die Tondose des Phonographen ab und baute eine neue Walze ein. Dann holte ich mir aus dem Werkzeugschrank eine Reißnadel und befestigte sie auf dem Träger der Tondose, ohne sie richtig zu fixieren.

»Charly, kannst du den Schalter dort einmal nach rechts drehen, bitte?«

Charly kam meinem Wunsch nach. Der Motor schnurrte hoch und die Walze begann sich zu drehen, allerdings weitaus langsamer als üblich. Nun bewegte ich das hintere Ende der Reißnadel hin und her, sodass der entstehende Schnitt in nichts mehr von einem zu unterscheiden war, den die Tondose fabriziert hatte.

»Unglaublich!«, rief Charly aus. »Du hast deinen Beruf verfehlt, hättest Graveur werden sollen!«

»Oh, das wäre nichts für mich! Seht ihr, die Walze dreht sich deutlich langsamer als sonst, weil ich die Nadel nicht so schnell zu bewegen vermag wie die Tondose. Dadurch dauert es natürlich auch etwa viermal so lang, die Walze zu beschreiben. Ihr müsst euch also ein wenig gedulden!«

Als die Walze endlich beschrieben war, führte ich die Tondose an ihren Anfang zurück und schaltete den Motor erneut ein.

»Jetzt spiele ich sie mit normaler Geschwindigkeit ab«, erklärte ich. »Hört zu!«

Es waren Pfeifgeräusche und Brausetöne zu hören, die sich zwar etwas anders anhörten als meine echten Aufzeichnungen, aber diesen doch ähnlich genug waren, um den gewünschten Effekt zu erzielen.

»Da war was!«, rief Charly so plötzlich, dass Elaine sich ihren Kaffee über das Kleid goss.

Sie tat einen wilden Aufschrei und sprang auf, wodurch das Malheur eher noch größer wurde, da der Kaffee am himmelblauen Seidenstoff des Kleides herunterlief.

»Oh verflucht und verdammt!«, rief sie erzürnt. »Das geht nie wieder raus!«

»Ich hoffe sehr, dass der Kaffee nicht mehr richtig heiß war?«, fragte ich mitfühlend.

Charly fragte, ob sie sich nicht umziehen wollte, aber sie meinte, dass sie viel zu sehr auf den Ausgang meines Experimentes gespannt sei.

»Da ist tatsächlich was«, gab sie verblüfft zu, als ich die Walze zum ersten Mal abspielte. »Eine Kinderstimme, irgendwas mit *Affleck*. Bitte noch einmal!«

Als die sehr schnell sprechende Stimme erneut verklungen war, starrte Elaine uns mit weit aufgerissenen Augen an.

»Also, ich weiß nicht, was ihr gehört habt, aber für mich klang es wie *Kaff-Fleck*.« Charly zog die beiden Silben betont auseinander.

»Das habe ich auch gehört«, krächzte Elaine fassungslos.

»Hä! Und du, Nik?«

»Dasselbe. Ehrenwort.«

»Mit anderen Worten, deine Überlegungen von vorhin gewinnen immer mehr an Substanz«, bemerkte Charly fasziniert. »Offenbar ist es wirklich so, dass wir das hören, was uns gerade im Kopf herumspukt. Obwohl –« Er rieb sich nachdenklich das Kinn und murmelte: »Verrückt. Ich meine, man könne ja sogar sagen, dass wir soeben eine Zukunftsschau erlebt haben, da der Kaffeefleck ja noch nicht vorhanden war, als wir die Walze bespielten.«

»Das könnte man annehmen, wenn wir an der Überlegung festhalten würden, dass die Stimmen beim Anfertigen der Tonschrift entstehen«, erklärte ich. »Ich gehe aber nun einmal davon aus, dass sie erst beim Abhören entstehen.«

»Na, es ist auf jeden Fall verwirrend genug«, meinte Charly nachdenklich, während er sich erhob und zur Tür ging. »Ich für meinen Teil werde nun zu Bett gehen oder vielleicht noch einige Seiten zu Papier bringen, wenn mir danach ist. Gute Nacht und bis morgen früh!«

Unerwünschter Besuch

Am nächsten Morgen war der Himmel diesig, und wir rechneten wieder mit einem Gewitter, was sich aber nicht ergab. Stattdessen löste sich der Dunst gegen zehn Uhr etwas auf, um eine erbarmungslose Sonne durchzulassen, die bis Mittag die Luft so aufheizte, dass man kaum noch atmen konnte. Zwischendurch kam es immer wieder zu kurzen, heftigen Schauern, die aber keine nennenswerte Erlösung von der feuchten Hitze mit sich brachten. Sir Rupert tauchte trotzdem sehr pünktlich auf und bestand darauf, dass wir den vereinbarten Kontrakt aufsetzten, was rund zwei Stunden in Anspruch nahm. Dann verabschiedete sich der Baronet mit dem Hinweis, dass er einige Tage in Amsterdam zu tun hatte und sich danach zurückmelden würde.

Das drückende Wetter hielt noch zwei Tage an, in denen wir uns vorwiegend in der Werkstatt aufhielten, weil diese den kühlsten Raum des Hauses darstellte. Die ganze Welt vor unserer Haustür war scheinbar zum Stillstand gekommen, die Straßen wie leer gefegt. Selbst der Kapitän sah abseits der frühen, einigermaßen kühlen Morgenstunden weitgehend davon ab, wie gewohnt auf dem Hof herumzuwuseln. Ich bat ihn um Farbe und Pinsel, um den von dem Kugelblitz hinterlassenen Fleck beseitigen zu können, aber er winkte ab und meinte, er würde es gelegentlich selbst in Ordnung bringen.

Was ein bezeichnendes Licht auf die Lage werfen mag, die man vermutlich recht gut mit der eines Dschungeldorfes vergleichen kann, dessen Einwohner unter dem Monsun leiden. Einmal wagten Charly und ich es, durch die unerträgliche Hitze bis zur nächsten Schenke vorzudringen. Als wir diese Oase endlich nach zehrendem Marsch erreicht hatten, mussten wir ohne kühle Erfrischung wieder den Heimweg antreten, da das Lokal wegen Publikumsmangel vorübergehend geschlossen war. Mit letzter Kraft und in von Wasser und Schweiß durchtränkte Kleider gehüllt erreichten wir den Hof der Kohlers, wo uns die mitleidige Gastgeberin und Elaine mit eiskühler Buttermilch aufpäppelten. Wir legten vor den beiden Frauen den feierlichen Eid ab, uns zukünftig nicht mehr auf derartige Expeditionen zu begeben, und zogen uns anschließend in die kühle Werkstatt zurück, wo wir für den Rest des Tages wie die Fledermäuse in einer Art Dämmerzustand auf den Anbruch der rettenden Nacht warteten.

Erst am Montag kam Rettung in Form eines fast über den gesamten Vormittag anhaltenden Schauers, der endlich dafür sorgte, dass die Luft sich von ihrer Schwere befreite. Da ich spürte, wie mein Tatendrang davon belebt wurde, setzte ich mich an den Schreibtisch im Wohnzimmer, um meine Korrespondenz zu erledigen.

Morgens am selben Tage hatte mir ein Bote neben den wenigen Anschreiben, die direkt zu meiner gegenwärtigen Adresse geschickt wurden, auch die monatliche Lieferung an Post überbracht, die mir aus Budapest nachgesendet worden war. Neben den üblichen Rechnungen und Geschäftsanschreiben endeckte ich in dem dicken Stapel zu meinem Erstaunen einen Brief von Eusebius Scholz, dem freundlichen Sekretär des unsäglichen Oberingenieurs Dr. Dr. Michalak. Wie Scholz berichtete, hatte er wirklich mit Carl Zeiss Kontakt aufgenommen und von diesem eine neue Brille erhalten, die er in blumigsten Worten lobte. Er betonte, wie tief er in meiner Schuld stehen würde, und hoffte, mir eines Tages ebenso gefällig sein zu können. Außerdem schlug er vor, gemeinsam zu dinieren, wenn ich auf meinem Rückweg nach

Budapest wieder Station in Essen machen würde. Ich legte den Brief einstweilen zur Seite, nahm mir aber vor, ihn so bald wie möglich zu beantworten.

Die Nacht auf den Dienstag war deshalb endlich wieder so angenehm temperiert, dass man sich von den Strapazen des schwülen Wetters erholen konnte. Wir gingen relativ zeitig zu Bett und so kann es kaum später als elf gewesen sein, dass ich bereits tief und fest schlief, was mir nur dann passiert, wenn ich sehr erschöpft bin. Aus diesem Stadium kann man mich so leicht nicht erwecken. Mein Sinn für Gefahren ist jedoch so hoch entwickelt, dass ich selbst in diesem sehr nahe an der Besinnungslosigkeit liegenden Stadium hochschrecken würde, wenn etwas wirklich Bedrohliches geschieht.

Es muss kurz nach zwei Uhr gewesen sein, als dieser autonome Sinn mich mit einem Schlag aufweckte. Ich richtete mich vorsichtig auf und versuchte, mich in der Dunkelheit des Zimmers zurechtzufinden. Ein beunruhigendes Gefühl hatte mich ergriffen, aber es dauerte einige Momente, bis ich mir darüber klar wurde, wo der Hintergrund dieser Emotion genau lag. Ich schwang vorsichtig die Beine aus dem Bett und schlich mich zur Tür, deren Klinke ich gut geölt wusste, sodass ich sie herunterdrücken konnte, ohne besondere Vorsicht walten zu lassen.

Wenige Augenblicke später stand ich in der Diele und lauschte. Zunächst war nur das Knarzen des Gebälks zu hören, keine Grille, kein Nachtvogel, auch sonst nichts. Doch dann hörte ich ein dumpfes Poltern, das erste Geräusch einer wahren Kakofonie wesensverwandter Laute, die zweifellos die akustischen Begleiterscheinungen eines vehementen Handgemenges darstellten.

Sofort stürmte ich zur Treppe und rannte diese hinunter, ohne jede Rücksicht auf noch schlafende Mitbewohner. Mit zwei Sprüngen durchquerte ich die Küche und riss die Werkstatttür auf.

Vor meinen Augen tat sich ein Bild der Zerstörung auf. Zwei der Wandregale waren umgestürzt, wobei sich ihr Inhalt über den gesamten Boden ergossen hatte. Mein Apparat stand nicht mehr auf der Werkbank, sondern in der Nähe der Tür, die direkt nach draußen führte. Direkt daneben hatte jemand eine Eisenlaterne abgestellt, durch deren Schein mir das Ausmaß der Zerstörung erst vermittelt wurde. Direkt neben der Laterne lagen die Trümmer eines Holzstuhls, in deren Mitte eine große Gestalt stand, die sich im Moment meines Eintretens zu mir wandte.

Es war John White Buffalo, das Gesicht rot beschmiert, die Augen klein und tückisch glänzend – ein schrecklicher Anblick! In meiner Überraschung hielt ich die rote Farbe zunächst für eine Art Kriegsbemalung, bis mir von einem Augenblick auf den nächsten gewahr wurde, dass es sich um Blut handelte.

Dass er stehen blieb, statt mich augenblicklich anzugreifen, verdeutlichte mir nur, mit welch einem gefährlichen Gegner ich es zu tun hatte. Er wog mindestens zweieinhalbmal so viel wie ich, und es bestand berechtigter Anlass zu der Vermutung, dass der geringste Teil seiner Körpermasse nutzloses Fett war. Sein fester breitbeiniger Stand zeigte mir, dass körperliche Auseinandersetzungen für ihn keineswegs eine Ausnahmesituation darstellten. Ich war einige Male in meinem jungen Leben unfreiwilliger Zeuge einer ähnlichen Situation geworden und wusste genau, worauf es ankam. Bei zwei gleich starken und hinreichend brutalen Gegnern stehen die Chancen immer besser für den, der nicht den ersten wirklichen Angriff ausführt. Ich weiß nicht, warum es sich so verhält, aber möglicherweise liegt es grundsätzlich daran, dass der Angreifer immer und ausnahmslos derjenige ist, der weniger gute Nerven hat.

Einem erfahrenen Schläger verrät die Art des Angriffs eine ganze Menge über die Stärken und Schwächen seines Gegners. Mit ihrer Anwendung wird jede verwendete Strategie ja preisgegeben, sodass sich das zwangsläufig begrenzte Arsenal möglicher Attacken jedes Mal verringert. So brillant also der erste Angriff auch ausfallen mag, gelingt es dem Attackierten, ihn abzuwehren, dann hat er sich gegenüber dem gleich starken und ebenso listigen Angreifer einen Vorteil verschafft.

Nun war ich mir durchaus dessen bewusst, dass ich es hier keineswegs mit einem gleich starken Gegner zu tun hatte, sondern vielmehr mit einem, der mir vermutlich haushoch an Kraft und kriegerischem Geschick überlegen war. Dass ich splitterfasernackt war, versetzte ihn ebenfalls in den Vorteil, da er bei mir nicht mit versteckten Waffen zu rechnen hatte, während ich dies bei ihm nicht ausschließen konnte.

Mit anderen Worten: Es gab so gut wie nichts, was mir eine Aussicht gab, den Kampf zu überstehen. Mir blieb nur der blanke Mut der Verzweiflung und die wenig berechtigte Hoffnung, dass ich seine ersten zwei Dutzend Angriffe überstehen würde, weil ihm erst dann meiner groben Einschätzung nach die Ideen ausgehen würden, wie man einen völlig unterlegenen Gegner massakriert.

Aus dieser Situation heraus wird jedem klar sein, dass ich meine Angriffslust unterdrückte und mich passiv abwehrend verhielt, was ihn doch ein wenig zu irritieren schien.

Aus dem Augenwinkel beobachtete ich, wie sich in der entferntesten Ecke des Raumes etwas regte, was auf den ersten Blick wie ein Haufen von Putzlumpen wirkte. Es war Charly, voll bekleidet mit Weste und weinrotem Morgenmantel, der sich nun vorsichtig erhob und auf Socken von hinten an den Indianer heranschlich. In seiner Hand hielt er eine große Schreinerzwinge, so wie ein mordlustiger Räuber eine Streitaxt zum Schlag bereitmacht.

Ich tat, als wollte ich einen Ausfall machen, um die Aufmerksamkeit des Indianers auf mich zu lenken. Noch hatte er Charly nicht entdeckt, und da war mein Freund auch schon direkt hinter ihm und ließ seine Waffe heruntersausen.

Ich jubilierte – aber leider zu früh! White Buffalo hatte wohl den Luftzug gespürt und seinen Kopf im letzten Moment zur Seite gerissen, sodass die Zwinge ihn nicht wie von Charly geplant auf den Hinterkopf traf, sondern lediglich am Ohr. Das scharfkantige Holz riss dem Indianer das halbe Ohrläppchen weg, was ihn jedoch offenbar nicht im Mindesten beeindruckte, da er ohne jeden Schmerzenslaut zu einem Gegenangriff überging, indem er seinen Ellenbogen nach hinten in Charlys Brust rammte. Dieser verdrehte die Augen und torkelte einige Schritte zurück, bevor er zusammenbrach.

Das Ganze geschah unglaublich schnell, und doch blieb mir genug Zeit, mich mit zwei Schritten oder vielmehr Sprüngen zur Werkbank zu bewegen, wo ich den erstbesten Gegenstand in die Hand nahm, der mir als Waffe geeignet erschien.

Dummerweise war es eine Phonographenwalze, die sich kaum als Keule eignet. Kurz entschlossen pirouettierte ich jedoch herum und schleuderte sie mit voller Kraft auf den Kopf des Indianers zu, der gerade in diesem Moment wohl plante, mir nachzusetzen.

Ich hatte gut gezielt, denn die Walze traf ihn mitten auf die Stirn. Dazu muss man wissen, dass ich aus Gründen längerer Haltbarkeit extra teure Walzen mit massivem Stahlkern bestellt hatte, die ich jedenfalls nicht an den Kopf geworfen bekommen möchte. Anders sah es vermutlich White Buffalo, dessen einzige Reaktion darin bestand, die Augen ganz weit aufzureißen.

Ich langte geschwind nach der nächsten Walze.

Rumms! Wieder ein Treffer, wieder dasselbe, letztlich unbefriedigende Resultat. Der Indianer grinste mich bösartig an, immer noch schweigend, die eine Gesichtshälfte mit Blut lackiert, das offensichtlich von einer Kopfwunde herrührte, die ihm Charly bei der Attacke beigebracht hatte, bei der der Stuhl zu Bruch gegangen war. Aus dem malträtierten Ohrläppchen tropfte das Blut auf sein Hemd, was ihn auch nicht sonderlich zu beeindrucken schien.

Doch dann geschah etwas, mit dem absolut niemand auch nur im Mindesten gerechnet hätte. Eine kleine, massige Gestalt schoss aus der Dunkelheit des Gartens durch die offen stehende Tür in die Werkstatt, direkt auf den Indianer zu, der dem Angreifer ahnungslos den Rücken zukehrte. Bevor dieser davon etwas bemerkte, verschränkten sich zwei muskulöse Arme um den Hals des fiesen Gauners und drückten erbarmungslos zu.

»Mö'deh! Ssurke!«, kreischte Marius wie eine Furie los. *»Ssweinechunt!«*

White Buffalo versuchte ihn abzuschütteln, was ihm jedoch nicht so einfach gelang, da der Bucklige unglaubliche Kräfte zu mobilisieren schien und dem Indianer mangels Luft und durch den Blutverlust wohl allmählich doch etwas flau werden musste. Auch Schläge mit dem Ellenbogen nach hinten nutzten nichts, da der gute Marius nun einmal so abstrus gebaut war, dass die Knüffe alle möglichen Stellen trafen, nur eben nicht solche von vitaler Bedeutung.

Ich wollte gerade die Gelegenheit nutzen und den Indianer von vorne angehen, als dieser sich rasch herumdrehte und mit einem mächtigen Satz durch die Tür sprang. Ich setzte sofort hinterher und sah gerade noch, wie White Buffalo über den Kies des Vorhofes in die Nacht hineinstolperte.

Wenn er hoffte, Marius damit abzuschütteln, hatte er sich jedenfalls vertan! Der Bucklige ließ nicht locker und gab weiter mit sich überschlagender Stimme halb unverständliche Beleidigungen von sich, während die beiden in der Dunkelheit entschwanden.

Ich wollte ihnen schon folgen, als mir einfiel, dass ich ja immer noch nichts am Leib hatte. Also entschied ich, die

Verfolgung abzublasen und mich erst einmal um Charly zu kümmern. Der lag nämlich immer noch zusammengekrümmt auf dem Boden.

Als ich mich über ich ihn beugte, stöhnte er leise auf.

»Charly?«, fragte ich besorgt.

Er schlug die Augen auf.

»Hä! Wo bin ich?«

»Äh, in der Werkstatt –«

»Das war nur ein Witz!« Er richtete sich vorsichtig auf und verzog schmerzvoll das Gesicht. »Oh verdammt, ich kann jede Rippe einzeln spüren. Wo ist der Kerl?«

»Auf und davon!«

Er glotzte mich ungläubig an. »Wie ... äh – wie das?«

»Überraschenderweise tauchte unser lieber Marius auf, sozusagen als Racheengel! Er hat sich in die Kehle des Spitzbuben verkrallt und so sind die beiden dann im wilden Schweinsgalopp Richtung Sonnenuntergang verschwunden!«

Er schüttelte verwirrt den Kopf. »Wie bitte? Willst du mich jetzt vergackeiern, oder was?«

»Mein heiliger Schwur, es ist so, wie ich es dir erzählt habe!«

»Und warum bist du nicht sofort hinterher?«

Ich deutete mit dem Zeigefinger auf meine Brust. »Wenn ein Buckliger auf einem Indianer durch die Gegend reitet, sollte man nicht nackt hinterherrennen, denke ich mir. Es wäre mir ziemlich unangenehm, mit den beiden eine Zelle im Irrenhaus zu teilen, weißt du?«

»Verstehe. Aber sollten wir nicht doch hinterher – wer weiß, was dieser wild gewordene Indsman mit dem armen Marius anstellt?«

»Das gibt mir auch zu denken. Ich gehe kurz hoch, um mir etwas überzustreifen. Außerdem werde ich Elaine Bescheid sagen, sie soll sich auf jeden Fall einschließen! Man weiß ja nicht, ob der Kerl es nicht noch einmal versucht!«

Ich lief ins Obergeschoss, wo ich mir aus meinem Schrank frische Wäsche und einen leichten Sommeranzug heraussuchte. Als ich mir die Sachen übergestreift hatte, ging ich zu Elaines Zimmer und klopfte laut an die Tür. Erst beim vierten Klopfen hörte ich einen wenig menschlich klingenden Laut, den ich als Aufforderung interpretierte, in das Zimmer einzutreten.

Ich verzichtete auf große Einleitungen und erklärte ihr in wenigen Sätzen, dass wir überfallen worden waren und sie sich einschließen sollte, während wir den roten Mordbuben verfolgen würden. Ohne eine Reaktion ihrerseits abzuwarten, lief ich wieder hinunter und machte mich zusammen mit Charly auf den Weg.

Eigentlich machte sich keiner von uns beiden große Hoffnungen, dass wir des Indianers noch habhaft werden würden. Erstens war er ja nach wie vor ein sehr gefährlicher Gegner, den nicht einmal unsere vereinten Bemühungen zur Strecke gebracht hatten, und zweitens betrug sein Vorsprung fast zehn Minuten, was wir kaum einzuholen hoffen konnten. Außerdem hatte ich in der Dunkelheit nicht sehen können, in welcher Richtung er auf die Dorfstraße abgebogen war.

Nach kurzer Diskussion entschieden wir uns für die östliche Richtung, ohne dass es dafür ein besonderes Argument gab – außer dem vielleicht, dass dort keine menschlichen Behausungen lagen, deren Bewohner sich dem Indianer vielleicht in den Weg gestellt hätten. Natürlich setzte diese Überlegung voraus, dass sich White Buffalo darüber überhaupt Gedanken gemacht hatte, statt einfach kopflos in eine beliebige Richtung zu fliehen oder sich gar in die Büsche zu schlagen, wo wir ihn wegen der Dunkelheit niemals gefunden hätten.

Nachdem wir einige hundert Meter auf der Dorfstraße zurückgelegt hatten, machte ich in einiger Entfernung eine uns entgegenhumpelnde Figur aus, die sich bei schärferem

Hinsehen unzweifelhaft als Marius entpuppte. Charly und ich beschleunigten unsere Schritte, bis wir wenige Sekunden später vor ihm standen. Er hielt sich den Kopf, schien aber dem Vernehmen nach nicht wirklich verletzt zu sein, da er nicht blutete und uns zudem mit einem gequälten Grinsen ansah.

»Wech isser!«, rief er aufgeregt. »Ich bin huntehgefallen, Kopf an Baum gerummst – auweh!« Seine Augen verdrehten sich nach oben.

»Wo ist er denn hin?«, fragte Charly.

»Da im Wald!« Er drehte sich um und zeigte, dass White Buffalo sich offenbar in nördlicher Richtung abgesetzt hatte.

»Verdammt«, knurrte Charly, »den kriegen wir nicht mehr!«

Ich streckte dem Buckligen die Hand entgegen. »Vielen Dank für deine Hilfe, Marius! Ich möchte nicht wissen, was ohne dich passiert wäre!«

Er nahm meine Hand zögernd entgegen und drückte sie ausgesprochen fest. Ich griff in meinen Rock, um ihm ein Trinkgeld zu geben, aber dann fiel mir ein, dass ich ja einen neuen Anzug angezogen und in der Eile vergessen hatte, meine Börse einzustecken.

»Wenn du morgen früh zu mir kommst, gebe ich dir drei Goldmark als Belohnung, ja?«

»Goldmack? Ssön!«, erwiderte er und verzog sein entstelltes Gesicht zu einer nachdenklichen Grimasse. »Füheh gehabt viel Goldmack, jetz' nix meh!«, sagte er etwas wehmütig, wobei sich sein Janusmund zu einem zynischen Grinsen verzog.

»Du hast früher viele Goldmark gehabt?«, fragte Charly misstrauisch.

»Ja, viel Goldmack von totem Ongel.« Er kratzte sich am Kopf, als würde er selbst nicht glauben, was er da erzählte.

»Und was ist mit dem ganzen Geld geschehen?«, wollte Charly wissen.

»Weiß' nich'. Weiß wieklich nich'. Kopf nich' gut, viel' Sachen vehgessen. Nam' von Ongel vehgessen, auch Nam' von Mahius. Alles davon vehgessen.« Er nestelte zerstreut an einem der Knöpfe seines Rocks. »Lange nich' gewuss von Ongel, abeh jetz' weiß ich.«

Ich sah Charly fragend an. Er zuckte seine Achseln und fragte Marius: »Du meinst, dass du lange gar nichts von deinem Onkel gewusst hast, dich aber plötzlich daran erinnert hast?«

Marius nickte bedächtig. »Nich' ei'fach, Kopf müde. Gehe sslafen! Gut' Nach', feinee Heahn!« Nach diesen Worten drehte er sich um und hüpfte über die Straße davon.

»Das ist aber eine seltsame Geschichte, die er uns da aufgebunden hat«, meinte ich zu Charly.

»Allerdings! Hatte der Kapitän nicht erzählt, dass niemand weiß, wer er in Wirklichkeit ist?«

»Das hat er. Vielleicht sollte man das der Polizei melden, was meinst du? Das mit dem reichen Erbonkel könnte ja die Frage klären, wer er ist?«

»Womöglich – wenn's denn wahr ist!«, murmelte Charly. »Und darauf würde ich nicht wetten, nicht bei ihm!«

»Ach, ich weiß nicht. Er redet ja sonst nicht unvernünftig. Eher ein Idiot als ein Irrer, denke ich. Vielleicht ist die Erinnerung zurückgekommen, als er sich den Kopf geprellt hat, so was soll's doch geben!«

»Hä! Ich kann mir noch so oft den Kopf prellen, aber an bestimmte Dinge werde ich mich dadurch gewiss nicht zurückerinnern!« Er nahm einen tiefen Atemzug von der frischen Nachtluft, während wir in die Zufahrt zum Hof der Kohlers einbogen.

»Du, ich habe ganz vergessen zu fragen, was überhaupt vorgefallen ist, bevor ich hinzukam?«

»Das will ich dir gerne erzählen«, erwiderte Charly launig. »Ich konnte nicht schlafen und habe deshalb zu Papier und Feder gegriffen, um ein Kapitelchen oder ein halbes von meinem neuen Roman herunterzuschreiben. Und plötzlich höre ich ein Geräusch, zweifellos aus der Werkstatt – es klang hundertprozentig so, als ob jemand mit einem Stemmeisen eine Tür aushebelt, weißt du?«

»Habe noch nie vernommen, wie sich das anhört.«

»Glaube mir, ich kenne dieses Geräusch sehr genau!«, erklärte er weise. »Jedenfalls ging mir sofort durch den Kopf, dass es ein Einbrecher ist! Lächerlich, denke ich mir, aber nachschauen sollte man doch. Also verlasse ich leise, leise mein Zimmerchen und schleiche die Treppe hinunter, durch die Küche und so weiter. Und dann habe ich ganz vorsichtig die Tür zur Werkstatt aufgemacht. Das Erste, was ich durch den Spalt sah, war die Außentür – sperrangelweit auf! Und dann erblicke ich diesen Kerl, das so genannte Weiße Riesenrind, wie er deinen Apparat zur Tür schleppt! Da packt mich die Wut und ich denke, du nimmst da vorne den Stuhl und haust ihm den über die Omme – er kann ja nichts machen, weil er beide Hände voll mit dem Kasten zu tun hat. Also reiße ich die Tür auf, schnappe mir den Stuhl und haue ihm den hurtig auf den Kopf, dass er entzweigeht! Äh, ich meine natürlich den Ersteren.« Er zog eine amüsierte Grimasse. »Der Kopf war nicht gerade entzwei, aber er hat geblutet wie ein Schwein!«

»Auweh«, bemerkte ich mitleidig. »Aber wie ich vermute, hat ihn das nicht unbedingt beeindruckt, oder?«

»Nicht im Mindesten! Du, er hat nicht einmal den Kasten fallen lassen – ganz sanft und mit einer Seelenruhe hat er ihn auf dem Boden abgestellt und sich zu mir umgedreht, der ich nur so dastand, weil ich nicht begreifen konnte, dass er noch auf den Beinen war! Und dann dreht er sich zu mir um, die Indianerfratze blutüberströmt – grauenhaft, sage ich dir! –, und holt aus, sodass ich quer durch den Raum fliege – huuuuiiii –«, er schwenkte seine Hand durch die Luft, »– und gegen die Wand klatsche! Und dann fiel für einige Sekunden sozusagen der Vorhang, denn das Nächste, an das ich mich erinnern, war dein Auftritt!«

Wir hatten mittlerweile den Hof durchquert und blieben nun vor der Werkstatttür stehen, um den Schaden zu inspizieren.

»Siehst du, hier hat er das Stemmeisen angesetzt«, erklärte Charly fachmännisch. »Die Tür ist leider im Eimer, da muss der Schreiner dran flicken.«

Da durchaus damit zu rechnen war, dass der Indianer es noch einmal versuchen würde, schafften wir meinen Apparat in die Küche und verstellten die von dort aus zur Werkstatt führende Tür mit dem schweren Buffetschrank. Dann ließen wir uns etwas atemlos am Küchentisch nieder.

»Ich frage mich, ob Sir Rupert weiß, was sein Faktotum soeben unternommen hat?«, keuchte Charly.

»Puh«, machte ich, »das kann ich nicht so recht glauben! Warum sollte er eine Maschine stehlen lassen, die er bereits gekauft hat?«

Er zuckte seine Achseln.

»Kaffee oder Tee?«

»Ist mir einerlei. Hauptsache Kaffee.«

»Also Kaffee. Dann mach dich mal nützlich.« Ich holte die Kaffeemühle und die gerösteten Bohnen aus der Anrichte und stellte sie vor Charly auf dem Tisch ab, um anschließend den Herd zu befeuern und Wasser zu pumpen. Als das Wasser bereits auf dem Herd brodelte, fiel Charly ein, dass wir Elaine ja noch gar nicht über den Ausgang des Überfalls unterrichtet hatten. Also lief er geschwind ins Obergeschoss, um dies nachzuholen.

Als er runde zehn Minuten später zurückkehrte, saß ich bereits mit einer dampfenden Tasse am Küchentisch. Wir waren beide zu aufgewühlt, um müde zu sein, und so kam es, dass wir bei Sonnenaufgang immer noch dort saßen.

Als Elaine um halb acht nach unten kam, machte ich mich auf den Weg zum Kapitän, um ihn über den nächtlichen Vorfall und dessen Auswirkungen zu informieren. Nach zahlreichen »Och!« bestellte er per Telefon die Polizei und den örtlichen Schreiner zu uns. Anschließend begleitete er mich auf dem Rückweg, um das Ausmaß der Katastrophe zu begutachten.

»Dreimal verdammter roter Sauhund!«, fluchte er, als er das herausgebrochene Schloss hinreichend inspiziert hatte. »Wenn ich den in die Finger kriege, hängt sein fettiger Skalp an meiner Tür!«

»Warum nicht im Trophäenzimmer?«, schlug ich vor.

»Och! Ich hole mir doch nich' die Läuse ins Haus!«, brummte er.

In diesem Augenblick gesellte sich Charly zu uns, der das Haus durch die Vordertür verlassen hatte, weil der direkte Weg ja immer noch verstellt war.

»Mojn, Herr Kapitän!«

»Mojn auch, Herr May! Schöne Bescherung ist das, nicht wahr!«

»Hä! Da sagen Sie was. Hoffentlich kriegt der Schreiner das wieder hin.«

»Da mache ich mir keine Sorgen, der Johann ist ein richtiger Möbeltischler, der macht die Tür wieder wie neu! Aber wenn dieser Schweinehund wiederkommt ... Herr Tesla hat mir ja schon angedeutet, dass es eine richtige Keilerei gegeben hat?«

»Das können Sie laut sagen. Wenn der Marius uns nicht geholfen hätte, wäre es wohl ziemlich übel ausgegangen!«

»Oh ja«, meinte ich. »Hat sich eine dicke Belohnung verdient!«

»Ja, auf den Marius ist schon irgendwo Verlass«, bemerkte der Kapitän.

»Übrigens, er hat uns da was ganz Seltsames erzählt«, erwähnte Charly. »Komische Geschichte. Irgendwie unglaublich.«

»Och! Was denn?«

»Nun, wenn ich es richtig verstanden habe, dann hat er wohl einen steinreichen Erbonkel ...«

Der Kapitän glotzte ihn an. »Erbonkel? Kann nich' sein. Da müssen Sie was Falsches verstanden haben.«

»Er sagte es aber ganz deutlich«, beharrte Charly. »Faselte ständig was von den ganzen Goldmark, die er hat!«

»Nee!«, widersprach der Kapitän ungläubig. »Keinen Pfennich hat der bei sich gehabt, als die Bahnemänner ihn gefunden haben!«

»Dann wird er sich das wohl zusammenphantasiert haben«, vermutete ich.

»Hm«, machte Charly, während er in seinem Rock nach seinem Zigarrenetui suchte. »Da fällt mir noch was ein, Kapitän! Hatten Sie nicht erwähnt, Sie wüssten, wo genau Sir Rupert untergekommen ist?«

»Ja, nach Mehr raus, direkt im Dorf über der Schänke. Die haben dort drei Gästezimmer, recht hübsch eingerichtet. Er hat sie wohl alle drei angemietet, weil er außer seinem Indianer, dem dreimal vermaledeiten Drecksfott, niemanden sonst um sich haben wollte. Laufen Sie nur hübsch auf's Dörp zu, Sie können es nicht verfehlen.«

»Fein! Danke schön auch. Was meinst du, Nik – wir sollten mal ein ernstes Wörtchen mit ihm reden, ja?«

»Ja, das denke ich auch.«

»Dann nehmen Sie mal einen dicken Knüttel von mir mit, falls Sie dem roten Mistkerl da begegnen!« Der Kapitän reckte den Hals. »Och! Schau mal an, wir bekommen Besuch.«

Ich drehte mich um und sah, wie Marius gerade über die Zufahrt hoppelte und dabei dem Kapitän freundlich zuwinkte.

»Mojen, Mojen!«, rief er uns gut gelaunt entgegen.

Ich zog meine Börse hervor und suchte drei Kronen heraus. »Seine Belohnung!«, erklärte ich dem Kapitän.

»Das ist aber schön von Ihnen!«, lobte er. »Nur sollten wir ihm besser einen Zettel mitgeben, wo wir draufschreiben, dass er das Geld von Ihnen geschenkt bekommen hat.« Er kramte in seinem Rock, um schließlich einen Bleistiftstummel und ein verwittertes Notizbuch hervorzuziehen. Dann bekritzelte er eine Seite des Buches und riss sie mit einem Ruck heraus, um sie mir in die Hand zu drücken. Dazu erklärte er, dass die Dorfbewohner es so vereinbart hatten, damit der Krüppel nicht in falschen Verdacht geraten würde.

»Er gibt das immer bei der Mine Stich ab, die seinen Vormund übernommen hat und das Geld für ihn aufbewahrt, um neues Zeugs für ihn zu kaufen und so«, fügte er hinzu.

Als Marius vor mir stand, hielt ich ihm direkt die Goldstücke und den Zettel hin. »Hier, Marius, deine Belohnung!«

Er grinste mich einnehmend an und ließ die Münzen und den Zettel flugs irgendwo in seinem mausgrauen Rock verschwinden. »Danke ssön! Danke ssön!« Er fasste ergriffen meine Hand. »Taussend Dank! Jetz' wieder Goldmack, gleich dhei Sstück!«

»Schon gut, du hast's dir ja verdient! Ich stehe doch in deiner Schuld!«

»Ssuld?« Er schüttelte verwirrt den Kopf. »Feina Heah is nich' Ssuld. Andeh Wassl is Ssuld!«

»Der andere *Wassl*? Wen meinst du denn damit?« Ich sah erst Marius und dann den Kapitän fragend an, worauf Letzterer nur mit einem Achselzucken reagierte.

Marius zeigte mit dem Finger auf sich. »Nich' der Wassl hiah. Andeh Wassl!«

»Ah!«, meinte Charly mit seltsam knarrender Stimme. »Du meinst jemanden, der genauso heißt wie du, ja?«

Marius grinste ihn an und nickte.

»Wassl. Hm.« Charly verzog angestrengt das Gesicht. »Wastl? Du heißt *Wastl*, ja?«

»Chjah!, rief Marius begeistert. »Wassl! Jetz' Marius, abba füheh Wassl!«

»Och!« Der Kapitän kaute energisch auf dem Stiel seiner kalten Pfeife herum. »Armer Kerl, jetzt ist bei ihm auch noch die Gehirnpest ausgebrochen!«

»Nichts dergleichen, lieber Kapitän! Marius will uns nur sagen, dass er früher Wastl hieß!«, erklärte Charly triumphierend.

»Wastl? Seltsamer Name«, bemerkte ich zweifelnd.

»Nicht unbedingt. In Süddeutschland ist er recht populär. Eine Kurzform von Sebastian, falls du es nicht weißt.«

»Hm. Noch nie gehört. Ob er das wirklich ernst meint?«

»Mal sehen.« Charly wandte sich an Marius und setzte ein übertrieben freundliches Lächeln auf. »Wie sollen wir dich denn jetzt rufen? Wastl?«

Der Gefragte nickte unsicher. »Chjah.«

»Nicht mehr Marius?«

»Nee. Is nich' mein Nam'. Nich' Mahius. Wassl. Aus Rennsburch in Bayehn. Nich de andeh von hiah.«

»Mich soll der Blitz treffen«, murmelte der Kapitän. »Da tauft der Kerl sich tatsächlich so mir nichts, dir nichts um!«

»Muss los«, erklärte der angeblich wiedergeborene Wastl, dem es vermutlich ein wenig langweilig wurde, unseren Mutmaßungen zu folgen. »Bannoff putsen!« Er drehte sich um, als ihm etwas aufzufallen schien, da er kurz innehielt und den Hals reckte. »Ach, nuh'n Kinnewaachen.« Er schüttelte seinen Kopf und hob eine Hand zum Gruß, um »Tsüss!« zu rufen, bevor er kehrtmachte und davonhumpelte.

»Was meinte er denn mit Bahnhof putzen?«, fragte ich den Kapitän.

»Och! Einmal in der Woche fegt er den Bahnsteig, putzt die Fenster und was sonst noch zu tun ist. Er kriegt dafür immer fünfzig Pfennich und sonntags was vom Kuchen mit, wissen Sie?«

»Ach so. Und *Kinnewaachen*? Was meint er denn damit?«

»Och?« Der Kapitän sah mich überrascht an. »Soll wohl so was wie Kinderwagen heißen, denke ich. Weiß der Henker, was er –«

»Da!« Charly deutete auf eine Stelle im Dickicht neben der Werkstatt, während er sich in Bewegung setzte. »Da steht er, der Kinderwagen, den er meinte. Komisch –«, er lief auf die Stelle zu und zerteilte das Gestrüpp mit den Händen, um das Gefährt hervorzuzerren. Als es schließlich auf dem Kies des Hofes stand, beugte er sich darüber, um es genau zu inspizieren.

»Billig gemacht«, kommentierte er. »Hier gehen bereits die Nähte auf. Aber ansonsten in tadellosem Zustand, riecht absolut nicht muffig.« Er hob den Wagen an, um einem der Räder Schwung zu verleihen.

»Hört ihr das?«, rief er, nachdem er einige Sekunden dem Sirren des Rades gelauscht hatte. »Das Lager ist nicht mehr wert als drei Pfennige, da es zum Erbarmen eiert! Aber es ist gut gefettet, kein Quietschen und so.«

»Ist ja hochinteressant«, bemerkte ich. »Auf dem nächsten Kirchenbasar wird uns das mit Sicherheit nicht weniger als acht Groschen einbringen, juchhei! Meine Passage nach Amerika ist damit –«

»Nichts da mit Kirchenbasar!«, entgegnete Charly scharf. »Das Ding wird bei der Polizei landen, als Beweismittel!«

»So weit kommt's noch!«, grunzte der Kapitän und sah mich dabei mit einem Blick an, in dem ich große Sorge um die geistige Gesundheit meines Freundes zu erkennen glaubte.

»Jawohl!«, rief Charly beharrlich. »Mit dem Wagen wollte der Schurke nämlich deinen Apparat durch die Gegend kutschieren. Ich habe schon die ganze Zeit überlegt, wie er den schweren Kasten hinfortschaffen wollte!«

»Oh, verdammt!«, entfuhr es mir. »Da könntest du wirklich Recht haben, Charly. Mhm.« Ich überlegte kurz. »Was meinst du, er wird ihn wohl irgendwo im Dorf geklaut haben, ja? Das klingt nicht dumm …«

Er nickte bedächtig. »Ja, ich gehe auch davon aus, dass es etwa so verlaufen sein muss. Vermutlich hat er den Wagen dann mit einem Tritt ins Gebüsch befördert – hier, siehst du den Riss im Stoff? –«, er deutete auf eine Stelle, an der die Bespannung des Wagens lädiert war, »– als er merkte, dass der Kasten viel zu schwer dafür ist.«

Charly schob den Kinderwagen in die Werkstatt, um ihn einstweilen sicherzustellen. Währenddessen lud ich den Kapitän auf einen Kaffee ein, aber der war nun sehr in Eile, da er noch zum Dorf Ringenberg hinausfahren wollte, um Vorhangstoff zu kaufen. Er bat uns noch, den Schreiner einzuweisen, und zog dann eiligst ab.

Fast zwei Stunden mussten wir warten, bis die Gendarmerie eintraf. Zwischenzeitlich war der Schreiner gekommen und hatte die Tür geflickt, um sich mit dem Versprechen zu verabschieden, er würde morgen um elf Uhr wieder kommen, um Schliff und Politur anzubringen. Gerade wollten wir den nächstgelegenen Gasthof zwecks Einnahme des Mittagsmahls aufsuchen, als das Knirschen der Kiesel auf dem Hof das Eintreffen einer Kutsche ankündigte. Charly sprang auf und verließ die Küche, um nachzusehen, wer gekommen war. Nach wenigen Sekunden kehrte er bereits zurück.

»Die Polizei ist da! Ein Uniformierter und der vollleibige hellgraue Herr, den ich gleich als Kriminaler verdächtigte – wie hieß er noch?«

»Irgendwas mit Senf, glaube ich. Senfleber?«

»Falsch, aber lustig, hihi. *Senftleben*, so hieß er.«

Die Türglocke ging und ich deutete Charly mit einem Nicken an, dass ich die Beamten empfangen würde.

Vor der Tür stand der dicke Kriminaler und ein Stück hinter ihm ein dürrer, bartloser Gendarm, der seiner stocksteifen Haltung nach anscheinend dem Irrtum unterlag, er gehöre einem Gardekorps an.

»Guten Tag – Herr Tesla, nicht wahr? Wir trafen uns neulich beim Spazierengehen.« Senftleben streckte seine fleischige Hand aus, die ich nur mit Widerwillen schüttelte.

»Kriminalrat Senftleben, ich sehe schon, Sie erinnern sich an mich?«

»Ja. Nur wusste ich nicht, dass ich das Vergnügen mit einem Kriminalrat hatte. Kommen Sie doch bitte herein.«

Senftleben bedeutete dem Gendarm, vor der Haustür zu warten, bevor er eintrat und sich von mir in die Küche führen ließ. Ich machte ihn kurz mit Charly und Elaine bekannt und bot ihm einen Stuhl sowie Kaffee an, was er beides dankend annahm. Nachdem er sich hingesetzt hatte, zog er aus seinem Rock eins jener Patentnotizbücher heraus, die praktischerweise gleich mit einem an einer Kette befestigten Bleistift versehen sind. Er legte es vor sich auf den Tisch und schlug eine freie Seite auf, um einen kurzen Satz niederzuschreiben. Dann deutete er mit der Spitze des Bleistifts auf meine Person.

»Sie sind also überfallen worden, Herr Tesla?«

»Wenn man so will, ja. Eigentlich handelt es sich aber wohl eher um einen Einbruch. Nur hat mein Freund, Herr May hier, den Täter auf frischer Tat ertappt, worauf es zu einem Handgemenge kam, in das schließlich auch ich verwickelt wurde.«

»Hm. Können Sie beschreiben, wie der Täter aussah? Sind Ihnen irgendwelche besonderen Züge an ihm aufgefallen, die uns dazu dienen könnten, ihn von seinen Mitmenschen zu unterscheiden?«

»Das möchte ich meinen«, sagte ich überzeugt. »Er war – oder ist, müsste ich wohl besser sagen – ein Indianer.«

»Äh ...« Senftleben glotzte mich an und klappte seinen Mund einmal auf und erst mindestens zwei Sekunden später wieder zu. »Äh ... *Inder*, meinen Sie wohl?«

»Nein. *Indianer.* Ich sagte es deutlich.«

»Indianer, aha.« Er schnaufte zweimal und fragte dann: »Und wie kommen Sie zu dieser Vermutung? Gab es an ihm irgendwelche besonderen Kennzeichen, durch die Sie zu dem Schluss gelangten, der Täter sei ... äh ... ein Indianer?«

»Nicht unbedingt. Er ist ein ungewöhnlich großer, kräftiger Kerl, der untrüglich die Gesichtszüge einer Rothaut spazieren trägt«, erwiderte ich und griff nach der Kaffeekanne, die in der Mitte des Tischs auf einem Stövchen stand. »Soll ich nachschenken? Ach, ich sehe schon, Sie haben noch.«

Senftleben richtete den Bleistift auf Charly. »Und Sie, Herr May?«

»Pardon?« Charly drückte gerade seinen Zigarrenstumpen auf der Untertasse aus.

»Sind Sie auch der Ansicht, es handle sich um einen Indianer?«

»Unbedingt«, erwiderte Charly trocken.

»Auf ... aufgrund welcher besonderen Merkmale?«

»Besondere Merkmale? Hm. Eigentlich hatte er keine, wenn ich es recht überlege. Lange, fettige Haare, tückische Augen, typisch Indianer halt. Sonst nichts. Zumindest nicht vor unserer Auseinandersetzung.«

»Aha!«, triumphierte Senftleben. »Wir nähern uns der Sache! Welches Merkmal wies er also nach der Tat auf?«

»Ein abgerissenes Ohrläppchen«, enthüllte Charly. »Und eine böse Platzwunde am Schädel, obwohl man davon möglicherweise bald nichts mehr sieht, wenn er sich irgendwo ordentlich verarzten lässt.«

»Abgerissenes Ohrläppchen? Wie kam es dazu?«, fragte der Kriminaler höchst interessiert.

Charly erklärte es ihm.

»Mir ist gerade noch etwas eingefallen, Herr Kriminalrat!«, meldete ich mich zu Wort. »Ein besonderes Merkmal, das ich zu erwähnen vergaß! Er hat außer den von Herrn May beschriebenen Blessuren auch eine dicke Beule quer über die Stirn davongetragen.«

»Eine Beule? Wovon?«

»Von einer Phonographenwalze. Besser gesagt, von zweien.«

»Äh, Verzeihung – was für eine Walze, sagten Sie?«

»Die eines Edinson'schen Phonographen.«

»Hm. Sie sind im Besitz eines Phonographen?«

»Ja.«

»Phantastisch.« Er lehnte sich zurück. »Und Sie haben den Indi ... diesen Einbrecher mit phonographischen Walzen attackiert?«

»Ja. Nur ungern, allerdings. Ich hatte nichts anderes zur Hand, nicht einmal ein Taschenmesser, da ich zu diesem Zeitpunkt völlig nackt war.« Ich biss mir auf die Zunge und begann, das Ganze noch einmal zu erklären, diesmal allerdings in zusammenhängender Form.

»... Ich sah also, dass Herr May White Buffalo mit der Schraubzwinge von hinten anging, wobei Ersterer leider nur das halbe Ohrläppchen verlor ... Äh, ich meine, statt seines Bewusstseins, zum Beispiel«, korrigierte ich mich. »Darauf bezog ich das leider, und nicht etwa auf die andere Hälfte des Ohrläppchens – soll er sie von mir aus doch behalten! Egal, der Indianer war jedenfalls nicht außer Gefecht, weshalb er meinem Freund einen Hieb versetzen konnte, der diesen quer durch den Raum beförderte, wo er dann besinnungslos liegen blieb. Folglich wandte sich der Indianer wieder mir zu, sodass ich in meiner Not zu den Walzen greifen musste, um mich mit ihnen zu verteidigen. Glauben Sie mir, ich habe es nicht gerne getan! Es waren unersetzbare Stimmen ... unersetzbare *Töne* darauf.« *Oh verdammt!*

»Stimmen?«

»Ja«, fiel Charly rasch ein, »wir hatten einige mehrstimmige Chorstücke phonographisch konserviert, die besonders gut gelungen waren. Deshalb sagte mein Freund auch *Stimmen*, nicht wahr, Nik? Tja, nun sind sie wohl ruiniert, die Walzen. Ein Trauerspiel ist das! Ein unersetzbarer Verlust! Schon allein deshalb gehört er für einige Jährchen ins Zuchthaus, der rote Halunke!«

»Genau!«, pflichtete ich ihm bei. »Wo war ich? Ach ja:

Der Indianer zeigte sich auch von der zweiten Walze wenig beeindruckt und hätte sich zweifellos auf mich gestürzt, wenn es nicht zu einem weiteren Zwischenfall gekommen wäre. Just in dem Moment, als ich glaubte, es sei aus mit mir, stürmte Marius herein und griff den Indianer an –«

»Welcher Marius?«, fragte Senftleben rasch. »Sie meinen doch nicht diesen –«, er suchte nach einem passenden Ausdruck und druckste darüber eine Weile herum, »– diesen armen Menschen, der die Frauenleiche entdeckt hat?«

»Genau der! Er hat sich so sehr an White Buffalo gekrallt und versucht, ihm die Luft abzuschnüren, dass dieser ihn nicht abzuschütteln vermochte! Also kümmerte ich mich um meinen Freund, und anschließend nahmen wir die Verfolgung auf!«

»Nackt, wie Sie es waren?«, fragte Senftleben zweifelnd.

»Gott bewahre.« Ich klärte ihn über den weiteren Hergang der Dinge auf.

Senftleben notierte alles gewissenhaft und fragte dann: »Wo finde ich diesen Sir Rupert?«

»Er residiert in Mehr, im Dorfgasthof.«

Senftleben brachte auch diese Information zu Papier.

»Madame? Haben Sie dem noch etwas hinzuzufügen?«

»Nein«, entgegnete Elaine ohne Zögern. »Ich habe fest geschlafen und erst etwas davon bemerkt, als Herr Tesla mich weckte und sagte, ich solle mich einschließen.«

»Und weiter, Madame?«, fragte Senftleben, als sie einige Sekunden lang nichts mehr gesagt hatte.

»Nichts weiter, Herr Kriminalrat. Ich bin wohl wieder eingeschlafen und erst um kurz vor sieben wieder aufgewacht.«

»Hm«, machte er enttäuscht. »Das ist natürlich nicht allzu viel.« Er blätterte zerstreut in seinem Notizbuch herum. »Ach, fast hätte ich's vergessen: Beschreibung des Täters.« Er schlug eine neue Seite auf und zückte wieder den Bleistift.

»So, es ist eigentlich ganz einfach, wenn man die Regeln erst Mal kapiert hat! Bei manchen Fragen haben Sie mehrere Antworten zur Auswahl. Wählen Sie die treffendste.« Er richtete seinen Bleistift zunächst auf mich. »Zuerst Sie! Körpergröße: unter 160 Zentimeter, über 160, über 170, über 180, noch größer?«

»Noch größer«, antwortete ich brav.

Senftleben verzog nachdenklich den Mund. »Hm. Was meinen Sie dazu?«, fragte er Charly.

»Stimmt! Zwohundertunddrei Zentimeter, um genau zu sein«, entgegnete Charly mit steinernem Gesicht.

»Was? Äh ... ich meine, woher wollen Sie das so genau wissen?«

»Ganz einfach: Er stand nicht unweit der Tür, und zufällig bemerkte ich, dass er genau die Innenhöhe des Rahmens erreichte. Und da alle Türen in diesem Haus nun mal eine Höhe von 203 Zentimetern aufweisen –«

»Woher wissen Sie das?«

»Hab' ein gutes Augenmaß. Aber wenn Sie's nicht glauben, dann können Sie's ja gerne nachmessen.«

»Da vorne in der Schublade liegt ein Schneiderband, glaube ich«, erwähnte ich hilfreich.

Anscheinend wollte es Senftleben wirklich wissen, da er aufstand und zur Anrichte ging, um das Schneiderband aus der Schublade zu nehmen. Damit begab er sich zu der Verbindungstür, die immer noch mit dem Buffet verbarrikadiert war. Er versuchte es zu verrücken, aber es rührte sich keinen Millimeter.

»Warten Sie!« Charly sprang auf. »Wir helfen Ihnen. Die Tür schließt ja wieder, also brauchen wir die Barrikade nicht mehr!«

Ich stand ebenfalls auf und half den beiden, den Schrank wieder an seinen ursprünglichen Standort zu verbringen. Als dies geschehen war, reinigte Senftleben mit dem Taschentuch zuerst seine schweißnasse Stirn und anschließend die Brillengläser, bevor er recht umständlich das Schneiderband an den Türrahmen legte.

»Das sind glatte achtzig Zoll. Zwohundertdrei Zentimeter also, ganz wie Sie sagten«, brummte er beeindruckt.

»Wenn's achtzig Zoll sind, müssten das aber zwo Millimeter mehr sein«, bemerkte Charly mit sehr ernster Stimme. »Ich will nicht pingelig sein, schließlich macht es nichts, ob der Indianer zwei Millimeter höher ist oder nicht. Für einen Mordbuben reichte mir seine Größe alle Male!«

»Vielleicht solltest du selbst nachmessen«, schlug ich spöttisch vor. »Notfalls drückst du an einer Stelle ein bisschen mit dem Daumennagel ins weiche Holz, dann hast du deine zwei Millimeter schon beisammen!«

»Hihi!« Senftleben schien doch nicht gänzlich humorlos zu sein. »Muss Ihnen zu Ihrem Augenmaß wirklich gratulieren, Herr May! Aber jetzt würde ich mir ganz gerne einmal den Tatort ansehen, wenn nichts dagegen spricht.«

Ich holte den Schlüssel aus der Schublade der Anrichte und sperrte die Tür auf.

»Das sieht ja schlimm aus!«, meinte Senftleben, während er das Durcheinander in der Werkstatt betrachtete. »Hoffentlich sind Sie für diesen Fall versichert?«

»Leider nicht«, seufzte ich. »Werde den Schaden wohl aus eigener Tasche beheben lassen müssen, wenn Sie und Ihre geschätzten Kollegen den Kerl nicht erwischen! Aber soweit ich es sagen kann, sieht es schlimmer aus, als es in Wirklichkeit ist. Die Wand dort muss wohl neu gemacht werden, der Stuhl ist nicht mehr zu retten, und die Tür ... na ja, weniger als hundert Mark dürfte es wohl nicht kosten.«

»Mhm«, machte Senftleben nachdenklich. »Wenn Sie damit hinkommen.« Er wandte sich an Charly. »Wissen Sie noch ungefähr, an welcher Stelle des Raumes Sie dem Täter das Ohr ... wie sage ich's – abgehackt haben?«

»Ja. Es war etwa dort, glaube ich.« Charly deutete auf eine Stelle, die etwa eineinhalb Meter von der Tür entfernt lag. »Direkt vor der Tür, er wollte sich gerade mit der Beute auf und davon machen.«

»Beute? Was für eine Beute?« Senftleben sah zuerst Charly und dann mich prüfend an.

»Eine, äh ... meteorologisch-elektrische Apparatur, die ich erfunden habe«, erläuterte ich vorsichtig. »Recht schwer und unhandlich, mindestens hundertzehn Pfund. Sie haben's vielleicht schon gesehen, steht jetzt in der Küche an der Wand. Ähnelt weitgehend einem Koffer, wie man ihn von Vertretern kennt.«

»Ach ja.« Er nickte. »Ich hatte mich schon gefragt, was der Koffer dort macht. Mhm.« Er zog wieder das gleiche, gebrauchte Taschentuch hervor, um sein Gesicht abzuwischen. »Auf den Koffer hatte er es also abgesehen, ja?«

Ich nickte. »So sieht es aus, jawohl.«

»Warum?«

»Ich habe nicht die leiseste Spur einer Ahnung!«

»Aha. Und Sie?«

Charly zuckte seine Achseln. »Vielleicht meinte er, weil's so schwer ist, muss es auch wertvoll sein? Man weiß ja nicht, was sich ein solcher so denkt. Allzu weit wäre er damit sowieso nicht gekommen, da hätte er ihn schon auf den Buckel nehmen müssen, anders kann ich es mir beim besten Willen nicht vorstellen. Der Kinderwagen wäre unter dem Gewicht schon auf den ersten zwanzig Metern kaputtgegangen, jede Wette!«

»Was sagten Sie da soeben?«, fragte Senftleben mit der Miene eines Mannes, der auf alles gefasst war.

»Ich sagte, dass der Kinderwagen das Gewicht des Kastens nicht ausgehalten hätte!«, erklärte Charly sehr geduldig. »Der Täter hat nämlich einen Kinderwagen mitgebracht, um den Kasten abzutransportieren, weil er das Gewicht des Letzteren weit unterschätzte.«

Senftleben sah ihn sehr genau an. »Ein Indianer mit Kinderwagen, ja?«, fragte er zweifelnd.

»Hä!« Charly hob hilflos die Hände. »Ja, ich weiß, dass es verrückt klingt. Würde selbst zehn Mark für eine Fotografie dessen bezahlen, fünf für eine gute Handskizze. Aber so muss es gewesen sein, Sie können den Wagen gerne besichtigen, wenn Sie dort durch die Tür treten.« Er deutete mit dem Kinn auf die Außentür der Werkstatt.

Senftleben machte zwei Schritte, um sich auf einem der Stühle niederzulassen und sein Gesicht zwei Sekunden lang mit den Händen zu bedecken, bevor er wieder etwas sagte.

»Das ist ein bisschen viel auf einmal«, gab er zu. »Eigentlich hatte ich gedacht, dass es in diesem Dorf sehr ruhig zugehen wird, als man mich hierher beordert hat, wissen Sie?« Er zog wieder das mittlerweile recht eklige Taschentuch hervor, um sich zu reinigen – oder vielleicht auch umgekehrt, da sein Antlitz gewiss sauberer war als das Tüchlein.

»Ja, es klingt schon ein wenig verrückt«, bestätigte Charly, »wenn man es im Nachhinein von außen betrachtet. Aber glauben Sie mir, Herr Kriminalrat Senftleben, er hätte mir beinahe den Garaus gemacht und meinem Freund hier auch! Wenn der Wastl nicht hinzugekommen wäre, wäre ich vielleicht nicht mehr in der Lage, Ihnen das hier zu erzählen.«

»Verzeihung, welcher Wastl denn jetzt?«, fragte Senftleben völlig verwirrt.

»Wastl?« Charly zuckte seltsam zusammen und vermied jeden Augenkontakt, als er fragte: »Habe ich wirklich Wastl gesagt?«

»Ich habe leider in dem Moment nicht hingehört. Obwohl es doch sonst nicht meine Art ist. Vermutlich hast du aber Marius gesagt, nehme ich doch an, ja?«

»Nein, mit Verlaub!«, widersprach Senftleben deutlich. »Er sagte ganz deutlich Wastl, der Herr May.«

»Mag ja sein«, entgegnete dieser, offenbar entschlossen, die Flucht nach vorne anzutreten, »aber das liegt dann wohl daran, dass sich Marius jetzt gelegentlich Wastl nennt, was zugegebenermaßen auch mich etwas narrt.«

»Verzeihung, das ist Blödsinn, ja?« Senftleben sprach, als ob er davon überzeugt sei, dass Charly einen Witz gemacht hatte.

Charly berichtete ihm von der wunderbaren Verwandlung.

»Na gut«, bemerkte Senftleben, nachdem er sich einige Aspekte des Vorfalls hatte wiederholt schildern lassen. »Sagen Sie mal ... wo ist überhaupt das Ohr?«

»Ohr?« Charly sah ihn einen Moment lang verständnislos an, doch dann erhellte sich sein Gesicht. »Ach so, Sie meinen das halbe, abgeschlagene? Ja. Wo ist es denn?« Sein Blick huschte über den Boden.

»Es muss irgendwo dort liegen«, vermutete ich und malte mit dem Finger einen Kreis in die Luft. »Es ging nicht sofort zu Boden, da es wohl noch an einem Hautfaden festhing, der sich erst im weiteren Verlauf des Gefechtes löste. Ach ... da ist übrigens die Laterne, die der Schurke mitgebracht hat. Sie werden Sie doch gewiss als Beweismittel beschlagnahmen wollen, nicht wahr?«

Ich bückte mich und hob die Laterne auf, um sie dem Kriminalrat zu geben.

Danach suchten wir geschlagene zehn Minuten lang zu dritt den Boden ab, aber von dem Ohr fanden wir keine Spur. Senftleben wurde zunehmend misstrauischer, was ich ihm nicht einmal ankreiden konnte, da somit der triftigste Beweis für den Indianerüberfall fehlte.

»Hä!«, machte Charly plötzlich. »Ich glaube, ich weiß, wo es ist!« Er richtete sich auf und sah mich triumphierend an. »Der Schreiner ist ein wirklich ordentlicher Kerl, unbedingt empfehlenswert!«

Zuerst verstand ich nicht, in welchen Zusammenhang ich diese Gedanken bringen sollte. Doch als er auf den sauberen Dielenboden im Eingangsbereich deutete, dämmerte mir, was er meinte. »Ah, du meinst, dass er nach der Arbeit den Boden gefegt hat?«

»Genau!« Charly hatte bereits die Tür aufgerissen und ging direkt auf der Schwelle in die Hocke, um den Boden des Hofes zu inspizieren. »Da!«, sagte er nach einigen Sekunden und winkte den Kriminalrat herbei. »Kommen Sie her, hier liegt es.«

»Hm«, machte Senftleben nach einer Weile. »Tatsächlich, ein halbes Ohr.« Er richtete sich auf und sah uns nacheinander an. »Damit wird Ihre so unwahrscheinlich klingende Geschichte ja doch deutlich untermauert.« Seinem Tonfall nach war er darüber alles andere als glücklich. »Dieser White Buffalo war also der Diener dieses Sir Rupert, sagten Sie?«

»Ja«, antwortete Charly.

Wieder zog Senftleben sein Taschentuch hervor, das mittlerweile so schweißdurchtränkt sein musste wie der Burnus eines arabischen Kavalleristen nach einer äußerst ausgelassenen Phantasia. Er polierte damit Stirn, Wangen und Brille, um uns dann sehr entschlossen anzusehen. »Meine Herren, ich würde Sir Rupert gerne kennen lernen. Würden Sie mich zu ihm begleiten?

Ich blickte Charly kurz an, worauf dieser eine Schulter hob und ein gleichmütiges Gesicht aufsetzte.

»Selbstverständlich, Herr Kriminalrat.«

Senftleben nickte und wollte sich schon in Bewegung setzen, als Charly ihn kurz an der Schulter berührte. »Herr Kriminalrat, was ist denn mit dem Ohr? Wollen Sie es nicht an sich nehmen? Es stellt doch gewiss ein wichtiges Beweismittel dar?«

»Oh ja«, erwiderte der Kriminaler zerstreut. »Natürlich. Äh, könnten Sie mir vielleicht ein Behältnis borgen, in dem ich ...? Sie wissen schon. Möchte's mir nur ungern in die Tasche stecken, haha.«

Also besorgte ich ihm aus der Küche ein kleines Weckglas und einen Putzlumpen, mit dem er seine Finger umhüllte, um das Ohr zu ergreifen und zusammen mit dem Tuch in das Glas zu tun. Danach begaben wir uns nach draußen, wo im Halbschatten des Hauses der etwas heruntergekommene Zweispänner der Ortspolizei stand. Der Gendarm hatte sich auf dem Kutschbock zu einem Nickerchen niedergelassen, richtete sich aber sofort auf und kletterte von der Kutsche herunter, um sich von seinem Vorgesetzten instruieren zu lassen.

Als wir nach halbstündiger Kutschfahrt den am Dorfplatz gelegenen Gasthof erreichten, brach Charly sich beinahe den Hals, weil er absprang, bevor der Gendarm die beiden Westfalen zum Halt kommandiert hatte. Mit wilden Bewegungen seiner Arme gelang es ihm, die Balance so weit wieder zu gewinnen, dass er nicht lang hinschlug, sondern sich mit einer Hand auf dem Kies abzufangen vermochte. Sofort richtete er sich wieder auf und rieb sich die lädierte Handfläche, wobei er sichtlich bemüht war, einen möglichst unberührten Gesichtsausdruck zu bewahren.

»Das war aber nicht ganz ungefährlich, Herr May«, tadelte ihn Senftleben. »Sie hätten ja unter die Räder kommen können!«

»Hä!« Charly winkte verächtlich ab. »Das war halb so wild – nur gab der Kies dort etwas mehr nach, als ich gedacht habe.«

Die graue Fassade des Gasthauses wirkte düster und öd, was aber in erster Linie daran lag, dass die Fensterläden trotz der vorangeschrittenen Tageszeit noch verschlossen waren. Nur im Obergeschoss hatte jemand ein Fenster weit aufgesperrt. Senftleben marschierte schnurstracks an den vor dem Haus aufgestellten Tischen und Stühlen vorbei, zwischen denen einige Hühner im Kies herumpickten, die sich vom eiligen Herannahen des gewichtigen Kriminalrats aber nicht beirren ließen.

»Hallo!« Er klopfte einige Male schwer an die Läden des Fensters direkt rechts neben der Eingangstür. »Hallotoo!«

Eine Weile tat sich nichts, aber dann war von oben eine Stimme zu hören.

»Hallo?«

Es war Sir Rupert, der mit ziemlich griesgrämigem Gesicht durch das offene Fenster im Obergeschoss auf uns heruntersah. Als er mein Gesicht erkannte, hob er erfreut seinen Kopf.

»Professor Tesla! Guten Morgen – ach, da ist ja der Herr Doktor May auch. Ebenfalls guten Morgen! Warten Sie, ich komme herunter, unverzüglich!«

Es dauerte vielleicht zwei oder drei Minuten, bis einige aus dem Inneren des Hauses kommende Geräusche verkündeten, dass er die Tür erreicht hatte und sich daranmachte, sie aufzusperren. Dann schwang sie auch schon weit auf und er trat uns im pompös gemusterten, seidenen Morgenmantel entgegen, die nackten Füße in reich bestickte, türkische Pantoffeln gehüllt. Um seinen Kopf hatte er ein angefeuchtetes Handtuch gewickelt, was mir zusammen mit seinem roten Gesicht und seinen blutunterlaufenen Augen anzudeuten schien, dass er wohl am Vorabend des Tages zu tief ins Glas geschaut hatte.

Ich machte ihn mit dem Kriminalrat bekannt.

»Das ergibt sich ganz ausgezeichnet, dass Sie mich bekannt machen mit einem Herrn von der Polizei!«, meinte der Baronet anschließend zu mir. »Ich stecke in großen Problemen, wissen Sie? Man hat mich vergiftet!«

Ich sah ihn ungläubig an. »Äh, vergiftet? Mit Verlaub, Sie sehen mir aber noch sehr lebendig aus.«

»Oh!« Sir Rupert rümpfte peinlich berührt die Nase. »Natürlich, ich bin lebendig. Verdammt lebendig genug, um die schlimmsten Kopfschmerzen zu haben, sage ich!« Er legte kurz den Kopf in den Nacken und schloss die Augen, um klar zu machen, wie schlimm es um ihn stand. »Ich denke, man hat mir eine Art – wie sagt man – Schlafpulver gegeben in meinen Tee gestern Abend. Bin erst aufgewacht vor einer Stunde, stellen Sie sich vor!«

»Verzeihung, Sir Rupert – woher wollen Sie wissen, dass

es sich um ein Verbrechen handelt?«, fragte Senftleben, dessen Gesicht in Anbetracht des Herannahens einer weiteren, nervenaufreibenden Verbrechensanzeige kaum fröhlicher wirkte als das des vergifteten Baronets.

»Weil mein Diener den Täter bereits verfolgt, offenbar«, erklärte der Adelsmann mit verbitterter Verachtung für das anstandslose Verhalten des Giftmischers. »Der Schurke wird sich wundern, denn mit White Buffalo ist wenig Spaß zu haben, ha!«

»Oh je!«, entfuhr es mir.

»Was ist, Professor?«

Charly nahm mir die unliebsame Pflicht ab, den Baronet über das Verhalten seines Dieners aufzuklären.

»*Great Gosh!*« Sir Rupert sah Charly an, als hätte dieser ihm soeben erzählt, der Mond sei von sprechenden Trüffelschweinen bewohnt. »Herr Doktor, Sie müssen sich irren – John war immer –« Er zuckte zusammen, als der erste Schatten der Erkenntnis auf seine Seele fiel. »Warten Sie – er war es ja, der mir serviert hat den Tee, nicht wahr? Aber wie konnte er das tun? Und wieso?«, rief er fassungslos.

»Damit Sie nicht des Nachts aufwachen und nach ihm rufen, nehme ich an«, erklärte Charly. »Wobei mir einfällt, dass er ja Ihre gesamte Barschaft bei sich zu tragen pflegte, ja?«

»Mein Geld!«, schrie Sir Rupert so laut, dass die bislang so nervenstarken Hühner gackernd auseinander stoben. »*Damn!* Wenn ich diesen roten Sohn von einem Hund ohne Mutter in die Finger kriege! Mein Geld, mein Geld!«

»Nun beruhigen Sie sich doch, Sir Rupert!«, rief Senftleben, während er seinen schmierigen Lappen aus dem Rock zog, um damit die aus allen Poren seines puterroten Schädels quellenden Schweißperlen aufzunehmen. »Sagen Sie lieber, wie viel es war?«

»Habe nicht einmal den Hauch einer nebulösen Ahnung!«, rief Sir Rupert mit der angeekelten Miene des Weltmannes, der für niedrige Arbeiten wie das Geldzählen nicht das geringste Verständnis hat. »Was man so zu Leben braucht, keine wirklich bedeutende Summe. Trotzdem! Eine Frechheit, ungeheuerlich! Dabei habe ich ihn immer gut behandelt, den verdammten *Redskin*!«

»Es waren an die 1200 Mark und zwei Guineen«, erklärte Charly mit dem Charme des Allwissenden, »abzüglich dessen natürlich, was Sir Rupert seit letzten Mittwoch verbraucht hat. Sie erinnern sich, Sir Rupert, so hat's Ihr Diener erzählt, als wir uns im Biergarten näher kennen lernten!«

»Wenn Sie es so sagen, Doktor May«, erwiderte Sir Rupert in einem Ton, der keinen Zweifel daran ließ, dass ihn der Verlust des Geldes weniger schmerzte als die Untreue seines Dieners. Er griff sich an den Kopf. »*Thunderation!* Jetzt bin ich ein armer Mann, habe nicht einmal die Pennies für ein Telegramm, um mir schicken zu lassen neues Geld.«

»Das soll das Problem nicht sein, Sir Rupert!« Ich öffnete meinen Rock und holte aus der Geldkatze die zwanzig Guineen hervor, die mir Sir Rupert als Vorschuss ausgehändigt hatte. »Was geborgt ist, kann auch zurückgeborgt werden!«, sagte ich klar und deutlich, während ich ihm das Geld trotz seines Widerstrebens in die Hände drückte. »Und hier noch eine Krone zusätzlich, damit Sie über den Tag kommen und nach Wesel fahren können, wo es gewiss eine Wechselstube gibt, in der Sie es in hiesiges Geld eintauschen können.«

Zunächst wollte er es gar nicht annehmen, bis Charly und schließlich auch der Kriminalrat ihn ebenfalls davon überzeugten, dass es nur vernünftig sei.

»Danke vielmals«, meinte der Baronet gerührt. »Ausgesprochen anständig von Ihnen, Herr Professor! Sie werden es umgehend erhalten zurück, mit einem Geld für Schmerzen und *interest* – wie sagt man dazu?«

»Zinsen? Aber nein, wohin denken Sie –«

»Doch!«, beharrte er. »Und sagen Sie mir, was Sie für ein

Geld für Schmerzen verlangen, und ich zahle das Doppelte – auch an Sie, Doktor May, selbstverständlich!«

»Papperlapapp!«, entgegnete Charly. »Wir werden natürlich kein Schmerzensgeld von Ihnen nehmen, Sir Rupert. Und auch keine Zinsen!«

»Schön! Dann werde ich einfach erhöhen von mir aus den Preis von Ihrem Apparat!«, meinte der Engländer unbeirrt.

Charly machte nur ein seltsames Geräusch und winkte ab, als Senftleben plötzlich leise fragte: »Apparat?«

»Ja, ich will den Apparat für die Stimmen von Geistern kaufen, den der Professor entwickelt hat«, klärte ihn Sir Rupert auf, bevor ich ihm ins Wort fallen konnte.

»Stimmen von – was?«, keuchte Senftleben.

»Geister. Tote Leute.«

Der Kriminalrat nahm's gefasst hin. »Geister, ah ja!«, sagte er nur.

»Das mit den Geistern sollten Sie nicht so ohne weiteres annehmen«, versuchte ich ihm klar zu machen. »Manche Leute –«

»Ja«, mischte sich Sir Rupert eifrig ein, »der Professor glaubt nämlich eher, dass diese Stimmen herrühren von Marsmenschen, wissen Sie! Aber ich denke, dass diese Stimmen stammen von Menschen, die sich in der Erde befinden, dort!« Er streckte seinen Arm aus, um auf eine unbestimmte Stelle im Kies des Dorfplatzes zu deuten. »Aber ich rede von absolut lebendigen Leuten, nicht tote Leute, die sich ja in gewisser Weise ebenfalls aufhalten dort, hahahaha!«

»Bevor hier ein Missverständnis aufkommt«, erklärte ich vorsichtig, »ich glaube keineswegs, dass es sich um Stimmen von fremden Planetariern handelt! Und ich erkenne auch keinen Grund, warum es sich um die Äußerungen von Unterirdischen handeln soll, seien sie nun tot oder quicklebendig. Es sind einfach Stimmen, deren Ursprung derzeit nicht mit Bestimmtheit erklärt werden kann. Aber mich interessiert das ohnehin nicht sonderlich, weil mein Apparat nun einmal der Meteorologie dienen soll und dies auch tut, selbst wenn seine Funktion ab und an durch das Auftreten dieser Stimmen gestört wird. Für mich handelt es sich um einen Defekt, nichts mehr, nichts weniger.«

»Jawohl«, kam mir Charly zu Hilfe. »Wir sind nämlich ganz und gar überzeugt davon, dass es eine weltliche Erklärung für die Stimmen geben muss.«

»Sehr beruhigend«, schnaufte Senftleben sichtlich erleichtert. »Wenn zwei Wissenschaftler darin übereinstimmen, können wir ja wohl davon ausgehen, dass es so ist.«

Charly räusperte sich. »Verzeihung, Herr Kriminalrat, aber diese Bezeichnung steht mir nicht zu. Wissenschaftler, meine ich.«

»Wie – Sie sind gar kein Wissenschaftler?«, fragte Senftleben sehr beunruhigt. »Was dann, zum Henker?«

»Schriftsteller!«

»Aha – und was schreiben's denn so, wenn ich fragen darf?«

»Verschiedentliches«, antwortete Charly vage. »Humoresken, Naturkundliches, Geschichten, die in fernen Ländern spielen und dergleichen mehr. Nichts Bedeutendes.«

»Ach, Doktor May ist zu bescheiden!«, rief Sir Rupert, bevor Charly noch etwas sagen konnte, »Er hat bereits richtige Bücher publiziert – sogar Romane, die spielen in dem Wilden Westen!«

Senftleben starrte erst Sir Rupert und dann Charly an. »Im Wilden Westen? Kommen auch Indianer drin vor, in Ihren Romanen?« Diese Frage klang nicht ganz ungefährlich.

»Gelegentlich«, gab Charly zu. »Aber ich schreibe auch Geschichten, die in Afrika spielen, was zwangsläufig das Vorkommen von Negern nach sich zieht. Man kann Indianer also nicht als Schwerpunkt meiner Arbeit ansehen, wenn Sie das meinen.«

Ich hatte so meine Zweifel, ob dieser Einwand Senftlebens Zweifel an unserem Geisteszustand beseitigte. Jedenfalls hatte der Kriminalrat wohl für's Erste genug, da er sein Notizbuch einsteckte und fragte, ob Charly und ich mit ihm fahren wollten. Wir lehnten jedoch dankend unter dem Vorwand ab, uns noch ein wenig die Beine vertreten zu wollen.

Zwischenzeitlich hatte das Wirtsehepaar begonnen, in der Schankstube herumzurumoren und nach und nach die Fensterläden zu öffnen. Da es ein normaler Wochentag war, öffneten die meisten der Gasthäuser an dieser Ecke des Niederrheins erst um die Zeit des Nachmittagskaffees. Aber der Wirt war geschäftstüchtig genug, um kurz aus der Tür herauszulugen und zu fragen, ob er den Herren zu Diensten sein könne. Daraufhin lud Sir Rupert uns auf einen Kaffee ein, den wir wegen des schönen Wetters *al fresco* einzunehmen beschlossen.

»Wissen Sie was?«, meinte Sir Rupert, nachdem die Wirtsfrau den Kaffee gebracht hatte. »Ich beginne jetzt zu verstehen einige Dinge, welche mir vorkamen ungereimt, obwohl ich mir nie so richtig darüber Gedanken gemacht habe, zugegebenermaßen.«

»Was meinen Sie damit?«, fragte Charly stirnrunzelnd.

Sir Rupert erklärte ihm, dass ihm mittlerweile Zweifel gekommen seien, ob White Buffalo wirklich einst im Dienst seines Cousins gestanden hatte. Wie sich herausstellte, hatte ihm der Indianer kein Dienstbuch vorweisen können, da er sich angeblich mit seinem vorherigen Herrn überworfen hatte und dieser ihm die Herausgabe seiner Sachen verweigerte.

Charly sprach mir aus der Seele, als er fragte: »Aber Sie geben doch zu, dass es ein wenig ... hm ... blauäugig von Ihnen gewesen ist, einen Diener einzustellen, der eine so zweifelhafte Geschichte erzählt? Ich meine, haben Sie denn keine Auskunft bei seinem letzten Dienstherrn eingeholt – das hätte doch sicher für eine gewisse Klärung gesorgt?«

»Oh, eigentlich nicht, denke ich!«, widersprach Sir Rupert. »Wissen Sie, der Mann, bei dem White Buffalo zuletzt gearbeitet hat, ist ein ... ein Esel! Hatte einmal mit ihm einen politischen Disput – nein, das wäre zu stark –, eher eine Diskussion über die Stellung des Dieners zu seinem Herrn. *Dra* ... – ich meine, der Bekannte, er hat seltsame Ansichten über die Vorteile der Sklaverei. Er erklärte mir, dass sich seit dem Ende vom amerikanischen *Civil War* alle Dinge verändert haben zum Schlechten. ›Seitdem wissen die Neger nicht mehr, wo sie hingehören‹, sagte er. Wenn es die maskierten Vigilants nicht geben würde, dann würde niemand dort für Ordnung sorgen, sagte er. Sie verstehen, dass mir dieser Mensch nicht so recht hat gefallen wollen, ja? Das sind Ansichten vom Mittelalter, ist es nicht so?«

»Zweifellos«, bekräftigte Charly.

»Sehen Sie, und deshalb hatte ich keine Lust, mit ihm zu reden über White Buffalo! Er ist mir zuwider, genau wie die lächerlichen Figuren, mit denen er sich umgibt!« Der Baronet setzte seine Kaffeetasse vehement auf. »Eine ganze Horde von Eseln, die teilen seine unangenehmen Ansichten, wissen Sie? Sie halten sich selbst für eine Art *Ku-Klux-Klan*, aber das ist absolut lächerlich, ein Maskenball, den Sie nur betreiben in aller Heimlichkeit. Unter den Masken sind sie Händler, Bankiers, auch einige *Clergymen*, Kirchenmänner. Treffen sich in einem kleinen Gasthaus weit draußen auf dem Land, im Bergischen, um Verschwörung zu betreiben gegen Kirche und Staat oder etwas Ähnliches. Ich bezweifle allerdings, dass sie den Mut haben, wirklich etwas zu ändern – und das ist gut so, da es mir nicht gefallen würde, was sie reden, verstehen Sie? Und diese Masken – absolut lächerlich ist das, da die meisten sich ohnehin kennen. Sehr gut kennen, in einigen Fällen möchte ich gar nicht wissen, wie gut!« Er machte eine verächtliche Handbewegung.

»Das klingt ja ganz schön schlimm, Sir Rupert!«, kommentierte ich. »Da frage ich mich wirklich, wie Sie überhaupt an diese Leute gekommen sind, wenn's erlaubt ist, Sir Rupert!«

»Keine Erlaubnis notwendig, Professor Tesla!« Er sah sich nervös um und senkte dann seine Stimme. »Es begann damit, dass ich vor einiger Zeit von der Köln Universität wurde eingeladen als Gastdozent für Gesteinskunde –«

Charly sah ihn erstaunt an. »Sie sind ein wahrhaftiger Geolog, Sir Rupert? Das haben Sie uns ja noch gar nicht erzählt!«

Sir Rupert deutete mit einer Geste an, dass er das nicht für eine besondere Sache hielt. »Es ist nur ein Freizeitvergnügen von mir, Doktor. Nun, ich bin also gegangen nach Köln drei Semester, eine keinesfalls uninteressante Zeit, die aber jetzt vorbei ist. In meiner Freizeit habe ich mich mehr und mehr mit dem Buch von meinem Cousin beschäftigt und kam darüber auf das Buch von Madam Blavatsky, Sie wissen schon, *Isis Unveiled*. Deshalb suchte ich Kontakt zu theosophischen Kreisen und *secret societies*, wie ...?« Er sah uns hilfesuchend an.

»Geheimbünde, meinen Sie?«, schlug Charly vor, während er sein Zigarrenetui aus dem Rock zog und aufklappte. Mir war zu warm zum Rauchen, aber Sir Rupert griff dankend zu und kniff die Spitze seiner Zigarre mit einem kleinen Klappmesser ab, um sich von Charly Feuer geben zu lassen.

»Ja«, fuhr er paffend fort, »ich habe kennen gelernt in Universitätskreisen Freimaurer, Rosenkreuzer und andere, aber das war alles nicht das, was ich gesucht habe. Aber dann habe ich auf einer privaten Séance diesen Herrn getroffen, der sich mit mir bekannt machte als Herr O*th*ello –«, er sprach das *th* nach englischer Art aus, »– Reinhold O*th*ello, was gewiss nicht ist sein wirklicher Name, darauf wette ich! Nach der Séance – übrigens ein absolut lächerlicher Betrug, den ich habe vollständig gestrichen aus meinem Gedächtnis, jawohl! – saß ich ihm bei den Cocktails gegenüber, und wir kamen ins Gespräch. Ich erzählte ihm von meinem Cousin Eddy und meiner Suche nach dem Geheimnis vom ewigen Leben. Danach haben wir uns noch einige Male getroffen, bei verschiedenen Séancen. Und irgendwann hat er mir enthüllt, dass er einen Schamanen zum Diener hat, der früher einmal bei Eddy im Dienst stand. Ich war natürlich sehr aufgeregt und bat ihn, dringend mich mit seinem Diener bekannt zu machen. Er hat sich geziert eine ganze Weile, aber ich bin hartnäckig geblieben, bis er mich dann mitnahm auf diese maskierte Veranstaltung. Wissen Sie, wenn man wie ich einmal im Jahr einige Wochen in London zubringen muss, aus gesellschaftlicher Verpflichtung, dann ist man gewohnt einiges an Verrücktheiten, das können Sie mir glauben, haha. Also habe ich mir gedacht, warum nicht! Bin also zu einem Kostümverleiher am Theater und habe mir besorgt eine Larve und ein Panamahut, da man bei solchen Gesellschaften nur dann nicht fällt auf, wenn man so absurd herumläuft wie alle anderen. Habe mich also schaffen lassen mit einer Kutsche ins Bergische, mehr als eine Stunde Fahrt, bis ich dort ankam, da der Kutscher zweimal musste fragen nach dem Weg! Ich habe geklopft an der Tür und ein Diener hat mich hereingelassen. Im Haus waren zwanzig Leute vielleicht, zumeist Männer, aber auch einige Frauen.«

Der Rauch seiner Zigarre stieg mir in die Nase und ich bemerkte, dass es sich um jene süßliche Sorte handelte, die Charly nur gelegentlich rauchte. Genau wie Charlys andere Zigarren waren auch diese von ihm selbst fabriziert, was man aber nicht unbedingt erkannte, weil er sie täuschend echt mit Bauchbinden diverser Markenzigarren versehen hatte, die er in Biergärten und andernorts aufzuklauben pflegte. Die süßliche Sorte gefiel mir eigentlich nicht schlecht, auch wenn sie ungemein stark zu Kopf stieg. Was Charly dort hineinmischte, darüber schwieg er sich auch dann mit sphinxartigem Grinsen aus, wenn man ihn konkret danach fragte. Blätter von diversen Büschen und

Bäumen, so etwa lautete seine allgemeine Auskunft. Ich war mir indes ziemlich sicher, dass neben einer gehörigen Portion Hanf auch Opium zu den gewichtigsten Bestandteilen der Lungentorpedos gehörte, weshalb ich sein Angebot, mich damit zu vergiften, nur sehr gelegentlich annahm.

»Nicht schlecht«, fand auch Sir Rupert, der die Bauchbinde mit weitsichtigen Augen zu entschlüsseln versuchte. »Hiesige? Hätt's nicht gedacht!«

»Hä! Da sind Sie überrascht, was?«

»Wirklich erstaunlich! Wo kommen sie genau her?«

»Sie werden's nicht glauben: aus dem Kittchen! Sie werden von Häftlingen fabriziert, die sich trotz bescheidener Möglichkeiten die besten Rezepte einfallen lassen, vermutlich aus Langeweile. Vermutlich.«

»Ah, verstehe! So wie manche Mönche den besten Schnaps brennen, ja?«

»Vielleicht«, entgegnete Charly unbestimmt, bevor er Sir Rupert mit einer Geste bedeutete, fortzufahren.

»Oh ja. Die Leute in dem Gasthaus, also, einige davon habe ich gekannt, trotz der blösinnigen Masken natürlich. Einer ist Professor ... *of law*, Jura heißt das, ja? Und ein bekanntes Medium, eine wirklich ausgesprochen attraktive Person, nebenbei bemerkt. Hat eine gewisse Ähnlichkeit mit Ihrer Gattin, Herr Doktor – oberflächlich zumindest. Wohl wegen der Augen. Bei einigen anderen war ich mir nicht so sicher, aber ich vermute, dass sie mir ebenfalls waren bekannt. Ähem.« Er griff nach der Kaffeetasse.

»Namen wurden nicht genannt, oder jedenfalls keine echten, haha! Aber manche, darunter auch mein Bekannter, wurden mit einem *pompous* Titel angeredet, mal sehen, ob ich es noch zusammenbekomme ...« Er überlegte. »Irgendwas von *Grand Dragon und Jesus Inversus*, so ließ er sich anreden.«

Irgendetwas schien mir dieser seltsame Titel zu sagen,

aber in diesem Moment kam ich beim besten Willen nicht darauf, woher er mir bekannt sein konnte. Doch dann sah ich, wie Charlys Gesicht einen Ausdruck äußersten Hochmutes annahm, was ich mittlerweile als Anzeichen dafür zu deuten wusste, dass er einer recht bedeutenden Sache auf die Spur gekommen war.

»*Dragon,* ja?«, sagte er mit sarkastisch verzogenem Mund. »Ein wirklich seltsamer Titel, Sir Rupert! Wirkte Ihr Bekannter denn gar so drachenhaft?« Er nickte kurz in Richtung des Wirtes, der vor die Tür getreten war und stumm darauf gewartet hatte, ob wir noch mehr Kaffee haben wollten.

»Ach«, erwiderte Sir Rupert mit mildem Lächeln, »alles andere als das! Ein Geschäftsmann, sicher in den besten Jahren, aber: schlechte Haltung, wenig Haar, ungesundes Gesicht – mangelnder körperlicher Ausgleich, so nennt man das wohl, nicht wahr?«

»Tja«, entgegnete ich, »es ist schon unglaublich, wie unbeweglich die meisten Menschen sind! Man muss sich ja nicht überbieten, wie ich es in meiner Studienzeit getan habe – jeden Morgen eine Meile Brustschwimmen und danach Dauerlauf. Mein Wort drauf!«

»Das sieht man Ihnen aber auch an!«, behauptete der Baronet. »Genau wie Herrn May, dem man direkt anmerkt den Sportsman, nicht wahr?«

»Natürlich. Es gab Zeiten, da habe ich tagtäglich dieselbe Strecke abgelaufen. Immer schön im Kreis, sieben Jahre lang. Aber heute gehe ich lieber gerade Wege, und zwar immer schön langsam, wie's mir gerade in den Kram passt«, erwiderte mein Freund mit einem Zynismus, der Sir Rupert entging. »Ansonsten schieße ich mal ganz gerne auf einen Vogel, aber nur, wenn er aus Holz ist. Und dies auch nur, wenn die meisten Teile noch dran sind, da ich es mir wirtschaftlich nicht leisten kann, versehentlich Schützenkönig zu werden!«

»Ja.« Der Engländer starrte seine Zigarre etwas misstrauisch an. »Sind stärker, als man zuerst meint«, kommentierte er, paffte aber direkt wieder begeistert drauflos.

Allmählich verspürte ich ein leichtes Hungergefühl, sodass ich die Uhr hervorzog, um zu überprüfen, ob mein Magen mich über die Zeit betrog.

»Oh je!«, rief ich. »Es geht schon auf dreiviertel drei zu. Wir haben über's Schwatzen ganz die Zeit vergessen, und das Mittagessen fällt damit wohl aus, da es meines Wissens nach hier weit und breit kein Gasthaus gibt, das unter der Woche einen vernünftigen Mittagstisch anbietet!«

»Kein Problem, Professor! Meine Wirtin hier kocht nicht schlecht, also lade ich Sie beide gerne ein, meine Gäste zu sein!«

»Danke«, erwiderte ich, fügte aber hinzu, »leider müssen wir auf Ihr großzügiges Angebot aber wohl ein anderes Mal zurückkommen.«

»Ja, wieso denn das?«, fragte Charly unwirsch. »Wir haben doch Zeit wie Sand am Meer –«

»Ich weiß, aber ich dachte an *Frau* May, weißt du?«, erklärte ich.

»Frau May, ach ja!«, rief Sir Rupert. »Wie geht es der Gattin denn, gut, hoffe ich doch?«

»Äh, ganz ausgezeichnet, danke der Nachfrage.« Charly wiegte bedauernd den Kopf. »Mein Freund hat Recht, Sir Rupert! Wir müssen dringend zurück!«

»Nur zu, eine so schöne Frau wie die Ihre würde ich auch nicht warten lassen, Doktor May!«, erwiderte Sir Rupert launig.

Also nahmen wir Abschied von dem Baronet, um zu Fuß nach Osten aufzubrechen. Statt des eigentlich kürzeren Feldweges liefen wir über die Hauptstraße, da wir hofften, bei einer vorbeifahrenden Kutsche aufspringen zu können.

»Nik, das ist eine ganz üble Verstrickung, in die wir da

hineingeraten sind«, bemerkte Charly, als wir uns ein gutes Stück von dem Gasthaus entfernt hatten. »Hast du das mitbekommen, die Sache mit diesem *Grand Dragon*?«

»Ich weiß nicht genau, worauf du da anspielst. Habe das unbestimmte Gefühl, dass ich es wissen sollte, aber ...«

Er blieb stehen, legte eine Hand auf meine Schulter und sah mich mit blitzenden Augen an. »Die Visitenkarte, die Leitner Elaine mitgegeben hat. G. Dragon.«

»Oh verdammt!« Ich tippte mit dem Zeigefinger an meine Schläfe. »Das war's, was mir nicht einfallen wollte! Aber ... was hat das zu bedeuten?«

»Ich weiß es nicht – Leitner wechselt die Namen wie andere Leute ihre Halstücher. Reinhold Othello – das ist ganz offensichtlich ein Akronym, allerdings ein ziemlich billiges, da es sich nicht vollständig zu Otto H. Leitner ergibt, selbst wenn man dem Reinhold am Ende ein *T* zubilligt.«

»Nicht schlecht, mein Lieber!«, lobte ich erstaunt. »Aber ein falscher Name macht aus einem noch keinen Verbrecher, es sei denn, er zeichnet seine Wechsel damit!«

Charly holte sein Zigarrenetui hervor. »Oh«, meinte er enttäuscht. »Nur noch eine. Hm. Dann teilen wir.« Er zog sein Taschenmesser hervor und schnitt die Zigarre in zwei Hälften, die er anschließend von den zugedrehten Enden befreite.

Während er damit beschäftigt war, schirmte ich meine Augen vor der Sonne ab, um die Straße zu observieren. »Du, wie es aussieht, ist außer uns niemand unterwegs. Vielleicht sollten wir gleich da vorne auf den Feldweg abbiegen, dann können wir ein gutes Stück Weg abkürzen!«

»Warum nicht! Hier!« Er reichte mir einen der Stumpen und steckte sich den anderen in den Mund.

»Jedenfalls ist er ziemlich umtriebig, der Herr Leitner.«, bemerkte er, nachdem er zuerst mir und dann sich selbst Feuer gegeben hatte. »Und er fraternisiert mit Leuten, die seine recht bedenklichen Ansichten teilen. Sklaverei, das ist doch das Hinterletzte! Unabhängig davon, hast du auch den

Eindruck, dass Leitner unserem Engländer den Indianer untergeschoben hat?«

Ich überlegte. »Könnte man so sehen, ja. Aber warum?«

»Vielleicht, weil er glaubte, dass Sir Rupert tatsächlich einem großen Geheimnis auf der Spur ist? Das Tor zur Unterwelt? Die Vril-Kraft? Unsterblichkeit?«

»Jetzt hör' aber auf!« Ich blieb abrupt stehen, um meinen Worten mehr Nachdruck zu verleihen. »Unterwelt! Vril-Kraft! Das sind doch alles völlige Hirngespinste, in die niemand auch nur einen Pfifferling investieren würde!«

»So wie in seltsame Apparate, die Geisterstimmen produzieren, ja?« Er schüttelte amüsiert den Kopf. »Nein, Nik – es gibt eine ganze Menge Leute in dieser Welt, die sich mit Spiritismus und Geheimbündlerei beschäftigen, um Reichtümer oder auch Macht über andere zu erlangen. Das fängt ganz harmlos bei den studentischen Verbindungen an, führt über die Freimaurerei zu den verschlungenen Pfaden des Rosenkreuzertums oder der Theosophie. Du, ich will Frau Blavatsky nichts, sie ist vermutlich eine gutmeinende Person, die nur leider von der Neigung geplagt wird, verstiegene Bücher zu schreiben und Vorträge zu halten, die niemand richtig versteht. Aber einige der Leute, die auf sie hören, wollen mir gar nicht schmecken. Und dazu gehört auch Leitner!« Er zog sein Taschentuch hervor und blieb kurz stehen, um sich die Stirn abzuwischen. »Puh, ist das heiß heute!«

»Allerdings – vielleicht sollten wir kurz am Bahnhof einkehren, um einen Schluck zu trinken! Verhungern ist eine Sache, aber Verdursten ist schlimmer!«

»Mhm«, erwiderte er zerstreut.

»Da lang müssen wir!« Ich deutete auf eine Ausweichbucht am Straßenrand, die in einen breiten Feldweg einmündete.

Er nickte. »Kommt es dir nicht ein bisschen seltsam vor, dass hier nach und nach immer mehr Leute eintreffen, die sich ungemein für deinen Kasten interessieren?«

»Das haben wir wohl eher dieser Teetante Sirpinski zu verdanken!«

»So sieht es auf den ersten Blick aus! Aber findest du es nicht absolut bemerkenswert, dass er sich gar nicht mehr blicken lässt, seit er Elaine bei uns eingeführt hat? Die uns übrigens auf Leitners Geheiß aufgesucht hat, falls du das vergessen hast!«

»Äh – ich verstehe nicht ganz, worauf du hinauswillst?«, fragte ich, obwohl mir bereits dämmerte, was jetzt kommen würde.

Er setzte eine Verschwörermiene auf. »Hast du mitbekommen, was Sir Rupert über diese Versammlung im Bergischen Land erzählt hat?«

»Weitgehend, denke ich.«

»Auch die nebensächliche Anmerkung über eine gewisse Dame?«

»Mh«, machte ich nachdenklich. »Er erwähnte wohl etwas von einer Frau, die eine oberflächliche Ähnlichkeit mit Elaine haben soll. Oder besser gesagt mit der gefälschten Frau May.«

»Erinnere mich nur nicht daran!« Er hob beschwörend die Hände. »Aber so weit stimmt es, was du gerade gesagt hast. Eine Frau, die Elaine ähnlich sieht.«

»Es war wohl als eine Art Kompliment an deine angebliche Gattin gemeint.«

»Nein!« Er schüttelte den Kopf. »Überlege mal – er erwähnte ausdrücklich die Augen. Wie viele Frauen kennst du, die solche Augen haben?«

»Wenige« erwiderte ich ohne langes Nachdenken.

»In Zahlen?«

»Eine. Nicht mehr. Aber ich bin ja noch jung –«

»Quark! Diese eine wohnt, wie es der Zufall will, ausgerechnet in Köln, ja? Dass ich nicht lache!«, rief er.

Ich ließ mir das, was er damit andeuten wollte, noch einmal durch den Kopf gehen. Natürlich war mir bewusst, wie wenig wahrscheinlich es ist, dass in einer Stadt mit nicht mehr als einer Viertelmillion Einwohnern zwei in denselben Kreisen verkehrende Medien leben, die sich ein derart ungewöhnliches körperliches Merkmal teilen. Elaine war durchaus ein doppeltes oder gar dreifaches Spiel zuzutrauen, diesbezüglich machte ich mir keine Illusionen. Fraglich war nur, ob sie im fremden Auftrag unterwegs war oder auf eigene Rechnung?

Als wir den Bahnhof erreichten, hatten wir entschieden, Elaine nicht weiter in das Geschehen einzuweihen.

»Was ist, sollen wir uns ein Bier gönnen?«, fragte ich.

»Von mir aus auch zwei!«

Also bogen wir nach rechts zum Bahnhof ab. Die Tür zur Wartehalle stand zwecks Kühlung weit offen, was aber nicht viel half, da es drinnen garantiert zehn Grad wärmer war als in der prallen Sonne.

Wie der Bahnsteig war auch die Halle menschenleer. Nur in der Budike bemerkten wir einen älteren, hageren Mann in Bahneruniform, der bei unserem Eintreten den Kopf hob, um uns müde anzublicken. Vor ihm auf der Durchreiche lag ein aufgeschlagenes Kolportageheft und mitten auf diesem seine Dienstmütze, die er nun eiligst auf sein Haupt setzte.

Wir grüßten fröhlich, worauf er sich nur etwas Unverständliches in seinen gewaltigen, grauen Schnurrbart murmelte. Ich verübelte ihm seine schlechte Laune nicht mal, da es wirklich unangenehm sein musste, hier die ganze Zeit in der brütenden Hitze zu hocken, obwohl es eigentlich nichts zu tun gab.

»Haben Sie kalte Getränke?«, fragte Charly im freundlichen Plauderton.

Der Beamte nickte träge.

»Auch Bier?«

Wieder ein Nicken.

»Gibt's mehr als eine Sorte?«

Wieder ein Nicken, dem diesmal jedoch notwendigerweise einige Worte folgten: »Hiesiget oder Import.«

»Dann hätten wir gerne zwei vom Hiesigen, bitte!«

»Dauert 'nen Moment, ich muss erss nachfragen, wo dat steht!« Er erhob sich gequält und verschwand durch die Hintertür der Budike, um nach gut drei Minuten mit zwei Flaschen wiederzukommen, die er neben der Durchreiche aufstellte. Dann glotzte er auf eine für uns unsichtbare Stelle an der Wand, um kurz die Lippen zu bewegen, wie es manche Menschen unbewusst machen, wenn sie eine schwierige geistige Aufgabe zu bewältigen haben.

»Dat macht dann zusammen achtzich Pfenniche.«

»Haben die Kollegen Sie im Stich gelassen?«, mutmaßte Charly im freundlichsten Plauderton, während ich das Geld auf die Durchreiche legte.

»Kann man wohl sagen! Die machen heute einen Ausfluch, wegen dem Streckenjubiläum. Und mich haben sie aus Oberhausen hergeschickt, um Vertretung zu machen! War noch nie hier, wie soll ich mich denn da zurechtfinden? Aber dat ist wieder typisch für die Direktion, man muss sich wirklich wundern, dat überhaupt irgendwat von dem geht, wat die sich ausdenken.«

»Tja, dann haben Sie es ja wirklich nicht leicht. Und das bei diesem Wetter!«, erwiderte Charly voller Mitgefühl, bevor er die Flasche an den Mund setzte.

»Da sagen Sie wat«, brummte der Beamte beifällig. »Eine absolute Hunderei iss dat!« Er schirmte seinen Mund mit der Hand ab und flüsterte: »Hör'n Sie mal, als ich eben die Frau vom Vorsteher fruch, wo dat Bier steht, da sacht der Besen doch ganz dreist zu mir: Dat habe ich Sie ja bereits erzählt!«

Charly ließ einen leisen Pfiff hören. »Hat wohl ganz schön Haare auf den Zähnen, die Gute, was?«

Der Beamte machte Glotzaugen und drückte das Kinn auf die Brust, was ihm eine bestechende Ähnlichkeit mit einem Truthahn verlieh. »Dat können Sie aber laut sagen«, brummte er leise. »'Ne Giftkrähe iss dat, wie in den *Fliegenden Blättern*!«

»Schlimm!« Charly leerte seine Flasche bis auf den Grund und ließ ein ziemlich unanständiges Aufstoßen hören. »Sagen Sie mal, das Telegrafenbüro ist heute aber besetzt, ja?«

»Nee«, antwortete er kopfschüttelnd. »Der Telegrafist iss auch auf dem Ausfluch, da werden die Tellegramms wohl bis morgen früh warten müssen. Für sonn Nest, wo höchstens alle drei Tage was eingeht, stellen die doch keien Ersatz ab, dat kann man ja auch verstehen!«

»Ach!«, rief Charly mit enttäuschtem Gesicht. »Das ist aber dumm! Wir erwarten nämlich für heute eine dringende Nachricht, sie müsste längst eingetroffen sein!«

»So'n Pech aber auch!«, bemerkte der Beamte mit traurigem Blick.

»Also ich könnte noch eins vertragen«, meinte Charly und warf mir dabei unbemerkt einen bohrenden Blick zu, der mir wohl bedeuten sollte, dass ich ihn gewähren lassen sollte, statt über die Bierpreise zu meckern.

»Ja, warum nicht«, sagte ich und fragte mich, was er jetzt wieder vorhatte.

»Sie haben doch bestimmt auch Durst?«, fragte Charly den Beamten. »Darf ich Sie auf ein Bouteillechen einladen, um Ihnen die Mühe des Holens zu versüßen?«

»Dat iss aber höchst zuvorkommend von Sie!«, rief der Beamte gerührt.

»Na, dann holen Sie mal drei Flaschen, bitte sehr!«, forderte Charly ihn auf.

»Was hast du eigentlich vor?«, flüsterte ich, als die Tür hinter dem Beamten ins Schloss fiel. »Kaltes Bier bekommen wir auch woanders, nur billiger und besser!«

»Das weiß ich, du Hammel!«, zischte er. »Lass mich machen, der Invest lohnt sich!«

»Na hoffentlich! Noch zwei solche Runden, dann kann der olle Herbert sich von unserem Geld die Glatze vergolden lassen!«

Kurz darauf kehrte der Beamte mit den Flaschen zurück. Auf die Hälse waren eckige Trinkgläser aus dickem Industrieglas gestülpt, wie man sie für dreißig Pfennige das Dutzend im Landhandel kaufen kann.

»Die Vorsteherin fruch mich, wer da sonnen Durst hat, und da hab' ich Sie kurz beschrieben. Sie meinte, das sind bestimmt die Gäste von dem Kapitän, und hat mir die Gläsers hier mitgegeben. War richtich nett!«, erklärte er ziemlich irritiert.

»Ja ja, die Frauen!«, rief Charly fröhlich, während er sein Bier ins Glas sprudeln ließ. »Nie weiß man, wo man bei ihnen dran ist! Na dann Prost!«

»Prost!«, sagten auch der Bahnangestellte und ich.

»Tja, das mit dem Telegramm ist wirklich ärgerlich«, meinte Charly, nachdem er sich den Schaum aus dem Bart gewischt hatte. »Nicht wahr, Professor?«

»Absolut ärgerlich, Doktor!« Ich hatte immer noch keine Vorstellung, was er sich da zusammenplante.

»Iss es für die Herren denn so wichtich?«

»Ungemein wichtig! Mein Gott, jetzt können wir das schöne Geschäft wohl in den Mond schreiben, lieber Professor!«, rief er mit nach oben verdrehten Augen.

»Schlimm«, murmelte ich, weil mir nichts Besseres einfiel. »Ausgesprochen schlimm!«

»Na, dat muss nich' unbedingt sein«, wandte der Eisenbahner ein. Wir könnten ja mal nachsehen, ich hab' ja den Schlüssel! Aber aus dem Automaten kommt et ja nicht so raus, dat man et lesen kann, wenn man nich' Telegrafie gelernt hat.«

»Ja, das ist dumm! Ich hab's leider nicht gelernt«, gab Charly bedauernd zu. »Aber es müsste eigentlich in den frühen Morgenstunden angekommen sein, und wer weiß –

vielleicht hat es der Kollege ja bereits entziffert dort liegen! Andererseits, wenn's nicht entziffert ist ... Hm.«

Er machte ein ziemlich verärgertes Gesicht, weil er diesen Umstand offenbar gänzlich übersehen hatte.

»Kein Problem«, erklärte ich seelenruhig. »Ich verstehe mich ja recht gut auf's Telegrafieren, Doktor.«

»Oh ja!«, rief Charly begeistert und blinzelte mir verschmitzt zu. »Das hatte ich ganz vergessen, Professor! Ja –«, er sah den Beamten an, »– dann könnten wir eigentlich, wenn nichts –«

»Bin sofort bei Sie!« Der Beamte verschwand wieder durch die Tür am hinteren Ende der Budike. Kurz darauf war an der direkt rechts von dem Kiosk liegenden Tür zu hören, wie jemand das Schloss aufsperrte. Kaum hatte er die Wartehalle betreten, da lief er auch schon im direkten Kurs auf die Tür des Telegrafenbüros zu und bedeutete uns mit einer Hand, ihm zu folgen.

»Kommen Sie!«

Wir betraten hinter ihm das Büro und Charly blieb in der Nähe des Fensters mit hinter dem Rücken verschränkten Händen stehen, während der Beamte sich vor dem Tresen aufbaute und den Schreiber des Telegrafen betrachtete.

»Wie erkennt man denn, ob so'n Tellegramm angekommen iss?«, fragte er nach einer Weile.

»Der Papierstreifen dort –«, ich hob meine Hand, um auf den Ausgabestreifen des Schreibers zu deuten, »– er müsste beschrieben sein. Ist's aber nicht. Wo liegen denn die bereits abgefertigten Telegramme ... ach, dort ist es wohl!«

»Ach ja.« Der Beamte nickte und begab sich zu einer Stelle des Tresens, auf dem eine Reihe von Durchschlägen lag, die mit einem Tintenfass beschwert waren.

»An wen isses denn adressiert?«, wollte der Beamte wissen, als er sich über die Durchschläge beugte, um die Adressaten zu entziffern.

»White Buffalo Vermittlungsgesellschaft«, sagte Charly sofort.

Der Beamte stutzte. »Weit –?«

»Geschrieben W-H-I-T-E und dann Buf-Falo, wie man es spricht. Es ist englisch, wissen Sie? Wir arbeiten praktisch nur im Ausland.«

Der Beamte rieb sich die Augen. »Hm.«

»Möglicherweise aber auch an einen unserer Prokuristen oder Handelsvertreter«, fügte Charly seelenruhig hinzu. »Manche Leute können es sich einfach nicht angewöhnen, diesbezüglich eine klare Linie zu fahren, haha! Also, wenn es nicht an die White Buffalo gerichtet ist, dann käme noch Herr Münchmeyer in Frage, Herr Pustet, oder auch Herr –«

»Nicht nötig«, erklärte der Beamte, während er mit spitzen Fingern einen der Durchschläge aus dem dünnen Stapel herauszog. »Hier iss et wohl, *Wiehte Buf-Fah-Loh*. Da steht aber zugestellt drauf – sind Sie sicher, dat Sie dat noch nich' gekriecht haben?«

»Absolut«, bestätigte Charly mit eiserner Miene. »Ich denke mal, dass Ihr Kollege es schon abgefertigt hat, aber eben noch nicht wirklich zugestellt, ja?«

»Womöglich«, brummte der Beamte und hielt Charly den Durchschlag hin. »Hier, nehmen Sie!«

Gut zehn Minuten später hatten wir unser Bier weggeputzt und verabschiedeten uns von dem freundlichen Aushelfer, um ohne verdächtige Hast den Bahnhof zu verlassen und auf der Hauptstraße den Weg Richtung Osten einzuschlagen. Als das Bahnhofsgebäude außer Sicht war, zog Charly den Durchschlag aus seinem Rock und rückte seinen Klemmer zurecht.

»Da bin ich aber gespannt. Also – hm, hm, hm, White Buffalo. Jetzt kommt's: ›GEFAHR IN VERZUG LAUT E STOP APPARAT SICHERSTELLEN STOP SIE HABEN FREIE HAND STOP G D.‹ Das ist alles«

»Teufel!«

»Hä! Du nimmst mir das Wort aus dem Mund. Leitner, White Buffalo und Elaine. Ein schöner Schlamassel ist das – wir haben alle gegen uns, sozusagen. Bis auf Sir Rupert, denke ich. Was meinst du?«

»Ganz deiner Meinung. Er gehört ebenfalls zu den Opfern, genau wie wir. Ich denke mir, dass er Elaine wirklich nicht erkannt hat. Mir fiel nämlich ein, dass sie etwas seltsam auf seinen Auftritt reagiert hat, weißt du noch? Er hat sich dagegen so verhalten, als ob er wirklich geglaubt hat, sie sei deine Ehefrau.«

»Dumme Situation«, murmelte er. »Es ist nicht angenehm, mit einem Menschen unter einem Dach zu leben, dem man nicht mehr vertraut.«

Neue Abgründe

Als wir auf dem Hof eintrafen, liefen wir dem Kapitän über den Weg, der uns mitteilte, dass er sich die Freiheit genommen hatte, »Frau May« zum Mittagessen zu laden. Charly dankte ihm dafür sehr freundlich und machte mit ihm für eine angemessene Zeit Konversation, während ich mir die Frage stellte, womit wir den Hungertod verdient hatten, während sich die Intrigantin satt und ausgeruht darauf vorbereitete, uns weiter in den Rücken zu fallen.

Frecherweise gesellte sie sich zu uns, als wir gegen halb sechs die Schänke aufsuchten, in deren Biergarten wir Sir Rupert näher kennen gelernt hatten. Charly schaffte es irgendwie, in ihrer Gegenwart so unbekümmert und auf seine manchmal etwas fragwürdige Art charmant zu sein, wie ich es mittlerweile von ihm gewohnt war. Worüber ich ehrlich gesagt heilfroh war, da ich spürte, wie sich zwischen ihr und mir eine Barriere des Misstrauens aufzutürmen begann, die es mir nahezu unmöglich machte, mit ihr ein vernünftiges Wort zu wechseln. Ich hatte genug damit zu tun, meine Gefühle in Ordnung zu bringen, Freundschaft in Feindschaft zu wandeln, längst verdorrte Liebe in beginnenden Hass.

Trotz seines Talentes zur Maskerade tat sich auch Charly an diesem Abend damit schwer, sein Misstrauen vor Elaine zu verbergen. Wo er vorher in ähnlichen Situationen stets darum bemüht gewesen war, den Pegel in ihrem Glas ständig auf Gleichstand zu halten, sich als Vorkoster der von ihr bestellten Speisen hervorzutun und vermutlich nicht einmal davor zurückgeschreckt wäre, sie nötigenfalls mit dem Löffel zu füttern, sah er jetzt von derartigen Fisimatenten weitgehend ab.

Nur als es darum ging, die Mittelgräte aus ihrer Forelle zu entfernen, sprang er sofort hilfreich ein. Mit klangvollen Worten über die japanische Kunst des Tranchierens, die er angeblich meisterlich beherrschte. Das Resultat dieses Küchenkunststücks wirkte auf mich etwa, als sei der Fisch von einem Bierkarren überrollt worden.

Vielleicht lag's ja an den Lichtverhältnissen, um die es in diesem Gasthaus wirklich nicht zum Besten bestellt war. Wo man draußen im Freien noch ohne jede Anstrengung das Kleingedruckte eines Schwindelvertrages hätte entziffern können, versuchte im Schankraum eine Phalanx von Öllampen das durch ein einziges kleines Fenster hereinfallende Tageslicht zu unterstützen. Schlauerweise hatte der Wirt die Wände mit einer Sammlung der verschiedenartigsten Spiegel behängt, was die Wirkung der Lichter multiplizierte und durch die suggerierte Weite der sich kaskadierenden Spiegelbilder eine räumliche Weite vortäuschte, die in Wirklichkeit gar nicht vorhanden war. So wirkte die kleine Schänke durch die zahllosen echten und reflektierten Lichter so glanzvoll, dass man die Düsternis nicht mehr ganz so störend wahrnahm.

Trotzdem waren die Lichtverhältnisse so schlecht, dass ein böserer Mensch als ich vielleicht die Hoffnung verspürt hätte, Elaine würde elendig an einer Gräte verrecken. Da sie sich aber gerissenerweise von den Petersilienkartoffeln nährte und vom Fisch nur zwei oder drei winzige Filetstückchen verschlang, die Charly offenbar nicht ausreichend präpariert hatte, passierte nichts dergleichen.

Charly hatte jenes Gericht bestellt, das man in den meisten Teilen Deutschlands als Bauernfrühstück kennt. In diesem Fall bestand das Mahl aus grob geschätzt einem halben Eimer Kartoffeln, die roh gebraten und anschließend mit reichlich Speckstücken und etwa drei Achteln der Tagesausbeute des gasthöflichen Hühnergeleges zu einer Art Auflauf verarbeitet worden waren. Dazu gab es eingelegte Gürkchen und Blumenköhle aus einem gut zwei Liter fassenden Weckglas. Unvorstellbar, dass ein Mensch das alles in sich hineinschlingen könnte!

Von der Hand voll einfacher Gerichte, die der Gasthof zu bieten hatte, wählte ich mutig die Roulade. Bekanntlich kann man diese Fleischrolle mit so ziemlich allem füllen, außer vielleicht Marzipan oder türkischem Honig. Der feine Bürger bevorzugt vielleicht ein Innenleben aus Hackfleisch, Krabben, Leberpâté oder Käse. Die Masse des Volkes verlangt dagegen Speck und – vor allen Dingen – eine Gewürzgurke, die im Inneren der Roulade auf den Esser lauert wie eine Muräne in ihrer unterseeischen Höhle.

Was mir insgesamt ziemlich suspekt klang, sodass ich mich kaum an diese Speise herangewagt hätte, wäre sie mir nicht von Charly wärmstens empfohlen worden. Es entpuppte sich als derbes, überaus sättigendes Gericht von durchaus appetitlichem Bratengeschmack, wozu gewiss auch der schön durchwachsene Speck beitrug. Der Sinn der Gurke ist mir allerdings nie aufgegangen, da sie durch die fortgesetzte Erwärmung und den sie umgebenden Speck geschmacklich eher an den ehrwürdigten Kreideschwamm erinnerte, mit dem wir uns auf dem Karlstädter Gymnasium hinter dem Rücken des Lehrers so gerne bewarfen.

Im Übrigen war die Forelle das einzige Gericht im Angebot, das ohne Sauergemüse serviert wurde, was in mir den Verdacht erweckte, dass sich die Wirtin auf diese Weise ihrer Wintervorräte zu entledigen gedachte. Ich wollte ihr eigentlich den Rat geben, deshalb den Fisch den Gästen einmal *à la Stroganoff* anzubieten, aber Elaine meinte, dass eine derartige Bemerkung unter Umständen nicht auf guten Grund fallen würde.

Als Charly gerade an seiner letzten Gurke knabberte, trat ein neuer Gast durch die weit geöffnete Tür in den Schankraum und sah sich nach einem Platz um. Es war Niggemeyer, der sein übliches penetrantes Grinsen aufsetzte, als er uns erblickte. Die anderen Gäste schien er gar nicht zu kennen, da er niemanden begrüßte und auch von niemandem begrüßt wurde. Nachdem er seinen Strohhut abgelegt und den weißen Spazierstock in den Schirmständer unter der Eichengarderobe gestellt hatte, nickte er uns noch einmal zu und wollte wohl auf den einzigen freien Tisch zugehen, als Charly seine angebissene Gurke hochreckte, um Niggemeyers Aufmerksamkeit zu gewinnen.

»Guten Abend, die Herren und Madame!«, grüßte er, während Charly und ich uns höflich vom Platz erhoben.

»Guten Abend, Herr Niggemeyer!«, sagte Charly lächelnd. »Warum nehmen Sie nicht bei uns Platz, um uns Gesellschaft zu leisten?«

»Aber gerne doch, danke sehr!«, antwortete Niggemeyer und zeigte dabei zwei Drittel seiner Kunstzähne, deren Farbe heute noch künstlicher wirkte als sonst, da sie noch ein wenig weißer strahlten als sein seidener Sommeranzug. Seine obligate Duftwolke breitete sich über den Tisch aus und ich dankte dem Schöpfer, dass ich schon gespeist hatte, da mir das penetrante Parfüm sonst den Appetit genommen hätte.

»Ich darf bekannt machen: meine Gattin, Herr Niggemeyer.«

Der Neuankömmling verbeugte sich kurz und Elaine reichte ihm die Hand zum Kuss. »Sebastian Niggemeyer, habe die Ehre«, säuselte er, um anschließend einen ungebührlichen Schmatzer hören zu lassen.

Sebastian! Der Name brannte sich wie ein glühendes Eisen in meine Gedanken ein. Was hatte Marius noch gesagt? *Wastl aus Regensburg. Nicht der andere von hier ...*

Hatte Niggemeyer nicht bei unserer ersten Begegnung etwas von Regensburg erzählt? Dass er dort studiert habe?

»Die Forelle ist sehr zu empfehlen«, behauptete Charly.

»Aha. Hm.« Er setzte eine qequält wirkende Miene auf.

»Nichts für mich, fürchte ich, Herr Professor. Zu schwer, zu soßig. Die Forelle täte mich wohl reizen, aber dummerweise habe ich gestern schon vorbestellt.«

»Vorbestellt?«, fragte Charly neugierig.

»Ein Steak mit Kartoffeln und Spargel.« Er bewegte den Kopf zur Seite und fügte leise hinzu: »Sehen Sie's, Herr Doktor? Der Wirt hat mich bemerkt und sagt jetzt hinten Bescheid. Das haben wir so verabredet, dass seine Frau mit dem Kochen beginnt, sobald ich hereinkomme. So kann ich mir meine Zeit einteilen, wie ich will, anstatt mich nach der Uhr einer Köchin richten zu müssen. Genial, nicht wahr?«

»Ja«, gab Charly zu, »aber sparsam ist es nicht gerade, so viel müssen Sie doch zugeben.«

»So viel kostet's gar nicht«, antwortete Niggemeyer gelassen. »Wir sind ja nicht in der Stadt. Außerdem komme ich so ein wenig unter Leute.«

»Mir fiel schon auf, dass man Ihnen nur selten begegnet«, behauptete Charly.

»Oh, ich bin immer sehr beschäftigt. Nicht beruflich –«, er stieß ein kurzes, meckerndes Lachen aus, »– nein, das nicht. Aber mein Steckenpferd beansprucht mich doch sehr, wissen Sie?« Er blinzelte erst mich und dann Charly an.

»Steckenpferd, Herr Niggemeyer?«, bemerkte ich.

»Pferderennen«, sagte er nur.

»Ah! Schauen's nur dabei zu, oder wetten Sie auch?«

Niggemeyer setzte ein ausgesprochen wölfisches Grinsen auf. »Zuschauen? Nein, das finde ich wenig unterhaltsam. Das Wetten, darum geht es mir.«

»Dann gehe ich richtig in der Annahme, dass Sie ein System pflegen, ja?«

»Gut erraten, ja! Ich habe in der Tat ein System, und zwar ein todsicheres, das auf wissenschaftlichen Gesetzmäßigkeiten basiert!«

»Hm. Auf Reihenanalysen also?«

Er lachte laut auf. »Nein, Herr May – ich weiß nicht einmal, wovon Sie reden! Mein System ist viel einfacher zu handhaben, und außerdem todsicher! Ganz ohne mathematische Berechnungen funktioniert's, aber wie es genau geht, bleibt mein Geheimnis, dafür haben Sie hoffentlich Verständnis, ja?« Sein Mundwinkel hob sich. »Wissen Sie was? Ich beweise Ihnen sogar, wic todsicher mein System ist! Am Samstag, fünftes Rennen, setzen Sie auf Megalon, Platz vier. Riskieren Sie ruhig fünfzig Mark, warten Sie –«, er griff in seinen Rock und holte eine Hand voll Münzen hervor, aus der er fünf Kronen abzählte, »– ich trage das volle Risiko für Sie, nehmen Sie nur!«

Charly sah seine ausgestreckte Handfläche mit einem Blick kaum verhohlener Verachtung an. »Nein, Herr Niggemeyer.« Seiner Stimme war anzumerken, dass er sich nur mühsam beherrschen konnte. Zwar empfand ich es ebenfalls als ungehörig und peinlich, wie Niggemeyer seinen Reichtum zur Schau trug, hielt Charlys Reaktion aber für reichlich übertrieben.

»Nehmen Sie es uns nicht übel, aber wir werden kein Geld von Ihnen annehmen«, murmelte Charly nach einer kurzen Pause.

Der Wirt stellte ein Glas mit Weißwein vor Niggemeyer auf den Tisch und fragte höflich, ob jemand einen Wunsch hatte, worauf wir drei Kaffee verlangten.

Charly wirkte seltsamerweise wieder ausgesprochen freundlich, als er Niggemeyer fragte: »Sagen Sie mal – es dauert doch bestimmt sehr, sehr lange, ein gutes Wettsystem wie das Ihre zu entwickeln – zehn Jahre, fünfzehn? Da müssen Sie ja schon während Ihrer Studienzeit damit angefangen haben, in Regensburg?«

Niggemeyer schien auf diese Frage nicht vorbereitet zu sein, da er eine Weile brauchte, bevor er mit gekräuselter Stirn vage antwortete: »Ach nein, so lange hat es doch nicht gedauert. Sechs Monate vielleicht.«

»Oh, das ist ganz schön fix! Aber Sie haben sich vorher schon für's Pferderennen interessiert, ja?«

»Schon«, gab Niggemeyer zu. »Bin eigentlich regelmäßig auf dem Rennplatz, seit ich alt genug bin, um einen Wettschein abgeben zu dürfen, haha!«

»Tja«, meinte Charly, während er sich mit schwärmerischem Blick nach vorn beugte, »die Pferdchen haben schon so manchen in ihren Bann geschlagen. Gerade in Regensburg ... ich meine, das ist ja nun einmal ein Ort, wo es jeden Wettfreund gerne hinzieht! Weißt du noch, Liebes –«, er sah kurz Elaine über die Schulter an, »– wir haben nämlich unsere Hochzeitsreise nach Bayern gemacht, wissen Sie? Und Regensburg hat uns beiden ausgezeichnet gefallen, nicht wahr, mein Herz?«

»Ja«, sagte Elaine trocken, die sich genau wie ich zu fragen schien, was Charly mit diesem Spiel bezweckte. »Ganz ausgezeichnet, wirklich.«

»Ach ja«, seufzte Charly. »Lang ist's her, bald schon zwanzig Jahre, nicht wahr?«

Diesmal sagte Elaine nichts, aber Niggemeyer bedachte sie mit einem bewundernden Blick, weil er diese junge Frau gewiss weit jünger eingeschätzt hätte, als es aus Charlys Bemerkung hervorging.

»Ich gebe zu, wir haben damals sogar ein Spielchen gewagt, weißt du noch, Liebes? Einen Taler haben wir riskiert, nicht mehr – und stellen Sie sich vor, Herr Niggemeyer, wir haben gewonnen! *Iltschi* hieß der Gaul, ein herrlicher Rappe! Auf Sieg haben wir gesetzt, weil wir gar nicht wussten, wie man es anders macht, haha! Aber stellen Sie sich vor, was wir für Gesichter gemacht haben, als er wirklich als Erster durch's Ziel ging! Sieben Taler hat man uns ausbezahlt, das war für uns Jungvermählte viel Geld, glauben Sie's mir! Damit sind wir erst mal über die Straße in diesen schönen Biergarten, wo sich die ganzen Studenten immer versammeln. Jeder geht dorthin, weil's der preiswerteste und gepflegteste Gasthof in Regensburg ist. Zum ... zum ... ach!« Er schlug leise mit der Faust auf den Tisch. »Jetzt ist's mir doch wirklich entfallen! Wissen Sie's noch?« Er tippte sich an den Kopf und sah Niggemeyer hoffnungsfroh an.

»Ist ... ist mir ebenfalls entfallen«, erwiderte der Gefragte.

Er wollte wohl noch etwas sagen, als Charly einen Finger erhob und rief: »Ich hab's! Zum *Geldbriefträger*, so hieß es. *Geldbriefträger von Ninive*, genau – jetzt hab' ich's zusammen! Richtig?«

»Ach ja, so hieß es. Genau«, antwortete Niggemeyer nach einer Sekunde des Zweifels.

Charly drohte schelmisch mit dem Zeigefinger. »Aber so hieß diese Lokalität nur bei den Herren Studenten, jawohl! Der Wirt hat sich darüber immer aufgeregt, weil sein Gasthof ja so hieß wie er –« Wieder fasste er sich an den Kopf »Wie hieß er noch ... Ich hab's – Otto Oberzängle, ein wirkliches Original, weißt du noch, Emma? Frage mich, ob er noch lebt?« Wieder sah er Niggemeyer fragend an.

»Äh – ich weiß es nicht genau«, gab Niggemeyer zu. »Habe ja vor fünf Jahren meine Zelte dort abgebrochen. Keine Ahnung, ob er noch lebt.«

»Ah ja. Schade. Na, der alte Oberzängle war ja auch schon fast neunzig Jahre alt, da ist's doch eher unwahrscheinlich, dass Sie ihn noch gekannt haben, junger Mann«, plapperte Charly, während er löffelweise Zucker in seinen Kaffee schaufelte.

Kurz danach begaben wir uns auf den Heimweg. Als wir auf den Hof der Kohlers einbogen, räusperte sich Charly vernehmlich und meinte laut: »Nik, wenn ich dir bei den Einstellungen an deinem Apparat helfen soll, dann sollten wir sofort tätig werden, da ich heute Nacht noch viel zu schreiben habe! Bin mächtig im Rückstand mit meinem Pensum, und die Verleger steigen bestimmt schon meiner Frau auf's Dach, weil die Lieferungen ausbleiben!«

Ich drehte mich zu ihm herum und versuchte, in der Dunkelheit seinen Gesichtsausdruck einzuschätzen. Im schwachen Mondlicht wirkte er bleich und fast puppenhaft ruhig, aber in seinen Augen lagen Unruhe und eine Ernsthaftigkeit, die ich bislang nicht von ihm kannte.

»Ja, da hast du Recht«, erwiderte ich, obwohl wir etwas Derartiges gar nicht besprochen hatten. Offenbar wollte er auf diese Weise Elaine loswerden, da er mir etwas Bedeutendes mitzuteilen hatte. »Am besten gehen wir direkt in die Werkstatt.«

»Ohne mich«, verkündete Elaine. »Ich weiß ehrlich gesagt nicht, wie ihr mit so wenig Schlaf auskommen könnt. Viel Spaß noch und gute Nacht, ihr zwei – ich gehe zu Bett.«

Als Charly die Werkstatttür hinter sich zugezogen hatte, legte er einen Finger auf seine Lippen und lauschte, während ich das elektrische Licht einschaltete und zwei Stühle aus dem Durcheinander heraussuchte, um sie in die Nähe der Werkbank zu schaffen.

»Achte darauf, leise zu sprechen«, raunte er schließlich. »Man kann nie wissen, ob sie sich nicht doch wieder herunterschleicht, um uns auszuspionieren!«

»Da gebe ich dir Recht«, entgegnete ich ebenso leise. »Obwohl es meiner Ansicht nach nichts auszuspionieren gibt. Was nutzt es ihr denn, zu wissen, dass wir wissen, was sie weiß?«

»Weiß nicht«, antwortete er, während er sich auf einen der beiden Stühle setzte. »Zigarre?«

»Gerne. Was hat dich eigentlich auf die Idee gebracht, diesen unangenehmen Menschen an unseren Tisch zu laden?«

Er dachte einen Augenblick über diese Frage nach und lachte dann leise auf. »Was mich darauf gebracht hat, fragst du? Nun, ich denke, dass es der Wastl war!«

»Wastl? Du meinst Marius, ja?«

»Auch. Oder eigentlich«, bestätigte er mit einem rätselhaften Lächeln, während er mit dem Messer die Zigarren köpfte und mir eine davon reichte.

»Sag mal, du machst dich nicht über mich lustig, oder?«, fragte ich misstrauisch.

Er schüttelte seinen Kopf. »Oh nein. Für lustig bin ich gar nicht aufgelegt. Im Gegenteil. Ich habe eine Stinkwut.«

»Auf wen? Elaine?«

»Elaine?« Er machte ein glucksendes Geräusch. »Vergiss Elaine. Es hat gar nichts mit ihr zu tun. Es geht um Sebastian Niggemeyer.«

»Sagtest du nicht eben noch, es ginge um Marius?«

»Ja«, sagte er nur.

»Verzeihung, liegt darin nicht ein Widerspruch?«

»Absolut nicht. Der, den du als Niggemeyer kennst, ist nämlich gar nicht Niggemeyer. Und Marius ist nicht Marius, sondern Wastl, wie ich es bereits vermutet habe.«

»Äh ...« Es dauerte eine Sekunde, bis ich mich davon überzeugen konnte, dass ich die eigentliche Bedeutung seiner konfusen Erklärung durchaus erfasst hatte. »Du meinst, dass Niggemeyer – der Fatzke, den meine ich – in Wirklichkeit ...« Ich war so verblüfft, dass mir keine Worte einfielen, um diese seltsame Vertauschung zu umschreiben.

Er nickte. »Du hast es erfasst, Marius ist in Wirklichkeit Sebastian Niggemeyer. Sebastian ist Wastl. Und der Fatzke ist ganz jemand anders.« Er streckte mir die geöffneten Hände entgegen. »Wer, das weiß ich nicht. Leider.«

»Hm.« Ich zog an der Zigarre, eine von der süßlichen Sorte. »Ich dachte eigentlich, er versucht, Niggemeyer nachzueifern. Ein Rollenspiel, wenn du so willst.«

»Hä! Ich –«

Bevor er fortfahren konnte, hob ich warnend meine Hand. »Psst!«

»Oh ja. Entschuldige«, meinte er mit deutlich leiserer Stimme. »Das dachte ich auch, als er uns von Wastl und seinem Goldschatz erzählte. Aber irgendwas erschien mir daran unstimmig, da er Regensburg erwähnte, du erinnerst dich? Nun, woher sollte er wissen, dass Niggemeyer in dieser Stadt studiert hat?«

»Hm. Von Niggemeyer selbst, denke ich. Er bindet es ja jedem auf die Nase, dem er begegnet.«

»Mag sein. Aber das ist doch nicht das, was man einem geistig zurückgebliebenen Menschen auf die Nase bindet.«

Er räusperte sich. »Verflixt, habe ich einen trockenen Hals!«

Ich deutete auf den Unterschrank am Ende der Werkbank. »Da steht ein Karton Champagner. Wollte mich damit für meine technischen Fortschritte belohnen, haha! Aber mangels derer können wir ihn auch so trinken.«

»Haben wir passende Gläser im Haus?«, fragte Charly.

»Nicht, dass ich wüsste. Aber wir können ihn auch aus der Flasche trinken, das passt recht gut zur vertrackten Situation.« Ich nickte ihm zu. »Ja, genau – trinken wir ihn ruhig direkt aus der Bouteille. Er ist ohnehin zu warm.«

Er stand auf und ging zu dem Schrank.

»Hui!«, machte er leise, als er das Etikett betrachtete. »Der ist ja richtig echt!«

»Natürlich«, entgegnete ich.

Er sah mich über den Rand seines Klemmers fragend an. »Kostenpunkt?«

»Neun Mark, wenn ich mich recht erinnere.«

»Hm. Unglaublich. Ich habe schon von weniger eine ganze Woche lang gelebt! Meinst du nicht, wir sollten doch Gläser ...?«

»Vergiss es! Geld ist Dreck, und wo es herkommt, ist noch mehr Geld. Du musst den Drahtzopf dort vom Flaschenhals abbiegen und auseinander drehen.«

»Erzähle mir was Neues! Ich bin auch nicht vom Lande, weißt du?« Er machte sich an dem Drahtverschluss zu schaffen. »So, jetzt ist sie los und nun kommt der Korken ...«

Pfump! Der Korken sauste aus dem Flaschenhals und prallte an der Decke ab, um in einer ballistischen Kurve irgendwo am anderen Ende des Raumes zu Boden zu gehen.

»Oh verdammt! Oh verdammt!« Charly stand so hilflos mit der wie verrückt übersprudelnden Flasche da, dass ich einfach drauflos lachen musste.

»Tut mir Leid, Charly«, prustete ich, »du machst wirklich eine köstliche Figur!«

»Hä! Dir sind meine Zigarren wohl zu sehr in den Kopf gestiegen, ja? Woher konnte ich das ahnen – das Zeug schäumt weit mehr als deutscher Sekt!«, entgegnete er halb wütend, halb belustigt.

»Was nicht ist, kann noch werden! Ich zeige es dir bei der nächsten Flasche, hihi!«

Er gab mir die Flasche und ich zog zwei Taschentücher hervor, eines für Charly und das andere für die Flasche.

»Wir sollten wieder etwas leiser sein«, schlug ich vor, während ich die Flasche abtrocknete. »Du wolltest mir gerade erzählen, wieso du an deiner gefühlsmäßigen Überzeugung festhältst, Marius sei der echte Niggemeyer!«

»Oh ja. Der Goldschatz – Marius oder Wastl behauptete ja, einst reich gewesen zu sein. Niggemeyer ist reich. Niggemeyer heißt Sebastian, was man in Bayern zu Wastl abkürzt – das wusste ich, weil ich schon mal was geschrieben habe, was in Bayern spielt. Aber Sebastian lässt sich nicht Wastl rufen und außerhalb Bayerns käme wohl auch niemand auf die Idee, ihn so anzureden.«

»Außer dem Kapitän, dem traue ich so was zu, zumal er weit herumgekommen ist!«

»Hä! Auf dem Rhein vielleicht, hihi.«

Ich reichte ihm die Flasche.

»Hm.« Er setzte sie an den Hals und trank einen tiefen Schluck. »Ist wirklich viel zu warm. Aber nicht schlecht.« Er gab mir die Flasche zurück und fuhr fort: »Als ich ihn an den Tisch gebeten habe, ging es mir natürlich darum, meinen Verdacht zu untermauern. Also habe ich ihn auf den Leim geführt.«

»Mit der Geschichte über die Rennbahn, ja?«

»Genau. Ich weiß nicht mal, ob Regensburg wirklich eine Pferderennbahn hat. Aber ich bin mir absolut sicher, dass es dort kein Gasthaus mit dem Namen *Geldbriefträger von Ninive* gibt. Weißt du, warum?«

»Nein. Keine Ahnung. Sag's mir!«

»Weil der Name eine blödsinnige Erfindung meiner selbst ist, deswegen!« Er lehnte sich mit einem triumphalen Grinsen nach vorn. »Irgendwann im letzten Jahr erhielt ich ein kleines Honorar von einem Verleger, der eine geradezu katastrophale Handschrift hat. Das Geld kam per Briefträger, kein vernünftiger Absender, nur ein Beizettel, der eine nahezu unleserliche Notiz enthielt. Darunter eine so missgestaltete Unterschrift, die sich las wie *Ninive*. Meine Frau fragte, von wem der Geldbriefträger geschickt worden sei, und ich sagte nur, von *Ninive*. Na, das fanden wir beide so lustig, dass es mir nicht mehr aus dem Kopf gehen wollte. Vielleicht verwende ich es eines Tages in einer Geschichte, aber es hat ja schon gute Dienste geleistet!«

»Ah, jetzt verstehe ich! Den Gasthof gibt es also nicht. Und den Wirt ...«

»Auch nicht! Der Name ist frei erfunden!«

»Mit anderen Worten, Niggemeyer war nie in Regensburg – aber was heißt das schon bei einem Angeber wie ihm?«

Er seufzte tief. »Nik! Ich gebe ja zu, dass ich keine wirklich schlüssigen Beweise habe. Aber es gibt da einige grobe Unstimmigkeiten, die mich nachdenklich machen. Erinnerst du dich, was der Kapitän neulich über Niggemeyers Onkel erzählt hat? Er muss ein Geizhals der übelsten Sorte gewesen sein. Hat aber erfolgreich spekuliert, hauptsächlich wohl mit Kriegsanleihen. Vermutlich im Sezessionskrieg, da haben sich viele daran gesundgestoßen, weil das Ergebnis ja von vorneherein feststand. Also, sein Generalerbe ist Sebastian Niggemeyer, genannt Wastl. Student und Habenichts. Erhält einen Brief vom Anwalt, schreit laut Juchhu!, weil der Onkel tot und aus dem Habenichts einer geworden ist, der jede Menge hat. Vermutlich hat der Anwalt ihm Reisegeld geschickt, zweiter Klasse, und ein Handgeld obendrauf, das wäre nahe liegend. Also, was hättest du mit dem Geld gemacht, als Student und Erbe?«

»Ich?« Ich überlegte einige Sekunden lang. »Nun, ich hätte dem Anwalt telegrafiert, um den Zuschlag für die erste Klasse nachzufordern, denke ich.«

Er klappte den Mund auf und starrte mich zweifelnd an.

»War nur ein Witz!«, sagte ich beschwichtigend.

»Hä! Will's hoffen! Nein, ich könnte mir denken, dass er überlegt hat, erst mal von dem Geld seinen Kommilitonen einen Ausstand zu geben und anschließend dritter Klasse zu fahren, um's wieder auszugleichen.«

»Gut möglich«, gab ich zu.

»Nun, jetzt überlege mal – Alkohol macht bekanntlich geschwätzig, und die Kumpanen wollen ja auch wissen, wieso er die Zelte abbricht. Einziger Erbe, niemand kennt sein Gesicht – aha! Und einer von denen fasst einen bösen Plan – er fährt heimlich im selben Zug mit, schaltet ihn in einem unbeobachteten Moment aus, bemächtigt sich seiner Papiere ...« Er sah mich mit glänzenden Augen an. »Na, was hältst du davon?«

»Puh! Schwer zu sagen. Für einen deiner Romane reicht es gut hin, aber versuche doch bitte mal, es Senftleben zu erzählen. Außerdem ist der eine oder andere Schnitzer daran!«

»Welcher?«, fragte er missmutig.

»Wieso ist er hier geblieben, auch als klar war, dass sein Opfer die Sache überlebt hat?«, fragte ich ihn zunächst. »Jeder halbwegs vernünftige Mensch hätte sich das Geld geschnappt und wäre auf und davon – am besten ins Ausland, am besten nach Amerika, dem Lieblingsziel flüchtiger Raubmörder!«

»Oh ja, oh ja. Ich sehe, was du meinst.« Er wirkte plötzlich etwas geknickt. »Nik, ich habe auch schon hin und her überlegt. Die Sache geht nicht logisch auf, zugegeben, was zunächst nahe zu legen scheint, dass ich dringend irrenärztlichen Beistand in Anspruch nehmen sollte! Wenn nur nicht dieses Gefühl der Überzeugung wäre – nackte Überzeugung, dass es trotz der offenen Fragen so ist, wie ich glaube ...«

»Müsste ich drüber nachdenken!« Ich stand auf und ging zu dem Unterschrank, um eine neue Bouteille zu holen. »Hier, pass auf, Charly – ich zeige dir, wie es geht! Du musst einfach die Hand darüber legen und die Flasche hinten stützen, auf dem Tisch hier oder notfalls auch mit dem Knie, damit das Gas nicht die Flasche wegdrückt statt des Korkens. Die Kraft geht ja bekanntlich in beide Richtungen – *actio et reactio!*«

Und wieder machte es *pfump!*

Charly wollte sich gar nicht mehr beruhigen vor Lachen, während ich mit durchtränktem Hemd und nassen Händen dort stand und versuchte, den Korken wieder in die Flasche zurückzupressen, obwohl ich genau wusste, dass dies bei gutem, nicht verschaltem Champagner niemals funktioniert.

Dann lächelte mich Charly versonnen an. »Die Welt spielt völlig verrückt! Da sitzen wir in einem Laboratorium für Geisterstimmen, das erst in der letzten Nacht von einem Indianerüberfall verwüstet wurde, und trinken lauwarmen Schampus direkt aus der Flasche für neun Mark pro Stück – oder eigentlich sind's sogar achtzehn, da wir ja immer die Hälfte verkippen! Und über uns schnarcht ein verräterisches Weib, die einmal deine Geliebte war und jetzt mein Weib sein soll, wodurch ich – vor allen Menschen! – in gewissem Sinne zum Bigamisten geworden bin!«

Ich grinste zurück. »Ob unser Leben jemals wieder so sein wird, wie es war?«

»Hoffentlich nicht!«, lachte er. »Hoffentlich nicht. Nicht so bald jedenfalls. Vielleicht sollten wir die Dinge einfach auf sich beruhen lassen, um uns diesen Augenblick des ...

des Mysteriums nicht zu verderben. Wir ekeln Elaine raus, sagen Leitner ab und vergessen die ganze Geschichte. Was sagst du dazu?«

»Oh, das wird nicht so einfach gehen«, sagte ich nachdenklich. »Ich meine immer, was man angefangen hat, sollte man auch zu Ende bringen. Guck mal, wir sind Leitner noch eine Vorführung des Kastens schuldig, er hat ja dafür bezahlt! Selbst wenn er wirklich den Indianer auf uns gehetzt hat, um den Apparat –«

»Was ist, wenn er's nochmals versucht?«

»Ach, mit dem werden wir doch spielend fertig! Solange ihm White Buffalo nicht zur Seite steht ...«

»Das ist allerdings wahr. Aber was ist, wenn er auf andere Weise versucht, in den Besitz des Apparates zu kommen?«

»Wie meinen?«

»Was ist, wenn er dir ein Kaufangebot macht?«

»Das wird ihm nichts einbringen, da ich den Apparat schon Sir Rupert versprochen habe. Eigentlich gehört er ihm schon, da er ihn schon mit einem netten Sümmchen anbezahlt hat, wie du dich gewiss erinnerst?«

»Das nette Sümmchen, wie du es nennst, hat er aber wieder eingestrichen!«

»Nur als Darlehen! Vertrag ist aber Vertrag, und daran werde ich mich halten. Aber warte mal –«, mir war ein Gedanke gekommen, »– vielleicht sollten wir Sir Rupert ebenfalls einladen?«

»Warum?«

»Nur um klarzustellen, dass der Apparat wirklich verkauft ist und Leitner nur im Rahmen dessen, was wir mit ihm in Köln ausgehandelt haben, vorübergehend zu Diensten steht.«

»Ja, das ist nicht dumm. Und wann?«

»Am Samstag, denke ich.«

»Samstag?« Er rieb sich nachdenklich das Kinn. »Das würde mir gut passen.«

»Wieso?«

»Weil ich allmählich meine Heimreise planen muss.« Er räusperte sich. »Kann ja nicht monatelang Ferien machen.«

»Äh, kommst du mit deiner Arbeit nicht voran?«, fragte ich vorsichtig.

Charly schüttelte seinen Kopf. »Im Gegenteil! Ich komme ausgezeichnet voran, besser als ich es zu Hause vollbringen könnte, wo ich nicht die Ruhe finde, um konsequent durchzuarbeiten.«

»Aber ...«, sagte ich nach einer Weile des Schweigens, um ihm mehr zu entlocken.

»Nichts aber«, entgegnete er ein wenig barsch. »Muss zurück. Ist einfach so.«

Aha. Ich hatte schon eine ganze Weile überlegt, ob ich ihn direkt darauf ansprechen sollte, was mit seiner Frau war. Ich war überzeugt davon, dass Charly gern länger geblieben wäre. Ganz anders als der *Karl May* in ihm ... den drängte es, zum heimischen Herd zurückzukehren und natürlich zu seinem Eheweib. Mays Ehefrau, wohlgemerkt. Und da jener Herr May nun einmal nur ein flüchtiger Bekannter von mir war, sprach ich mir nicht das Recht zu, meine Nase in seine ehelichen Belange zu stecken.

Bevor wir uns zur Ruhe begaben, einigten wir uns auf Charlys Vorschlag, das Telegramm an Leitner erst Freitag in der Früh abzuschicken, sodass diesem kaum noch eine Gelegenheit blieb, sich bei uns zwecks Vereinbarung einer Terminverschiebung zu melden. Was natürlich den Nachteil hatte, dass wir von ihm auch keine Bestätigung vorab erhalten würden. Wir waren aber davon überzeugt, dass der Geladene auf jeden Fall kommen würde. Trotzdem nahm Charly mir aber den heiligen Schwur ab, ihn mittels Brief über den weiteren Verlauf der Dinge in Kenntnis zu setzen, falls sich Leitner wider Erwarten erst nach seiner Abreise einfinden würde.

Der Knoten löst sich

Der Rest der Woche verlief recht ereignislos, da ich intensiv experimentierte, während sich Charly fast ganztägig auf sein Zimmer zurückzog, um zu schreiben. Nur selten saßen wir zusammen in der Werkstatt und soweit es Elaine betraf, sahen wir diese eigentlich nur während der Mahlzeiten. Tagsüber traf sie sich meist mit Frau Kohler, um dieser ein wenig im Garten zu helfen, wofür sie sich eigens im nächsten Dorf ein billiges, blaues Kattunkleid nebst einem schmucklosen Strohhut mit breiter Krempe gekauft hatte. Zweimal verbrachte sie sogar den Abend im Zirkel der Landfrauen, in den sie Frau Kohler eingeführt hatte. Es sollte ein ewiges Geheimnis bleiben, ob sie sich den Abend dort mit christlichen Gesängen, romantisch-naturalistischen Deklamationen oder gar dem Spitzenklöppeln vertrieb, aber ihr geheucheltes Interesse wirkte offenbar echt genug, um die ländlichen Frauen vollends zu überzeugen. Denn Frau Kohler erzählte Charly nebenbei, dass man »Emma May« im Dorf als sehr angenehme Person empfand. Charly bemerkte dazu, dass man eigentlich mit dem Knüppel dazwischengehen müsse, um diese Pervertierung des niederrheinischen Kodex zu beenden.

Aber soweit war Elaines Gegenwart der einzige unerfreuliche Umstand in einer ansonsten äußerst produktiven Phase. Charly gelang es, sein Schreibpensum zu verdoppeln, sodass er schon am Mittwoch weit über sein Soll hinaus war.

Ich selbst hatte die Arbeiten an meinem Apparat zur Seite gelegt, um mich wieder voll und ganz einem weniger unheimlichen, aber weitaus gewinnbringenderen Problem zuzuwenden, namentlich dem des bürstenlosen Wechselstrommotors. In weniger als vier Tagen war es mir gelungen, die wesentlichsten Fragen dieses Themas zu lösen und ein Konzept zu entwickeln, das bisherige Theorien völlig auf den Kopf stellte. Bislang hatte ich mir von erfahrenen Ingenieuren und Professoren oft genug anhören müssen, dass meine Idee eines bürstenlosen Motors völlig unwissenschaftlich sei, da eine solche Konstruktion einem *Perpetuum mobile* gleichkäme. Doch was ich jetzt erdacht hatte, war keineswegs eine Wundermaschine und sollte viele Jahre später von Wissenschaftlern und Historikern als meine genialste und wichtigste Erfindung bezeichnet werden.

Wobei ich erwähnen muss, dass mich ein derartiger Lobgesang eher verärgert als mit Befriedigung erfüllt. Man erhält doch leicht den Eindruck, dass sich meine Schaffenskraft mit dieser Erfindung vollständig erschöpft hat.

Richtiger wäre es, den neuen Motor als wichtigen Schritt in meiner persönlichen Entwicklung anzusehen, da seine Erfindung mich dazu veranlasste, meine Auswanderungspläne konzentriert voranzutreiben. Das alte Europa war zu langsam geworden für mein eigenes Voranschreiten. Meine Zukunft lag jenseits des Atlantik, wo es vom Pioniergeist beseelte Investoren gab, die bereit waren, gewisse Risiken auf sich zu nehmen. Kein anderes Land dieser Welt war mehr auf Fortschritt bedacht. Und kein Mensch auf der Welt würde mehr Verständnis für die Bedeutung meines Induktionsmotors haben wie der Amerikaner Thomas Alva Edison – dachte ich. Jahre später sollte ich miterleben, wie dieser große Mann durch Eigensucht und Engstirnigkeit zu meinem größten Widersacher wurde. Aber damals verehrte ich ihn glühend und muss ihm bis heute dafür dankbar sein, dass er mich dazu bewegte, Europa den Rücken zuzukehren.

Leider kannte ich damals niemanden, der über die Beziehungen verfügte, mich mit Mr. Edison bekannt zu machen. Natürlich hätte ich meine Anstellung als Ingenieur beim Budapester Amt für Telegrafie kündigen können, um mithilfe meiner Ersparnisse und dem Geld von Sir Rupert einen Neubeginn in Amerika zu wagen. Aber die Aussicht, dass das Geld nur allzu bald verbraucht sein würde, ohne näher an Edison herangekommen zu sein, wollte mir nicht gefallen. Hier in Europa hatte ich durch gute, fleißige Arbeit bereits den Sockel meines späteren Erfolgs errichtet. Ich entschied daher, für beschränkte Zeit eine Anstellung bei der Continental Edison Company in Paris anzunehmen, weil ich dies als den einfachsten Weg erachtete, mir eine Empfehlung an den Begründer dieser Firma zu verschaffen. Und den Weg in die Belegschaft der französischen Niederlassung der Edison Company wollte ich mir von Eusebius Scholz erleichtern lassen, dem ich ja noch eine Antwort auf seinen freundlichen Dankesbrief schuldig war.

Am Donnerstag schlug das Wetter erneut ins Tropische um, wobei wir diesmal noch stärker unter der feuchten Hitze zu leiden hatten. Fatalistisch nahm ich dies als Anlass hin, mich von meiner Arbeit abzuwenden und besagten Brief an Eusebius Scholz aufzusetzen, in dem ich ihn um eine entsprechende Empfehlung bat. Trotz des Wetters kam ich recht gut voran und begann nach getaner Schreibarbeit, mich näher mit dem Sommerkatalog einer belgischen Pralinenfabrik zu befassen, als ich aus der Hausdiele ein Geräusch hörte, welches unverkennbar anzeigte, dass jemand versuchte, einen Briefumschlag durch den Türschlitz zu schieben.

So wichtig kann das nicht sein, dachte ich mir und blätterte weiter den Katalog durch, was gut eine halbe Stunde in Anspruch nahm. Danach sah ich mich nach einer anderen Lektüre um, fand in meiner Reichweite jedoch nur das höchst langweilige Vorlesungsverzeichnis der Pariser Akademie. Seufzend erhob ich mich, um den Brief von der Tür zu holen.

»Auch einen Eistee, Nik?«, fragte Charly, der nur mit einem weißleinenen Hemd bekleidet am Küchentisch stand und mit Beitel und Hammer einen monströsen Eisblock in kleine Stücke zerteilte, den der Eismann gegen Mittag vorbeigebracht hatte.

Tock. Tock. Tock.

»Ja, bitte!«, sagte ich im Vorbeigehen. »Komme sofort, jemand hat einen Brief unter der Tür durchgeschoben!«

»Einen Brief?«, rief er hinter mir her.

»Ja«, antwortete ich, während ich den angenehm kühlen Kachelboden der Diele unter meinen nackten Fußsohlen spürte. Aus dem Türschlitz ragte ein weißes Stück Papier hervor, offenbar eine Ecke eines Briefes, der aber zu dick war, um ihn ganz zu mir hereinzuziehen, ohne ihn dabei zu beschädigen.

Mir blieb also nichts übrig, als das Problem von der anderen Seite der Haustür in Angriff zu nehmen. Ich öffnete die Tür zunächst nur ein winziges Stück, um mich dessen zu vergewissern, dass dort niemand und vor allem kein Weibsvolk herumstand, das an einem Mann Anstoß nehmen könnte, der nichts trug außer einem nur höchst nachlässig geknöpften Morgenrock. Nachdem mich ein genauer Blick davon überzeugt hatte, dass der Hof bis auf ein paar von der Hitze ermattete Hühner unbevölkert war, ging ich blitzschnell in die Hocke und nahm den Umschlag an mich, während ich mich bereits wieder zur Hälfte in die Diele zurückgezogen hatte.

»Nun, was ist es?«, fragte Charly zwischen zwei mächtigen Hammerschlägen, als ich mit dem aufgerissenen Umschlag wieder die Küche betrat.

Tock. Tock. Splisch ... Der Eisblock zerbrach in zwei Hälften, von denen sich Charly nun eine vornahm, um sie weiter zu zerkleinern.

»Ein Brief von Herrn Niggemeyer«, antwortete ich. »Er schickt die fünf Kronen, die wir neulich nicht von ihm annehmen wollten.«

Charly ließ den Hammer für einen Augenblick ruhen. »Unglaublich! Liegt ein Anschreiben dabei?«

»Jawohl, es hat allerdings etwas unter der Feuchtigkeit gelitten. Er schreibt, dass wir es doch auf jeden Fall mit der Wette versuchen sollen, damit wir sehen, dass sein System funktioniert. Wenn wir gewinnen, will er die Hälfte vom Reibach.«

»Reibach? Schreibt er das so?«

Tock.

»Nein. Er drückt sich natürlich gewählter aus. Wetterlös. Himmel, selbst der Brief stinkt nach Kölnisch Wasser.«

Tock. Tock. Tock.

»Und was passiert mit dem Geld, wenn sein System nichts taugt?«

»Das schreibt er nicht, also gehe ich davon aus, dass er es in diesem Fall nicht wiederhaben will.«

Tock. Tock. Splisch! Wieder teilte sich der Block, wobei die verbleibenden Hälften immer noch größer waren als der Kopf eines erwachsenen Menschen.

»Gut«, entgegnete er grimmig. »Dann können wir davon noch mehr Eis kaufen.«

Tock. Tock. Tock.

In der folgenden Nacht regnete es sich zwar immer noch nicht richtig ab, aber dafür trat ein leichter Westwind auf, der den schwülen Dunst so weit zerstäubte, dass man wieder zu atmen vermochte. Früh am Freitagmorgen spazierten Charly und ich zum Bahnhof, wobei wir unterwegs den eigentlichen Wortlaut des Telegramms festlegten, mit dem wir Leitner dazu bringen wollten, uns am nächsten Tag aufzusuchen.

Als ich bereits den Kies des Bahnhofsplatzes betreten hatte, hörte ich hinter meinem Rücken, wie Charly »Warte mal!« rief.

Ich drehte mich um und sah, dass er mit angespannter Miene die neben der Tür des Wartesaals angeschlagenen Notizen studierte.

»Was gibt's denn noch?«, fragte ich ungeduldig.

»Das solltest du dir unbedingt ansehen!«, erwiderte er, nachdem er sich zu mir herumgedreht hatte und mich nun mit einem merkwürdigen Gesichtsausdruck ansah.

Ich begab mich zu ihm und sah auf den Zettel, auf den er seinen Zeigefinger gerichtet hatte. Es war einer von insgesamt fünf Steckbriefen, die zur Mehrzahl so vergilbt und verwittert waren, dass man kaum mehr auf ihren Erfolg hoffen durfte. Nur zwei waren neueren Datums, darunter derjenige, der auf Rosmann ausgestellt war. Charly deutete jedoch auf den anderen, auf dem neben anderem zu lesen stand:

... wird Roland Schonnekes, vormals Lehrer aus Jüchen, danach Jahrmarktsringer, vorbestraft wegen Unterschlagung, wegen fortgesetzten Betrugs in mehreren Fällen, Einbruchdiebstahl und schwerer Körperverletzung sowie Widersetzung gegen die Zivilarretierung. Letzter bekannter Aufenthaltsort ist der nordwestliche Niederrhein im Gebiet zwischen Hamminkeln und Mehr. Der Gesuchte reist unter verschiedentlichen falschen Namen, bevorzugt als nordamerikanischer Indianer mit dem falschen Namen »John White Buffalo«. Die Bevölkerung ist aufgefordert, sein Auftreten zu melden, vor dem Versuch der Zivilarretierung wird ausdrücklich gewarnt, da der Gesuchte äußerst gewalttätig ist ...

»Ei verflucht!« Ich sah Charly an. »Der Lehrerberuf ist aber ziemlich vor die Hunde gekommen!«

»Sei vorsichtig mit dem, was du sagst«, erwiderte er mit einem schiefen Grinsen. »Jedenfalls lag ich richtig, denn Indianer ist er nachweislich nicht! Und die Größe habe ich genau richtig geschätzt, sieh mal dort!«

»Von mir aus.« Ich schüttelte den Kopf. »Zirkusringer und falscher Indianer, oh weh. Das hätte ganz schön ins

Auge gehen können, mein Lieber! Wir können wirklich froh sein, dass er uns nicht massakriert hat!«

»Pah! Ich habe ihn beinahe mit der Schraubzwinge skalpiert, vergiss das nicht!«, meinte Charly verächtlich. »Senftleben wird mir das halbe Ohr zurückgeben müssen, damit ich es mir an einem Lederriemen um den Hals hängen kann!«

»Halbes Ohr, von wegen! Sie mal hier unter besondere Kennzeichen – da steht schwarz auf weiß *unteres Drittel*! Eine maßlose Übertreibung von dir, wie üblich!«, erklärte ich.

»Hach! Das hat die Polizei nur gemacht, um meine Leistung herunterzuspielen!«, entgegnete er launig.

Nachdem das Telegramm auf den Weg gebracht war, suchten wir Sir Rupert auf, um diesen ebenfalls auf Samstag einzuladen. Der Engländer hatte sich zu einem ausgiebigen Frühstück vor dem Haus niedergelassen und trug nach der Begrüßung dem Wirt auf, zwei weitere Gedecke nach draußen zu tragen. Er erzählte uns, dass Senftleben ihn bereits darüber informiert hatte, welch eine Natter er mit dem angeblichen Indianer an seiner Brust genährt hatte. Er war überaus erzürnt und zudem peinlich berührt, so auf einen Hochstapler hereingefallen zu sein.

Bei Kaffee, süßen Brötchen und Ei im Glas weihten wir ihn in unseren Plan ein – natürlich nur so weit, wie es unbedingt notwendig war. Wir erklärten ihm, dass Leitner einen Anspruch darauf habe, den Apparat vorübergehend zu seinen Zwecken zu nutzen, ohne dadurch dauernde Rechte an ihm zu erwerben. Sir Rupert war zunächst etwas beunruhigt, begriff aber schließlich, dass dies keinen Einfluss auf die unbehinderte Abwicklung seiner eigenen Absichten haben würde. Er gab uns auch die zwanzig Guinees zurück und legte trotz meiner Proteste weitere eintausend Mark drauf, um sein aufrichtiges Interesse ein für alle Mal zu zementieren.

Wir wollten uns gerade von dem Baronet verabschieden, als Charly eine Hand hob und auf etwas deutete, was sich hinter meinem Rücken befand. »Schaut mal, wer da kommt!«

»Sieh an, der Detektiv von der Polizei!«, rief Sir Rupert.

»Ob er zu Ihnen will, Sir Rupert?«, fragte ich.

»Vermutlich doch«, erklärte der Baronet, der heute ausgesprochen gut gelaunt war. »Vielleicht bringt er mir den Skalp von meinem indianischen Schweinehund von einem Diener, oder nicht, meine Herren?«

»Warten wir's ab«, meinte Charly gelassen. »Vielleicht hat sich ja nur hier in Mehr ein Hühnerdieb rumgetrieben.«

Aber wie es aussah, bewegte sich die Kutsche wirklich in halbwegs geradem Kurs genau auf das Gasthaus zu und hielt bald in gebührendem Abstand an, um uns mit der unvermeidlichen Staubwolke nicht das Frühstück zu verderben. Diesmal wurde Senftleben von einem anderen Gendarmen kutschiert, der weitaus jünger war und dementsprechend flink die Pflichten verrichtete, die ihm oblagen.

»Guten Morgen, allerseits!«, schnaufte Senftleben nicht unfreundlich. »Gut, dass ich auch Sie hier antreffe, Herr May, Herr Tesla! So spare ich mir den Weg und muss nicht alles zweimal erklären, wissen Sie?«, erklärte der Kriminalrat, um anschließend mit dankbarem Nicken auf dem Stuhl Platz zu nehmen, den Charly ihm diensteifrig zurechtrückte.

»Die Ermittlungen hier vor Ort schreiten mächtig voran«, verkündete er, während er sein vergissmeinnichtblaues Halstuch lockerte, um seinem Adamsapfel mehr Raum zu verschaffen. »Zwei Festnahmen sind bereits erfolgt, stellen Sie es sich vor! Wenn es so weitergeht, können die im Gefängnis schon bald anbauen, haha! Aber ehrlich gesagt geht es nicht direkt auf unser Verdienst, sondern ist in beiden Fällen unseren wackeren holländischen Kollegen zu verdanken!«

»Zwei Festnahmen?«, fragte Charly erstaunt.

»Ja, nicht mehr, nicht weniger. Damit sind beide Fälle so gut wie restlos aufgeklärt, hoffe ich.«

»Wen haben's denn festgenommen?«, fragte Charly.

»Den des Mordes verdächtigen Rosmann, der sich Ihren Arretierungsbemühungen ja leider widersetzen konnte! Sie erinnern sich?« Er wartete ab, bis Charly nickte. »Das geht Sie eigentlich nur was an, weil Sie ja möglicherweise als Zeugen im Prozess gegen ihn aufgerufen werden«, fuhr er in milder Strenge fort. »Aber jetzt kommt's noch dicker: Wir haben auch Ihren Indianer im Gewahrsam, den falschen!«

»Was?«, rief Sir Rupert. »Das sind ja erfreuliche Nachrichten, in der Tat!«

»Allerdings!«, rief Charly ziemlich überrascht. »Mit dem Saulappen habe ich noch ein Hühnchen zu rupfen, jawohl! Wenn ich mit ihm fertig bin, wird er für den Rest seines Lebens an mich denken! Wo hat man ihn denn erwischt, wenn die Frage erlaubt ist?«

»Na ja ... Er hatte sich einem Wanderzirkus angeschlossen, als Starker August, und ist bei einer Ausweiskontrolle in der Gegend von Arcen aufgefallen. Das Ganze verlief ziemlich dramatisch – während der Flucht ist er in den Wagen des Kunstschützen eingebrochen und hat diesen niedergeschlagen, um sich anschließend mit dessen Waffen zu verteidigen. Glücklicherweise waren's durchweg Vorderlader, sonst hätte es böse für die holländischen Kollegen ausgesehen. Als deren Schützen vorrückten, kam er bald schon mit dem Laden nicht mehr nach. Hat einen Treffer ins Bein abbekommen und einen in die Brust, aber stellen Sie sich vor – der Kerl war davon kaum beeindruckt und hat immer noch jede Menge Ärger bereitet, bis die holländischen Kollegen ihn letztlich doch überwältigt haben. Jetzt werden sie ihn wohl noch eine Weile dabehalten, bis er so weit genesen ist, dass sie ihn zu uns abschieben können.«

Senftleben schielte hungrig auf die Brötchen. Da ich nur

die Eier gegessen hatte und kein Brot, schob ich ihm wortlos mein Gedeck über den Tisch zu, worauf er mir erfreut zunickte und beherzt nach dem Messer griff, um ein Brötchen aufzutrennen und dick mit Butter zu bestreichen.

»Wirklich schade«, meinte Charly bedauernd, »dann wird man wohl auf mich als Zeugen verzichten müssen, da ich nicht mehr allzu lange in dieser Gegend verweilen kann! Dabei hätt' ich so schön über ihn erzählen können!«

»Ach, das ist nicht das Problem«, widersprach Senftleben. »Man wird Ihnen gegebenenfalls Zeugengeld bezahlen und eine Bahnfahrt, natürlich nur Klasse drei, aber immerhin. Billiger kommen Sie im Leben nicht mehr in diese schöne Gegend!«

»Zeugengeld?«, fragte Charly aufmerksam. »Auf wie viel beläuft sich das, Herr Kriminalrat?«

»Kann man so nicht überschlagen. An der Gerichtskasse wird je nach Aufwand abgerechnet, also das zugrunde gelegt, was Sie in dieser Zeit mit Ihrer Arbeit hätten einnehmen können.«

»Hä! Da kann der Kassenwart bei mir aber ganz schön lange herumrechnen, da ich ja völlig verschiedentlich abgerechnet werde! Mal sind's zwei Mark am Tag, mal auch bedeutend mehr. Warten Sie mal –«, er sah Senftleben mit zusammengekniffenen Augen an, »– was wäre überhaupt, falls ich mit einem Gedicht, das ich an einem bestimmten Tage geschrieben habe, einen Preis gewinnen würde – sagen wir hundert Mark? Was hätte ich dann aus der Gerichtskasse zu erwarten, in so einem Fall?«

»Rein gar nichts!«, erwiderte ich rasch, noch bevor Senftleben antworten konnte. »Wenn du das Gedicht an jenem Tag geschrieben hättest, könntest du ja schlechterdings nicht auch als Zeuge auftreten!«

»Da hat der Herr Tesla Recht«, bemerkte Senftleben, als der Wirt neuen Kaffee heranschaffte und von Sir Rupert den Auftrag erhielt, eine Tasse für Senftleben zu bringen und auch drei Eier im Glas, was der Kriminalrat erst nach schwachem Protest erlaubte.

»Ach, bevor ich's vergesse«, rief ich, um Charly das Thema Zeugengeld abzuschneiden, »dann wäre der Mordfall ja wohl gelöst, Herr Kriminalrat?«

»Wie bitte?«, fragte der Angesprochene, um den herum das hörbare Geschehen der Welt in Schmatzlauten untergegangen war.

»Der Mord«, wiederholte Charly deutlich. »Der ist doch jetzt wohl auch gelöst, wo sie den Herrn Rosmann gefangen haben?«

»Will's hoffen«, erwiderte Senftleben, während er seinen Kaffee zuckerte. »Will's hoffen! Noch ist ja nicht erwiesen, dass dieser Rosmann der Mörder ist. Ehrlich zugegeben, ich kann mir bislang noch keinen Reim aus dieser Geschichte machen.«

Charly blinzelte ihn neugierig an. »Sagen Sie mal, war sie wirklich ... Nun ja –«, er rang sich sichtlich dazu durch, nicht um den heißen Brei herumzureden, »– das halbe Dorf meint ja, dass sie eine Bigamistin war, um es beim Wort zu nennen?«

»Bigamistin?« Senftleben lachte humorlos. »Nein, so einfach ist das nicht, Herr May! Herr Rosmann und Frau Leitner waren nicht vermählt, es handelte sich vielmehr um ein Täuschungsmanöver, damit es im Dorf kein Gerede gibt. Das Haus, in dem die beiden gelegentlich wohnten, gehörte ihr allein, gekauft unter ihrem Mädchennamen.« Er verzog den Mund. »Hören Sie, eigentlich dürfte ich Ihnen das gar nicht erzählen, also bitte ich darum, dass Sie's für sich behalten, ja?«

»Unbedingt!« Charly nickte, genau wie Sir Rupert und ich.

»Die beiden Rosmanns waren im Ort recht beliebt«, fuhr er fort, »da sie recht freundlich mit den Leuten waren und den Dienstboten immer etwas zukommen ließen. Anfangs hatten wir trotzdem jede Menge Hinweise aus der Bevölkerung, meistens falscher Alarm, aber immerhin. Doch jetzt, wo wir ihn verhaftet haben, laufe ich plötzlich gegen eine Mauer des Schweigens ... niemand zeigt sich wirklich kooperativ, außer Ihnen beiden natürlich!«

»Ja, warum sollten wir das auch nicht sein«, meinte Charly leichthin.

»Mhm«, macht der Kriminalrat, ganz auf sein Brötchen konzentriert. »Übrigens habe ich Erkundigungen über Sie eingezogen, was Sie mir hoffentlich nachsehen werden.«

Rumms! Das war wirklich ein kalter Sprühregen, zumal er es so beiläufig erwähnte, dass man erst nach einer Sekunde merkte, was es genau zu bedeuten hatte! Ich schielte Charly an, der stocksteif geradeaus blickte und etwas käsig auf mich wirkte.

»Soweit es Sie betrifft, Herr May«, begann Senftleben auszuführen, während er seelenruhig das zweite Brötchen präparierte, »betrachte ich die weniger vorteilhaften Jahre Ihrer Vergangenheit als passé – das ist keine Floskel, sondern meine persönliche Überzeugung. Schließlich führen Sie seit einiger Zeit ein doch sehr respektables Leben und arbeiten hart für Ihren Lebensunterhalt. Ich habe deshalb keinen Zweifel daran, dass Sie letztendlich verinnerlicht haben, was geht und was nicht. Ein Fehltritt passiert schnell, aber ich glaube, dass Sie mehr auf Ihr Leben Acht geben als so mancher respektable Bürger, dem man keine düstere Vergangenheit nachsagen kann.«

Charly suchte wohl nach einer entsprechenden Bemerkung, aber ihm fiel nichts ein.

»Und über Sie, Herr Tesla«, setzte Senftleben zu meinem Erstaunen nach, »gibt es ebenfalls nichts Schlimmes zu berichten, wenn man einmal von einer gewissen Neigung absieht, die sich wie ein roter Faden durch Ihr Leben zu ziehen scheint. Die Angelegenheit in Graz war eine Bagatelle, genau wie die in Budapest und die in Prag. Was in diesen drei Städten passierte, interessiert mich nicht weiter, da sie weit abseits meines Bezirkes liegen. Sollte etwas Ähnliches allerdings hier geschehen ... Nun, in diesem Fall müsste ich annehmen, dass Sie vergessen haben, dass Ihr Weg in Ihre persönliche Zukunft durch das geebnet wird, was Sie in Ihrer Vergangenheit getan haben. Habe ich mich klar ausgedrückt?«

»Doch.« Ich lehnte mich im Stuhl zurück. »Sehr klar. Habe jedes einzelne Wort verstanden.«

»Ausgezeichnet«, entgegnete er und setzte die Kaffeetasse an den Mund, um daran zu nippen, bevor er mit grimmigem Gesicht anfügte: »Ich frage Sie noch einmal, ob Ihnen etwas Wichtiges zum Fall Leitner einfällt, was Sie mir bislang verschwiegen haben – möglicherweise sogar aus durchaus verständlichen, moralisch hoch stehenden Gründen?«

Offenbar hatten wir Senftleben ein wenig unterschätzt! Blitzartig entschied ich, die Flucht nach vorn anzutreten. »Es gibt noch eine Sache, die Sie vielleicht wissen sollten«, eröffnete ich vorsichtig.

»Ach ja?«, entgegnete er mit hochgerecktem Kinn.

»Ja. Herr Leitner – also der Mann der Ermordeten – hat vor etwa zehn Tagen Kontakt zu uns aufgenommen.«

»Nicht wahr!«, schnappte er verblüfft. »Weshalb?«

»Er bekundete Interesse an einem Apparat meiner Erfindung, über den etwas in einem unbedeutenden Presseblatt abgedruckt worden war. Ein verrückter Zufall, dass ich mich ausgerechnet zu dieser Zeit in dem Dorf aufhalte, in dem seine Frau ermordet worden ist, nicht wahr?«

»Ein verrückter Zufall, fürwahr! Wenn's denn ein Zufall war! Woher wissen Sie überhaupt, dass es derselbe Leitner war, wenn ich fragen darf? Der Name ist ja nicht so einzigartig!«

»Oh ...« Ich sah Charly an, weil mir selbst dazu nichts einfiel.

»Weil er uns erzählte, dass er auf spiritistischem Wege

Kontakt zu seinem verstorbenen Weib aufnehmen wollte«, erklärte Charly. »Genauso war's.«

»Auf spiritistischem Wege? Ist das ...« Er dachte sehr gut über seine nächsten Worte nach: »Und was brachte ihn dazu, wegen dieses Vorhabens mit Ihnen und Herrn Tesla zu sprechen?«

»Dazu muss ich etwas ausholen«, bemerkte Charly, bevor er Senftleben in die Einzelheiten einweihte.

»Ah! Das hätten Sie mir aber sagen müssen!«, tadelte Senftleben anschließend.

»Verzeihung, danach haben Sie uns aber gar nicht gefragt, Herr Kriminalrat«, antwortete Charly spitzfindig. »Wir haben Ihnen Rede und Antwort zu all Ihren Fragen gestanden, nach bestem Wissen und Gewissen. Aber Sie haben uns weder gefragt, ob wir Herrn Leitner kennen, noch, ob wir etwas hinsichtlich des Todes von Frau Leitner beitragen können!«

»Gut«, meinte Senftleben widerstrebend, »da muss ich Ihnen Recht geben. Meine eigene Schuld, dass ich Sie nicht gefragt habe!« Er seufzte tief. »Also, meine ehrliche Bitte an Sie: Gibt es noch etwas, das ich wissen sollte?«

»Hm«, machte Charly zögerlich.

»Herr May?«

»Nun, ich weiß wirklich nicht, ob es zur Sache gehört ...«

»Nur Mut!«

»Hä!« Charly sah ihn scharf an. »Wissen Sie, wir haben Herrn Leitner auf morgen eingeladen. Wir sind ihm nämlich eine Vorführung des Apparates schuldig, den mein Freund Tesla erfunden hat. Und deshalb haben wir ihm ein Telegramm geschickt und ihn auf fünf Uhr eingeladen, an einem Experiment mit dem Apparat teilzunehmen.«

»Das war alles?«, fragte Senftleben etwas enttäuscht.

»Ja. Ich dachte nur –«, Charly legte sich die nächsten Worte sorgfältig zurecht, »– dass Sie der Sache vielleicht beiwohnen möchten ...«

»Einer spiritistischen Sitzung?«, meinte Senftleben zweifelnd. »Nun hören Sie mal!«

»Oh! Wohin denken Sie!«, mischte sich Sir Rupert erzürnt ein. »Die Herren sind seriöse Forscher, keine Spiritisten, ist es nicht! Überhaupt, wie können Sie es wagen, hier als Gast an meinen eigenen gemieteten Tisch meine Gäste zu beleidigen, wo Sie selbst nur Gast sind? In meinem Land würde man Sie augenblicklich versetzen auf einen sehr einsamen Posten auf den Äußeren Hebriden, jawohl!«

Senftleben wirkte nun doch etwas verlegen. »Pardon«, murmelte der Kriminaler kleinlaut, während er das angebissene Brötchen mit einer zuckenden Bewegung auf den Teller legte, »ich habe mich wohl im Ton vergriffen. Muss mich bei Ihnen allen entschuldigen!«

»Das will ich doch sehr hoffen«, bemerkte Sir Rupert kalt.

Mit dem fröhlichen zweiten Frühstück war es damit endgültig aus. Senftleben suchte kurz darauf das Weite, aber wir verweilten noch bis Mittag, weil Sir Rupert uns nicht gehen lassen wollte, ohne dass wir von dem kalten Roastbeef kosteten. Er hatte den Braten von seiner Wirtin nach einem alten Familienrezept vorbereiten lassen. Die handverlesenen Rinderstücke wurden mit einer Remoulade serviert, die Sir Rupert persönlich angerührt hatte, um zu verhindern, dass die Wirtin durch unachtsames Weglassen eines Gurkenfitzels den Untergang des Empires so richtig auf Schussfahrt bringen würde.

In meiner Phantasie malte ich mir aus, wie Sir Rupert mit gezücktem Säbel und Adlerblick hinter der Wirtin gelauert hatte, um ihr beim unsachgerechten Anknicken eines für die Remoulade gedachten Hühnereis den Kopf mit dem stolzen Ruf *Rule Britannia!* abzuschlagen.

»Kosten Sie nur!«, rief Sir Rupert und freute sich diebisch, während sich Charly und ich mit wonnegefüllten Augen unsere erste Scheibe auf der Zunge zergehen ließen, im zarten Geschmack auf den Olymp erhöht von der milden

Säure der Remoulade. Bei der einen Scheibe blieb es natürlich nicht, denn zwei Laibe Fleisch lagen dort auf der Platte. Geteilt wurde redlich – ein Drittel aß Sir Rupert, ein weiteres ich selbst, und die verbleibenden vier Scheiben gingen auf Charlys Konto.

Nicht lange nach dem Mahl suchten wir beide das Weite, da sich mittlerweile am nördlichen Himmel eine bedrohlich wirkende, aschgraue Wolkenfront zusammengebraut hatte, die von einem starken Bodenwind begleitet wurde, der für diese Jahreszeit mehr als ungewöhnlich war. Kein Regen fiel, nur vereinzelte dicke Tropfen, deren ominöse Natur ich bereits beschrieben habe. Sie waren die Vorboten eines Strudels mechanischer und elektrischer Energien, welche sich vorerst noch aneinander zerrieben, um sich zu einem unberechenbaren Zeitpunkt mit atemberaubender Geschwindigkeit zu trennen und ihre zerstörerischen Wirkungen zu entfalten.

Obwohl der Staub waagerecht über den Kies des Dorfplatzes jagte, blieb die Wolkenfront nahezu unbewegt und verdichtete sich statt auseinander zu treiben. Wie ein zerrissener Fächer fiel das Sonnenlicht an vier oder fünf löchrigen Stellen durch die Wolkendecke, verbreitete so mächtige Strahlen, dass man an ihren Zielpunkten nichts anderes vermuten konnte als einen Topf voller Gold, Materie gewordenes Sonnenlicht. Hoch oben am Firmament versetzte die gleißende Quelle dieses Spektakels mit dem gnadenlosen Druck ihres sengenden Lichtes die Wolken in kochende Vibration, während die Feuchtigkeit von der Brennkraft des Sonnenlichtes aufwärts getrieben wurde. Ein Zyklus aus Kondensation und Destillation, bei dem Licht in Elektrizität umgesetzt wurde, während sich Zerstörung und Schöpfung infernalisch vereinten.

Weit vor uns, hoch über dem fast schwarzen Horizont, entlud sich der erste gewaltige Blitz, den Himmel durchpflügend wie ein mit wahnsinniger Geschwindigkeit wachsender

Kristall, der sich endlos in filigranen Verästelungen verlor, welche den flüchtigen Skizzen eines wahnsinnigen Schnellzeichners zu folgen schienen.

»Mein Gott!«, schrie Charly in das Rauschen des Windes, der so mächtig wehte, dass er den Büschen rechts und links der Straße die kräftigen Frühlingsblätter zu entreißen drohte. »Was für ein Wetter! Spürst du es auch, Nik? Diese belebende Kraft?«

»Was denkst du denn!«, brüllte ich ihm zu. »Es ist das erregendste Gefühl, das ich kenne!«

»Sieh mal hier!«

Er ließ seinen Körper gegen den Wind treiben, voranbewegt von der Macht des Windes, die seinen Rock aufblähte wie einen blauseidenen Ballon. »Wenn ich mich nur ein wenig drehe«, schrie er, »dann segle ich gegen den Wind! Mein Gott – dieses Wetter, dieses Wetter!«

Ich sah in seine Augen, nur um mich davon zu überzeugen, dass er das Gleiche empfand wie ich – einen gewaltigen Rausch, ohne die Wirkung der von ihm bevorzugten Gifte, die aus seinen Zigarren quollen, und auch ohne jene lähmenden psychischen Schwaden, hinter denen er den Hafen seiner Ehe verbarg. In diesem Augenblick waren wir wirklich Freunde wie Kinder, die sich als Herren der Welt fühlen, ohne dem anderen die Herrschaft zu neiden. Keine Elaine vermochte es, zwischen unser gemeinschaftliches Empfinden zu treten, und auch keine Emma. Wir fühlten uns wie junge Götter, die aus dem Sturm geboren waren, Thor als Meister der Blitze, Loki als Meister der Lügen ...

In diesem Augenblick liebte ich Charly mehr als jeden Menschen, mehr sogar als den Bruder, den ich einst hatte und später verlor. Und ich weiß, dass er mich genau jetzt in diesem Augenblick nicht weniger liebte, weil er sich dessen bewusst wurde, dass es letztlich mein Mut war, der ihm zugerufen hatte: Erlebe dieses Leben! Genieße die Natur, von der du ein Teil bist! Erfahre die wahre Natur des Lebens!

Reiß dich los von Emma und Elaine, entdecke das größte der Enigmen!

Erlebe dich selbst.

Und so tanzten wir im wilden Wetter, ließen uns vom Wind treiben, wie Figuren aus einem Schattenspiel, im Licht einer fremden, letztlich unverständlichen Macht flackernd und doch auf ihre Weise lebendig und der Erkenntnis fähig, dass sie nur unbedeutende Wesen sind, verletzlich und armselig den Mächten des Sturms unterworfen.

»Dieses Wetter!«, schrie Charly wieder, während der Wind aus seinem Rock einen Fetzen Papier herausriss, nach dem ich meine Hand ausstreckte, um ihn doch im letzten Moment am äußersten Ende zu ergreifen, gerade bevor der Wind ihn weit über's Land treiben würde.

Ich steckte den Zettel gedankenlos in meine Rocktasche und sah, wie Charly mit brennenden Augen den Horizont anstarrte, wo sich weit über den Wipfeln hoher Pappeln die Wolken vermischten wie ein gewaltiger Klumpen Schlagsahne, den jemand mit schwarzer Ölfarbe zu einem grauweißen Durcheinander verrührt hatte.

»Nik!«, schrie er über den Orkan. »Nik, was hat Senftleben da über dich erzählt? Graz!«, brüllte er, »Budapest! Prag!«

»Oh«, rief ich zurück, »ich hatte einige Probleme mit der Polizei!«

»Was?«

»Probleme! Mit der Polizei!«, wiederholte ich, weil ich dachte, er habe mich wegen des Windes nicht verstanden.

»Das hatte ich schon verstanden – aber was für Probleme?«

»Ich galt ihnen als Spieler!«

»Billard?«

»Das auch. Vorwiegend jedoch Karten!«

Er schüttelte den Kopf, als habe er es die ganze Zeit gewusst.

Kurz darauf setzte der Regen ein, der vom Bodenwind in sich wild aufbäumenden Schleiern über die Erde gefegt wurde. Die Landschaft um uns herum bot gegen ein derartig bizarres Wetter keinen Schutz, aber wir hätten ohnehin darauf verzichtet, da wir das Hochgefühl des Sommergewitters um keinen Preis auf eine solche Weise einzuschränken gedachten. Als wir den Bahnhof passierten, waren wir völlig durchnässt, aber nach wie vor bestens gelaunt, sodass keiner von uns auf die Idee gekommen wäre, sich vorübergehend im Wartesaal zu verkriechen. Stattdessen marschierten wir zügig durch, bis wir den Hof der Kohlers erreichten.

Charly teilte mir bereits in der Diele des Hauses mit, dass er sich für den Rest des Tages zurückziehen würde, da er die Hochstimmung schriftstellerisch auszukosten gedachte. Ich begleitete ihn ins Obergeschoss, um mich auf meinem Zimmer der durchnässten Sachen zu entledigen, die ich in der Nähe des Fensters zum Trocknen aufhängte. Dann begab ich mich in die Werkstatt, um meinen Apparat auf seine Funktionsfähigkeit zu prüfen, indem ich ihn komplett bis auf die letzte Schraube zerlegte und wieder zusammensetzte.

Elaine hatte offenbar den Tag wieder einmal mit Frau Kohler verbracht und kam erst um kurz nach acht Uhr zurück, um sich sofort auf ihr Zimmer zu begeben, statt wenigstens einen Blick in die Werkstatt zu werfen, wo sich Charly und ich ja zumeist aufhielten. Ich hörte, wie sie ihre Schritte direkt zur Treppe lenkte und im Obergeschoss verschwand wie ein anonymer Hotelgast.

Ich seufzte und begann, die Vakuumventile der Reihe nach durchzumessen. Um kurz vor elf hatte ich alle Prüfungen zu meiner Zufriedenheit durchgeführt und beschloss, mich zur Ruhe zu begeben. Ich löschte das Licht und verließ die Werkstatt durch die Verbindungstür, um leise die Treppe hochzuschleichen.

Im Obergeschoss des Hauses war kein menschlicher Laut

zu vernehmen. Ich sperrte vorsichtig die Tür meines Zimmers auf und zog sie ebenso leise hinter mir zu, als ich den Raum betreten hatte. Ich zog Weste und Hemd aus, um mich an der Waschschüssel zu erfrischen und den Schweiß des Tages abzuspülen. Nachdem ich meinen Oberkörper mit dem Handtuch trockengerubbelt hatte, fiel mir ein, dass ich ja noch gar nicht nachgesehen hatte, was aus meinem durchnässten Anzug geworden war.

Ich ging zum Fenster und betastete den Stoff des Rocks, wobei es an einer Stelle seltsam knisterte.

»Oh«, murmelte ich, »das ist Charlys Zettel.«

Ich hatte ganz vergessen, ihm das Papier zurückzugeben. Es handelte sich um einen billigen Quartbogen, der zweimal zusammengefaltet war. Ein großer, blassbläulicher Fleck mit ausgeprägtem Rand zeigte an, dass er mit Tinte beschriftet war, die glücklicherweise nicht auf meinen Rock durchgefärbt hatte. Vorsichtig faltete ich das klamme Papier auseinander. Es war ein Brief, verfasst in einer mir unbekannten Frauenhandschrift. Im unteren Drittel hatte sich die Tinte vollkommen aufgelöst, sodass man den Absender nicht lesen konnte:

Mein lieber Mann,
ich hoffe, dass es Dir gut geht und Du mit deiner Arbeit schnell vorankommst. Ich denke oft an Dich und bin sehr traurig, dass ich nicht bei Dir sein darf, da Du ja so viel arbeiten musst. Unsere Freunde, die Münchmayers, bemühen sich sehr darum, mir den Trennungsschmerz zu erleichtern. Aber ich liebe und vermisse Dich einfach zu sehr …

Verwirrt hockte ich mich auf den Rand meines Bettes. Auch wenn die Unterschrift nicht mehr lesbar war, bestand für mich kein Zweifel daran, dass es sich bei der Verfasserin dieses Schreibens um niemand anders als Emma May handeln konnte. Jene Frau, die nach meinem bisherigen Wissen eine herrschsüchtige Furie sein musste, aus deren Umklammerung Charly zu mir geflohen war. Daran änderte der Brief eigentlich nichts, aber ich konnte mir beim besten Willen nicht vorstellen, dass dieses zarte, liebesbedürftige Wesen in irgendeiner Weise einen so brutalen, bösartigen Einfluss auf irgendjemanden ausüben sollte. Schon gar nicht auf einen Menschen wie Charly, der selbst nicht weniger zart besaitet war.

Kopfschüttelnd ging ich zu dem kleinen, schwarz gekachelten Kamin und nahm die Zündhölzer vom Sims, um den Brief zu entflammen, was mir erst nach einer ganzen Weile gelang.

Die harte Hand des Schicksals

Als ich am Morgen gut erholt aus dem Bett stieg und dabei einen flüchtigen Blick durch's Fenster warf, rasten draußen zerrissene Wolken über das Firmament, deren reiche Struktur anzeigte, dass sie dem Erdboden recht nahe waren. So wie es am letzten Tage geschüttet und gewittert hatte, hätte man eigentlich vermuten sollen, dass der Himmel von beidem nichts mehr herzugeben hatte.

Ich öffnete die Tür meines Zimmers, um die Waschschüssel hereinzuholen, die das Dienstmädchen in den frühen Morgenstunden gereinigt und mit frischem Wasser gefüllt hatte. Während ich mich nach der Schüssel bückte, streifte mein Blick die Tür zu Elaines Zimmer, die ein kleines Stück aufstand, wie es der Fall ist, wenn man eine Tür beim Verlassen des Raumes versehentlich nicht fest genug ins Schloss zieht.

Ich zuckte meine Achseln und trug die Waschschüssel in mein Zimmer, um mich auf den Tag vorzubereiten. Anschließend wählte ich einen dunkelblauen Anzug, ließ den Rock jedoch einstweilen im Schrank hängen, da unsere Gäste ja erst um fünf Uhr eintreffen würden und ich Ihnen nicht die Sitzfalten eines ganzen Tages präsentieren wollte.

Da sich der zum Trocknen aufgehängte Rock immer noch recht klamm anfühlte, öffnete ich kurz entschlossen beide Flügel des Fensters, um die Hilfe des frischen Windes in Anspruch zu nehmen. Dementsprechend ging ein mächtiger Zug durch's Haus, als ich in den Flur trat, und ich schloss schnell die Tür, um die Fenster vor Schaden zu bewahren.

Eigentlich wollte ich mich schnurstracks ins Erdgeschoss begeben, um den Morgenkaffee einzunehmen, als ich bemerkte, dass die Tür von Elaines Zimmer nun sperrangelweit aufstand – offenbar eine Folge des von mir verursachten Durchzugs. Also tat ich, was jeder vernünftige Mensch getan hätte, um das Knallen von zuschlagenden Fenstern und Türen zu vermeiden: Ich begab mich dorthin und legte die Hand auf den Knauf, um die Tür zu schließen. Dies geschah wohlgemerkt nicht in der Absicht, zu spionieren, sondern nur zur Vermeidung nervlicher und sachlicher Schäden. Doch dabei fiel mein Blick unweigerlich auf das Interieur, das aus fein lasierten Buchenmöbeln bestand.

Mitten auf dem Bett lagen die meisten der Köfferchen und Reisetaschen, die eine Dame von Welt mit sich herumträgt.

Meine Hand ruhte für einen Moment auf dem Knauf, während mir klar wurde, was dies zu bedeuten hatte. Natürlich war ich gespannt, womit sie ihre übereilte Abreise begründen würde. Wie es aussah, würde ihr Abschied eher einem »Lebwohl!« als einem »Bis bald!« entsprechen. Plötzlich war ich mir nicht mehr so sicher, ob diese Entwicklung mir so gleichgültig war, wie ich es vorher vermutet hätte. Mir wurde bewusst, dass es kein wirklich ernst gemeinter Abschied gewesen war, als sich Elaines Wege zum ersten Male von den meinen getrennt hatten. Kein sentimentales Wort war gefallen, nicht einmal ein böses, das ein für alle Mal festgeschrieben hätte, dass wir uns nicht mehr sehen wollten. Stattdessen blieb diese Entscheidung in der Luft hängen, und dort wäre sie vermutlich für den Rest meiner Tage verblieben, wenn es nicht zu dieser erneuten Begegnung gekommen wäre, die so sehr gegen alle Wahrscheinlichkeit stattfand, dass es selbst mir leicht fiel, dahinter eine Fügung des Schicksals zu vermuten anstatt eines lapidaren Zufalls.

Auf dem Küchentisch lag ein mit einer Untertasse beschwerter Zettel, auf dem Charly mir mitteilte, dass er seine Morgenmilch sehr zeitig eingenommen und sich wieder auf sein Zimmer begeben habe, da er mit dem Schreiben des Nachts vorzüglich vorangekommen sei und hoffe, der Kuss der Muse wirke noch eine Weile nach. Von Elaine war keine Spur zu bemerken. Ich vermutete sie bei den Kohlers, um uns aus dem Weg zu gehen und sich nebenbei nützlich zu machen, etwa bei der Vorbereitung des kleinen Buffets, das ich auf heute Abend bestellt hatte.

Wenn ich einen Empfang gebe, neige ich oft dazu, den Tag bis zum Abend mit Dingen zu vertrödeln, für die mir sonst keine Zeit bleibt. So war es auch an jenem Tag, als ich beschloss, mich nach dem Aufbrühen des Kaffees im Wohnzimmer niederzulassen, um ein wenig zu lesen.

Seit meiner Ankunft in diesem Dorf hatte ich das Wohnzimmer von allen Räumen des Erdgeschosses wohl am wenigsten genutzt. Es war nach französischer Manier eingerichtet, was mir eigentlich etwas zu düster ist, in diesem Fall jedoch durch die lebendige Tönung des Kirschholzes einen durchaus vorteilhaften Eindruck bereitete. Ich rückte den Ohrensessel und den dazu passenden Fußhocker ins Licht und platzierte daneben das mittlere Stück aus einer Trilogie von Kartentischchen, um mir einen konvenienten Abstellplatz für meine Kaffeetasse zu verschaffen.

Anschließend begab ich mich zu der kleinen Standvitrine, die in diesem Zimmer die Funktion eines Bibliothekenschrankes übernahm, um mir ein Buch herauszusuchen. Größtenteils handelte es sich um jene Form Gesellschaftsromane, die man mit einiger Berechtigung als Spielart der englischen Boulevardkomödie ansehen könnte, welche allerdings weitgehend von dem Element des Humors bereinigt wurde. Die Handlung konzentriert sich auf Kabale und Liebe, was eine recht reizlose Lektüre ergibt, wenn man gerade selbst in Derartiges verstrickt ist.

Zu meiner Freude entdeckte ich jedoch einen Roman von

Droste-Hülshoff, der den mich seltsam berührenden Titel »Die Judenbuche« trug. Es war gewiss keine schlechte Lektüre, aber ich kam über die ersten dreißig Seiten nicht hinaus, weil es mir für den Moment doch zu schwermütig war. Bevor ich es zur Seite legte, warf ich einen Blick ins Impressum, weil ich daraus zu erkennen hoffte, ob die Verfasserin ein so unglückliches Leben geführt hatte, wie es ihr Werk nur vermuten ließ. Doch fand ich dort wenig außer den Verlagsangaben und dem in lateinischer Schreibweise wiedergegebenen Jahr der Erscheinung – 1842. Charlys Geburtsjahr und wohl auch das Jahr, in dem der Grundstein zur Fertigstellung des Kölner Domes gelegt worden war. Drei grundverschiedene Dinge, zwei von eher nebensächlicher Natur, die sich praktisch mit einem Schlag in einen relativ kurzen Abschnitt meines Lebens gedrängt hatten.

Wieso nur ...

Ein Klopfen an der Haustür riss mich aus meinen Gedanken. Ich sprang auf und lief in die Diele, um die Tür zu öffnen.

Vor mir stand Sebastian Niggemeyer – oder jedenfalls der Mensch, der sich für Niggemeyer ausgab. Er war mit einem hellgrauen Cutaway bekleidet und hatte sich eine Buschrose ins Knopfloch gesteckt. In seiner rechten Hand hielt er eine edle Ledertasche mit Verschlüssen aus Sterlingsilber.

Er lüftete seinen Zylinder und grinste mich an. »Guten Morgen, Professor Tesla!«

»Guten Morgen, Herr Niggemeyer. Was führt Sie zu mir?«

»Oh, ich bin auf dem Weg zum Rennplatz. Muss zeitig dasein, heute ist ja der große Tag, Sie erinnern sich?«

»Hm. Sie hatten es angedeutet.«

»Das große Rennen. Ein absoluter Außenseiter, ich rechne damit, dass die Quoten gegen dreißig zu eins stehen werden, mindestens!«

Mir fiel auf, dass seine Hand, mit der er die Tasche trug,

ziemlich verkrampft wirkte. Was bewahrte er darin auf? Sein Geld, konnte ich nur vermuten.

»Wollte nur sicherstellen, dass Sie auch mitkommen!«, erklärte er mit unverschämtem Gesicht. »Also hole ich Sie einfach ab, dachte ich mir, hihihi!«

»Daraus wird leider nichts«, eröffnete ich ihm. »Heute Abend gebe ich eine kleine Gesellschaft, deshalb habe ich heute Früh wohl einiges zu tun.«

»Ach! Jammerschade! Hören Sie, ich komme selbstverständlich für die Fahrt auf, keine Frage! Kommen Sie doch mit, es wird Ihr Schaden nicht sein«, drängte er.

»Hm. Vielleicht komme ich einfach später nach!«

»Das geht natürlich auch! Aber Sie müssen auf jeden Fall vor eins da sein, sonst wird aus Ihrer Wette nichts mehr!«

»Ja, ich denke, das lässt sich wohl einrichten«, entgegnete ich.

»Gut! Ausgezeichnet! Mein Rennen läuft erst am späten Nachmittag, aber ich könnte mir denken, dass Sie Ihre Gäste ganz vergessen und dabeibleiben werden, wenn Sie erst einmal gesehen haben, dass mein System funktioniert, haha!«

In seinem Blick paarte sich unendliche Gier mit beginnendem Wahnsinn.

»Wir werden's erleben, Herr Niggemeyer«, meinte ich nur. »Viel Glück dann!«

»Glück? Berechnung, mein lieber Herr Professor Tesla, pure Berechnung!« Er sah sich vorsichtig um und fuhr im Flüsterton fort: »Ich werde erst einige kleinere Wetten machen, in den vorhergehenden Rennen. So mache ich erst mal mehr aus meinem Geld, wissen Sie? Und zu guter Letzt wird abgeräumt! Ein Außenseiter, verstehen Sie? Oder besser gesagt eine *Außenseiterin* – mehr kann ich Ihnen aber wirklich nicht verraten!« Er musterte mich sehr genau. »Sie glauben mir nicht, das sehe ich Ihnen doch an!«, behauptete er grinsend. »Versprechen Sie mir in die Hand, wirklich zu kommen?«

»Nein, versprechen kann ich es nicht«, engegnete ich lahm.

»Muss ich Sie denn noch mehr locken!«, rief er erzürnt. »Also gut, Sie können an den Quoten doch nichts ändern mit Ihrem bisschen Geld, da kann ich Ihnen genauso gut sagen, wie das Pferd heißt, mit dem ich heute mein Glück machen werde.« Wieder sah er sich um, ob sonst niemand zugegen war. Als er sich ausreichend davon überzeugt hatte, wisperte er mir nur ein einziges Wort zu.

»*Christine!*«

Ich muss ihn wohl ziemlich schockiert angesehen haben, da er ein meckerndes Triumphgelächter von sich gab.

»Da sind Sie aber platt, was?«, rief er. »Ich nenne Ihnen sogar den Champion, einen halben Tag bevor das Rennen stattfindet! Sie werden sehen, dass ich all das vorher gewusst habe! Also, was ist – kommen Sie?«

»Ja, ich werde kommen«, erwiderte ich nur, um ihn endlich loszuwerden.

»Versprochen?«

»Versprochen!« In Gedanken kreuzte ich meine Finger, da ich absolut nicht vorhatte, den Tag auf dem Rennplatz zu verbringen, und schon gar nicht mit diesem Menschen.

»Gut, wir treffen uns dann nach dem Rennen im Gasthof Kirschbaum, direkt am Rennplatz, jeder kennt es! Bis dann!«

Als ich die Haustür geschlossen hatte und wieder ins Wohnzimmer zurückkehren wollte, lief ich Charly über den Weg, der mit entrücktem Blick und wirrem Haar am unteren Ende der Treppe stand.

»Was war das für ein Lärm?«, fragte er mich.

»Niggemeyer!«

»Oh weh. Deine Nase wird für den Rest des Tages nicht mehr als Riechorgan zu gebrauchen sein, wegen Übersättigung, hihi. Was wollte er denn?«

Ich erzählte es ihm.

»Erstaunlich«, meinte er mit erhobener Braue. »Wirklich erstaunlich! Aber das scheint nun wirklich nur eine zufällige Übereinstimmung zu sein, ja?«, fragte er mit leisem Zweifel.

»Wollen's hoffen«, antwortete ich nur.

»Verdammt noch mal, das bringt mich jetzt völlig aus der Fassung!«, brummte er. »Für heute kann ich das Arbeiten wohl vergessen.«

»Dann lass uns zu den Kohlers rübergehen«, schlug ich vor. »Wir müssen den Wein für heute Abend aussuchen, das ist sicher recht kurzweilig.«

Kaum hatten wir das Haus verlassen, da liefen wir auch schon dem Kapitän über den Weg, der mit mürrischem Gesichtsausdruck den Zaun inspizierte, der den Hof von der Einfahrt abtrennte.

»Der Draht taugt nix«, knirschte er mit einem Seitenblick auf den Zaun, nachdem wir uns begrüßt hatten. »Rostet schlimmer als ein Eisenschiff, der Dreck. Werde ihn dem Händler um die Ohren hauen, jawoll!«

»Wir wollten doch den Wein für heute Abend ausprobieren«, erinnerte ich ihn, als er wieder einigermaßen zur Ruhe gekommen war.

»Och! Dann machen wir das mal«, erwiderte er kurz entschlossen, um uns mit einem Wink zu verstehen zu geben, dass wir ihm folgen sollten. »Ab in die Grotte!«

Was der Kapitän als Grotte bezeichnete, war das Kellergewölbe seines Hauses, das als Speisekammer und Weinkeller diente. Die Tür zu diesem unterirdischen Lagerraum lag an der Vorderseite des Hauses und war mit zwei dicken Vorhängeschlössern gesichert, die der Kapitän aufsperrte, bevor er uns in das Reich der Tiefe führte.

Genau wie Charly war auch ich zum ersten Mal hier unten. Wer das Gewölbe angelegt hatte, ließ sich nicht mehr feststellen, aber der Kapitän wusste zu erzählen, dass es wohl schon vor Beginn des 15. Jahrhunderts bestanden hatte. Ursprünglich diente die in einem Doppelbogen verlaufende Decke auch als Stützfundament des Hauses, das 1729 abgebrannt war und zehn Jahre später durch das neue, größere ersetzt worden war. Charly witzelte, dass es vielleicht einst als Kegelbahn von Sir Ruperts Subterranern errichtet worden war. Wie dem auch sei, der Kapitän hatte den durch den Neubau von 1733 verschütteten Eingang des Gewölbes wieder begehbar gemacht, um es als Keller zu nutzen. Die Temperatur in dieser Vorratskammer regulierte sich mit erstaunlicher Präzision von selbst und lag selbst im heißesten Sommer nicht über zwölf Celsiusgraden. Etwa ein Drittel des Platzes war mit Regalen zugestellt, die mit Gemüsen und Eingemachtem gefüllt waren. Der größte Teil des Gewölbes stand jedoch leer, bis auf das hintere Ende, in dem der Kapitän seinen Wein verwahrte.

Da es in dieser Gegend nicht allzu viele wirkliche Weinliebhaber gab, herrschte auch im Angebot ein Mangel, dem der Kapitän durch übereichliche Bevorratung abzuhelfen versuchte. Geschätzt waren es mindestens vierhundert Flaschen der verschiedensten unteren und mittleren Preislagen. Damals aufkommende Modeerscheinungen wie den Moselwein durfte man dort genauso wenig erwarten wie edlen St. Estephe, aber vom soliden Landwein romanischer Herkunft bis zum properen Burgunder war genug Auswahl an ebenso trink- wie bezahlbarem Labsal vorhanden. Nach einer guten Stunde hatten wir drei Flaschen der Probe halber geleert und ich entschied mich für zwei Sorten Weißwein aus Österreich, einen deutschen Sekt und einen leichten Roten aus Baden, wovon wir nun insgesamt ein Dutzend Flaschen ans Tageslicht mitbrachten.

Soweit war dies die letzte Pflicht, die ich vorm Eintreffen der Gäste wahrzunehmen hatte. Der Kapitän schlug vor, ins Nachbardorf zu fahren, um dort einige Partien Billard auszuspielen.

So kam es, dass ich am frühen Nachmittag mit Charly und Kohler braunes Bier trank und Kugeln über das Grün jagte. Natürlich spielte ich linksherum und gab meinen Gegnern gelegentlich auch mal eine Bande vor, um die Chancengleichheit einigermaßen zu wahren.

Während unserer Rückfahrt zog sich der Himmel bedrohlich zu, und als wir den Hof der Kohlers erreichten, waren aus der Ferne bereits erste Donnerschläge zu vernehmen.

»Das wird wieder mal feste rumpeln«, prophezeite der Kapitän, nachdem er den Landauer zum Stehen gebracht hatte. »Ich sehe mal besser zu, dass ich alle Fenster im Haus dicht habe!«

»Ja, daran sollten wir auch denken. Was ist, Kapitän – kommen Sie heute Abend spät noch auf einen Schluck vorbei?«, fragte ich. »Herr May wird wohl am Montag wieder in die Heimat abfahren, da können wir ja am Ende des Tages noch ein wenig Abschied feiern!«

»Och! Davon haben Sie mir ja gar nichts erzählt, und Ihre Frau auch nicht, sonst hätt' ich's ja wohl von der meinen erfahren, denke ich!« Er schüttelte den Kopf und schob mit einer urigen Grimasse die Pfeife vom einen in den anderen Mundwinkel. »Schade, dass Sie nich' noch was bleiben können, Sie und Ihre Frau. Dann komm ich natürlich auf jeden Fall vorbei. Kann aber so um die Ecke neun oder auch zehn Uhr werden, da ich erst mal raus nach Haldern muss, zum Schützentreff!«

»Das macht nichts«, sprach ich. »Solange noch Licht in der Werkstatt ist, sind wir auch zugegen!«

Wir wünschten uns gegenseitig viel Vergnügen für den Abend, bevor sich der Kapitän zu seinem Haus entfernte und wir beide direkt in die Werkstatt liefen, wo wir Frau Kohler und Elaine antrafen, die Gläser polierten und schwatzten. Nachdem wir die Flaschen auf der als Anrichte zweckentfremdeten Werkbank abgestellt hatten, wurden wir von den beiden Frauen aufgefordert, die Bestandteile des Buffets zu begutachten, die einstweilen in der Küche zwischengelagert wurden.

Wir waren voll des Lobes, da die beiden sich wirklich Mühe gegeben hatten, die Speisen appetitlich herzurichten. Ein gewaltiger Käseigel war dort zu sehen, zwei mit Tomatenscheiben und Petersilie geschmückte Schinkenplatten und eine weitere mit Räucherfisch, alle abgedeckt von gewaltigen Buffethauben, um die Speisen vor dem Austrocknen und vor den Fruchtfliegen zu bewahren. Aus demselben Grund waren die Melonen und sonstigen Südfrüchte noch nicht aufgeschnitten, wie man uns erklärte.

Der erste unserer Gäste traf überpünktlich ein, als wir gerade über der zweiten Tasse Kaffee saßen. Es war Sir Rupert, der den Weg von Mehr aus wie gewohnt zu Fuß angetreten hatte, sodass man ihm das verfrühte Eintreffen nicht unbedingt als Ungezogenheit auslegen konnte.

»Warum haben Sie sich kein Pferd geliehen?«, fragte Charly ihn und sah etwas irritiert zur Tür, weil diese von einem gar nicht so laut erscheinenden Donnerschlag erbebte.

»Oh, mein Sitzfleisch ist nicht gemacht für einen Sattel«, gab er mit gequälter Miene zu. »Lieber laufe ich mir die Füße wund, das bekommt mir besser, ist es nicht! Nur gut, dass ich es geschafft habe, bevor das Gewitter geht los!«

Frau Kohler servierte ihm Kaffee, während er von den heftigen Gewittern erzählte, die man an der englischen Südküste kennt. Seiner Meinung nach waren die darüber kursierenden Geschichten maßlos übertrieben, da er erst hier am Niederrhein erlebt hatte, wie tückisch ein solches Unwetter sein kann. Elaine nutzte die Erwähnung Englands als Überleitung zu diesem Thema und fragte den Baronet so neugierig über Land und Leute aus, dass ich bald den unheimlichen Verdacht hatte, sie habe diese hübsche Insel als Zielpunkt ihrer nächsten Heimsuchung ausgewählt.

Pünktlich wie ein Nürnberger Ei – und nebenbei bemerkt auch so rundlich – traf Kriminalrat Senftleben ein, der jeden Einzelnen sehr förmlich begrüßte und sich sowohl bei mir als auch bei Charly noch einmal leise für sein gestriges Verhalten entschuldigte.

»Es war einfach unverzeihlich«, murmelte er, und »ich weiß gar nicht, was über mich kam, Herr Tesla!«

»Schon vergessen, Herr Kriminalrat Senftleben«, erwiderte ich großmütig. »Schon vergessen.« Er drückte mir noch eine ganze Weile lang stumm die Hand, als ob er darauf warten würde, dass ich ihm meinen Segen erteile.

Danach taute er jedoch schnell auf und machte sogar gegenüber den Damen einige zahme Witzchen, die niemand komischer fand als er selbst.

Um viertel nach fünf trug Frau Kohler Sekt auf. Anschließend erhob ich mich und schlug mit einem Kaffeelöffel gegen mein Glas, um mir Gehör zu verschaffen.

»Uiih!«, quiekte Elaine ihrer mütterlichen Freundin zu. »Niki will eine Rede halten!«

Sie errötete, als ich ihr mit einem scharfen Blick zu verstehen gab, dass mir ihre Worte keineswegs entgangen waren.

»Meine verehrten Damen, geschätzte Herren«, begann ich mit erhobener Stimme. »Ich freue mich, Sie heute Abend als meine Gäste begrüßen zu dürfen. Leider sind noch nicht alle der Geladenen eingetroffen, wir rechnen nämlich mit noch einem Besucher, der von weither kommt, sodass sein spätes Erscheinen gewiss verzeihlich ist.«

Ich machte eine Kunstpause und verschränkte die Arme hinter dem Rücken, um zu unterstreichen, dass ich jetzt zum Thema überleiten würde.

»Mittelpunkt des heutigen Abends ist, wie Sie bereits wissen, die Vorführung eines Apparates meiner eigenen Erfindung. Auch wenn die Technik ja eher das männliche Gemüt rührt – und dies weiß Gott auch nicht immer –, glaube ich sagen zu können, dass die bevorstehende Demonstration auch die anwesenden Damen nicht mit Langeweile, sondern vielmehr mit schaurigem Entzücken erfüllen wird!«

»Huch!«, machte Elaine sarkastisch, was ich ihr durchgehen ließ, weil es ja irgendwie gut zu meiner Inszenierung passte.

»Die neuzeitliche Welt der Technik –«, ich ließ das letzte Wort im Raum verhallen, bis es im Lärm eines Donnerschlages versank, »– soll die althergebrachte des Aberglaubens ablösen, hört man oft. Doch solange nicht der letzte Aberglauben durch unsere moderne Wissenschaft als Unsinn widerlegt wurde und solange die wissenschaftliche Technik nicht der Natur das letzte Geheimnis entrissen hat, leben wir weiter in einem Zeitalter der Magie, in dem nur die alten Zaubertränke durch moderne Chemikalien und ominöse Zaubersprüche durch nicht weniger mystische Formeln ersetzt wurden. Folgen Sie mir also heute Abend in das neue Zauberreich, in dem sich selbst die mächtigen Geister der unsichtbaren Welt der vom Menschen geschaffenen Technik unterworfen haben –«

Wie um meine Worte zu widerlegen verdunkelte sich im nächsten Moment die elektrische Beleuchtung, um zweimal aufzuflackern und erst nach gut drei Sekunden wieder die alte Helligkeit zu erreichen. Das Publikum reagierte dagegen mit »Oh!« und »Ah!«, weil es den kurzzeitigen Stromausfall für einen gewollten Teil der Vorführung hielt. Deshalb setzte ich sofort mein gewinnendstes Lächeln auf und ließ eine Kunstpause verstreichen, bevor ich fortfuhr: »So weit zu dem, was Sie später noch erwartet. Doch nun zu etwas anderem, das mir aber noch mehr am Herzen liegt als das Wohl meiner Gäste! Dass dieser Abend einen feierlichen Rahmen haben soll, begründet sich darin, dass wir einen Anlass zum Feiern haben. Keinen sehr fröhlichen, aber auch keinen traurigen, sondern vielmehr einen, der mich mit Wehmut erfüllt!«

»Diese komischen Schuhe, das ist nur zur Sicherheit – glauben Sie bitte nicht, dass er ein Geck ist«, flüsterte Elaine Frau Kohler sehr, sehr leise ins Ohr, doch nicht so leise, dass es meinem übersensiblen Hörapparat entgangen wäre.

»Mit Wehmut, weil ein mir lieb gewordener Mensch, der mich in den letzten Wochen Tag für Tag durch mein Leben begleitet hat, Abschied nehmen muss. Es tut weh, jemanden gehen zu sehen, von dem man lieber möchte, dass er bleibt!«

»Oh je, ich wusste nicht, dass jemand gestorben ist?«, zischte darauf die Schlange doch zynisch in das Ohr ihrer Geschlechtsgenossin.

»Ich spreche von meinem Freund Karl Friedrich May«, enthüllte ich nun, »der am Montag wieder die Heimreise nach Sachsen antreten wird! Der heutige Abend soll seine Abschiedsfeier sein und meine Hoffnung zum Ausdruck bringen, das sich unsere Wege möglichst bald und oft wieder kreuzen. Ich trinke auf ihn und seine Zukunft als Mensch und Schriftsteller, möge er leuchten wie ein mächtiger Stern am südlichen Nachthimmel!«

Ich hob mein Glas zum Applaus der Anwesenden, während Charly mit leicht errötetem Gesicht aufstand und auf mich zuging, um mich brüderlich zu umarmen. Senftleben stimmte ein dreimaliges Hipphipphurra an, gefolgt von »Hoch soll er leben«. Dieses schöne Lied scheint im Deutschen den Bedarf nach alkoholischen Getränken ungemein zu fördern, da im Anschluss an seinen Abgesang die restlichen drei Zweiliterflaschen Sekt in null Komma nichts entkorkt und geleert wurden.

Ich hoffte in diesem Moment sehr, dass sich die Damen zu einem möglichst frühen Zeitpunkt zurückziehen würden, sodass Sir Rupert uns vielleicht mit einigen der höchst pekuliären englischen Liedchen erfreuen könnte, die gemeinhin als »Rugby-Songs« bekannt sind. Ich bin nun wirklich kein Freund von Zoten, muss aber zugestehen, dass diese auf den Melodien von bekannten Gassenhauern gesungenen Verslein oft zum Platzen komisch sind. In Budapest war ich Zeuge dessen geworden, wie ein Trupp englischer Telegrafisten ein Lied zum Besten gegeben hatte, dessen Inhalt sich über die in jenen Tagen sehr populär gewordene Erfindung des Wasserklosetts lustig machte. Der Text berichtet davon, wie ein feiner Herr einen schönen, lebenden Hummer kauft und ihn zu Haus im Klosett unterbringt, der Erhaltung der Frische wegen. Das Lied kulminiert in einem schönen Vers, den man auf Deutsch vielleicht so wiedergeben könnte:

Die Dame schrie sehr laut und grunzte wie ein Schwein,
denn der dicke, fette Hummer hing an ihrem Fötzelein.

Natürlich setzen die Texte beim ausländischen Zuhörer eine weitgehend perfekte Kenntnis der Niederungen der englischen Sprache voraus. Besitzt man diese nicht, dann kann man sich immer noch an den schönen Melodien erfreuen, die viel fröhlicher als das sind, was der Deutsche bei ähnlichen Gelegenheiten singt.

Zum Teil wünschte ich mir ein solches fröhliches Spektakel wohl, weil ich hoffte, dass es mir den Schmerz über Charlys Abschied nehmen würde. Unsere Freundschaft erschien mir irgendwie unfertig, solange nicht feststand, ob und in welcher Form Charly sich wirklich in seiner Schriftstellerei mit der Technik von morgen befassen würde, denn dies war ja der Grund gewesen, warum wir ursprünglich zusammengekommen waren. Doch hatte ich immer mehr den Eindruck, er habe diese Idee drangegeben, weil ihm etwas ganz anderes in den Sinn gekommen war, das er mit ungeheurem Fleiß in langen Nächten zu Papier brachte. Während er doch sonst so bereitwillig Auskunft über sein Werk erteilte, wurstelte er in letzter Zeit im Stillen vor sich hin. Hatte er seinen endgültigen Weg gefunden, seine künstlerische Bestimmung? Fast erschien es mir so, da seine Geheimniskrämerei ja einen wichtigen Grund haben musste.

Während ich über diese Dinge nachgrübelte, hielt Charly ebenfalls eine Rede, die aber so kurz war, dass man eher von einem verlängerten Trinkspruch reden könnte. Er brachte darin seinen Dank für meine Gastfreundschaft und die der

Kohlers zum Ausdruck, ohne irgendetwas zu sagen, das sonderlich geistreich oder auch nur witzig gewesen wäre. Was keine böse Kritik sein soll, sondern eine reine Feststellung, die vielleicht gewisse Rückschlüsse auf das Naturell des Schriftstellers allgemein zulässt, da sie auch auf Mark Twain zutrifft, dessen öffentliche Auftritte oft ebenso lau waren wie die von Charly. Vielleicht liegt es einfach daran, dass Schriftsteller ihre besten Zeilen vernünftigerweise für gutes Geld verkaufen wollen, anstatt sie kostenlos an die intellektuell bedürftigen Massen zu verteilen.

Ich hatte mir fest vorgenommen, spätestens um sechs Uhr mit dem zu beginnen, was ich in meiner Ansprache als Mittelpunkt des Abends bezeichnet hatte. Dass Leitner anscheinend kein Interesse daran hatte, berührte mich nicht im Mindesten, sodass ich um dreiviertel sechs den Apparat warmlaufen ließ, um pünktlich beginnen zu können.

Doch als ich mir gerade ein neues Glas Sekt holen wollte, um mich auf das Experiment innerlich vorzubereiten, pochte es mächtig an der Tür.

»Hallo, ist da jemand?«, rief eine Stimme von draußen.

Ich öffnete die Tür und stand nun Leitner gegenüber, der sich mit beiden Händen an einem Regenschirm festklammerte, den ihm der Wind mit aller Macht entreißen wollte. Dabei war noch kein Tropfen heruntergekommen, aber Leitner hatte offenbar beschlossen, sich um keinen Preis vom gefährlichen Wetter dieser gottverlassenen Gegend überrumpeln zu lassen.

»Herr Tesla, dem Herrn sei Dank!«, rief er erschöpft. »Stellen Sie sich vor, an diesem Provinzbahnhof war doch keine Kutsche zu bekommen! Verzeihen Sie meine –«

»Guten Tag, Herr Leitner, kommen Sie doch erst mal herein!«, sagte ich und nahm ihm den Schirm aus der Hand, um diesen zusammenzuklappen.

»Darf ich bekannt machen ...« Ich führte ihn herum, zunächst zu den Damen, von denen er eine ja schon ausgiebig genug kannte, dann zu Sir Rupert. Leitner war erstaunt, den Baronet hier anzutreffen. Der verzog keine Miene, als ihm nun der Kaufmann unter seinem richtigen Namen vorgestellt wurde.

Über die Anwesenheit des Kriminalrats war Leitner auch ein wenig erstaunt, begrüßte ihn aber durchaus erfreut und ohne auffällige Scheu. Besonders scharf beobachtete ich ihn, als er Elaine die Hand küsste und sie leise mit »Mademoiselle Fondeaux« ansprach. Glücklicherweise stand Frau Kohler etwas abseits, sodass sie es wohl nicht mitbekommen hatte. In diesem Moment wurde mir jedoch klar, dass es an so einem geselligen Abend kaum zu vermeiden sein würde, dass das Geheimnis der falschen Emma May früher oder später enthüllt wurde. Also begann ich, mir schon einmal eine möglichst wenig fadenscheinige Erklärung zurechtzubasteln, wie Frau Emma May nebenberuflich auch noch als Mademoiselle Fondeaux auftrat. Nachdem ich einige andere Ideen verworfen hatte, entschied ich mich für die bereits mit Erfolg eingesetzte Geschichte von der Opernsängerin, zu der ich mir noch einige Details einfallen lassen wollte, bevor es zur befürchteten Enthüllung kommen würde.

Frau Kohler wollte dem neuen Gast gerade ein Glas Wein einschenken, als sich draußen ein greller Blitz entlud, sodass sie erschrocken das Glas zu Boden gehen ließ, wo das feine Kristall in tausend Stücke zersprang.

»Au weia«, murmelte sie etwas pikiert über ihr Missgeschick, »so schlimm war's aber schon lang nicht mehr!«

Ich wollte den Besen aus der Ecke holen, aber sie übernahm dies selbst und bat mich, einstweilen die Bewirtung der Gäste zu übernehmen. Ich kam diesem Wunsch nach und stellte mich hernach neben meinen Apparat, um abzuwarten, bis Frau Kohler die Scherben beseitigt hatte. Als dies geschehen war, klopfte ich wieder mit einem Löffel gegen mein Glas, worauf die rege Unterhaltung zwischen Senftleben, Elaine und Sir Rupert verstummte.

»Verehrte Damen, geneigte Herren!«, hob ich an. »Was Sie sogleich erleben werden, ist die Macht unserer modernen, von Menschen geschaffenen Technik. Bedenken Sie, dass der Mensch selbst ein komplizierter Automat ist, dessen körperlicher Mechanismus sich aus Billionen von gleichartigen Maschinchen zusammensetzt, die ein jedes nicht größer sind als ein Bakterium, das man mit dem unbewaffneten Augen nicht einmal sehen kann! Und doch, würde man all diese winzigen Maschinchen in uns, die wir Zellen nennen, zu einem langen Band aneinander fügen, könnte man damit mehrfach den Äquator umspannen. Das Geheimnis dieser Maschinchen liegt in ihrer Fähigkeit verborgen, sich selbst zu vermehren und so den menschlichen Körper von den erstaunlichsten Verletzungen wiederherzustellen. Demgegenüber sind alle Erfindungen der Menschheit nur lächerlich primitive Werkzeuge. Wir wissen nicht –, *noch* nicht – wie sie funktionieren oder wie die Natur es vollbracht hat, aus sich heraus einen so phantastischen Mechanismus zu erschaffen.«

Ich stellte mich direkt an den Apparat, um seine Funktionsweise durch Fingerzeige besser erläutern zu können. »Was Sie vor sich sehen, ist mit großer Sicherheit eine der komplexesten Maschinen, die je von Menschenhand geschaffen wurde. Das bezieht sich nicht so sehr auf die Vielzahl der Einzelteile, aus der ich sie zusammengesetzt habe, als auf die innere Funktionsweise, die komplizierter ist als die Vorgänge in einer wunderbaren Uhr, obwohl diese aus einer weitaus größeren Vielzahl von Teilen bestehen mag. Insofern gleicht dieser Apparat hier den winzigen Maschinchen unseres Körpers, deren Aufbau nicht so kompliziert ist wie die letztendliche Wirkung, aus der sich erst die erwünschte Funktion ergibt. Erst das Zusammenspiel von Billionen Zellenmaschinen erschafft uns die Illusion, die wir selbst als Geist bezeichnen, als freien Willen, als Seele. Die Frage, ob dieser Wille wirklich so frei ist, beschäftigt die

Philosophen der Menschheit schon seit einigen tausend Jahren. Ein schreckliches Dilemma, wenn man es genau bedenkt: Haben wir also einen freien Willen, oder nicht?«

Ich machte eine Kunstpause und sah meine Zuhörer nacheinander an, während draußen unentwegt der Donner rollte.

»Ich denke, dass ich diese Frage zufrieden stellend beantworten kann, und werde diese Antwort hier vor Ihren Augen durch unumstößliche, für jedermann nachvollziehbare Beweise untermauern!«

Erstauntes Gemurmel.

»Ho! Starke Worte, Professor!«, rief Sir Rupert beifällig. »Wollen Sie etwa ein Ende setzen der Philosophie?«

Ich nickte demütig. »Tut mir Leid, wenn durch mich einige Philosophen im Straßenbau landen sollten. Aber dort kommen sie gewiss nicht so schnell auf dumme Gedanken!«

Gelächter.

»Heute Abend«, hob ich wieder an, worauf schlagartig Stille eintrat, »werden Sie sich selbst erkennen, werden Sie mit der ungeheuerlichen Tatsache konfrontiert, dass der Mensch ein Automat ist, dessen Agieren streng auf den physikalischen Prinzipien von Aktion und Reaktion beruht. Sie werden lernen, dass das, was Sie bislang als freien Willen angesehen haben, in Wirklichkeit nicht existiert! Sie werden erleben, wie leicht es ist, Ihre Sinne zu täuschen. Dieser Apparat hier –«, ich klopfte mit dem Kaffeelöffel auf das Holzgehäuse, »– produziert eine Illusion, die uns glauben macht, dass wir geheimnisvolle Stimmen hören, die uns gesprochene Botschaften übermitteln. Man könnte überlegen, ob diese Stimmen von Geistern stammen oder von den Bewohnern ferner Planeten. Eine solche Diskussion erübrigt sich jedoch, wenn Sie sich ins Gedächtnis rufen, was ich eben schon über diese Stimmen gesagt habe.«

Ich machte wieder eine Sprechpause und sah die Anwesenden nacheinander an.

»Eine *Illusion!* Die Stimmen stellen eine Illusion dar, die gezielt von diesem Apparat produziert wird. Ein Konstrukt, mehr nicht. Mein Ehrenwort darauf. Aber dieses Wissen ändert nichts daran, dass wir den Stimmen Botschaften entnehmen, die ich für höchst bemerkenswert halte. Doch handelt es sich um einen Automatismus, der ohne unser bewusstes Zutun in Gang gesetzt wird, sobald wir bestimmte Töne vernehmen. Wenn man so will, entstehen die Stimmen erst in unseren Köpfen.«

Ich räusperte mich vernehmlich. »Natürlich könnte einer von Ihnen vermuten, dass dieser Apparat eine Betrugsmaschine ist, in die ich eine Schar von Liliputanern eingesperrt habe, die uns haarsträubenden Unsinn erzählen.«

Während mein Publikum amüsiert tuschelte, klappte ich die hölzerne Vorderfront des Apparates auf. »Sie können ruhig näher herantreten –«, ich bemerkte, wie Senftleben sich von seinem Stuhl erhob, »– ja, kommen Sie ruhig näher und inspizieren Sie das Innenleben des Apparates. Nur darf ich Sie bitten, nichts zu berühren, da es sonst passieren könnte, dass Sie einen elektrischen Schlag abbekommen – später, am Ende der Demonstration, werde ich den Apparat stromfrei machen, dann können Sie völlig gefahrlos das Innenleben untersuchen.«

Senftleben nickte und blieb in einiger Entfernung von dem Kasten stehen, um ihn mit prüfenden Blicken durch seinen Klemmer und über dessen Rand hinweg zu begutachten.

»Es sieht dort drin recht aufgeräumt aus«, kommentierte er schließlich. »Einen direkten Betrug würde ich ausschließen!«

»Gut. Dann werde ich jetzt den Anwesenden die grundsätzliche Funktionsweise des Apparates erläutern, was etwa eine Viertelstunde in Anspruch nehmen dürfte. Ich bitte darum, keine Zwischenfragen zu stellen, da sich die meisten davon vermutlich im Laufe meines Vortrages erledigen werden.«

Tatsächlich verhielt sich meine Zuhörerschaft ausgesprochen diszipliniert, sodass ich erst im Anschluss an meine Erläuterungen einige Detailfragen beantworten musste. Diese betrafen vorwiegend das Prinzip des Edinson'schen Phonographen, über den von vielen Tageszeitungen wahre Wunderdinge berichtet wurden, welche diese Erfindung gar nicht vollbringen konnte.

Im Anschluss an diesen Teil führte ich dem Publikum einige der überzeugenderen Tonschriften vor, deren Inhalte sogar dem überaus skeptischen Kriminalrat mächtig zu denken gaben. Dabei fiel mir der ungewöhnlich große Konsens auf, der bei der Interpretation der Stimmen herrschte. Uneinigkeit kam eigentlich nur zu Beginn dieses Versuches auf, während im weiteren Verlauf eine immer größere Übereinstimmung erzielt wurde.

Zweimal brach während der Vorführung infolge eines Blitzschlages die Stromversorgung zusammen, die an diesem Tag besonders unter dem Wetter zu leiden schien. Statt einzelner, heftiger Donnerschläge war nunmehr ein permanentes, sehr bedrohliches Bollern zu hören, dessen Takt mir in manchem Augenblick mit dem Wetterleuchten einherzugehen schien, in anderen dagegen mit so unterschiedlicher Frequenz geschah, dass man fast meinen konnte, es handelte sich um zwei vollkommen voneinander unabhängige Vorgänge.

Um halb acht trugen Elaine und Frau Kohler das Buffet auf, während ich verkündete, dass der Hauptteil der Vorführung nach einer halbstündigen Pause beginnen würde.

»Ein wirklich ausgezeichneter Vortrag«, lobte Senftleben, während er mit einer Buffetzange einen Melonenschnitz auf seinen Teller lud. »Und Sie haben es so schön erklärt, Herr Tesla, dass selbst technisch unbedarfte Menschen das meiste davon verstehen dürften!«

»Danke für das Kompliment, Herr Kriminalrat.« Ich nahm mir zwei Spargelstangen und suchte mir anschließend eine schön magere Scheibe Westfälischen Schinkens heraus. »Sie sollten auf jeden Fall den jungen Räucheraal kosten, es ist hiesiger, hat absolut nichts mit dem zu tun, was man in der Großstadt kennt!«

»Aal?« Er deutete mit dem Zeigefinger auf eine Stelle der Servierplatte. »Dort, ja?«

»Ja. Ich empfehle einen Stich Zitronenbutter dazu, dort links in dem Schüsselchen.«

»Ach ja.« Er nahm das Messer aus dem Schüsselchen und bugsierte damit ein walnussgroßes Stückchen Butter auf seinen Teller. »Sagen Sie mal, Herr Tesla – welches Interesse hat Sir Rupert an Ihrem Apparat, wenn ich das wissen darf?

»Sie dürfen. Sir Rupert wandelt auf den Pfaden seines berühmten Cousins Bulwer-Lytton. Ein englischer Schriftsteller, sein berühmtestes Werk heißt *Die letzten Tage von Pompeji*, Sie haben bestimmt schon davon gehört.«

»Mhm. Nicht nur gehört, hab's sogar gelesen. Ist allerdings schon einige Jahre her.«

»Dann geht's Ihnen ja nicht anders als mir. Aber mit dem Buch hat es ohnehin nichts zu tun, es geht um ein anderes, das weit weniger bekannt ist. Es gibt, soweit ich weiß, nicht einmal eine deutsche Bearbeitung. Im Original heißt es *The Coming Race*.«

»Hm. *Das kommende Rennen?*«, übersetzte er etwas unbeholfen. »Seltsamer Titel für ein Buch. Spielt auf dem Rennplatz, was?«

»Nein«, lachte ich, »das war leider daneben, Herr Kriminalrat! *Race* hat ja noch eine zweite Bedeutung, nämlich *Rasse*! Und genau dies ist hier gemeint. *Die kommende Rasse*, kommend im Sinne von zukünftig.« Ich erklärte ihm, was Sir Rupert sich von meinem Apparat erhoffte.

Eigentlich hätte ich erwartet, dass er einen sarkastischen Kommentar abgeben würde, aber er murmelte nur etwas wie »Aha!«, als ich mit meinen Schilderungen am Ende war.

Kurz darauf verkündete ich meinen Gästen, dass die Demonstration in fünf Minuten ihren Fortlauf nehmen würde, das Buffet aber auf jeden Fall bestehen bleibe, falls jemand zwischendurch Appetit verspüren sollte. Danach bat ich um Ruhe, während ich meinen Apparat für die erste Tonschrift in Gang setzte. Als die Walze vollgeschrieben war, machte ich ein Handzeichen und ließ den Motor zurückdrehen, um die Tonschrift abzuspielen.

»Da, da ist was!«, rief Frau Kohler, deren Gesicht vor Aufregung ganz weiß war.

»Genau«, bestätigte Sir Rupert. »Eine Stimme von einer Frau!«

Die anderen Teilnehmer sahen eher unentschlossen aus, nur Charly nickte zögerlich und meinte, dass er ebenfalls eine Frauenstimme gehört habe.

Ich ließ den Motor ein kurzes Stück zurückdrehen, bis der Stichel eine Stelle erreichte, an der ein glockenähnlicher Ton ertönte, den ich bereits mehrmals im Zusammenhang mit heftigem Wetterleuchten bemerkt hatte.

»Da!«, rief Frau Kohler. »Es ist Englisch – *The race is lost*, genau so. Es kommt noch was dahinter, nach einer kurzen Pause, aber das konnte ich nicht –«

»*Christine*«, fiel ihr Sir Rupert ins Wort, der vor Aufregung seine Manieren vergaß. »Aber so, wie man es ausspricht in Deutsch, mit einem *äh* am Ende hinten!«

»Ja«, meldete sich Senftleben zu Wort, »den Namen habe ich auch gehört, genau wie Sir Rupert es sagt. Aber das vorne ... ich höre die Stimme, aber es sagt mir gar nicht, wenn ich ehrlich bin!«

Mein Blick fiel auf Herrn Leitner, der kreidebleich auf der vorderen Kante seines Stuhls hockte.

»Herr Leitner, haben Sie auch etwas gehört?«

Er regte sich nicht.

»Herr Leitner?«, wiederholte ich sehr betont.

»Äh, ja bitte?« Er hob seinen Kopf.

»Ich fragte, ob Sie auch etwas gehört haben?«

»Zum Teil.« Er schluckte. »Den Namen habe ich wohl gehört. Das andere sagt mir nichts, aber mein Englisch ist nicht besonders, vielleicht liegt es ja daran.« Er wischte sich mit dem Handrücken eine Haarsträhne aus der Stirn und sah mich erwartungsvoll an.

»Mhm«, machte ich. »Charly?«

»Den Namen höre ich gut, kein Zweifel«, erwiderte er mit gerunzelter Stirn. »Aber der Anfang – also, für mich klingt es eher wie Latein. *Tracheus Issus*. Macht natürlich keinen Sinn, ich weiß. Aber so klingt es.«

»Elaine?«

Sie zupfte nervös ihr Kleid zurecht. »Zuerst habe ich nichts gehört. Aber dann machte es irgendwie Klick, und ich habe es vollständig mitbekommen, *The race is lost, Christine.*«

Ihr Englisch hatte nach wie vor einen höchst aufreizenden romanischen Akzent.

»Gut«, sagte ich in die Runde, »wer bisher noch an der Existenz der Stimmen an sich zweifelte, dürfte jetzt wohl eines Besseren belehrt sein. Ich werde diese Walze einstweilen beiseite legen, wir können Sie nachher noch einmal anhören, falls Bedarf besteht. Stattdessen wollen wir eine neue Tonschrift anfertigen.«

Ich montierte die beschriebene Walze aus dem Halter und legte eine neue ein. Gerade als ich den Motor einschalten wollte, klopfte jemand an die Außentür.

»Hä!«, machte Charly. »Wer kann das sein? Hast du noch jemanden geladen?«

»Nein«, erwiderte ich nachdenklich. »Außer dem Kapitän, aber der klopft anders.«

»Warte, ich übernehme das.« Charly stand auf und ging zur Tür, um sie einen Spalt breit zu öffnen.

»Oh! Guten Abend!«, hörte ich ihn sagen. »Warten Sie, ich komme raus.«

Er ging hinaus, ohne die Tür wesentlich weiter zu öffnen,

und zog sie anschließend von außen fast ganz zu. Da ich auf der Seite der Türangel stand, konnte ich nicht sehen, wer dort vorgesprochen hatte.

»Ich bitte um einen Augenblick Geduld«, entschuldigte ich mich bei meinem Publikum.

Von draußen wehten einige leise Worte herein, gefolgt von etwas lauteren. Das dauerte etwa eine halbe Minute an, bis Charly wieder hereinkam.

»Es ist dieser aufdringliche Niggemeyer«, raunte er mir mit missmutigem Gesicht zu. »Ich wollte ihn abwimmeln, aber er ist ungemein penetrant!«

»Und was will er?«

»Mit dir reden, und zwar ganz, ganz dringend!«

»Sag ihm, es geht nicht, verdammt!«

»Hä! Was meinst du wohl, was ich ihm gesagt habe! Nur nutzt es nichts. Er wirkt irgendwie ...« Er verzog nachdenklich den Mund.

»Irgendwie was?«

»Weiß nicht ... verzweifelt, ja, das kommt dem am nächsten.«

»Verzweifelt? Der weiß doch –«

In diesem Moment ging die Außentür mit einem vernehmlichen Knarren auf und Niggemeyer steckte seine Nase in den Raum.

»Verzeihung, die Herrschaften!« Er sah mich an und machte eine Geste, die wohl zu bedeuten hatte, dass es ihm wichtig sei. Sein Gesicht wirkte bleich, die Augen hohl und fahrig.

Ich stand für einige Sekunden unschlüssig da. Als ich meinen Blick nach rechts schweifen ließ, fiel mir auf, dass Leitner in ganz seltsamer Haltung auf dem Stuhl saß. Es wirkte fast, als sei er unschlüssig, ob er aufspringen oder lieber sitzen bleiben sollte. Noch befremdlicher fand ich jedoch, dass er Niggemeyer so unverschämt mit halb geöffnetem Mund anstarrte.

»Einen Moment bitte«, rief ich Niggemeyer zu, aber da trat dieser schon in den Raum und legte die Entfernung zu mir mit zwei, drei Schritten zurück, die Wolke aus Kölnisch Wasser vor sich herschiebend.

»Herr Professor, Herr Professor!« Er bemühte sich, seine Stimme zu dämpfen, war aber so aufgeregt, dass eigentlich jeder im Raum ohne Anstrengung verstehen konnte, was er zu mir sagte. »Sie waren doch heute noch auf dem Rennplatz, ja? Und Sie haben die Wette gemacht, die ich Ihnen vorgeschlagen habe, ja? Wissen Sie, es ist mir nämlich eine Dummheit widerfahren, ein Fehler im System, sozusagen!«

Er hatte mir absolut keine Zeit gelassen, seine Fragen zu beantworten. Stattdessen muss ich ihn wohl mit dem intelligenten Blick eines gerade unsanft in die Welt geworfenen Kälbchens bedacht haben, da ich mir absolut keinen Reim aus dem machen konnte, was er da faselte.

»Nein, ich war nicht auf dem Rennplatz. Und ich habe nicht gewettet«, sagte ich, ohne wirklich zu begreifen, worum es ging.

Charly schien dieses Problem nicht zu haben, da er Niggemeyer nun leise fragte: »Gehe ich recht in der Annahme, dass Sie Ihre große Wette ... äh, in den Sand gesetzt haben?«

Niggemeyer machte eine gequälte Grimasse und hob hilflos die Hände. »Gerad so, wie Sie's sagen. Ich verstehe es nicht, ich verstehe es nicht ...« Er schüttelte den Kopf. »Es lief alles ganz ausgezeichnet, auch die Vorwetten, ganz nach Plan – aber beim Zieleinlauf, da bleibt sie einfach stehen! Unvorstellbar!« Seine Stimme überschlug sich. »50 Fuß weiter, und alles wäre gewonnen gewesen! Ich schreie noch laut *Christine, Christine* –«

Er drehte sich verwirrt um, weil sein Bericht von einem lauten Poltern unterbrochen worden war.

Der Lärm stammte von Leitners Stuhl, der umgefallen

war, als er aufsprang. Kreidebleich stand er nun dort, den anklagenden Finger auf Niggemeyer gerichtet!

»Sie da!«, krächzte er. »Ich kenne Sie doch. Ich ... *Schaumburg*, Sie Drecksau!«

Er schwankte für einen Moment, und dann ging er ohne jede weitere Warnung auf Niggemeyer los. Aus dem Ansturm heraus versuchte Leitner einen Schwinger auf seinem Kinn zu landen, aber der Angegriffene tauchte blitzschnell nach unten weg und raste zur offen stehenden Tür, während Leitner haltlos gegen mich prallte und durch seinen eigenen Schwung zu Boden gegangen wäre, hätte ich ihn nicht mit einem beherzten Griff gestützt.

»Halten Sie ihn auf!«, brüllte Leitner, als er sein Gleichgewicht wiedergefunden hatte. »Der Kerl ist ein Dieb und Betrüger!«

Diesmal war ich es, der zuerst reagierte und mit zwei kraftvollen Sätzen die Tür erreichte und in das abendliche Halbdunkel hinausstarrte, um mir einen Überblick zu verschaffen. Niggemeyer hatte bereits einen Vorsprung von gut fünfzig Metern, was normalerweise kein Problem für mich darstellt, da ich von mir behaupten kann, ein ganz ausgezeichneter Läufer zu sein. Nur half es in diesem Fall nichts, denn mit den dicken Korksohlen meiner Isolationsschuhe hätte mir selbst ein Einbeiniger mühelos davonhumpeln können!

In diesem Moment bemerkte ich den Landauer des Kapitäns, der direkt am Anfang des kleinen Gartenweges abgestellt war. Der Kapitän selbst hatte mir den Rücken zugewandt und kramte unter dem Kutschbock herum. Vermutlich war er dabei, etwas abzuladen, und hatte deshalb die Kutsche an den Fußweg herangefahren.

»Kapitän!«, brüllte ich mit allem, was meine Lungen hergaben.

Er ruckte herum und starrte in meine Richtung, bis er mich nach weniger als zwei Sekunden erspähte. Gleichzeitig kam von links der Gendarm ins Bild und blieb keine fünf Meter vor mir stehen, um mich wie ein Goldfisch anzuglotzen. Es war der lange, nutzlose Kerl, der mir schon einmal unangenehm aufgefallen war.

Ich riss den Arm hoch und deutete auf Niggemeyer, der direkt auf die Einfahrt zulief und gerade kaum mehr als zwanzig Meter von Kohler entfernt war.

»Halten Sie ihn auf!«, brüllte ich. »Um jeden Preis! Los –«, und, zu dem Polizisten gewandt, »– Sie auch, worauf warten Sie eigentlich, Mann Gottes!«

Der Kapitän starrte mich kurz verständnislos an, aber dann griff er, ohne sich umzudrehen, unter den Kutschbock und zog etwas Längliches hervor, das ich im Wechsel zwischen Dämmerung und grellem Wetterleuchten nicht genau erkennen konnte.

Mit einer für sein Alter mehr als bewundernswerten Geschwindigkeit setzte er nun dem Flüchtigen über kurze Distanz nach, als dieser gerade im Bereich der Einfahrt einen Haken nach rechts schlug, um auf den Zufahrtsweg abzubiegen. Dadurch verlor Niggemeyer etwas Zeit, sodass Kohler auf weniger als zehn Meter an ihn herankam, während dieser Idiot von Gendarm gemütlich auf die Zufahrt zutrottete, statt lange Beine zu machen.

Ich setzte mich selbst in Bewegung, wobei ich trotz der Korksohlen bald den Gendarmen überholt hätte, wenn ich in dieselbe Richtung gelaufen wäre wie er. Stattdessen schlug ich jedoch einen entgegengesetzten Kurs ein, da Niggemeyer nach seinem Haken ja in Richtung der Hauptstraße floh und somit unweigerlich an mir vorbeikommen musste. Ich versuchte sein Tempo abzuschätzen, um einen Winkel zu wählen, in dem ich seinen Weg kreuzen würde, sah aber schnell ein, dass ich mit den verdammten Korksohlen nicht den Hauch einer Chance hatte, das notwendige Tempo vorzulegen.

Verzweifelt bemerkte ich, dass der Kapitän etwas

hinter dem Verfolgten zurückzufallen begann, als er plötzlich seinen rechten Arm zweimal über dem Kopf kreisen ließ, um ihn anschließend mit aller Kraft nach vorne zu reißen.

Jetzt erst erkannte ich, was Kohler vorhin unter dem Kutschbock hervorgezogen hatte – einen Belegnagel, der nun durch die Luft zischte und mit mörderischer Gewalt gegen Niggemeyers Hinterkopf krachte!

Der Fliehende taumelte noch einige höchst ungelenke Schritte nach vorn, bevor er zusammenklappte und bäuchlings im Straßenstaub landete. So schnell ich es vermochte, lief ich auf die Stelle zu, an der er zusammengebrochen war. Hinter mir bemerkte ich bereits die schweren Schritte Senftlebens, gefolgt von den anderen.

Ich schwang mich über den Zaun und sah den Kapitän an, der neben dem Niedergestreckten stand und mich ein wenig besorgt taxierte.

»Alles in Ordnung!«, rief ich zu seiner Beruhigung. »Das haben Sie wirklich fein gemacht, Kapitän! Ich hoffe nur, dass er es auch überlebt hat!«

»Och! Da brauchen Sie aber keine Angst zu haben, Herr Tesla!«, erwiderte er etwas beleidigt. »Ich weiß genau, was so'n Kerl verträgt. Mehr als einen Brummschädel und ein dickes Hörnchen wird er nicht davontragen.«

»Hoffen wir's«, ächzte Senftleben, während er sich umständlich zwischen den Drähten des Zaunes durchzwängte. »Verfügt jemand hier über medizinische Kenntnisse?«

»Ja, ich diene als Sanitäter bei der freiwilligen Feuerwehr«, antwortete Charly, der bereits neben mir stand und sich nun über Niggemeyer beugte. Vorsichtig betastete er mit zwei Fingerspitzen den Hinterkopf des Bewusstlosen.

»Sieht nicht allzu besorgniserregend aus«, erklärte er schließlich. »Er dürfte jede Minute wieder das Bewusstsein erlangen!«

»Ollenbrecht!«, brüllte Senftleben den Gendarmen an, der

uns soeben erst erreicht hatte. »Handschellen und Fußketten, Tempo, Tempo!«

Ollenbrecht sah ihn empört an und wollte sich umdrehen, um den gleichen Weg zurückzugehen.

»Ollenbrecht! Nehmen Sie gefälligst den kürzesten Weg, Mann! Ab über den Zaun, los!«

Senftleben schüttelte den Kopf und sah uns an. »Vielleicht wissen Sie jetzt, was ich zu erleiden habe! Nur solche Dummköpfe geben die mir an die Hand, da kann man seine Aufgaben doch besser allein erledigen, nicht wahr?«

Leitner trat an uns heran und meinte: »Da muss ich mich aber sehr bei Ihnen bedanken, meine Herren, dass Sie diesen Banditen doch noch eingefangen haben!«

»Keine Ursache«, entgegnete Senftleben ausgesprochen sarkastisch. »Nur wäre es nett, wenn Sie uns darüber aufklären würden, was dieser Herr überhaupt verbrochen hat?«

»Er hat mich beraubt, vor fünf Jahren«, berichtete Leitner. »Hat meine Firma beinahe ruiniert, weil er selbst die Bücher geführt hat, sodass kaum noch festzustellen war, welchen Schaden er angerichtet hat! Es waren aber mindestens 30.000 Mark, so viel ist gewiss.«

»Hä! Das ist also dieser Walther Schaumburg, ja?«, fragte Charly und kniff danach die Augen zusammen, als ein grellweißer Blitz über den steingrauen Abendhimmel zuckte.

»Moment mal«, meldetet sich Senftleben zu Wort, »ich kenne diesen Herrn doch, aber mir hat er sich als Niggemeyer vorgestellt, Sebastian Niggemeyer.«

»Ja«, bestätigte Charly mit hochgezogenen Brauen, »das ist auch der Name, unter dem er hier im Dorf bekannt ist. Aber in Wirklichkeit heißt er Schaumburg. Interessant.«

»Was meinen Sie denn damit?«, rief Senftleben verdutzt in das anhaltende Donnergrollen hinein.

»Dass diese Angelegenheit für mich eine völlig überraschende Wendung genommen hat«, erklärte Charly. »Ich erkläre es Ihnen sofort, Herr Kriminalrat!«

In dieser Sekunde kehrte jedoch der Gendarm mit den Fesseln zurück und Senftleben beschloss, zunächst den sich allmählich wieder regenden Delinquenten an der erneuten Flucht zu hindern und sich erst danach Charlys Bericht anzuhören.

Als wir schließlich wieder alle in der Werkstatt waren, bat Senftleben zunächst die Damen, doch einstweilen den Raum zu verlassen, was diese jedoch erzürnt verweigerten. Der Gefangene saß halb zusammengesunken und an den Hand- und Fußgelenken gefesselt auf einem Stuhl. Sein Gesicht wirkte völlig leer, als ob er gar nicht wahrnehmen würde, was um ihn herum geschah. Das feine Tuch des teuren Rocks hatte sehr unter dem Sturz gelitten, und wäre da nicht sein äußerst gepflegter Bart gewesen, so hätte er gewiss für einen ganz gewöhnlichen Strauchdieb durchgehen können. Neben ihm hatte sich der Gendarm aufgebaut, den Daumen fest im Gürtel verankert, weil's schneidig aussah, und dazu ein dummstolzer Blick, als sei er es gewesen, der diesen Mann inhaftiert hatte.

»So, Herr May, Sie scheinen mir aus irgendeinem Grund derjenige zu sein, der am meisten über diese Angelegenheit weiß«, meinte Senftleben mit einem ironischen Unterton, nachdem er es endgültig aufgegeben hatte, das Weibsvolk aus dem Raum zu treiben. »Mit Ausnahme des Täters selbst, natürlich. Darum bitte ich Sie, mir genauen Bericht zu erteilen. Würden Sie das für mich tun?«

»Natürlich, Herr Kriminalrat«, entgegnete Charly bereitwillig. »Am besten schildere ich es chronologisch, da es sich so wohl am unkompliziertesten darstellt, ja?«

Senftleben nickte gleichgültig. »Wie Sie wünschen.«

»Gut.« Charly trank einen kleinen Schluck von seinem Rotwein. Seine Augen waren weit in die Ferne gerichtet, als er zu erzählen begann. »Vorweg darf ich anmerken, dass ich mir nicht vollständig über alle Aspekte im Klaren bin, weil mir ein immens wichtiges Element dieser Kette sehr unglücklicher Ereignisse erst vor wenigen Minuten zugetragen wurde. Also, wenn ich es richtig sehe, heißt dieser Herr dort –«, er deutete mit dem Kinn auf den Gefangenen, »– in Wirklichkeit Walther Schaumburg. Vor fünf Jahren war er jedenfalls noch unter diesem Namen als Prokurist in Herrn Leitners Firma angestellt. Unglücklicherweise nutzte er diese Position schamlos aus, indem er beträchtliche Summen Geldes veruntreute – so viel, dass die Firma beinahe in den Konkurs getrieben worden wäre. Kurz und gut, Herr Leitner ist ihm auf die Schliche gekommen – wie genau, das ist gewiss den Polizeiakten zu entnehmen, die über diesen Fall angelegt wurden. Ist das so weit korrekt, Herr Leitner?«

»Ja«, erwiderte dieser mit heiserer Stimme.

»Herr Schaumburg musste deshalb sozusagen bei Nacht und Nebel aus Köln fliehen, wobei er den Eisenbahnzug Richtung Holland bestieg«, fuhr Charly fort. »Wahrscheinlich war es der letzte Spätzug, der hier am Bahnhof Station macht, vielleicht auch der vorherige – jedenfalls einer, der schlecht besetzt ist.«

Etwas begann sich in dem Gefangenen zu regen. Sein Blick festigte sich und war jetzt auf Charly fixiert, der mit unbekümmerter Miene ein Geheimnis ans Licht zerrte, das der Inhaftierte bislang für alle Ewigkeit unter dem Staub der Jahre verborgen geglaubt hatte.

»Herr Schaumburgs Lage war, wie Sie sich leicht vorstellen können, zu diesem Zeitpunkt alles andere als rosig. Nun begab es sich, dass im selben Waggon noch ein Fahrgast saß – ein Student aus Regensburg namens Sebastian Niggemeyer, der seine Zelte in der Universitätsstadt abgebrochen hatte, da er just von seinem Onkel ein durchaus beachtliches Vermögen geerbt hatte. Man kann sich gut vorstellen, dass der junge Glückspilz enthusiastisch und leutselig war, dem unbekannten Fahrgast in leuchtendsten Farben von seinem

Erbe zu berichten. Unter anderem erfuhr Schaumburg auch, dass niemand in diesen Breiten Niggemeyer jemals zu Gesicht bekommen hatte – keine lebenden Verwandten, keine Freunde, nichts. Als Schaumburg dies erfuhr –«

»Nein!«, schrie der Gefangene und stierte Charly mit einem Blick an, in dem sich Wut und Verzweiflung mischten. »Woher –?«

»Halt's Maul!«, herrschte ihn der Gendarm an. »Du kannst dich schon einmal daran gewöhnen, dass du im Zuchthaus nur reden darfst, wenn man es dir erlaubt!«

»Lassen Sie ihn doch reden, verdammt!«, befahl Senftleben und sah dem Gefangenen direkt in die Augen. »Oder haben Sie nichts zu sagen?«

Der Gefangene wich seinem Blick aus und kauerte sich zusammen, ohne ein weiteres Wort zu verlieren.

»Herr May?«, fragte Senftleben auffordernd.

Charly nickte. »Ein Teil dessen, was ich jetzt ausführen werde, ist reine Spekulation und mag sich nachher als unwahr erweisen, falls Herr Schaumburg sich dazu entscheiden sollte, aufrichtig Zeugnis abzulegen. Falls er das nicht tut, wird meine Version der Ereignisse gewiss ausreichen, um der Polizei ein treffliches Bild des mutmaßlichen Hergangs zu eröffnen. Ähem. Moment bitte ... »

Er griff zu seinem Weinglas, wobei seine Finger so zitterten, dass er auch die andere Hand zur Hilfe nehmen musste. Die Konfrontation schien ihn weit über Gebühr zu beanspruchen, was vielleicht daran liegen mochte, dass sie in ihm Erinnerungen der unangenehmsten Art weckte.

»Wie bereits gesagt, als Schaumburg erfuhr, dass Niggemeyer hier in dieser Gegend praktisch unbekannt war, begriff er, dass das Schicksal ihm eine einmalige Gelegenheit geboten hatte, sich seinen Häschern zu entziehen. Er fasste einen Plan, der so einfach und nahe liegend ist, dass man ihn in wenigen Worten umschreiben kann: Er würde Niggemeyer ermorden und dessen Rolle übernehmen.«

Ein Raunen ging durch die Anwesenden und Frau Kohler war so schockiert, dass sie um ein Haar wieder ein Glas fallen gelassen hätte.

»Och!«, rief der Kapitän. »Ich verstehe nur noch Bahnhof! Meinen Sie wirklich, der Niggemeyer hier ist gar nicht der echte, sondern ein falscher?«

»Psst!«, machte seine Frau.

Charly nickte. »Richtig. Er ist in Wirklichkeit Walther Schaumburg, Herrn Leitners untreuer Prokurist, dessen Gier nach Geld so groß war, dass er sich nicht mit dem zufrieden geben wollte, was er aus der Kasse der Firma gestohlen hatte! Stattdessen stürzte –«

»Nein, so war es ja gar nicht!«, schrie Niggemeyer plötzlich. »So war es nicht! Von dem Geld hatte ich ja gar nichts, ich habe nur die Bücher umgeschrieben, damit es nicht auffällt!«

»Aha!«, bemerkte Senftleben scharf. »Das ist ja interessant! Sie frisieren die Bücher, ganz wie es ein Dieb tut, nur zu Ihrem Zeitvertreib? Mann, Sie glauben doch nicht, dass Ihnen das jemand so abkauft! Gestehen Sie endlich die Wahrheit ein, vielleicht wird das Ihren Richter milde stimmen!«

Schaumburg starrte durch ihn hindurch. »Ich ...«, platzte es aus ihm heraus, bevor er sich für einen Augenblick besann und dann leiser fortfuhr: »Glauben Sie mir, von dem ganzen Geld habe ich gar nichts gehabt! Ich habe das alles ja gar nicht für mich getan, sondern für Christine –«, sein Tonfall schlug nahtlos ins Hysterische um, »– sie hat mich dazu getrieben, hat mich dazu gebracht, dass ich die Bücher fälsche! Walther, hat sie gesagt, wir nehmen das Geld und kaufen uns damit ein Häuschen, ganz allein für uns! Ich war entsetzt, glauben Sie mir, ich habe ihr gesagt, dass es Diebstahl ist! Aber da hat sie nur gelacht und gesagt, es wäre ja kein Diebstahl, weil wir das Geld ja nicht ausgeben würden, und ein Haus sei ja eine gute und vernünftige Art, das Geld ihres Mannes anzulegen ...«

Er schluckte. »Aber es war so viel Geld, dass es die Firma in den Ruin getrieben hätte, und das habe ich ihr auch gesagt! Aber sie hat nicht auf mich hören wollen, und da habe ich es so gemacht, wie sie es wollte!«

»Christine?«, fragte Senftleben, obwohl er die Antwort bereits wissen musste. »Sie meinen Christine Leitner, ja?«

Schaumburg nickte müde.

»Saukerl! Was lügst du dir da zusammen!«, schrie Leitner und sprang auf, worauf sich der Gendarm in drohender Haltung zwischen ihm und dem Gefangenen aufbaute. Ich war überrascht, da ich ihm so viel Geistesgegenwart nicht zugetraut hätte.

»Willst du jetzt auch das Angedenken einer Toten in den Schmutz ziehen, nach allem, was du ausgefressen hast?«, brüllte Leitner.

»Herr Leitner!«, dröhnte Senftleben dazwischen. »Mäßigen Sie sich, ansonsten lasse ich Sie aus dem Raum entfernen!«

Leitner stand noch einen Augenblick mit zuckendem Mund da, entschied dann jedoch, dass es ratsamer sei, sich artig zu verhalten.

»Herr Schaumburg?«

Der Angesprochene setzte ein ziemlich albern wirkendes Lächeln auf, das wohl freundlich und devot wirken sollte.

»Wenn Sie dann weiter ...«, forderte ihn Senftleben etwas unsicher auf.

»Ja. Ja, ich werde es so erzählen, wie es wirklich war!«, erklärte Schaumburg mit seltsamem Eifer. »Dieses Miststück, ich hatte gedacht, sie liebt mich, was sie mir auch oft genug geschworen hat, aber das war nicht wahr – sie hat nur einen Menschen geliebt, sich selbst nämlich!«

Bei dem Wort »Miststück« wollte Leitner wieder aufspringen, was Senftleben aber durch eine herrische Geste unterband.

»Aber nachdem ich die Bücher gefälscht hatte«, fuhr Schaumburg fort, »und sie das Geld in ihren Fingern hatte, hat sie mich an ihren Mann verpfiffen, die Sau! Kalt lächelnd hat sie es mir ins Gesicht gesagt, ich war wie gelähmt, wollte es erst gar nicht glauben! *Aber warum?*, habe ich sie immer wieder gefragt. Wissen Sie, was sie mir geantwortet hat?«

Er sah Senftleben an, der dies mit einem Blick erwiderte, wie man seinen Gärtner anschaut, wenn der einen fragt, ob man heuer lieber Begonien oder Reseda hinter dem Haus anpflanzen sollte. »Nein«, sagte der Kriminaler leise, »kann's mir nicht vorstellen.«

»Weil ihr Männer Säue seit, allesamt! Hat sie gesagt. *Säue*. Dabei war sie die Sau, nehmen Sie mich beim Wort, ich will's in Gegenwart der Damen nicht weiter ausführen. Heute Nacht fliegt alles auf, sagte sie, ich habe es meinem Mann auf den Tisch gelegt, und wenn er nach Hause kommt, wird er erfahren, wie du ihn betrogen hast!« Die Tränen schossen so plötzlich über seine Wangen, dass es wie ein misslungener Theatereffekt wirkte. »Mir blieb nur noch die Flucht – ich konnte mich nicht einmal mehr in meine Wohnung wagen, besaß also nur noch das, was ich am Leib hatte, und nicht mehr als zwanzig Mark im Geldbeutel. Und eine Fahrkarte bis zur holländischen Grenze, die ich gekauft hatte, weil ich mich dort wegen des Hauses umsehen wollte. Wir hatten uns dieses Dorf hier ausgesucht, weil man es schnell von Köln aus mit dem Zug erreichen kann und weil uns niemand kannte. Niemand. Also bin ich in den nächsten Zug eingestiegen, weil die Fahrkarte nun einmal da war, und ich musste ja möglichst schnell aus Köln weg! Sie verstehen?« Er sah Senftleben hoffnungsvoll an.

»Ja«, entgegnete Senftleben ruhig. »Verstehe. Und dann haben Sie tatsächlich diesen Niggemeyer kennen gelernt, wie es Herr May erzählt hat, ja?«

»So ungefähr, ja«, bestätigte Schaumburg ganz ruhig. »Ich bin in die dritte Klasse, obwohl die Fahrkarte für's

Coupé war, aber da waren mir zu viele Leute. Niggemeyer war der einzige Fahrgast, und ich wollte eigentlich nichts mit ihm zu tun haben, weil er ziemlich betrunken war. Aber er wollte mich unbedingt auf einen Schluck Wein einladen, und da mir nicht daran gelegen war, mich zu streiten, habe ich mich zu ihm gesetzt. Er hatte seinen Wein selbst mitgebracht und mir ganz stolz erzählt, dass er's von dem Fahrgeld abgezwackt hat, das man ihm geschickt hat. Das wäre wohl mehr als genug für die zweite Klasse gewesen, aber er hätte einfach dritte Klasse gelöst und von dem Überschuss mit seinen Freunden erst mal kräftig Abschied gefeiert und sich vom Rest Wein für die Fahrt gekauft. Abschied?, habe ich ihn gefragt – nur der Höflichkeit halber, wissen Sie? Ja, meinte er, er habe bis jetzt studiert, woraus wohl niemals etwas Rechtes geworden wäre, aber jetzt habe er reich geerbt, sodass er bis ans Lebensende sorgenfrei leben könne! Alles hat er mir erzählt, auch, dass er gespannt sei, was für ein Dorf das sei, wo er jetzt hinziehen würde. Dorf?, frage ich. Und da stellt sich heraus, dass es genau dieses Dorf hier war, wo Christine und ich das Haus kaufen wollten – seltsame Zufälle gibt's, nicht wahr?«

»Mhm«, machte Senftleben, weil Schaumburg offenbar eine Antwort auf diese Frage erwartete. »Ja, wirklich seltsam. Und, äh ... was geschah dann, Herr Schaumburg?«, drängte der Kriminaler sanft.

»Dann wollte er zur Tür, um zu pieseln, wie er es ausdrückte«, erklärte der Gefangene in beinahe fröhlicher Stimmung. »Ich habe einen trockenen Hals. Kann ich etwas zu trinken haben?«

»Natürlich«, erwiderte Senftleben großzügig. »Natürlich. Frau Kohler, würden Sie bitte ...?«

»Was darf ich ihm denn geben?«, fragte die Angesprochene ratlos.

Senftleben zuckte seine Achseln. »Was er will. Was wollen Sie?«

»Der Rotwein«, sagte Schaumburg nach einem Moment zu Frau Kohler, »kann man den empfehlen?«

»Ich denke schon«, erwiderte sie mit zittriger Stimme. Offenbar war sie mit der Situation doch etwas überfordert, und ihr Mann legte sanft eine Hand auf ihren Unterarm, um sie zu beruhigen. Nur eine Sekunde dauerte diese Berührung an, aber sie verschaffte ihr wieder genug Kraft, um aufzustehen und dem Wunsch des Gefangenen nachzukommen.

Schaumburg nahm das Glas mit den aneinander geketteten Händen entgegen und bedankte sich höflich, bevor er einen Schluck nahm. »Ganz gut, der Wein«, kommentierte er.

Niemand der Anwesenden, nicht einmal Senftleben, sah sich genötigt, das auf diese Bemerkung folgende Schweigen zu durchbrechen. Nach zwanzig oder dreißig Herzschlägen Stille nahm der Gefangene wieder das Wort auf.

»Sie verstehen, er wollte sich einfach aus der offenen Tür heraus erleichtern. Und als er so aufsteht und lostorkelt, da denke ich, wenn er nicht gut aufpasst, fällt er von der Plattform. Es konnte nur so kommen, er war viel zu betrunken! Der ist tot, wenn du nicht sofort etwas unternimmst, dachte ich mir. Aber andererseits, ich hatte doch selbst große Probleme, also, was sollte es mich bekümmern? Er war so gut wie tot, wenn ich nichts dagegen unternehmen würde. Das war ein Wink des Schicksals, verstehen Sie? Er war ja so gut wie tot, also spielte es keine Rolle, ob ...« Er stockte.

»Ob *was?*«, versuchte Senftleben nachzuhelfen.

»Ob es wirklich genau so passieren würde, wie es das Schicksal geplant hatte«, erklärte Schaumburg mit fiebrigem Blick. »Das ist doch kein richtiger Mord, wenn jemand seinen eigenen Tod durch seine Dummheit verursacht und man nur ein wenig eingreift, sodass sein Tod nicht ganz sinnlos war, verstehen Sie?« Er sah den Kriminaler erwartungsvoll an. »Das wird ein guter Richter doch gewiss genauso sehen, denke ich?«

»Hm. Sie meinen also, dass es kein Mord sei, wenn man

jemanden umbringt, der sowieso bald stirbt?« Senftleben zog ein Grimasse. »Nein, das ist genauso ein Mord wie jeder andere. Möglicherweise mag es sich strafmildernd auswirken, aber das hängt von den genauen Umständen der Tat ab, die man erst kennen muss.«

»Ah ja!« Schaumburg nickte. »Dann will ich es Ihnen erzählen. Es ging alles sehr schnell, aber ich kann mich trotzdem gut daran erinnern. Ich habe mir eine seiner Weinflaschen genommen, eine volle, und sie ihm von hinten auf den Kopf gehauen, mit aller Kraft. Ich dachte, dass er sofort zusammenbrechen muss, zumal er ja so betrunken war. Aber er hat nur ein wenig mehr geschwankt als vorher, das war alles.«

Er nippte an seinem Glas, bevor er weitersprach. »Und da habe ich noch einmal zugeschlagen und noch mal. Und noch mal. Bis die Flasche kaputtgegangen ist.«

Elaine machte ein seltsames Geräusch, sprang auf und verließ in höchster Eile den Raum. Offenbar war ihr Magen durch die letzten Worte des Gefangenen etwas überfordert. Auch die anderen saßen ziemlich betreten da und ich spürte, wie es in meinen Schultern zu kribbeln begann angesichts der Unbekümmertheit, die Schaumburg bei der Schilderung des grausigen Verbrechens an den Tag legte.

»Das tut mir Leid für die Dame«, bekannte der Gefangene jetzt. »Aber ich sollte es ja so schildern, wie es genau war, nicht wahr, Herr Kriminalrat?«

»Ganz recht, Herr Schaumburg«, antwortete Senftleben.

»Dann ... –«, Schaumburg stockte, »– dann ging die Flasche kaputt, glaube ich. Und erst da brach er zusammen. Ich habe ihn umgedreht und dabei gesehen, dass die Augen weit aufgerissen waren und ganz glasig. Also dachte ich mir, er müsste tot sein. Ich habe schnell seinen Rock durchsucht und alles an mich genommen, was er bei sich hatte – seine Papiere, Geld, der Brief vom Notar ... Habe gar nicht genau hingesehen, was ich da eingesteckt hatte. Wichtig war ja nur, dass er nichts bei sich hatte, woran man erkennen könnte, wer er zu Lebzeiten war. Dann würde es so aussehen, als ob er nur ein namenloser Vagabund sei, wenn man seine Leiche findet, wissen Sie? Niemand würde erfahren, dass Sebastian Niggemeyer tot ist, und so würde ich in Ruhe als Sebastian Niggemeyer weiterleben können. Ein guter Plan, nicht?«

»Im Prinzip schon«, meldete sich Charly zu Wort, nachdem er Senftleben mit einem kurzen Blick gebeten hatte, das Wort ergreifen zu dürfen. »Bis auf die Tatsache, dass Niggemeyer gar nicht tot war, ja?«

Schaumburg sah ihn erstaunt an. »Sehr klug von Ihnen, Doktor May, wirklich! Ja, er war nicht tot, aber das habe ich erst viele Monate später erfahren. Es wäre sicher anders gekommen, wäre die Tür am Ende des Waggons nicht versperrt gewesen, dann hätte er auf den Schienen gelegen und wäre vermutlich vom nächsten Zug überrollt worden, denke ich. Aber so musste ich ihn aus dem Fenster werfen, was ziemlich anstrengend war. Habe mir dabei eine Zerrung geholt, mit der ich noch Monate zu tun hatte. Danach habe ich mir seinen Koffer genommen und mit seiner Wäsche die Spuren aufgewischt und sie danach wieder in den Koffer gepackt. Und dann bin ich hier im Dorf aus dem Zug gestiegen und habe beim Bahnhofsvorsteher den Hausschlüssel abgeholt und mir von ihm den Weg zeigen lassen –«

»Hatten Sie den gar keine Angst, sich falsch auszuweisen?«, fragte Senftleben.

»Doch, gewiss! Aber es war gar nicht nötig, weil dem Brief vom Anwalt der Hinterlegungsschein beilag, also hat der Bahnhofsvorsteher mir den Schlüssel einfach so ausgehändigt, verstehen Sie?«

»Hm – aber der Anwalt, der hat doch sicher verlangt, dass Sie sich legitimieren? Es erfordert doch eine ziemliche Frechheit –«

»Haha!« Schaumburg schlug amüsiert seine aneinander geketteten Hände auf die Schenkel. »Verzeihung, aber das ist zu lustig! Sie müssen wissen, ich fand in dem Haus einiges an Geld, insgesamt rund tausend Mark, und habe natürlich überlegt, nach Amerika zu fliehen, oder auch nach Australien. Aber am nächsten Morgen, als ich gerade das Haus verlassen hatte, da sprach mich ein Mann an – als ›Herr Niggemeyer‹, stellen Sie sich das einmal vor! Ich war so verdattert, dass ich kein Wort herausbekam. Ja, und er stellt sich als der Anwalt vor, der den Brief geschrieben hatte! Der Bahnhofsvorsteher hatte wohl den Auftrag, ihn direkt zu benachrichtigen, wenn der Schlüssel abgeholt wurde. Er hatte die notwendigen Papiere gleich mitgebracht, ich brauchte sie nur noch zu unterschreiben …«

»Unglaublich«, meinte Senftleben trocken. »Es war also viel einfacher, als Sie es sich vorgestellt haben …«

»Ja – einen Moment bitte.« Schaumburg wollte sein Glas an den Mund heben, aber es war leer. Frau Kohler sah Senftleben fragend an, und erst als dieser nickte, stand sie auf und schenkte dem Gefangenen nach.

»Danke«, meinte er sehr leise und trank einen Schluck, bevor er sein Geständnis fortsetzte. »Ja, es war geradezu lächerlich einfach, da es ja ohne mein Zutun so weit kam, dass ich für den Erben gehalten wurde! Natürlich blieb ich vorsichtig und blieb in den nächsten Wochen zumeist im Haus. Und dann, eines Tages, da begegne ich diesem grausig entstellten Krüppel, der mich dumm anredet, wie er es ja bei jedem tut. Irgendwer hat mir dann seine Geschichte erzählt, und Sie können sich vorstellen, wie ich mich erschreckt habe! Ich überlegte, schnell alles an Geld zusammenzuraffen und doch nach Amerika zu gehen. Aber dann fiel mir ein, dass er mich nicht erkannt hatte – was sollte also passieren? Darüber war ich natürlich heilfroh, denn das machte mich ja von jeder Schuld frei! Auf der anderen Seite –«

»Verzeihung! Äh … wieso fühlten Sie sich von jeder Schuld befreit?«, fragte Senftleben ziemlich perplex.

»Weil er schließlich noch lebt«, erklärte Schaumburg

ernsthaft. »Ich dachte ja, ich sei zum Mörder geworden, aber das Schicksal hat es anders gewollt! In Wirklichkeit habe ich ihn sogar gerettet, wenn man es genau nimmt! Denn wäre er hinten aus dem Zug gestürzt, dann wäre er doch gewiss gestorben!«

Er lächelte Senftleben sehr überzeugt an. Doch der Kriminaler glaubte natürlich genauso wenig an Schaumburgs Logik wie alle anderen im Raum, auch wenn dessen Sicht der Dinge auf eine morbide Weise durchaus nachvollziehbar erschien.

Schaumburg hob seine gefesselten Hände mit dem halb geleerten Glas. »Sie können mir die Fesseln ruhig abnehmen«, sagte er immer noch lächelnd. »Ich werde nicht fliehen. Ich habe ja gar keinen Grund dazu, denn ich bin kein Mörder.«

»Machen Sie sich nicht lächerlich!«, brauste Senftleben auf. »Sie haben einen Menschen auf grausigste Weise misshandelt, und wie sie's getan haben, das wird jedes Gericht als versuchten Mord werten, das können Sie mir getrost glauben!«, raunzte er.

Schaumburg konnte es nicht fassen, aber Senftlebens herablassende Miene verunsicherte ihn doch.

»Sie meinen ... aber wenn er doch nicht tot ist –«, entgegnete er beharrlich. »Komme ich denn trotzdem ins ... ins Gefängnis?«

»Zuchthaus, wir reden von Zuchthaus«, murmelte Charly,

Irrenhaus, dachte ich. *Eigentlich hat er Irrenhaus sagen wollen ...*

»Aber ich habe doch ein Geständnis abgelegt! Wirkt sich das nicht ... nicht mildernd aus – auf die Strafe, meine ich?«, fragte der Gefangene verwirrt.

»Vielleicht«, antwortete der Kriminalrat kalt. »Ein vollständiges Geständnis könnte sich begünstigend auswirken, jawohl. Aber wenn Sie etwas verschweigen ... nun, das würde all Ihre Bemühungen zunichte machen!«

»Gut«, meinte Schaumburg nach einer nachdenklichen Pause. »Dann werde ich ein der Wahrheit entsprechendes Geständnis ablegen. Aber –«, er zog fragend die Brauen hoch, »– das Geld, das darf ich doch behalten? Ich meine, wenn ich eines Tages wieder entlassen –«

»Von welchem Geld reden Sie?«, entfuhr es mir. »Ich dachte, Sie haben alles auf dem Rennplatz verloren?«

»Richtig! Aber das wird sich ändern, denn ich werde das Rennen anfechten!«, verkündete er triumphierend. »Es kann nicht mit rechten Dingen zugegangen sein, dass das Siegerpferd kurz vor dem Ziel einfach stehen bleibt! Schiebung – das liegt doch auf der Hand! Mein System hatte bis zu diesem Rennen tadellos funktioniert war, selbst die riskantesten Einläufe, jawohl! Das muss jemand bei der Rennleitung gemerkt haben, und dann hat man eben dafür gesorgt, dass es diesmal danebengeht!«

»Warten Sie mal –«, Senftleben warf mir einen nervösen Blick zu, der auf mich so wirkte, als ob er seelischen Beistand suchte, »– Sie wollen damit doch nicht sagen, dass Sie das gesamte Geld ... dass Sie alles, was Sie hatten, auf *ein* Pferd ...?«

»Doch!«, bestätigte Schaumburg gelassen. »Was hätten Sie denn an meiner Stelle gemacht? Der Tipp war todsicher –«

»Tipp? Von wem?«

»Von *Christine*«, erwiderte Schaumburg geduldig. »Sie hat mir die Tipps gegeben. Nur mir. Deshalb sagte ich doch, mein System ist todsicher.«

»Christine Leitner?«, fragte Charly rasch, bevor Senftleben etwas sagen konnte. »Ja, das dachte ich mir.« Er blinzelte mich an, bevor er sich wieder an Schaumburg wandte: »Ich habe da einen Verdacht ... Herrgott, wie soll ... Sie haben auch Frau Leitner ermordet, nicht wahr?«, sagte er schließlich mit fester Stimme. »Nicht, dass ich es beweisen könnte, aber da sie ja geständig sein wollen, dachte ich –«

»Ja.«

Charly sah Schaumburg etwas verdattert an, da er wohl nicht mit diesem kleinen und doch so viel sagenden Wort gerechnet hatte.

»Ja – ich habe Christine Leitner getötet.« Schaumburg schenkte ihm ein strahlendes Lächeln. »Obwohl man auch in diesem Fall nicht das unschöne Wort Mord benutzen sollte. Christine bezeichnet es immer als Erlösung, denn sie ist mir sehr dankbar dafür, dass ich ihrem sündhaften Leben ein Ende bereitet habe!«

»Was?« Leitner war wieder aufgesprungen, aber der Gendarm packte ihn sofort am Kragen und drängte ihn zu seinem Stuhl zurück. »Setzen, Freundchen!«, sprach die uniformierte Intelligenzbestie.

»Ja, Christine ist mir wirklich dankbar dafür, dass sie einen schnellen Tod hatte, wissen Sie?«, plapperte Schaumburg weiter. »Sie ist mir dankbar, denn ich habe mir vorher genau überlegt, wie ich's so anstelle, dass sie möglichst wenig leidet.«

»Hm. Wie ist sie ... wie ist es denn genau geschehen?«, wollte Senftleben wissen, während er in seinem Rock herumkramte. Offenbar suchte er ein Taschentuch, und so half ich ihm aus, indem ich ein blütenweißes, sauber gefaltetes Tuch aus meinem Rock hervorholte und ihm reichte. Er nickte mir dankbar zu und wischte sich die nasse Stirn ab.

Und dann begann Schaumburg zu erzählen, wie er eines Tages am Bahnhof eine Fahrkarte ins Ruhrgebiet lösen wollte und zufällig sah, wie Christine Leitner aus dem Zug stieg. Sie lief flugs auf einen Mann zu und tauschte mit diesem Zartheiten aus, weshalb sie Schaumburg wohl nicht bemerkte. Verständlicherweise traute der Verbrecher sich in den folgenden Tagen kaum aus dem Haus. Doch dann kam Kapitän Kohler bei ihm vorbeigefahren und er nutzte die Gelegenheit, um sich darüber zu informieren, wer das junge Paar sei und ob sie noch im Dorf weilten. Kohler erklärte ihm, dass es sich um das Ehepaar Rosmann handelte, die vor einiger Zeit hier ein Haus gekauft hatten. Und von Kohler erfuhr er auch, dass die beiden kurz zuvor wieder abgereist waren.

»Und dann«, berichtete Schaumburg weiter, »hat er mir alles erzählt, was er über die beiden wusste.«

Das Gesicht des Kapitäns rötete sich ein bisschen, als seine Frau ihn scharf von der Seite ansah. Draußen flackerte wieder ein Wetterleuchten auf, und für einen Moment meinte ich hinter dem Fenster den Umriss einer gebeugten, menschlichen Gestalt zu sehen. Doch beim nächsten, direkt darauf folgenden Aufflackern war dort nichts mehr zu erkennen, sodass ich davon ausging, dass ich mich getäuscht haben musste.

»Und von da an habe ich die beiden heimlich beobachtet, mir genau gemerkt, wann sie kommen und was sie unternehmen«, enthüllte Schaumburg. Schließlich wählte er die Stelle am Mahnmal aus, an dem die beiden regelmäßig vorbeispazierten –

»Sie wollten also beide ermorden?«, fiel ihm Senftleben ins Wort.

»Aber nein!«, rief Schaumburg. »Er hat mir ja gar nichts getan, der Herr Rosmann, aber andererseits musste ich ja verhindern, dass er mein Gesicht erkennt! Also wollte ich ihn von hinten mit dem Knüppel angehen, und danach könnte ich mich in Ruhe um sie kümmern, habe ich mir überlegt. Und von da an habe ich jeden Tag nachgesehen, ob sich etwas in ihrem Haus tut. Eines Morgens habe ich dann gesehen, dass die Fensterläden offen sind. Also habe ich mich mittags zum Mahnmal begeben und dort im Gebüsch versteckt. Und dann höre ich Schritte und schaue vorsichtig nach, wer es ist. Sie war's, und zwar allein! Wieder ein Wink des Schicksals, dachte ich mir, jetzt oder nie. Ich hatte extra ein starkes Seidentuch eingesteckt, um sie zu erwürgen. Ich wollte es ihr von hinten um den Hals legen, aber da wäre mir ihr Hut im Weg gewesen. Also dachte ich, es sei besser, sie am Hals zu packen und zu würgen, bis sie besinnungslos sein würde, um es nachher mit dem Tuch ordentlich zu Ende zu führen. Aber als ich aus dem Gebüsch gesprungen bin, da bin ich gestolpert, sodass sie sich umdrehen konnte, bevor ich bei ihr war. Ich weiß, dass sie mich noch erkannt hat, bevor ich ihr die Kehle zudrückte.«

Sein Blick verklärte sich seltsam. »In dem Moment wusste ich, dass sie mir dankbar war, weil ich sie von ihrem lasterhaften Leben befreite.« Er seufzte tief, als ob er etwas besonders Anstrengendes auf sehr befriedigende Weise vollbracht hätte.

»Es war etwas in ihren Augen, wissen Sie?«, behauptete er mit einem Gesicht, das im Flackern des Wetterleuchtens ausgesprochen unheimlich wirkte.

Lichter in der Nacht

Wie sich im Fortlauf des Verhörs herausstellte, war Schaumburg tatsächlich überzeugt davon, dass der Geist von Christine Leitner nichts Besseres zu tun hatte als ausgerechnet ihm »todsichere« Renntipps zufließen zu lassen. Das Ganze hatte vor knapp vier Jahren begonnen, als er sich vollständig in die Rolle Sebastian Niggemeyers eingelebt hatte und begann, Pläne für seine Zukunft zu schmieden. Statt sich jedoch nach Amerika oder sonstwohin abzusetzen, wie es ein klügerer Mensch vermutlich getan hätte, versteckte er sich weiter in dem niederrheinischen Dorf und wartete auf eine Gelegenheit, sich an ihr zu rächen. Aus verständlichen Gründen beschränkte er seine Kontakte zur Dorfbevölkerung auf das Notwendigste und begann aus Langeweile, sich die Zeit mit spiritistischen Experimenten zu vertreiben, die er vorwiegend mit dem Ouija-Brett durchführte. Anfänglich waren seine okkulten Rennwetten nicht unbedingt von Erfolg gekrönt. Doch dies änderte sich dramatisch nach der Ermordung von Christine Leitner – so dramatisch, dass er den festen Glauben hegte, sie habe sich im Jenseits geläutert und würde ihn zur Entschädigung für die ihm zu ihren Lebzeiten angetane Schmach auf diese Weise bevorteilen.

Das ging so weit, dass er behauptete, von ihr insgesamt mehr als vierzig Tipps erhalten zu haben, die alle restlos aufgingen! Zum Dank hatte er ihr gelegentlich einen Strauß in Holland gekaufter Rosen hinter das Mahnmal gelegt, da sie diese Blumen auch in ihrem irdischen Leben liebte. Das erklärte wohl auch den verdorrten Strauß, den ich hinter dem Mahnmal gefunden hatte ...

Ich habe mich redlich bemüht, Schaumburgs Geständnis aus meinen Notizen und der Erinnerung möglichst getreu wiederzugeben. Man mag mir vorwerfen, dass ich dabei einen zu wenig prosaischen Standpunkt eingenommen habe. Aber auf diese Weise bleibt wenigstens die menschliche Seite dieses Dramas erhalten, die es einem schwer macht, den Mörder vollständig zu verdammen. Letztlich empfinde ich meinen Bericht jedoch als unbefriedigend, da er nur die Sichtweise der Zeugen des Geständnisses schildert, ohne einen wirklichen Einblick in die Gedanken und Beweggründe des Täters zu eröffnen.

Selbst Leitner, der ja eine gewisse Berechtigung haben mochte, seinen ehemaligen Angestellten zu hassen, wurde sich wohl dessen bewusst, dass Schaumburg ein sehr, sehr kranker Mann war, den ein Irrenarzt wahrscheinlich von jeglicher Verantwortung für seine Taten freisprechen würde.

Was mir heute noch zu denken gibt, ist die Frage, inwiefern andere Menschen mitverantwortlich für seine Taten waren. Etwa Christine Leitner, die ihm unzweifelhaft den Kopf verdreht hatte, um einen heimlichen Plan zu verwirklichen, der ihm mehr Schaden zufügen würde als allen anderen, die sonst darin verwickelt waren.

Oder der Ehemann der Ermordeten, der seine Augen vor der Sündhaftigkeit seiner Gattin verschloss und Schaumburg als Opferlamm für den Erhalt seines Eheglücks missbrauchte.

Wie heißt es so schön: Wer ohne Sünde ist, der werfe den ersten Stein. Ist Gedankenlosigkeit eine Sünde? Falls ja, dann müsste man auch den Kapitän verdammen, der es Schaumburg durch seine sorglose Redseligkeit zumindest erleichtert hatte, wenn nicht sogar ermöglicht hatte, Christine Leitner in einem fast perfekten Verbrechen zu töten.

Oh, man könnte die Kette der Verantwortlichen gewiss

endlos fortsetzen. Es ist immer nur eine Frage dessen, ob man dem Mörder einen freien Willen zuspricht oder sein Handeln als Folge eines Automatismus sieht, dem er zwangsweise folgen muss. Zu den Anstößen, die andere Menschen bei ihm verursachten, gesellten sich mysteriöse »Zufälle«, die ihn glauben machten, dass das Schicksal ihm in die Hand spielen würde. Wie viele solcher sinnfälliger Ereignisse bedarf es, um den Automaten in unserem Kopf so einzurichten, dass wir ganz anders handeln als gewohnt.

Schaumburg hätte noch bis in den Morgen weitererzählt, von *seiner* Christine, von *seinem* Geld, von *seinen* mit dem normalen Verstand kaum nachvollziehbaren Gedankengängen. Wer weiß, vielleicht hätte er sogar noch ganz andere Gräueltaten gebeichtet, da er sich zunehmend in der Rolle des gefährlichen Schurken gefiel, so lächerlich seine Bemühungen auch wirken mochten, diese zu erfüllen. Aber Senftleben bereitete dem Ganzen frühzeitig ein Ende, indem er mir und Charly vorschlug, ihn bei einer Durchsuchung des heruntergekommenen Häuschens zu begleiten, das Schaumburg fünf Jahre lang bewohnt hatte. Wir willigten ein, worauf Senftleben mich noch um Erlaubnis bat, den Gefangenen mit seinem Bewacher bis zu unserer Rückkehr in der Werkstatt zu erdulden.

»Er kann ja niemandem gefährlich werden, so wie er gefesselt ist«, sagte er an mich gewandt. »Es soll zwar Leute geben, die sich aus polizeilichen Handschellen zu befreien vermögen –«, er warf einen seltsamen Seitenblick auf Charly, »– aber es müsste schon mit dem Teufel zugehen, wenn davon mehr als einer zugegen ist ... Außerdem wird er ja scharf bewacht«, erklärte der Kriminalrat.

Der Gendarm reckte das Kinn, um die Worte seines Vorgesetzten zu unterstreichen.

»Och! Sollten wir ihn nicht besser einsperren?«, schlug Kohler vor, der die Ohren gespitzt und das Gespräch wohl zumindest zum Teil mitbekommen hatte. »Bei uns in der

Grotte wäre er besser verwahrt, da käme er nicht so leicht raus!«

»Grotte?«, fragte Senftleben, der offenbar dachte, er habe sich verhört, weil die Worte des Kapitäns halb von einem Donnerschlag übertönt wurden.

»Mein Mann spricht von unseren Vorratskeller, Herr Kriminalrat«, erklärte Frau Kohler müde. »Aber ich will ihn eigentlich nicht dort wissen, wenn ich ehrlich bin. Mit einem Mörder unter einem Dach ... ich würde lange keinen ruhigen Schlaf mehr bekommen!« Sie erschauerte sichtlich, wie es sich für höhere Töchter in einer solchen Situation wohl gehört.

»Na, die Idee erscheint mir ohnehin etwas drastisch«, fand der Kriminalrat. »Ollenbrecht, Sie passen mir gut auf den Mann auf, ja?«

»Jawohl, Herr Kriminalrat«, schnarrte der Gendarm und schlug die Hacken zusammen. »Werde ein scharfes Auge auf das Bürschchen haben, Herr Kriminalrat!«

Frau Kohler fragte Leitner, Sir Rupert und Elaine, ob sie einstweilen ins Haupthaus mitkommen wollten, bis die polizeilichen Angelegenheiten erledigt seien. Elaine und Leitner willigten ein, während Sir Rupert meinte, er wolle sich doch lieber wegen des langen Rückwegs verabschieden. Daraufhin schlug ihm der Kapitän vor, ihn später nach Mehr zu kutschieren, sodass sich der Baronet genötigt fühlte, doch noch eine Weile zu bleiben.

Bald darauf liefen die Kohlers mit den drei Gästen zu ihrem Haus, während Charly und ich uns zusammen mit Senftleben auf den Weg machten, nachdem ich meine Schuhe gegen ein bequemeres Paar gewechselt hatte.

Obwohl die Sonne längst untergegangen war, sorgte das Gewitter für eine Beleuchtung, die dem hellen Tage nur um weniges nachstand. Der blauviolette Glanz des Wetterleuchtens hatte sich gegen die Dunkelheit durchgesetzt, die nur noch bei jedem dritten oder vierten Augenaufschlag die

Oberhand gewann. Im Abstand von zwölf, fünfzehn, achtzehn, einundzwanzig Sekunden krachte ein prächtiger Blitz über's Firmament, dessen grelle Gestalt den diffusen Schatten für einen kurzen Augenblick scharfe Umrisse verlieh. Das wirklich Unheimliche an diesem Unwetter war jedoch, dass dies alles bei vollständiger Trockenheit geschah – kein Gewittertropfen berührte den Boden, kein Schauer durchsiebte die elektrisch geladene Luft. Als eines der vor die Gendarmeriekutsche gespannten Pferde beim Scharren mit dem eisenbewehrten Huf einen Kiesel zertrat, sprühten daraus blaue Funken hervor, die wie zuckende Würmer am Bein des Tieres emporkrochen, das diese Entladung allerdings überhaupt nicht wahrzunehmen schien.

»Wenn einer der Herren bitte das Kutschieren übernehmen könnte?«, bat Senftleben, als Charly und ich soeben das Kompartement der abgewetzten Gendarmeriekutsche besteigen wollten. »Ich bin ein wenig abgespannt von dieser Angelegenheit, wie ich zugeben muss!«

»Das soll kein Problem sein«, antwortete ich und sah Charly fragend an.

»Ich übernehme das gerne«, erklärte er mit spöttisch verzogenem Mund.

Ich konnte mir gut denken, was ihm dabei durch den Kopf ging! Man denke, seine kleinkriminelle Scheu vor den Amtsfahrzeugen hatte er mittlerweile wohl hinreichend abgebaut, und jetzt bot sich ihm die Gelegenheit, ein solches selbst zu steuern, wie es normalerweise nur Gendarmen dürfen. Allerdings übertrieb er es keineswegs, sondern lenkte die Kutsche geschickt um die Schlaglöcher herum und pfiff sich ein fröhliches Liedchen, als ob wir einen Sonntagsausflug unternehmen würden.

Es dauerte kaum eine Viertelstunde, bis wir das geduckte Häuschen erreichten. Charly steuerte die Kutsche an den rechten Straßenrand und arretierte die Feststellbremse, bevor er die links und rechts am Wagenkasten montierten Laternen löschte. Dann sprang er vom Kutschbock herunter und lief mit weit ausgreifenden Schritten auf das Haus zu, gefolgt von Senftleben, der wegen seiner Leibesfülle ein gemächlicheres Tempo einlegte.

Als ich zu den beiden aufholte, standen sie bereits vor der Eingangstür des Hauses, die aus massiver, mit Stahl armierter Eiche gefertigt war.

Senftleben deutete auf das Patentschloss, mit dem die Tür versperrt war. »Da kommen wir so leicht nicht rein«, meinte er. Sein Gesicht wurde vom Flackern eines gleißenden Blitzes verzerrt, dessen bedrohliche Nähe durch den unmittelbar darauf folgenden Donnerschlag bestätigt wurde.

»Wir sollten es mit einem der Fenster versuchen«, schlug Charly vor.

»Einverstanden!«, erklärte der Kriminalrat. Er zog die Luft ein. »Sagen Sie mal, riechen Sie das auch?«, fragte er, seinen eigenen Sinnen misstrauend.

»Ja«, entgegnete ich nachdenklich, während Charly an einem der Fensterläden rüttelte. »Es stinkt ein wenig. Ein wenig nach Kürschnerei, wie faules Leder.«

Charly packte noch einmal mit beiden Händen fest zu und riss den Fensterladen auf. Er öffnete den Mund und sagte etwas, das jedoch in einem gewaltigen Donnerkrachen unterging, dem ein anhaltendes Grollen folgte, das einem Vulkanausbruch recht gut zu Gesicht gestanden hätte.

»Vernagelt!«, brüllte er laut. »Er hat die Läden zugenagelt! Warum?«

Ich zuckte meine Schultern. *Warum?* Schaumburg hatte sich vollständig eingeschanzt, über lange Jahre niemanden an sich herangelassen. *Weiß der Teufel, was ihn dazu bewegt hat.*

»Hier sind Eisengitter!«, rief Charly. »Zwecklos, da kommen wir nicht durch!«

»Lass es uns auf der Hinterseite des Hauses versuchen«, schlug ich vor.

Senftleben lief schon los, bevor ich mich in Bewegung versetzen konnte. Als wir das Haus umrundet hatten, sah ich, wie Charly vor einem hölzernen Anbau stand, der ein wenig auf mich wirkte wie ein etwas zu groß geratenes Klosetthäuschen.

»Ziege!«, rief er in das Prasseln einer Blitzkaskade hinein. »Das riecht ganz bestimmt nach Ziege!«

»Na wenn schon!«, meinte Senftleben mürrisch. »Er hat sich vermutlich eine Milchziege gehalten, verdammt! Wir sollten das arme Tier befreien!«

Charly nickte und sah sich um, bis er in dem verwilderten Garten einen Stapel von Scheiten entdeckte, die wohl als Brennholz vorgesehen waren. Er lief dorthin und kramte kurz darin herum, bis er einen dünnen, scharfkantigen Knüppel aus Hartholz entdeckte, den er an sich nahm, um damit zur Tür des kleinen Stalls zurückzukehren.

Er setzte den Knüppel zwischen der Tür und der Wand in der Nähe des Vorhängeschlosses an, in dessen stumpfem Messinggehäuse sich das Wetterleuchten schwach spiegelte. Dann verschaffte er sich einen festen Stand und zog den Hebel mit einem Ruck nach unten, worauf der Riegel mit einem trockenen, fast explosivartig kurzen Geräusch zerbarst.

Die Tür flog ruckartig auf und aus dem Dunkel des Stalls sprang uns mit einem Schlag eine schwarzweiß gefleckte Ziege entgegen, die sich über die so plötzlich gewonnene Freiheit derartig zu freuen schien, dass sie zunächst fünf oder sechs Mal um die eigene Achse pirouettierte, um anschließend mit drei, vier gewaltigen Sätzen die gesamte Tiefe des Hofes zu überwinden, bevor sie meckernd den Durchlass der das Grundstück säumenden, ungepflegten Hecke passierte und vollends verschwand.

Charly sah uns mit blitzenden Augen an und nickte munter.

»Gehen wir rein«, sagte er entschlossen.

Das war jedoch leichter gesagt als getan, da der Stall so

eng war, dass er für uns drei kaum genug Platz bot. Folglich blieb Senftleben erst einmal draußen stehen, während Charly sich mit seinem Hebel an der Tür zu schaffen machte, die vom Inneren des Stalls ins Haus führte. Er brauchte nicht lange, um auch sie aufzubrechen, worauf er bereits im Dunkel des Hauses verschwand, während ich Senftleben bedeutete, mir zu folgen.

Kurz darauf betrat auch ich den Innenraum von Schaumburgs *Sanctum*, so dicht gefolgt von Senftleben, dass mir sein warmer Atem über die Nackenhaare strich.

»Mein Gott!«, flüsterte Charly entsetzt. »Das kann nicht sein!«

»Was denn?«, fragte Senftleben ungeduldig, dessen Augen sich offenbar nicht so schnell an die Dunkelheit gewöhnten wie Charlys oder meine.

Charly griff in seinen Rock, um ein Talglicht und Zündhölzer zum Vorschein zu bringen.

Ratsch! Ein Zündholz flackerte auf, und kurz darauf wurde der Raum vom weniger grellen, aber weiter reichenden Schein des Talglichts erfüllt. In meine Nase stieg ein pestilenzartiger Gestank, ein Gemisch aus Verwesungsgeruch und Unmengen von Kampfer. Unter anderen Umständen wäre ich sofort hinausgestürmt, um mich zu übergeben. Dass es nicht dazu kam, lag wohl nur am Interieur dieser Zufluchtsstätte, das auf mich so verwirrend wirkte, dass es einen Bann auf mich ausübte, der mich nicht weichen lassen wollte.

»Sehen Sie selbst«, sagte Charly mit heiserer, unmodulierter Stimme. »Sehen Sie selbst.«

Der Raum, in dem wir standen, nahm etwa die Hälfte der Breite des Hauses ein. Die Wände waren fleckig und grau, die davor aufgestellten Regale und Schränke ramponiert und staubig. Der desolate Eindruck war jedoch nicht das, was Charly so entsetzt hatte. Ich benötigte eine Weile, um mich so weit zurechtzufinden, dass ich überhaupt begriff, was hier geschehen war. Auf den ersten Blick wirkte der Raum wie ein Tierheim oder ein zoologisches Laboratorium, da er außer den anderen Einrichtungsgegenständen eine Reihe von mit Maschendraht bespannten Käfigen enthielt, wie man sie Kleintieren als Behausung anbietet. Doch war kein Piepsen oder Tschilpen zu hören, kein fröhliches Geschnatter oder Keckern, denn statt lebendiger Tiere steckten in den Käfigen ausgedörrte Kadaver von Meerschweinchen, weißen Mäusen, Schnepfen und Kaninchen, auf denen weiße Maden und schwarze Fliegen hockten, die so sehr mit diesem Festmahl beschäftigt waren, dass sie sich durch unsere Anwesenheit nicht aufscheuchen ließen.

»Verhungert«, erklärte Charly heiser, während er in den größten Käfig starrte, der die Leichen einiger Kaninchen enthielt. »Sie sind alle verhungert oder verdurstet.«

»Dabei steht dort säckeweise Futter«, murmelte ich und deutete auf eine Stelle an der Wand, wo leinene und papierne Beutel standen, von denen einige den Aufdruck einer zoologischen Handlung trugen. »Er hat sich einfach nicht mehr um die Tiere gekümmert und –«

»Weiter!«, drängelte Senftleben. »Die Tür dort!«

Wir gelangten in einen kleinen Flur, der weitaus weniger desolat wirkte, obwohl man ihn nicht gerade als gepflegt bezeichnen konnte. Die Wände hatten seit mindestens zehn Jahren keinen neuen Kalk mehr gesehen und die eigentliche Tönung der rohen Bodendielen war unter dem Kehricht unmöglich auszumachen.

Senftleben zog die Tür hinter sich zu und drängte sich an uns vorbei, um den Raum an der linken Seite zu betreten, dessen Tür weit aufgesperrt war. Es handelte sich um einen Wohnschlafraum, in dem neben einem eisernen Bett ein fast drei Meter breiter Kleiderschrank aus Eichenholz untergebracht war. Wenn man berücksichtigt, welchen Eindruck die anderen Teile des Hauses bei uns hinterlassen hatten, dann wirkte dieses Zimmer schon geradezu peinlich ordentlich. Zwar war es genauso schmutzig wie in der Diele und das

Bett völlig zerwühlt, aber der kleine Couchtisch und der Schreibtisch an der Wand wirkten so aufgeräumt, wie man es in einem ordentlich geführten Kontor erwarten würde. Auf dem Couchtisch befand sich ein Ouija-Brett aus rötlich gebeiztem Buchenholz, dessen Schiffchen sich zitternd in Bewegung setzte und von Buchstabe zu Buchstabe hüpfte, als ich auf eine lose Bodendiele trat. Der Schreibtisch war mit sorgfältig ausgelegten Belegcoupons von Rennlosen bedeckt, während weiter hinten neben einer perlmuttbesetzten Schreibgarnitur ein Ablagekörbchen stand, in dem einige Briefe lagen.

Senftleben nahm mit spitzen Fingern die Briefe aus dem Körbchen und trat damit in den Schein von Charlys Talglicht, um die Absender zu entziffern. »Das ist von einer Bank.« Er zog das Anschreiben aus dem Couvert und faltete es auseinander.

»... bestätigen wir Ihnen den Eingang von M. zweitausend ... Verdammt!« Senftleben hob den Kopf und setzte ein sehr ernstes Gesicht auf. »Er hat tatsächlich auch das Haus hier zu Geld gemacht. Der arme Niggemeyer – von seinem Erbe wird er wohl keinen Pfennig mehr sehen, ist alles in die Kassen auf dem Rennplatz gewandert.«

Er steckte den Brief zurück in das Couvert und machte sich daran, die Schubladen des Schreibtischs zu durchsuchen, der einige wenige Unterlagen enthielt, die er ebenfalls an sich nahm. Auch den Kleiderschrank inspizierte er gründlich, wobei er sämtliche Röcke und Hosen nach Dingen abtastete, die möglicherweise in den Taschen vergessen worden waren, was aber letztlich nichts zu Tage förderte, was er für bedeutend hielt.

Schließlich drückte er die Türen des Schrankes wieder zu und drehte sich zu uns um. »Gehen wir«, seufzte er. »Ich habe genügend Indizien zusammenbekommen, also macht es wohl nichts, wenn wir das eine oder andere übersehen haben sollten.«

Auf dem gesamten Rückweg sprachen wir kaum drei Sätze miteinander, weil sich jeder von uns wohl seine eigenen Gedanken machte über das, was wir soeben gesehen hatten. Das grausige Schicksal der Kleintiere war für mich ein weiterer Beweis, in welchem Maße bei Schaumburg schon vor Wochen und Monaten eine vollständige geistige Zerrüttung eingesetzt hatte. Vermutlich hatte er sich diese Wesen zugelegt, um sich seine notgedrungene Vereinsamung zu erleichtern. Dass ihm am Schicksal der Tiere einmal etwas gelegen haben musste, ließ sich schon daran ersehen, dass die Käfige geräumig waren und das Futter von guter Qualität. Doch als er an irgendeinem Punkt das Interesse an den Tierchen verlor, überließ er sie einfach ihrem Schicksal, statt sie wegzugeben oder ihnen wenigstens einen kurzen Gnadentod zu gewähren.

Was hatte dazu geführt, dass er sich von den Tieren abgewendet hatte? Ich konnte nur vermuten, dass es der Irrglaube war, der Geist von Christine Leitner habe Kontakt zu ihm aufgenommen. Ansonsten fiel mir einfach nichts ein, was ihn so sehr von der Wirklichkeit entfernt haben könnte. Vielleicht sind dies aber auch nur abseitige Spekulationen, mit denen ich versuche, aus meiner eigenen Weltsicht heraus eine andere zu begreifen, deren Logik so bizarr ist, dass ich sie nicht einmal im Ansatz erfassen kann.

Als wir im Lichtkegel der Kutschlaternen gerade die Zufahrt zum Hof der Kohlers sehen konnten, rief Charly den Pferden laut »Hooooo!« zu, um die Fahrt zu verlangsamen. Zwischen den nun in langsamerer Folge erklingenden Hufschlägen glaubte ich für einen Moment, das Geräusch einer anderen Kutsche zu erkennen, die gerade die Zufahrt heraufkam. Im nächsten Moment wurde ich auch schon im grellen Flackern eines Blitzes des Wallachs gewahr, der den Landauer des Kapitäns mit schlitternden Rädern durch die Einmündung Richtung Westen zog.

»Der Kapitän hat's aber verdammt eilig heute!«, rief ich Charly zu.

Er drehte sich zu mir um und sah mich mit einer Mischung aus Verwunderung und Sorge an. »Das war nicht der Kapitän!«, schrie er in den Donner hinein.

Als wäre dies sein Stichwort gewesen, tauchte nun im Laufschritt die Gestalt Kohlers an der Einmündung der Zufahrt auf. Er hielt an, war für einen Moment unschlüssig, ob er links oder rechts abbiegen sollte. Dann eilte er aber doch auf uns zu.

»Halt!«, brüllte er uns entgegen, was gar nicht notwendig war, da unser Wagen bereits mitten auf der Straße zum Stehen gekommen war. Mit wieselflinken Bewegungen erklomm er den Kutschbock und ließ sich neben Charly auf die Sitzbank plumpsen. »Hinterher, worauf warten Sie denn!«, kommandierte er. »Da entlang ist er!« Er deutete Richtung Westen.

»Von wem reden Sie überhaupt?«, schrie Senftleben.

»Von Marius! Er hat Ihren Gendarm niedergeschlagen und sich diesen Nigge ... diesen Schaumburg geschnappt!«, keuchte der Kapitän. »Und dann hat er meine Kutsche geklaut! Ich kann mir gar nicht vorstellen, wie er damit zurechtkommt, aber er ist damit wie der Leibhaftige losgejagt!«

Charly ließ die Peitsche knallen und die Pferde trabten an.

»Schneller!«, rief ihm der Kapitän einige Sekunden später zu. »Sonst fährt er uns davon!«

»Wir werden uns den Hals brechen!«, erwiderte Charly mit sich überschlagender Stimme, ließ aber doch mehrmals die Peitsche knallen, bis die Pferde weit ausgriffen und die Kutsche eine hinsichtlich der Straßenverhältnisse höchst bedenkliche Geschwindigkeit erreichte. Die Stöße, die wir abbekamen, waren durch ihre raschere Abfolge zwar nicht mehr so mächtig, was aber nur darüber hinwegtäuschte, dass Federung und Radachsen durch die Unwegsamkeiten der Straße nun bis zum Äußersten belastet wurden. Zwar hatten die Straßenbauer an den trockenen Tagen die schlimmsten von Winterfrost und Schmelzwasser verursachten Schlaglöcher zugeschüttet, was aber nicht hieß, dass die Straße für ein Tempo geeignet war, das weit jenseits eines gemütlichen Zockelns lag. Mochte das Fahrwerk der Kutsche dem Ganzen auch gewachsen sein, so war doch jederzeit damit zu rechnen, dass eines der Pferde strauchelte, was unberechenbare, aber jedenfalls der Geschwindigkeit proportionale Ergebnisse gezeitigt hätte!

»Verdammte Dunkelheit! Unter dem Sitz ist eine Karbidlampe!«, schrie Senftleben in den Fahrtwind. »Links von Ihnen, Herr Kohler!«

Der Kapitän zog die Laterne hervor und reichte sie nach hinten weiter an Senftleben. Es war eine jener Patentlampen, bei denen die Schwerkraft das Wasser in den Gasbehälter tröpfeln lässt, sodass sich das dort entwickelnde Brenngas von einem Zündmechanismus in Brand setzen lässt.

Kurz darauf wurde ich vom grellen Schein des Gaslichts geblendet, das Senftleben wieder nach vorn weitergab, damit der Kapitän den Weg ausleuchten konnte. Im Gegensatz zum diffusen, intermittierenden Schein des Trockengewitters warf das konzentrierte Gaslicht kräftige Schatten, sodass die schwächeren Kutschlaternen gut bei ihrer Aufgabe unterstützt wurden, gefährliche Hindernisse aufzuzeigen.

Ich beugte mich zur Seite hinaus, um besser sehen zu können, was vor uns lag. Nach einer Weile schoss ein grellweißer Blitz aus den Wolken und raste vollständig zum Horizont hinunter, was annehmen ließ, dass er hinter dem Rhein in einen Baum oder, was ich nicht hoffte, ein Haus eingeschlagen war. Dieses imposante Lichtspektakel erhellte die vor uns liegende Landschaft so stark, dass ich die vor uns fliehende Kutsche für einen Lidschlag zu sehen vermochte.

»Da vorne!«, rief ich. »Es sind höchstens dreihundert Meter!«

»Ja!«, rief der Kapitän. »Ich hab's ebenfalls gesehen!«

Er stemmte seine Füße gegen das Spritzbrett, um sich einen festen Sitz zu verschaffen, wodurch er die zweite Hand freibekam und sie zum Ausrichten der übel stinkenden Gaslaterne verwenden konnte.

»Er wird gleich den Bahnübergang erreichen!«, schrie Charly aufgeregt. »Wenn er das Tempo nicht zurücknimmt, gibt's Bruch!«

Die über die Gleise führende Rampe war tatsächlich ein gefährliches Hindernis für Fahrzeuge, da die quer zu den Rädern verlaufenden Eisenschienen nun einmal härter und massiver waren als jeder Radreifen. Dies hatte wohl auch der Flüchtende erkannt, da er das Tempo deutlich verminderte, sodass wir schnell aufholten, bis die vor uns sichtbare Szene vom vereinten Licht unserer Laternen erfasst wurde.

Die andere Kutsche pendelte unentschlossen vom rechten zum linken Straßenrand, da ihr Lenker offenbar unsicher war, wie er das vor ihm liegende Hindernis nehmen sollte. Nun musste aber auch Charly die Geschwindigkeit zurücknehmen, da unserem Gefährt ja letztlich die gleiche Gefahr drohte. Doch in diesem Moment geschah etwas, womit keiner von uns gerechnet hätte. Unsere Kutsche legte sich vorne stark nach links, weil Charly in seiner Konzentration auf das Geschehen vor uns wohl ein Schlagloch übersehen hatte. Ein mörderisches Kreischen verkündete, dass die Radnabe für einen Moment trocken lief, und dann bekam das Fahrwerk von hinten einen gewaltigen Schlag, worauf der Kapitän den Halt verlor und nach rechts herausgeschleudert wurde.

Was danach kam, geschah viel zu schnell, um die genaue Kette von Ursache und Wirkung bewusst wahrzunehmen. Vermutlich brach zuerst das linke Hinterrad direkt an der Nabe ab, worauf alle Insassen bis auf Charly dasselbe Schicksal erlitten wie nur Bruchteile einer Sekunde zuvor der Kapitän. Ich fühlte mich wie ein Gummiball in die Luft geschleudert und hatte es wohl nur meiner katzenartigen Gewandtheit zu verdanken, dass ich mich rechtzeitig in der

Luft so herumzuschleudern vermochte, dass ich bäuchlings dem Boden entgegenstürzte statt in der weitaus gefährlicheren Rückenlage. Blitzschnell warf ich nun meine Beine nach vorn, um den Aufprall unbeschadet zu überstehen. Leider war mein Gleichgewichtssinn durch die vorhergehende Drehung wohl etwas aus dem Takt geraten, sodass ich zu meiner Verwunderung nicht etwa auf den Füßen landete, sondern direkt auf dem Körperteil, der von der Natur zum Sitzen vorgesehen und für alles andere leider wenig geeignet ist.

Der harte Schlag nahm mir die Luft und produzierte bunte Sternchen vor meinen Augen, die mit zunehmender Geschwindigkeit einen Strudel bildeten, in den mein Bewusstsein zu versinken drohte.

»Herr Tesla?«, ächzte jemand direkt in meiner Nähe.

Und noch einmal: »Herr Tesla?«

»Ja, Kapitän.«

»Ist alles in Ordnung?«

»Weiß ich nicht. Ich traue mich ehrlich gesagt nicht, mich zu bewegen«, erklärte ich.

»Och! Nun malen Sie aber mal nicht den Teufel an die Wand! Wenn meine alten Knochen das überstehen, sollte das bei Ihnen wohl kein Problem sein!«

Ich drehte mich zu ihm um. Irgendwie hatte er es geschafft, die Karbidlaterne vor dem Sturz zu bewahren, die immer noch brannte, wobei ihr Schein allerdings nutzloserweise auf ihn gerichtet war, sodass er mit seinem von unten angestrahlten, verzerrten Gesicht wirkte wie der Geist des Fliegenden Holländers bei der Aufführung einer Wanderschmiere. Er saß genau wie ich auf seinen vier Buchstaben und sein linker Arm hing unnatürlich schlaff herab.

»Was ist mit Ihrem Arm?«

»Gebrochen, glaube ich jedenfalls!«

Ich erhob mich vorsichtig und stellte zu meiner Erleichterung fest, dass ich den Sturz wohl recht unbeschadet überstanden hatte, wenn man einmal von dem absah, was er meinem Sitzfleisch angetan hatte.

»Und ansonsten?«, fragte ich besorgt.

»Nichts. Ich komme schon zurecht. Sehen Sie einstweilen nach den anderen«, sagte er knapp. »Nehmen Sie die Laterne mit!«

»Herr Tesla? Herr Kohler?«

Ich drehte mich um und sah Senftleben, der den Unfall offenbar recht gut überstanden hatte, da er nun eilig zu uns herübergelaufen kam.

»Sind Sie unverletzt?«, fragte er besorgt, während er sich bückte, um die Laterne aufzuheben.

»Es geht«, antwortete ich. »Der Kapitän hat sich wohl einen Arm gebrochen.«

»Verdammtes Pech. Sie warten am besten hier, während wir nachsehen, was überhaupt geschehen ist«, erklärte er dem Kapitän. »Nichts zu sehen, verdammt! Wo sind die denn abgeblieben?«

»Kommen Sie allein zurecht?«, fragte ich den Kapitän.

»Keine Frage«, entgegnete der Kapitän etwas beleidigt. »Hab's krachen hören, nach dem Sturz. Ihre Kutsche dürfte restlos entzwei sein«, verkündete er düster. »Hoffentlich ist's der meinen besser ergangen!«

Senftleben und ich stürmten los, um im Schein der Karbidlampe die Gegend um den Bahnübergang abzusuchen.

»Da!«, rief ich, als ich im Schein der herumschwenkenden Laterne etwas Weinrotes erspähte. »Ein Stück weiter nach rechts!«

Die erst soeben ausgesprochene Hoffnung des Kapitäns hatte sich leider nicht erfüllt, da nun im grellen Lichtschein der auf der Seite liegende, vollkommen zertrümmerte Wagenkasten des Landauers zu sehen war. Das zum Himmel deutende Hinterrad bestand nur noch aus dem Radkranz und einigen abgebrochenen Speichen, während das zur selben Spur gehörige Vorderrad einige Meter weiter im Dreck lag. Erfreulicherweise hatte das Pferd die Katastrophe ohne Schaden überlebt und sich in der Zwischenzeit zu unserem Gespann gesellt, das mit der bis auf das fehlende Hinterrad erstaunlich unbeschädigten Gendarmeriekutsche am linken Straßenrand stand.

»Wo ist Herr May?«, schrie Senftleben, um den ohrenbetäubenden Lärm des Gewitters zu übertönen.

»Das wüsste ich auch gerne – er muss den beiden gefolgt sein!«

»Aber wohin?« Senftleben zuckte zusammen, als eine Kaskade von drei, vier Blitzen über den Himmel raste.

»Keine Ahnung – warten Sie.« Mir war ein Gedanke gekommen, der zuerst abwegig erschien, bei näherer Betrachtung jedoch auf besorgniserregende Weise an Wahrscheinlichkeit gewann. »Kommen Sie mit, wir müssen die Gleise ablaufen – Richtung Süden, denke ich!«

»Süden, wieso?«

»Dazu ist verdammt keine Zeit, glauben Sie mir!«

»Gut.« Senftleben zog aus dem Rock einen Revolver hervor. »Unter dem Kutschbock müssten auch Gewehre sein, wäre vielleicht besser, wenn Sie –«

»Kann ohnehin nicht damit umgehen! Geben Sie mir die Laterne, rasch!«

Keine halbe Minute später lief ich zwischen den Gleisen entlang, gefolgt von Senftleben, der für seine Körperfülle erstaunlich gut durchhielt. Auf glattem Boden wäre ich ihm natürlich schnell davongelaufen, aber hier musste man sich so sehr vorsehen, dass man kaum mehr als ein beschleunigtes Fußgängertempo erreichen konnte.

»Sind Sie wirklich überzeugt davon, dass Niggemeyer hierhin –«, keuchte Senftleben hinter mir.

»Ja – warten Sie!« Ich blieb stehen und hob die Laterne, um die vor uns liegende Gegend auszuleuchten. Das Licht reichte nicht weit genug, um die vor uns Laufenden zu erreichen, aber dann kam uns wieder ein Blitz zu Hilfe, in dessen

Licht kurzzeitig drei Gestalten zu erkennen waren, die uns kaum dreihundert Meter voraus waren. »Dort sind sie, sehen Sie! Es muss irgendetwas passiert sein, sie sind stehen geblieben!«

»Tatsächlich! Also, weiter!«

Wir liefen schweigend weiter, wobei ich ab und zu den Lichtkegel der Laterne vom Boden hochschwenkte, um zu prüfen, ob die anderen immer noch vor uns waren. Schließlich verlangsamte ich kaum zehn Meter hinter Charlys Rücken mein Tempo, als ich sah, dass er seine Hände halb erhoben hatte, ganz so, als würde ihn jemand mit einer Pistole bedrohen.

Ich schwenkte das Licht an ihm vorbei, um Marius und den von ihm entführten Gefangenen sehen zu können. Sie standen kaum fünf Meter von Charly entfernt direkt neben dem linken Gleisstrang. Mit seiner linken Hand hatte der Krüppel seinen Gefangenen am Kragen gepackt, und in der Rechten hielt er eine Pistole, die auf Charly gerichtet war.

»Charly!«, fragte ich. »Was ist los!«

»Vorsicht!«, rief er halb über seine Schulter und fügte überflüssigerweise hinzu: »Er hat eine Pistole auf mich gerichtet!«

Ich bemerkte, dass seine Hände zitterten, obwohl seine Stimme eigentlich nicht so klang, als ob er sonderliche Angst hatte. Langsam ging ich auf ihn zu, bis ich direkt hinter ihm stand.

»Halt! Stehen bleiben!«, rief mir eine nuschelnde Stimme entgegen. »Und drehen Sie das Licht so weg, dass es mich nicht blendet!«

Ich spürte, wie sich meine Nackenhaare aufstellten. Mit allem hatte ich in diesem Augenblick gerechnet, nur nicht mit dieser durchaus verständlichen Stimme, deren Besitzer gebildet und klar auszudrücken vermochte, was er wollte.

»Mein Gott«, hauchte Senftleben, der fast neben mir stehen geblieben war. »Das ist doch –«

»Ja«, murmelte ich. »Es ist Sebastian Niggemeyer. Weitgehend wiederhergestellt, zumindest geistig, wie es aussieht.«

»Aber wie kann das sein?«, fragte der Kriminalrat.

»Es hat schon vor einigen Tagen begonnen«, antwortete Charly leise. »Er hat bei dem Kampf mit dem Indianer eins auf den Kopf bekommen, und da ist seine Erinnerung zurückgekehrt, zumindest ein kleiner Teil davon. Ich vermute, dass er uns belauscht hat, als wir Schaumburg in die Zange nahmen, und das scheint ihn, so erstaunlich es klingt, wieder vollends zur Besinnung gebracht zu haben!«

»Irrsinn«, brummte Senftleben, »ein Irrsinn ist das!« Er erhob seine Stimme. »Herr Niggemeyer?«

Keine Antwort.

»Lassen Sie es mich versuchen«, bat ich Senftleben.

»Sebastian?«, rief ich. »Sebastian Niggemeyer?«

»J-ja. Wer ... Sind Sie es, Herr ... Herr Tesla?«, nuschelte er.

»Ja.« Ich lief einige Schritte an Charly vorbei und blieb dann wieder stehen.

»Hier bin ich«, sagte ich, weil mir nichts Besseres einfiel. »Darf ich fragen, was Sie vorhaben?«

Jetzt, da ich mich nicht mehr in der Nähe des blendenden Lichtscheins befand, gewöhnten sich meine Augen schnell an die Dunkelheit, sodass ich allmählich sein entstelltes Gesicht und auch das kreidebleiche von Schaumburg zu erkennen vermochte, der mit zusammengepressten Lippen und weit aufgerissenen Augen in meine Richtung starrte.

»Ich werde dafür sorgen, dass der hier gerecht bestraft wird für das, was er mir angetan hat«, erklärte Niggemeyer klar und mit bedrohlicher Ruhe. Mir fiel auf, dass sein Janusmaul im Gegensatz zu sonst fast den gleichen Ausdruck trug wie sein echter Mund. Beide waren grimmig entschlossen nach unten gekrümmt.

»Sie wollen ihn töten?« Eine andere, klügere Frage wollte mir absolut nicht einfallen.

»Töten? Nein.« Er lachte grausig auf. »Das wäre zu einfach. Ich werde ihn hier auf die Schienen legen, bis der nächste Zug kommt. Nur die Beine soll er verlieren, nur die Beine. Vorher werde ich ihm aber mit dieser Pistole durch's Gesicht schießen. Das wird alles sein. Dann können Sie ihn von mir aus ins Gefängnis stecken, damit er sich schön daran erinnern kann, wie ich es ihm mit gleicher Münze heimgezahlt habe.«

»So wird das nicht gehen!«, rief Senftleben entschlossen. »Wenn Sie das tun, kommen Sie ebenfalls ins Gefängnis, Herr Niggemeyer! Wer ein Verbrechen begangen hat, gehört in die Hand der Regierung!«

In diesem Augenblick bemerkte ich in der Ferne ein Licht, das offenbar künstlichen Ursprungs war. *Ein Schnellzug*, raste es durch meinen Kopf. Wenn ich ihn schon nicht von seinem Plan abbringen konnte, dann wollte ich wenigstens versuchen, ihn solange abzulenken, dass er seinen Plan nicht mehr in die Tat umsetzen konnte.

»Herr Niggemeyer«, vernahm ich jetzt hinter mir Charlys Stimme, »der Mann ist doch schon vollkommen wahnsinnig vor Angst – das reicht sicher aus, er wird in seinem Leben keine ruhige Nacht mehr haben!«

»Sie meinen doch nicht ernsthaft, dass mir das als Rache genügt, oder?« fauchte der Angesprochene. »Ich habe heute, als ich vor der Werkstatt stand und gehört habe, wie er alles zugegeben hat, zum ersten Mal mit wachem Verstand mein Spiegelbild gesehen, in der Fensterscheibe! Können Sie sich überhaupt vorstellen, wie das ist?«

»Nein«, antwortete Charly nach einer Sekunde, »ich kann es mir gewiss nicht vorstellen, und ich glaube nicht, dass es überhaupt jemanden gibt, der das kann. Aber Sie versündigen sich, wenn Sie ihm jetzt das Gleiche antun wollen, denn –«

»Er hat mein Leben gestohlen!«, kreischte Niggemeyer. »Begreifen Sie das nicht? Er hat mich umgebracht, um mir mein Leben zu nehmen! Aber jetzt bin ich wieder da und kann mich an alles erinnern! An alles! Können Sie mir sagen, wozu ich überhaupt noch da bin, wenn nicht dazu, um meine Rache zu vollenden?«

»Sie –« Charly stockte. »Sie sind da, weil Gott will, dass Sie Barmherzigkeit üben. Ich flehe Sie an, begeben Sie sich in Gottes Hand! Geben Sie Ihr Vorhaben auf, es wird Sie in ewige Verdammnis stürzen!«

»Verdammnis!« Niggemeyer lachte schrill. »Ich habe doch schon die ganze Hölle hinter mir, wollen Sie mir etwa erzählen, dass Ihr grausamer Gott noch mehr von mir verlangt? Ich habe niemandem etwas getan, aber gebüßt habe ich bereits mehr, als dieser Mörder büßen wird, wenn ich ihn der Polizei überlasse! Halt, kommen Sie nicht näher!« Er schwenkte den Lauf der Waffe auf Senftleben, der wiederum seine Pistole soeben auf ihn gerichtet hatte.

Der Knall eines Schusses zerriss mir fast das Trommelfell. Niggemeyer bäumte sich auf, aber ich begriff fast im selben Moment, dass es gar nicht er war, den Senftlebens Geschoss getroffen hatte.

Ein mörderischer Schrei gellte durch das auf eine bizarre Weise rhythmische Trommeln des Donners. Ich sah, wie Niggemeyer erstaunt seinen Waffenarm sinken ließ, während sich der Gefangene, den er mit dem anderen Arm halb in den Schwitzkasten genommen hatte, wie wild aufbäumte, ohne der Umklammerung seines bärenstarken Entführers zu entkommen.

Die Kugel hatte Schaumburg das Gesicht zerschmettert, aber er lebte noch und aus seinem Mund quollen zwischen grausigen, halb erstickten Schreien Blut, Knochensplitter und Zähne über seinen Rock.

»Mein Gott –«, ächzte Senftleben fassungslos. »Was habe ich getan! Ich –«

»Der Zug!«, keuchte ich. »Er ist gleich da!«

Aber da begann Sebastian Niggemeyer schon, sein Opfer auf den Schienenstrang zu zerren, wo er ihn quer zum Verlauf der Gleisrichtung zu Boden gehen ließ, um dann wieder die Pistole auf uns zu richten, als der Eisenbahnzug keinen halben Kilometer mehr entfernt war. Das Licht des Zuges war so grell, dass ich nur noch seine drohende Silhouette zu erkennen vermochte, hoch aufgerichtet und die Pistole zum Himmel gerichtet.

Und dann traf mich ein gewaltiger Windschlag, als der Schnellzug wie ein eiserner Lindwurm mit heulender Dampfpfeife direkt vor uns auftauchte und die beiden Gestalten so schnell mitnahm, dass ich noch eine Sekunde zu sehen glaubte, wie Niggemeyer mit hoch erhobenem Waffenarm wie eine Gallionsfigur auf der Front der Lokomotive ritt.

Das danach an uns vorbeiziehende Stampfen und Prasseln der Radwerke hielt für vielleicht eine halbe Minute an, in der wir steif und starr auf der Stelle verharrten, als ob wir erwarten würden, dass sich die rasende Fahrt des viele Tonnen schweren Gefährts auch nur um einen winzigen Teil verringern müsste, weil es zwei Menschenleben mit sich gerissen hatte.

Mit dem letzten Wagen verschwand das Geräusch in der nachtdunklen Ferne und ließ uns drei erschüttert zwischen den Gleisen zurück. Keiner sagte ein Wort, keiner sah den über zehn, fünfzehn Meter Schienenstrang verschmierten Blutfleck näher an, der das grausame Geschehen bezeugte. Erst als wieder ein Blitz die Wolken durchbrach und das Geräusch des sich entfernenden Zuges im anhaltenden Rumpeln weit entfernter Donnerkaskaden vollständig untergegangen war, schüttelte Charly den Kopf und murmelte etwas in den Bart, das niemand verstand.

Es kostete Charly und mich einige Mühe, Senftleben wieder so weit moralisch aufzubauen, dass man mit ihm überhaupt ein vernünftiges Wort wechseln konnte. Auf dem gesamten Rückweg haderte er mit seinem Schicksal und überschüttete uns mit Betrachtungen, was geschehen wäre, wenn ...

Als wir den Bahnübergang erreichten, hatte der Kapitän trotz seines gebrochenen Arms sein Pferd von den Überresten des Geschirrs befreit, um es nach Hause führen zu können. Senftleben bot ihm den Kavalleriesattel an, den die zuschanden gefahrene Gendarmeriekutsche für ähnliche Notfälle bei sich führte, aber Kohler winkte ab, da er »wegen eines alten Leidens« sehr schlecht zu Pferd sei. Also zockelten wir mit dem Pferd im Schlepptau zum Hof der Kohlers zurück, wobei uns ein urplötzlich einsetzender Schauer bis auf die Knochen durchnässte.

Wie sich herausstellte, hatte der Gendarm von der Attacke nur eine Platzwunde davongetragen, die von den Damen provisorisch versorgt worden war. Da der örtliche Doktor wegen einer Niederkunft unterwegs war, hatten sie per Telefonanruf beim Bahnhofsvorsteher den »Knochenflicker« der Eisenbahner aus dem Bett holen lassen, der knapp zehn Minuten nach uns eintraf und sich zuerst um den gebrochenen Arm des Kapitäns kümmerte, den er mit großer Sachkunde schiente, bevor er sich der Platzwunde des Gendarmen zuwandte.

Ich für meinen Teil bat Frau Kohler um ein möglichst weiches Kissen, da ich ansonsten den Rest der Nacht im Stehen hätte verbringen müssen. Als Senftleben sich wieder einigermaßen gefasst hatte, bat er die Kohlers, deren Telefon benutzen zu dürfen, um den Nachtdienst der Stadtpolizei zu verständigen, die sich mit der Absicherung der Unfallstelle zu befassen hatte.

Während Charly den Damen, Leitner und Sir Rupert die Vorgänge auf dem Bahnstrang in leuchtendsten Farben schilderte und der unfähige Gendarm seine Kopfschmerzen in dem billigen französischen Rotwein ertränkte, den ihm der Kapitän überlassen hatte, ging ich für eine Weile vor's

Haus, um mir die Mücken aus dem Kopf zu vertreiben. Der Regen hatte schon eine Weile zuvor aufgehört, aber nun kehrte das Wetterleuchten mit immer größer werdender Intensität zurück, sodass ich beschloss, mich für eine Weile an diesem Naturschaupiel zu delektieren. Als ich gerade darüber nachdachte, welche ungeheuren Energien dieses Wunder freisetzte, kündigte in einiger Entfernung ein Knirschen auf dem Kies an, dass Senftleben wohl seine Telefonate erledigt hatte und nun zusammen mit dem Kapitän zurückkehrte.

»Ah, Herr Tesla«, meinte Senftleben in seltsamem Ton, »mit Ihnen ist alles in Ordnung, hoffe ich?«

»Ich denke schon«, erwiderte ich. »Wenn man einmal davon absieht, dass ich wohl die nächsten vierzehn Tage auf dem Bauch schlafen muss ...«

»Sagen Sie mal«, begann er mit nachdenklichem Gesicht, »könnte ich Sie kurz unter vier Augen sprechen?«

Ich zuckte meine Achseln. »Ja, gewiss doch.«

Der Kapitän trollte sich ohne weiteren Kommentar, während ich mit Senftleben ein Stück über den Hof ging.

»Die Sache mit dem Schuss«, erklärte er leise, als wir uns ein gutes Stück vom Haus entfernt hatten, »sie macht mir große Probleme!«

»Oh«, entgegnete ich nachdenklich, »meiner Meinung nach kann man Sie dafür nicht zur Verantwortung ziehen. Es war halt eine sehr verzwickte Situation.«

»Ja, das war es wohl.« Er sah mich von der Seite an. »Sie könnten sich nicht vorstellen, dass es anders geschehen sein könnte?«

»Äh ... meinen Sie damit, dass der Schuss nie abgefeuert wurde?«, fragte ich vorsichtig.

»Im Prinzip ja«, bestätigte er. »Ich hatte den Eindruck, dass es nicht gut in Ihre Angelegenheiten passt, wenn Sie in ein endlos währendes Verfahren mit hineingezogen werden. Ich könnte die ganze Sache jedoch sehr beschleunigen, wenn ich ... nun, gewisse Dinge in meinem Bericht nicht erwähne. Es dürfte zwar ziemlich kompliziert werden, aber ich denke, dass mir schon etwas einfällt, wie wir den Selbstmord so in den Vordergrund stellen, dass alles andere von untergeordnetem Interesse ist. Ihre Aussage würde sich in diesem Fall auf das beschränken, was bei dem Überfall auf Ihre Werkstatt geschah. Das würde ich schon irgendwie hinbekommen. Sie verstehen mich?«

»Ich denke schon. Bin grundsätzlich einverstanden. Sie sollten aber schleunigst zusehen, dass Sie Herrn May informieren, bevor er seinen Zuschauern das Drama in seiner Gesamtheit schildert!«

»Oh ja, selbstverständlich.« Er kratzte sich am Kopf. »Sie sind also einverstanden, ja?«

Ich nickte, worauf er mich einfach stehenließ, sich in die Werkstatt begab und Charly unter irgend einem Vorwand zur Seite nahm, um das sinistre Geheimnis des fehlgegangenen Schusses zu verschleiern. Mir war es einerlei, da das Schicksal mit großer Sicherheit keinen anderen Verlauf genommen hätte, wenn ihm dieses Malheur nicht passiert wäre. Und da Charly genauso wenig wie mir daran gelegen sein konnte, in den folgenden zwölf Monaten wertvolle Zeit durch eine polizeiliche Untersuchung zu verlieren, bei der man nichts gewinnen kann und sich schlimmstenfalls sogar selbst kompromittiert, hoffte ich nur, dass Senftleben irgendwie das schaffen würde, was er mir in groben Zügen angedeutet hatte.

Ich wollte gerade wieder ins Haus gehen, als Sir Rupert ins Freie trat.

»Ah, Professor«, sagte er, »darf ich mich zu Ihnen gesellen?«

»Aber gewiss doch, Sir Rupert!«

»Eine ziemlich dramatische Nacht, ist es nicht?«, meinte er leise, als er neben mir stand.

»Das kann man wohl sagen«, erwiderte ich. »Aber immerhin wurde der Gerechtigkeit Genüge getan, das ist ja auch etwas!«

»Ja, da haben Sie wohl ganz Recht«, pflichtete er mir nachdenklich bei. »Obwohl ...«

»Ja?«, sagte ich ermunternd.

Er sah mich geradeheraus an. »Herr Professor, ich sage nicht gern etwas Schlechtes über einen Gast von Ihnen, aber mit diesem Herrn Leitner habe ich ein großes Problem.«

»Welcher Natur?«, fragte ich freundlich.

Sir Rupert zögerte. »Er ist der ehemalige Dienstherr von diesem betrügerischen Kerl, der sich als Indianer ausgab! Sie wissen schon ... *Dragon.*«

»Oh ja«, erwiderte ich. »Und ... hm, was bedeutet das?«

»Herr Professor, mich hält nur ab die als Gast von Ihnen notwendige Höflichkeit, diesen Kerl zu massakrieren.«

»Tatsächlich?«, meinte ich gedehnt. »Nun, Sir Rupert – mir geht es, so sehr Sie das vielleicht erstaunt, gar nicht viel anders als Ihnen. Als Gastgeber muss ich mich ihm gegenüber zurückhalten, aber ansonsten ... nun, ich hätte nichts dagegen, wenn jemand ihm eine Tracht Prügel verabreichen würde!«

Er sah mich verblüfft an. »Mit anderen Worten ... Sie entbinden mich von meinen Pflichten als Gast?«

»Ja, wenn Sie es so sehen ...«

»Aha«, machte Sir Rupert und stand für zwei oder drei Sekunden stocksteif da. Dann streifte er seinen Rock ab. »Würden Sie das bitte halten?«, bat er leise, um sich anschließend auf den Weg zur Werkstatt zu machen.

Eine halbe Minute, nachdem er in der Werkstatt verschwunden war, steigerte sich von einem Moment auf den nächsten der Stimmenlärm, der aus dem Gebäude über den Hof zu mir herüberwehte. Schließlich war für eine Weile nur noch eine Stimme zu hören, nämlich die von Sir Rupert. Und dann vernahmen meine Ohren zweimal kurz hintereinander jenes unverkennbare Geräusch, welches nur eine derbe Backpfeife verursacht, worauf plötzlich etwas von innen so vehement gegen die Außentür krachte, dass diese halb aus der Angel gerissen aufflog.

Ein Mann torkelte rücklings heraus, drehte sich einmal um die eigene Achse und ging dann zu Boden, während ein zweiter mit in englischer Boxermanier erhobenen Fäusten durch den Türrahmen tänzelte.

»Komm her, mein Junge!«, schrie Sir Rupert, während er den auf dem Boden Liegenden umkreiste. »Hier ist noch genug Wut drin in meinen Fäusten!«

Ich seufzte und begab mich zum Haus zurück, wo es mir mit Charlys und Senftlebens Hilfe gelang, den Baronet zu beruhigen, während sich Frau Kohler und Elaine darum bemühten, Leitner wieder auf die Beine zu bringen.

»Nik«, meinte Charly leise, als wir kurz darauf mit Senftleben in einer Ecke der Werkstatt standen, »du hast wirklich etwas verpasst! So einen reinrassigen Uppercut habe ich noch nicht erlebt!«

Ich staunte nicht schlecht, als sich auf diese Bemerkung hin Senftlebens Mund zu einem höchst befriedigten Grinsen verzog.

Da ich Sir Rupert mangels eines funktionsfähigen fahrbaren Untersatzes nicht zu Fuß nach Hause schicken wollte, bot ich ihm eines der Gästezimmer an, was er dankend annahm, da es doch schon reichlich spät geworden war. Soweit es Leitner betraf, brachten die Kohlers ihn in ihrem Haus unter, um jedem weiteren Streit vorzubeugen. Ich fand es höchst gerecht, dass der Unternehmer und Sonntagsokkultist nun in demselben Raum nächtigen würde, in dem erst vor wenigen Tagen sein Rivale Rosmann gelegen hatte.

Ich selbst begab mich weit nach Mitternacht zur Ruhe und schlief erst in den frühen Morgenstunden ein, da ich wegen meiner Blessuren gar nicht wusste, wie ich mich betten sollte. Ich muss wohl ziemlich erschöpft gewesen sein, schreckte aber trotzdem sofort hoch, als gegen Mittag das Geräusch einer schweren Kutsche zu vernehmen war.

Sofort sprang ich aus dem Bett und streifte mir etwas über, um hinunterzugehen. Trotz meiner Eile kam ich erst an, als das Knirschen eisenbeschlagener Räder mir verkündete, dass sich das angekommene Gefährt bereits wieder entfernte. Ich lief zum Wohnzimmerfenster und sah gerade noch, wie eine verdeckte Kutsche mit dem Emblem der Eisenbahngesellschaft den Hof verließ.

Nachdenklich ging ich in die Küche zurück, um mir einen Kaffee zu bereiten, als ich auf dem Küchentisch ein blassrosafarbenes Briefcouvert entdeckte, auf dem in kleiner Frauenschrift geschrieben stand:

An Charly & Niki

Nachdenklich öffnete ich den nicht versiegelten Umschlag und fand darin einen einzelnen Bogen Papier.

Ihr Lieben,

verzeiht mir, dass ich mich auf diese Weise verabschiede, statt Euch noch einmal persönlich zu begegnen. Da ich jedoch eine Abscheu vor jeder Art von Sentimentalität empfinde, habe ich diesen leisen und endgültigen Weg gewählt, um mich aus Eurem Leben zu entfernen. Dies tue ich, weil ich fest daran glaube, dass Ihr Euch bereits seit einiger Zeit von mir entfernt habt, weil Ihr mir in Eurem jeweiligen Leben nur eine kurze Nebenrolle zugedacht habt, die in einem Lebensabschnitt geschah, in dem die von Euch selbst festgeschriebenen Drehbücher ein wenig Freiraum für ein improvisiertes Intermezzo lassen.

Soweit es Charly betrifft, wünsche ich ihm viel Glück mit der »echten« Frau Emma May, die ihm die Illusion eines Lebens verschafft, das er für ratsam hält, dabei jedoch ihre sämtliche Kraft und Liebe aufzehrt, bis davon nichts mehr übrig sein wird.

Bei Dir jedoch, Niki, steht ein Ehrgeiz im Vordergrund, der es Dir gar nicht erlaubt, anders als allein durch's Leben zu wandeln. Ich bin überzeugt davon, dass Du früher oder später Ruhm und Ehre erlangen wirst, aber der Preis dafür ist die Einsamkeit, die man bekanntlich nicht zu zweit erleben kann.

Au revoir,
Elaine

PS: Den Kohlers habe ich erzählt, dass ich dringend für eine Kollegin einspringen muss, die Stimmprobleme hat. Ich scheide also aus Eurem Leben, ohne Euch weitere Scherereien zu bereiten.

Nachdenklich faltete ich den Bogen wieder zusammen und steckte ihn zusammen mit dem Couvert in meine Tasche, als Charly gerade die Treppe herunterkam.

»Sag mal, irre ich mich oder habe ich soeben eine Kutsche gehört?«, fragte er.

»Du irrst dich nicht«, erklärte ich. »Elaine ist abgereist.«

»Gut so«, erwiderte er nur, nahm den Kessel vom Herd, um ihn mit Wasser zu füllen und befand es nicht für nötig, näher auf das Thema einzugehen.

Epilog

Charly nahm noch am selben Sonntag den Abendzug ins Ruhrgebiet, um mit dem Schlafwagen nach Dresden zurückzukehren. Unser Abschied war herzlich und bar jeder Wehmut, da wir beide die Überzeugung äußerten, dass sich unsere Wege wieder kreuzen würden. Die Kohlers baten ihn, fleißig zu schreiben und vor allem Grüße an seine liebe Gattin auszurichten.

Auf dem Bahnsteig wollte ich ihm einen Teil des Geldes mitgeben, das ich mit seiner Unterstützung von Leitner und Sir Rupert erhalten hatte. Dies lehnte er strikt ab, schlug jedoch vor, ich solle den Anteil, der ihm meiner Ansicht nach zustand, dafür verwenden, Niggemeyer und Schaumburg ein anständiges Begräbnis zu verschaffen. Nur mit viel Mühe und Überredungskunst gelang es mir wenigstens, ihm noch das Geld für die Rückreise zuzustecken, just bevor sein Eisenbahnzug in den Bahnhof einrollte.

Ich selbst verweilte noch einige Wochen in dem kleinen Dorf, bis mich ein Telegramm erreichte, dass ich bei der Continental Edison Company in Paris vorsprechen sollte, wo das Empfehlungsschreiben von Eusebius Scholz offenbar auf fruchtbaren Boden gefallen war.

Kapitän Kohler, dessen Knochenbruch dank seiner guten Konstitution ganz ausgezeichnet verheilte, schenkte mir zum Abschied das Sturmglas, da ich, wie er es ausdrückte, »mit dem ollen Krams mehr anfangen« könne als er. Der Abschied von ihm und seiner Frau fiel mir wirklich nicht leicht und ich bedaure noch heute, dass es nie zu einem persönlichen Wiedersehen kam. In den Jahren, die den beiden noch verblieben, habe ich Europa nur selten aufgesucht und meine Reisepläne haben es nie gestattet, all meine weit über den Kontinent verstreuten Freunde zu besuchen. Ausgerechnet Elaine, die sich ja in gewisser Weise mit dem oben zitierten Brief aus meinem Leben geschrieben hatte, sollte ich nur wenige Jahre nach den Vorfällen am Niederrhein wiedersehen. Da diese erneute Begegnung jedoch nicht direkt mit dem hier geschilderten Geschehen verknüpft ist, werde ich an anderer Stelle davon berichten.

Charly und ich pflegten noch über mehr als zehn Jahre gelegentlich miteinander zu korrespondieren. Über ihn erfuhr ich auch, dass man den Zirkusringer Roland Schonnekes alias »John White Buffalo« nach langem Prozess zu sieben Jahren Zuchthaus verurteilt hatte, und zwar wegen Hochstapelei und fortgesetzten Betruges in mehreren Fällen. Der Halunke konnte also von Glück sagen, dass Charly und ich unsere Anzeigen wegen Einbruchdiebstahl aus bekannten Gründen zurückgezogen hatten, da ihm sonst wohl gut das Doppelte geblüht hätte.

Sir Rupert erwies sich als getreuer Vertragspartner, der pünktlich seine Lizenzgebühren zahlte und bei mir im Laufe der Jahre noch ein halbes Dutzend Apparate bestellte, die er nicht nur für mehr oder weniger spiritistische Zwecke, sondern auch tatsächlich zur Wetterbeobachtung einsetzte. Als er 1902 auf einer Expedition im Kongo auf der Suche nach dem Eingang zur Unterwelt spurlos verschwand, erhielt ich von seinen Anwälten eine nicht unbeträchtliche Summe, die er mir in Form eines Vermächtnisses hinterlassen hatte. Damit hatten sich die Forschungen durchaus rentiert, zumal ich einen Teil der am Niederrhein gewonnenen Erkenntnisse über die Ursachen des Wetters auch bei meinen späteren Experimenten in Colorado Springs verwerten konnte, die ja durch zahlreiche Presseveröffentlichungen bekannt sind.

Abschließend möchte ich von einem letzten Ereignis berichten, das sich fast drei Jahrzehnte nach den Geschehnissen am Niederrhein zutrug und doch in einem gewissen Zusammenhang mit den vorweg geschilderten Erlebnissen steht. Es geschah in New York und damit in jener Metropole, in der ich wenige Jahre nach diesen Vorfällen sesshaft wurde, um hier den größten Teil meines Lebens zu verbringen. In dieser Stadt habe ich meine größten Triumphe erlebt, aber auch die größten Niederlagen, als ich etwa nach meiner Auswanderung vom geachteten, jungen Ingenieur zum Straßenarbeiter degradiert wurde, bevor ich es dann doch schaffte, mir über mehr als zwei Jahrzehnte als größter Erfinder einer Epoche Geltung zu verschaffen, an deren Glanz und Gloria ich mir anmaßen darf erheblichen Anteil zu tragen.

Doch war auch diese Phase meines wechselhaften Lebens nicht von Dauer, sodass ich mir heute die Stunden mit der Niederschrift meines Lebens versüßen muss, statt unter Anwendung meiner wirklichen Talente dem Fortschritt so zu dienen, wie ich es am besten vermag. In diesem Zusammenhang erscheint es wie eine Ironie des Schicksals, dass gleich zwei Menschen, mit denen mich eine innige Freundschaft verband, berühmte Literaten waren – Karl May und Sam Clemens, der dieser Welt besser unter seinem Pseudonym Mark Twain bekannt ist. Von ihnen habe ich gelernt, wie man seine Worte so gebraucht, dass man sein Anliegen in schriftlicher Form an die Menschen heranträgt, ohne sie damit zu überfordern oder gar zu langweilen. Wären sie nicht gewesen, dann könnte ich heute nicht über mein Leben schreiben, was mir immerhin besser erscheint als gar nichts zu tun, wie es die Welt von mir nun mehr oder weniger verlangt.

Was noch von mir zu berichten ist, geschah jedoch zu einer Zeit, in der ich noch hoffen konnte, den Rest meines Lebens meinen Forschungen zu widmen. Es begab sich, als sich das erste Jahrzehnt des neuen Jahrhunderts bereits seinem

Ende zuneigte. Ich wohnte damals in einem der besseren Hotels der Stadt, wo ich als Dauermieter eine Suite reserviert hatte. Solche Arrangements sind in den Städten des Ostens keineswegs unüblich, da es kostspieliger kommt, eigene Domestiken unterzubringen, als sie mit anderen Mietern zu teilen. Den Service des Hotels nahm ich allerdings nur in Anspruch, soweit es das Frühstück betraf, während ich die anderen Mahlzeiten des Tages in Örtlichkeiten wie dem Players Club einnahm und sogar die Zimmerreinigung selbst vorzunehmen pflegte, da ich in meinem Leben wiederholt die Erfahrung gemacht habe, dass Sauberkeit eine Frage der Kultur ist, die man von Dienstboten gerechterweise nicht im Rahmen eigener Maßstäbe fordern darf.

Es geschah an einem ganz normalen Wochentag. Gerade hatte ich auf dem Zimmer mein Frühstück eingenommen und mich anschließend eiligst mit dem Fahrstuhl ins Parterre begeben, da ich zu einem dringenden Geschäftstermin in die Stadt fahren musste.

»Doktor Tesla«, sprach mich der hinter dem Empfangsschalter stehende Portier im gedämpften Tonfall an, als ich ihm im Vorbeigehen rasch den Schlüssel in die Hand drücken wollte. »Eine Nachricht für Sie.«

»Eine Nachricht?«, fragte ich wohl etwas ungehalten. »Von wem, bitte schön?«

»Von Mr. Clemens«, sagte er nicht ohne Ehrfurcht, da mein Freund nun einmal einer der wenigen Literaten war, deren Name selbst dem unbelesensten aller Hotelangestellten geläufig sein musste. Sam hasste es wie die Pest, mit »Mark Twain« angeredet zu werden, sodass er selbst in den Klatschspalten im Allgemeinen unter seinem bürgerlichen Namen geführt wurde. Einmal vertraute er mir an, dass er den Tag im Kalender schwarz angemalt hatte, an dem er sich auf die unsinnige Praxis des Gebrauchs von Pseudonymen einließ. Nun könne sich in keinem neu eröffneten Restaurant an den Tisch setzen, ohne sämtliche Kellner darüber in

Kenntnis zu setzen, dass sie es nicht mit dem verdammten Mr. Twain, sondern nur mit dem verfluchten Sam Clemens zu tun hatten.

»Mr. Clemens, aha«, murmelte ich, während ich die zugeklappte Karte von dem Tablett entgegennahm, das mir der Portier entgegenhielt. Ich überflog, was er mir geschieben hatte.

Lieber Nick,
hast Du schon gehört, dass dieser deutsche Schriftsteller Karl May in Kürze in New York weilt? Ich nehme doch an, dass es der gleiche May ist, den Du einst kennen gelernt hast, als Du noch in der Alten Welt verweiltest? Falls er es ist, würde ich ihn gerne kennen lernen – Du weißt ja, dass ich meine Nase gerne in die Vergangenheit anderer Leute stecke, da mein eigenes Leben mir nicht genug Abwechslung verschafft, um mich 24 Stunden am Tag bei Laune zu halten.
Sam

PS: Zwei Blocks von Deinem Hotel scheint sich erfreulicherweise eine Enklave des völligen Analphabetismus auszubreiten, da es mir gestern gelang, dort in einem Restaurant namens »Da Rocco« zu speisen, ohne von der Belegschaft erkannt zu werden. Schlage vor, dass wir uns heute Abend dort treffen.

Ich schmunzelte und verlangte von dem Portier Schreibzeug und Papier, um meinem Freund zu antworten.

Lieber Sam,
danke für die Neuigkeiten über Herrn May. Ich nehme wohl an, dass es derselbe Karl May ist, den ich kenne. Alles Weitere heute Abend sieben Uhr am von Dir vorgeschlagenen Treffpunkt.
Nikola

Ich übergab dem Portier das Billet mit der Anweisung, es Sam umgehend zustellen zu lassen, und begab mich danach eilig in die Stadt, wo ich einen rundum erfreulichen Arbeitstag zubrachte.

Gegen fünf ließ ich mich ins Hotel zurückbringen, machte mich frisch und fragte am Empfang nach der genauen Adresse des von Sam vorgeschlagenen Restaurants. Der ältliche Portier, der jetzt dort Dienst tat, sah mich etwas befremdlich an, womit er wohl zum Ausdruck bringen wollte, dass es sich um eines der ethnischen Viertel der Stadt handelte, die weiße Yankees von angelsächsischem Geblüt nur unter Vorhalt eines Karabiners aufsuchen würden. Gerade in den frühen Jahren des neuen Jahrhunderts gestaltete sich New York als ein riesiger zoologischer Garten, in dem Einwanderer aus Italien, Irland, Deutschland und sogar dem fernen China in jeweils streng abgegrenzten Gehegen nebeneinander existierten, ohne auch nur im Geringsten miteinander zu fraternisieren. Während sich die eher liberal gestimmte Gesellschaft der Künstler und deren Förderer geradezu einen Sport daraus machte, möglichst exotische Neuansiedlungen ausfindig zu machen und dort mit einer Mischung aus kultureller Neugierde und kulinarischer Abenteuerlust einzukehren, schürte die Bürgerschicht ihre Vorurteile, indem sie die entsprechenden Stadtgebiete weiträumig mied und auf Versammlungen den Untergang puritanischer Sitten und den Kursverfall des Arbeitsmarktes beklagte, der mit der Überfremdung angeblich einherging.

Ich selbst halte diese Einstellung für extrem unamerikanisch und meine, dass vieles in der Geschichte Amerikas friedlicher und schöner verlaufen wäre, wenn man einfach jeden deportiert hätte, der lauthals die Deportation anderer fordert, und zwar nicht aufgrund individueller Verbrechen, sondern wegen ihrer Zugehörigkeit zu einer bestimmten Bevölkerungsgruppe. Ganz ähnlich sah es Sam, und so gehörte es zu unseren favorisierten Freizeitaktivitäten, jene Stadtviertel zu besuchen. Nicht einmal in all den Jahren wurden wir unhöflich behandelt, sondern durchweg freundlich als Gast empfangen.

Seinem Gesichtsausdruck nach empfand es der Portier jedoch bereits als eine Art Bedrohung seiner Rasse, dass jenes Restaurant nur zwei Blocks östlich seines Wirkungsortes lag. Ich selbst sah darin eher einen Vorteil, da ich mich gar nicht erst in das stickige Innere einer Droschke zwängen musste, sondern nach kurzem Fußweg die fröhlich rot und weiß gestreifte Markise erreichte, die das einzige Fenster des winzigen Gasthauses schmückte.

Wie üblich war Sam nicht nur bereits eingetroffen, sondern saß bereits vor einer Weinkaraffe am hergerichteten Tisch, um mir mitzuteilen, dass das Essen schon bestellt sei – auch für mich. Nicht, dass er mich durchweg zu bevormunden pflegte, aber er war in kulinarischen Belangen doch ein wenig waghalsiger als ich, und da er meinen Geschmack gut genug kannte, pflegte er bei Treffen in mir bislang unbekannten Restaurationen eine Auswahl von Gerichten zusammenzustellen, durch welche ich mir ein Urteil darüber bilden sollte, ob ich einen zweiten Versuch der jeweiligen kulinarischen Grundrichtung überhaupt zu riskieren bereit war.

Kaum hatte ich meinen wie immer im hellen Anzug gekleideten Freund begrüßt und mich niedergelassen, da erschien auch schon ein schnurrbärtiger, schürzenbewehrter Mann unverkennbar römischen Geblüts, um flugs die passend zur Farbgebung der bereits erwähnten Markise weiß und rot klein karierte Tischdecke glatt zu streichen und mich zu fragen, was ich zu trinken gedächte.

Ich trug ihm auf, mir einen Rotwein zu bringen, der deutlich trockener sein sollte als der, den Sam gewählt hatte. Der Wirt reagierte mit warmem Humor, indem er erklärte, dass eigentlich all seine Weine trockener seien als diejenigen, nach denen »Mr. Clemens« immer verlangte, und empfahl mir einen Chianti aus dem Friaul, was mir dann auch recht war.

»Mr. Clemens?«, fragte ich Sam, nachdem der Wirt sich wieder entfernt hatte. »Ich dachte, du seist hier inkognito?«

»Heheh!«, machte er und verzog dabei seinen Schnurrbart auf die ihm eigene, unnachahmliche Weise. »Will dir was sagen: Die haben mich hereingelegt! War schon dreimal hier, nie hat man mich beim Namen angesprochen, aber heute komme ich rein und er begrüßt mich direkt mit Mr. Clemens, kannst du dir das vorstellen?«

»Verdammtes Pech«, entgegnete ich mitleidsvoll. »Aber immer noch besser als *Mr. Twain*, nicht wahr?«

»Fürwahr«, seufzte er und fügte den Runzeln seines Gesichtes einige Kummerfalten hinzu. »Du, neulich wurde ich auf einem Empfang von einem mir völlig fremden Menschen angesprochen, der mir aus den Karpaten zu stammen schien, wenn ich den Akzent richtig gedeutet habe. Vollbärtig, schwarzhaarig – ungefähr deine Größe, er war auch auf der Geburtstagsfeier von Mrs. Addams. Heißt so ähnlich wie *Dschipatschek*, hat deine Größe, kennst du ihn?«

»Sam, in New York gibt es bestimmt zehntausend Menschen, die meine Größe haben, und deshalb kenne ich sie noch lange nicht«, erwiderte ich launig.

»Heheh. Sehr witzig heute, Mr. Tesla! Na, ist ja auch einerlei, ob du ihn kennst. Jedenfalls fragt er mich doch allen Ernstes, wann ich wieder zurückmachen würde nach *Louisiana,* er würde mich gerne für eine Weile begleiten, da es ihm auf ortskundige Führung ankäme! *Louisiana*, von allen Dingen! Woher meinen die Leute zu wissen, dass ich angeblich dort lebe, Nick?«

»Wer weiß? Vielleicht hast du's ihm selbst erzählt, Sam?«, schlug ich vor.

»Hm. Weißt du was? Da könntest du verdammt Recht haben. Ich sollte entweder weniger trinken oder weniger erzählen, was meinst du?«, fragte er so, dass es ernst gemeint klang, obwohl es das mit Sicherheit nicht war.

»Vielleicht. Sag mal, was war überhaupt mit Karl May?

Du hattest mir doch geschrieben, dass er in New York weilt?«

»Moment, Nick. Warte –«

Er kramte in der Innentasche seines Jacketts herum und zog schließlich einen chaotischen Stapel Papier hervor, der sich vorwiegend aus Hotelrechnungen, Werbezetteln und aus Tageszeitungen herausgerissenen Kleinanzeigen zusammensetzte.

»Ich kann dir nur raten, dich nach einem Jackett mit größeren Taschen umzusehen«, frotzelte ich, während er den fast daumendicken Stapel mit flinken Bewegungen durchsuchte. »Oder einige Dutzend Bankschließfächer, da das meiste davon ja bestimmt unersetzlich ist, haha! Wer hat schließlich noch eine komplette Sammlung aller Fahrpläne der Stadtbahn für die letzten fünfundzwanzig Jahre –«

»Tscht! Ich hab's, hier.«

Er überreichte mir einen unordentlich abgerissenen Papierfetzen, auf dem ein sehr knapper Artikel abgedruckt war, eine der typischen Randnotizen eben, die der Setzer nur mit Widerwillen einpasst, um eine Druckspalte zu füllen. Der Text gab bekannt, dass der deutsche Schriftsteller Karl Friedrich May noch in diesem Monat in Amerika eintreffen werde, um dort diverse Vorträge für seine begeisterte Leserschaft abzuhalten. Darüber war eine Fotografie des Autors abgedruckt, der ein Teil des Haarschopfes fehlte, weil Sam beim Herausreißen dieses Artikels keineswegs gewissenhafter verfahren war als sonst.

»Na, ist es *dein* May oder ist er's nicht?«, fragte Sam neugierig.

»Zweifellos«, erwiderte ich. »Auf der Fotografie sieht er allerdings recht jung aus, wo er doch schon auf die siebzig zugeht, wenn ich mich recht entsinne. Zwar hat er nicht dein wahrhaft methusalisches Alter, aber auf dem Bild sieht er keinen Tag älter als fünfzig aus.«

»Deshalb habe ich mich ja auch gefragt, ob's derselbe

May sein kann, heheh. Nun, was ist, wirst du mich mit ihm bekannt machen?«, fragte er wie ein neugieriges Kind.

»Sam –«, hob ich an.

»Vielleicht könnte ich ihm einige Tipps geben, wo er sich auf seiner Reise Impressionen verschaffen kann, was meinst du?«

»Sam –«

»Oder wir könnten ihn im *Players* herumzeigen, das bringt uns bestimmt ein paar Einladungen ein, die wir nachher immer noch ausschlagen können, wenn uns die Gästeliste nicht behagt!«

»Sam –«

»Oder –«

»Verdammt noch mal!«, zischte ich laut genug, um uns einen verwunderten Blick vom Wirt einzutragen. »Kannst du mal endlich deine große Klappe halten?«

»Wenn's sein muss, aber auch dann nur höchst ungern!«

»Aus welcher Zeitung hast du das?«

»Aus welcher? Seltsame Frage. Lass mal überlegen – die *Times*? Der *Tribune*? Weiß nicht. Keinesfalls der *Democrat*, die schreiben nichts über Deutsche. Eine von den ersten beiden war es jedenfalls, da bin ich ganz sicher.«

»Gut, dann bin ich ja beruhigt, denn diese beiden ehrwürdigen Zeitungen lagen heute Morgen noch im Foyer meines Hotels aus, also gibt es sie noch –«

»Sag mal, willst du mir etwa Altersvergesslichkeit andichten, oder was soll das?«, fragte er misstrauisch.

»Bewahre. Nein, es geht nur darum, dir auf möglichst zarte Weise ins Gedächtnis zu rufen, dass du nur zu gerne aus allen möglichen Zeitungen alle möglichen Fetzen herausreißt.«

»Na, und wenn schon?«, knurrte er. »Ich bereite anderen Leuten eben gerne eine Freude, indem ich Zeitungsnotizen aufbewahre, die für sie von Interesse sein könnten. Was spricht dagegen?«

»Nichts. Nur ergibt sich daraus das Problem«, fuhr ich fort, »dass deine Sammlung solcher Notizen ständig zunimmt, sodass die Anzahl passender Gelegenheiten nicht mehr ausreicht, um sie rechtzeitig zu verteilen. Erinnerst du dich noch, als ich vor ein paar Jahren ein Büro unten am Hafen suchte?«

»Hm. Es war diese Wardenclyffe-Angelegenheit, ja? Soweit ich mich erinnere, hatte ich im Kleinanzeigenteil etwas gefunden, war es nicht so?«

»In gewisser Weise, in gewisser Weise. Du hattest eine hervorragende Gelegenheit ausfindig gemacht, zum ungemein vorteilhaften Preis, sehr geräumig. Geradezu ideal.«

»Das möchte ich meinen!« Er kniff seine Augen zusammen. »Erinnere mich bitte daran, was aus der Sache geworden ist?«

»Aus Wardenclyffe?«

»Nein! Das weiß ich selbst. Was aus diesem Büro geworden ist?«

»Oh, es war bereits abgerissen.«

»Abgerissen? Unverschämtheit! Wieso annonciert man es dann noch?«

»Nun, als sie es annonciert haben, stand das Gebäude ja noch. Das war 1901, wenn ich mich recht erinnere. Also in dem Jahr, in dem ich auch meine Arbeit am Wardenclyffe-Projekt begonnen habe.«

»Dann hätt's ja wunderbar gepasst, oder?«

»Schon. Nur hast du mir die Annonce erst zwei Jahre später gezeigt.«

»Hm. War wohl ein wenig zu lang, was? Aber ich sehe nicht, was das jetzt mit Herrn May –« Er riss weit die Augen auf und brummte nur: »Gib her!«

Ich gab ihm wortlos den Zettel zurück, gerade als der Wirt den Wein brachte.

»Oh verdammt!«, murmelte er indigniert. »Da habe ich wohl ein wenig zu lang gewartet.«

»Tja, aber immerhin waren's diesmal nur ein paar Monate, falls es dich beruhigt. Schade eigentlich, ich hätte mich gefreut, ihn wiederzusehen. Ihr hättet euch bestimmt gut verstanden, glaube ich!«

»Ach was!« Er winkte so vehement ab, dass er beinahe sein Glas vom Tisch gestoßen hätte. »Wir Schreiberlinge sind uns von Hause aus spinnefeind, sodass das Interesse an einem Kollegen allenfalls der Frage dienen mag, wie man ihn möglichst schnell in Misskredit bringt!«

Ja, das war typisch Sam, der aus seinen menschlichen Schwächen niemals einen Hehl machte und vermutlich deshalb bis zu seinem Ende nicht ein einziges Mal unter echten Selbstzweifeln litt, wie sie für die meisten künstlerisch veranlagten Menschen so typisch sind. Als wir damals in dem kleinen Restaurant saßen, hätte ich mit keiner Silbe daran gedacht, dass es keine zwei Jahre mehr dauern sollte, bis er zu jenem prächtigen Flussdampfer im Himmel abkommandiert wurde, auf dem wahrscheinlich auch Kapitän Kohler ewigen Dienst tut. Was er mir hinterließ, ist die freudige Erinnerung an eine viele Jahre währende Freundschaft, wie sie tiefer und aufrichtiger nicht sein könnte.

Nach Sams Dahinscheiden gingen nur zwei weitere Jahre ins Land, bis ich den Tode eines weiteren Freundes beklagen musste, der mich genauso tief bewegt hatte, auch wenn sich unsere Leben nur für kurze Zeit berührten. Im März 1912 verstarb in seinem heimatlichen Radebeul der deutsche Schriftsteller Karl May, nachdem er in den letzten Jahren seines Lebens durch viele Schicksalsschläge den Mut und die Kraft verloren hatte, sein Lebenswerk zum Altershöhepunkt und darüber hinaus zu tragen.

Doch der Freund, den ich seitdem vermisse, hörte auf einen anderen Namen. Manchmal, wenn ich in langen Nächten darüber nachdenke, wie mein Leben verlief und wie es hätte anders verlaufen können, höre ich in meinem Kopf meine eigene Stimme, wie sie ihn ruft.

Charly.

Natürlich erhalte ich keine Antwort, zumal ich auch keine erwarte. Und ich empfinde bei diesem Gedanken keine wirkliche Trauer.

Denn der Mann, der Charly hieß, starb schon viele Jahre vor dem Schriftsteller Karl May.

Inhalt